Juergen W. Roos

ICH WILL DEINE TRÄNEN SEHEN

www.tredition.de

© 2018 Juergen W. Roos
Lektorat, Korrektorat: Tatjana Dörfler

Verlag: tredition GmbH, Hamburg

ISBN
Paperback: 978-3-7439-7345-9
Hardcover: 978-3-7439-7346-6
e-Book: 978-3-7439-7347-3

Printed in Germany

1.

Jens Fredmann schaute angespannt und etwas müde durch das weit geöffnete Fenster des kleinen Besprechungsraumes.

Das Gebäude, in dem er sich befand, lag in einer Nebenstraße, unweit von Brüssels historischem Marktplatz, dem Grand Place. Es war kurz vor acht Uhr morgens und unter ihm eilten die Menschen zu ihren Arbeitsplätzen. Sobald er sich weiter vorbeugte, sah er einen schmalen Streifen des blauen Himmels. Der Wetterbericht schien recht zu behalten. Der Tag sollte heiß werden und das konnte man bereits spüren. Die Schlechtwetterfront, die einen großen Teil Europas mit grauem Himmel einschließlich Nieselregen beglückte, machte diesmal um die Hauptstadt Belgiens einen Bogen.

Während die meisten der männlichen Passanten wegen der zu erwartenden Hitze lediglich mit Hemd und Hose bekleidet waren, trug die Mehrzahl der Frauen leichte Blusen zu kurzen Röcken oder hellen Hosen. Auf dem historischen Pflaster war das Klappern ihrer hohen Absätze deutlich zu hören.

Er hatte es eilig und hoffte, dass seine Gesprächspartner pünktlich kamen und die Besprechung nicht allzu lange dauerte. Nur ungern hatte er die zweistündige Autofahrt von der Europol-Zentrale in Den Haag nach Brüssel zu dieser frühen Zeit auf sich genommen. Gegen Mittag wurde er bereits zurückerwartet.

Mäßig interessiert schaute er einem älteren Mann dabei zu, wie er Holzsteigen mit Gemüse in das gegenüberliegende, kleine Restaurant schleppte.

Eindeutig den hübscheren Anblick bot eine reizvoll gekleidete, vielleicht 20-jährige Frau mit langen, blonden Haaren. Sie hatte es eilig. Fast im Dauerlauf erreichte sie einen Hauseingang schräg gegenüber und verschwand durch die offenstehende Tür.

„Wohl zu lange Zeit im Bett geblieben", mutmaßte er. „Vielleicht mit einem Freund oder Liebhaber, der sie nicht gehen lassen wollte?"

Es gab Momente, in denen er bedauerte, mit seinen 44 Jahren schon zu alt für Frauen dieser Altersklasse zu sein. Gelegentlich vermisste er bei sich die jugendliche Ausgelassenheit früherer Zeiten.

Bei jedem Blick in den Spiegel erinnerten ihn die zahlreichen grauen Strähnen in den braunen Haaren daran, dass die magische Zahl fünfzig näher rückte.

Anderseits, wenn er dann länger darüber nachgrübelte, konnte er auch gewisse Vorteile an seinem Alter entdecken. Er musste nicht ganze Nächte in einer dieser schrecklichen Diskotheken verbringen, wo man sich, bedingt durch die laute Musik, nicht einmal vernünftig unterhalten konnte. Wie die jungen Leute es trotzdem schafften, sich dabei näherzukommen, blieb ihm ein Rätsel.

Als hinter ihm die Tür aufging, drehte er sich um. Helene Wudel begrüßte ihn mit einem kurzen „Hallo". Mit einem erleichterten Seufzer stellte sie ihre riesige Handtasche auf den Tisch ab.

Helene Wudel vom Bundeskriminalamt in Berlin und er kannten sich seit etlichen Jahren. In der Vergangenheit hatten sie mehrfach zusammengearbeitet.

Mit einer sehr typischen Handbewegung strich sie sich die dunkelgrauen, unordentlich frisierten Strähnen ihrer kurzen Pagenfrisur aus der Stirn. Sie gehörte zu den wenigen Frauen, die er kannte, denen man sofort ansah, wie wenig ihnen ihr Aussehen bedeutete.

Wie so oft trug Helene Wudel einen einfachen, dunkelblauen Rock, eine weiße Bluse sowie flache, braune Sandalen. Niemand kam bei ihr auf die Idee, dass sie zu den fähigsten Kriminalbeamtinnen Europas gehörte.

Das genaue Gegenteil war Marie Fourtou von der französischen „Police Nationale".

Sie kam in Begleitung ihres belgischen Kollegen Abraham Sleurs der „Police Fédérale".

Die Französin begrüßte die Anwesenden mit einem fröhlichen „Bonjour". Sie musste etwa gleich alt wie Helene Wudel sein. Doch das sah man ihr nicht an. Die dunkelblonden, schulterlangen Haare spielten mit ihrem hübschen Gesicht, in dem man keine Falte entdecken konnte. Falls es auf der Stirn welche geben sollte, wurden sie geschickt unter der, bis zu den Augenbrauen reichenden Kopfbehaarung, verborgen. Wie stets kam sie betont jugendlich gekleidet.

Unter der leichten, hellroten Bluse konnte man einen dunklen BH erkennen. Der kurze, fast durchsichtige, schwarze Rock umspielte ihre schlanken, langen Beine. Sie war daran gewöhnt, dass die Blicke der Männer ihr folgten, sobald sie einen Raum betrat. Fredmann vermutete, dass sie es geradezu darauf anlegte und entsprechend genoss.

Abraham Sleurs begrüßte die beiden Deutschen mit laschem Händedruck sowie einer angedeuteten Verbeugung. Es war ihr erstes persönliches Zusammentreffen. Bisher kannten sie sich nur von diversen Videokonferenzen.

Mit seinen gut dreißig Jahren war Abraham Sleurs der Jüngste unter ihnen. Seine altmodische Frisur mit dem korrekten Mittelscheitel; die kleinen Augen und eingefallenen Wangen erinnerten Fredmann an ein Gemälde, dass er einmal im Louvre gesehen hatte. An den Namen des Malers konnte er sich im Moment nicht erinnern.

Für ihn sowie Helene Wudel war dieses Treffen reine Zeitverschwendung. Eine weitere Videokonferenz hätte es auch getan.

Doch Marie Fourtou hatte diesmal nachdrücklich auf eine persönliche Zusammenkunft bestanden. Fredmann vermutete, dass ihre Vorgesetzten hinter der Forderung standen.

Die Französin ließ es sich nicht nehmen, als Erste das Wort zu ergreifen. Vermutlich wollte sie auf den Belgier Eindruck machen, der sie mit seinen Blicken fast hypnotisierte.

Sie besaß eine angenehme, fast erotische Stimme, fand Fredmann zum wiederholten Male. Er lehnte sich in seinem Sessel zurück und schloss die Augen.

Als sie begann, ausführlich auf den Grund ihrer Zusammenarbeit einzugehen, stöhnte er innerlich auf. Jeder von ihnen wusste, um was es ging.

„Die Regierungen in Berlin, Paris und Brüssel haben den ehemaligen Lobbyisten und jetzigen Staatssekretär in der sächsischen Landesregierung, Phillip Kreuter als zukünftigen EU-Kommissar vorgeschlagen. Es bedurfte viel Überzeugungsarbeit, damit die anderen europäischen Regierungen ihre Bedenken gegen Phillip Kreuter zurückstellen. In vielen Ländern ist man der Meinung, dass ein ehemaliger Lobbyist keineswegs zum EU-Kommissar ernannt werden dürfe.

Dann passierte etwas, mit dem keiner der Politiker gerechnet hatte. Kurz nach der erzielten Einigung ist dem deutschen Verfassungsschutz die Kopie einer Speicherkarte zugespielt worden. Aus den darauf enthaltenen Dateien geht eindeutig hervor, dass sich Phillip Kreuter vor Jahren an kriminellen Geschäften in Russland beteiligt hatte. Absender der Speicherkarte war ein Kölner Rechtsanwalt namens Georg Dobrin. Er hat zur selben Zeit wie Kreuter in Moskau gearbeitet.

Spezialisten des Verfassungsschutzes fanden heraus, dass es auf der Speicherkarte eine zusätzliche Datei gab, die bedauerlicherweise unlesbar ist. Dem Absender musste beim Kopieren ein Fehler unterlaufen sein. Vielleicht ist es auch Absicht gewesen.

Nach Rücksprache mit der Regierung in Berlin wurden Verfassungsschutz Europol, BKA sowie die französischen und belgischen Polizeibehörden damit beauftragt, den Wahrheitsgehalt der darauf enthaltenen Anschuldigungen zu überprüfen.

Eine Befragung des Rechtsanwaltes konnte zu dieser Zeit nicht mehr vorgenommen werden. Kurz zuvor hatte es einen Überfall auf seine Kanzlei gegeben. Georg Dobrin wurde dabei so schwer verletzt, dass er wenige Tage später an den Folgen starb."

Die Französin strich sich über die Haare, bevor sie fortfuhr: „Das Original der Speicherkarte wurde bis jetzt nicht gefunden. Möglicherweise ist das der Grund für den Überfall gewesen. Wir wissen nicht, ob die Täter sie in ihren Besitz bringen konnten.

Es ist möglich, dass Phillip Kreuter beziehungsweise jemand aus seinem Umfeld hinter dem Überfall steckt. Beweise dafür gibt es allerdings nicht."

Fredmann ließ die Augen auch dann noch geschlossen, als die Französin bei ihrem Rückblick eine Pause einlegte. Er ahnte, dass sie ihn in diesem Moment misstrauisch musterte. Vermutlich versuchte sie herauszufinden, ob er eingeschlafen sei.

Doch eine diesbezügliche Frage verkniff sie sich. Stattdessen ging sie genauer auf die Person Phillip Kreuters ein.

„Seine Vergangenheit ist danach vom deutschen Verfassungsschutz und den europäischen Polizeibehörden erneut überprüft worden. Bereits bekannt war, dass er während der Präsidentschaft Boris Jelzins in Russland ein Vermögen verdient haben muss. Doch nirgendwo fand sich ein Hinweis darauf, dass er mit unlauteren Methoden dazu gekommen ist."

„Oder haben sie, beziehungsweise ihre Kollegen, inzwischen etwas herausgefunden, das uns noch nicht bekannt ist," wandte sie sich schließlich doch direkt an Fredmann.

„In unserer Behörde finden sich keine Hinweise, die uns wirklich weiterhelfen könnten."

Der Europol-Beamte grinste und schaute Abraham Sleurs an. „Von ihren Kollegen wurde uns ein Gerücht zugetragen. Angeblich soll Phillip Kreuter ein Verhältnis mit der EU-Abgeordneten Laura Pavese von der „Liberté pour la France" haben. Ob das der Wahrheit entspricht, kann ich nicht beurteilen. Uns ist mitgeteilt worden, dass er sich in der Vergangenheit öfter mit ihr getroffen hat. Später habe ich erfahren, dass der deutsche Verfassungsschutz ebenfalls Interesse an der Dame zeigt. Den Grund dafür konnte ich nicht in Erfahrung bringen."

Marie Fourtou lächelte zufrieden: „Den kann ich ihnen nennen. Es gibt Hinweise darauf, dass Laura Pavese Kontakt zu radikalen Islamisten in Tatarstan unterhält. Dank ihrer finanziellen Unterstützung sollen einige von ihnen nach Westeuropa gelangt sein."

Erklärend fügte sie hinzu: „Tatarstan ist eine autonome Republik im östlichen Teil des europäischen Russlands."

Der Belgier schüttelte verwundert den Kopf. „Wieso unterhält die Abgeordnete einer rechtsradikalen Partei Kontakt zu Islamisten? Es sind doch ihre Parteianhänger, die dauernd gegen die Islamisierung des Abendlandes wettern. Gibt es dazu genauere Erkenntnisse?"

„Über die Islamisten wissen wir, dass sie mit einem Touristenvisum über Paris eingereist und danach spurlos verschwunden sind. Unsere Regierung hat sich deshalb direkt mit Moskau in Verbindung gesetzt. Dort sind sie ebenfalls ziemlich beunruhigt. Innerhalb kürzester Zeit bekamen wir von dort die Mitteilung, dass es sich bei diesen Personen keineswegs um Russen, sondern um Staatsbürger aus Tadschikistan, Usbekistan sowie Kirgisistan handelt. Angeblich sind sie illegal in Russland eingereist, wurden in Tatarstan mit gefälschten russischen Ausweispapieren ausgestattet und sind als normale Touristen nach Westeuropa weitergereist."

„Die Tätigkeiten dieser Laura Pavese müssen aber nichts mit der Vergangenheit von Phillip Kreuter zu tun haben," schaltete sich Helene Wudel vom BKA ein. „Und nur seinetwegen sind wir hier."

Bereitwillig kam der Belgier auf Phillip Kreuter zurück. „Am einfachsten wäre es, wenn Berlin jemanden anderen für den Posten als EU-Kommissar vorschlägt. Denn selbst wenn Kreuter in der Vergangenheit in kriminelle Geschäfte verwickelt gewesen ist, dürfte das inzwischen strafrechtlich nicht mehr relevant sein."

Helene Wudel nickte zustimmend. „Da bin ich durchaus ihrer Meinung. Doch damit können wir nicht rechnen. Berlin hat viel Druck ausgeübt, um für Phillip Kreuter die Zustimmung der restlichen EU-Länder zu bekommen. Sollten sie plötzlich jemanden anderen vorschlagen, käme das einer Blamage gleich. Auch für die Regierungen in Paris und Brüssel. Schließlich waren sie es, die Deutschland letztendlich den Rücken gestärkt haben."

Abraham Sleurs wandte sich an Jens Fredmann und Helene Wudel gleichermaßen: „Ist inzwischen nochmals der Versuch unternommen worden, mit dem Sohn von Georg Dobrin zu sprechen? Vielleicht ist ihm zwischenzeitlich eingefallen, wo das Original der Speicherkarte sein könnte. Was ist das überhaupt für ein Typ. In meinen Unterlagen konnte ich, außer einer Personenbeschreibung, nichts über ihn finden."

Fredmann zuckte mit den Achseln. „Marc Dobrin ist 35 Jahre alt. Bis zu seinem 6. Lebensjahr wuchs er in einem Kinderheim auf. Georg und Léa Dobrin haben ihn adoptiert. Nach deren Scheidung ist seine Adoptivmutter mit ihm von Köln nach Marseille gezogen. Dort hat er Abitur gemacht. Später kehrte er nach Deutschland zurück. Es folgte die Bundeswehr mit Einzelkämpferausbildung in der Infanterieschule in Hammelburg. Danach wechselte er zur Kölner Polizei. Nach dem tragischen Tod seiner Verlobten, sie war ebenfalls Polizeibeamtin und wurde bei einer Verkehrskontrolle getötet, bewarb er sich als Personenschützer beim BKA in Berlin. Neben dem Dienst studierte er Informatik. Nach dem erfolgreichen Abschluss gab er seine Anstellung beim BKA auf. Seitdem ist er in Köln als freiberuflicher Informatiker tätig. Im Testament seines Adoptivvaters wurde er als Alleinerbe eingesetzt. Zu der Speicherkarte habe ich ihn persönlich befragt. Dabei hat er durchaus glaubhaft versichert, nichts darüber zu wissen. Bemerkenswert ist, dass nach dem Tod seines Vaters zwei Überfälle auf ihn verübt wurden. Sie misslangen. Dabei könnte es sich um versuchte Entführungen gehandelt haben. Es wäre denkbar, dass es sich bei den Tätern um dieselben Personen handelt, die für den Überfall auf seinen Vater die Verantwortung tragen. Das würde allerdings bedeuten, dass die Speicherkarte beim Überfall auf seinen Vater nicht gefunden wurde. Seitdem behalten wir Marc Dobrin im Auge. Immer in der Hoffnung, dass die Täter es nochmals versuchen. Vielleicht bekommen wir sie da zu fassen."

„Ihren Worten entnehme ich, dass es zwischenzeitlich zu keinem erneuten Versuch gekommen ist?"

„Das stimmt. Inzwischen ist Marc Dobrin nach Moskau geflogen. Er hat sich dort mit einer jungen Frau getroffen. Zusammen sind sie mit dem

Zug ausgerechnet in jenen Teil Russlands gefahren, von wo aus die Islamisten nach Westeuropa aufbrechen. Ein seltsamer Zufall. Wir sind gerade dabei, mehr über die junge Frau herauszufinden."

Helene Wudel blickte auf ihre Uhr und wandte sich an die Runde. „Können wir langsam zum Schluss kommen. Ich darf meinen Flieger nach Berlin nicht verpassen. Kurz zusammengefasst hoffen wir immer noch, das Original der Speicherkarte zu finden. Nur dadurch können wir unter Umständen herausfinden, ob Phillip Kreuter tatsächlich Dreck am Stecken hat. Beim letzten Mal wurde gesagt, dass Georg Dobrin in Südfrankreich gewesen ist. Ist inzwischen bekannt, wo er sich dort aufgehalten hat?"

„Leider nein," bedauerte die Französin. „In einem der Hotels hat er sich jedenfalls nicht angemeldet. Entweder ist er privat untergekommen oder hat sich nur wenige Stunden dort aufgehalten."

„Sein Sohn wusste noch nicht einmal, dass sein Vater in Frankreich gewesen ist. Er selber hielt sich zu dieser Zeit in Amsterdam auf," fügte Fredmann hinzu.

Für einen Moment blieb es still. Niemand schien weitere Fragen stellen zu wollen. Helene Wudel nutzte die Gelegenheit und stand auf.

„Ich denke, dass wir damit für heute alles Wesentliche besprochen haben. Es tut mir leid, dass ich nicht länger bleiben kann. Wie bereits gesagt, muss ich mich beeilen, um mein Flugzeug zu erreichen," lächelte Helene Wudel.

Jens Fredmann nutzte die Gelegenheit. Er verließ mit ihr zusammen die Besprechung.

2.

Flughafen Moskau-Domodedowo. Zusammen mit vielen anderen Passagieren stand Marc Dobrin in der langen Schlange vor der Passkontrolle und wartete auf seine Abfertigung. Gelangweilt schaute er der streng blickenden Uniformierten in ihrem Glashäuschen dabei zu, wie sie jeden einzelnen der Pässe genaustens kontrollierte. Äußerst gewissenhaft verglich sie die vor ihr stehenden Personen mit den Fotos darin. Ihrem abweisenden Gesichtsausdruck nach zu urteilen, hielt sie alle Ankommenden für mögliche Terroristen oder Kriminelle; unwürdig, in ihr geliebtes Russland einzureisen. Fast gnädig tippte sie schließlich doch einige Daten in ihre Computer, bevor sie den vor ihr liegenden Pass mit einem Einreisestempel versah und ihn durch einen schmalen Schlitz dem Ankömmling zurück gab. Missmutig wandte sie sich danach dem Nächsten zu.

Inzwischen waren zwanzig Minuten vergangen und noch immer warteten mehr als ein Dutzend Reisende vor ihm auf die Abfertigung. Etwa ebenso viele standen hinter ihm. Bei dem Arbeitstempo der Uniformierten würde es noch eine ganze Weile dauern, bis er offiziell russischen Boden betreten durfte.

Die Mehrheit der Menschen um ihn herum schienen an diese Prozedur gewöhnt zu sein. Nur gelegentlich machte jemand mit einer kurzen Bemerkung seinem Unmut Luft. Wenigstens konnte er sich damit trösten, dass es an den zwei anderen Abfertigungsschaltern nicht schneller vorwärtsging.

Für Marc Dobrin war es nicht der erste Flug nach Moskau. Die letzten Male war er allerdings über den Flughafen Moskau-Scheremetjewo nach Russland gekommen. Diese Reisen waren dienstlicher Natur gewesen und lagen etliche Jahre zurück. Da hatte er noch als Personenschützer beim Bundeskriminalamt gearbeitet. Unter anderen gehörte es dabei zu seinen Aufgaben, Abgeordnete des Bundestages auf ihren Dienstreisen zu begleiten. Für Politiker, deren Anhang sowie andere wichtige Persönlichkeiten gab es bei der Einreise in Russland keine Warteschlangen.

Wenn er jetzt an diese Zeit zurückdachte, war er erleichtert, dass sie hinter ihm lag. Vor seinem Wechsel zum BKA hatte er vier Jahre bei der Kriminalpolizei in Köln gearbeitet. Auslöser für seine Bewerbung in Berlin war der plötzliche Tod seiner damaligen Freundin. In Köln hatte ihn zu viel an die gemeinsam verbrachte Zeit erinnert.

Doch bereits während der Ausbildung beim BKA kamen ihm Zweifel. Die vielen Schießübungen und das ständige Fahrtraining in diversen gepanzerten Limousinen langweilten ihn. Ebenso wie die Theorie. Das Einzige, was ihm Spaß machte, war der sportliche Teil. Dabei konnte er seine Kenntnisse in den diversen Kampfsportarten verwerten und vervollständigen.

Richtig monoton wurde es nach der Ausbildung. Tägliche Arbeitszeiten von 14 bis 18 Stunden waren bei diesem Job keine Ausnahme. Seine Haupttätigkeit bestand aus oftmals stundenlangen, stumpfsinnigen Warten vor Konferenzräumen. Dabei musste er stets aufpassen, dass die Eintönigkeit nicht die Konzentration auf eventuelle Vorkommnisse störte. Bereits nach kurzer Zeit fing er an, über eine berufliche Alternative nachzudenken. Während der Schulzeit hatte er sich ernsthaft mit dem Gedanken beschäftigt, Informatik zu studieren. Warum er schließlich doch zur Polizei gegangen war, konnte er im Nachhinein nicht mehr genau sagen. Kurz entschlossen meldete er sich zu einem berufsbegleitenden Fernstudium als Informatiker an.

Dass er es in seiner knapp bemessenen Freizeit schaffte, das Studium durchzuziehen, wunderte ihn später selber. Unmittelbar nach der letzten Prüfung gab er den Job beim BKA auf und kehrte nach Köln zurück.

Sein Adoptivvater überzeugte ihn davon, sich selbstständig zu machen. Mit dessen Unterstützung und dank seiner weitreichenden Verbindungen gelang es ihm, in relativ kurzer Zeit genügend Aufträge zu erhalten. Trotzdem waren die ersten Jahre nicht leicht gewesen.

Diese Reise nach Russland war seitdem sein erster richtiger, längerer Urlaub. Wenn alles klappte, würde er am Abend, zusammen mit einer Person, die er nur vom Bild und einigen Kurznachrichten her kannte, im Zug nach Nabereschnyje Tschelny sitzen.

Damit folgte er dem Wunsch seines Vaters. In einem letzten, sehr persönlichen Brief hatte er ihn darum gebeten. Die Schrift war teilweise etwas zittrig, aber lesbar. Den Inhalt kannte Marc inzwischen auswendig.

Mein Sohn,

wenn Du diesen Brief liest, habe ich die Welt etwas früher als von mir geplant, verlassen. Jetzt im Krankenhaus habe ich die Zeit gefunden, gründlich über die letzten Jahre meines Leben nachzudenken.

Ich bin mir sicher, dass es den Tätern bei dem Überfall um Aufzeichnungen ging, die auf einer Speicherkarte hinterlegt sind. Dummerweise habe ich sie vor einigen Wochen gegenüber einer Person erwähnt, der ich vertraute. Die Dateien darauf sollten so etwas wie eine Lebensversicherung für mich sein. Jetzt scheinen sie das genaue Gegenteil bewirkt zu haben.

Bei den Dateien geht es hauptsächlich um ungeheuer kompromittierende Geschäftspraktiken eines Mannes, der schon bald in ein hohes politisches Amt gewählt werden soll.

Ich habe dafür gesorgt, dass der deutsche Verfassungsschutz nach meinem Ableben eine Kopie erhält.

Da ich nicht vorhersehen kann, welche Entscheidungen dort getroffen werden, habe ich eine weitere Ausfertigung der Speicherkarte zusätzlich an einen Freund geschickt. Der Empfänger wird einen Weg finden, den Inhalt an die Öffentlichkeit zu bringen. Um dich zu schützen, möchte ich dir keine Einzelheiten mitteilen. Darum versuche nicht, mehr über diese Angelegenheit in Erfahrung zu bringen.

Jetzt will ich zum hauptsächlichen Grund meines Briefes kommen. Verbunden damit ist eine Bitte. Obwohl mir das Thema in den ganzen Jahren sehr am Herzen lag, habe ich versäumt, mit dir darüber zu sprechen.

Nach der Scheidung von Deiner Mutter, habe ich auf einer Geschäftsreise in Russland Irina Petrowna, eine ganz wunderbare Frau kennen-

und lieben gelernt. Zu dieser Zeit arbeitete sie in Moskau und ist mir als Dolmetscherin zugeteilt worden.

Zusammen haben wir eine Tochter namens Natascha. Sie ist inzwischen 17 Jahre alt und rechtlich gesehen deine Schwester.

Die Umstände haben es leider nicht erlaubt, dass Irina, Natascha und ich als Familie zusammenleben konnten. Das hat mich oftmals traurig gemacht. In den vergangenen Jahren habe ich immer wieder nachgedacht, ob es doch einen anderen, besseren Weg für uns gegeben hätte. Es wäre schön gewesen, zusammen mit Irina, unsere gemeinsame Tochter Natascha aufwachsen zu sehen.

Um unnötige Formalitäten zu umgehen, habe ich Dich in meinem Testament als alleinigen Erben eingesetzt, obwohl die Hälfte der materiellen Hinterlassenschaften natürlich Deiner Schwester Natascha zustehen.

Ich weiß, dass ich mich auf Dich verlassen kann und sie ihren Anteil von dir bekommt. Vielleicht möchte sie studieren oder von Russland nach Deutschland kommen. Unterstütze sie, wo es dir und ihrer Mutter nötig erscheint.

Ich habe wiederholt versucht, mit Irina und Natascha Kontakt aufzunehmen. Unter ihrer ehemaligen Anschrift in Moskau konnte ich sie nicht mehr erreichen. Niemand wollte mir sagen, wohin sie gezogen ist.

Trotzdem habe ich die Suche nach den beiden nie aufgegeben. Erst kürzlich habe ich herausgefunden, dass Irina und Natascha sehr wahrscheinlich in Nabereschnyje Tschelny leben. Die Stadt liegt in Tatarstan, einer autonomen Republik im europäischen Teil von Russland. Sämtliche Briefe blieben allerdings unbeantwortet. Vielleicht hast du mehr Glück und es gelingt Dir, mit ihnen Kontakt aufzunehmen. Die Anschrift, die mir genannt wurde, findest Du in meinem privaten Adressverzeichnis.

Solltest Du sie ausfindig machen, verschaffe Dir, nach Möglichkeit vor Ort, einen Überblick über ihre augenblickliche Lebenssituation.

Weiterhin möchte ich Dich bitten, einen alten Freund namens Denis Waterk über meinem Tod in Kenntnis zu setzen. Er ist Journalist und arbeitet für eine Schweizer Zeitung. Erinnere ihn an die Kreuzfahrt, die wir vor einigen Jahren zusammen unternommen haben. Er wird wissen, was damit gemeint ist und auf seine Art um mich trauern.

Sehr wahrscheinlich wird der Verfassungsschutz oder das Bundeskriminalamt zu Dir Kontakt aufnehmen. Sicherlich haben sie Fragen zum Inhalt der Speicherkarte. Es ist besser, wenn Du diesen Brief dabei nicht erwähnst. Ich will vermeiden, dass Irina und Natascha gefährdet werden.

Zum Schluss möchte ich Dir noch sagen, dass ich sehr stolz auf Dich bin. Für Léa und mich bist Du stets der Sohn gewesen, den wir uns gewünscht haben.

Ich hoffe, dass wir uns in einem anderen Leben wiedersehen.

In Liebe

Dein Vater

Bereits in der Kindheit war Marc darüber aufgeklärt worden, dass Georg und Léa seine Adoptiveltern waren. Behutsam hatten sie ihm erklärt, wieso er bis zur Adoption in einem Kinderheim aufgewachsen war. An seine leiblichen Eltern konnte er sich nicht erinnern. Im Alter von etwa fünfzehn Jahren hatte er vergeblich versucht, sie ausfindig zu machen. Das Heim existierte nicht mehr und im zuständigen Jugendamt wollte oder konnte man ihm nicht helfen. Besonders betrübt war er darüber nicht. Niemand hätte ihn mehr Liebe und Aufmerksamkeit schenken können, als seine Adoptiveltern.

Das einzige, wirklich aufwühlende Erlebnis war für ihn ihre Scheidung. Zusammen Lea zog er in ihre Heimatstadt Marseille.

Doch beide Elternteile bemühten sich sehr, ihm das Leben so angenehm wie möglich zu gestalten. Mindestens zweimal im Jahr dbesuchte er in den Schulferien seinen Vater in Köln. Auch später, während der polizeilichen Ausbildung, hielten sie engen Kontakt.

Und jetzt gab es beide nicht mehr. Léa starb vor vier Jahren an Brustkrebs. Und Georg erlag den Folgen eines brutalen Überfalls. Die Täter waren bis jetzt unentdeckt geblieben.

Natürlich hatte Marc sich Gedanken darüber gemacht, wen sein Adoptivvater mit den kompromittierenden Geschäftspraktiken gemeint haben könnte. Dabei war er allerdings zu keinem Ergebnis gekommen. Marc nahm an, dass es sich um jemanden handelte, mit dem er während seiner Tätigkeit als Rechtsanwalt zu tun gehabt hatte. Der Hinweis auf das politische hohe Amt brachte ihn auch nicht weiter. Nirgends wurde angedeutet, ob es sich dabei um ein Amt in Deutschland, der EU beziehungweise eines ihrer Mitgliedsländer handelte.

Schweren Herzens beschloss er, den Rat seines Vaters zu befolgen und sich, wenigstens vorläufig, nicht weiter um die Angelegenheit zu kümmern. Die Hoffnung, dass es der Polizei irgendwann gelang, den Überfall aufzuklären, blieb.

Wie von seinem Adoptivvater vorausgesagt, bekam er nach dessen Tod gleich mehrmals Besuch vom BKA sowie dem Verfassungsschutz. Dabei fand er schnell heraus, dass es ihnen nicht um den Überfall ging. Sie wollten von ihm lediglich wissen, wo sich das Original der Speicherkarte befand. Offensichtlich war seinem Vater beim Kopieren ein Fehler unterlaufen.

Die Männer des Verfassungsschutzes zeigten sich bei den Befragungen von ihrer ungemütlichen Seite. Besonders ein Mann namens Namen „Müller" war ihm in Erinnerung geblieben. Er ging sogar soweit, ihm berufliche Konsequenzen anzudrohen. Daraufhin hatte Marc ihn samt seinen Begleiter unsanft aus der Wohnung geworfen.

Marc hatte nicht die geringste Ahnung, wo das Original der Speicherkarte sein konnte. Er vermutete, dass sie sich bei dem Schweizer Journalisten befand.

Der Hinweis im Brief auf die angebliche Kreuzfahrt, war ihm sofort aufgefallen. Sein Adoptivvater hatte oft genug geäußert, wie wenig er von dieser Art des Reisens hielt.

Mit dem Journalisten Denis Waterk konnte Marc recht schnell Verbindung aufnehmen. Er fand sein Profil im Internet.

Dessen seltsame Reaktion verwunderte ihn etwas. Auf die Nachricht, dass sein Adoptivvater an den Folgen eines Überfalls gestorben war, bekam er lediglich die knappe Antwort: „Dann ist es also doch eingetreten." Kurz darauf war die Verbindung unterbrochen worden. Ohne jedes Abschiedswort.

Dass an dieser ominösen Speicherkarte weitere Parteien interessiert sein mussten, merkte er, als zwei Maskierte mitten in Köln den vergeblichen Versuch unternahmen, ihn in einen Pkw zu zerren. Zum Glück für ihn waren die Angreifer unbewaffnet. Problemlos konnte er sie überwältigen und der Polizei übergeben. Ihrer Aussage, dass ein angeblich Unbekannter sie angeworben hatte, um ihm eine Lektion zu erteilen, glaubte er keinen Moment.

Der zweite Überfall auf ihn war besser geplant, ging aber glücklicherweise ebenso schief. Dabei schlug man ihn, nach einem Treffen mit Freunden, auf einem dunklen Parkplatz hinterrücks mit einer Eisenstange bewusstlos.

Eine ältere Frau aus einem naheliegenden Haus bemerkte den Überfall. Ihre lauten Hilferufe vertrieben die Angreifer. Das Fahrzeug ließen sie zurück. Die Polizei stellte später fest, dass man es wenige Stunden zuvor gestohlen hatte. Marc kam mit einer leichten Gehirnerschütterung davon.

Die Überfälle weckten erneut sein Interesse an der Speicherkarte. Zumindest hätte er gerne gewusst, was sich darauf befand.

Mehrmals versuchte er deshalb, den Journalisten in der Schweiz telefonisch zu erreichen. Vergeblich. Auf seine Bitten um Rückruf, die er auf Mailbox und in dessen Redaktion hinterließ, kam nie eine Rückmeldung.

Intensiv widmete Marc sich in dieser Zeit der Suche nach seiner Halbschwester sowie ihrer Mutter. Warum sein Vater nie über sie gesprochen hatte, blieb ihm ein Rätsel. Dabei musste er oft an sie gedacht haben.

Anfangs versuchte er es ebenfalls mit Briefen. Wie bereits bei seinem Vater bleiben sie unbeantwortet. Vielleicht waren sie umgezogen und lebten inzwischen in einer anderen Stadt. Die Briefe konnten auf dem Weg nach Russland auch verloren gegangen sein.

Aufgeben kam für ihn nicht infrage. Er zerbrach sich den Kopf darüber, wie er die beiden doch noch ausfindig machen konnte Inzwischen wusste er, dass es in Russland unzählige Menschen mit dem Namen Petrowna gab.

Eine russische Bekannte brachte ihn auf die Idee, es über die sozialen Medien wie „Facebook" oder anderen, gleichartigen Internetseiten zu versuchen. Dank ihrer Hilfe stieß er schließlich beim russischen „Moj Mir" auf eine Inessa Petrowna in Nabereschnyje Tschelny.

In einer kurzen Mitteilung bat er die Unbekannte, ihm bei der Suche nach Natascha und Irina Petrowna behilflich zu sein. Die Antwort kam rasch. Bei den beiden Gesuchten handelte es sich um ihre Halbschwester und die gemeinsame Mutter.

Nachdem er ihr erklärt hatte, weshalb er nach ihnen suchte, schickte sie ihm die Telefonnummer der beiden.

Endlich konnte Marc den Wunsch seines Adoptivvaters nachkommen und zu der damaligen Geliebten Kontakt aufnehmen.

Irina Petrowna besaß eine angenehme, freundliche Stimme. Ihre deutsche Aussprache klang weich. Sie ähnelte der einer Französin, fand er.

„Isi hat mir gesagt, dass du bereits zwei Briefe an uns geschrieben hast. Aber leider sind sie nicht angekommen."

Automatisch nahm Marc an, dass mit Isi ihre Tochter Inessa meinte.

Er erzählte ihr vom Tod seines Adoptivvaters sowie dessen letzten Wunsch, mit Natascha und ihr Kontakt aufzunehmen.

Daraufhin blieb es für einen langen Moment still am Telefon im fernen Russland. Als sie schließlich antwortete, klang ihre Stimme etwas bedrückt.

„Obwohl wir seit vielen Jahren nicht mehr miteinander gesprochen haben, tut mir der Tod von Georg unendlich leid."

Sie machte eine weitere Pause, um nachzudenken. Zögernd fügte sie hinzu: „Wenn du möchtest, kannst du uns gerne besuchen. Ich und sicherlich auch Natascha würden uns darüber sehr freuen", bot sie ihm an.

„Da hätten wir genügend Zeit, um über deinen Vater zu sprechen, und ich lerne endlich seinen Sohn kennen."

Sie lachte ein wenig. „Damals hat er oft von dir gesprochen."

Spontan sagte Marc zu.

Als er seiner russischen Bekannten vom Erfolg ihrer gemeinsamen Anstrengung erzählte und das er schon bald nach Tatarstan fliegen würde, warnte sie ihn scherzhaft mit erhobenen Finger: „Die Frauen dort sind nicht nur sehr schön, sondern besitzen die Fähigkeit, Männer in ihren Bann zu ziehen. Das kann gefährlich für dich werden."

Marcs Reiseplanung verlief umständlicher, als gedacht. Der nächstgelegene internationale Flughafen befand sich in Kasan, der Hauptstadt von Tatarstan. Von da aus waren es knapp dreihundert Kilometer bis Nabereschnyje Tschelny. In der Stadt selber gab es lediglich einen nationalen Flughafen. Er müsste in Moskau umsteigen und mit einer innerrussischen Fluglinie weiterfliegen. Darüber war er nicht gerade begeistert. Über die schlechten Zustände der dafür genutzten Flugzeuge hatte er schon etliches gehört und gelesen.

Vorsichtshalber bat er Nataschas Halbschwester Inessa per Mail um Rat. Ihre Antwort kam umgehend.

„Hallo Marc. Wenn Du es einrichten kannst, am letzten Samstag dieses Monats nach Moskau zu kommen, könnten wir zusammen mit der Eisenbahn nach Nabereschnyje Tschelny fahren. Aus beruflichen Gründen geht es bei mir nicht früher. Dadurch bekommst du Gelegenheit, ein wenig von Russland kennenzulernen. Die Fahrt dauert etwa zwanzig Stunden. Solltest Du mit dem Vorschlag einverstanden sein, sage mir möglichst bald Bescheid. Dann besorge ich die Eisenbahntickets und hole Dich am Flughafen ab. Wir sind gespannt darauf, dich kennenzulernen."

Der Vorschlag der jungen Frau, mit dem Zug von Moskau aus nach Tatarstan zu fahren, gefiel ihm. Gerne nahm er ihre Anregung an. Nachdem dieses Problem gelöst war, freute er sich auf das Zusammentreffen mit seiner Stiefschwester und ihrer Mutter.

Jetzt, in der Warteschlange am Moskauer Flughafen, war Marc auch gespannt auf die junge Frau, die ihn abholen wollte. Wie sie ungefähr aussah, wusste er bereits von ihrem Profil im „Moj Mir". Da war das Bild einer hübschen Frau mit dunkelbraunen Haaren zu sehen, die mit einem frechen Lächeln in die Kamera schaute. Daher wusste er auch, dass sie 27 Jahre alt war und Ökologie studiert hatte. Mangels entsprechenden Arbeitsplatzes arbeitete sie gelegentlich als Model bei Modeschauen. Das war auch der Grund, warum sie sich derzeit in Moskau aufhielt.

Geduldig schob sich Marc weiter in Richtung Passkontrolle. Ein Stück hinter ihm standen zwei allein reisende, elegant gekleidete, junge Russinnen, die sich angeregt unterhielten. Beide waren auffallend attraktiv, wenn auch, jedenfalls für seinen Geschmack, ein bisschen zu stark geschminkt. Ein hübscher Anblick inmitten der anderen Reisenden.

Immer dann, wenn sich die große Schiebetür hinter der Pass- und Zollkontrolle öffnete und einen der Passagiere in die Freiheit entließ, konnte er unzählige Menschen sehen, die auf die Ankommenden warteten. Marc hoffte, dass sich unter ihnen auch Inessa Petrowna befand.

Endlich stand er der streng blickenden Frau in ihrem Glashäuschen gegenüber. Sein Pass und das Visum wurden ausgiebig geprüft. Schließlich erhielt er den Einreisestempel. Seinen Koffer fand er neben dem Gepäckband. Damit er sich nicht endlos im Kreis drehte, musste ihn ein dienstbarer Geist heruntergenommen haben.

Etwas verloren schob er sich nach Verlassen des Sicherheitsbereiches durch die vielen Menschen, die nur widerwillig Platz machten.

Wie sollte er unter den zahlreichen Leuten das Gesicht der Frau erkennen, deren Foto er lediglich aus dem Internet kannte? Einige Abholer hielten Schilder mit Namen in die Höhe. Seinen konnte er nirgendwo entdecken.

Die Russin entdeckte ihn zuerst. Für einen Moment verschlug es Marc die Sprache, als sie mit einem entwaffneten Lächeln auf ihn zukam. Das lag nicht nur an ihren großen, meergrünen Augen und dem auffallend schönen Mund. Von ihr ging etwas ungeheuer Lebendiges aus, fand er. Die hohen Wangenknochen gaben ihrem Gesicht etwas Unnahbares, was im völligen Kontrast dazu stand.

Durch die zu einem Pferdeschwanz zusammengebundenen dunkelbraunen Haare wirkte sie gleichzeitig fast mädchenhaft. Der Pony verdeckte zu einem großen Teil die Stirn und endete erst knapp über den Augen.

Sie trug eine weiße Bluse und dazu einen leichten, kurzen Rock mit Blumenmuster. Er verbarg lediglich einen kleinen Teil der langen, gebräunten Beine. In der Hand hielt sie eine helle Jacke.

Neugierig und zugleich belustigt lächelte sie ihn an. „Du bist hoffentlich Marc?"

Die Betonung der einzelnen Silben erinnerten ihn, wie bei ihrer Mutter, an die deutsche Aussprache vieler Französinnen.

„Dann musst du Inessa sein. Ich bin erleichtert, dass wir uns in der Menge von Menschen überhaupt gefunden haben. Wie hast du mich erkannt," wollte er wissen.

In ihren Mundwinkeln zeigten sich kleine Grübchen, als sie ihm antwortete: „In der Masse von Leuten bist du der Einzige, der verzweifelt nach jemanden Ausschau hält und ihn nicht finden kann. Dazu kommt, dass man dir den Ausländer ansieht. Aber bitte sag Isi zu mir. Wenn du mich mit Inessa ansprichst, macht mich das gefühlt um zehn Jahre älter."

Sie nahm Marc bei den Schultern und küsste ihn auf die Wangen. „Willkommen in Moskau Bruderherz."

Marcs erste angenehme Überraschung legte sich nur langsam. Immerhin kehrte seine gewohnte Schlagfertigkeit zurück.

„Bei den Gedanken, die mir bei deinem Anblick durch den Kopf gegangen sind, bin ich froh, dass du nicht wirklich meine Schwester bist."

Spitzbübisch lächelte sie ihn an. „Darüber musst du mir später mehr erzählen. Während der Zugfahrt nach Nabereschnyje Tschelny hast du dazu genügend Zeit. Ich möchte unbedingt erfahren, was im Kopf eines deutschen Mannes vor sich geht, der zum ersten Mal mit einer tatarischen Frau zusammentrifft."

Sich fröhlich unterhaltend führte ihn die Russin zum Ausgang. Bedingt durch die hohen Absätze ihrer Schuhe war sie mindestens ebenso groß wie er.

Sie wusste sich durchzusetzen, bemerkte er recht bald. Einem der zahlreichen Taxifahrer, erteilte sie eine grobe Abfuhr. Er hatte sich ihnen direkt in den Weg gestellt und forderte sie immer wieder dazu auf, in sein Taxi zu steigen.

„Vor den privaten Taxifahrern in Moskau sollte man sich besser fernhalten", klärte die Russin ihn auf. „Unter denen gibt es viele Gauner. Einen unwissenden Ausländer nehmen sie gerne mal das Vielfache des normalen Fahrpreises ab."

Vor dem Flughafengebäude blieb Marc stehen. Die mittägliche Sonne schien von einem nahezu wolkenlosen Himmel. Trotzdem war es nicht allzu warm. Isi hatte sich inzwischen ihre Jacke angezogen.

„Haben wir einen Moment Zeit?"

Ohne eine Antwort abzuwarten, blieb Marc stehen und zündete sich eine seiner wenigen täglichen Zigaretten an. Dabei sah er den zwei Modepüppchen nach, die hinter ihm in der Schlange gewartet hatten. Jetzt standen sie neben einem großen Geländewagen mit getönten Scheiben. Ein Chauffeur verstaute soeben ihr zahlreiches Gepäck.

Isi hatte seinen Blick bemerkt. „Bei denen hast du keine Chancen", meinte sie und lächelte ihn dabei spöttisch an.

„Entweder handelt es sich bei den Frauen um Töchter reicher Geschäftsleute oder es sind die Geliebten von irgendwelchen Mafiachefs."

„Woran willst du das erkennen?"

„Schau dir ihr Fahrzeug an. Wer einen Mercedes in der Preisklasse fährt, kann nur zu diesen zwei Kategorien von Menschen gehören. Aber du musst deshalb nicht traurig sein. Bei uns gibt es viele schöne Frauen. Wenn du möchtest, stelle ich dir in Nabereschnyje Tschelny einige meiner Freundinnen vor," lächelte sie ihn schelmisch an.

Marc musste lachen. „Deswegen bin ich eigentlich nicht nach Russland gekommen. Wann beginnen wir unsere Zugreise und was machen wir bis dahin" lenkte er schnell von dem verfänglichen Thema ab.

„Der Zug fährt heute Abend kurz nach zweiundzwanzig Uhr ab. Morgen sind wir gegen neunzehn Uhr in Nabereschnyje Tschelny. Mutter will uns vom Bahnhof abholen. Wenn du möchtest, kann ich dir bis zur Abfahrt des Zuges ein bisschen von Moskau zeigen."

„Der Vorschlag ist gut, aber was mache ich in der Zwischenzeit mit dem Koffer?"

Marc deutete dabei auf das Gepäckstück. „Ich habe keine Lust, ihn den Rest des Tages durch die Stadt zu schleppen."

Die Russin nickte verständnisvoll. „Das ist kein Problem. Wir fahren zuerst mit dem Schnellzug und der Metro zum Bahnhof Kasanskaja. Bei den unendlichen Staus in Moskau ist das die schnellste Art des Vorwärtskommens. Wir können deinen Koffer da in der Gepäckaufbewahrung abgeben. Meine Tasche ist bereits dort. Dort beginnt heute Abend unsere Zugfahrt."

„Bist du schon mal in Moskau gewesen,", wollte sie auf dem Weg zum Zug von ihm wissen.

„Mehrmals sogar. Genau genommen ist das mein vierter Besuch in der Stadt. Aber die anderen Male war ich dienstlich hier. Da habe kaum etwas von Moskau gesehen. Wir wurden jedes Mal am Flughafen abgeholt und von dort aus im Eiltempo zu diversen Besprechungen gefahren.

Anschließend ging es sofort zurück zum Flieger. Bis jetzt konnte ich noch nicht einmal einen Blick auf den Kreml werfen oder mit eurer berühmten Moskauer Metro fahren."

„Dann hast du einiges nachzuholen. Der angefangene, heutige Tag ist viel zu kurz, um dir alles zu zeigen. Aber für die U-Bahn, den Kreml sowie ein paar andere Sehenswürdigkeiten bleibt genügend Zeit."

Unbeirrt ging sie einem weiteren Taxifahrer aus dem Weg. „Was hat ein Mann wie du dienstlich in Moskau zu tun gehabt?"

„Da habe ich Abgeordnete des Deutschen Bundestages zu politischen Gesprächen begleiten müssen."

„Und du bist ihr Sekretär gewesen?"

Marc grinste. „Schlimmer. Trotz der vielen russischen Polizisten in Uniform sowie Zivil, die sich ständig in unserer Nähe aufhielten, musste ich aufpassen, dass sie nicht entführt werden oder ihnen jemand den Schädel einschlägt."

„Dann bist du ein richtiger Bodyguard? Ich bin beeindruckt. Den Job stelle ich mir interessant vor. Solche Leute kenne ich lediglich aus dem Fernsehen."

„Als ich mich vor etlichen Jahren um den Job beim Bundeskriminalamt beworben habe, dachte ich auch noch, dass mir die Tätigkeit Spaß machen würde. Da habe ich mich gewaltig getäuscht. Inzwischen arbeite ich als Informatiker. Das ist weniger langweilig, finanziell interessanter und vor allem kann ich mir die Zeit besser einteilen."

„Welche Voraussetzung benötigt man, um Bodyguard zu werden?"

„Nach dem Abitur und der Bundeswehr habe ich mich, zum Leidwesen meines Vaters, für den Polizeidienst entschieden. Ihm wäre es lieber gewesen, wenn ich Jura studiert hätte. Insgeheim hat er wohl gehofft, dass ich nach dem Studium in seine Kanzlei eintrete. Nach einigen Jahren bei der Kriminalpolizei in Köln habe ich mich schließlich als Personenschützer beim Bundeskriminalamt in Berlin beworben. Aber wie bereits gesagt hat mir diese Arbeit nicht besonders zugesagt."

Nach seiner ersten Fahrt mit der Moskauer Metro führte Isi ihn über unzählige Treppen zur Gepäckaufbewahrung im Bahnhof Kasanskaja. Erleichtert darüber, ihn nicht mehr schleppen zu müssen, gab Marc den Koffer ab.

Für eine Stadtbesichtigung war das schöne Frühlingswetter geradezu ideal. Mit der Untergrundbahn fuhren sie zum „Roten Platz". Besonders die Metrostationen im Zentrum von Moskau mit ihren Marmorsäulen, pompösen Kronleuchtern sowie vielen Mosaiken hinterließen bei ihm einen starken Eindruck.

Isi zeigte auf eine endlose Menschenschlange, die alle Lenin in seinem Mausoleum besuchen wollten. Einvernehmlich verzichteten sie darauf, sich dort anzustellen. Stattdessen besichtigen sie die Basiliuskathedrale direkt am „Roten Platz" und danach führte ihn seine Begleiterin durch das Kaufhaus GUM.

Marc fand die Stadt erstickend sowie enorm laut. Gleichzeitig strahlte sie etwas ungeheuer Dynamisches aus, dem man sich nur schwer entziehen konnte. Die Russin schien seine Gedanken zu erraten.

„In Moskau musst du auf alles Erdenkliche gefasst sein, doch Langeweile gibt es hier nicht", erzählte ihm Isi. „Die Stadt ist ein richtiges Ungeheuer. Sie kennt auch keinen Schlaf. Hier findest du neuerdings sogar Zahnarztpraxen, die rund um die Uhr geöffnet haben."

Die Russin konnte ihm viel über einzelne Bauwerke erzählen, an denen sie vorbei spazierten. Über unebene, schmutzige Treppen führte sie ihn zu so seltsamen Orten wie dem „Stolnik-Gebäude" oder zum „Ei-Haus" in der Maschkow-Straße.

Mit der Metro fuhren sie danach zum Arbat, dem historischen Kern Moskaus und jetzigem Szeneviertel. Hier gab es unzählige Cafés sowie kleine Restaurants. Maler, Musiker und andere Straßenkünstler sorgten für ein abwechslungsreiches Unterhaltungsprogramm. Störend wirkte da lediglich das Lokal einer amerikanischen Fast Food Kette.

Davon war in den kleinen, krummen Nebengassen mit ihren uralten Gebäuden nur wenig zu sehen.

Den ausgiebigen Stadtbummel genossen beide. Der Russin gefiel das rege Interesse des Besuchers aus Deutschland. Immer wieder konnte ihn eine besondere Ansicht der Stadt in Erstaunen versetzen.

Schnell entwickelte sich zwischen ihnen eine entspannte Vertrautheit. Von Anfang an fehlte da dieses vorsichtige Abtasten zweier sich fremder Personen. Beide bekamen immer mehr das Gefühl, sich seit einer Ewigkeit zu kennen.

Zudem gefiel ihr, dass er ein klein wenig größer war als sie. Die Männer, mit denen sie sonst zu tun hatte, waren meist kleiner.

Schon bald hakte sie sich bei ihm ein. Ihm fiel auf, dass die Russin immer wieder etwas aus der Tasche ihres Rocks holte und sich in den Mund schob. Die Schalen davon spukte sie einfach aus.

„Was isst du die ganze Zeit?", wollte er von ihr wissen.

„Das sind geröstete Sonnenblumenkerne. Entschuldige, dass ich dir keine angeboten habe. Ich bin so daran gewöhnt, dass ich sie mir automatisch in den Mund schiebe."

Sie drückte ihm einige in die Hand und zeigte ihm, wie sie im Mund die Schalen vom Kern trennte.

„Sie schmecken so ähnlich wie Nüsse", fand Marc.

Unmittelbar darauf musste er lachen: „Im Roman eines deutschen Schriftstellers habe ich irgendwann gelesen, dass die Brüste der Frauen durch den regelmäßigen Genuss von Sonnenblumenkernen fester und größer werden."

„Dann haben sie bei mir ihre Wirkung verfehlt", antwortete die Russin ebenfalls lachend, ohne verlegen zu sein.

„Was ich sehe, ist doch sehr ansehnlich", entgegnete Marc. „Bei der Festigkeit kann ich leider nicht mitreden."

Isis Antwort bestand aus einer schlagfertigen, recht anzüglichen und spöttischen Bemerkung.

Die Russin hatte sich den Besucher ganz anders vorgestellt. Vor seiner Ankunft war sie davon ausgegangen, dass es sich bei ihm um einen dieser korrekten, eher langweiligen aber hochnäsigen Deutschen mit Anzug und Krawatte handelte. Einige solcher Männer waren ihr gelegentlich in Moskau über den Weg gelaufen. So oder ähnlich wurden sie auch in den russischen Filmen gezeigt. Wohl dadurch hatte sich im Laufe der Zeit bei ihr eine gewisse Voreingenommenheit gebildet.

Marc schien das genaue Gegenteil davon zu sein. Das zeigte sich nicht nur in seiner legeren Kleidung aus Jeans, dem weißen T-Shirt sowie der leichten, schwarzen Lederjacke.

Besonders seine Lockerheit machte Eindruck bei ihr. Bis vor wenigen Stunden wäre ihr nie in den Sinn gekommen, dass es unter den Deutschen auch amüsante Typen gab, mit denen man einfach nur herumblödeln konnte. Bei Marc musste sie nicht jedes Wort abwägen, dass sie sagte.

Sobald sie ihn mit einer leicht doppeldeutigen Bemerkung aufzog, schaute er sie fast verlegen an. In solchen Momenten schien es fast, als wüsste er nicht, was er ihr antworten sollte. Doch das täuschte. Seine nicht weniger anzügliche Erwiderung bekam sie meist kurz darauf zu hören.

Trotz des lockeren Auftretens strahlte er unablässig eine innere Ruhe aus, deren Kraft sich auf sie zu übertragen schien. Dazu sah er mit den braunen Augen in dem markanten, gebräunten Gesicht, die sie immer wieder neugierig musterten, recht gut aus. Die Narbe unter dem linken Auge störte nicht; sie machte ihn höchstens noch ein bisschen anziehender.

Zudem faszinierte sie die gleichmäßige, geschmeidige Art, sich zu bewegen. Sie nahm an, dass er sich trotz seines Berufes, oft im Freien aufhielt und viel Sport trieb.

In der Vergangenheit hatte sie manchmal darüber nachgedacht, wieso sich ihre lebenslustige Mutter damals ausgerechnet in einen Deutschen verlieben konnte. Jetzt musste sie einsehen, dass es auch unter ihnen durchaus große Unterschiede gab.

Auch Marc gefiel die unbekümmerte Art der jungen Frau. Dazu war sie hübsch und intelligent. Zwei Eigenschaften, die ihn schon immer angezogen hatten.

Der lebhafte Ausdruck ihres Gesichtes, sobald sie ihm etwas erklärte, gefiel ihm ausnehmend gut. Wenn sie lachte, funkelten ihre meergrünen Augen und an ihren Mundwinkeln zeigten sich kleine Grübchen. Wurde sie ernst, bekam ihr Gesicht etwas zurückhaltend Engelhaftes, das so ganz im Gegensatz zu den blitzenden Augen stand.

Es knisterte zwischen ihnen. Marc musste sich eingestehen, dass er bereits wenige Stunden nach seiner Ankunft in Russland für ihn die Gefahr bestand, sich nach langer Zeit mal wieder zu verlieben. Schon der Gedanke daran amüsierte ihn.

Müde vom vielen Laufen führte ihn Isi am frühen Abend in ein kleines unscheinbares Restaurant. Es lag in einer Seitenstraße unweit der Moskwa und versteckte sich hinter einer schmutzigen, renovierungsbedürftigen Fassade.

„Hier kannst du die russische Küche probieren", forderte sie ihn auf. „Falls du gerne Fisch isst, können wir mit Sakusski beginnen. In diesem Restaurant ist das ein riesiger Vorspeisenteller mit geräucherten Stör, gesalzenen Lachs, Kaviarbrötchen, Hering mit Zwiebeln sowie eingelegten Pilzen."

„Und dazu trinken wir viel Wodka?"

Die Grübchen an ihren Mundwinkeln vertieften sich. „Du kannst dir gerne eine Flasche bestellen."

Abschätzend betrachtete sie ihn. „Ich habe nicht die geringste Ahnung, wie viel Alkohol du verträgst, aber zum Zug tragen kann ich dich nicht. Ich selber begnüge mich mit Mineralwasser."

Marc entschied sich letztendlich für ein alkoholfreies russisches Bier.

Die Platte mit den Vorspeisen war tatsächlich sehr groß. Alles darauf sah ungeheuer appetitlich aus. Erstaunt sah er zu, wie sich die Russin einen Happen nach dem anderen in den Mund schob. Bei ihrer Figur wäre er niemals auf die Idee gekommen, dass sie so unbekümmert essen konnte.

Nach den reichlichen Vorspeisen war Marc satt. „Falls du jetzt noch ein Hauptgericht bestellen willst, muss ich kapitulieren. Das schaffe ich nicht mehr."

„Die Hauptspeise können wir auslassen", gab sich Isi großzügig. „Aber auf den Nachtisch solltest du auf keinen Fall verzichten. Das Beste hier sind Wareniki. Dabei handelt es sich um kleine Teigtaschen mit verschiedenen, süßen Füllungen."

„Wie bist du an den Namen Isi gekommen?", wollte er nach dem Essen von ihr wissen. „Oder ist das in Russland die natürliche Abkürzung für Inessa?"

Seine hübsche Begleiterin schüttelte den Kopf. „Mein wirklicher Vorname hat mir nie besonders gut gefallen. Seit der Kindheit erinnert mich dieser Name an eine schreckliche, schrullige Tante, die in St. Petersburg wohnte und ebenso hieß. Irgendwann, ich muss damals ungefähr dreizehn oder vierzehn Jahren alt gewesen sein, bin ich zusammen mit ein paar Freundinnen ins Kino gegangen. Es gab einen spanischen Film. Die Hauptdarstellerin darin hieß Isabella und wurde Isi gerufen. Die Freundinnen waren der Meinung, dass ich ihr ähnlich sehe. Von da an haben sie mich spaßeshalber Isi genannt. Mir jedenfalls hat dieser Name besser als Inessa gefallen. Im Laufe der Zeit haben meine Mutter, alle Freunde sowie fast die gesamte Verwandtschaft ihn übernommen."

„Macht dir dein Job als Model Spaß? Ich kann mir vorstellen, dass es dabei oft recht langweilig zugeht. Oder täusche ich mich," wollte Marc von ihr wissen.

Sie rümpfte die Nase. „Das mit der Langeweile hält sich in Grenzen. Doch mit dieser Art von Arbeit ist es sowieso bald vorbei," antwortete sie ihm mit nachdenklicher Miene.

„Ehrlich gesagt bereitet mir meine berufliche Zukunft einiges Kopfzerbrechen. Ich habe zwar Ökologie studiert, aber ohne die richtigen Verbindungen findet man in Russland keinen geeigneten Job. Zu Beginn des Studiums ging ich davon aus, dass bei uns in Zukunft mehr Leute mit dieser Qualifikation benötigt werden. Da habe ich mich getäuscht. Vielleicht ist auch die Wirtschaftskrise daran schuld. Auf meine Bewerbungen bekomme ich meist gar keine Antwort. Mit dem Vorführen von Kleidern konnte ich mich bis jetzt recht gut durchschlagen, obwohl das nicht gerade mein Traumberuf ist. Vor wenigen Wochen hat mein Agent durchblicken lassen, dass ich in Zukunft mit keinem der gut bezahlten Aufträge mehr rechnen kann. So etwas, wie diesmal in Moskau, wird es wohl für mich nicht mehr geben."

„Wieso? Soweit ich das beurteilen kann, hast du eine tadellose Figur."

„Danke für das Kompliment. Doch mit meinen 27 Jahren bin ich für diese Branche einfach zu alt. Wer es bis dahin nicht an die Spitze geschafft hat und auf etlichen Titelseiten von Modezeitschriften zu sehen war, muss abtreten. In Russland gibt es viele hübsche, junge Mädchen, die von diesem Beruf träumen und alles dafür unternehmen, um Mannequin oder Fotomodell zu werden. Eine Freundin, die mit mir zusammen in dem Job angefangen hat, spaziert inzwischen mit Unterwäsche über den Laufsteg. Zum Glück bleibt mir diese Entscheidung erspart."

Sie zeigte auf ihren Busen. „Dafür habe ich da einfach zu wenig vorzuweisen. Wahrscheinlich würde ich es auch nicht fertigbringen, mich in Unterwäsche vor Publikum zu zeigen."

„Deine Mutter hat in Moskau als Dolmetscherin gearbeitet. Aus dieser Zeit müsste sie doch Leute kennen, die dir dabei behilflich sein könnten, in deinem studierten Beruf Fuß zu fassen?"

„Ihre Zeit in Moskau liegt Jahre zurück. Inzwischen hat sich da viel verändert. Außerdem habe ich bei ihr manchmal das Gefühl, das sie Angst davor hat, mit Menschen aus jener Zeit in Verbindung zu treten."

„Was ist mit dem Ausland?"

Isi winkte ab. Dafür müsste ich von einer Agentur vertreten werden, die international tätig ist. Nur so bekomme ich das entsprechende Visum. Vielleicht gäbe es eine Chance, irgendwo in Westeuropa zu arbeiten, wenn ich Deutschrussin oder Jüdin wäre. Mir wurde gesagt, dass es dann leichter ist, eine Arbeitserlaubnis für den EU-Raum zu bekommen. Vielleicht hat meine Schwester Natascha einmal diese Möglichkeit. Ihr Vater kam schließlich aus Deutschland."

„Was hast du dann in Zukunft vor? Für die Rente bist du eindeutig zu jung."

Sie zuckte mit den Achseln. „Eine meiner Freundinnen besitzt mehrere kleine Schuhläden und Schuhstände auf Märkten bei uns in Nabereschnyje Tschelny. Sie möchte, dass ich bei ihr einsteige. Doch dazu habe ich im Grunde genommen keine rechte Lust. Da hätte ich mir das Studium ersparen können."

Rechtzeitig vor der Abfahrt kamen sie am Bahnhof an, um ihr Gepäck abzuholen. Der Zug stand bereit.

„Ich habe für uns Plätze im Coupé reserviert", teilte sie ihm bei der Suche nach ihrer Waggonnummer mit. „Da gibt es in jedem Abteil vier Betten und so können wir heute Nacht wenigsten etwas schlafen."

„Was hätte es für Alternativen gegeben,", wollte er wissen.

„Das gebuchte Coupé ist bei uns üblicherweise die 2. Klasse. In der 1. Kategorie befinden sich lediglich zwei Betten im Abteil. Solchen Luxus gibt es auf dieser Strecke nicht. In der 3. Klasse gibt es in jedem Waggon mehr als fünfzig schmale Betten. Das ist recht unbequem, weil die ganze Nacht über Betrieb ist. An den Bahnhöfen unterwegs steigen Leute ein oder aus. Zwischendurch gibt es immer jemanden, der zur Toilette muss. Die 4. Klasse hat nur Sitzplätze."

Ihre grünen Augen funkelten provozierend. "Die letzten beiden Möglichkeiten habe ich von vornherein ausgeschlossen. Ich wollte vermeiden, dass du mit einem schlechten Eindruck nach Deutschland zurückkehrst."

Diesmal ersparte sich Marc eine Antwort.

Das Abteil mussten sie sich mit einem älteren Ehepaar aus einem Dorf in der Nähe von Nabereschnyje Tschelny teilen. Nach einem misstrauischen Blick auf Marc wurde Isi von der Frau sofort in ein Gespräch verwickelt.

Sie übersetzte ihm die Unterhaltung. „Eigentlich gehören uns die Betten auf der linken Seite. Eines unten und das andere oben. Die Frau hat mich gefragt, ob es uns etwas ausmacht, wenn wir das untere Bett an sie abtreten. Für sie oder ihrem Mann ist es zu beschwerlich, in die obere Etage zu klettern. Ich habe zugestimmt. Du hast hoffentlich nichts dagegen?"

„Das heißt wohl, dass wir uns den größten Teil der Fahrt in luftiger Höhe aufhalten müssen?"

Energisch schüttelte die Russin den Kopf. „Nein, so wird das bei uns nicht gehandhabt. Wir steigen nur zum Schlafen hoch. Die restliche Zeit sitzen wir hier unten. Du musst jetzt übrigens für wenige Minuten das Abteil verlassen."

Sie lachte abermals, als sie sein erstauntes Gesicht sah. „Gibt es das bei euch nicht? In Russland ist es üblich, dass man sich im Zug bequeme Kleidung anzieht. Besonders bei längeren Fahrten ist das praktisch. Dadurch schont man die Reisekleidung. Wenn wir Frauen uns umgezogen haben, seit ihr Männer dran. Die Babuschka nimmt an, dass ich deine Geliebte bin. Sie hat mich eindringlich vor dir gewarnt und die Vermutung geäußert, dass in Deutschland sicherlich eine Ehefrau auf dich wartet."

„Das hast du hoffentlich klargestellt," tat Marc empört.

Isi schüttelte den Kopf und schaute ihn wieder einmal schelmisch lächelnd an. „Warum sollte ich? In meinem Leben gab es noch nie einen ausländischen Geliebten. Jetzt bekomme ich aus erster Hand mit, wie meine Landsleute darauf reagieren. Außerdem können die alten Leute, nach der Rückkehr in ihr Dorf, etwas über gewisse russische Frauen erzählen, die sich verheirateten Ausländern an den Hals werfen. Lassen wir die beiden also in ihrem Glauben."

Sanft schob sie Marc aus dem Abteil. Dabei gab ihm einen leichten Kuss auf die Wange „Nur damit es echt aussieht", flüsterte sie ihm zu.

Verblüfft über sich selber stand sie anschließend hinter der geschlossenen Abteiltür. Was hatte sie dazu getrieben, ein Verhältnis einzugestehen, das es gar nicht gab? Wieso kam sie dazu, diesen Deutschen, den sie erst seit wenigen Stunden persönlich kannte, zu küssen? Was mochte er von ihr denken?

Marc wartete mit dem alten Mann im Gang des Zuges, bis sich die Tür wieder öffnete und die beiden Frauen herauskamen. Inessa trug jetzt ein einfaches, langes bunt bedrucktes T-Shirt zu schwarzen Leggings. Ihre Mitreisende hüllte sich in einen schrecklichen, rosafarbenen Bademantel. Die Füße steckten in giftgrünen mit perlenbesetzten Hausschuhen.

Als Marc an Isi vorbei in das Abteil trat, gab er der Russin einen Kuss direkt auf den Mund. „Nur damit es echt aussieht, meine Geliebte. Und wer sagt denn, dass ich nicht wirklich verheiratet bin und mindestens fünf Kinder habe."

Ihre großen, grünen Augen schauten ihm leicht verwirrt nach.

Auf die Minute genau verließ der Zug den Bahnhof. Isi und Marc hatten sich an eines der Fenster im Gang gestellt. Sie sahen die vielen Lichter in den Wohnungen der Plattenbauten an ihnen vorbeihuschen. Häufig standen sie unmittelbar neben den Gleisen. Später richteten die Frauen das Abendessen gemeinsam her. Wie sich herausstellte, hatte Isi vorgesorgt. Es gab reichlich Brot, Wurst sowie Käse.

Obwohl Marc von den Gesprächen nur etwas verstand, wenn die Russin es ihm übersetzte, wurde es ein interessanter Abend. Die Frauen tranken zum Essen Tee. Das heiße Wasser dazu holten sie aus einem heruntergekommenen Samowar am Anfang des Waggons. Für die Männer gab es eine Flasche Wodka. Isi hatte sie verschmitzt aus ihrer Tasche gezogen und auf den kleinen Tisch gestellt.

„Du sollst Russland schließlich richtig kennenlernen," war ihr Kommentar.

Zum Rauchen begleitete sie ihn an das Ende des Waggons. Der Übergang zum nächsten Wagen war dort lediglich mit zwei Metallplatten abgedeckt, die sich während der Fahrt dauernd bewegten. Darunter konnte Marc die Schwellen der Eisenbahnschienen erkennen.

Er zeigte auf das Typenschild mit der Aufschrift „VEB Waggonbau Ammendorf". „Interessant. Das ist noch ein alter deutscher Waggon aus dem Jahr 1958. Ich hätte nicht gedacht, dass die noch immer in Betrieb sind."

„Ja, viele unsere Züge sind ziemlich veraltet, aber auf den Strecken gibt es einige Verbesserungen. Vor wenigen Jahren hat die Fahrt von Moskau nach Nabereschnyje Tschelny noch mehr als dreißig Stunden gedauert. Da hat der Zug eine andere Route genommen. Jetzt sind es nur noch zwanzig.

Nach einer kleinen Pause wollte sie wissen: „Bist du wirklich verheiratet?"

„Warum interessiert dich das?", antworte Marc mit einer Gegenfrage, während er den Rauch seiner Zigarette in die Luft blies.

„Schließlich möchte ich wissen, mit wem ich es zu tun habe. Außerdem lasse ich mich von keinem gebundenen Mann küssen. Damit handelt man sich nur Ärger ein."

„Dann habe ich ja Glück, dass ich nicht verheiratet bin. Und wie steht es mit dir?"

Isi schüttelte den Kopf. „Bis jetzt habe ich noch keine Lust verspürt, die Selbstständigkeit aufzugeben. Für russische Verhältnisse bin ich bald aus dem heiratsfähigen Alter raus. In unserer Verwandtschaft wird bereits heftig darüber diskutiert. Die meisten meiner Freundinnen sind seit Jahren verheiratet, kümmern sich um Kinder und Haushalt. Die Ehemänner suchen derweil bei ihren Gespielinen Abwechslung. Um so zu leben, fehlt mir das Verständnis."

„Deine Freundinnen dulden es, wenn ihre Männer eine Geliebte haben?"

„Nicht alle," revidierte sie ihre Aussage. „Doch wenn sich ihre Kerle außer Haus vergnügen wollen, können die Frauen nicht viel dagegen machen. In den meisten Fällen verdienen die Männer den Großteil des gemeinsamen Einkommens. Nach einer Scheidung sollten sie dem Gesetz nach zwar wenigstens Unterhalt für die Kinder bekommen, aber davor kann man sich bei uns leicht drücken. Dazu kommt, dass die Frauen glauben, dass sie ohne Ehemann weniger wert sind. Einen anderen Mann zu finden, ist für sie, vor allem wenn Kinder da sind, nicht so einfach. Laut Statistik kommen in Tatarstan mindestens zwei Frauen auf einen Mann. Bei denen musst du noch die Alkoholiker und Arbeitsscheuen abziehen. Mit solchen Typen möchte man auch nicht zusammenleben. Oft genug ist da die Geliebte des Ehemannes das kleinere Problem."

Sie schaute Marc fragend an: „Wieso bist du nicht verheiratet?"

„Vor acht Jahren ist es fast dazu gekommen. Nicole war eine Kollegin und arbeitete bei der Polizei im Streifendienst. Bei einer routinemäßigen Verkehrskontrolle hat sie ein Betrunkener niedergeschossen. An der Verletzung ist sie kurz darauf im Krankenhaus gestorben. Erst wenige Tage zuvor hatte sie mir gesagt, dass sie schwanger ist. Wir haben uns sehr auf das Kind gefreut."

„Das tut mir leid. Ich wollte keine alten Erinnerungen bei dir wachrufen."

Marc schüttelte den Kopf. „Das liegt viele Jahre zurück. Ich habe gelernt, damit zu leben. Seitdem ist mir niemand begegnet, den ich so nahe an mich heranlassen wollte."

Neugierig schaute Inessa ihn an: „Denkst du noch oft an sie?".

Abermals schüttelte er den Kopf. „Nein, mit der Zeit ist es immer weniger geworden. Die ersten ein bis zwei Jahre nach ihrem Tod waren schlimm für mich. Das ist der Grund gewesen, mich beim BKA zu bewerben. Irgendwann begann bei mir der Heilungsprozess und die Erinnerungen an sie traten langsam in den Hintergrund."

„Wie hat sie ausgesehen?"

„Nicole war groß und ebenso schlank wie du. Sie besaß viel Humor und hatte blonde Haare, die ihr bis zum Kinn reichten. Ihr Optimismus kannte keine Grenzen. Selbst als sie bereits im Sterben lag, war sie davon überzeugt, schon bald das Krankenhaus verlassen zu können."

„Wie habt ihr euch kennengelernt?"

„Das geschah eher zufällig im Sportverein der Polizei. Ein Kollege hat sie mir vorgestellt. Bei uns hat es von Anfang an gefunkt. Als ich nach Hause gehen wollte, fing es zu regnen an. Da hat sie mir angeboten, mich in ihrem Auto mitzunehmen. So hat es angefangen."

Als sie in das Abteil zurückkehrten, lagen ihre Mitreisenden bereits in den Betten. So leise wie möglich machten sie es ihnen nach.

3.

Draußen dämmerte es, als Marc aufwachte. Von seiner Seite des Abteils aus sah er den Kopf Isis, deren glänzende Haare wie eine Gardine ihre Augen bedeckten. Einer ihrer Arme lag auf der dünnen Bettdecke. Im letzten Moment unterdrückte er den plötzlich aufkommenden Impuls, sie zu berühren.

Verwundert über diese seltsame Anwandlung schwang er sich aus dem Bett. Bei der Rückkehr von der Morgentoilette lächelte die Russin mit verschlafenen Augen von oben auf ihn herunter. Die beiden älteren Leute waren bereits aufgestanden und machten sich ihrerseits auf den Weg zur Toilette.

„Na, hast du gut geschlafen?", wollte die Russin wissen.

Marc nickte. „Ganz hervorragend. An das rhythmische Rattern des Zuges habe ich mich ziemlich schnell gewöhnt. Zweimal bin ich kurz wach geworden. Da standen wir in irgendwelchen Bahnhöfen. Danach konnte ich sofort wieder eingeschlafen."

Nachdenklich schaute er zu ihr hoch. „Wo kann ich bei euch in Nabereschnyje Tschelny schlafen? In deiner Mail hast du angedeutet, dass es mehrere Möglichkeiten gibt."

Sie nickte. „Wenn du möchtest, überlasse ich dir in dieser Zeit meine Wohnung. Sie besteht zwar nur aus einem Zimmer sowie Küche und Bad, aber das sollte genügen. Falls du Wert auf Service legst, kämen gleich mehrere Hotels infrage. Eines davon liegt ganz in der Nähe meiner Bleibe und wurde erst vor Kurzem eröffnet."

„Zusammen mit dir in deiner Wohnung leben? Das ist ein verlockendes Angebot."

Spielerisch schlug sie mit dem Kopfkissen nach ihm. „Träume ruhig weiter. In dieser Zeit werde ich bei Natascha und Mutter nächtigen."

Betont betrübt schüttelte Marc den Kopf. „Das ist jammerschade. Nachdem du unsere Mitreisenden in dem Glauben lässt, meine Geliebte zu sein, bin ich selbstverständlich davon ausgegangen, dass wir alle weiteren Nächte ebenfalls zusammen verbringen."

Mit einem Satz sprang die Russin aus ihrem Bett auf den Boden des Abteils und stieß ihn dabei fast um. Automatisch hielt er sie fest.

Aus nächster Nähe funkelten ihn ihre grünen Augen an. „Du hast ziemlich verrückte Ideen oder eine ausgesprochen schmutzige Fantasie Marc Dobrin. Was denkst du von mir?"

Mit diesen Worten schaute sie ihn verwundert, aber keineswegs verärgert an.

„Entschuldige, das ist mir einfach so raus gerutscht. Solche groben Anzüglichkeiten sind sonst nicht meine Art.Irgendwie hast du es in der kurzen Zeit geschafft, mich völlig durcheinanderzubringen", antwortete Marc entschuldigend.

Für einen Moment ließ sie es geschehen, dass seine Lippen die ihren berührten. Energisch schob sie ihn von sich, nur um kurz darauf ihren Kopf an seine Schulter zu legen.

„So etwas sollten wir lassen", flüsterte sie. „Es führt zu nichts. Wir kennen uns kaum. Du hast dein Leben in Deutschland und ich das meine in Russland. Wenn du zurückfliegst, sind wir beide traurig."

„In diesem Moment habe ich das Gefühl, dass es dafür bereits zu spät ist", bekam sie zur Antwort.

Nachdenklich und offen schaute er ihr in die Augen „Ich kann mich an niemanden erinnern, der innerhalb kürzester Zeit eine so anziehende Wirkung auf mich hatte."

„Und wie oft hast du so etwas schon zu Frauen gesagt," lächelte sie ihn an, um danach ernst fortzufahren: „Beim Warten im Flughafen musste ich die ganze Zeit darüber nachdenken, was du wohl für ein Mensch bist. Dabei sind in mir keineswegs angenehme Gedanken aufgekommen. Bei uns im Fernsehen laufen noch viele Filme über den letzten großen Krieg. Die Deutschen, die darin vorkommen, sind immer wahre Scheusale."

„Und was hast du jetzt für eine Meinung?"

„Ich bin froh, dass du so gar nicht meinen wohl überholten Vorstellungen entsprichst. Mich verwundert noch immer, dass wir uns auf Anhieb so gut verstanden haben. Es kommt mir vor, als würden wir uns seit einer Ewigkeit kennen."

Ihre Augen funkelten bereits wieder, als sie den Kopf hob und ihn anblickte. „Trotzdem kann es zwischen uns nur eine gute Freundschaft geben. Für ein kurzes Verhältnis bin ich nicht geschaffen. Belassen wir es bei einem gelegentlichen Kuss, wie er in Russland unter Geschwistern üblich ist. Immerhin bist du der Bruder meiner Halbschwester."

Zur Bestätigung ihrer Worte legte sie ihn die Arme um den Hals und küsste ihn kurz auf den Mund.

In den folgenden Stunden stand Marc oft im Gang, an den mit Gardinen verzierten Fenstern des Zuges. Die unendliche Weite der Landschaft war beeindruckend. Rechts und links der Bahngleise lösten sich endlose Birkenwälder mit großen Ebenen ab. Dann dauerte es eine gefühlte Ewigkeit, bis urplötzlich kleine Ortschaften mit ihren blau oder grün gestrichenen Holzblockhäusern auftauchten. In den Dörfern schien die Zeit stehen geblieben zu sein.

In größeren Städten hielt der Zug meistens für mehrere Minuten. Unter den wachsamen Augen einer Zugbegleiterin durften sie aussteigen und sich auf dem Bahnsteig die Füße vertreten.

Fast immer warteten dort Frauen, die selbst gemachte, gefüllte Teigtaschen, eingelegtes Gemüse oder kalte Getränke an die Reisenden verkaufen wollten.

„Wenn du etwas kaufen möchtest, sprich nicht, sondern deute nur mit dem Finger drauf", hatte Isi ihn bereits zu Beginn ihrer Reise instruiert. „Sobald sich unter den Händlerinnen herumspricht, dass du Ausländer bist, erhöhen sie die Preise."

Sie selber kaufte für sich einen getrockneten Fisch. Marc schaute ihr misstrauisch dabei zu, als sie ihn später im Abteil zerlegte und ihm sowie ihren Mitreisenden davon etwas anbot.

Marc schob sich vorsichtig ein Stück in den Mund. Isi lachte fröhlich, als er sein Gesicht verzog. „Was ist? Schmeckt er dir nicht," wollte sie wissen.

„Den Rest darfst du alleine essen. Mir ist er zu salzig. Um den herunter zubekommen, benötige ich ein ganzes Fass Bier. Hast du noch mehr solcher Vorlieben?"

„Einige davon wirst du bestimmt noch kennenlernen."

Gelegentlich stellte sie sich am Fenster neben ihn. Manchmal hakte sich bei ihm ein oder legte, in Gedanken versunken wie selbstverständlich, ihren Kopf an seine Schulter.

Ihm gefielen diese Zeichen der Vertrautheit. Gleichzeitig irritierten ihn die dabei die aufkommenden Gefühle für sie.

Gegen Mittag unternahmen sie einen schier endlosen Spaziergang durch die verschiedenen Waggons, bis sie den Speisewagen erreichten. Außer zwei uniformierten Polizisten, die mit einer Frau vom Küchenpersonal schäkerten, waren sie die einzigen Gäste. Marc machte es Isi nach, die für sich Fleischklößchen, so ähnlich wie Frikadellen, mit Bratkartoffeln bestellte.

Der Zug erreichte pünktlich den Bahnhof von Nabereschnyje Tschelny. Beide verspürten sie so etwas wie Wehmut. Wäre es nach ihnen gegangen, hätte die Zugfahrt ruhig länger dauern können.

Auf dem Bahnsteig kam ihnen Isis Mutter aufgeregt entgegengelaufen. Sie besaß die gleiche, schlanke Figur, den lebhaften Gesichtsausdruck und die meergrünen Augen wie ihre Tochter.

Lediglich in der Haarfarbe und natürlich vom Alter her unterschieden sich die beiden Frauen. Die Mutter hatte blonde, schulterlange Haare und noch immer fand sich in ihrem Gesicht das Lächeln eines jungen Mädchens. Marc verstand auf Anhieb, wieso sich sein Adoptivvater in sie verliebt hatte.

Lange schaute Irina den Stiefsohn ihres ehemaligen Geliebten an. Fast so, als wolle sie herausfinden, ob es Ähnlichkeiten gab. Dann erst küsste sie ihn herzhaft auf beide Wangen.

„Ich bin froh, dich endlich kennenzulernen. Irgendwie sind wir schließlich eine Familie, wenn auch auf seltsamen Umwegen. Wenn ich damals mit deinem Adoptivvater zusammen war, hat er voll Stolz von dir gesprochen. Für ihn warst du stets wie ein leiblicher Sohn. Zu dieser Zeit hast du bereits mit deiner Stiefmutter in Frankreich gelebt. Darüber war er nicht besonders glücklich."

Die Fahrt zu ihrer Wohnung legten sie in Irinas kleinen Hyundai zurück. „Habt ihr schon darüber gesprochen, wo Marc während seines Aufenthaltes schlafen wird,", wollte sie wissen.

„Wir haben vereinbart, dass er bei mir in der Wohnung übernachtet", antwortete ihre Tochter. „In den Nächten werde ich es mir bei dir gemütlich machen. Natascha wird nichts dagegen haben, wenn sie das Bett mit mir teilen muss. In der Zeit, wo du arbeitest und sie in der Schule ist, kann ich Marc unsere Stadt und die nähere Umgebung zeigen. Falls er Lust dazu verspürt, können wir auch mit dem Schiff nach Kasan fahren."

Zu ihm gewandt fügte sie erklärend hinzu: „Vor ein paar Stunden sind wir mit dem Zug durch Kasan gekommen. Es ist eine interessante Stadt und bedeutend sehenswerter als Nabereschnyje Tschelny."

„Wo ist eigentlich Natascha?", wollte sie schließlich von ihrer Mutter erfahren.

„Kurz bevor ich zum Bahnhof gefahren bin, ist sie nach Hause gekommen. Sie war bei einer Freundin. Jetzt kümmert sie sich um unser Abendessen."

Marcs Stiefschwester erwartete sie mit leicht gerötetem Gesicht von der Arbeit in der Küche. Verlegen reichte sie dem Besucher die Hand und betrachtete ihn etwas verschämt. Das also war ihr Stiefbruder aus Deutschland, der extra nach Russland gekommen ist, um sie kennenzulernen, schien sie zu denken.

Marc fiel zuerst der Ausdruck ihrer blauen Augen in dem fein geschnittenen Gesicht auf. Die Ähnlichkeit Nataschas mit seinem Adoptivvater war verblüffend. Wie Irina und Isi hatte sie eine schlanke Figur. Allerdings war sie stärker geschminkt wie die beiden. Die hellblonden Haare reichten weit über ihre Schultern. Ihr Aussehen erinnerte ihn an eine dieser Barbiepuppen.

Zum Essen setzten sie sich ins Wohnzimmer. Den Tisch hatte Natascha bereits vorher gedeckt. Isis Mutter musste lächeln, als sie sah, wie vertraut ihre große Tochter und Marc miteinander umgingen.

Natascha folgte dem Gespräch meist schweigsam und antwortete nur dann, wenn sie direkt angesprochen wurde.

Isi lächelte ihrer Schwester gutmütig zu und sagte lächelnd zu Marc: „Natascha ist selten so ruhig wie heute Abend. Doch das täuscht und muss an deiner Anwesenheit liegen. Oft genug hat sie das Temperament einer tatarischen Wildkatze."

„Vielleicht liegt es auch daran, dass sie mal wieder verliebt ist", murmelte Irina gleichmütig. An diesen Zustand schien sie bei ihrer Tochter gewöhnt zu sein.

Natascha lief rot an und schimpfte ziemlich heftig auf Russisch mit ihrer Mutter.

„Davon weiß ich ja noch gar nichts." Inessa schaute sie provozierend an. „Wann ist das denn passiert? Kenne ich den Glücklichen und was sagt Oleg dazu?"

Erklärend fügte sie an Marc gewandt hinzu: „Oleg ist bereits seit dem Kindergarten in Natascha verliebt und treibt sich meistens in ihrer Nähe herum. Dabei behandelt sie den armen Jungen wie einen Fußabtreter."

„Mutter übertreibt," protestierte ihre jüngere Schwester. „Von Verliebtsein kann keine Rede sein. Ich habe Michail vor einigen Tagen auf einer Geburtstagsparty zum ersten Mal gesehen. Danach haben wir uns lediglich ein paar Mal getroffen und unterhalten."

Nach dem Essen machte Isi Tee. Entspannt unterhielten sie sich. Irina wollte dabei viel über die letzten Jahre ihres ehemaligen Geliebten erfahren.

„Warum seit ihr, also du und mein Adoptivvater, nicht zusammengeblieben", fragte Marc sie nach einem abwägenden Blick auf Natascha und Isi. „Oder stand diese Möglichkeit nicht zur Debatte?"

„Doch, Georg und ich haben uns sehr geliebt", antwortete Irina freimütig. „Er wollte unbedingt, dass wir alle gemeinsam in Deutschland leben."

Nachdenklich fügte sie hinzu: „Vielleicht wären wir dort sehr glücklich geworden."

„Und warum hast du es nicht getan?" Neugierig schaute Isi ihre Mutter an. „Darüber hast du mit mir nie gesprochen."

„Natascha hat mich das kürzlich ebenfalls gefragt,"

„Was hast du ihr geantwortet?"

„Ich wäre gerne mit euch beiden zu Georg nach Deutschland gezogen. Doch für dich brauchte ich die Zustimmung deines Vaters. Obwohl er sich nach unserer Scheidung kaum um dich gekümmert hat, war er strikt dagegen. Da hat mein ganzes Betteln und Flehen nichts genützt. Schweren Herzens habe ich mich schließlich dazu entschieden, ebenfalls in Russland zu bleiben."

Sie machte eine kurze Pause, bevor sie weitersprach: „Nachdem klar war, dass uns eine gemeinsame Zukunft verwehrt blieb, habe ich den Kontakt zu Georg abgebrochen. Alles andere wäre für uns beide zu einer endlosen Quälerei geworden. Bei Nataschas Geburt befand er sich gerade in Deutschland. Kurz darauf habe ich meinen Job als Dolmetscherin verloren. Dass ich ein Kind von einem Deutschen bekommen habe, wurde damals in der Verwaltung des Kreml nicht gerne gesehen. Von Bekannten bekam ich den gut gemeinten Ratschlag, nach Nabereschnyje Tschelny zurückzukehren. Sie waren es auch, die mir die Arbeit hier in der Stadt vermittelt haben."

Am Ausdruck ihrer Augen glaubte Marc zu sehen, dass es damals noch weitere Gründe gegeben haben musste. Doch offenbar wollte sie nicht darüber sprechen.

Sie wechselte das Thema. „Du hast erzählt, dass Georg bei einem Überfall auf seine Kanzlei so schwer verletzt wurde, dass er an den Folgen starb. Hat man den oder die Täter gefunden?" Irina schaute ihn fragend an.

„Nein, die konnte man noch nicht ausfindig machen. Die Polizei nimmt an, dass die Einbrecher bei dem Überfall nach Aufzeichnungen gesucht haben, die angeblich auf einer kleinen Speicherkarte abgespeichert waren. Das hat Vater in seinem letzten Brief an mich auch angedeutet. Er hat geschrieben, dass sie so etwas wie eine Lebensversicherung für ihn seien. Dummerweise hat er mit jemanden darüber gesprochen. Bei den Aufzeichnungen soll es um kompromittierende Geschäftspraktiken einer Person gehen, die demnächst in ein hohes politisches Amt gewählt wird. Um mich zu schützen, ist er auf Einzelheiten nicht eingegangen. Immerhin müssen die Daten auf der Speicherkarte so wichtig sein, dass sogar der deutsche Verfassungsschutz danach sucht. Laut meinem Adoptivvater müssten sie eigentlich eine Kopie davon bekommen haben. Doch anscheinend brauchen sie unbedingt das Original. Den Grund dafür kenne ich nicht. Ich habe beschlossen, mir darüber keine weiteren Gedanken zu machen. Das hat auch Vater so gewollt. Trotzdem hoffe ich natürlich, dass diese Kriminellen von der Polizei doch noch gefunden werden."

„Warum wollte mein Vater, dass du mit uns Kontakt aufnimmst? Hat er nach all den vielen Jahren plötzlich ein schlechtes Gewissen bekommen," sprach Natascha den Besucher zum ersten Mal direkt an.

Bei dem ungewohnten „mein Vater" musste sie ein wenig lächeln. Marc konnte sehen, dass die Antwort auch ihre Mutter und Isi interessierten. Gespannt schauten sie ihn an.

Marc dachte kurz nach, bevor er auf die Frage einging.

„Ganz bestimmt hat er in den vergangenen Jahren oft an euch gedacht. Das hat er auch in seinem letzten Brief geschrieben. Doch Irina ist damals mit euch Mädchen spurlos aus Moskau verschwunden. Wie ich ihn kenne, hat er alles Menschenmögliche unternommen, um euch zu finden. Erst kurz vor seinem Tod hat er euren Aufenthaltsort in Erfahrung gebracht und daraufhin sofort versucht, zu euch Kontakt aufzunehmen. Die Briefe an euch blieben leider unbeantwortet."

„Warum hast du ihm nicht nach unserem Umzug die neue Anschrift mitgeteilt", wollte Isi von ihrer Mutter wissen. Vielleicht hätte Natascha ihren Vater dann persönlich kennengelernt."

Irina schluckte, bevor sie auf die Frage ihrer Tochter einging. „Damals gab es jemanden in Moskau, der nicht erfahren durfte, wohin wir verschwunden sind."

„Wer ist das gewesen," ließ Isi nicht locker.

Fast schien es so, als würde ihre Mutter blass, bevor sie antwortete. „Der Grund war ziemlich unangenehm und diese Person hätte uns allen gefährlich werden können. Erst im Laufe der Jahre habe ich die Gedanken an diesen Menschen aus meinen Kopf verdrängt. Obwohl inzwischen viel Zeit vergangen ist, kann ich immer noch nicht darüber sprechen."

Isi spürte die Verlegenheit ihrer Mutter und wandte sich an Marc: „Was denkst du, warum dein Adoptivvater mit dir nie über Natascha gesprochen hat? Ist es ihm doch irgendwie unangenehm gewesen, mit einer russischen Frau ein uneheliches Kind zu haben?"

Marc protestiertet.„Ganz bestimmt war das nicht der Grund. Wegen einer nicht ehelichen Tochter hätte er sich niemals geschämt. Dafür, dass er mit mir nie über euch gesprochen hat, muss es einen anderen Anlass gegeben haben."

„Wie bist du an den Brief gekommen?"

Die Stationsschwester im Krankenhaus hat ihn mir, zusammen mit weiteren persönlichen Sachen, nach seinem Tod gegeben. Er muss ihn kurz zuvor geschrieben haben. Dadurch habe ich von eurer Existenz erfahren."

„Warum solltest du uns besuchen? Er muss doch dafür einen Grund genannt haben," bohrte Natascha weiter.

Marc lächelte sie an: „Endlich mal eine Frage, die ich dir beantworten kann. Er hat dich immer als rechtmäßige Tochter gesehen. Darum hat er gewollt, dass sein Besitz nach seinem Ableben zwischen uns beiden aufgeteilt wird. Nachdem er euch nicht selber finden konnte, hat er wohl gehofft, dass ich dabei mehr Glück habe."

„Wieso? Was hat Natascha mit dem Erbe zu schaffen," wollte Irina wissen.

„Sie ist sein leibliches Kind."

„Niemand in Deutschland hat Kenntnis davon gehabt, dass Georg in Russland ein Tochter hat."

„Er wusste es und allein das zählt. Deshalb hat er gewollt, dass wir beide den gleichen Erbteil erhalten. Ich bin da durchaus seiner Meinung. Erst recht, nachdem ich euch kennengelernt habe."

„Was bedeutet das für Natascha,", stellte Irina die nächste Frage.

Marc nickte. „Vater ist nicht wirklich reich gewesen, aber gerade mittellos war er auch nicht. Bargeld war nicht viel da. Seine Ersparnisse stecken in zwei absolut identischen Eigentumswohnungen, von wo aus man sehr gut den Rhein sehen kann. In einer davon wohne ich. Die andere, also diejenige, die jetzt Natascha gehört, ist vermietet. Vielleicht hat er damals beim Kauf bereits darauf gehofft, dass seine Tochter eines Tages nach Deutschland zieht. Zum Erbe zählte außerdem die Hälfte einer Rechtsanwaltskanzlei. Sein ehemaliger Sozius führt sie allein weiter. Wir haben vereinbart, dass er Georgs Anteil in monatlichen Raten abzahlen kann. Ihr Anteil sowie die Mieteinnahmen für die Wohnung liegen auf einem Extrakonto bei einer Kölner Bank."

Ungläubig schaute Natascha den Besucher an. „Dann bin ich also reich?"

„Ich weiß ja nicht, was du unter reich verstehst. Mit euren Oligarchen kannst du es nicht aufnehmen. Doch wenn man alles zusammenrechnet, kommt ein nicht unerheblicher Betrag zusammen. In meiner Aufzählung habe ich Vaters Haus vergessen. Im Moment ist es unbewohnt, kann aber jederzeit vermietet oder verkauft werden."

Er trank einen Schluck Tee, bevor er, an Irina gewandt, hinzufügte: „Da in Deutschland niemand etwas von einer Tochter wusste und Vater Schwierigkeiten vermeiden wollte, hatte er mich in seinem Testament als Alleinerbe eingesetzt. Er ist zu Recht davon ausgegangen, dass ich Natascha ihren Teil gebe. Irgendwann in der nächsten Zeit solltest du mit deiner Tochter zusammen überlegen, was ihr mit dem Erbe anfangen wollt.."

Marc stand auf und holte aus der Brieftasche zwei zusammengefaltete Seiten Papier. „Ich habe euch eine Kopie des Briefes von ihm mitgebracht."

Während die Frauen lasen, beobachtete er gespannt ihre Gesichter. Plötzlich sprang Irina auf und lief ins Nebenzimmer. Durch die geschlossene Tür konnten sie ihr Schluchzen hören. Natascha folgte ihr sofort.

Isi stand ebenfalls auf. „Marc, ich denke, dass es besser ist, wenn ich dich jetzt zu meiner Wohnung bringe. Mutter braucht Zeit, um alles zu verarbeiten. Es ist seltsam, wie wenig man seine eigenen Eltern kennt. Ich wäre nie auf den Gedanken gekommen, dass die Erinnerungen an deinen Adoptivvater sie so aufwühlen könnten."

Kurz darauf spazierten sie durch die mit Straßenlaternen spärlich beleuchteten Straßen. Dabei schaute Isi ihren Begleiter mehrmals verwundert an. Schließlich stellte sie ihm die Frage, die ihr die ganze Zeit auf der Zunge lag.

„Wegen dieses Briefes bist du extra zu uns nach Russland gekommen? Du hättest ihn vernichten können. Weder Mutter noch Natascha haben damit gerechnet, dass dein Adoptivvater überhaupt noch an sie denkt. Seitdem ist so viel Zeit vergangen."

„Vater ist kein Mann gewesen, der wichtige Erlebnisse aus seiner Leben einfach verdrängen oder sogar vergessen konnte. Insgeheim muss er oft an deine Mutter sowie Natascha gedacht haben. Zuerst konnte er euch nicht finden, und nachdem er die Anschrift hatte, blieben seine Briefe unbeantwortet. Er wäre sicher glücklich darüber gewesen, wenn er Natascha wenigstens einmal gesehen hätte."

„Ja, vielleicht hast du sogar recht. Doch warum hast du dir die Mühe gemacht, Natascha zu suchen. Du hättest so tun können, als würde es sie nicht geben. Du hast selber gesagt, dass niemand offiziell von ihrer Existenz wusste."

Marc schüttelte den Kopf. „Nein, so etwas hätte ich niemals tun können. Mein Adoptivvater hat mich da vollkommen richtig eingeschätzt. Er sowie seine damalige Frau, also meine Stiefmutter, haben mich als kleines Kind aus einem Heim geholt und adoptiert. In all den Jahren haben sie mir viel Liebe gegeben. Bessere Eltern hätte es für mich nicht geben können. Auch nach ihrer Scheidung, als Mutter mich mit nach Marseille genommen hat, hat mein Adoptivvater immer den Kontakt zu mir aufrechterhalten. Die Schulferien habe ich meistens in Köln verbracht. Ich verdanke ihnen nicht nur den glücklichen Verlauf meiner Kindheit. Wer weiß, was aus mir geworden wäre, wenn ich im Heim geblieben wäre. Allein deshalb ist es mir nie in den Sinn gekommen, seinen Wunsch zu missachten. Mein schlechtes Gewissen hätte mir für den Rest des Lebens keine Ruhe gelassen."

Nach einer kurzen Pause fügte er hinzu: „Außerdem ist mir Geld nicht besonders wichtig. Ich bin zufrieden mit dem, was ich habe und ganz sicher nicht unzufrieden mit dem, was ich nicht habe. Natürlich möchte ich den Lebensstandard, den ich seit der Kindheit gewohnt bin, nicht aufgeben. Doch das Geld dafür verdiene ich durch meine Arbeit."

Die Russin blieb plötzlich stehen und schaute ihn an. Ihr Gesicht war ganz dicht vor dem seinen. Das Licht der Straßenlaternen spiegelte sich in ihren Augen und ließ sie leuchten. „Von euch Deutschen habe ich immer eine völlig falsche Vorstellung gehabt. So wie du bist, habe ich sie mir ganz bestimmt nicht vorgestellt."

Ihre vollen Lippen waren weich und nachgiebig, als sie ihn küsste. Sie schmeckten nach einer Mischung aus Zimt und Vanille. Diesmal war es ein anderer, viel zärtlicherer Kuss, als die wenigen Male vorher. Das zeigte sich auch in ihren glänzenden Augen.

Nach einer Weile schob sie ihn von sich fort. „Ich muss verrückt sein", flüsterte sie. „Soweit sollte es nie kommen. Warum hast du mich nicht daran gehindert, etwas so Törichtes zu machen?"

Marc hielt sie auf Armlänge von sich weg und schaute sie an. Trotz der Dunkelheit sah er die einzelne Träne, die über ihre Wange rollte.

„Ich bin bereits vor einiger Zeit zu der Überzeugung gekommen, dass alles Wesentliche in unserem Leben vorbestimmt ist. Vielleicht auch das Kennenlernen mit dir. Warum sollen wir uns gegen etwas wehren, das mächtiger ist? Wir haben jetzt ein paar Wochen Zeit, um uns besser kennenzulernen. Was danach kommt, entscheiden wir einfach zu einem späteren Zeitpunkt. Bitte denke darüber nach."

„Du denkst, dass du mich, sobald du wieder in Deutschland bist, alle paar Wochen besuchen kommst? So wie es zwischen meiner Mutter und deinem Adoptivvater gelaufen ist?"

Isi schüttelte nachdrücklich den Kopf. „Nein, so eine Beziehung ist für mich unvorstellbar."

Nach kurzem Überlegen fügte sie hinzu: „Für mich muss es ein Ziel geben. Selbst wenn man es nie erreicht."

Hand in Hand und ganz in Gedanken, setzten sie ihren Weg fort.

Schließlich zeigte die Russin auf einen der üblichen Plattenbauten, aus dem ein Großteil der Stadt bestand. „Wir sind da. In dem Haus ist meine Wohnung. Ich habe sie erst vor einem Jahr geerbt. Sie hat meiner Babuschka, der Mutter meines Vaters, gehört. Ich bin sehr stolz darauf. Für eine alleinstehende Frau ist so etwas in Russland ein seltener Luxus. Zwei Freundinnen von mir, sie sind längst verheiratet und haben Kinder, wohnen immer noch bei den Eltern."

Die Haustür ließ sich über einen Zahlencode öffnen. Marc folgte ihr in die erste Etage. Wie bei Irina war auch hier die Wohnungstür mit einer zusätzlichen Metalltür gesichert.

„Für was soll diese Eisentür gut sein?", wollte er wissen.

„Das ist eine Vorsichtsmaßnahme", klärte sie Marc auf. „Es gibt immer wieder Wohnungseinbrüche. Dadurch vermeiden wir, nachts durch ungeladenen Besuch geweckt zu werden."

Ihr Reich war einfach, aber liebevoll eingerichtet. Neben dem Wohnraum, der gleichzeitig als Schlafzimmer diente, gab es eine Küche sowie ein kleines Badezimmer.

In einem Eck über der Schlafcouch hingen mehrere Fotografien an der Wand. Isi erklärte ihm, um wem es sich bei den Personen handelte. Auf den meisten davon waren ihre Mutter und Natascha zu sehen. Nur zwei Aufnahmen zeigten Isi beim Vorführen von Kleidern.

„Die Fotos wurden in St. Petersburg bei einer Modenschau gemacht", erklärte sie. und drehte sich zu ihm um.

Ihr glattes, ebenmäßiges Gesicht kam ganz nah an ihn heran. Die leicht geöffneten Lippen waren wie eine Einladung, der er nicht widerstehen wollte. Bereitwillig ließ sich Isi küssen. Doch schon bald zog sie ihren Kopf zurück und zupfte an seinen Ohrläppchen.

„Das lassen wir besser bleiben. Es ist zu gefährlich. Wenn ich mich hier in der Wohnung darauf einlasse, werde ich unter Umständen schwach und bereue es später. Wir sehen uns morgen früh. Wenn du möchtest, können wir vor dem Frühstück zusammen joggen. Im Laufe des Vormittags müssen wir dich bei der Ausländerbehörde anmelden. Das ist bei uns Vorschrift. Ich komme gegen acht Uhr vorbei."

Während sie schnell die Wohnungstür öffnete und ins Treppenhaus lief, warf sie ihm einen Handkuss zu. „Schließe die Tür hinter mir ab. Das ist sicherer. Schlaf gut."

Als sie zurückkam, hatte sich Natascha bereits schlafen gelegt. Doch ihre Mutter war noch wach. Sie saß am Küchentisch, neben sich eine Tasse mit Tee und wühlte in einer Kiste mit unzähligen Fotografien. Einige davon legte sie vor ihrer Tochter auf den Tisch.

„Das ist Georg, der Adoptivvater von Marc. Als die Aufnahmen gemacht wurden, hatten wir uns gerade kennengelernt."

Sie sah einen gut aussehenden Mann, der ihre Mutter im Arm hielt und dabei zärtlich anlächelte. Beide wirkten unendlich glücklich.

„Ich habe die Fotos lange nicht mehr angeschaut. Doch durch Marcs Besuch sind viele der alten Erinnerungen in mir hochgekommen. Es ist seltsam. Ich habe nicht gedacht, dass mich das Erscheinen seines Stiefsohns so stark berührt."

Isi nahm ein Bild nach dem anderen in die Hand und schaute sich den großen Mann mit dem ehrlichen, offen Gesicht genau an. Auch wenn es gar nicht sein konnte, glaubte sie, in ihm etwas von Marc zu erkennen. Das also war der Mann, den ihre Mutter fast geheiratet hätte.

Sie spürte ihre Hand, die ihren Arm streichelte. „Du hast dich in Marc verliebt. Habe ich recht?"

„Woran willst du denn das erkennen", antwortete Isi mit einer Gegenfrage.

„Das Lächeln in deinen Augen, wenn du ihn anschaust, hat es mir verraten. Und während des Essens habt ihr euch dauernd, wie unabsichtlich berührt. Da war ich dann sicher. Schon in der Vergangenheit habe ich immer bemerkt, wenn du dich verliebt hattest."

„Vielleicht hast du recht mit deiner Vermutung", gab Inessa zu. „Zum ersten Mal in meinem Leben weiß ich nicht, was ich machen soll. Das geht mir alles viel zu schnell. Ich habe Marc erst gestern Mittag am Flughafen kennengelernt. Inzwischen kommt es mir vor, als würden wir uns schon seit Jahren kennen. Obwohl ich mich dagegen wehre, wird er immer mehr zu einem Teil von mir. Vor dem Moment, wenn er nach Deutschland zurückfliegt, habe ich bereits jetzt Angst."

„Was sagt Marc dazu? Hat er es bemerkt?"

„Er flirtet, macht Komplimente und hat von sich aus gesagt, dass es ihm ähnlich ergeht. Seiner Meinung nach ist alles in unserem Leben vorbestimmt. Sich dagegen zu wehren, sei völlig sinnlos. Aber was soll daraus werden? Eine kurze Liebesbeziehung? Er hat sein Leben in Deutschland und kehrt bald dorthin zurück. Vielleicht kommt er mich danach noch einige Male besuchen. Ich glaube nicht, dass eine Beziehung auf diese Entfernung gut gehen kann."

Irina streichelte immer noch den Arm ihrer Tochter. „Ich möchte dir nichts einreden, doch meiner Meinung nach solltest du es darauf ankommen lassen. Solange er in Russland ist, habt ihr die Gelegenheit euch kennenzulernen. Vielleicht findet ihr eine Lösung, an die ihr beide noch gar nicht denkt."

Sie überlegte kurz, bevor sie fortfuhr. „Manchmal muss man ein Risiko eingehen. Marc macht einen guten Eindruck auf mich. Obwohl Georg nicht sein leiblicher Vater war, scheint er viel von dessen Charaktereigenschaften übernommen zu haben."

„Irgendwann kommt dann der Moment, wo ich alleine und ziemlich traurig zurückbleibe. So wie es bei dir gewesen ist."

Energisch schüttelte ihre Mutter den Kopf. „So ist es bei Georg und mir nicht gewesen. Ich habe die Entscheidung getroffen, ihn nicht mehr zu sehen. Wenn ich von deinem Vater die Genehmigung bekommen hätte, dich nach Deutschland mitzunehmen, wäre unser aller Leben ganz anders verlaufen. Du dagegen hast die Möglichkeit, selber zu entscheiden. Da gibt es keinen Hindernisgrund. Es könnte die schönste Zeit deines Lebens werden. Selbst wenn es nur Wochen oder Monate dauern sollten. Du wirst immer daran zurückdenken."

„Ist es bei Georg und dir so gewesen?"

„Ja, wir waren damals unendlich glücklich. Ich habe vom ersten Tag an gespürt, dass er der Richtige für mich ist. Doch es sollte nicht sein. In den vergangenen Jahren habe ich vergeblich versucht, nicht mehr daran zu denken. Doch ganz ist mir das nie gelungen. Vorhin sind die Erinnerungen an diese Zeit mit voller Wucht zurückgekommen."

Isi stand auf und küsste ihre Mutter auf die Wange. „Ich gehe schlafen." Sie lächelte. „Vielleicht fällt mir ja im Traum eine Lösung ein. Jedenfalls werde ich morgen erst einmal mit diesem verflixten Deutschen zusammen frühstücken. Danach verbringen wir gemeinsam den Tag. Mal sehen, was sich daraus entwickeln wird."

4.

Marc wartete auf einer Bank vor dem Haus, als Isi ihn am nächsten Morgen mit Irinas Auto abholte. Die Blicke der Nachbarn, die den fremden Mann im Vorbeigehen neugierig musterten, schienen ihn nicht zu stören.

Die Russin trug eine kurze, gelbe Sporthose. Dazu ein ärmelloses, weißes Shirt. Die gebräunte Haut ihrer Arme und Beine stand in deutlichem Kontrast zur Kleidung.

Bewundernd, fast andächtig betrachtete er sie von oben bis unten. „So verdammt hübsch und das bereits am frühen Morgen. Wie machst du das?"

Die Russin lächelte ihn spöttisch an, während sie ihn ebenso intensiv musterte. „Danke für das Kompliment."

Marc hatte ebenfalls eine kurze Hose angezogen. Seine war hellblau und dazu trug er ein enges schwarzes Trägershirt. Durch die sportliche Bekleidung kam die durchtrainierte kräftige Figur verstärkt zur Geltung. Sein gesamter Körper schien nur aus Muskeln zu bestehen. Nirgendwo an ihm konnte sie einen Ansatz von Fett entdecken.

„Nachdem wir uns gegenseitig genug betrachtet haben, sollten wir losfahren. Mutter hat mir ihr Auto geliehen. Sie selber fährt heute mit dem Bus zur Arbeit. Wir können am Kama joggen. Um diese Zeit werden wir am Fluss nur auf wenige Menschen treffen."

„Als was arbeitet deine Mutter", wollte er wissen.

„Sie ist Büroleiterin in einer kleinen Filiale von PETROORG. Das ist ein großer tatarischer Ölkonzern. Die Firma hat ihren Hauptsitz in Kasan."

Bereits nach wenigen Minuten Fahrzeit erreichten sie das Flussufer. Geschickt lenkte sie das Fahrzeug zwischen den Bäumen hindurch über einen kurzen, unebenen Weg zu einer kleinen Lichtung.

„Läufst du hier oft", wollte Marc von ihr wissen.

Die Russin schüttelte den Kopf. „Nur selten und nie allein. Hier treiben sich gelegentlich Alkoholiker und andere seltsame Gestalten herum. Bei schönen Wetter gehen Mutter und ich hier manchmal spazieren. In Begleitung eines Bodyguards war ich noch nie hier."

„Ehemaliger Bodyguard", berichtigte er sie.

„So wie du aussiehst, bist du immer noch ganz schön fit. Du hast erzählt, dass du dich früher mit verschiedenen Kampfsportarten beschäftigt hast. Machst du das auch jetzt noch," fragte sie ihn, während sie nebeneinander am Fluss entlang liefen.

„Ja, allerdings nur, wenn ich die Zeit dazu finde. Dann trainiere ich Karate und gelegentlich noch ein bisschen Eskrima. Doch in den letzten Jahren ist mein Bewegungsapparat ziemlich eingerostet."

„Was ist Eskrima?"

„Diese Sportart stammt ursprünglich von den Philippinen. Dabei lernt man, Angriffe mit Gegenständen abzuwehren, die gerade griffbereit sind. Egal ob es sich um Regenschirm, Schlüssel oder eine Handtasche handelt. Eigentlich kann man jeden Gegenstand als Waffe benutzen. Außerdem gehören zu dieser Kampfsportart bestimmte Schlag- und Abwehrtechniken, die man bei bewaffneten Angriffen einsetzt. Gelegentlich bedaure ich es, dass mir neben der Arbeit so wenig Zeit für den Sport bleibt. So oft wie möglich gehe ich wenigstens Joggen. Doch selbst das schaffe ich meistens nur jeden zweiten Tag."

„Hast du als Personenschützer deine Kampftechniken manchmal einsetzen müssen?"

„Nein, dazu ist es glücklicherweise nie gekommen. Körperlichen Kontakt zu anderen Menschen gab es lediglich, wenn wir Journalisten von unseren Schutzbefohlenen abdrängen mussten. Das hatte rücksichtsvoll zu geschehen. Ich selber fand das auch ganz in Ordnung. Bereits als Jugendlicher hat man mir im Sportverein beigebracht, körperliche Gewalt erst dann einzusetzen, wenn es keine anderen Möglichkeiten gibt."

Später, nach dem Frühstück, fuhren sie zu einem recht unfreundlich aussehenden Gebäude, wo Marc sich als Besucher anmelden musste. Die von Isi befürchtete Warteschlange gab es zu ihrem Glück nicht.

Sie half ihm beim Ausfüllen eines Formulars. Sein Pass wurde kopiert und nach Bezahlung einer kleinen Gebühr war die offizielle Anmeldung erledigt.

Die Sonne schien von einem fast wolkenlosen Himmel. Wie viele der jungen Frauen trug Isi lediglich eine Bluse zum kurzen Rock. Der frische Wind schien ihr nichts auszumachen.

Sie hakte sich bei Marc ein, während sie ihm zu den wenigen Sehenswürdigkeiten in der näheren Umgebung führte.

„Leider gibt es bei uns nicht viel zu sehen. Wenn du willst, kann ich dir noch mehr unserer Denkmäler und Plattenbauten zeigen."

„Das bisher Gesehene reicht mir eigentlich. Was können wir sonst noch unternehmen?"

„Lass uns auf einen der Märkte gehen. Später, wenn wir vom Herumlaufen genug haben, kaufen wir dort Schaschlik und Getränke. Danach spazieren wir zum Fluss und picknicken dort."

„Einverstanden."

Um den Markt zu erreichen, mussten sie ein ganzes Stück mit der altersschwachen Straßenbahn fahren. Damit sie sich dort im dichten Gedränge nicht aus den Augen verloren, hielt sich Isi an Marcs Hand fest.

„Hier findest du so gut wie alles", erklärte sie ihm und deutete auf die verschiedenen Bretterverschläge. „Neben Lebensmitteln bekommst du Bekleidung ebenso wie Lichtschalter oder Wasserhähne. Selbst Ersatzteile für Waschmaschinen kann man hier finden."

Sie zeigte auf eine Marktbude. Ein junges Mädchen stand inmitten von Schuhen und wartete auf Kundschaft. „Meine Freundin hat ähnliche Verkaufsstände sowie einige kleinere Schuhgeschäfte in diversen Geschäftspassagen. Sie möchte sich vergrößern und will deshalb, dass ich bei ihr einsteige. Ich habe dir bereits davon erzählt."

Zum Mittagessen suchten sie sich am Ufer des Kama einen ruhigen Platz. Danach lagen sie entspannt im Gras und schauten den Booten und wenigen Schiffen nach, die gelegentlich vorbeikamen. Ihren Kopf hatte sie auf seinen einladend ausgestreckten Arm gelegt.

Etwas weiter entfernt stand ein einsamer Angler, der manchmal zu ihnen schaute. Ansonsten waren sie allein.

„Wieso hast du heute noch nicht den Versuch unternommen, mich zu küssen?" Dabei war ihr durchaus klar, dass sie ihn damit absichtlich herausforderte.

Marc musste ihr Gesicht nicht sehen. Er wusste auch so, dass sie in diesem Moment ihr spöttisches Lächeln aufgesetzt hatte.

Mit einem leichten Ruck zog er sie soweit heran, dass ihr Kopf auf seiner Brust zu liegen kam.

Mit ernstem Blick schaute er sie an: „Ich wollte dir Zeit geben, über uns nachzudenken. Schließlich sollst du nicht das Gefühl haben, überrumpelt worden zu sein. Mir ist nur klar, was ich möchte."

„Und was ist das?"

Mit einem Finger strich ihr Marc über die Wange. „Den Himmel auf Erden erleben, und zwar mit dir zusammen", erwiderte er nachdenklich.

Der Spott aus ihren Augen verschwand. Lediglich das Funkeln blieb, als sie darauf antwortete: „Dabei könnten wir in einen Abgrund stürzen und uns schrecklich wehtun. Davor habe ich große Angst. Dazu kommt, dass wir uns erst kurze Zeit kennen."

„Ähnliche Gedanken sind mir letzte Nacht in deinem Bett auch durch den Kopf geschossen. Doch keiner von uns beiden kann sagen, ob es dazu kommt. Sollte es doch passieren, könnte die gemeinsame Zeit den Schmerz wert sein. Ich würde es gerne darauf ankommen lassen."

„In ein paar Wochen kehrst du nach Deutschland zurück. Der Gedanke daran tut mir jetzt schon weh. Was ist danach?"

„Warum kommst du am Ende meines Urlaubes nicht einfach mit nach Köln? Wenn du möchtest, nur für ein paar Wochen oder Monate. Du könntest so das Leben in Deutschland kennenlernen. In dieser Zeit können wir darüber nachdenken, wie es mit uns weitergeht. Mit einem Besuchervisum darfst du drei Monate in der EU bleiben."

„Das ist eine absolut verrückte Idee. Ich kann doch nicht einfach meine Heimat verlassen, um mit dir nach Deutschland zu fliegen. Hier habe ich Familie, Freunde und Arbeit. Außerdem habe ich nicht die geringste Ahnung, ob ich dort überhaupt leben kann. In unseren Nachrichten hört man allerlei Negatives über dein Land. Zu euch sind in letzter Zeit viele Flüchtlinge gekommen. In Köln sollen sich mehrere Männer auf einzelne Frauen gestürzt haben, um sie zu vergewaltigen."

„Da hat eure Presse übertrieben. Außerdem liegt das eine ganze Weile zurück. In Moskau lebt man auch nicht sicherer. Du solltest dir von Deutschland selber ein Bild machen. Deswegen verlierst du weder Freunde noch Familie. Dein Job kann auch nicht das Problem sein. Du hast gesagt, dass sich deine Zeit als Model dem Ende zuneigt. Ich wäre jedenfalls sehr glücklich, wenn wir zusammenbleiben könnten."

Sanft zog Marc sie auf sich. Er spürte, wie sie dabei mithalf und schließlich ganz auf ihm zu liegen kam.

Scheu, fast ängstlich schaute ihn die Russin mit ihren großen, grünen Augen an. Für einen kurzen Moment drückte sie ganz leicht die Hände gegen seine Schultern. Dann gab sie nach und legte ihm die Arme um den Hals.

Seine warmen Lippen strichen über ein Ohr und den Hals, bevor sie sich zärtlich fordernd ihrem Mund näherten.

Fast so etwas wie Erleichterung überkam sie, als sich ihre Lippen endlich berührten. Mit einem leichten Seufzen presste sie sich fester an ihn, als seine Hand sanft über ihren Rücken glitt und sich den Weg unter ihr T-Shirt suchte.

Nur widerwillig löste sie sich nach kurzer Zeit aus seiner Umarmung. „Wir müssen zurückfahren. Mutter hat nach der Arbeit noch etwas zu erledigen und dazu benötigt sie das Auto. Wahrscheinlich wartet sie bereits auf uns. Und heute Abend möchte sie mit uns in ein tatarisches Restaurant zum Essen gehen."

Sie deutete auf den Angler, der das Interesse an den Fischen inzwischen verloren zu haben schien und zu ihnen schaute. „Der neugierige Kerl beobachtet uns durch ein Fernglas."

Auf der Rückfahrt fühlte sie, wie seine Finger sie unterhalb des Rocksaumes am Oberschenkel berührten. Lächelnd hielt sie ihn am Arm fest und stoppte die weitere Erkundungstour.

„Du solltest besser damit aufhören. Ich muss mich aufs Autofahren konzentrieren."

Nur ungern kam Marc der Aufforderung nach. Dafür betrachtete er ungeniert ihr Profil. „Du bist bildhübsch, meine tatarische Geliebte. Wie kommt man eigentlich an so wunderschöne grüne Augen?"

Dass Marc sie seine „tatarische Geliebte" nannte, gefiel ihr. Es hörte sich gut an.

„Angeblich soll es in unserer Familie kaukasische Vorfahren geben. Mir wurde gesagt, dass diese Augenfarbe dort öfter vorkommt. Inwieweit das den Tatsachen entspricht, kann ich nicht sagen."

Irina sah vom Fenster ihrer Wohnung Inessa und Marc aus dem Auto stiegen. Hand in Hand liefen sie vom Parkplatz zum Haus. Sie musste lächeln, als sie den glücklichen Ausdruck im Gesicht ihrer Tochter bemerkte. Ihr Rat schien angekommen zu sein.

Sogar Natascha spürte das veränderte Verhalten. Isi stoppe deren Hänseleien, indem sie Marcs Kopf zu sich heranzog und betont zärtlich küsste.

„Jetzt ist deine Neugierde hoffentlich befriedigt, kleine Schwester?"

Natascha grinste: „Wenn ich den Freundinnen erzähle, dass sich meine große Schwester in meinen Bruder verliebt hat, halten die mich für verrückt."

Bis zur Rückkehr Irinas saßen sie zusammen und tranken Tee. Natascha wollte unendlich viel wissen. Meist ging es bei ihren Fragen um das Leben in Deutschland sowie ihre Erbschaft.

Am späteren Abend fuhren sie alle zu einem tatarischen Restaurant. Ein Ober brachte sie zu einem vorher reservierten Tisch in einer kleinen Nische.

Die Frauen hatten sich für diesen Anlass extra elegant angezogen. Selbst Isi hatte sich mehr als üblich geschminkt.

Marc war nachträglich froh darüber, dass er wenigstens einen Anzug aus Deutschland mitgenommen hatte. Jetzt brauchte er ihn. Mit Jeans wäre er in dem Restaurant unangenehm aufgefallen.

Nach eingehender Beratung mit seinen drei Begleiterinnen bestellte Isi für Marc Golubtis, russische Kohlrouladen. Der Kellner betrachtete ihn wie ein Wesen von einem anderen Stern, als er für sich, statt des üblichen Wodkas, Bier wollte. Die Frauen tranken süßen Rotwein.

Reihum musste Marc von sämtlichen Tellern probieren. Das begann beim Eintopf Soljanka, führte über die gefüllten Teigtaschen Piroggi hin zu Blini, den russischen Pfannkuchen. Zum Abschluss bestellte Irina für alle Tschak-Tschak, seltsam hohe Türmchen mit einer Honiglasur.

Zwischendurch brachte Irina immer wieder die Sprache auf den Hauptgrund seines Besuches. „Wie geht es jetzt mit der überraschenden Erbschaft meiner Tochter weiter?"

„Das muss sie selber entscheiden. Vielleicht wollt ihr bei nächstbester Gelegenheit, zum Beispiel in den Ferien, nach Deutschland kommen, um ihren Besitz anzuschauen. Ihre finanziellen Mittel und die zukünftigen Mieteinnahmen kann ich jederzeit auf ein Bankkonto in Russland überweisen. Ich denke nicht, dass es da Probleme gibt."

Irina schaute ihre Tochter Natascha grübelnd an. „Darüber sollte sie in aller Ruhe nachdenken. Die Erbschaft ist nicht nur für sie ziemlich überraschend gekommen."

Nach einer längeren Pause fragte sie: „Was hat es mit dieser Speicherkarte auf sich, die Georg in seinem Brief erwähnt hat. Denkst du, dass er deswegen sterben musste?"

„Unser Verfassungsschutz und die Kriminalpolizei vermuten es. Vielleicht haben sie damit recht. Mir ist nur noch nicht klar, warum so eifrig nach dem Ding gesucht wird. In Vaters Brief steht doch, dass er Kopien davon an den deutschen Verfassungsschutz und eine weitere ungenannte Person geschickt hat. Zumindest der Verfassungsschutz möchte unbedingt das Original finden. Außerdem dürfte es weitere Interessenten dafür geben. Kurz vor meiner Reise nach Russland hat man zweimal versucht, mich zu entführen. Dabei habe ich nicht die geringste Ahnung über den Inhalt der Speicherkarte. Ich kann auch nicht sagen, wo Georg das Original haben könnte."

„Wem hat er sonst noch vertraut?"

„Da fällt mir niemand ein. Vielleicht jemand in Südfrankreich. Kurz vor seinem Tod ist er dort gewesen. Das jedenfalls hat die Polizei herausgefunden. Mir gegenüber hat er nichts erwähnt."

„Aber du weißt, wer die andere Person ist, die von Georg die Speicherkarte bekommen hat?"

„Ich vermute, dass er sie an diesen Schweizer Journalisten geschickt hat. Wie die Speicherkarte dorthin gekommen sein soll, kann ich nicht sagen. Wenn die Daten darauf wirklich so brisant sind, wird er sie kaum per Post verschickt haben."

„Den Hinweis auf Denis habe ich gelesen. Hast du mit ihm sprechen können?"

„Unmittelbar nach Vaters Tod habe ich ihn angerufen. Doch irgendwie verlief das Gespräch seltsam. Er wollte wissen, wie Georg gestorben ist und ich habe es ihm erzählt. Er hat lediglich geantwortet „jetzt ist es also doch eingetreten" und noch „schade, dass wir uns nicht mehr persönlich sehen konnten". Dann hat er die Verbindung unterbrochen".

„Hat Georg schon früher etwas zu Denis Waterk gesagt?"

„Nie. In seinem Brief stand, dass er ihn auf einer Kreuzfahrt kennengelernt hat. Das wiederum kann ich mir nur schwer vorstellen. Mehr als einmal hat er deutlich zum Ausdruck gebracht, dass er dieser Art des

Reisens nichts abgewinnen kann. Doch du hast den Journalisten Denis genannt. Kennst du ihn? "

Irina nickte nachdenklich. „Ja ich habe ihn damals in Moskau kennengelernt. Er war als Korrespondent irgendeiner Zeitung dort. Denis und Georg haben sich schon gekannt, bevor ich deinen Vater getroffen habe. Durch mich hat Denis seine spätere Frau kennengelernt. Gelegentlich sind wir gemeinsam ausgegangen. Von einer Kreuzfahrt ist mir auch nichts bekannt."

Nachdenklich kniff sie die Lippen zusammen und betrachtete gleichzeitig intensiv ihre gefalteten Hände.

Marc hätte zu gerne gewusst, über was sie jetzt nachdachte und hakte nach: „Du glaubst also auch, dass Georg die Speicherkarte irgendwie zu diesem Journalisten in die Schweiz geschickt haben könnte?"

Irina rieb sich die Stirn, während sie über die Frage nachdachte. „Warum sollte er sonst in seinem Brief Denis Waterk erwähnen? Ich habe da so eine Idee, wem er die Speicherkarte anvertraut haben könnte."

„An wen denkst du?"

„Soweit ich mich noch zurückerinnern kann, hatte Denis einen Bruder, der als Offizier auf einem Kreuzfahrtschiff gearbeitet hat. Vielleicht war sein Schiff zur selben Zeit in Südfrankreich wie Georg. Das würde den Hinweis auf die Kreuzfahrt erklären."

Marc schüttelte zweifelnd den Kopf. „Warum sollte er den Umweg nehmen? Dann hätte Vater gleich in die Schweiz fahren können."

„Vielleicht war Denis zu dieser Zeit irgendwo anders in der Weltgeschichte unterwegs. Sie könnten telefonisch verabredet haben, die Speicherkarte dem Bruder zu geben."

„Und du hast nicht die geringste Ahnung, um was für Daten es dabei gehen könnte?"

Bei dieser Frage schaute Irina Marc besonders eindringlich an. Für einen Moment kam es ihm vor, als wüsste sie genau, um was es ging.

„Nein, absolut nicht. Vater hat darüber nie mit mir gesprochen."

„Haben die Leute von eurem Verfassungsschutz dir wenigstens gesagt, warum sie nach dem Original suchen?"

„Auf meine diesbezügliche Frage haben sie keine Antwort geben wollen. Mir selber fallen dazu lediglich zwei Möglichkeiten ein. Entweder sind die deutschen Behörden darauf aus, das Original und sämtliche Kopien davon aus dem Verkehr zu ziehen. Allerdings könnten sie nie sicher sein, ob es noch weitere Exemplare gibt."

„Wie sieht die zweite Möglichkeit aus?"

„Möglicherweise ist die Ausfertigung, die Vater an den Verfassungsschutz geschickt hat, nicht vollständig. Ihm könnte beim Kopieren ein Fehler unterlaufen sein."

Ihre Unterhaltung wurde durch drei Musiker unterbrochen, die sich mit ihren Instrumenten aufstellten und zu musizieren anfingen.

Inessa stand auf und zog Marc auf eine kleine, freie Fläche vor der Kapelle. „Jetzt kannst du zeigen, wie ausdauernd du bist", flüsterte sie ihm ins Ohr und legte ihren Arm um seinen Hals. „Du bist mit drei Frauen unterwegs und alle tanzen gerne."

Er spürte Isis Körper, der sich eng an ihn schmiegte. Es war ein angenehmes Gefühl, sie zu halten und dabei den dezenten Duft ihres Parfüms einzuatmen.

Fragend schaute er sie an: „Ist das bei euch immer so, dass nach dem Essen in einem Restaurant getanzt wird?"

„Natürlich, das gehört dazu," beantwortete sie seine Frage. „Das machen wir auch, wenn wir uns zum Essen mit Freunden privat treffen."

Später tanzte er auch mit Irina. Natascha hatte einen anderen Tanzpartner gefunden und flirtete heftig, wie sie beobachten konnten.

Ihre Mutter schüttelte den Kopf: „Das ist typisch für meine Tochter. Sie versucht ständig, allen Männern in ihrer Umgebung den Kopf zu verdrehen."

Weit nach Mitternacht verließen sie das Restaurant. Isi war keineswegs verlegen, als sie sagte, in ihrer Wohnung schlafen zu wollen. Irina nickte lediglich. Nur Natascha konnte sich ein anzügliches Grinsen nicht verkneifen.

Hand in Hand schlenderten Isi und Marc durch die Nacht. Noch immer warnte sie ihr Verstand, diesen Schritt zu machen. Oder war es doch die Angst, wieder verletzt zu werden?

Vor mehr als zehn Monaten hatte sie mit ihrem damaligen Freund Alexander, einem Geschäftsmann aus Kasan, Schluss gemacht. Zwei Jahre waren sie zusammen. Bis sie zufällig herausfand, dass es in seinem Leben nicht nur eine weitere Frau gab. Seitdem war ihr niemand über den Weg gelaufen, der ihr Interesse geweckt hatte.

Natürlich gab es immer wieder Männer, die ihre Aufmerksamkeit auf sie richteten. Bestimmt aber höflich hatte sie sämtliche Einladungen von ihnen abgelehnt.

Diesmal war alles anders. Vom ersten Moment an hatte sie sich zu Marc hingezogen gefühlt. Wie nie zuvor in ihrem Leben hoffte sie, dass aus dieser Begegnung etwas Dauerhaftes entstehen würde. Nur was sollte daraus werden, wenn sein Urlaub zu Ende ging und er nach Deutschland zurückflog? Wie ernst war sein Angebot gemeint, mit ihm mitzukommen? Wollte sie das überhaupt?

In den darauffolgenden Stunden lösten sich ihre sämtliche Bedenken in Luft auf. Niemals hätte sie geglaubt, dass ein Mann so viel Gefühl und Zärtlichkeit zeigen konnte. Seine Lippen brannten sich wie Feuer auf ihrer Haut. Er verleitete sie dazu, sich tief und rückhaltlos fallen zu lassen. In ihr entstand ein verrücktes, herrliches Gefühl des Glücks; eine grenzenlose Freude, die ihr Herz tanzen ließ.

Später lagen sie müde und erschöpft dicht nebeneinander. Sie spürte seine Hand, die unendlich sanft über ihre Brust strich.

„Mit dir möchte ich bis zum Mond fliegen oder so das Ende der Welt erleben", hörte sie ihn sagen.

In diesem Moment wünschten sich Beide, dass die Nacht niemals zu Ende gehen würde. Viel später schliefen sie eng umschlungen ein.

Beim Wachwerden am nächsten Morgen sah sie zuerst in Marcs Augen, die sie betrachteten.

Glücklich, zufrieden und noch etwas verschlafen lächelte sie ihn an: „Ist das zwischen uns tatsächlich geschehen oder war es lediglich ein Traum?"

Sanft küsste er sie auf die Lippen. „Dann müssten wir beide dasselbe geträumt haben, was eher unwahrscheinlich ist. Sicherheitshalber sollten wir es sofort wiederholen."

In den folgenden Tagen gingen sie noch vor dem Frühstück joggen und unternahmen danach Ausflüge in die nähere Umgebung der Stadt. Da Irina ihr Auto benötigte, um zur Arbeit zu kommen, nutzten sie dazu meistens die altersschwachen Busse oder Straßenbahnen.

Mehrmals trafen sie dabei Freundinnen von Isi, gelegentlich mit deren Ehemännern. Unweigerlich folgte darauf eine Einladung zum Abendessen. Meist kamen weitere Paare dazu. An diesen Abenden lernte Marc das harte russische Leben kennen.

Während die Frauen Fruchtsaft oder gelegentlich einen Likör tranken, gab es für ihn fast nur Wodka zum Trinken.

Dauernd fand sich jemand, der einen Trinkspruch loswerden wollte. Mehrmals an den Abenden wurde dabei auf die deutsch-russische Freundschaft angestoßen. Zu späterer Stunde ließ man auch die deutsche Bundeskanzlerin, den russischen Präsidenten sowie weitere Persönlichkeiten hochleben. Ausnahmslos wurde nach dem Essen getanzt.

Marc fiel besonders die Herzlichkeit auf, mit dem die Russen ihm begegneten. Vorher hatte er eine ganz andere Vorstellung von ihnen gehabt.

Gelegentlich konnte er sich mit den Gastgebern auf Englisch unterhalten. Meistens jedoch musste Isi übersetzen.

Nachts hatten sie sich und es gab unendlich viel am jeweils anderen zu entdecken.

Die sorglose Zeit endete nach wenigen Tagen an einem frühen Morgen durch das unsanfte Klingeln von Isis Handys. Völlig nackt, aber lautstark protestierend stand sie schließlich auf, um nach dem Telefon zu suchen.

Interessiert schaute Marc den vereinzelten Sonnenstrahlen nach, die dabei auf ihrer Haut spielten. Auf seine bewundernden Blick entgegnete sie mit ausgestreckter Zunge.

Die Anruferin war Irina. Marc konnte ihre aufgeregte Stimme bis zum Bett hören. Bei der auf russisch geführten Unterhaltung fiel mehrere Male Nataschas Name.

Nachdem Beendigung des Gesprächs schaute Isi ihn ratlos an. „Mutter ist furchtbar aufgeregt. Natascha ist während der ganzen Nacht nicht nach Hause gekommen. So etwas ist in der Vergangenheit noch nie vorgekommen. Gelegentlich hat sie mal bei Freundinnen übernachtet, dann aber vorher immer Bescheid gesagt. Mutter hat bereits ihre sämtlichen Klassenkameradinnen angerufen. Niemand konnte ihr sagen, wo sie ist."

„Was ist mit dem jungen Mann, den sie kürzlich kennengelernt hat? Ihr habt sie bei meiner Ankunft damit aufgezogen."

„Über den weiß Mutter so gut wie nichts. Nur dass sie sich bei ihrer Freundin Daryja kennengelernt haben. Du hast ja selber gehört, was Natascha dazu gesagt hat. Angeblich haben sie sich lediglich einige Male getroffen."

„Kann uns eine ihrer Freundinnen beziehungsweise Klassenkameradinnen seine Adresse geben? Vielleicht hat sie die Nacht bei ihm verbracht."

„Daran hat Mutter auch gedacht. Daryja und die anderen Mädchen kennen den Mann nicht näher. Sie konnten lediglich sagen, dass er Michail heißt, dunkle, halblange Haare hat und ungefähr 25 Jahre alt ist. Angeblich sieht er sehr gut aus."

„Wie ist dieser junge Mann zur Party gekommen, wenn sie ihn nicht kennt?"

„Damals hat Daryja angenommen, dass einer der anderen Gäste ihn mitgebracht hat. Sie jedenfalls hat ihn vorher noch nie gesehen."

„Was ist mit diesem Oleg. Du hast mal erwähnt, dass er in Natascha verliebt ist. Könnte sie bei ihm sein?"

„Mutter hat mit dessen Schwester gesprochen. Oleg ist gestern Nachmittag mit den Eltern zu ihrer Datscha gefahren. Natascha war ganz sicher nicht dabei. Das wäre auch mehr als seltsam. Der Junge besucht mit ihr dieselbe Klasse und ist eher so etwas wie ein heimlicher Verehrer. Natascha und ihre Freundinnen haben sich mehrmals über ihn lustig gemacht. Oft taucht er, natürlich immer rein zufällig, da auf, wo sie ist."

„Was will deine Mutter jetzt unternehmen?"

„Sie hat keine weitere Idee und deshalb bei uns angerufen. Sie möchte, dass wir kommen, um sie bei der Suche nach ihrer unartigen Tochter zu unterstützen."

Marc zog Isi zu sich heran und küsste sie ausdauernd. Erst als sie Atemnot bekam, ließ er von ihr ab. Immer wieder überraschte es ihn, welch starke Wirkung die samtene Weichheit ihrer Haut bei ihm auslöste. Nur ungern löste er sich von ihr.

„Dann sollten wir dem Wunsch deiner Mutter folgen, meine wunderbare Geliebte. Beim Anziehen kannst du schon mal darüber nachdenken, wo Natascha sich aufhalten könnte." „Ja, da haben wir wohl keine andere Wahl", antwortete sie resignierend. Sie strich Marc zärtlich über die Wange, bevor sie aufstand.

Irina stand bereits, ungeduldig wartend, vor dem Haus. „Ich habe immer noch nichts über diesen Michail in Erfahrung bringen können. Niemand in ihrer Schule scheint ihn zu kennen. Seltsam ist auch, dass keiner sagen kann, mit wem er zu der Party gekommen ist."

„Hast du mit der Polizei gesprochen? Sie könnte in einen Unfall verwickelt worden sein und in einer Klinik liegen."

„Da habe ich natürlich bereits angerufen. Dort haben sie keine Meldung über ein junges Mädchen, das nach einem Unfall in ein Krankenhaus eingeliefert wurde. Ansonsten hat man mir geraten, abzuwarten. Dort ist man der Meinung, dass sie schon wieder nach Hause kommen wird. Ich konnte durch das Telefon sehen, wie sie bei dieser Antwort gegrinst haben."

„Fällt euch sonst noch jemand ein, bei dem sie sein könnte?"

Beide Frauen schüttelten den Kopf.

„Wisst ihr, wo sich die Datscha von Olegs Eltern befindet," stellte Marc die nächste Frage.

Irritiert schauten sie ihn an. „Warum sollte ausgerechnet er uns etwas über den unbekannten Mann sagen können? Außerdem wissen wir noch nicht einmal, ob sich Natascha überhaupt mit diesem Michail getroffen hat."

„Irgendwo müssen wir mit der Suche anfangen. Ich halte es durchaus für möglich, dass Oleg uns weiterhelfen kann. Isi hat mir erzählt, dass er so etwas wie ein heimlicher Verehrer von Natascha ist. In dem Fall dürfte es ihm nicht gefallen haben, dass sie mit diesem Mann angebändelt hat. Er kann uns vielleicht einen wertvollen Hinweis geben. Falls ihr keinen besseren Vorschlag habt, sollten wir es bei ihm versuchen."

Zögernd stimmte Irina zu. „Seine Eltern kenne ich. Sie haben mich einmal zu ihrer Datscha mitgenommen. Sie ist in einem kleinen Dorf. Sicherlich finde ich sie wieder. Fahren wir los. Etwas Erfolgversprechenderes fällt mir auch nicht ein."

Isi nickte und schlüpfte auf den Rücksitz.

Die Datscha lag etwa zwanzig Kilometer außerhalb der Stadt. Irina musste kurz suchen, bevor sie in einen holprigen Feldweg einbog, der von der Hauptstraße aus zu einem der typischen, russischen Dörfer führte.

Neugierig schaute Marc sich um. Ähnliche kleine Ortschaften mit ihren bunten Häuser hatte er bereits vom Zug aus gesehen.

Inessas Mutter deutete auf die großen Grundstücke hinter den Holzhäusern. „Hier wird vieles von dem angepflanzt, was Familien in den langen Wintermonaten benötigen. Während der Sowjetzeit und noch Jahre danach waren wir darauf angewiesen."

„Habt ihr auch so eine Datscha?", wollte Marc wissen.

„Natürlich", antworteten beide Frauen fast gleichzeitig. „Allerdings in einem anderen Dorf, aber es ist so ähnlich wie dieses."

„Meine Mutter, also Isis Großmutter, ist zu unserem Glück noch recht rüstig", klärte Irina ihn auf. Sie wohnt den ganzen Sommer dort und kümmert sich um fast alle anfallenden Arbeiten. Meistens fahren wir an den Wochenenden zu ihr und selbstverständlich verbringen wir unseren Urlaub dort."

Sie warf einen kurzen Blick nach hinten zu ihrer Tochter und lächelte sie fragend an: „Vielleicht hat Marc Lust, uns nächste Wochenende zu begleiten. Da kannst du ihn deiner Babuschka vorstellen."

Isi kam zögernd: „Das muss Marc entscheiden. Ich weiß nicht, ob er sich, auch wenn es nur für ein Wochenende ist, mit dem recht primitiven Leben in einem Dorf anfreunden kann."

Erklärend fuhr sie fort: „Die Sanitäreinrichtungen dort sind genauso wie vor einhundert Jahren. Die Toilette befindet sich in einem Holzhäuschen außerhalb des Hauses und waschen muss man sich in der Küche. Das Wasser dazu holen wir mit dem Eimer aus einem Brunnen."

Marc blickte amüsiert zu Isi. „Das werde ich schon aushalten. Ganz so verwöhnt, wie du mich hinstellst, bin ich nun doch nicht. So viel anders ist das Leben bei uns auch nicht. Auch bei uns gibt es Menschen mit Datschen. Bei uns nennt man sie Schrebergärten. Meist findet man dort Gemeinschaftstoiletten, die etwas abseits stehen."

„Dann lernst du auch gleich eine echte russische Banja kennen", fügte Irina hinzu.

Mit einer Hand griff Marc nach hinten und streichelte Isis Wange. „Das ist in jedem Fall interessant. Ich habe mir sagen lassen, dass man sich in euren Dampfbädern gegenseitig mit Birkenzweigen schlägt. Das kann ich dann an dir ausprobieren."

Scherzhaft fuhr ihm die Russin mit beiden Händen durch die Haare. „Da brauchst du dich keinen falschen Hoffnungen hingeben. Bei uns gehen Männer und Frauen getrennt in die Banja. Wir können einige Nachbarn einladen. Die sind sicherlich gerne bereit, deinen Kreislauf in Schwung zu bringen."

Vor einem alten, aber gepflegten Holzblockhaus mit grün gestrichenem Zaun blieb Irina schließlich stehen.

„Wenn ich mich recht erinnere, sind wir hier richtig." Entschuldigend fügte sie hinzu. „Ich bin seit Jahren nicht mehr hier gewesen."

Noch bevor sie das geschlossene Tor erreichten, wurden sie laut bellend von einem großen Mischlingshund begrüßt. Kurz darauf kam Oleg mit seinen Eltern neugierig aus dem Haus gelaufen. Hierher kam selten Besuch.

Der Junge jagte zuerst den Hund weg, bevor er das Tor öffnete und sie das Grundstück betreten konnten. Marc wurde neugierig gemustert. Es hatte sich längst herumgesprochen, dass Irina Besuch aus Deutschland hatte.

Sie stellte Marc vor und überschüttete die Drei anschließend sofort mit Fragen. Besonders eindringlich schaute sie dabei immer wieder den Schulkameraden ihrer Tochter an.

Marc bemerkte, wie Oleg unbehaglich den Kopf schüttelte, ihn gelegentlich zwischen die Schultern zog und ansonsten nach Möglichkeit den Blicken der Besucher auswich. Irinas Fragen machten ihn offensichtlich verlegen.

Sichtlich verärgert über ihren Sohn schüttelte seine Mutter den Kopf. Mit einer Geste lud sie die Besucher ein, sich an den einfachen Tisch mit zwei Holzbänken zu setzen. Eilig lief sie ins Haus und kam wenig später mit einem Glaskrug sowie sechs Gläsern zurück. Sie deutete auf den Krug und schaute Marc dabei fragend an.

„Olegs Mutter wollte wissen, ob du ein Glas Kwas trinken möchtest", erklärte ihm Inessa.

Marc nickte der Frau zustimmend zu und wandte sich an Isi: „Ich probiere gerne, aber was ist das für ein Getränk?"

„Das kennst du nicht? Kwas wird aus Brot gemacht. Es schmeckt süßsaurer und enthält keinen Alkohol. Bei uns ist es ein beliebtes Erfrischungsgetränk. Manche sagen, dass es die russische Cola sei."

Während Isi Marc ausführlich über Kwas aufklärte, versuchte Irina weiter, etwas über Natascha sowie diesen Michail zu erfahren. Je mehr sie fragte, umso verlegener wurde Oleg. Immer wieder schüttelte er den Kopf und betrachtete dabei intensiv seine schmutzigen Fingernägel.

Sie alle spürten, dass Oleg mehr wusste, als er sagen wollte. Aus irgendeinem Grund war ihm das Thema unangenehm. Das lautstarke Schimpfen seiner Mutter führte ebenfalls zu keinem Ergebnis. Ähnliche Reaktionen kannte Marc noch aus der Polizeiarbeit.

„Irina würdest du Oleg fragen, ob er mit Isi und mir einen kurzen Spaziergang durch das Dorf macht. Ein Grund dafür wird dir sicherlich einfallen. Vielleicht redet er, wenn seine Eltern nicht dabei sind."

Gespannt beobachteten sie, wie Isis Mutter auf den Jungen einredete. Schließlich stimmte er zögernd, mit einem leichten Kopfnicken, zu.

„Mutter hat lediglich zu ihm gesagt, dass du gerne mit ihm alleine sprechen möchtest. Schließlich hat er da zugestimmt", übersetzte ihm Isi. Sie lächelte. „Seine Eltern hat er damit ziemlich verärgert."

Bevor sie losgehen konnten, bestand Olegs Vater darauf, dass Marc den Kwas probierte.

„Er sagt, dass seine Frau ihn selber gemacht hat. Jetzt wollen sie natürlich von dir hören, wie er schmeckt", erklärte Inessa.

Unter den neugierigen Blicken sämtlicher Anwesenden nahm Marc einen kräftigen Schluck. Er konnte sich nicht erinnern, etwas Ähnliches jemals getrunken zu haben. Das Getränk schmeckte tatsächlich leicht nach Brot.

„Ungewöhnlich, aber sehr gut gegen den Durst", gab er seinen Kommentar ab. Eine bessere Antwort fiel ihm in diesem Moment nicht ein.

Nach einem weiteren Schluck Kwas spazierten sie, mit dem Jungen in der Mitte, los. Der gesamte Ort bestand aus etwa fünfzig Häusern, schätzte Marc. Nur gelegentlich sahen sie Bewohner, die in ihren Gärten oder auf den Feldern arbeiteten. Viele waren es nicht.

Inessa schien seine Gedanken zu erraten. „Jetzt, unter der Woche, ist in den Dörfern nur wenig los", erklärte sie ihm. „Hier wohnen meist nur noch die Alten. Die jungen Leute haben Wohnungen in der Stadt. Sie kommen lediglich an den Wochenenden zu Besuch."

„Was ist im Winter? Dann dürfte es hier recht ungemütlich werden."

„Das stimmt. Unsere Babuschka wohnt in diesen Monaten bei Mutter und Natascha. Die anderen Familien machen es meist ebenso. Aber ein paar Bewohner des Dorfes bleiben freiwillig das ganze Jahr hier. Es gibt Zeiten, in denen sie dann regelrecht von der Außenwelt abgeschnitten sind. Manchmal liegt der Schnee hier bis zu zwei Meter hoch."

„Frag Oleg noch einmal, was er uns zu diesem Michail sagen kann", forderte er Isi auf. „Vielleicht weiß er wenigstens, wo wir ihn suchen müssen."

Isi übersetzte die Frage und bekam von dem Jungen eine ziemlich lange Antwort. Plötzlich schien er froh darüber zu sein, helfen zu können.

„Wo dieser Michail wohnt, kann Oleg nicht sagen", erklärte Inessa schließlich. „Er hat ihn aber des Öfteren im Café beim Heimatmuseum gesehen. Bereits bevor er auf der Party aufgetaucht ist."

„Was ist daran so geheimnisvoll? Das hätte er doch auch vor seinen Eltern sagen können."

Die Russin lächelte ironisch. „Er hat ihn aber noch woanders gesehen. Oleg war vor paar Tagen, zusammen mit zwei Freunden, noch in einem weiteren Café. Da hat er ihn auch bemerkt."

„Was ist an diesem anderen Café so besonders?"

„Dort sind immer ein paar Prostituierte anzutreffen, die auf Kundschaft warten. Oleg hat sich schwergetan, mir davon zu erzählen. Darum wollte er vor seinen Eltern nicht darüber reden. Ich habe versprochen, ihn nicht zu verraten."

Marc musste grinsen: „Ein typisches Abenteuer für Burschen in diesem Alter. Als ich so alt gewesen bin, wollte ich auch nicht, dass meine Eltern von solchen Eskapaden etwas erfahren. Was hat Oleg noch gesagt?"

„Er vermutet, dass diesem Michail das Café gehört."

„Wie kommt er darauf?"

„Um einen Blick auf die Damen werfen zu können, haben sie sich ein Eis gekauft. Dabei ist ihnen aufgefallen, dass dieser Michail alle herumkommandierte. Außerdem hat er zwei Frauen angeschrien, weil sie zu wenig Geld abgeliefert haben. Er muss dabei recht grobe Ausdrücke verwendet haben. Dass die Jungen sowie andere Gäste die Streiterei mitbekommen haben, war ihm egal."

„Oh verdammt, das hört sich nicht gut an. Hoffentlich ist Natascha nicht auf einen Zuhälter hereingefallen. Frage ihn mal, ob er bei der Geburtstagsfeier zufällig Fotos gemacht hat oder weiß, wer welche haben könnte."

Oleg nickte eifrig, als Isi ihn danach fragte. Aus seiner Hosentasche holte er ein Handy mit leicht zerkratztem Display. Nach kurzem Suchen konnte er gleich mehrere Aufnahmen vorzeigen. Auf Dreien war auch dieser Michail zu sehen. Sie sahen einen jüngeren, recht gut aussehenden Mann, der Natascha im Arm hielt.

„Dafür, dass er meiner Schwester dort zum ersten Mal begegnet ist, geht er ganz schön ran", meinte Inessa skeptisch und schaute ihn sich genauer an.

„Oleg soll dir die drei Fotos, auf denen dieser Michail zu sehen ist, auf dein Handy schicken", schlug Marc vor. „Mein Eigenes liegt in deiner Wohnung."

Auf dem Rückweg zur Datscha redete der Junge heftig auf Isi ein. Immer wieder schüttelte sie ablehnend den Kopf.

„Was will er?"

„Oleg hat sich angeboten, uns das Café mit den Prostituierten zu zeigen. Vermutlich ahnt er, dass wir dort nach Natascha suchen wollen. Ich habe natürlich abgelehnt und ihn gefragt, wie er das seinen Eltern erklären will. Schließlich hat er eingesehen, dass es keine besonders gute Idee gewesen ist."

Vor der Datscha bedankte sich Marc bei dem Jungen mit einem freundschaftlichen Klaps auf die Schulter.

Von seinen Eltern und Irina wurden sie bereits erwartet. „Oleg hat uns schließlich doch einen Hinweis geben können," beantwortete Isi ihre unausgesprochenen Fragen, ohne mehr zu verraten.

Erst auf der Rückfahrt erzählte sie ihrer Mutter, was sie von Oleg erfahren hatten.

„Dann müssen wir sofort nach diesem Michail suchen", schlug Irina aufgebracht vor. „Vielleicht hält er Natascha gegen ihren Willen fest."

Marc schüttelte den Kopf. „Sollte es sich bei ihm wirklich um einen Zuhälter handeln, wird er keine eurer Fragen beantworten."

„Was sollen wir dann unternehmen?"

„Ich werde mich mit ihm unterhalten. Sollte er etwas mit Nataschas Verschwinden zu tun haben, wird er mir letztendlich verraten, wo sie ist."

Irina schaute ihn skeptisch von der Seite her an: „Du hast selber gesagt, dass er auf eine Plauderei mit uns nicht viel Wert legen wird."

Marc lächelte leicht. „Ich kann ihn ganz sicher davon überzeugen, mit mir zu sprechen."

Er fuhr, an Isi gewandt, fort: „Mir wäre es lieber, wenn ich das Gespräch ohne euch Frauen führen könnte. Doch dich werde ich dabei als Dolmetscherin brauchen. Zuallererst sollten wir zu dem Café am Heimatmuseum fahren. Oleg hat gesagt, dass er ihn dort öfter gesehen hat. Vielleicht kann uns dort jemand mehr über ihn sagen."

5.

Das Café am Heimatmuseum entpuppte sich als einfacher Imbisswagen mit kleinem Vorzelt. So kurz nach der Mittagszeit waren sie die einzigen Gäste.

Die Bedienung, eine robuste Blondine mit ausladendem Dekolleté, schaute ihnen erwartungsvoll entgegen.

„Nachdem unser Frühstück ausgefallen ist, braucht mein Magen ganz dringend etwas zum Essen. Habt ihr auch Hunger," wollte Isi von ihnen wissen.

Ihre Mutter schüttelte verneinend den Kopf, aber Marc gab nickend seine Zustimmung. Er zeigte auf die Teigtaschen in einer gläsernen Vitrine. „Wie wäre es damit?"

„Mit was sind die Piroggi gefüllt und sind sie frisch", fragte sie die Frau.

„Sie wurden heute Vormittag gemacht. Allerdings gibt es sie nur noch mit Fleisch- oder Gemüsefüllung," bekam sie zur Antwort.

Isi übersetzte und schaute Marc fragend an: „Welche möchtest du?"

Beide entschieden sich für Teigtaschen mit Fleisch. Dazu teilten sie sich zu dritt eine Cola.

Nach den ersten Bissen unternahm Inessa den Versuch, mit der Frau ins Gespräch zu kommen. Sie zeigte ihr die Bilder, die sie von Oleg bekommen hatte.

„Der Georgier ist recht häufig hier," ging die Imbissverkäuferin bereitwillig auf ihre Frage ein. „Das Café ist für ihn und seine Landsleute so etwas wie ein Treffpunkt. Was wollen sie von dem?"

„Einfach nur ein bisschen unterhalten", anwortete ihr Irina

Die Imbissverkäuferin schien die ausweichende Antwort nicht weiter zu stören. „Dann sollten sie nur Fragen stellen, die ihn nicht verärgern. Der Mann ist jähzornig. Mir hat man gesagt, dass er gerne zuschlägt und mit dem Messer soll er ebenfalls recht fix sein. So wie viele der Georgier."

„Sie scheinen ihn ganz gut zu kennen. Was können sie uns noch über ihn erzählen," fragte Isi weiter. Marc beobachtete, wie sie der Frau verstohlen einen Rubelschein in die Hand schob.

Obwohl sich außer ihnen niemand in der Nähe des Cafés aufhielt, schaute die sich trotzdem nach etwaigen Zuhörern um. Erst dann beantwortete sie Isis Frage.

„Falls sie auf der Suche nach einem Mädchen beziehungsweise einer jungen Frau sind, sollten sie Michail besser nicht danach fragen."

„Warum nicht?"

„Ich arbeite fast zwei Jahre hier. In dieser Zeit kamen immer mal wieder Leute vorbei, die sich nach ihm erkundigt haben. Jedes Mal waren es besorgte Eltern, die ihre Töchter gesucht haben. Es scheint sich herumgesprochen zu haben, dass er gelegentlich hier anzutreffen ist."

„Auch in letzter Zeit?"

„Ja, vor etwas acht Wochen. Da haben Eltern ihre 14-jährige Tochter gesucht. Bevor sie verschwand, hat man sie mit dem Georgier gesehen."

„Konnten sie ihnen behilflich sein?"

Die Frau schüttelte ihren Kopf. „Ich nicht. Allerdings hat man mir erzählt, dass der Vater des Mädchens sehr viel Geld an eine Agentur gezahlt hat. Die haben sie letztendlich in einem Moskauer Bordell gefunden. Damit sie friedlich blieb und getan hat, was die Männer von ihr wollten, wurde sie mit Drogen ruhiggestellt. Das Mädchen soll jetzt in einem Sanatorium in England sein. Vor ein paar Tagen habe ich Michail einmal darauf angesprochen. Er ist regelrecht ausgerastet. Zum Glück waren noch andere Gäste da. Zusammen konnten wir ihn beruhigen."

„Gibt es noch mehr, was sie uns über ihn sagen können?"

„Nicht viel. Es ist allgemein bekannt, das ihm ein Café in der Ivana Utrobina Straße gehört. Dort verkehren etliche Prostituierte, die für ihn arbeiten. Angeblich stammen sie aus Sibirien."

„Haben sie ihn hier in ihrem Café schon mal in Begleitung junger Mädchen gesehen?"

„Gelegentlich. Dann spielt er immer den charmanten und überaus großzügigen Lebemann. Stammgäste haben mir erzählt, dass er den jungen Dingern eine Karriere als Model in Paris oder Mailand verspricht. Das sowie sein dicker BMW machen Eindruck. Von den Mädchen hört man später nie mehr etwas. Wahrscheinlich sind sie ebenfalls in irgendwelchen Bordellen gelandet. In den Illustrierten wird ja immer wieder vor sogenannten „Loverboys" gewarnt. Trotzdem gibt es anscheinend genügend junge Frauen, die auf solche Männer hereinfallen.

„Die Eltern der verschwundenen Mädchen werden doch auch zur Polizei gegangen sein. Haben die noch nicht bei ihnen nachgefragt?"

Die Bedienung lachte abfällig. „Michails Vater ist mit dem Bürgermeister sowie einigen anderen mächtigen Leuten aus unserer Stadt befreundet. Dank dieser Beziehungen kann er sich so gut wie alles erlauben."

„Wieso wissen sie darüber so gut Bescheid?"

Die Blondine lächelte geschmeichelt: „In meinem Café reden die Männer viel und besonders gerne über solche Dinge. Vor allem, wenn sie genügend Wodka getrunken haben."

Inessa zeigte der Bedienung auf ihrem Handy ein Bild von Natascha. „Haben sie diese junge Dame schon einmal hier gesehen?"

„Nein. Soweit ich mich erinnere, ist das Mädchen noch nie hier gewesen. Jedenfalls nicht dann, wenn ich hier gearbeitet habe. Aber vielleicht fragen sie morgen meine Kollegin nach ihr. Wir teilen uns den Job."

Isi hatten für Marc das Wesentliche der Unterhaltung übersetzt. Wieder zurück im Auto, verlor Irina für kurze Zeit die Beherrschung. Wütend schlug sie auf das Lenkrad ein und schrie: „Wo kann Natascha nur sein. Sollte sie sich nicht bald melden, muss die Polizei nach ihr suchen."

Marc legte beruhigend die Hand auf ihre Schultern. „Aber erst morgen. Vorher will ich mit diesem Michail sprechen. Wenn du jetzt zur Polizei gehst, könnte er gewarnt werden. Du hast gehört, was die Frau über seine Verbindungen gesagt hat. Dass eure Ordnungshüter gerne die Hand aufhalten, ist leider eine Tatsache."

Kopfschüttelnd schaute Isi ihn an: Wie willst du das anstellen? Du bist ja selber der Meinung, dass er niemals freiwillig mit uns über Natascha sprechen wird. Als Alternative bliebe dann nur die Gewalt. Dazu brauchten wir die entsprechenden Männer. Es müssten welche sein, die vor ihm keine Angst haben."

Sie zuckte mit den Schultern. „Solche Leute kennen wir nicht."

Marc zog ihren Kopf zu sich und küsste sie zart auf den Mund. „Jetzt müssen wir zuerst einmal abwarten. Sobald es dunkel geworden ist, fahren wir beide zu dem Café in der Ivana Utrobina Straße. Dort werden wir eine Möglichkeit finden, um uns mit dem Georgier zu unterhalten. Falls das zu nichts führt, könnt ihr immer noch die Polizei einschalten."

„Denkst du, dass er Natascha entführt hat, um sie an ein Bordell zu verkaufen?"

In Irinas Augen sah er die Angst. Trotzdem fand er keine Worte, um sie zu beruhigen.

„Es wäre möglich," musste er stattdessen zugeben.

Schweigend und nachdenklich fuhren sie zu ihrer Wohnung. Unweit des Hauses stand ein Mercedes mit getönten Scheiben und laufendem Motor. Der Mann mit dem verdrießlichen Gesichtsausdruck, der in diesem Moment auf der Beifahrerseite einstieg, kam Marc bekannt vor. Der Mann erinnerte ihn an jemanden, der vor nicht allzu langer Zeit bei ihm in Köln aufgetaucht war. Er hatte die gleichen, spärlichen, blonden Haare gehabt.

Unwillig schüttelte er schließlich den Kopf. Jetzt sah er schon am helllichten Tag Gespenster. Warum sollte Martin Müller vom deutschen Staatsschutz ihm nach Nabereschnyje Tschelny gefolgt sein? Doch wohl kaum, um hier nach der Speicherkarte zu suchen. Oder gab es für ihn einen anderen Grund, ausgerechnet in diese Stadt zu kommen? Was wollte er vor dem Haus, in dem Isis Mutter wohnte?

Marc selber war ziemlich sicher, dass Irina ihnen etwas verschwieg. Nicht nur, was ihre damalige überraschende Abreise aus Moskau betraf. Konnte es für Nataschas Verschwinden einen Grund geben, der nichts mit Prostitution zu tun hatte?

Fragen über Fragen, auf die er im Moment keine Antwort wusste. Kurz überlegte er, Irina nochmals wegen ihrer Zeit in Moskau zu befragen. Schließlich verschob er es auf einen späteren Zeitpunkt. In Anwesenheit ihrer Tochter wollte er sie nicht in Verlegenheit bringen. Nicht jetzt. Zuerst mussten sie sich auf diesen Zuhälter konzentrieren.

6.

Nach Einbruch der Dunkelheit machten sie sich auf den Weg, um dem Café des Georgiers einen Besuch abzustatten. Vorher mussten Isi und Marc einiges an Überzeugungsarbeit leisten, um Irina vom Mitfahren abzuhalten. Nur zu gerne hätte er auch auf Isis Begleitung verzichtet. Doch ohne Dolmetscherin würde er nicht weit kommen.

Sie benötigten lediglich fünfzehn Minuten, um das Café zu erreichen. Sie deutete mit dem Finger darauf, als sie, ohne anzuhalten, daran vorbei fuhren. Es befand sich auf einem kleinen Platz am Ende einer breiten Straße.

Etwas entfernt sah Marc etliche ältere Wohnhäuser und die Beleuchtung eines Supermarktes. Trotz der späten Uhrzeit waren noch zahlreiche Fußgänger unterwegs.

Das Café wirkte auf ihn eher wie ein Provisorium. Es bestand aus einem einfachen Pavillon mit festen, weißem Kunststoffdach sowie abnehmbaren, durchsichtigen Seitenteilen aus Polyethylen. Um die kühle Nachtluft abzuhalten, war es lediglich an einer Seite geöffnet.

Das Inventar des Cafés beschränkte sich auf eine lange Theke, etlichen, einfachen Kunststofftischen, den dazugehörenden Stühlen sowie mehreren Kühlschränken.

Neben dem Café parkte ein schwarzer BMW X5 mit getönten Scheiben. Sie hofften, dass es sich dabei um das Fahrzeug des Zuhälters handelte.

Die Russin schaute fragend zu Marc. „Wenn du möchtest, kann ich noch ein paar Mal daran vorbeifahren? Bei dem vielen Verkehr hier fallen wir nicht auf."

Um sich eine möglichst genaue Übersicht zu verschaffen, fuhren sie noch zweimal an dem Café vorbei. Erst dann dirigierte Marc sie in eine dunkle Lücke zwischen zwei anderen parkenden Fahrzeugen.

Von ihrem Platz aus konnten sie genau überblicken und teilweise hören, was in dem Café vor sich ging. Die Gefahr, dass man sie entdeckte, hielt Marc für gering.

Den Zuhälter erkannten sie sofort. Er stand inmitten mehrerer Personen und diskutierte lautstark. Drei Frauen saßen an einem der Tische und unterhielten sich. Natascha konnten sie nirgendwo entdecken.

„Willst du wirklich, dass wir beide in das Café gehen? Bei dem Gedanken daran wird mir schon etwas mulmig."

Marc verneinte. „Im Moment sind da zu viele Menschen. Wir müssen im Auto auf eine passende Gelegenheit warten. Die Frauen und Männer werden nicht dauernd dortbleiben."

„Das kann noch eine kleine Ewigkeit dauern und bei dem Gedanken an das, was da noch passieren kann, habe ich ein ungutes Gefühl", gestand ihm Isi.

Marc nahm ihre kalten Hände in die Seinen und streichelte sie. „Leider brauche ich dich als Dolmetscherin. Ich halte es für ziemlich unwahrscheinlich, dass ich mich mit ihm auf Englisch unterhalten kann. Warten wir erst einmal ab, wie sich der Abend entwickelt. Wenn wir dem Café einen Besuch abstatten, solltest du vorsichtshalber dein Gesicht verdecken. Vielleicht findest du im Auto ein Tuch oder etwas Ähnliches. Der Zuhälter darf dich, wenn du ihm später zufällig mal über den Weg läufst, nicht wiedererkennen."

Er lächelte sie aufmunternd an. „Für dich wäre es noch risikoärmer, wenn du meine Anregung annimmst und mit mir nach Deutschland fliegst."

Gleichzeitig verzagt, verwundert und etwas nachdenklich schaute Isi ihn an. „Dein Vorschlag war tatsächlich ernst gemeint?"

„Was dachtest du denn? Schließlich will ich dich nicht verlieren." Spaßeshalber fügte er hinzu: „Ich könnte natürlich auch nach Nabereschnyje Tschelny ziehen und hier nach Arbeit suchen."

Für einen kurzen Moment erschien ein Lächeln auf ihrem Gesicht. „Du spinnst. Bei uns gibt es genügend Menschen, die ohne Beschäftigung sind. Und dazu sprichst du noch nicht einmal russisch."

Sie wurde wieder ernst. „Warum soll ich mein Gesicht verdecken? Was ist dabei, wenn wir uns nach Natascha erkundigen?"

„Wenn der Georgier tatsächlich etwas mit Nataschas Verschwinden zu tun hat, wird er, wie ich bereits gesagt habe, unsere Fragen nicht freiwillig beantworten. Ich befürchte, dass ich dann ein wenig nachhelfen muss, um ihn zum Reden zu bringen."

„Du willst ihn dazu zwingen?"

„Ja, ich befürchte, dass es darauf hinausläuft."

Entsetzt schaute sie ihn an. „Das kannst du nicht machen. Wenn alles stimmt, was die Frau in dem anderen Café uns erzählt hat, ist er gefährlich. Außerdem soll er sehr üble Freunde haben."

Trotzdem suchte sie solange im Handschuhfach sowie den Seitenablagen, bis sie ein bunt gemustertes, dünnes Kopftuch fand.

„Wenn es nötig sein sollte, kann ich damit meinen Kopf oder das Gesicht verdecken. Doch dich kann er später ebenso wiedererkennen. Du hast selber gehört, dass sein Vater mit vielen einflussreichen Männern in unserer Stadt befreundet ist. Da wird es dir auch nicht helfen, dass du Deutscher bist."

„Ich denke nicht, dass für mich eine Gefahr besteht. Natürlich wird er merken, dass er es mit einem Ausländer zu tun hat. Vielleicht denkt er, dass ihr mich angeheuert habt, um nach Natascha zu suchen und ich nach einem Misserfolg sofort wieder verschwinde. Um deine Schwester zu finden, müssen wir ein Risiko eingehen."

In den folgenden Stunden konnten sie das Geschehen genau beobachten. Vereinzelt kamen Männer zu Fuß oder mit dem Auto, um etwas zu trinken. Selten blieben sie längere Zeit.

Für die Frauen liefen die Geschäfte nicht besonders gut. Den größten Teil der Zeit saßen sie gelangweilt herum. Nur gelegentlich verließ eine von ihnen mit einem Besucher das Café. Wenn sie zurückkam, gab sie dem Zuhälter ein paar Geldscheine und setzte sich zu den Anderen.

Im Laufe des Abends kamen zweimal uniformierte Polizisten in das Café. Der Georgier begrüßte sie jedes Mal wie alte Bekannte. Sie aßen, tranken und warfen den Frauen ein paar zottige Bemerkungen zu, was meist allgemeine Heiterkeit hervorrief. Die lauten Stimmen und das Gelächter drangen bis zu ihnen.

„Soll ich dir übersetzen, was sie sagen?", wollte Isi von Marc wissen. Trotz ihrer Nervosität versuchte sie ein zaghaftes Lächeln.

Er schüttelte den Kopf. „Nur wenn es für uns wichtig ist."

Sie mussten weitere drei Stunden aushalten, bis alle Frauen sowie die letzten Gäste das Café verlassen hatten. Nur der Georgier und ein kräftiger Mann mit Glatze blieben übrig. Sie begannen damit, Kartons mit Klebeband zu verschließen und in den BMW zu laden.

„Es sieht nicht danach aus, als wenn dieser zweite Mann auch gehen würde. Vielleicht fahren sie zusammen weg. Was willst du dann machen," fragte Inessa enttäuscht.

Sie sprach mit gedämpfter Stimme, obwohl die beiden in dem Café sie auch bei normaler Lautstärke unmöglich hören konnten.

„Wahrscheinlich hast du recht, aber ich denke, dass ich auch so klarkomme," bekam sie zur Antwort. „Mir gefällt nur nicht, dass auch zu dieser Uhrzeit noch Leute unterwegs sind. Damit ich in Ruhe mit dem Georgier sprechen kann, werden wir ihn mitnehmen. Vorher muss ich den Glatzkopf ruhigstellen. Kennst du einen abgelegenen Ort, wo wir uns ungestört mit ihm unterhalten können?"

Isi musste nicht lange überlegen. „In der Nähe ist eine leer stehende Montagehalle. Früher hat man dort KAMAZ-Lastwagen gebaut. Oder wir fahren zum Kama. Dort gibt es mehrere geeignete Stellen, wo uns niemand stört."

„Letzteres ist mir lieber. In der Montagehalle könnten sich Obdachlose einquartiert haben. Nach Möglichkeit sollte es nicht der Platz sein, wo wir gepicknickt haben. Diesen Ort möchte ich in guter Erinnerung behalten."

Marc küsste sie, bevor er aus dem Auto stieg. Er spürte ihre Nervosität.

„Du bleibst im Auto sitzen. Ich schnappe mir den Zuhälter samt BMW. Sobald ich hinter dir stehe, fährst du los."

Er sah den Zweifel in ihren Augen. „Keine Angst. Ich werde mit beiden Männern fertig. Dazu sollten meine erlernten Fähigkeiten noch reichen. Schließlich habe ich mal als Bodyguard gearbeitet."

Er lächelte, um sofort wieder ernst zu werden. „Falls sich jemand für das Café interessiert, während ich mit den Männern beschäftigt bin, drückst du kurz auf die Hupe. Danach verschwindest du von hier. Alleine komme ich schon irgendwie zurecht."

Isi zitterte vor Aufregung, als sie Marc nachschaute, der wie ein Betrunkener schwankend auf die Männer zu stolperte. Sie luden immer noch Kartons in den BMW.

Marc selber war zwar angespannt, aber keineswegs nervös. Er wollte die beiden möglichst lautlos überwältigen.

Sie bemerkten ihn erst, als er nur noch wenige Meter entfernt war. Der Glatzkopf rief ihm etwas zu und zeigte mit einer Handbewegung, dass er verschwinden solle.

Leicht schwankend und mit einem dummen, aber freundlichen Grinsen lief Marc weiter auf sie zu.

Der Glatzköpfige wurde von dem harten Schlag mit der Handkante, der ihn punktgenau zwischen Kinn und Unterlippe traf, völlig überrascht. Mit einem Grunzen sackte er schwerfällig zu Boden. Marc wusste, dass der ihm, zumindest in den nächsten Minuten, nicht gefährlich werden konnte.

Der Georgier brauchte etwas Zeit, bevor er sich zum Handeln entschloss. Erbost stürzte er sich auf den Ankömmling. Viel zu spät bemerkte er den Fußtritt, der ihn aus einer Drehung heraus gegen den BMW warf. Sichtlich wütend senkte er daraufhin den Kopf und stürmte auf den Angreifer zu.

Dadurch machte er es Marc einfach. Ein kurzer Prellstoß mit der flachen Hand traf ihn mitten im Gesicht. Der darauffolgende, schmerzhafte Schlag in die Nieren ließ ihn stöhnend zu Boden gehen.

Bevor sich der Zuhälter von den Schlägen erholen konnte, fesselte Marc ihm Arme sowie Beine mit dem Packband. Mit einem weiteren Streifen verklebte er dessen Mund.

In seinen Taschen fand er lediglich ein Smartphone, Ausweispapiere, ein Bündel Geldscheine sowie ein Springmesser. Er nahm die Gegenstände an sich. Sicherheitshalber würde er das Handy unterwegs wegwerfen.

Der Glatzkopf war immer noch bewusstlos. Darum beschloss er, zuerst den Georgier in den BMW zu laden. Um Platz zu schaffen, stellte er die zuvor eingeladenen Kartons einfach auf die Straße.

Danach zog er den sich wehrenden Georgier an den Haaren hoch und schob ihn durch die Heckklappe in das Fahrzeug.

Den Glatzkopf schleifte Marc an einem Bein in das Café, wo er ihn ebenfalls fesselte. Auch in dessen Taschen fand er ein Handy, das er an sich nahm. Das billige Feuerzeug sowie die wenigen, zerknüllten Rubelscheine ließ er ihm.

Zuerst erschrocken, schließlich erstaunt und zum Schluss erleichtert, sah Isi, wie spielerisch leicht Marc die Männern überwältigte. Von ihrem Auto aus verfolgte sie, wie Marc einen der beiden in den BMW lud, bevor er den anderen in das Café zog.

Mit einem Winken zeigte er ihr an, dass alles in Ordnung war.

Kurz darauf sah sie die Scheinwerfer des BMWs in ihrem Rückspiegel. Mit zitternden Händen gelang es ihr, den Hyundai zu starten.

Wenig später blieb ihr fast das Herz stehen. An einer roten Ampel, direkt neben ihr, hielt ein Polizeiwagen. Die Uniformierten lächelten freundlich zu ihr herüber, machten jedoch keine Anstalten, sie zu kontrollieren.

Endlose Zeit verstrich, bevor die Ampel auf Grün schaltete und die Polizisten, mit einem lässigen Winken davonfuhren. Dem BMW hinter ihr hatten sie keine Beachtung geschenkt.

Ihre Nervosität ließ etwas nach, als sie von der Hauptstraße in einen schmalen Weg einbiegen konnte, der zum Fluss führte. Nach etwa zweihundert Metern hielt sie zwischen vereinzelten Bäumen und Sträuchern an. Sie wusste, dass Angler hier gelegentlich ihre Autos abstellten. Um diese Zeit waren sie ungestört.

Marc nickte zufrieden. Für die Befragung des Zuhälters war der Platz hervorragend geeignet. Selbst wenn es etwas lauter würde, konnte sie niemand hören. Die nächsten Häuser standen weit genug entfernt.

„Bevor wir mit der Befragung anfangen, solltest du zuerst das Tuch vor dein Gesicht binden."

Recht unsanft zog er danach den Zuhälter aus dem Auto und ließ ihn auf den Boden fallen. Den Kampf gegen die Fesseln hatte ihr Gefangener inzwischen aufgegeben.

Mit einer Taschenlampe, die er unter dem Beifahrersitz gefunden hatte, leuchtete er in dessen geschlossene Augen. Mit kurzen, festen Schlägen brachte er ihn dazu, sie zu öffnen.

„Du wirst mir jetzt alles über eine gewisse Natascha erzählen. Davon wird es abhängen, ob und in welchen Zustand du diesen Ort hier verlässt."

Marcs Stimme klang verdächtig sanft, fand Isi, während sie die Worte ins Russische übersetzte.

Der Mann wusste genau, von wem sie sprachen. Das hatte sein kurzes Zucken der Augen verraten. Doch, statt eine Antwort zu geben, gab er sich betont gelassen. Die augenblickliche Situation schien ihn nicht zu beeindrucken.

Marc musste den gewissen Punkt an der Schulter des Mannes nicht suchen. Ein harter, fester Druck darauf genügte, um den am Boden Liegenden vor Schmerz laut aufschreien zu lassen.

Marc wandte sich an Inessa. „Frage ihn noch mal nach Natascha."

Die kurzen, aber heftigen Schmerzen hatten ihre Wirkung nicht verfehlt. Isi übersetzte Marc die Antwort des Zuhälters.

„Jetzt ist ihm wieder eingefallen, dass er Natascha auf einer Party kennengelernt hat. Sie haben sich gut verstanden und an den Tagen darauf noch einige Male getroffen. Er sagt, dass sie sich bei diesen Gelegenheiten lediglich unterhalten haben. Er kann nicht sagen, wo sie jetzt ist."

Marc schüttelte den Kopf. „Ein Zuhälter, der ohne Hintergedanken mit einem 17-jährigen Mädchen spazieren geht, ist mir noch nicht begegnet. Doch an seiner Stelle würde ich es auch erst einmal mit Lügen versuchen."

Beim Verstauen des Zuhälters im BMW hatte er einen halb gefüllten Kanister mit Diesel entdeckt. Jetzt holte er ihn und verteilte den Inhalt gleichmäßig über den Körper des Mannes. Dabei achtete er sorgfältig darauf, dass genügend in Mund und Nase drang. Augenblicklich fing der Gefangene an zu würgen.

„Frage ihn nochmals nach Natascha. Falls er diesmal nicht die ganze Wahrheit sagt, wird er hier und jetzt sterben. Sage ihm das."

Um den Worten Nachdruck zu verleihen, spielte er wie nebenbei mit dem Feuerzeug und kam hierbei seinem Gesicht ziemlich nahe.

Marc war klar, dass Diesel sich nicht so leicht entzünden ließ. Er konnte nur hoffen, dass ihr Gefangener in diesem Moment nicht daran dachte. Mit Befriedigung sah er die aufkommende Panik in den Augen des Zuhälters. Hastig sagte er etwas.

Mit Wut im Bauch musste Marc zusehen, wie Isi Tränen über die Wange liefen, als sie schließlich dessen Worte übersetzte.

„Sein Erinnerungsvermögen setzt ein. Plötzlich ist ihm eingefallen, dass er Natascha zum Flughafen in Nabereschnyje Tschelny gebracht hat. Angeblich wurde er dafür bezahlt. Der Auftraggeber soll ein Franzose sein, den er von früheren Geschäften her kennt."

„Was ist dort mit ihr geschehen?"

„Sein Auftraggeber, sowie ein weiterer Mann und eine Frau haben sie dort auf dem Parkplatz in Empfang genommen. Er hat gesehen, wie Natascha in einen Kleintransporter geladen wurde."

„Sie hat sich nicht dagegen gewehrt?"

„Das Schwein hier hat zugegeben, ihr vorher ein Beruhigungsmittel verabreicht zu haben."

„Was hat man mit ihr vor?"

„Zu ihm haben sie angeblich gesagt, dass Natascha in einem Container nach Marseille in Frankreich gebracht werden soll."

Die Antwort irritierte Marc. Warum nahm jemand das Risiko auf sich, um ein, zugegebenermaßen hübsches Mädchen, nach Frankreich zu schaffen? Doch kaum, um sie dort als Prostituierte arbeiten zu lassen. Das stand in keinem Verhältnis zu den enormen Kosten des Transportes. Er musste mehr in Erfahrung bringen.

Diesmal hielt er die Flamme des Feuerzeuges direkt an das Hemd des Gefangenen. Erst als dieser erschreckt zu erkennen gab, noch etwas sagen zu wollen, zog er es zurück.

Isi schaffte es, weitere Tränen zu unterdrücken. Doch beim Übersetzen spürte Marc die Wut in ihren Worten.

„Er beteuert, nicht zu wissen, was man mit Natascha vorhat. Doch er glaubt, dass sie noch in Russland ist."

„Wie kommt er darauf?"

„Bei der Übergabe wurde darüber gesprochen, dass der Zöllner, der den Container mit Natascha verplomben sollte, nicht erschienen ist. Besonders der Franzose ist deswegen ziemlich sauer gewesen. Er hat gesagt, dass sie jetzt eine ganze Woche auf sie aufpassen müssen."

„Was hat er noch gehört oder gesehen?"

„Der Franzose ist mit den Anderen und Natascha weggefahren."

„Wohin?"

Inessas Stimme klang plötzlich hoffnungsvoll. „Das weiß er nicht. Es könnte aber sein, dass man sie zu einer verlassenen Kolchose gebracht hat. Die Gebäude dort haben er sowie der Franzose früher öfter als Lagermöglichkeit benutzt."

„Wo ist diese Kolchose?"

„Unweit von Mendeleevsk. Er sagt, dass man etwa einen Kilometer vor der Stadt von der Hauptstraße abbiegen und am Fluss entlang fahren muss."

Ergänzend fügte Inessa hinzu: „Das muss der Toima sein. In meiner Schulzeit waren wir dort gelegentlich beim Wandern."

Marc schaute sie fragend an: „Findest du die Kolchose ohne Hilfe oder sollen wir den Zuhälter mitnehmen, damit er uns den Weg zeigt?"

„Es ist besser, wenn er uns begleitet. Ich habe ihn bereits gefragt und er hat sich letztendlich einverstanden erklärt. Seiner Aussage nach ist das aber nicht ganz ungefährlich."

„Warum?"

„Der Zuhälter behauptet, dass sich in letzter Zeit auf dieser Kolchose oft Männer aus Tadschikistan und anderen zentralasiatischen Ländern herumtreiben. Angeblich warten sie dort auf einen russischen Pass, um damit nach Westeuropa weiterzureisen. Ich habe ihm bereits gesagt, der er uns trotzdem zu der Kolchose bringen muss. Ansonsten wirst du ihn töten."

„Gut. Bevor wir losfahren, möchte ich mehr über die Leute erfahren, für die er gearbeitet hat."

„Den Auftrag, Natascha zu entführen, hat er von dem Franzosen bekommen. Dafür hat er eintausend Dollar erhalten."

„Woher kennt er ihn?"

Hastig antwortete der auf dem Boden liegende Mann Isis Fragen. Dabei ließ er das Feuerzeug in Marcs Hand nicht aus den Augen.

„Angeblich hat er für diesen Mann schon mehrmals Mädchen angeworben. Da musste er sie allerdings nach Moskau bringen. Von da aus hat man sie mit einem Bus nach Deutschland gebracht."

„Er soll uns den Namen des Mannes sagen. Außerdem möchte ich eine Beschreibung von ihm haben."

„Er ist mittelgroß, schlank, hat schwarze kurze Haare und nennt sich Bernard. Den Nachnamen kennt er nicht.

„Was kann er uns sonst noch über seinen Auftraggeber sagen?"

„Mehr weiß er nicht. Er glaubt, dass der für einen Deutschen arbeitet. Als unser Freund hier vor einiger Zeit zwei Mädchen in Moskau abgeliefert hat, ist er ihm begegnet. Er hat dem Franzosen Anweisungen erteilt."

„Er soll uns sagen, wie er heißt und eine Beschreibung geben."

„Wenn die anderen über den Deutschen sprachen, haben sie ihn „Goldzahn" genannt. Seinen richtigen Namen hat er nie gehört. Er ist mittelgroß gewesen und war ziemlich dick. Auffällig waren die wenigen blonde Haare, die durch viel Gel am Kopf klebten. Darüber haben die anderen Witze gemacht. Allerdings nur, wenn er nicht in der Nähe gewesen ist. Angeblich kam er aus Frankfurt."

„Was weiß er noch über den Mann?"

„Unterhalb seines linken Auges hatte er eine breite, deutlich sichtbare Narbe. Das Auffälligste an ihm war der goldene Schneidezahn. Daher der Name „Goldzahn."

Bei der Beschreibung des Deutschen stutzte Marc. Sie erinnerte ihn an jemanden, dem er vor etlichen Jahren kurz begegnet war. Konnte es sich dabei um dieselbe Person handeln? Ziemlich unwahrscheinlich nahm er an. Außerdem hatte er den Mann nicht in Frankfurt, sondern in einem Apartment in Berlin gesehen. Diese Begebenheit gehörte zu seinen eher unangenehmen Erinnerungen. Mit Abscheu dachte er daran zurück.

Damals musste er in einem Hotel, im Wechsel mit weiteren Kollegen, einen Parlamentarier des Bundestages beschützen, der mehrere Morddrohungen erhalten hatte. Gleich zu Beginn seiner Nachtschicht wurde ihm mitgeteilt, dass der Abgeordnete einen Mann namens Konitz erwartete. Er sollte ihn ohne die übliche Kontrolle durchlassen.

Als er kam, war Marc ziemlich verwundert. Typen mit solchen brutalen Visagen kannte er aus dem Kölner Bahnhofsviertel. Im Dunstkreis von Abgeordneten des Deutschen Bundestages sah man sie eher selten. Die auffällige Narbe unterhalb des linken Auges ebenso wie der goldene Schneidezahn und sein kariertes Jackett verstärkte den negativen Eindruck. Auch bei diesem Mann klebten die wenigen, blonden Haare durch reichlich aufgetragenes Gel fest am Kopf.

Der ungewöhnliche Besucher blieb nur kurz bei dem Abgeordneten. Kurz darauf erhielt Marc von dem Politiker die Mitteilung, dass später eine Verwandte seine Nichte vorbeibringen würde. An die beiden und die damit verbundene Situation konnte er sich auch nach so langer Zeit noch gut erinnern.

Die angebliche Verwandte war eine Frau in mittleren Jahren. Wie angekündigt befand sich in ihrer Begleitung ein vielleicht zwölf- oder dreizehnjähriges Mädchen. Sie machte einen verängstigten Eindruck auf ihn. Grußlos waren sie an ihm vorbei in das Apartment des Abgeordneten gegangen. Die Frau ging bereits nach wenigen Minuten wieder.

Später konnte Marc nicht mehr genau sagen, was ihn an dieser Situation irritiert hatte. Vielleicht war es der triumphierende Blick der Frau gewesen. Es könnte aber auch an den unschönen Gerüchten gelegen haben, die über den Abgeordneten im Umlauf waren.

Marc kannte natürlich seine dienstlichen Anweisungen. Darin stand, sich um nichts zu kümmern, was über die Aufgaben eines Personenschützers hinausging. In dieser Nacht drängte ihn ein bloßes Gefühl, die Vorschriften zu missachten.

Ohne anzuklopfen, hatte er ruckartig die Tür zum Appartement des Abgeordneten aufgerissen. Was er zu sehen bekam, war eindeutig. Mit geöffnetem Bademantel, ansonsten splitternackt, lag der Politiker auf dem Bett. Das ängstlich blickende Mädchen, lediglich mit einem dünnen Unterhemdchen bekleidet, kniete neben ihm.

Trotz des wütenden Protestgeschreis des Mannes hatte Marc mit seinem Handy, einige wenige Fotos gemacht. Sollte er später wegen des unerlaubten Eindringens Ärger bekommen, wollte er sich wenigstens rechtfertigen können.

„Zieh dich an", hatte er in groben Ton das Mädchen aufgefordert, ohne dem Kind tatsächlich böse zu sein. Fast erleichtert war das Kind dem Befehl nachgekommen.

Nachdem der Politiker merkte, dass er mit seinem Protestgeschrei nicht weiter kam, verlegte er sich aufs Jammern. Zuletzt hatte er es mit Bestechung versucht. Am liebsten hätte Marc ihm so lange geschlagen, bis er den Mund hielt. Stattdessen hatte er seinen Vorgesetzten informiert.

Es dauerte fast eine Stunde, bis zwei Polizisten in Zivil erschienen und den Abgeordneten aufforderten, ihnen zu folgen. In ihrer Begleitung befand sich eine Frau vom Jugendamt, die sich um das inzwischen weinende Mädchen kümmerte.

Seltsamerweise hatte die ganze Angelegenheit für Marc keine Auswirkungen. Sein unbefugtes Eindringen in das Appartement des Politikers hätte zumindest berufliche Konsequenzen haben müssen. Doch nicht einer der Vorgesetzten stellte ihn deshalb zur Rede. Später nahm er an, dass man die Angelegenheit in aller Stille bereinigt hatte und kein Aufsehen wollte. Den Abgeordneten jedenfalls hatte er nie mehr gesehen.

Die Beschreibung des Deutschen durch den Zuhälter hatte ihn wieder daran erinnert.

Damals Berlin und jetzt Frankfurt. Trotzdem konnte es sich um denselben Mann handeln. Im Rotlichtmilieu dürfte es nicht viele geben, auf die diese Beschreibung passte. Es sollte möglich sein, ihn in Deutschland zu finden.

„Denkst du, dass sie Natascha nach Frankreich bringen wollen? Dass man sie zur Prostitution zwingen will?"

Inessas Stimme klang bedrückt. In der Dunkelheit sah er es nicht, doch er nahm an, dass sie abermals still vor sich hin weinte.

„Ich kann mir nicht vorstellen, dass man Natascha deswegen entführt hat," versuchte er, ihr Mut zu machen. „Meiner Meinung nach muss es dafür einen anderen Grund geben. Und falls es stimmt, was der Zuhälter gesagt hat, befindet sie sich noch auf dieser verlassenen Kolchose. Vielleicht kommen wir gerade noch rechtzeitig."

Fragend schaute sie ihn an: „Als er von dem Deutschen mit Goldzahn sprach, hatte ich den Eindruck, dass du ihn kennst"

„Es wäre möglich."

Mit wenigen Worten erzählte er ihr von dem Zusammentreffen in Berlin. „Ich war mir damals ziemlich sicher, dass er der Vermittler zwischen dem Abgeordneten und der Zuhälterin des Mädchens gewesen ist."

„Kannst du den Mann mit dem goldenen Zahn in Deutschland finden, falls sie Natascha doch schon aus Russland fortgeschafft haben?"

„Sollte es sich tatsächlich um den gleichen Mann handeln, ist das durchaus möglich. Solche Typen sind der Polizei meist mehrfach aufgefallen und haben eine entsprechend dicke Strafakte. Ein Freund von mir wird uns dabei sicherlich unterstützen. Doch zuerst suchen wir sie auf dieser Kolchose."

„Was ist, wenn sich dort tatsächlich Islamisten verstecken sollten."

„Gegebenenfalls müssen wir dann die Polizei einschalten. Doch darüber denken wir später nach."

„Was machen wir in der Zwischenzeit mit dem Auto meiner Mutter?", wollte Inessa von ihm wissen, während sie ihm dabei half, den Gefangenen in den BMW zu verfrachten.

„Wir stellen es vor ihrer Wohnung ab", schlug Marc nach kurzem Überlegen vor. „Sie hat sicherlich einen zweiten Schlüssel. Dann hat sie den Wagen zur Verfügung, falls es bei uns länger dauern sollte."

Marc hatte noch nicht ausgesprochen, als sich ihr Handy meldete. „Das ist Mutter. Sie wird sich Sorgen machen, weil wir uns die letzten Stunden nicht gemeldet haben. Was soll ich ihr sagen?"

„Erzähle ihr, dass wir mit diesem Michail gesprochen haben und jetzt zu einem Ort fahren, wo Natascha sein könnte. Einen ausführlichen Bericht bekommt sie, sobald wir zurück sind."

Isi nickte zustimmend. Marc hörte an ihrem Ton, dass sie versuchte, ihrer Mutter Mut zu machen. Nach dem Gespräch schaute sie Marc etwas ratlos an.

„Bei ihr hat sich ein Mann gemeldet. Er hat russisch mit französischem Akzent gesprochen, aber keinen Namen genannt. Er will Mutter sowie mich heute kurz vor Mittag zu Natascha bringen. Und du sollst ebenfalls mitkommen."

„Mehr hat er nicht gesagt? "

„Nicht viel. Im Laufe des Vormittags will der Anrufer sich nochmals bei Mutter melden. Dann sagt er ihr, wo wir uns treffen. Was kann das zu bedeuten haben?"

„Es ist sinnlos, sich darüber Gedanken zu machen. Jetzt müssen wir uns beeilen. Bis wir die Kolchose erreicht haben, wird es bereits hell sein. Sollten wir Natascha dort finden, hat sich das Treffen von selber erledigt."

Marc ließ sich nicht anmerken, wie sehr ihn dieser Anruf beunruhigte. Was hatten die Entführer vor?

7.

Nachdem sie Irinas PKW abgestellt hatten, übernahm Isi das Fahren des BMW. Marc setzte sich auf die Rückbank. Von dort aus konnte er den Gefangenen gegebenenfalls handgreiflich daran erinnern, wozu sie ihn benötigten. Damit der Zuhälter sah, wo sie waren, hatte er ihn in Sitzposition gebracht.

Der Dieselgestank in der Kleidung des Gefangenen hatte sich längst im Innenraum des Wagens verbreitet. Um dem wenigstens ein wenig zu entgehen, hatte Inessa sämtliche Seitenscheiben einen Spaltbreit geöffnet.

Geschickt lenkte sie den BMW aus der Stadt in Richtung Mendeleevsk. Recht schnell hatte sie sich an das für sie ungewohnte Fahrzeug gewöhnt. Es dämmerte bereits und der Berufsverkehr nahm ständig zu.

Fragend schaute sie über den Rückspiegel zu Marc. „Kannst du dir vorstellen, warum der Anrufer uns drei zu Natascha bringen will? Ich nehme an, dass es sich bei ihm um den Franzosen handelt, dem sie übergeben wurde."

„Über den Telefonanruf mache ich mir auch die ganze Zeit über Gedanken. Den Sinneswandel der Entführer kann ich mir nicht erklären. Eigentlich wäre sie bereits in Frankreich oder zumindest auf dem Weg dorthin. Vorausgesetzt es stimmt, was der Zuhälter uns erzählt hat."

„Nachdem der Transport nicht geklappt hat, haben sie vielleicht von ihrem ursprünglichen Plan Abstand genommen."

„Das könnte natürlich sein. Doch eine Erklärung für Nataschas Entführung finde ich immer noch nicht. Warum sollen wir drei zu ihr gebracht werden. Wenn es denen um die Speicherkarte geht, sollte es ausreichen, wenn sie mit mir sprechen.

Isi schüttelte ihren Kopf: „Ich kann nicht glauben, dass es den Kidnappern um den Datenträger geht. Woher sollen sie wissen, dass Natascha deine Halbschwester ist und sie dich mit ihrer Entführung erpressen können? Du hast selber gesagt, dass du den Brief niemandem gezeigt hast."

„Es sei denn, dass jemand heimlich in meine Wohnung eingedrungen ist. Der Brief lag die ganze Zeit in einer unverschlossenen Schublade des Schreibtisches."

„Das alles kommt mir ziemlich kompliziert vor. Wenn wir nur wüssten, was auf dieser Speicherkarte zu finden ist."

„Bei nächstbester Gelegenheit werde ich nochmals versuchen, mit dem Schweizer Journalisten Kontakt aufzunehmen. Falls er im Besitz einer

Kopie ist, soll er mir wenigstens verraten, um was für Dateien es sich handelt."

„Hast du nie selber versucht, den Überfall auf deinen Adoptivvater aufzuklären?"

„Natürlich habe ich darüber nachgedacht. Letztendlich musste ich mir eingestehen, dass ich kaum Chancen habe, die Täter auf eigene Faust zu finden. Selbst unsere Staatsorgane wie Polizei und Verfassungsschutz haben mit all ihren Möglichkeiten nichts herausgefunden. Vielleicht kann mir dieser „Goldzahn", von dem der Georgier gesprochen hat, da weiterhelfen. Nach meiner Rückkehr versuche ich in jedem Fall, ihn zu finden."

„Was wird aus uns werden?"

Inessas Stimme klang bei dieser Frage sehr zaghaft.

Sanft streichelte Marc ihr von hinten über den Kopf. „Ich hoffe immer noch, dass du mit mir nach Deutschland kommst. Das jedenfalls wünsche ich mir."

„Wenn wir Natascha nicht finden oder sie womöglich tot ist, kann ich Mutter unmöglich alleine zurücklassen."

Marc ließ sich Zeit mit der Antwort: „An so eine Möglichkeit möchte ich im Moment nicht einmal denken. Wir finden Natascha. Sollte sie in dieser Kolchose festgehalten werden, haben wir einen Vorteil. Ihre Bewacher können unmöglich ahnen, dass wir ihr Versteck kennen und bereits auf den Weg zu ihnen sind."

„Danke, dass du deinen Optimismus mit mir teilst. Ich hoffe so sehr, dass du recht hast."

Die letzten Kilometer mussten sie über einen holprigen, teilweise schlammigen Weg fahren. Der Allrad-Antrieb des BMW war dabei sehr vorteilhaft. Wie von Marc befürchtet, war es inzwischen taghell.

Schließlich deutete ihr Gefangener mit den gefesselten Händen an, dass sie das Ziel erreicht hatten. Dem Gesichtsausdruck nach zu urteilen, hoffte er wohl auf eine baldige Freilassung. Doch da täuschte er sich.

Nur etwa zweihundert Meter von ihnen entfernt, konnten sie etliche ziemlich heruntergekommene Gebäude erkennen. Sie machten keineswegs einen einladenden Eindruck. Nichts deutete darauf hin, dass sich dort Menschen aufhielten.

Die Russin hatte einige Mühe, zwischen den wild wuchernden Bäumen und Sträuchern einen Platz für den BMW zu finden.

Beim Verlassen des Wagens ließ sie ein halblauter Zuruf zusammenzucken. Zwei dunkel gekleidete Männer, die hinter den Bäumen versteckt gewesen sein mussten, richteten ihre Pistolen auf sie.

Marc verfluchte seine Unvorsichtigkeit. Mit der Möglichkeit, von Wachposten hätte er rechnen müssen. Niedergeschlagen hob er die Arme und Isi folgte seinem Beispiel.

Ungläubig ließ Marc sie kurz darauf wieder sinken. Den großen, sportlichen Mann mit den wenigen, blonden Haaren sah er nicht zum ersten Mal. Martin Müller hatte zu den unhöflichen Besuchern des Verfassungsschutzes gehört, die von ihm wissen wollten, wo das Original der Speicherkarte sein konnte.

Es war also keine Sinnestäuschung gewesen, als er ihn vor Irinas Haus zu sehen glaubte. Was machte ein Mitarbeiter des Verfassungschutzes ausgerechnet in diesem abgelegenen Teil Russlands?

Müller hatte ihn ebenso erkannt. Er sah verärgert aus, als er die Pistole im Halfter am Gürtel verstaute. Auf Russisch sagte er etwas zu seinem Begleiter, der daraufhin gleichfalls die Waffe senkte.

Der Deutsche vom Verfassungsschutz grinste Marc unhöflich an. „Nachdem ich mich in Nabereschnyje Tschelny davon überzeugt hatte, dass sie ihren Urlaub tatsächlich in der wenig einladenden Stadt verbringen, war mir klar, dass wir uns noch mal über den Weg laufen. In dieser Einöde habe ich nicht damit gerechnet."

Er deutete auf seinen Begleiter. „Das ist mein Kollege Timur Rudakov. Er wurde mir vom russischen Innenministerium zur Seite gestellt."

„Was macht ein Mitarbeiter des deutschen Staatsschutzes in dieser Gegend? Sind sie mir von Deutschland aus gefolgt? "

„Nein, das bin ich nicht. Zufällig hat mich mein Job hier hergeführt. Da ich aber wusste, wo sie ihren Urlaub verbringen, wollte ich mich davon überzeugen, dass es stimmt. Außerdem habe ich ein paar Fragen an die Mutter ihrer Begleiterin."

„Was wollen sie von ihr?"

„Vergessen sie es. Es ist nicht wichtig. Tatsächlich bin ich wegen einem Franzosen namens Bernard Reno hergekommen. Unseren Informationen nach soll er dort in einen der zerfallenen Gebäude stecken. Kennen sie ihn?"

„Nicht persönlich. Aber es dürfte sich um denselben Mann handeln, der hinter der Entführung eines jungen Mädchens steckt. Uns wurde gesagt, dass sie in der Kolchose festgehalten wird."

„Wie kommen sie darauf?"

In Kurzform erzählte Marc vom Verschwinden Nataschas und ihrem Gespräch mit dem Zuhälter.

Müller übersetzte es für den russischen Kollegen. Danach öffneten sie den BMW, um sich den Gefangenen anzusehen.

Der Deutsche zeigte seine Enttäuschung offen: „Ich habe mich der leichten Hoffnung hingegeben, dass sie den Franzosen geschnappt haben. Der da ist es leider nicht."

Der Schreck über das plötzliche Auftauchen der Männer saß Isi noch den Gliedern. Inzwischen hatte auch sie ihre Arme heruntergenommen. Gespannt verfolgte sie das Gespräch zwischen ihnen und Marc.

„Und sie haben diesen Zuhälter einfach so überwältigt und fahren jetzt mit ihm durch die russische Landschaft", wollte Müller von Marc wissen. Gleichzeitig mustere er Isi zum ersten Mal genauer.

„Wir mussten ihn mitnehmen, damit er uns den Weg zeigt. Alleine hätten wir diese Ruinen da vor uns niemals gefunden."

Der Russe warf nochmals einen nachdenklichen Blick auf den Gefangenen und redete danach ziemlich schnell auf Müller ein.

„Mein Kollege hat zu mir gesagt, dass er den Mann kennt. Sein Vater hat in Tschetschenien gekämpft und ist von dort mit einem kleinen Vermögen zurückgekommen. Keiner kann sagen, wie er dazu gekommen ist. Jedenfalls soll er sehr gute Verbindungen zu den führenden Leuten in Nabereschnyje Tschelny haben. Zudem gehört er den Nationalisten an. In der Ostukraine unterstützt er die diejenigen, die für ein „Noworossija", also Neurussland eintreten. Über das, was sie mit seinem Sohn angestellt haben, wird er sich nicht gerade erfreut zeigen. Er könnte ihnen das Leben ziemlich schwer machen. Mein Kollege will ihn, sobald unsere Aufgabe hier erledigt ist, mitnehmen."

Müllers Ansage klang bestimmt und Marc stimmte sofort zu. Ihm kam es gelegen, den Zuhälter auf diese Weise loszuwerden.

Marc schaute den Mann vom deutschen Verfassungsschutz fragend an. „Den Georgier überlasse ich ihnen gerne. Aber ich denke, dass sie mir jetzt ebenfalls eine Erklärung schuldig sind. Was genau wollen sie hier und dazu noch mit einem russischen Agenten?"

Müller zögerte kurz, bevor er schließlich nickte. „Zuviel werden sie von mir nicht erfahren. Aber ein bisschen Aufklärungsarbeit kann ich leisten. Wie sie sich denken können, hängt das mit dieser verdammten Speicherkarte ihres Vaters zusammen. Unter anderem befinden sich darauf auch Hinweise auf Verbindungen von rechten EU-Abgeordneten zu Islamisten in Kasan."

„So etwas gibt es?"

„Ja leider. Mein Kollege und ich hoffen, dass der Franzose Remo uns mehr darüber sagen kann. Deswegen bin ich hauptsächlich nach Russland gekommen bin. Den Behörden hier ist bekannt, dass er in Kasan Besprechungen mit Leuten geführt hat, die zu den radikalen Islamistenkreisen in Russland gezählt werden. Ihnen wird auch der Autobombenanschlag in Kasan vor drei Tagen zugerechnet. Als Remo danach ausgerechnet in die Stadt fuhr, in der sie ihren Urlaub verbringen, wurde ich neugierig. Falls sie sich mit ihm treffen, wollte ich davon Kenntnis haben."

„Wie kommen sie darauf, dass es zwischen dem Franzosen und der Speicherkarte einen Zusammenhang gibt?"

„Die Polizei in Köln hat inzwischen herausgefunden, dass Remo indirekt etwas mit dem Überfall auf ihren Adoptivvater zu tun hat. Auftraggeber dafür sind offenbar dieselben Leute, die zur Islamistenszene in Kasan Kontakt haben. Das bringt uns wieder zu der Speicherkarte. Ist ihnen inzwischen eingefallen, wo sie sein könnte?"

Müller schien noch mehr sagen zu wollen. Nach einem Blick auf Isi schwieg er schließlich.

Marc schüttelte den Kopf. „Glauben sie mir endlich, dass ich weder das Original noch eine Kopie dieser verdammten Speicherkarte jemals gesehen habe. Mein Adoptivvater muss sie jemanden zur Aufbewahrung gegeben haben, der mit dem Inhalt etwas anfangen kann. Ich kann mir nicht vorstellen, dass ihr Franzose deswegen nach Russland gekommen ist. Für die Entführung muss es einen anderen Grund geben."

„Vielleicht", antwortete Müller uninteressiert. Für die Entführung schien er sich nicht sonderlich zu interessieren.

Fast schon lauernd schaute er Dobrin an. „Aber sie ahnen, wo sie sein könnte," kam er auf die Speicherkarte zurück.

„Mir ist lediglich bekannt, dass Vater eine weitere Ausfertigung an einen Freund geschickt hat. Vielleicht handelt es sich dabei gar nicht um eine Kopie, sondern um das von ihnen gesuchte Original."

„Wieso kommen sie urplötzlich auf einen Freund ihres Vaters?"

„Kurz nach dem Tod meines Adoptivvaters hat mir die Krankenhausverwaltung einen Brief von ihm ausgehändigt. Darin erwähnte er einen

Schweizer Journalisten namens Denis Waterk, den ich über sein Ableben verständigen sollte. Auf den Gedanken, dass er die Speicherkarte vielleicht ihm gegeben hat, bin ich erst viel später gekommen."

„Das vermuten sie?"

„Ja, aber es ist eine Möglichkeit, die mir logisch erscheint. Mehr nicht."

„Warum haben sie mir davon nicht bereits in Deutschland erzählt?"

„Den Brief habe ich erst nach ihrem Besuch bekommen."

„Ich habe eine Telefonnummer hinterlassen. Über die hätten sie mich benachrichtigen können."

„Warum sollte ich das machen? Bei der Befragung haben sie mir mehr als einmal unterstellt, dass ich etwas verschweige oder die Unwahrheit sage. Ihr Auftreten war anmaßend und ziemlich überheblich. Der Überfall selber oder die Suche nach den Tätern hat sie nicht im Geringsten interessiert. Für sie war nur das Original der Speicherkarte interessant. Das hat sie nicht gerade sympathisch gemacht."

Müller setzte ein fast verlegenes Lächeln auf: „Scheiße! Vielleicht sollte ich in Zukunft bei meinen Befragungen etwas mehr Fingerspitzengefühl zeigen."

„Was kann man noch auf der Speicherkarte finden?"

Martin Müller überlegte einen Moment, bevor er schließlich nickte. „Das habe ich doch schon gesagt. Genauere Einzelheiten und Namen kann ich ihnen nicht verraten. Nur so viel noch: Es kann sein, dass von Brüssel aus Terroranschläge in Europa finanziert werden. Und zwar von kriminellen Figuren, die den rechten Parteien nahestehen."

„Warum sollten ausgerechnet diese Leute so etwas machen?"

„Darüber darf ich ihnen nichts sagen."

„Was dürfen sie mir dann verraten?"

„Wir vermuten, dass Islamisten aus den südlichen Ländern der ehemaligen Sowjetunion in Russland mit gefälschten Papieren ausgestattet werden und von hier aus mit einem Touristenvisum nach Westeuropa gelangen."

„Jetzt verstehe ich, warum sie uns ausgerechnet hier über den Weg gelaufen sind. Die verfallene Kolchose soll so etwas wie ein Unterschlupf für Islamisten sein. Das jedenfalls hat der Georgier behauptet."

„Interessant, dass er über solche Dinge Bescheid weiß. Mein russischer Kollege hier wird sich später noch einmal ausführlich mit ihm unterhalten. Unter Umständen kann er uns dazu noch mehr sagen."

Marc nickte uninteressiert. Viel mehr interessierte ihn, was ein Mitarbeiter des deutschen Verfassungsschutzes von Isis Mutter wollte. Er würde sie danach fragen.

Währenddessen hatten sie die Gebäude der Kolchose keinen Moment aus den Augen gelassen. Dort blieb weiterhin alles ruhig. Nichts deutete darauf hin, dass sich da Menschen aufhielten.

„Wir sollten uns langsam zu den verfallenen Gebäuden in Bewegung setzen. Falls dort jemand ist, könnten sie noch schlafen und dann wäre das jetzt der richtige Zeitpunkt," schlug Marc vor.

Müller schüttelte entgeistert den Kopf: „Nein, mein russischer Kollege und ich kommen ohne ihre Hilfe aus. Uns hat man dafür ausgebildet und wir sind entsprechend bewaffnet. Sie und ihre Begleitung bleiben hier, bis wir zurückkommen oder ein Zeichen geben, das sie nachkommen können."

Um eine unnütze Diskussion zu vermeiden, blieb Marc still. Er hatte keinesfalls vor, der Anweisung zu folgen. Falls Natascha in einem der Gebäude war und es zu einer Schießerei kam, würden die Männer auf sie keine Rücksicht nehmen.

Müller und sein russischer Kollege nickten sich zu, bevor sie geduckt, auf die verfallenen Gebäude zugingen. Geschickt versuchten sie dabei, Bäume und Sträucher als Deckung zu benutzen.

„Willst du wirklich hier warten", wollte Isi wissen.

„Natürlich nicht. Sobald sie etwas weiter weg sind, folgen wir ihnen. Aber auf einem anderen Weg. Soweit ich sehen kann, haben die Gebäude auf der Rückseite keine Fenster. Wenn wir uns von da aus nähern, wird man uns nicht entdecken. Außerdem bietet das Gebüsch auf diesem Weg mehr Deckungsmöglichkeiten. Eigentlich hätten die beiden Spezialisten das selber sehen müssen."

Als Müller und sein russischer Kollege weit genug entfernt waren, liefen sie los.

Obwohl sie sehr vorsichtig vorgingen, kamen sie gut voran. Nur manchmal mussten sie einen Bogen schlagen, um zu dichtem Gebüsch auszuweichen.

Unterwegs hielten sie immer wieder kurz an, um die Häuser sowie das Gelände der Kolchose zu beobachten. Müller samt Begleiter konnten sie nirgendwo entdecken. Auch aus der Nähe sahen die Gebäude verlassen aus.

Isi deutete das Land um sie herum: „So wie es aussieht, hat man hier früher Kartoffeln angebaut. Das dürfte allerdings zwanzig Jahre zurückliegen. Nachdem die Kolchose aufgegeben wurde, hat sich die Natur das Land zurückgeholt."

Von einer kleinen Erhebung aus konnten sie für einen Moment Müller samt seinen Kollegen Rudakov sehen. Wenig später waren sie hinter den ersten Bauwerken verschwunden.

Marc nickte zufrieden. „Falls dort doch jemand wach ist, wird sich ihr Interesse hoffentlich ausschließlich auf die beiden konzentrieren."

Wenig später hatten sie selber die Rückseite eines der Gebäude erreicht. Das äußere Mauerwerk war teilweise eingestürzt und gab den Blick ins Innere frei.

Inessa klopfte auf einen der roten Ziegelsteine: „Das hier sieht aus, als hätte man es früher zum Unterstellen von landwirtschaftlichen Maschinen genutzt."

So leise wie möglich folgten sie dem Bauwerk bis an dessen Ende. Eine unnatürliche Ruhe umgab sie. Seltsamerweise fehlte sogar das morgendliche Gezwitscher von Vögeln.

Diese Stille wurde von einer kräftigen Männerstimme unterbrochen, die jemandem etwas zurief. Vorsichtig schaute Marc um die Ecke.

Am anderen Ende ihres Gebäudes konnte er Müllers russischen Begleiter sehen. Es musste dessen Stimme gewesen sein. Isi bestätigte kurz darauf diese Vermutung.

„Er hat gerufen, dass er nicht glaubt, hier auf Menschen zu stoßen", übersetzte sie ihm enttäuscht die wenigen Worte.

Marc machte ihr Mut. „Die beiden können in dieser kurzen Zeit unmöglich sämtliche Gebäude durchsucht haben. Bevor wir die Suche nach Natascha aufgeben, erkunden wir hier jeden Winkel."

Erschrocken zuckten sie zusammen, als gleich mehrmals geschossen wurde. Es folgte ein langgezogener Schmerzensschrei. Wenig später hörten sie die Stimmen zweier Personen, die sich etwas zuriefen. Eine davon gehörte eindeutig einer Frau.

Unwillkürlich waren sie in die Hocke gegangen und schauten abwechselnd um die Ecke des Gebäudes, um sich einen Überblick zu verschaffen.

Der Schmerzensschrei musste von Müllers russischer Kollegen gekommen sein. Mit der Pistole in der Hand lag er bewegungslos am Boden.

Neben ihm war eine Frau in langem, schwarzem Kleid und Kopftuch zu sehen. Triumphierend schwenkte sie zuerst eine Kalaschnikow über ihren Kopf, um sie wenig später dem Mann zu ihren Füßen in die Seite zu stoßen. Ihre Zufriedenheit war unübersehbar. Dem Gesicht nach zu urteilen, konnte sie höchstens Anfang zwanzig sein.

Abermals rief sie etwas, dass Isi für Marc dolmetschte: „Sie hat gerufen, das Schwein ist tot."

Kurz darauf hörten sie weitere Gewehrschüsse. Diesmal stammten sie von einem Gewehr und konnten deshalb nicht von Müller sein. Er sowie sein Begleiter waren lediglich mit Handfeuerwaffen losgegangen.

Die Frau verschwand unmittelbar darauf in die Richtung, aus der die Schüsse gekommen sein mussten.

Marc bedeutete Isi, sich stillzuhalten und an dieser Stelle auf ihn zu warten.

„Ich muss mir die Pistole des Russen holen. Zum Glück hat die Frau nicht daran gedacht, sie ihm wegzunehmen."

Die Russin schaute ihn an wie einen Verrückten: „Das ist keine gute Idee. Ich mache mir vor Angst fast in die Hose und du willst einfach losziehen, um dir die Waffe holen. Sie werden auf dich schießen. Bisher wissen wir noch nicht einmal, mit wie vielen Leuten wir es zu tun haben."

Marc versuchte sie zu beruhigen: „Es geht ganz schnell und ich bin vorsichtig. Die Pistole kann uns noch nützlich sein. Außerdem kann ich mir von weiter vorne einen besseren Überblick verschaffen. Egal wie viele Leute sich hier befinden, ihre Aufmerksamkeit dürfte sich momentan auf Müller konzentrieren."

Nur widerwillig gab sie ihm recht.

Aufgeregt sah sie zu, wie Marc den am Boden Liegenden erreichte und die Pistole an sich nahm. Danach suchte er hinter einem rostigen, mit Löchern durchsetzten Metallbehälter Deckung.

Marc konnte von seinem Versteck eine weitere Person sehen. Es war ein Mann mit schwarzem Vollbart. Dessen Kleidung bestand aus normalen, blauen Jeans und dunklem Hemd. Wie die Frau war er mit einer Kalaschnikow bewaffnet.

Die Beiden kauerten zusammen hinter einem Haufen aus Steinen, Erde sowie Gerümpel aller Art.

Der Bärtige war sichtlich erregt. Immer wieder deutete er auf ein zersplittertes Fenster im Obergeschoss des gegenüberliegenden Gebäudes.

Für einen Augenblick konnte Marc dort das Gesicht von Müller erkennen. Er hatte dort Deckung gefunden und sich dadurch um jede Fluchtmöglichkeit gebracht.

Die Frau gab mehrere Schüsse auf das Fenster ab. Einige trafen den morschen Holzrahmen, dessen Splitter davon spritzten. Ob sie Müller getroffen hatten, konnte Marc von seinem Platz aus nicht erkennen.

Unmittelbar darauf begann zwischen den beiden eine Diskussion, die von der Frau schließlich mit groben Worten abgebrochen wurde. Der Mann wandte sich beleidigt und mit eingezogenen Schultern von ihr ab.

Marc ließ sich Zeit. Zentimeter für Zentimeter musterte er die Umgebung. Nirgendwo konnte er weitere Personen sehen. Er musste also lediglich die Frau sowie den Mann außer Gefecht setzen.

Die Entscheidung, auf jemanden von hinten zu schießen, fiel ihm nicht leicht. Doch eine andere Möglichkeit sah er nicht. Keinesfalls sollten die beiden Gelegenheit bekommen, auf ihn zu feuern.

Die ungewohnte, russische Pistole lag schwer in seiner Hand, als er damit auf sie zielte. Es lag Jahre zurück, dass er mit so einer Waffe an einem Schießstand der Polizei geübt hatte. Soweit er sich noch zurückerinnern konnte, schoss die Makarov auf diese Entfernung etwas ungenau.

Tatsächlich traf er mit dem ersten Schuss lediglich den Haufen aus Steinen und Erde.

Sofort korrigierte Marc die Richtung und drückte erneut ab. Die Frau schrie auf, als die Kugel ihre rechte Schulter durchschlug. Die Wucht des Geschosses riss sie zu Boden. Das Gewehr ließ sie dabei fallen.

Ein weiterer Schuss aus Marcs Waffe traf den Oberschenkel ihres Begleiters.

Er ließ den beiden keine Zeit, sich von dem überraschenden Angriff zu erholen. Noch bevor sie herausfinden konnten, von wo auf sie geschossen wurde, war er bei ihnen.

Trotz der Verletzung versuchte die Frau, ihr Gewehr zu erreichen. Gerade noch rechtzeitig konnte Marc es mit dem Fuß außerhalb ihrer Reichweite kicken.

Mit beiden Händen umklammerte sie daraufhin eines seiner Beine. Ein fester Ruck sowie ein Tritt in die Seite beendete die Gegenwehr.

Mehr verärgert als ängstlich lag sie am Boden und schaute zu ihm hoch. Dabei versuchte sie mit zusammengebissenen Zähnen, den Schmerz in der Schulter zu überspielen.

Ihr bärtiger Begleiter rührte sich nicht. Ob er tatsächlich bewusstlos war oder es nur vorzutäuschen versuchte, konnte Marc auf die Schnelle nicht feststellen.

Um die beiden aus sicherer Entfernung unter Kontrolle zu halten, trat er zwei Schritte zurück.

Nach den erneuten Schüssen hatte es Isi an ihrem Platz nicht mehr ausgehalten. Gebückt, so wie sie es vorher bei Marc gesehen hatte, lief sie zu dem Metallbehälter, hinter dem er kurz zuvor noch gewesen war.

Erleichtert sah sie zuerst ihn und etwas entfernt von ihm einen Mann sowie eine Frau auf dem Boden liegen. Es sah nicht so aus, als wenn er bei der Auseinandersetzung verletzt worden wäre.

Nachdem Marc ohne Deckung dastand, sah sie keinen Grund, sich weiterhin zu verstecken.

Bei ihm angekommen, musste sie sich trotzdem anstrengen, die Nervosität zu unterdrücken.

„Kann ich dir irgendwie helfen?"

Marc schaffte es, sie beruhigend anzulächeln: „Ja, du könntest nach einem Strick oder etwas Ähnliches suchen. Die beiden sind zwar verletzt, doch um unliebsame Überraschungen zu vermeiden, sollten wir sie trotzdem fesseln."

Inessa deutete auf den am Boden liegenden Mann. „Soll das der angebliche Franzose sein, von dem dieser Müller gesprochen hat? Das kann ich mir nicht vorstellen."

„Wie kommst du darauf?"

„Er sieht eher aus wie einer der Dorfbewohner aus der Umgebung. Nur das sie selten Vollbart tragen. Die Frau könnte, ihrer Kleidung nach, eine Muslima sein."

„Wahrscheinlich gehören sie zu den Leuten, die hier auf einen russischen Pass warten."

Weiterhin etwas nervös suchte Isi mit den Augen die Umgebung ab. „Dann ist der Franzose vielleicht noch irgendwo in den Gebäuden versteckt."

„Nein, ich glaube nicht, dass er hier ist. In dem Fall hätte er sich an der Auseinandersetzung beteiligt. Möglicherweise sind ihm die Übernachtungsmöglichkeiten in den verfallenen Hütten zu unbequem und er verbringt die Nächte lieber an einem zivilisierteren Ort."

„Und wo ist dein Landsmann, dieser Müller?"

„Ich habe ihn vorhin ganz kurz im Gebäude vor uns gesehen. Es ist schon seltsam, dass er nicht auftaucht. Vielleicht hat er die Flucht ergriffen. Jetzt schau mal nach, ob du im näheren Umfeld etwas findest, mit dem wir die Bewegungsfreiheit der beiden hier einschränken können. Dann suchen wir nach Natascha."

Trotz seiner beruhigenden Worte blieb Marc sicherheitshalber mit der Pistole im Anschlag neben den Verletzten stehen, während die Russin etwas Brauchbares zum Fesseln suchte.

Sie kam bereits nach kurzer Zeit zurück: „Ich glaube nicht, dass wir auf diesem Gelände einen Strick oder etwas Gleichwertiges finden werden.

Alles, was man hier in die Hand nimmt, zerfällt sofort und in die Gebäude gehe ich auf keinen Fall ohne dich."

Marc nickte zustimmend: „Dann muss ich mir eine andere Möglichkeit einfallen lassen."

Abschätzend musterte er die beiden Verletzten. „Das Hemd des Mannes scheint kräftig genug zu sein. In Streifen gerissen dürfte es sich auch als Fessel eignen."

Er gab Isi die Pistole. „Achte auf die Umgebung, während ich dem Mann das Hemd ausziehe. Sei vorsichtig, die Waffe ist entsichert."

Noch während Marc, dem weiterhin Bewusstlosen das Hemd auszog, hörten sie Müller rufen.

„Sobald eure Plauderstunde beendet ist, fände ich es gut, wenn ihr nach mir sehen könntet. Mich hat eine Kugel erwischt. Ich kann nicht mehr laufen."

„Dann ist mein Verdacht, dass der Heini vom Verfassungsschutz abgehauen ist, wohl unbegründet gewesen. Was würde der ohne uns Amateure jetzt wohl machen", knurrte Marc.

Es bedurfte einiger Anstrengungen von Marc, die Frau sowie den Mann zu fesseln. Er hatte die Streifen aus dem zerrissenen Hemd absichtlich kräftig angezogen und doppelt verknotet. Die beiden sollten keine Gelegenheit bekommen, sich zu befreien.

Danach machten sie sich auf den Weg zu dem Haus, aus dem sie Müllers Stimme gehört hatten. Durch eine breite Öffnung konnten sie das Gebäude betreten. Sollte früher an dieser Stelle eine Tür gewesen sein, so hatte sie inzwischen anderswo Verwendung gefunden. Vielleicht als Brennholz in einem Ofen.

Im halbdunklen Eingangsbereich mussten sie über viel Schutt steigen, bis sie zu einer verrotteten Holztreppe gelangten.

Das Hinaufgehen gestaltete sich nicht ganz einfach. Einige der Stufen waren angebrochen, andere morsch oder sie fehlten gleich ganz. Auf dem Weg nach oben hielt sich Isi dicht hinter Marc. Er konnte sie atmen hören.

Müller kauerte mit schmerzverzerrtem Gesicht am Ende der Treppe in einer Ecke. Erleichtert sah er ihnen entgegen.

„Eine Kugel hat mich an der Hüfte erwischt. Ich glaube, dass sie den Knochen getroffen hat. Für kurze Zeit muss ich bewusstlos gewesen sein. Jetzt habe ich da verdammt starke Schmerzen. Noch schlimmer ist, dass ich nicht mehr laufen kann. Wie geht es Rudakov?"

„Bedeutend schlechter. Ihr Begleiter ist tot. Sehr wahrscheinlich hat ihn die Frau erschossen. Der Bärtige vor dem Haus ist aber nicht der Franzose, von dem sie gesprochen haben?"

„Nein. Er und das Weib müssen zu diesen verdammten Islamisten gehören, die hier auf einen Pass warten."

„Das haben wir uns auch gedacht."

Unterdessen durchstreifte Isi vorsichtig, aber ziemlich aufgeregt die restlichen Räume in diesem Stockwerk. Dabei musste sie auf jeden Schritt achten. Teilweise konnte sie durch die Holzdielen bis in die Etage unter ihr sehen.

Am Ende eines kurzen Ganges stand sie unerwartet vor einer verschlossenen, stabilen Holztür. Ihre bereits aufkommende Enttäuschung, nicht den geringsten Hinweis auf Natascha gefunden zu haben, war sofort vergessen. Hoffnung keimte in ihr auf.

Vergeblich versuchte sie, die Tür aufzudrücken. Aufgeregt rief sie schließlich Marc zu Hilfe.

Er war nicht weniger erstaunt wie sie. Die Tür machte einen robusten Eindruck und passte irgendwie nicht zu der sonstigen Umgebung. Jemand musste sie vor nicht allzu langer Zeit eingebaut haben.

Sie ließ sich erst öffnen, nachdem er sich mehrmals mit aller Wucht dagegen geworfen hatte.

Sie kamen in ein mittelgroßes Zimmer, dessen einziges Fenster von innen mit Kartonresten zugeklebt war. Nur durch einige winzige Stellen drang Tageslicht in den Raum.

Es wurde sehr schnell heller, als Isi ungestüm die Abdeckung vom Fenster riss. Auf einer Matratze, halb verborgen unter einer dünnen Decke, lag die Gestalt einer Person mit langen, blonden Haaren. Rasch zog sie den Überwurf zur Seite.

„Natascha!" Voller Freude rief sie den Namen ihrer Schwester.

„Sie bewegt sich nicht", rief sie Marc zu, der von der aufgebrochenen Tür aus darauf achtete, dass man sie nicht überraschte. Diesmal klang ihre Stimme verzweifelt.

Er gab dem Posten auf und schob die Russin sanft zur Seite. Gekonnt suchte und fand er den Puls Nataschas.

Beruhigt konnte er Isi danach anlächeln: „Sie lebt und ihr Kreislauf scheint ziemlich normal zu sein. Trotzdem sollte sie baldmöglichst von einem Arzt untersucht werden. Der Entführer hat zugegeben, ihr ein Schlafmittel verabreicht zu haben. Vielleicht hat sie es auch danach noch bekommen."

Müller hielt seine Augen geschlossen, als Marc zu ihm zurückkehrte. Doch er war wach.

„Ich habe mitbekommen, dass ihr das Mädchen gefunden habt. Herzlichen Glückwunsch. Jetzt sollten wir möglichst schnell von hier verschwinden. Falls der Franzose doch noch hier auftaucht, wäre das für uns nicht gerade vorteilhaft. Vielleicht befindet er sich in Begleitung."

„Wie stellen sie sich das Wegkommen vor? Sie sind verletzt und benötigen einen Krankenwagen. Warum setzen sie sich nicht einfach mit der Dienststelle ihres toten Kollegen in Verbindung? Wir könnten warten, bis Hilfe kommt."

Müller schüttelte den Kopf. „Von hier aus kann ich niemanden verständigen. Mein Handy hat kein Netz."

„Das ist ärgerlich, aber ihr Franzose wird nicht so bald hier auftauchen," versuchte Marc, ihn zu beruhigen.

„Worauf stützt sich ihr Glauben?"

„Gestern Abend hat ein Mann mit französischem Akzent bei der Mutter meiner Begleiterin angerufen. Heute am Vormittag will er sich nochmals melden. Angeblich, um uns zu dem entführten Mädchen zu bringen. Was das zu bedeuten hat, kann ich nicht sagen. Jedenfalls dürfte es sich bei dem Anrufer um diesen Bernhard Remo gehandelt haben. Vermutlich hat er in Nabereschnyje Tschelny übernachtet, um dann zusammen mit uns herzufahren."

„Das wäre möglich. Trotzdem möchte ich schnellstmöglich von hier verschwinden. Wer kann schon sagen, ob hier noch andere Leute verkehren. Die Zwei, die sie angeschossen haben, brauchen was zum Essen. Die Lieferanten könnten bewaffnet sein. In dem Fall müssten sie sowie ihre Begleiterin mit denen alleine fertig werden."

Marc schaute Müller nachdenklich an. „Dann haben sie sich bestimmt Gedanken darüber gemacht, wie wir sie von hier wegbringen sollen?"

„Der BMW, mit dem sie gekommen sind, ist bestens dafür geeignet. Er ist groß genug, um uns alle von hier wegzubringen. Die zwei Verletzten da draußen packen wir zu dem Zuhälter im Laderaum des Autos."

„Warum lassen wir die zwei Bewacher des Mädchens nicht einfach hier liegen? Sollte ihnen die Flucht gelingen, werden sie mit ihren Verletzungen nicht allzu weit kommen."

„Vergessen sie den Franzosen sowie seine eventuellen Handlanger nicht. Wenn einer von denen hier auftaucht, wird man sie sofort umbringen oder in ein anderes Versteck schaffen. Das darf nicht passieren. Die beiden können uns unter Umständen wichtige Hinweise zu dem Franzosen und seinen Hintermännern geben. Außerdem wäre es nicht ganz ungeschickt, wenn ich dem Vorgesetzten meines toten Kollegen dessen Mörder frei Haus liefere."

Um nicht länger diskutieren zu müssen, gab Marc nach. Oberste Priorität hatte für ihn, Natascha und Isi in Sicherheit zu bringen.

„Dann machen wir es so. Ich hole den BMW."

Müller nickte. Er war sichtlich erleichtert, dass Dobrin so schnell nachgegeben hatte. Er selber musste seine Kräften schonen. Die Schussverletzung bereitete ihm Sorgen. Die Wunde schmerzte extrem stark. Zudem blutete sie trotz des Notverbandes, den er sich angelegt hatte.

„Sobald wir unterwegs sind, und ich für mein Handy Empfang habe, setze ich mich mit Rudakovs Dienststelle in Verbindung. Sein Leichnam muss abgeholt werden. Außerdem wird man die verfallenen Hütten hier gründlich nach Spuren untersuchen wollen. Ich werde denen auch sagen, dass sie uns einen Krankenwagen mit Arzt entgegenschicken sollen. Die können sich dann um mich sowie ihre Schwester kümmern."

Er fügte hinzu: „Bevor sie losgehen, um den Wagen zu holen, bringen sie uns die zwei Gewehre der Russen. Sie haben ja die Pistole. Sollten wir in der Zwischenzeit Besuch bekommen, können wir uns wenigstens wehren. Ihre Freundin soll vom Fenster aus die Umgebung beobachten."

Der BMW mit dem Gefangenen stand noch genauso da, wie sie ihn zurückgelassen hatten. Nichts deutete darauf hin, dass in Zwischenzeit jemand da gewesen war.

Beim Losfahren streifte er mit der Stoßstange ziemlich unsanft einen der niedrigen Bäume. Hinter sich hörte er den Zuhälter grob schimpfen. Dessen Flüche wurden lauter, als er den BMW rücksichtslos durch die Schlaglöcher zur Kolchose jagte. Vom Fenster aus winkte ihm Isi, mit dem Gewehr im Anschlag, erleichtert zu.

Es bedurfte ihrer ganzen Kraft, den verletzten Deutschen sowie die weiterhin bewusstlose Natascha über die morsche Treppe in den BMW zu schaffen. Müller schnallten sie auf dem Beifahrersitz fest. Natascha legten sie auf die Rückbank.

Zudem war es nicht leicht, die zusätzlichen Gefangenen im Gepäckraum unterzubringen. Inzwischen hatte auch der Bärtige das Bewusstsein wiedererlangt. Trotz der Fesseln und ihrer Verletzungen wehrten sich beide heftig.

Nachdem Marc einen Finger in die Wunde des Mannes gedrückt hatte, gab dieser seinen Widerstand ganz schnell auf.

Für einen schmerzhaften Tritt der Frau gegen den Oberschenkel revanchierte sich Isi mit einem harten Schlag auf die Nase, die sofort zu bluten anfing. Marc hatte sie noch nie so wütend gesehen.

Wie bereits auf der Herfahrt überließ Marc Isi das Lenkrad. Er hatte sich neben die bewusstlose Natascha gesetzt. Ihr Kopf lag in seinem Schoß. So konnte er gleichzeitig auf die Gefangenen aufpassen.

Zurück auf der Hauptstraße reichte Isi ihm ihr Handy. „Jetzt haben wir wieder ein Netz. Sage bitte Mutter Bescheid, dass wir Natascha gefunden haben. Ich muss mich aufs Fahren konzentrieren."

Sie lächelte erleichtert, als daraufhin ein lauter Freudenschrei zu hören war.

Müller musste starke Schmerzen haben. Auf seiner Stirn hatte sich ein Schweißfilm gebildet. Jedes Mal, wenn der BMW über eine Unebenheit fuhr, stöhnte er heftig. Dabei bedachte er die Fahrerin mit einem vorwurfsvollen Blick. Auch er telefonierte unentwegt.

„Kurz vor der Stadt soll es eine Tankstelle geben, die nicht mehr in Betrieb ist. Da halten sie an," forderte er die Russin auf. „Dort werden wir in Empfang genommen."

Isi fand die ehemalige Tankstelle sofort. Wenig später kam ein älterer, zum Krankenwagen umgebauter GAZ-Lastwagen in Begleitung von zwei Lada-Geländefahrzeugen mit Blaulicht auf sie zugefahren.

Isi und Marc bekamen ein flaues Gefühl im Magen, als mehrere Bewaffnete heraussprangen und ihre Kalaschnikows auf sie richteten.

Müller ließ sich davon nicht aus der Ruhe bringen. Er hatte das Seitenfenster geöffnet und sprach lautstark mit einem der Zivilisten, den er zu kennen schien. Dabei deutete er immer wieder zu der bewusstlosen Natascha und auf seine eigene Verletzung.

Isi übersetzte Marc, was sie diskutierten: „Die Männer und wahrscheinlich auch die Besatzung des Krankenwagens gehören zur „OMON". Das ist eine Spezialeinheit der russischen Polizei. Müller hat verlangt, dass er und Natascha mit dem Rettungswagen zu einer Privatklinik gebracht werden. Wir dürfen sie begleiten und Mutter sagen, wohin man uns bringt. Die Gefangenen will man, zusammen mit dem BMW, zu irgendeinem Polizeiposten bringen. Ein Arzt wird sich dort um ihre Verletzungen kümmern. Außerdem hat man Müller gesagt, dass sich weitere Fahrzeuge der Einheit auf den Weg zur Kolchose befinden."

Der Krankenwagen benötigte für die Fahrt zur Klinik fast eine Stunde. Natascha wurde sofort weggebracht, während sie in einem freundlichen, hellen Aufenthaltsraum auf die Untersuchungsergebnisse warten mussten.

Irina kam wenig später. Isi erzählte ihrer Mutter, wo und unter welchen Umständen sie Natascha gefunden hatten.

Es dauerte eine gefühlte Ewigkeit, bis endlich eine junge Ärztin lächelnd zu ihnen kam.

„Ihre Tochter, beziehungsweise Schwester ist inzwischen aus der Bewusstlosigkeit erwacht. Es geht ihr den Umständen entsprechend gut. Allerdings werden die genauen Untersuchungen noch einige Stunden in Anspruch nehmen. Wir wollen herausfinden, mit was für einem Mittel das Mädchen ruhiggestellt wurde. Sie können in der Zwischenzeit ruhig nach Hause fahren und später wiederkommen," teilte sie ihnen mit.

„Natürlich dürfen sie auch hier warten," reagierte die Ärztin auf Irinas energisches Kopfschütteln. „In der Klinik haben wir einen recht guten Speisesaal. Eigentlich ist er für das Personal gedacht, doch es kommt öfter vor, dass Angehörige unserer Patienten dort warten. Sobald die genauen Ergebnisse vorliegen, kann ich sie dort abholen lassen.

Obwohl sie ziemlich erschöpft und müde waren, beschlossen sie, zusammen auf das Resultat von Nataschas Untersuchung zu warten.

Später setzte sich ein Offizier in Zivil zu ihnen. Er war ausgesprochen höflich und sprach recht gut deutsch, sodass auch Marc ihn verstehen konnte. Isi vermutete, dass er ebenfalls zur Spezialeinheit der Polizei gehörte.

Mit Natascha hatte er bereits gesprochen. Von Marc und ihr wollte er wissen, wie sie ihre Schwester gefunden hatten und schließlich befreien konnten. Ihn interessierte dabei jede Einzelheit.

An seinen geschickt gestellten Rückfragen merkte Marc, dass ihm der größte Teil der Geschehnisse bereits bekannt war. Er schien nicht nur mit Natascha, sonder auch mit Müller gesprochen zu haben.

Ihre Befragung wurde mehrmals durch das Handy des Polizisten unterbrochen. Zum Telefonieren ging er in eine entferntere Ecke des Speisesaals.

Zum Schluss schaute er sie der Reihe nach an. Besonders auf Irina blieb sein Blick lange haften.

„Von meinen Vorgesetzten soll ich ihnen ausrichten, dass es besser wäre, wenn sie die Stadt für einige Zeit verlassen. Das gilt auch für ihren Besuch aus Deutschland."

„Warum?", fragten ihn Isi sowie Irina gleichzeitig.

„Vor etwa einer halben Stunde hat es einen bewaffneten Angriff auf unsere Polizeidienststelle gegeben. Dabei wurde nicht nur der Zuhälter getötet, sondern auch die beiden anderen Gefangenen sowie der Arzt, der sie gerade behandelte. Die Angreifer konnten entkommen. Wir haben inzwischen herausgefunden, dass es sich bei dem Mann und der Frau um Mitglieder einer in Russland verbotenen Moslembruderschaft handelt. Sie dürften in der aufgelassenen Kolchose auf falsche Papiere gewartet haben. Vermutlich wollten sie damit nach Westeuropa weiterreisen. Welche Verbindung es zwischen ihnen und den Entführern gibt, kann ich noch nicht sagen. Dass es einen Zusammenhang gibt, ist offensichtlich."

Abermals blieb sein Blick sehr lange auf Irina haften. Fast so, als wollte er damit etwas ganz Bestimmtes andeuten.

„Ich bin sicher, dass ihr Arbeitgeber für den plötzlichen Urlaubswunsch Verständnis zeigen wird. Nach dem Überfall auf die Polizeistation und der Ermordung der Gefangenen können wir nichts mehr ausschließen. Die Leute, die dahinter stecken, könnten erneut versuchen, einen von ihnen zu entführen oder sogar sie alle zu töten. Sollte es zu einem späteren Zeitpunkt von ihrer Seite aus noch Fragen geben, stehe ich gerne zur Verfügung."

Die Zusammenhänge irritierten Marc zunehmend. „Was hat der gesuchte Franzose mit einer Moslembruderschaft zu schaffen? Ist das der Grund, warum ihre Leute mit dem deutschen Verfassungsschutz zusammenarbeiten. Und woraus genau schließen sie, dass Frau Petrowna und ihre Töchter weiterhin gefährdet sein könnten?"

Der Offizier lächelte freundlich: „Darüber darf ich mit ihnen nicht sprechen. Wir Russen behalten solche Geheimnisse dieser Art lieber für uns. Doch sie können sicher sein, dass wir die Warnung nicht grundlos aussprechen."

Marc nickte zurückhaltend. Dass es auch in Russland bereits mehrere terroristische Anschläge gegeben hatte, wusste er aus den Nachrichten. In den Erklärungen der russischen Regierung hieß es danach immer, dass es sich bei den Attentätern um Tschetschenen handelte. Einzelne von ihnen waren angeblich gefasst worden und warteten auf ihren Prozess. Doch entsprach das den Tatsachen? Und was für eine Rolle spielte dabei der Franzose Bernard Remo, der dazu etwas mit Nataschas Entführung zu tun hatte?

Bevor der Polizist sich von ihnen verabschiedete, sprach er Marc direkt an: „Erschwerend kommt hinzu, dass der Vater des ermordeten Georgiers hier viel Einfluss hat. Zudem sind die Leute aus dem Kaukasus dafür bekannt, ziemlich rachsüchtig zu sein. Wir halten es für wahrscheinlich, dass er ihnen die Schuld am Tod seines Sohnes gibt. Deshalb wäre es auch für sie besser, aus der Stadt zu verschwinden. Ein toter Ausländer würde zu viel Aufmerksamkeit auf uns lenken. Das möchten wir vermeiden."

Er drückte Irina einen einfachen Zettel mit einer Telefonnummer in die Hand. „Sobald sie eine Entscheidung getroffen haben, teilen sie es mir bitte mit."

Nachdem Verschwinden des Polizisten musste Marc grinsen. „Da hören wir in Deutschland immer wieder, wie grob die russische Polizei mit ihren Bürgern umspringt. Das kann man von diesem Offizier nicht sagen. Ich fand ihn ausgesprochen höflich."

Er wandte sich Irina zu: „Dieser Müller vom deutschen Verfassungsschutz, auf den wir bei der Befreiung Nataschas gestoßen sind, hat zwischendurch mal angedeutet, dass er mit dir reden möchte. Ich denke die ganze Zeit über den Grund nach."

Marc fiel auf, wie nervös und kurz angebunden Isis Mutter auf die Frage reagierte. Fast verlegen rieb sie dauernd mit der Handfläche über den Tisch, bevor sie ihm ausweichend antwortete: „Darauf kann ich dir keine Antwort geben. Du hättest ihn selber danach fragen sollen."

Der verlegene Ausdruck in ihrem Gesicht zeigte, dass sie durchaus wusste, was Müller damit meinte. Warum wollte sie darüber nicht sprechen?

Das Auftauchen der jungen Ärztin, hinderte ihn vorerst daran, nachzuhaken.

Sie konnte ihnen mitteilen, dass es bei Natascha keine schwerwiegenden Verletzungen gab. Lediglich die Folgen des starken Schlafmittels, mit denen die Entführer sie ruhiggestellt hatten, würden unter Umständen noch leichte Nachwirkungen zeigen. Ansonsten sei sie wohlauf.

„Aus ärztlicher Sicht gibt es keinen Grund, sie länger hierzubehalten. Wenn sie wollen, können sie die junge Dame mit nach Hause nehmen," teilte sie ihnen gut gelaunt mit.

Natascha konnte bereits wieder frech grinsen, als sie von ihrer Mutter und Isi zur Begrüßung fast zerdrückt wurde.

Auf der Fahrt zu Irinas Wohnung bemerkten sie bei ihr keinerlei Nachwirkungen des Schlafmittels. Selbst die Folgen der Entführung schien sie, jedenfalls äußerlich, locker wegzustecken.

Aufgeregt beteiligte sie sich an der Diskussion, ob sie dem Ratschlag des Polizeioffiziers folgen und die Stadt für die nächste Zeit verlassen sollten. Irina schien das nicht für nötig zu halten.

Marc dagegen teilte die Befürchtungen des Polizeioffiziers durchaus. Auch oder gerade, weil sie den Grund für ihre Entführung nicht kannten, würde es besser sein. Immerhin gab es jemanden, der den Zuhälter bewusst auf Natascha angesetzt hatte.

Genau sowenig gefiel ihm, dass russische Spezialkräfte der Polizei sowie der deutsche Verfassungsschutz mitmischten. Wenn er nur wüsste, um was es dabei ging.

Zurück in Irinas Wohnung bearbeitete besonders Natascha ihre Mutter, die Stadt für einige Zeit zu verlassen. Ziemlich ungeniert erklärte sie, durch die Entführung einen tiefen Schock erlitten zu haben. Für ihre Gesundheit sei es ungemein wichtig, sich davon in einer anderen Umgebung zu erholen.

Isi vermutete, dass ihre Schwester mit diesen Argumenten lediglich an zusätzliche Ferien kommen wollte.

Später, Natascha sowie Irina waren in der Küche, erfuhr Marc von Isi, warum ihre Mutter sich hartnäckig der Reise widersetzte.

„Natürlich hat sie Angst um unser Leben, aber sie weiß nicht, wie sie den Lebensunterhalt bestreiten soll. Selbst wenn ihr Vorgesetzter sich mit dem zusätzlichen Urlaub einverstanden erklärt, bekommt sie diese

Zeit auf keinen Fall bezahlt. Alle zusammen haben wir zwar etwas gespart, aber das wird nicht für einen längeren Zeitraum ausreichen. Niemand kann sagen, wie lange wir von Nabereschnyje Tschelny fortbleiben müssen."

Erleichtert atmete Marc auf: „Dieses Problem lässt sich einfach lösen. Ich kann euch Geld leihen oder ihr greift auf Nataschas Rücklagen in Deutschland zurück."

„Über die zweite Möglichkeit haben wir bereits gesprochen. Doch niemand von uns weiß, wie schnell man an dieses Geld kommt."

„Das ist kein Problem. Ich kann euch über Western Union fast jeden beliebigen Betrag auf eine Bank in Russland überweisen lassen. In der Regel dauert so etwas nur wenige Stunden. Nachdem diese Schwierigkeit überwunden ist, solltet ihr Frauen euch überlegen, wo ihr den Zwangsurlaub verbringen wollt."

Marc blickte gespannt zu Isi: „Ich hoffe sehr, dass du nicht bei Irina und deiner Schwester bleiben willst. Du erinnerst dich an meine Einladung?"

Ihre großen Augen lächelten ihn etwas unsicher an: „Mutter und Natascha kommen auch ohne mich zurecht. Ich möchte gerne, dass unsere gemeinsame Zeit weitergeht. Obwohl ich vor der Reise nach Deutschland einen leichten Bammel habe."

Bereitwillig ließ sie es zu, dass Marc sie zu sich heranzog und zärtlich auf den Mund küsste.

„Deine Entscheidung finde ich wunderbar. Insgeheim habe ich darauf gehofft. Jetzt müssen sich nur noch Irina und Natascha überlegen, wo sie in der nächsten Zeit leben möchten."

Für Isis Schwester war diese Frage schnell beantwortet: „Wir können alle zusammen nach Deutschland fliegen."

Die Einwände ihrer Mutter kamen sofort: „Nein, wir beide bleiben in jedem Fall in Russland. Sobald die Gefahr für uns vorüber ist, kehren wir nach Nabereschnyje Tschelny zurück. Hier wartet die Schule auf dich.

Außerdem besitzt du keinen Reisepass. Selbst wenn du ihn sofort beantragst, vergehen Wochen, bis du ihn bekommst. Vielleicht können wir in den kommenden Sommerferien nach Deutschland fliegen."

Natascha musste ihrer Mutter schweren Herzens recht geben. „Dann sollten wir mit der Eisenbahn zum Schwarzen Meer fahren. Das wünsche ich mir bereits seit ewigen Zeiten."

Es folgte eine weitere unendliche Diskussion, bis sich Irina geschlagen gab. „Ich muss verrückt sein. Bis nach Sotschi benötigen wir mit dem Zug über fünfzig Stunden."

Sie schaute zu ihrer großen Tochter: „Schlaft ihr heute Nacht in deiner Wohnung?"

„Alle haben wir hier kaum Platz zum Schlafen. Anderseits dürfte es besser sein, wenn wir zusammenbleiben," antworte ihr Isi.

Marc schloss sich ihr an: „Isi hat recht. Bis zu unserer Abreise sollten wir nach Möglichkeit alles zusammen unternehmen. Für eine Nacht halte ich es auch auf eurem Sofa aus."

Die Frauen schauten ihm vor dem Schlafengehen dabei zu, wie er über das Internet von Deutschland aus Geld auf Irinas Konto in Russland überweisen ließ.

In den folgenden Stunden lag Marc lange wach. Viele Gedanken gingen ihm durch den Kopf. Den Grund für Nataschas Entführung kannten sie immer noch nicht. Warum sollte sie nach Frankreich geschafft werden? Es musste etwas mit der Vergangenheit ihrer Mutter zu tun haben.

Am folgenden Morgen, Isi und Natascha befanden sich im Badezimmer, fand Marc endlich Gelegenheit, mit Irina allein zu sprechen.

Es war eine unwirkliche Geschichte, die er zu hören bekam. Zum ersten Mal hörte er den Namen Phillip Kreuter, der dabei eine wesentliche Rolle gespielt hatte.

„Hast du etwas dagegen, wenn ich darüber mit Isi spreche?"

Zögernd schüttelte Irina schließlich den Kopf. „Erzähle ihr die Geschichte. Vielleicht hätte ich das bereits vor einiger Zeit machen sollen. Dann wird sie verstehen, warum ich nach Nabereschnyje Tschelny zurückgegangen bin. Sobald sich eine Gelegenheit ergibt, werde ich mit meiner anderen Tochter ebenfalls darüber sprechen."

Am folgenden Morgen, nach einem kurzen Frühstück, gingen sie zusammen zur Bank und überzeugten sich davon, dass die Überweisung aus Deutschland angekommen war. Danach kauften sie Zugtickets und begleiteten Natascha zu einem Fotografen. Sie hatte sich in den Kopf gesetzt, noch vor ihrer Abreise nach Sotschi ihren Reisepass zu beantragen. In den Sommerferien wollte sie unbedingt nach Deutschland zu fliegen.

Marc beobachtete sie in diesen Stunden sehr genau. Erleichtert stellte er fest, dass sie die schrecklichen Ereignisse der vergangenen Tage recht gut verkraftete. Nur gelegentlich wirkte sie etwas ängstlich und nachdenklich.

Isi übernahm es, den Polizeioffizier davon zu unterrichten, dass sie seinen Rat befolgen und noch am selben Tag die Stadt verlassen würden.

Er hatte keine Einwände und wollte noch nicht einmal wissen, wo sie die Zeit zu verbringen gedachten.

Isi musste anschließend lachen: „Wahrscheinlich hat man ihn bereits vor meinem Anruf darüber informiert, dass wir Zugtickets nach Sotschi gekauft haben. Und das Marc und ich mit dem Taxi nach Kasan fahren, konnte er sich denken."

Marc dagegen fand es ein wenig seltsam, dass die Polizei von Natascha keine weiteren Einzelheiten über ihre Entführung wissen wollte. Doch offenbar interessierte es dort niemanden.

Der Zug, der Mutter und Tochter zum Schwarzen Meer bringen würde, kam pünktlich in Nabereschnyje Tschelny an. Er hatte nur für wenige Minuten Aufenthalt. Isi und Marc halfen mit, ihr Gepäck im Abteil zu verstauen. Um Abschied zu nehmen, blieb kaum Zeit. Isi verspürte ein seltsames Gefühl der Ungewissheit in sich aufsteigen. Wann würde sie Mutter und Schwester wiedersehen?

8.

Erst im Sammeltaxi nach Kasan, der Hauptstadt Tatarstans, kam in Inessa so langsam ein Gefühl der Vorfreude auf. Ihr Abenteuer begann. Bald würde sie zum ersten Mal in ihrem Leben auf unbekannte Zeit Russland verlassen. Zusammen mit einem Mann, den sie liebte, vertraute und doch erst seit so kurzer Zeit kannte.

Sobald sie an die vergangenen Tage zurückdachte, konnte sie nur ungläubig den Kopf schütteln. Seit Marcs Ankunft in Russland war ihr gesamtes Leben durcheinandergeraten. Dass sie sich ausgerechnet in den Halbbruder ihrer Schwester verlieben musste, war aufregend genug. Auf die darauffolgenden Ereignisse hätte sie liebend gerne verzichtet.

Oft dachte sie an die Nacht zurück, in der Marc den Zuhälter überwältigt hatte. Ihr ewiges Warten zuvor und schließlich die gelungene Befreiung Nataschas. Zum ersten Mal in ihrem Leben hatte sie miterlebt, wie ein Mensch getötet wurde. Bei diesen Gedanken liefen ihr jedes Mal kalte Schauer über den Rücken. Seitdem war gerade mal ein Tag vergangen. Konnte das tatsächlich sein?

Manchmal fragte sie sich, ob es die Entführung ihrer Schwester auch gegeben hätte, wenn Marc nicht nach Russland gekommen wäre? Ein Gefühl in ihr sagte, dass es da einen Zusammenhang gab. Doch welchen?

Noch immer wussten sie nicht, warum man sie entführt hatte. Ging es dabei doch um die verschwundene Speicherkarte oder gab es einen anderen Grund? Konnte es mit der Vergangenheit ihrer Mutter zusammenhängen?

Am Morgen nach dem Aufwachen hatte sie vom Badezimmer aus gehört, wie Marc ihr dazu Fragen stellte. Später, in Kasan, würde er hoffentlich mit ihr darüber sprechen.

Marc hatte am Vorabend für sie ein Zimmer im Shalyapin Palace Hotel reserviert. Sie kannte das vornehme, altehrwürdige Gebäude im Zentrum von Kasan vom Sehen.

Ihren Vorschlag, sich eine preiswertere Übernachtungsmöglichkeit zu suchen, hatte Marc lächelnd abgelehnt.

„Immerhin wird das so etwas wie unser erster gemeinsamer Urlaub. Ich finde, dass wir diese Zeit genießen sollten. Vom Hotel aus erreichen wir bequem sämtliche Sehenswürdigkeiten. Außerdem gibt es einen Pool, in dem wir uns zwischendurch erfrischen können."

Nicht ungern hatte sie sich von seinen Argumenten überzeugen lassen.

Ihr Taxi erreichte nach vier Stunden Fahrt die Stadtgrenze von Kasan. Von da an kamen sie im dichten Feierabendverkehr nur schrittweise vorwärts. Unweit des Zentrums stiegen sie schließlich aus und liefen die wenigen Meter zum Hotel zu Fuß.

Ein kurzer Umweg brachte sie zu der Agentur, die für Inessa die Beantragung ihres Visums übernehmen sollte. Die Anschrift hatte sie sich von Bekannten in Nabereschnyje Tschelny geben lassen.

Der Antrag für das Visum war schnell ausgefüllt. Allerdings würden sie mindestens eine Woche darauf warten müssen. Damit hatten sie gerechnet.

Ihr Hotelzimmer war angenehm groß. Vom Fenster aus schauten sie auf das Monument des Opernsängers Shalyapin.

„Bei ihm handelt es sich um den wohl bekanntesten Opernsänger Tatarstans," erklärte ihm Isi. „Nach ihm hat man das Hotel benannt. Allerdings ist er bereits 1938 in Paris verstorben."

Sie ließ sich auf das breite Bett fallen und schaute Marc interessiert an.

„Länger kann ich meine Neugierde nicht mehr zügeln. Vom Badezimmer aus habe ich heute früh gehört, wie du Mutter ausgefragt hast. Hat sie dir den Grund genannt, warum wir damals so überstürzt von Moskau nach Nabereschnyje Tschelny ziehen mussten?"

„Einige meiner Fragen hat sie, zuerst ungern, schließlich beantwortet."

Gespannt schaute die Russin ihn an. „Was ist damals passiert?"

Er setzte sich zu ihr auf das Bett. „Es ist keine schöne Geschichte und ich verstehe, warum sie darüber mit euch nicht gesprochen hat."

„Jetzt erzähle schon. Oder hat sie dir verboten, mit mir darüber zu sprechen."

„Sie hat es schließlich sogar ausdrücklich erlaubt. Eigentlich ist die Geschichte schnell erzählt. Deine Mutter, mein Adoptivvater sowie der Schweizer Journalist Denis Waterk mit seiner späteren Frau waren damals befreundet und sind des Öfteren zusammen ausgegangen. Gelegentlich haben sie sich auch mit einem gewissen Phillip Kreuter getroffen."

„Aus welchen Gründen ist dein Vater damals in Russland gewesen?"

„In seiner Eigenschaft als Rechtsanwalt hat er dort einen deutschen mittelständischen Wirtschaftsverband bei Vertragsabschlüssen beraten. Vater hat zwar einigermaßen russisch gesprochen, aber ganz ohne Dolmetscherin ist er nicht ausgekommen. So haben sich deine Mutter und er kennengelernt."

Marc lächelte nachdenklich. „Das muss damals in Russland eine wilde Zeit gewesen sein. Es gab kaum staatliche Kontrollen. Mit Bestechung konnte man für wenig Geld ganze Fabriken kaufen. Viele Geschäftsleute und dazu Glücksritter aus allen Teilen der Erde waren dort anzutreffen. Jeder wollte mit Russland Geschäfte machen und einen möglichst großen Teil vom Kuchen abbekommen."

Inessa nickte. „Unter unserem damaligen Präsidenten Boris Jelzin sind etliche Leute zu viel Geld gekommen. Was ist passiert?"

„Dieser Kreuter, den ich bereits erwähnt habe, hatte zum einflussreichen Umfeld des Präsidenten gute Kontakte. Mit eindeutig kriminellen Machenschaften schafften es seine russischen Geschäftspartner und er, etliche Pharmabetriebe unter ihre Kontrolle zu bringen. Phillip Kreuter gelang es zudem, viele Millionen Dollar vor den Augen der Partner auf ein privates Konto in der Schweiz zu transferieren. Mein Vater und deine Mutter sind eher zufällig darauf gestoßen."

„Haben sie etwas dagegen unternommen?"

„Von sich aus nicht. An wen sollten sie sich auch wenden? Außerdem ging sie der Betrug Kreuters an seinen Geschäftspartnern nichts an."

„Was ist dann geschehen?"

„Zu dieser Zeit sind Leute von eurem Inlandsgeheimdienst FSB an deine Mutter herangetreten. Die Männer haben ihr Fragen über die Geschäfte von Phillip Kreuter gestellt. An der Art der Erkundigungen ist ihr schnell klar geworden, dass hinter dem Geheimdienst Kreuters russische Geschäftspartner steckten. Deine Mutter sah keinen Grund, etwas zu verschweigen, und hat gesagt, was sie wusste."

Marc holte sich aus der Minibar ein Bier, bevor er fortfuhr. „Phillip Kreuter hat davon recht bald erfahren. Er war entsprechend wütend und hat deine Mutter zur Rede gestellt. Dabei ist es zu einer körperlichen Auseinandersetzung gekommen, in deren Verlauf sie seine Kniescheibe mit einer Eisenstange zertrümmert hat."

„Mutter und Gewalt? Das passt nicht zusammen."

„In dem Fall vielleicht schon. Sie hat zwar keine Einzelheiten genannt, doch ich denke, dass es während oder nach dem Gespräch zu sexuellen Übergriffen seitens Kreuters kam. Das jedenfalls habe ich ihren Andeutungen entnommen."

Entsetzt schaute Isi ihn an. Oh Gott, war sie da bereits mit Natascha schwanger?"

„Ja und zu diesem Zeitpunkt wusste sie auch schon, dass es für sie keine gemeinsame Zukunft mit meinem Adoptivvater geben wird. Er befand sich ausgerechnet zu jener Zeit in Deutschland. Jedenfalls verbrachte Kreuter wegen seiner Verletzung ziemlich lange Zeit in einem Moskauer Krankenhaus. In dieser Zeit hat man zweimal versucht, deine Mutter zu töten. Sie vermutete, dass er dahinter steckte."

„Und deshalb sind wir nach Nabereschnyje Tschelny gezogen?"

„Durch die Aussage deiner Mutter konnten Kreuters ehemalige Geschäftspartner ihn dazu bewegen, auf seine Anteile an den ergaunerten Firmen zu verzichten. Im Gegenzug hat man sie dabei unterstützt, in Nabereschnyje Tschelny Wohnung sowie Arbeit zu finden."

„Könnte es da einen Zusammenhang zu Nataschas Entführung geben?"

„Das wäre durchaus möglich. Durch den Brief meines Adoptivvaters könnte Kreuter erfahren haben, wo ihr zu finden seid. Vielleicht will er sich, auch nach dieser langen Zeit, immer noch an deiner Mutter zu rächen. Anderseits besteht natürlich weiterhin die Möglichkeit, dass es zwischen Nataschas Entführung und der Speicherkarte einen Zusammenhang gibt."

„Um in Erfahrung zu bringen, wo wir leben, müsste dieser Kreuter den Brief deines Vaters gelesen haben. Aus welchen Grund sollte er danach suchen?"

„Vater hat darin geschrieben, dass er mit jemanden über „seine Lebensversicherung" gesprochen hat. Ich habe nicht die geringste Ahnung, wer das gewesen ist. Dieser Unbekannte könnte die Information weitergeben haben und dadurch alles in Gang gesetzt haben."

„Dann müsste jemand in deine Wohnung in Köln eingebrochen sein?"

„Das sind zwar lediglich Vermutungen, aber möglich wäre es. Mein Adoptivvater dürfte über die Geschäfte von Kreuter mindestens eben soviel gewusst haben, wie deine Mutter. Und dieses Wissen könnte sich auf der Speicherkarte befinden. Das würde auch erklären, warum man zweimal versucht hat, mich zu entführen. "

„Aber weshalb sollte Natascha nach Frankreich gebracht werden? Doch kaum, um an Mutter Rache zu nehmen?"

„Dafür habe ich auch keine Erklärung. Vielleicht hat ihr Entführer etwas falsch verstanden. Sobald wir in Deutschland sind, werde ich versuchen, mehr über Phillip Kreuter herauszufinden. Unter Umständen sind diese alten Geschichten auch der Grund dafür, warum sich Müller vom Verfassungsschutz mit deiner Mutter unterhalten wollte."

„Hier im Hotel gibt es Internetanschluss. Du könntest sofort versuchen, etwas über Phillip Kreuter herauszufinden."

„Besser nicht. Das Internet in solchen Hotels ist öffentlich. Da lässt sich zu leicht überprüfen, welche Seiten ich aufgerufen habe. Ich halte es durchaus für möglich, dass eure Polizei uns überwacht. Aber ich werde von hier aus schon einmal mit einem Freund bei der Kölner Polizei sprechen. Möglicherweise kann er herausfinden, wo wir diesen „Goldzahn" finden, von dem der Georgier gesprochen hat.

Kasan, die Hauptstadt Tatarstans, war schön und so ganz anders, als das eher lieblos erbaute Nabereschnyje Tschelny mit seinen unzähligen anonymen Plattenbauten.

Wie zahlreiche weitere Touristen bummelten sie an den darauffolgenden Tagen durch die Stadt, und genossen dabei ihre Zweisamkeit. Das Wetter war, wie bereits in Nabereschnyje Tschelny, auf ihrer Seite. Am blauen Himmel zeigten sich nur wenige weiße Wolken. Lediglich der kräftige Ostwind machte ihnen manchmal zu schaffen.

Wenn sie zu Bett gingen, war es für beide immer erneut ein wunderbares Gefühl, den anderen neben sich zu spüren.

Isi liebte es, wenn seine Finger unendlich zärtlich über ihre Haut glitten. Fast so, als wollten sie ganz sanft die Saiten einer Geige zum Klingen bringen.

Für Marc war es wie ein Zauber, ihre kühle Haut an seinem Körper zu spüren. Nach kurzer Zeit begannen ihre grünen Augen zu glitzern. Dann waren gleichermaßen Neugierde und Erregung in ihnen zu sehen.

Beim Aufwachen erschien es ihm wie ein Wunder, Isis hübsches Gesicht, halb von Kissen verdeckt, ruhig atmend neben sich liegen zu sehen.

Für ihn wurde es zum Ritual, sie nach einer gewissen Zeit des stillen Betrachtens auf die halb geöffneten Lippen zu küssen. Daraufhin legte sie jedes Mal wollig seufzend die Arme um seinen Hals und kuschelte sich eng an ihn. Beim Frühstück waren sie meist die letzten Gäste.

Vor der Abreise aus Deutschland wäre es ihm in den wildesten Gedanken nicht eingefallen, sich ausgerechnet in Russland so unendlich in die wunderbaren grünen Augen einer Frau zu verlieben. Jetzt genoss er die Zeit und hoffte, dass sie ewig anhielt.

Isi kannte sich in der Stadt recht gut aus. Sie besichtigten den Kasaner Kreml, die danebenliegende Kul-Scharif-Moschee sowie viele weitere Sehenswürdigkeiten. Die im Barockstil erbaute orthodoxe Peter-und-Paul-Kathedrale gefiel Marc besonders gut.

„Sie soll an einen Besuch von Zar Peter dem Großen in Kasan erinnern", erklärte Isi ihm.

Zum Mittagessen suchten sie sich meist einen windgeschützten Platz an der Wolga. Dort aßen sie vorher gekaufte Etschpotschmack, dreieckige Teigtaschen mit einer Füllung aus Kartoffeln, Hammelfleisch und Zwiebeln oder die ihm bereits bekannten Perepetschi; so etwas wie kleine Pizzas, aber ohne Käse.

Je nach Lust und Laune tranken sie dazu Wasser, Limonade oder manchmal auch einen kräftigen, oft süßen Rotwein.

Dann wiederum gab es Stunden, in denen sie nur faul am Swimmingpool lagen. Nur wenige Hotelgäste nutzten ihn. Meistens waren sie dort völlig ungestört.

Abends führte ihn Inessa zu einem der kleinen, versteckt liegenden Restaurants mit tatarischen Spezialitäten.

Auf dem Rückweg zum Hotel schlenderten sie stets durch die Bauman Street am Kasanski Arbat. Nach Einbruch der Dunkelheit sorgten dort Musiker und andere Schausteller für eine ganz besondere Stimmung.

„Kennst du dich in allen russischen Städten so gut aus", wollte Marc von Isi wissen, nachdem sie ihn auf ein altes Haus aufmerksam gemacht und erklärt hatte, welcher bekannte tatarische Schriftsteller dort noch immer lebte.

Unwillkürlich musste sie lachen. „Leider nein. Doch Kasan ist immerhin die Hauptstadt von Tatarstan. Hier bin ich schon oft gewesen. An der hiesigen Universität habe ich meine Prüfungen abgelegt und in den letzten Jahren habe ich gelegentlich in einigen der großen Hotels als Model gearbeitet."

„In Tatarstan kommt mir manches recht seltsam vor", sprach Marc ein Thema an, das ihn seit seiner Ankunft beschäftigte.

„Mir ist bekannt, dass mehr als die Hälfte der Einwohner Tatarstans Muslime sind. Doch man merkt davon fast nichts. Bis jetzt habe ich nur ganz selten verschleierte Frauen gesehen. Dafür umso mehr mit kurzen Röcken sowie dünnen Blusen. Das ist mir auch in Nabereschnyje Tschelny aufgefallen. Bei uns in Deutschland beträgt der muslimische Bevölkerungsanteil nur etwa 6 %, aber da sieht man bedeutend mehr Frauen mit Kopftuch oder Abaya."

Inessa nickte und dachte kurz nach, bevor sie antwortete. „Ich weiß nicht, wie das in anderen Ländern, zum Beispiel in Deutschland, ist. Doch bei uns tragen tatsächlich auch die meisten muslimischen Frauen moderne Kleidung. In Tatarstan gehört die Verschleierung von weiblichen Personen nicht zur Tradition. Erst jetzt, nach dem Ende des Sozialmus, kommt es vermehrt dazu. Inzwischen gibt es in Kasan Stadtteile, in denen man viele Frauen mit dem Abaya beziehungsweise Hijab sieht. Stört dich das?"

Abwehrend schüttelte Marc den Kopf. Gleichzeitig musste er grinsen: „Mir ist das im Grunde genommen egal. Doch ich habe soeben überlegt, wie du wohl in einem Abaya aussiehst."

„Auf diesen Anblick wirst du wohl verzichten müssen. Natascha und ich wurden orthodox getauft. Deshalb war das in unserer Familie kein Thema. Zwei meiner Freundinnen sind mit muslimischen Männern verheiratet. Doch auch nach der Hochzeit hat sich an ihrem Outfit nichts geändert. So wie ich tragen sie figurbetonte Kleidung, und soweit das Wetter es zulässt, auch Minirock. Was hättest du gesagt, wenn ich zum Flughafen mit Abaya und Hijab gekommen wäre?"

„Wahrscheinlich nichts. Doch mir wäre dann erst sehr viel später aufgefallen, was für eine wunderbare Figur zu dir gehört."

Unendlich glücklich darüber, unbekümmert lachen zu können, kehrten sie meist frühzeitig in ihr Hotelzimmer zurück.

Irgendwann beim Frühstück kamen sie auf den Moment zu sprechen, als Marc den Georgier, samt seinem Begleiter, vor dem Café überwältigt hatte.

„Hast du genau gewusst, wohin du schlagen musst, damit die Männer bewusstlos werden? Lernt man das im Training?"

Er nickte: „Ja, die Schlagtechnik habe ich von einem meiner Trainer gelernt. Allerdings ist dieser Punkt nicht bei allen Menschen an der gleichen Stelle. Um ihn zu finden, benötigt man etwas Erfahrung."

„Was passiert, wenn man ihn nicht genau trifft?"

Marc lächelte sie an. „Das wäre unangenehm. Der Gegner könnte zurückschlagen und dann ist es unter Umständen angebracht, die Flucht zu ergreifen."

„Kannst du mir den Punkt zeigen?"

„Bei dir und gleich hier im Frühstücksraum? Dann wird der Hotelmanager mit Sicherheit die Polizei rufen."

Der Gedanke daran brachte sie beide zum Lachen. „Du sollst mich nicht wirklich schlagen, sondern nur mit dem Finger auf die Stelle an meinem Kinn zeigen."

Mit etwas roter Konfitüre am Zeigefinger folgte er ihrer Aufforderung. Dafür revanchierte sie sich mit einem leichten Tritt gegen sein Schienbein.

Wie angekündigt nutzte Marc die Wartezeit, um mit seinem Freund und ehemaligen Kollegen bei der Kölner Polizei zu telefonieren.

Christian Waiger freute sich, etwas von ihm zu hören. Ohne den Namen Phillip Kreuter zu erwähnen, erzählte Marc ihm von Nataschas Entführung und ihrer geglückten Befreiung. Sein Freund versprach ihm, sich über „Goldzahn" zu informieren und nach Möglichkeit dessen Anschrift herauszufinden.

Mehrmals versuchte Marc, den Journalisten Denis Waterk zu erreichen. Er wollte endlich wissen, ob er die Speicherkarte tatsächlich bekommen hatte und was sich darauf befand.

Die Versuche waren vergeblich. Selbst in seiner Redaktion konnten sie ihm nicht sagen, wo sich Waterk aufhielt.

Bereits am nächsten Tag bekam er von seinem Freund aus Köln die Information, dass es sich bei dem Mann mit Goldzahn um einen gewissen Peter Konitz handeln dürfte. Gegen ihn hatte die Polizei mehrmals wegen Frauenhandel und Zuhälterei ermittelt. Leider konnte man ihm nie etwas nachweisen. Im Berliner Rotlichtmilieu kannte man ihn tatsächlich unter dem Spitznamen „Goldzahn".

Vor zwei Jahren war er nach Frankfurt gezogen und seitdem gab es nichts Negatives über ihn zu berichten. Unweit des Bahnhofsviertels bewirtschaftete er das Restaurant „Goldene Eiche".

Aus den Unterlagen ging zudem hervor, dass sich Konitz bis vor wenigen Jahren auch politisch betätigt hatte. Bis zur Auflösung der „Heimattreuen", einer deutschlandweiten, rechtsradikalen Gruppierung, war er Schatzmeister für den Gau Berlin und Brandenburg gewesen. Aus dieser Zeit stammten auch seine einzigen zwei Verurteilungen. Beide Male ging es dabei um Volksverhetzung. Jedes Mal war er mit einer Geldstrafe davongekommen.

Dass sich ein Zuhälter nebenbei politisch betätigt hatte, verwunderte Marc nicht besonders. Die „Heimattreuen" waren von jeher ein Sammelbecken aller Bevölkerungsschichten gewesen.

Die Informationen seines Freundes bestätigten den Verdacht, dass es sich bei „Goldzahn", von dem der Georgier gesprochen hatte, um denselben Mann handelte, den er aus Berlin kannte.

Irina meldete sich ebenfalls telefonisch bei ihnen. Sie und Natascha waren müde, aber unbeschadet in Sotschi eingetroffen. Sie hatten sich bei einer Babuschka ein Zimmer gemietet.

Nach zehn kurzen Tagen und Nächten konnten sie bei der Agentur Isis Pass mit dem Visum abholen.

Eine Tupolew-154 der ehemaligen „Siberia Airlines" brachte sie nach Moskau und von dort flogen sie mit einer Maschine der Aeroflot weiter nach Frankfurt. Isi war nervös, aufgeregt und gleichzeitig neugierig auf das, was sie in Deutschland erwarten würde.

9.

Nach insgesamt dreizehn Stunden Reisezeit empfing sie Frankfurt mit grauem Himmel und Nieselregen.

„Bevor wir uns in einem Hotel einquartieren, sollten wir zuerst das Restaurant von „Goldzahn" aufsuchen", schlug Marc vor. „Vielleicht ist er bereit, uns bei der Aufklärung behilflich zu sein. Dann könnten wir noch heute Abend nach Köln weiterfahren. Vorerst lassen wir das Gepäck in einem Schließfach im Bahnhof."

Die Russin schaute ihn nachdenklich an: „Sollte er tatsächlich etwas mit der Entführung Nataschas zu tun haben, wird er es kaum zugeben. An seiner Stelle würde ich überhaupt vermeiden, darüber zu sprechen."

Marc nickte: „Dann muss ich mir einen Weg ausdenken, um ihn zum Reden zu bringen. Bevor wir den Georgier in seinem Café in Nabereschnyje Tschelny aufgesucht haben, hast du etwas Ähnliches gesagt."

Ahnungsvoll nickte Inessa. „Ich kann mir ungefähr vorstellen, was du damit meinst."

„Nein, diesmal muss uns irgendwas anderes einfallen", widersprach er ihr. „Das Bahnhofsviertel in Frankfurt ist viel zu belebt. Da haben wir keine Chance, ihn unbemerkt fortzuschaffen. Außerdem wimmelt es dort geradezu von Polizisten."

Bereits von Kasan aus hatte sich Marc über das Internet einen ersten Eindruck von der „Goldenen Eiche" verschafft. Laut Restaurantführer handelte es sich um eine gutbürgerliche Speisegaststätte mit annehmbarer, deutscher Küche.

Sie fanden das Restaurant unweit des Rossmarktes in einem renovierten Eckhaus aus dem 19. Jahrhundert. Von außen machte es einen altbackenen, doch durchaus akzeptablen Eindruck. Nichts deutete auf eine Verbindung zum Rotlichtmilieu hin. Die berühmt-berüchtigten Straßen mit ihren Bordellen, Bars sowie Stripteaselokalen waren allerdings nicht weit entfernt.

„Lass uns in der „Goldenen Eiche" zu Abend essen", schlug Marc vor. „Vielleicht ist Konitz da. In jedem Fall können wir uns einen ersten Eindruck von der Umgebung verschaffen."

Der Gedanke daran, so kurz nach der Ankunft in Deutschland, diesen „Goldzahn" gegenüberzutreten, löste bei Isi nicht gerade angenehme Gefühle aus. Trotzdem nickte sie zustimmend.

Im Restaurant selber schien sich seit dem 19. Jahrhundert nicht viel verändert zu haben. Dunkle Balken an der Decke nebst Mobiliar aus schwerem Holz gaben dem Lokal etwas Rustikales. Weiße Tischdecken sowie flackernde Kerzen vervollständigten den Eindruck altdeutscher Gemütlichkeit. Leise Unterhaltung und das Klappern von Geschirr empfing sie.

Das Lokal war größer, als man von außen annehmen konnte. Es gab etwa zwanzig Tische für jeweils vier bis sechs Personen. Nicht alle waren besetzt.

Das Publikum bestand meist aus Paaren in mittleren Jahren, darunter auch etliche Touristen. Sie konnte man an den Reiseführern neben ihren Tellern erkennen.

Ein Kellner mit schütteren, grauen Haaren eilte ihnen dienstbeflissen entgegen. Mit einer leichten Verbeugung begrüßte er sie.

„Guten Abend die Herrschaften. Darf ich fragen, ob sie reserviert haben?"

Marc schüttelte den Kopf. „Nein, wir sind zufällig vorbeigekommen. Vielleicht finden sie trotzdem noch zwei Plätze."

„Aber sicher doch. Wenn sie mir bitte folgen wollen."

Der Kellner führte sie zu einem kleinen Tisch inmitten des Restaurants. Der Weg dorthin gab Marc die Gelegenheit, sich unauffällig umzusehen. Unter den Anwesenden konnte er bedauerlicherweise niemanden entdecken, der dem Zuhälter aus Berlin ähnelte.

Das Angebot in der Speisekarte war reichhaltig. Nach kurzem Überlegen bestellte Isi für sich Suppe sowie als Hauptspeise einen Salatteller mit gebratener Leber. Marc entschied sich für das gebackene Rotbarschfilet mit Kartoffeln. Zum Trinken wählten sie einen leichten Weißwein.

Nach dem ersten Schluck Wein schüttelte die Russin verwundert den Kopf und streichelte Marc über die Hand: „Jetzt sitze ich tatsächlich, mit dir zusammen, in einem Restaurant in Deutschland. Irgendetwas in meinem Kopf will das noch nicht so richtig wahrhaben. Ich wüsste nur zu gerne, was uns die Zukunft bringt."

Marc nahm ihre Hand in die Seine und küsste sie. „Das würde mich ebenfalls interessieren. Im Moment macht mich deine Anwesenheit einfach nur glücklich."

Das Essen schmeckte hervorragend. Sie diskutierten gerade darüber, ob und welchen Nachtisch sie bestellen sollten, als eine blonde, attraktive Frau mit zwei Männer das Restaurant betrat.

Es musste sich dabei um besondere Gäste handeln. Gleich mehrere Kellner eilten den Ankömmlingen entgegen und begleiteten sie zu Plätzen in Marcs Rücken.

Die blonde Frau kam Marc bekannt vor. Im Moment wollte ihm nicht einfallen, wo sie sich begegnet waren. Ihr Alter schätzte er auf Mitte zwanzig bis Anfang dreißig. Das lange, helle Abendkleid, das sie trug, war eindeutig zu elegant für dieses Restaurant. Sie strahlte eine harte Arroganz aus.

Die Art, wie die Männer im Gefolge der Frau das Lokal betreten hatten und dabei aufmerksam sämtliche Anwesende musterten, weckten in Marc Erinnerungen. Sie waren keine gewöhnlichen Begleiter, sondern zu ihrem Schutz mitgekommen.

Er musste seinen Kopf weit verdrehen, um zu sehen, wie die Kellner ihr einen Stuhl an dem ansonsten leeren Tisch zurechtrückten. Die Männer setzten sich in ihrer unmittelbaren Nähe an einen Nebentisch.

Ganz kurz dachte Marc darüber nach, den Platz mit Isi zu tauschen. Wenn er die Frau längere Zeit vor Augen hatte, kam vielleicht seine Erinnerung zurück, woher er sie kannte.

Den Gedanken verwarf er sofort wieder. Ein Platzwechsel zog mit ziemlicher Sicherheit die Aufmerksamkeit der Bodyguards auf sich. Nachdem er noch nicht wusste, ob und wie es zu einem Gespräch mit „Goldzahn" kommen würde, wollte er das unbedingt vermeiden.

Sanft berührte er Isis Hand. „Kannst du sehen, was die blonde Frau jetzt macht?"

Erstaunt schaute sie ihn an: „Sie spricht mit einem der Kellner. Ihre Begleiter sitzen etwas abseits von ihr an einem anderen Tisch. Wieso interessiert dich das?"

„Ich bin mir ganz sicher, ihr bereits begegnet zu sein. Doch im Moment fällt mir nicht ein, wann und wo das gewesen ist."

Nachdem ihre leeren Teller abgeräumt worden waren, stand er achselzuckend auf: „Mir will es nicht einfallen. Ich gehe vor die Tür, um eine Zigarette zu rauchen. Vielleicht hilft das Nikotin meinen Erinnerungen auf die Sprünge. Es dauert nicht lange."

Auf dem Gehweg, unmittelbar vor der Eingangstür, parkte eine große schwarze Limousine mit französischen Kennzeichen. Rechts, im blauen Feld mit dem Regionalwappen, konnte er die Nummer 13 für das Departement Bouches-du-Rhône erkennen. Dazu zählte auch Marseille, wie er wusste.

Ein kräftiger, junger Mann, vermutlich der Fahrer, stand wartend neben dem Fahrzeug. Während Marc in Ruhe seine Zigarette rauchte, wurde er aufmerksam von ihm beobachtet.

Natascha sollte ursprünglich nach Marseille gebracht werden, überlegte Marc. Das jedenfalls hatte der Zuhälter in Nabereschnyje Tschelny behauptet. Gab es da einen Zusammenhang? Er fand es etwas seltsam, ausgerechnet hier ein Fahrzeug aus dieser Region zu sehen.

Nach der Rückkehr in das Restaurant konnte Marc immer noch nicht sagen, woher er die Frau kannte. Doch den Mann, der sich in der Zwischenzeit zu ihr gesetzt hatte, erkannte er sofort wieder.

Manfred Konitz war in den vergangenen Jahren noch fetter geworden. Ansonsten hatte er sich kaum verändert. Noch immer bändigte er die wenigen Haare mit reichlich Gel. Unter dem linken Auge konnte er die auffällige Narbe sehen.

„Goldzahn" musste ihn ebenfalls wiedererkannt haben. Das ungläubige Erschrecken in dessen Gesicht war deutlich zu erkennen.

Betont gleichgültig setzte sich Marc auf seinen Platz. „Unser Mann ist da", sagte er leise zu Isi. „Er sitzt an dem Ecktisch gegenüber der blonden Frau."

Die Russin nickte bestätigend. „Ich habe gesehen, dass er dich erkannt hat."

Kurz darauf fügte sie hinzu: „Der Frau scheint deine Anwesenheit ebenfalls nicht zu gefallen. Konitz hat etwas zu ihr gesagt. Daraufhin hat sie kurz in unsere Richtung geschaut und ist sofort danach aufgestanden. Ganz offensichtlich will sie das Restaurant verlassen. Ihre Begleiter machen sich ebenfalls bereit."

Wenig später und ohne einen Blick auf sie zu werfen, eilte die Frau samt Gefolge direkt an ihnen vorbei. Einem der Kellner gelang es gerade noch, ihr die Tür aufzuhalten.

Isi lächelte Marc grübelnd an. „Ist dir immer noch nicht eingefallen, woher du die Frau kennst. Mir ist sofort aufgefallen, dass ihr gewisse Ähnlichkeiten habt. Mund- sowie Nasenform stimmen total überein. Allerdings hast du eine andere Augenfarbe und strahlst glücklicherweise nicht ihre kalte Arroganz aus. Trotzdem könntet ihr durchaus verwandt sein."

Er lächelte ihr zu: „Letzteres glaube ich weniger. Vielleicht verwechsle ich sie ja auch nur mit einer anderen Person. Ist auch egal. Viel wichtiger für uns ist es, dass „Goldzahn" anwesend ist. Nachdem er mich erkannt hat, wird er bald zu uns an den Tisch kommen. Vielleicht erfahren wir von ihm den Namen der Frau. Was macht Konitz jetzt?"

„Dein Anblick muss ihn geschockt haben. Im Moment trommelt er ziemlich nervös mit den Fingern auf der Tischplatte herum. Es sieht so aus, als würde er überlegen. Wahrscheinlich denkt er gerade darüber nach, wie er unbemerkt von hier verschwinden kann."

„Das wird er nicht machen. Ihm wird klar sein, dass wir jederzeit wiederkommen können. Außerdem rechne ich mit seiner Neugier. Er wird wissen wollen, warum wir ausgerechnet in dieses Restaurant gekommen sind."

Es dauerte eine Weile, bis der Wirt letztendlich aufstand, in ihre Richtung blickte und sich schließlich auf sie zubewegte.

Angespannt schaute Isi zu Marc. „Du hast recht gehabt. Er kommt tatsächlich zu uns. Was soll ich machen?"

„Bleib einfach ruhig sitzen und überlass mir das Sprechen."

Gebannt schaute Isi dem Wirt entgegen. Auf sie wirkte er wie einer dieser brutalen Schläger, von denen es auch in Russland genügend gab. Die breite, gefährlich aussehende Narbe unter dem linken Auge verstärkte den Eindruck. Zwischen den halb geöffneten Lippen konnte sie den goldenen Schneidezahn sehen, von dem sein Spitzname kam.

Unaufgefordert setzte er sich zu ihnen an den Tisch. Dabei war Unsicherheit in seiner Miene zu erkennen. Etwas das so gar nicht zu ihm passte.

Er sprach Marc direkt an: „Was wollen sie von mir? Die Angelegenheit von damals ist lange geregelt. Die Polizei hat mir letztendlich geglaubt, dass ich die Frau mit dem Mädchen nicht gekannt habe."

„Reden sie nicht so einen Mist," fauchte Marc ihn bewusst grob an. Er wollte Konitz gleich von Anfang an den Wind aus den Segeln nehmen.

„Wenn sie tatsächlich ein reines Gewissen hätten, würden sie jetzt nicht bei uns am Tisch sitzen. Ich halte es für wahrscheinlicher, dass meine Kollegen damals keine Beweise gegen sie gefunden haben. Wegen Beihilfe zur Kinderprostitution wären sie sonst für etliche Jahre in den Knast gewandert. Vielleicht lässt sich etwas anderes finden, um die Menschheit vor ihnen zu schützen. Ich habe jemanden kennengelernt, der bezeugen kann, dass sie junge Frauen und Mädchen aus den Ostblockländern nach Deutschland schleusen, um sie hier an einschlägige Einrichtungen zu verkaufen."

Konitz schüttelte verneinend den Kopf: „Da hat man ihnen etwas Falsches gesagt. Mit Geschäften dieser Art habe ich nichts zu schaffen."

Er deutete auf die Gäste an den Nebentischen. Wie sie selber sehen können, bin ich Inhaber eines gut gehenden Restaurants."

„Sie wurden noch vor nicht allzu langer Zeit in Moskau gesehen. Dafür gibt es Zeugen."

Bei diesen Worten verschwand die Unsicherheit, gepaart mit Aggressivität, aus den Augen seines Gegenübers. Das konnte nur bedeuten, das Konitz sein Auftauchen mit einer anderen Angelegenheit in Verbindung gebracht hatte.

Die Stimme von Konitz klang selbstsicher, als er darauf antwortete: „Das stimmt nicht. Meine Freunde in Russland habe ich seit über einem Jahr

nicht mehr besucht. Ich kann ihnen versichern, dass ich mit ihrem sogenannten Zeugen persönlich nie etwas zu tun hatte. Außerdem ist mir zu
Ohren gekommen, dass man ihn zwischenzeitlich getötet hat."

Lauernd schaute er Dobrin an. „Kann ich einen kurzen Moment mit
ihnen alleine sprechen? Ihre Begleiterin kann in der Zwischenzeit auf
Kosten des Hauses am Tresen ein Glas Champagner trinken."

„Was wollen sie mir ohne Zeugen sagen?"

Konitz schüttelte seinen mächtigen Kopf. „Darüber spreche ich mit
ihnen nur unter vier Augen."

Er schob sich dicht an Marc heran. „Obwohl ich selber in keiner Weise
daran beteiligt war, kann ich ihnen Informationen zur Entführung ihrer
Halbschwester geben."

Damit hatte Marc nicht gerechnet. Wieso konnte Konitz davon wissen,
wenn er nicht beteiligt war?

Schließlich nickte er Isi zu, die daraufhin aufstand und zum Tresen ging.
Der Wirt gab dem Mann dahinter ein Zeichen.

Er schaute Konitz fragend an: „Dann wissen sie also doch, warum ich zu
ihnen gekommen bin. Über ihre Erklärung bin ich gespannt. Was können sie mir über die Entführung sagen und wer hat den Auftrag dafür
gegeben? Gibt es einen Zusammenhang zu der Angelegenheit damals
in Berlin?"

Keineswegs verärgert über den ruppigen Ton seines Besuchers lehnte
Konitz sich vor. Er sprach weiterhin sehr leise, um an den anderen Tischen nicht gehört zu werden.

„Ich habe ihnen ja bereits gesagt, dass ich damit nichts zu schaffen hatte
und die Richter haben es letztendlich ebenso gesehen. Diese unerfreu-
liche Angelegenheit hatte ich längst vergessen. Um so überraschter war
ich, sie plötzlich in meinem Restaurant zu sehen."

Die Lüge war offensichtlich und Marc gab darauf keine Antwort. Vielmehr war er davon überzeugt, dass Konitz Erschrecken etwas mit der Frau und ihren Bodyguards zu tun hatte.

„Nochmals. Was und von wem wissen sie von der Entführung in Russland," wiederholte Marc seine Frage.

„Namen werde ich vorerst nicht nennen. Vielleicht später, wenn wir ins Geschäft kommen," bekam er lediglich zu hören.

Dabei fuhr Konitz mit der Zunge über seinen Goldzahn. Er schien zu überlegen, wie viel er erzählen sollte. Marc ließ ihm die Zeit.

„Bis vor einigen Jahren habe ich mit ein paar Russen zusammengearbeitet. Sie haben sich in Russland nach jungen Frauen umgesehen, die aus ihrem tristen Leben ausbrechen und in Deutschland arbeiten wollten. Einer dieser Männer ist ein Franzose namens Bernard Remo gewesen. Als ich ihn kennenlernte, lebte er bereits einige Jahre in Russland und hatte dort hervorragende Verbindungen."

„Was soll ich darunter verstehen?"

„Damit die jungen Frauen nach Westeuropa reisen konnten, benötigten sie Reisedokumente. Remo hat sie ihnen besorgt. Dafür habe ich ihm eine Provision bezahlt."

„Und sie haben diese Mädchen an verschiedene Bordelle verkauft"

Abwehrend hob Konitz seine Hände. „Alles geschah auf freiwilliger Basis. Niemand wurde gezwungen."

„Sie wollen mir doch nicht erzählen, dass sie da nicht mehr mitmischen?"

„Bedauerlicherweise entspricht das den Tatsachen. Das Geschäft mit russischen Frauen ist uninteressant geworden. In den letzten Jahren hat sich in Deutschland die ukrainische sowie bulgarische Mafia breitgemacht. Sie holen den Nachschub für ihre Bordelle und den Straßenstrich aus Rumänien und Bulgarien. Dorthin haben mir die nötigen Verbindungen gefehlt. Zudem ist es auch nicht mehr lukrativ genug. Die Länder gehören inzwischen zur EU. Die Frauen können von da aus ohne Schwierigkeiten nach Deutschland, Frankreich oder Italien reisen."

„Wieso haben sie diesen Bernard Remo erwähnt? Welche Verbindungen haben sie sonst noch nach Nabereschnyje Tschelny? Irgendwie finde ich es seltsam, dass sie ausgerechnet dorthin Geschäftsverbindungen unterhalten haben. Der Transport junger Frauen aus großen Städten wie Moskau oder St. Petersburg dürfte, auch früher, einfacher sein."

„In der russischen Provinz gab es mehr Auswahl und wie bereits gesagt, benötigte man entsprechende Verbindungen. Auch für anderweitige Geschäfte. Der Franzose hat sie mir hergestellt. Über ihn konnte ich mit weiteren Russen aus Nabereschnyje Tschelny ins Geschäft gekommen und daher stammen auch meine neusten Informationen."

„Um was für Unternehmungen handelt es sich?"

„Dabei geht es um Kraftfahrzeuge aus Deutschland sowie Ersatzteile dafür. Durch die Sanktionen haben die Russen Schwierigkeiten bei der Beschaffung. Gelegentlich bin ich da behilflich."

„Und einer ihrer sogenannten Geschäftspartner hat sie ausgerechnet jetzt angerufen, um ihnen von der Entführung einer jungen Frau zu erzählen. Sie glauben doch nicht ernsthaft, dass ich ihnen diese Geschichte abnehme?"

„So ist es aber gewesen. Bei dem Russen, mit dem ich telefoniert habe, handelt es sich um den Vater ihres sogenannten Zeugen. Eigentlich ging es bei unserem Gespräch um die Lieferung von Lichtmaschinen eines bestimmten Autotyps. Dabei erzählte er mir vom Tod seines Sohnes, der in Nabereschnyje Tschelny auf einem Polizeiposten erschossen worden ist."

„Warum sollte er mit ihnen über so etwas sprechen?"

„Die örtliche Polizei hat ihn über den Tod seines Sohnes unterrichtet. Dabei erfuhr er von der Entführung eines Mädchens, in die dieser verwickelt gewesen ist. Die junge Dame sollte nach Frankreich gebracht werden. Der Auftraggeber vor Ort sei ein gewisser Bernard Remo gewesen, wurde ihm gesagt. Mein Geschäftsfreund wusste, dass der Franzose früher einmal für mich tätig war. Deshalb bat er mich, herauszufinden, für wen Remo jetzt arbeitet."

„Und sie haben zugesagt?"

„Warum sollte ich ihm die Bitte abschlagen? Natürlich wollte ich Einzelheiten wissen. Dabei fiel ihr Name und das hat mich neugierig gemacht. Übrigens dürfte es für sie gesünder sein, diese Gegend in Zukunft zu meiden. Angeblich haben sie den Sohn gefoltert und anschließend dazu gebracht, ihn zum Versteck des Mädchens zu führen. Ich vermute, dass dabei mein Name gefallen ist."

„Sie haben vorhin gesagt, dass sie den Mann gar nicht kennen. Warum sollte er sie dann mit der Entführung in Verbindung bringen?"

„Der Sohn meines Geschäftsfreundes hat früher gelegentlich Frauen nach Moskau gebracht, wo Partner von mir für den Weitertransport gesorgt haben. Zu dieser Zeit bin ich öfter in Russland gewesen. Vielleicht hat er mich dort einmal gesehen. Anders kann ich mir das nicht erklären."

Marc verzog unwillig das Gesicht. „An dieser Geschichte passt vieles nicht zusammen. Wieso sollte man ein Mädchen aus Nabereschnyje Tschelny nach Frankreich bringen. Einen Menschen, auch wenn er betäubt ist, durch diverse Länder zu schmuggeln, stelle ich mir ziemlich schwer vor. Freiwillig wäre sie niemals mitgegangen."

„Die Kontrollen an den Staatsgrenzen zu umgehen, ist nicht schwierig. In Europa finden sie genügend Fachleute, die sich genau darauf spezialisiert haben. Sie bringen Menschen auf ausgeklügelten und absolut sicheren Wegen über fast jede Grenze. In der Regel werden die Schleuser von den Reisenden selber bezahlt. Und dann gibt es noch die Anderen, die sich gegen entsprechende Bezahlung eine ganz bestimmte Person holen lassen. In den meisten Fällen handelt es sich dabei um Minderjährige."

„Wie soll ich das verstehen? Wollen sie damit sagen, dass zum Beispiel Bordellbesitzer im Ostblock herum reisen und sich vor Ort bestimmte Personen aussuchen, die anschließend nach Westeuropa geschmuggelt werden?"

„Goldzahn" verzog nachsichtig sein Gesicht, als er Marc aufklärte: „Jungen und Mädchen, die auf diese kostspielige Weise nach Westeuropa gebracht werden, sind nicht für Bordelle gedacht. Das würde sich nicht rechnen. In solchen Etablissements wird in der Regel alles genommen, was jung und zumindest ein bisschen ansehnlich ist. Wie bereits gesagt, handelt es sich dabei meist um Frauen aus den ärmeren Ostblockländern, die zur EU gehören. Die kommen ohne Kontrolle über jede innereuropäische Grenze."

„Haben sie für ihren Geschäftsfreund in Russland herausfinden können, wer den Auftrag für die Entführung meiner Halbschwester gegeben hat."

„Das ist schwerer, als ich dachte. Bis jetzt weiß ich lediglich, wer damit beauftragt wurde. Die Hintermänner kenne ich nicht."

„Sie haben vorhin davon gesprochen, mit mir ins Geschäft kommen zu wollen. Was muss ich ihnen geben, damit sie mir Einzelheiten nennen?"

Grinsend zeigte Konitz seinen Goldzahn. „Solche direkten Verhandlungen gefallen mir. Nachdem ich erfahren hatte, dass sie sich in Nabereschnyje Tschelny herumtreiben, habe ich natürlich versucht, mehr über sie herauszufinden. So bin ich letztendlich auf ihre komplizierten Familienverhältnisse gestoßen. Dabei habe ich auch erfahren, dass etliche Leute nach einer kleinen Speicherkarte suchen, die sich im Besitz ihres Adoptivvater befunden haben soll. Unter Umständen ist damit viel Geld zu verdienen. Meine Informationen im Tausch gegen den Datenträger. Das wäre für mich eine reelle Geschäftsbasis."

„Oh Gott, diese verdammte Speicherkarte. Ich habe nicht die geringste Ahnung, wo sie ist und kann noch nicht einmal sagen, was sich darauf befindet. Hinter dem Ding sind tatsächlich alle möglichen Leute her. Darunter auch der deutsche Staatsschutz. Was wollen sie damit anfangen?"

„Da habe ich andere Hinweise. Freunde haben mir versichert, dass sie genau wüssten, wo sich der Datenträger befindet. Beim Weiterverkauf würde ich sie natürlich am Gewinn beteiligen. Zusätzlich zu den Informationen, die sie von mir erhalten."

„Was ihre Freunde gesagt haben, ist Quatsch. Diese Speicherkarte gehörte tatsächlich meinem Vater. Allerdings hat er nie mit mir darüber gesprochen. Bis jetzt weiß ich nur, dass er kurz vor seinem Ableben eine Kopie an den deutschen Verfassungsschutz geschickt hat. Ich habe nicht die geringste Ahnung, wo er das Original aufbewahrt hat."

Absichtlich unterließ es Marc, Konitz etwas von dem Schweizer Journalisten zu erzählen. Die Angelegenheit war auch so schon kompliziert genug.

„Wer sind die Freunde, die sich für die Speicherkarte interessieren? Haben sie ihnen gesagt, was für Daten darauf sind," fragte er stattdessen.

„Namen erfahren sie von mir nicht. Über den Inhalt ist mir nur bekannt, dass sich darauf belastendes Material über einen Politiker befindet. Er soll Verbindungen zu Leuten unterhalten, die Terroristen nach Westeuropa schmuggeln. Angeblich hat er für diesen Transfer sogar die Kosten übernommen. Was davon stimmt, kann ich nicht sagen. Die Einzelheiten haben mich nicht interessiert."

Der Wirt zeigte sich entschlossen. Von der Unsicherheit war nichts mehr geblieben. Konzentriert dachte Dobrin darüber nach, wie er trotzdem mehr aus Konitz heraus bekommen konnte. Für sein anfängliches Erschrecken musste es einen Grund geben.

„Wer war diese blonde Frau, die bis vorhin an ihrem Tisch saß und es plötzlich so eilig hatte," versuchte er sein Glück und bohrte gleich darauf weiter: „Ist sie ebenfalls an der Speicherkarte interessiert? Oder kann sie etwas zu der Entführung in Russland sagen? Das Mädchen sollte nach Marseille gebracht werden. Ich habe gesehen, dass ihr Wagen dort registriert ist."

Von „Goldzahn" kam zuerst ein überraschtes Nicken, bevor er mit weit geöffnetem Mund eine abwehrende Handbewegung machte. Marc wusste nicht, wie er diese Reaktion einordnen sollte. Aber diesmal sah er blanke Furcht in den Augen seines Gegenübers.

Während er noch darüber nachdachte, wie er das ausnutzen konnte, schlug die Eingangstür des Restaurants krachend gegen die dahinterliegende Wand.

Das Geräusch war dermaßen laut, dass alle Anwesenden, einschließlich der Kellner, erschrocken in die Richtung schauten.

Sämtliche Gespräche verstummten und für den Bruchteil einer Sekunde war es totenstill. Allerdings nur solange, bis die ersten Gäste von ihren Plätzen aufsprangen und anfingen, panisch zu schreien.

Die Person in der Tür hatte etwas Unwirkliches an sich. Die schlanke Figur steckte in einem eng anliegenden, schwarzen Overall. Der Kopf war von einem ebenfalls schwarzen Integralhelm mit getönten Visier bedeckt. Zur Panik unter den Gästen hatte letztendlich die Maschinenpistole geführt, die er auf die Anwesenden richtete.

Ungläubig sah Marc, wie der Lauf der Waffe über ihn hinweg wanderte und am Tisch daneben innehielt.

Das Geräusch der Schüsse übertönte das Schreien der Anwesenden. Wie von einer unsichtbaren Faust getroffen sackten die Menschen am Nebentisch über ihren Tellern zusammen oder wurden von der Wucht der Geschosse von den Stühlen gerissen.

In dem Moment, als der Schütze den Lauf der Maschinenpistole auf ihren Tisch richtete, wusste Marc, dass es kein Entkommen gab.

Abermals betätigte der schwarz Gekleidete den Abzug und er musste aus nächster Nähe mit ansehen, wie gleich mehrere Geschosse in den Körper von Konitz eindrangen. Die folgenden Kugeln würden ihn treffen.

Aus den Augenwinkeln sah er Isi, die kerzengerade und unfähig, sich zu bewegen, auf ihrem Hocker an der Theke saß. In der Hand hielt sie ein halb gefülltes Champagnerglas. Wie hypnotisiert starrte sie auf den Schützen.

Mit einem verzweifelten Schrei, der aus seinem tiefsten Inneren kam, überwand Marc die wenigen Meter bis zu ihr. Sein Schwung reichte aus, um sie beide hinter dem relativ stabilen Tresen in Sicherheit zu bringen.

Gerade noch rechtzeitig. Holzsplitter rieselten auf sie herab, nachdem einzelne Schüsse einen der Holzbalken über ihnen trafen. Verwundert sowie unglaublich erleichtert stellte er fest, dass er unverletzt geblieben war. Auf diese kurze Entfernung hätte ihn der Schütze gar nicht verfehlen können.

Oder hatte es der Bewaffnete lediglich auf „Goldzahn" abgesehen? Warum dann die Schüsse auf den Nebentisch?

Marc blieb keine Zeit, weiter darüber nachzudenken. Abermals waren Schüsse zu hören. Am Klang erkannte er, dass sie diesmal aus einer anderen Waffe kommen mussten. Sie waren peitschender und lange nicht so laut wie die aus der Maschinenpistole.

Von seiner Deckung konnte Marc am Ende des Tresens einen Kellner sehen, der geduckt an einer Schusswaffe hantierte. Er nahm an, dass die letzten Schüsse von ihm gekommen waren. Jetzt schien er Probleme mit der Pistole zu haben. Lautes Stöhnen der Verletzten erfüllte den Gastraum.

Immer noch halb auf Isi liegend, schob Marc seinen Kopf soweit hinter dem Tresen hervor, bis er die Eingangstür sehen konnte. Der Mann mit der Maschinenpistole war verschwunden. Zwei Gäste, die am Nebentisch gesessen hatten, wälzten sich schreiend am Boden. „Goldzahn" lag ruhig auf dem Rücken in ihrer unmittelbaren Nähe.

Unter sich spürte Marc, wie die Russin krampfhaft versuchte, sich von seinem Gewicht zu befreien. Dabei schaute sie ihn gleichzeitig entsetzt und protestierend an.

Trotz der immer noch angespannten Situation konnte Marc jetzt lächelnd. Er tat es auf eine beruhigende Art.

„Es tut mir leid, wenn ich dir wehgetan habe. Der Schütze ist weg. Jedenfalls kann ich ihn nicht mehr sehen. Ich muss herausfinden, wie es Konitz geht. Mir wäre es lieber, wenn du vorerst hinter dem Tresen liegen bleibst."

Nach einem nochmaligen, abwägenden Blick zur Eingangstür verließ Marc die Deckung und huschte geduckt zu Konitz. Aus verschiedenen Wunden sickerte Blut über sein Hemd und von dort aus auf den Boden. Die Augen waren geöffnet und starrten zur Decke. Erst am Blinzeln erkannte Marc, dass der Wirt noch lebte.

„Jemand muss die Polizei und Rettungsdienst benachrichtigen", rief er in Richtung des Kellners mit der Pistole. Er sah nicht mehr, wie dieser zustimmend nickte und nach dem Telefon griff.

Dobrin wandte sich wieder dem verletzten Wirt zu. „Konitz hören sie mich? Sie müssen mir sagen, für wem Bernard Remo arbeitet. Und wer war diese blonde Frau?"

Trotz der schweren Verletzungen schüttelte „Goldzahn" den Kopf. Er war immer noch nicht dazu bereit, Namen zu nennen.

Am liebsten hätte er Konitz an seinem blutverschmierten Hemd gepackt und geschüttelt. Nur „Goldzahn" konnte ihm dabei helfen, Nataschas Entführern näherzukommen. Weitere Ansatzpunkt hatte er nicht.

Marc verlegte sich aufs Flehen: „Sagen sie mir bitte, für wen Bernard Remo jetzt arbeitet? Ich muss herausfinden, wer hinter der Entführung meiner Schwester steckt."

Der Verletzte öffnete seine Lippen. Sie bewegten sich, aber Marc konnte nichts verstehen. Er sah lediglich helles Blut, das ihm aus dem Mundwinkel über das Kinn lief. Der goldene Schneidezahn schien ihn höhnisch anzublitzen.

„Konitz bitte sagen sie es mir."

Ganz dicht hielt Marc sein Ohr über dessen Mund. Fast dankbar vernahm er schließlich ein schwaches, abgehacktes Flüstern. „Marseille. Ethan de Perrut."

Der Kopf von „Goldzahn" sackte mit weiterhin geöffneten Augen zur Seite.

10.

Was da soeben vor ihren Augen geschah, realisierte Isi erst, nachdem sie bereits hinter der Theke lag. Beim Fallen musste sie mit dem Schienbein gegen etwas Hartes gestoßen sein. Der Schmerz ließ nur langsam nach.

Die Schüsse waren verstummt. Umso lauter konnte sie das Schreien und Jammern der Verletzten hören.

Auf sich spürte sie das volle Gewicht von Marc, der sie mit dem Körper fast vollständig abdeckte. Sie bekam fast keine Luft. Die Arme hatte er schützend um ihren Kopf gelegt. Beim Versuch, sich von ihm zu befreien, sah sie ein leichtes Lächeln in seinem Gesicht. Das konnte ihr nur zum Teil die Angst nehmen.

Aufatmend merkte sie, wie er vorsichtig von ihr herunterrutschte und den Kopf zentimeterweise um die Ecke des Tresens schob. Das, was er sah, schien ihn zu beruhigen.

Mit einem flüchtigen Kuss auf die Lippen löste er sich vollständig von ihr:

„„„Es tut mir leid, wenn ich dir wehgetan habe. Der Schütze ist weg. Jedenfalls kann ich ihn nicht mehr sehen. Ich muss herausfinden, wie es Konitz geht. Mir wäre es lieber, wenn du vorerst hinter dem Tresen liegen bleibst."

Trotz Marcs Warnung versuchte sie nach dessen Verschwinden, ihr Blickfeld zu vergrößern. Behutsam schob sie sich zum Ende der Theke.

Sie sah ihn neben Konitz knien und auf ihn einreden. In seiner unmittelbaren Umgebung lagen mehrere Gäste auf dem Boden. Ob sie verletzt oder tot waren, konnte sie von ihrem Platz aus nicht erkennen.

Sie hielt die Untätigkeit nicht mehr aus. Auf den Knien rutschte sie zu einer Frau, die vor den Schüssen am Nebentisch gesessen hatte. Sie lag auf dem Boden und deutete immer wieder auf den Mann unmittelbar neben sich.

Die Frau schien unverletzt zu sein. Jedenfalls konnte sie keine Verletzung erkennen.

Dem Mann hatte eine Kugel in der Schulter getroffen. Durch ein hässliches Loch in seiner Jacke drang Blut. Am Blinzeln der Augen sah sie, dass er bei Bewusstsein war.

„Bei ihrem Mann ist es nicht sehr schlimm", versuchte sie, die Frau zu beruhigen.

Inzwischen hatten sich Kellner sowie weitere Leute vom Küchenpersonal in die Gaststube gewagt. Gemeinsam kümmerten sie sich um die Verletzten.

Isi war froh, als sie Marc neben sich stehen sah. Er drückte sie an sich. „Ich habe den Eindruck, dass der Attentäter es hauptsächlich auf „Goldzahn" abgesehen hatte. Soweit ich sehen kann, ist er der Einzige, auf den gleich mehrmals geschossen wurde. Er ist tot. Sonst gibt es nur Verletzte."

„Hat er dir noch etwas über Nataschas Entführung sagen können?", wollte Isi von ihm wissen. Trotz des Schreckens über die überstandene Schießerei arbeitete ihr Verstand noch.

„Leider nicht viel. Dieser Bernard Remo, der in Nabereschnyje Tschelny die Entführung angezettelt hat, könnte für einen gewissen Ethan de Perrut in Marseille arbeiten. Mal schauen, ob ich über ihn etwas herausfinden kann. Konitz hat behauptet, mit der Entführung nichts zu tun zu haben. Ob das stimmt, kann ich nur schwer beurteilen."

Marc schaute zu einem der Kellner, der sich, ziemlich blass im Gesicht, an der Theke festhielt.

„Hat jemand von ihnen die Polizei verständigt?"

„Ja, die müssten jeden Moment hier eintreffen," bekam er zur Antwort.

Dankbar registrierte Isi, dass Marc ihr den Arm um die Schulter gelegt hatte: „Über was habt ihr euch sonst noch unterhalten?"

Marc zuckte mit den Achseln. In groben Zügen erzählte er Isi von dem Gespräch.

Sie schüttelt anschließend nachdenklich den Kopf: „Ich kann mir einfach nicht erklären, warum man Natascha nach Frankreich bringen wollte."

„Dazu fällt mir auch keine Antwort ein," musste Marc zugeben. „Ein Zusammenhang zwischen ihr und der Speicherkarte erscheint mir immer unwahrscheinlicher."

„An wen wollte Konitz sie denn verkaufen? Wer aus seinem Umfeld könnte daran Interesse haben?"

„Vielleicht ehemalige Kameraden der „Heimattreuen". Bei denen hat er es ja sogar bis zum Schatzmeister in Brandenburg gebracht."

„Was sind das für Leute? Der Name wirkt irgendwie altmodisch auf mich."

„Dabei handelte es sich um eine rechtsradikale Gruppierung, die man vor wenigen Jahren in Deutschland verboten hat. Ich kann mir gut vorstellen, dass sich etliche ihrer früheren Mitglieder unter einem anderen Namen zusammengefunden haben."

Fragend schaute sie ihn an: „Mehr hat er dir nicht erzählt."

„Leider ist unser Gespräch von diesem Verrückten mit der Maschinenpistole unterbrochen worden."

„Was können wir noch unternehmen, um herauszufinden, wer Natascha entführen wollte. Sie und Mutter können nicht ewig in Sotschi bleiben?"

„Als Nächstes sollten wir herausfinden, ob es diesen Ethan de Perrut in Marseille tatsächlich gibt. Außerdem möchte ich unbedingt mit Denis Waterk sprechen. Konitz hat über den Inhalt der verschwundenen Speicherkarte ein paar vage Andeutungen gemacht. Wenn man das, was Müller uns gesagt hat, dazu nimmt, könnte sie gewissen Leuten ziemlich gefährlich werden. Ich hoffe, dass uns der Journalist mehr erzählt."

Beide zuckte erschrocken zusammen und Isi klammerte sich unwillkürlich an Marc, als die Tür zum Restaurant erneut mit Macht aufgestoßen wurde. Etliche schwarz gekleidete Gestalten mit Maschinenpistolen bewaffnet drängten sich in die Gaststube. Unter den Sturmhauben konnte man nur die Augen sehen.

„Polizei, Polizei, alle die Hände nach oben halten", ertönte es.

Sämtliche Anwesende, die dazu in der Lage waren, beeilten sich, dem Befehl nachzukommen.

Während zwei der Maskierten sie mit ihren Waffen in Schach hielten, wurden sie nacheinander durchsucht. Erst danach durften sie die Arme wieder herunternehmen. Ärzte sowie Sanitäter eilten in die Gaststube, um sich der Verletzten anzunehmen.

„Was passiert jetzt?", flüsterte Inessa.

„Das sind Kräfte einer Sondereinheit. Sie werden sich bald zurückziehen und sehr wahrscheinlich wird sich danach die Kriminalpolizei um alles Weitere kümmern. Oder der Staatsschutz übernimmt das Kommando. Uns wird man wohl, zusammen mit den restlichen Unverletzten, zum Polizeipräsidium bringen. Dort werden unsere Aussagen aufgenommen."

„Wirst du von der Entführung Nataschas erzählen oder interessiert sich hier niemand dafür?"

„Das können wir durchaus erwähnen. Die Polizei wird uns sowieso fragen, warum wir ausgerechnet in diesem Restaurant zum Abendessen waren. Niemand wird uns abnehmen, dass wir nur deswegen nach Frankfurt gekommen sind. Zudem dürfte es besser sein, wenn wir uns dicht an der Wahrheit halten. Lediglich den Namen Ethan de Perrut werde ich vorerst für mich behalten. Ich möchte mit ihm sprechen, bevor ihn die Polizei nervös macht."

Wie von Marc vorausgesagt, zogen sich die vermummten Polizisten bald zurück und Beamte in Zivil übernahmen das Kommando. Nacheinander nahm man ihre Personalien auf. Etwas später wurden sie mit mehreren kleinen Bussen zum Polizeipräsidium gebracht.

Isi und Marc mussten über eine Stunde ausharren, bevor sie von einem schmächtigen Kriminalbeamten in einen hellen, spärlich möblierten Raum geführt wurden. Während er zwei Stühle zurechtrückte, musterte er sie neugierig, aber nicht unfreundlich.

„Mein Name ist Siegfried Clemens. Ich leite vorerst diese Ermittlungen und möchte von ihnen einige Fragen beantwortet haben."

Isi zuckte zustimmend mit den Achseln und Marc nickte kurz.

Der Blick des Beamten wechselte von der Russin schließlich zu Marc. „In der Zeit, in der sie warten mussten, haben meine Mitarbeiter ihre Personalien überprüft. Mir ist also bekannt, dass sie früher bei der Polizei in Köln und danach für das BKA in Berlin gearbeitet haben. Laut den uns vorliegenden Unterlagen sind vor ein paar Jahren freiwillig aus dem Dienst geschieden."

Nachdem Marc darauf nicht antwortete, fuhr er fort: „Können sie mir sagen, was sie in Frankfurt machen und warum sie in der „Goldene Eiche" waren?"

Schweigend hörte Isi Marc zu, der dem Polizisten von seinem Besuch in Russland, der Entführung Nataschas sowie ihrer späteren Befreiung berichtete.

„Bei der Suche nach ihr sind wir auf den Namen „Goldzahn" gestoßen," beendete er seine Geschichte.

„Das entführte russische Mädchen ist also die Halbschwester von ihnen und gleichzeitig ihrer Begleiterin. Sie haben da eine etwas komplizierte

Familiengeschichte. Haben sie einen Verdacht, warum die junge Dame entführt wurde?"

„Das ist für uns absolut ein Rätsel. Unter Umständen kann der Verfassungsschutz dazu mehr erzählen. Einer ihrer Mitarbeiter, er nannte sich Martin Müller, ist uns in Russland über den Weg gelaufen. Er war an der Befreiung beteiligt."

„Mehr wissen sie nicht?"

„Nicht viel. Dieser Müller hat bereits vor einigen Wochen mit mir gesprochen. Da interessierte er sich für eine Speicherkarte, die sich im Besitz meines Adoptivvaters befunden haben soll."

„Und sie konnten ihm nicht sagen, wo sie ist?"

„Von deren Existenz habe ich erst nach dem Tod meines Adoptivvaters erfahren. Er hat sie in seinem letzten Brief an mich erwähnt. Darin stand unter anderen, dass der Verfassungsschutz in Köln davon eine Kopie bekommen hat. Den Grund, warum trotzdem so intensiv nach dem Original gesucht wird, hat man mir nicht genannt."

„Was konnte ihnen Konitz über die Entführung sagen?"

„Er hat jede Beteiligung daran abgestritten aber zugegeben, in früheren Jahren mit einem der Entführer zusammengearbeitet zu haben."

„Sie haben ihm das abgenommen?"

„Es klang glaubhaft. Bevor wir weiter darüber sprechen konnten, ist der Maskierte aufgetaucht und hat um sich geschossen."

Da sich der Kriminalbeamte keine Notizen machte, nahm Marc an, dass ihre Unterhaltung auf Band festgehalten wurde. Es störte ihn nicht.

„Als man ihnen in Russland den Namen „Goldzahn" nannte, wussten sie sofort, dass es sich dabei um Konitz handelte und auch, wo sie ihn finden konnten?"

„Während meiner Zeit als Personenschützer bin ich in Berlin einem Mann, der „Goldzahn" genannt wurde, begegnet. Es ging um Kinderprostitution. Einzelheiten dazu finden sie sicherlich in meiner Personalakte. Als ich in Russland den Spitznamen "Goldzahn" hörte und er mir beschrieben wurde, musste ich sofort an ihn denken. Daraufhin habe ich verschiedene Kontakte aus der Vergangenheit genutzt, um herauszufinden, wo er sich jetzt aufhält."

„Mit welcher Absicht?"

„Wie bereits gesagt wollte ich wissen, warum es zu der Entführung gekommen ist und wer daran ein Interesse hat. Unsere Halbschwester sowie ihre Mutter halten sich auf Anraten der russischen Polizei versteckt, bis der Grund dafür gefunden wurde."

Der Polizeibeamte nickte nachdenklich und schwieg für eine Weile. Schließlich kam er auf den Überfall im Restaurant zurück.

„Können sie den Mann beschreiben, der in der „Goldenen Eiche" um sich geschossen hat?"

„Daran werden sie nicht viel Freude haben. Ich kann nur sagen, dass er etwa 1,80 groß und sehr schlank gewesen ist. Der Figur nach hätte es sich auch um eine Frau handeln können. Die Person trug schwarze Motorradkleidung sowie einen, ebenfalls schwarzen Integralhelm mit getöntem Visier. Ähnliches werden sie bereits vom Personal und den anderen Gästen gehört haben. Aber möglicherweise kann ihnen eine weitere Person dazu mehr sagen."

„Von wem sprechen sie?"

Der Beamte schaute überrascht, als Marc vom Erscheinen der blonden Frau mit den zwei Beschützern und ihrem späteren, fluchtartigen Verschwinden erzählte. Das schien für ihn neu zu sein.

Nachdenklich fragte er: „Wo sehen sie da einen Zusammenhang?"

„Ein paar Minuten, nachdem die Frau gekommen ist, bin ich zum Rauchen auf die Straße gegangen. In dieser Zeit muss Konitz das Restaurant durch eine der hinteren Türen betreten haben. Bei meiner Rückkehr saß er an ihrem Tisch und unterhielt sich. Mein Besuch hat ihn ziemlich aus der Fassung gebracht. Das konnte man seinem Gesicht deutlich ansehen. Der Frau schien mein Erscheinen ebenfalls unangenehm zu sein. Unmittelbar darauf ist sie aufgestanden und hat mit ihren Begleitern das Restaurant verlassen."

Kommissar Clemens rümpfte etwas die Nase: „Das alles könnte auch Zufall gewesen sein. Vielleicht wollte die Dame sowieso gerade gehen. Falls wir sie ausfindig machen, werden wir trotzdem mit ihr sprechen. Können sie mir die Frau genauer beschreiben?"

„Sie war ausgesprochen hübsch, vielleicht Mitte bis Ende zwanzig Jahre alt, hatte schulterlange, blonde Haare sowie eine schlanke Figur. Am auffälligsten ist wohl, dass sie von gleich zwei Leibwächtern begleitet wurde."

„Wieso drei? Soeben haben sie von zwei Beschützern gesprochen."

„Direkt vor dem Eingang zum Restaurant wartete eine große Limousine mit einem weiteren Mann. Vielleicht der Chauffeur. Der Wagen hatte übrigens ein französisches Kennzeichen. In dem blauen Feld mit dem Regionalwappen stand die Nummer 13 für das Departement Bouches-du-Rhône."

„Können sie mir noch etwas über die Frau sagen", wollte der Kommissar wissen.

Marc zuckte nachdenklich die Schultern. „Ich bin mir ziemlich sicher, ihr bereits begegnet zu sein. Doch bis jetzt ist mir nicht einfallen, wo und wann das gewesen sein könnte. Es muss einige Jahre zurückliegen. Jedenfalls hatte ich den Eindruck, dass meine Anwesenheit der Grund für ihr eiliges Verschwinden gewesen ist."

„Und daraus schließen sie, dass der Anschlag etwas mit ihr zu tun hatte?"

„Nein, das ist lediglich eine Möglichkeit. Bei der Vergangenheit von Konitz kann es genauso gut sein, dass jemand eine offene Rechnung begleichen wollte und die Frau nur zufällig da gewesen ist."

Clemens nickte. „Vielleicht kann uns die Dame trotzdem weiterhelfen. Es sollte nicht schwer sein, sie ausfindig zu machen. Selbst bei uns in Frankfurt gibt es nicht allzu viele blonde Frauen, die in einem Fahrzeug mit südfranzösischen Autokennzeichen, Chauffeur sowie Leibwächtern unterwegs sind."

Weitere zehn Minuten vergingen mit Fragen, die der Kommissar hauptsächlich an Marc stellte. Das gab Isi Zeit, darüber nachzudenken, wieso Marc die blonde Frau mit dem Überfall in Verbindung brachte. Sie selbst fand keinen Grund.

Schließlich erhob sich der Kommissar, begleitete sie bis zur Tür und reichte ihnen zum Abschied die Hand.

„Bitte warten sie im Gang noch ein paar Minuten auf meine Kollegin. Sie müssen das Protokoll unterschreiben. Wo kann ich sie in den kommenden Tagen erreichen? Es könnten weitere Fragen auftauchen."

„Zunächst fahren wir nach Köln. Wo wir danach zu anzutreffen sind, kann ich noch nicht sagen. Das hängt ein bisschen vom Wetter ab. Über mein Handy bin ich aber jederzeit erreichbar."

Isi registrierte, dass Marc seine Antwort absichtlich vage hielt. Den Namen Ethan de Perrut hatte er, wie angekündigt, bei der Befragung kein einziges Mal erwähnt.

„Wo willst du diesen Ethan de Perrut suchen", fragte sie ihn, als sie mit einem Taxi vom Polizeipräsidium zum nahe gelegenen Bahnhof fuhren.

„Wenn Konitz die Wahrheit gesagt hat, finden wir ihn in Marseille. Für mich wäre das ein Vorteil. In der Stadt habe ich lange gelebt und kenne mich darum aus. Ich hoffe darauf, dass mein Freund bei der Kölner Polizei etwas mehr über seinen genauen Aufenthaltsort herausfinden kann."

11.

Der hinter ihnen liegende Tag war lang und anstrengend gewesen. Obwohl Isi sich bemühte, wach zu bleiben, schlief sie auf der Zugfahrt ein. Kurz bevor sie den Kölner Hauptbahnhof erreichten, wurde sie von Marc geweckt.

Verschlafen, aber trotzdem neugierig, versuchte sie, durch die verschmutzten und nassen Fenster etwas zu erkennen. Das also war die Stadt, in der Marc lebte. Außer zahlreichen Leuchtreklamen konnte sie in der Dunkelheit nicht viel sehen.

Auf ihren Weg zu den Taxis musste sie an die Nachrichten im russischen Fernsehen denken. Vor nicht allzu langer Zeit war es in der Stadt, direkt vor dem Hauptbahnhof, zu massenhaften, sexuellen Übergriffen an Frauen gekommen. Darüber war ausgiebig berichtet worden.

Auf der Fahrt machte Marc sie auf den Kölner Dom aufmerksam. Nachts wurde er beleuchtet. Durch den Regen konnte sie nicht allzu viel erkennen; trotzdem fand sie ihn beeindruckend mächtig.

Vor einem hellen Haus mit breitem Eingang ließ Marc das Taxi anhalten. Verwundert sah sie, wie Marc unmittelbar nach dem Aussteigen auf seinem Smartphone herumtippte.

„Wem willst du um diese Zeit anrufen? Hat das nicht Zeit, bis wir in der Wohnung sind?"

Marc grinste: „Ich wollte ein wenig angeben und habe über das Handy in allen Zimmern das Licht eingeschaltet. Mir ist es wichtig, dass du gleich von Anfang an einen guten Eindruck von unserer Wohnung bekommst."

Er legte den Arm um ihre Schultern und zog sie zu sich heran. „Schließlich sollst du dich hier wohlfühlen."

Mit dem Lift, der sich mittels Schlüssel bedienen ließ, fuhren sie zur obersten Etage. Sie schaute etwas verdutzt, als sie bereits unmittelbar nach dem Öffnen der Lifttür in der Wohnung standen. Marc musste über die gelungene Überraschung lachen.

Neugierig fragte sie: „Kann jeder, der den Lift benutzt, in dein Zuhause gelangen?"

„Nein, das wäre nicht gerade angenehm. Um mit dem Aufzug in diese Etage zu kommen, benötigt man einen bestimmten Schlüssel."

In einem kleinen Vorraum mit Garderobe zeigte er auf eine Tür: „Falls jemand lieber zu Fuß gehen will, kommt er dazu zum Treppenhaus."

„Oder wenn der Strom ausfällt," ergänzte Isi.

Marc führte sie weiter in ein modern eingerichtetes, großes Wohnzimmer mit integrierter, offener Küche. Der gesamte Raum erschien ihr geradezu riesig. Auf einem kleinen Tisch lagen, ordentlich in verschiedene Stapel sortiert, etliche Briefe, Zeitungen sowie viel Werbung.

Er deutete darauf: „Ein Freund hat in meiner Abwesenheit die Blumen gegossen, gelüftet und dafür gesorgt, dass der Briefkasten nicht überquillt."

Die Post schaute er nur flüchtig durch. Hauptsächlich handelte es sich um Rechnungen. Ein Schreiben kam von der Hausverwaltung. Darin wurde er gebeten, gelegentlich in ihrem Büro vorbeizuschauen.

Wie ein kleiner Junge, der sein Spielzeug vorführen wollte, zog Marc sie vom Wohnzimmer zu einem langen Flur, von dem mehrere Türen abgingen. Nacheinander öffnete er sie.

„Hier ist unser Schlafzimmer und daneben das Badezimmer. Im Raum gegenüber befindet sich das Gästezimmer mit eigenen Bad."

Er lächelte verschmitzt. „Natürlich kann man den Raum auch in ein Kinderzimmer umfunktionieren."

Ohne weiter auf die Anspielung einzugehen, stieß Isi ihm spaßeshalber den Ellenbogen in die Seite.

„Hier lebst du ganz alleine? Bei uns in Russland leben oft drei Generationen zusammen in viel kleineren Wohnungen."

„Ja, für eine Person ist so eine Etagenwohnung eigentlich zu groß," gab er zu.

Gleichzeitig deutete er auf die letzten zwei Türen am Ende des Ganges: „Dahinter arbeite ich. Jedenfalls dann, wenn ich nicht durch Russland reise, um meinen Familienzuwachs und eine wunderschöne Frau kennenzulernen. Es ist praktisch, von der Wohnung aus zu arbeiten. Dadurch erspare ich mir die Fahrtzeit ins Büro."

„Wer arbeitet hier noch?"

„Eigentlich niemand. Je nach Auftragslage helfen mir gelegentlich ein bis zwei Leute. Doch in der Regel arbeiten sie ebenfalls von zuhause aus. Hier treffen wir uns lediglich, wenn es etwas zu besprechen gibt."

Marc führte die erstaunte Russin quer durch das Wohnzimmer zu einer großen Glastür, von der man auf eine dezent beleuchtete Dachterrasse kam. Von hier aus konnte man den Rhein sehen und hören. Bei dem wolkenverhangenen Himmel waren die Schiffe hauptsächlich an den Positionsleuchten zu erkennen. Außerdem sah sie zwei Brücken, die über den Fluss führten.

Marc deutete darauf: „Insgesamt hat die Stadt sieben Brücken. Alle wurden im sogenannten „Kölner Brückengrün" gestrichen."

„Bist du nach dem Tod deines Vaters hier eingezogen,", wollte sie wissen.

Marc schüttelte den Kopf. „Nein, hier habe ich bereits vorher gelebt. Mein Adoptivvater hat diese Wohnung als Kapitalanlage gekauft und bis vor gut einem Jahr wohnte hier jemand anders. Nachdem der Vormieter aus beruflichen Gründen von Köln wegziehen musste, bin ich kurzerhand in den Vertrag eingestiegen."

Isi schüttelte erstaunt den Kopf: „Das verstehe ich nicht. Du musstest an deinen eigenen Vater Miete zahlen? Das wäre bei uns in Russland unvorstellbar."

„Er ist der Meinung gewesen, dass ich für so eine luxuriöse Wohnung auch selber aufkommen muss. Sonst würde ich sie nicht verdienen. Ich fand diese Einstellung durchaus richtig."

Trotz des Regens zog Marc sie an den Händen zu einer hohen, mit Pflanzen bewachsenen Mauer, die eine Seite der Terrasse abgrenzte.

„Dahinter befindet sich Nataschas Erbe. Das Gebäude hat einen zweitem Hauseingang. Ähnlich wie hier gelangt man dort ebenfalls mit dem Lift direkt zu dieser anderen Wohneinheit."

„Du willst damit sagen, dass sich Nataschas Wohnung, von der wir in Russland gesprochen haben, unmittelbar hinter dieser Wand befindet?"

„Ja. Sollte sie dort jemals wohnen, könnten wir eine Öffnung in die Mauer schlagen. Du wärst sofort bei ihr. Jetzt ist die Wohnung an ein Ehepaar mit zwei Kindern vermietet."

Isi war einen Moment sprachlos, bevor sie herausbrachte: „Wenn ich das meiner kleinen Schwester erzähle, dreht sie durch. Dann wird sie niemand mehr davon abbringen können, in den Sommerferien nach Köln zu kommen."

Bevor sie schlafen gingen, und obwohl es in Russland bereits drei Stunden später war, rief Isi ihre Mutter in Sotschi an. Sie hatte viel zu erzählen. Den Vorfall in Frankfurt ließ sie unerwähnt. Sie sollten sich keine zusätzlichen Sorgen machen. Um so aufgeregter berichtete sie dafür von Nataschas Wohnung.

Später konnte sie trotz großer Müdigkeit nicht sofort einschlafen. Ihr Kopf lag auf Marcs Brust. Sie spürte die regelmäßigen Atemzüge und seine Arme auf ihrem Rücken.

Immer wieder musste sie an die schrecklichen Erlebnisse des vergangenen Tages denken. Bereits vor der Landung in Frankfurt war sie sehr aufgeregt gewesen. Immerhin war es ihre erste Reise ins westliche Ausland. Vorher war sie aus beruflichen Gründen lediglich einmal nach Minsk geflogen.

Und ausgerechnet in Deutschland kam es, wenige Stunden nach ihrer Ankunft, zu der Schießerei, bei der Konitz sterben musste. Die schrecklichen Bilder sah sie immer wieder vor sich. Erst jetzt wurde ihr richtig bewusst, wie nahe sie dem Tod gewesen waren.

Am folgenden Morgen ließen sie sich mit dem Frühstück viel Zeit. Der Ausblick von der Terrasse auf den Rhein war wenig erfreulich. Zwar regnete es nicht mehr, doch es war kühl und der Himmel noch immer mit dichten Wolken bedeckt.

Etwas enttäuscht setzte sie sich zu Marc auf den Schoß: „Besonders freundlich empfängt mich deine Stadt ja nicht."

„Du täuschst dich. Der Himmel weint vor Freude, weil eine so schöne Frau nach Köln gekommen ist," lächelte Marc sie an.

Am späten Vormittag telefonierte er mit seinem Freund Christian. Wie erwartet erreichte er ihn auf dessen Dienststelle im Polizeipräsidium.

Über den Anschlag auf „Goldzahn" wusste er bereits Bescheid. Auf sämtlichen Titelseiten in den Tageszeitungen wurde darüber berichtet. Neu war für ihn, dass Marc und Isi dabei waren. Nachdem Marc die Informationen über Konitz von ihm bekommen hatte, wollte er sämtliche Einzelheiten wissen.

„Kann der Überfall etwas mit eurem Auftauchen bei „Goldzahn" zu schaffen haben," fragte er sofort.

„Deine Frankfurter Kollegen versuchen, das aufzuklären."

„Warum treffen wir uns nicht später vor dem Präsidium? Wir können zusammen Mittagessen. In der Zwischenzeit werde ich mich mit den Kollegen in Frankfurt in Verbindung setzen. Vielleicht erfahre ich Neuigkeiten," schlug sein Freund vor.

Eigentlich wäre es Isi lieber gewesen, wenn sie niemand mehr an die Schießerei vom Vortag erinnerte. Gleichzeitig wusste sie, dass der Wunsch unrealistisch bleiben würde. Sie und Marc suchten weiterhin nach einer Verbindung zu Nataschas Entführung. Dabei konnte dieser Anschlag durchaus eine Rolle spielen.

Wenigstens wollte sie zeitweise an etwas anderes denken: „Was machen wir bis zum Mittagessen mit deinem Freund?"

„Wenn du möchtest, zeige ich dir bis dahin ein bisschen von der Stadt."

„Du willst bei diesem Wetter spazieren gehen?"

Sie lächelte ihn verschmitzt an: „Vielleicht sollten wir lieber wieder ins Bett kriechen. Dort ist es angenehm warm. Die Stadtbesichtigung können wir uns für einen freundlicheren Tag aufheben."

Isi musste laut und herzhaft lachen, als sie später, in der Tiefgarage vor Marcs schwarzen SUV mit den getönten Scheiben standen.

„Erinnerst du dich daran, was ich am Flughafen in Moskau über die Menschen gesagt habe, die mit solchen Autos unterwegs sind?"

„Ja, das weiß ich durchaus noch. Deiner Meinung nach handelt es sich bei den Eigentümern entweder um reiche Geschäftsleute oder sie gehören zur Mafia."

Höflich hielt Marc ihr die Tür auf: „Immerhin kannst du jetzt überlegen, zu welcher Sorte Menschen ich zugeordnet werden muss und worauf du dich eingelassen hast."

Bis zur Verabredung mit Christian blieb genügend Zeit, um Inessa die ziemlich neuen Kranhäuser im Rheinauhafen, den Kölner Dom bei Tageslicht, die romanische Kirche „Groß Sankt Martin" sowie den Turm des historischen Rathauses zu zeigen. Zuletzt fuhren sie durch einige der engen Gassen der Altstadt.

„Sobald das Wetter besser wird, bummeln wir hier noch mal zu Fuß durch. Köln ist viel schöner, als manche es wahrhaben wollen. Besonders im Martinsviertel kann man immer noch die Atmosphäre des alten Kölns spüren. Jedenfalls bilde ich mir das ein. Und wir fahren mit der Seilbahn über den Rhein. Die haben wir seit 1957. Bei klarem Himmel ist die Aussicht einfach herrlich."

„Ich habe gelesen, dass Köln nach dem Krieg nur noch aus Trümmerhaufen bestand. Wie kann es sein, dass es dann noch so viele alte Gebäude gibt," wollte sie wissen.

Marc nickte. „Diese Bilder von Köln habe ich auch gesehen und natürlich wurde in der Schule darüber gesprochen. Einige historische Bauwerke in der Altstadt hat man in den Nachkriegsjahren möglichst originalgetreu wieder aufgebaut. Teilweise hat das über vier Jahrzehnte gedauert."

Marcs Freund erwartete sie am Eingang zum Polizeipräsidium. Christian Waiger war ein kleiner, etwas stämmiger Mann mit blonden Haaren und schmalem Oberlippenbart. Er begrüßte sie mit einer überschwänglichen Umarmung.

„Du hättest mich am Telefon ruhig vorwarnen können, dass du dir so eine bildhübsche Freundin mitgebracht hast," lachte er.

„Falls es in Russland noch mehr solcher Prachtexemplare gibt, sollte ich euch bei der nächsten Reise begleiten."

Christian sprach schnell. Dabei verfiel er immer wieder in den Kölner Dialekt. Isi konnte ihn dann kaum verstehen. Erst nachdem die Russin ihn mehrmals fragend angeschaut hatte und bei einzelnen Wörtern nachfragte, bemerkte er seine Nachlässigkeit.

Über sich selber den Kopf schüttelnd, entschuldigte er sich auf Hochdeutsch bei ihr. „In meiner Freude, euch zu sehen, habe ich meine guten Manieren total vergessen."

Zum Mittagessen setzten sie sich in ein gemütliches Restaurant unweit des Polizeipräsidiums.

Isi machte es Marc nach, der für sich „Rheinischen Sauerbraten" bestellte. Sein Freund entschied sich für Stampfkartoffeln mit Blutwurst und Apfel.

„Das nennt sich bei uns in Köln „Himmel un Äd" und ist mein absolutes Lieblingsgericht," machte er die Russin mit einer der rheinischen Besonderheiten bekannt.

Später in seinem Büro versorgte er sie zuerst mit frischem Kaffee, bevor sie auf den Überfall in Frankfurt zu sprechen kamen.

„Nach eurem Anruf heute Vormittag", begann Marcs Freund, „habe ich versucht, mehr über diesen Ethan de Perrut herauszufinden. Viel ist nicht dabei herausgekommen. Bisher habe ich lediglich herausfinden können, dass er zur Marseiller Unterwelt gehört. Um mehr über ihn zu erfahren, habe ich versucht, mit meinem Kollegen Gilbert Bantue in Marseille Kontakt aufzunehmen. Bis jetzt konnte ich ihn noch nicht erreichen. Warum hast du den Namen eigentlich nicht bei der Befragung in Frankfurt erwähnt?

"Ganz einfach. Ich will in jedem Fall mit Ethan de Perrut sprechen, bevor es die Polizei tut. Bei der Gelegenheit kann ich Inessa Marseille zeigen. Gibt es eigentlich Neuigkeiten vom Überfall auf meinen Adoptivvater," wollte er noch wissen.

„Nein, die Untersuchungen scheinen an einem toten Punkt angelangt zu sein. Ich habe erst gestern mit den Kollegen gesprochen, die den Fall bearbeiten. Irgendwie ist man auf den Namen Bernard Remo gestoßen. Inwieweit der dabei beteiligt war, ist unklar. Auch die Suche nach den Männern, die dich vor deiner Reise nach Russland überfallen haben, ist erfolglos geblieben. Denkst du, dass es da einen Zusammenhang gibt?"

„Unbedingt. Auch wenn ich nicht sagen kann, welchen. Bernard Remo hat den Auftrag für Nataschas Entführung in Nabereschnye Tschelny gegeben. Und dieser Müller vom Verfassungsschutz mischt da auch mit. Auch wenn er behauptet, in Russland nur nach möglichen Terroristen zu suchen. Klar ist, dass er immer noch an dem Original der Speicherkarte meines Vaters interessiert ist .

Außerdem hat er dort, zusammen mit einem russischen Kollegen, nach einem Franzosen namens Bernard Remo gesucht. Ausgerechnet der hat die Entführung Nataschas organisiert. Solche Zufälle kommen mir jedenfalls seltsam vor. Was gibt es Neues vom Überfall in Frankfurt?"

„Meine Kollegen haben bisher nicht viel in Erfahrung gebracht. Nachdem der Anschlag erst gestern Abend stattgefunden hat, ist das nicht weiter verwunderlich. Die blonde Frau, die ihr dort gesehen habt, wurde ebenfalls noch nicht gefunden. Vielleicht ist sie gar nicht mehr in Frankfurt. Doch inzwischen kennt man wenigstens ihren Namen."

Marc schaute seinen Freund fragend an: „Da bin ich gespannt. Wer ist sie?"

„Deiner Beschreibung und ihrem Auftreten nach handelt es sich um Laura Pavese. Sie ist Abgeordnete im EU-Parlament in Straßburg. Dort vertritt sie eine sehr weit rechts stehende, französische Partei. Ihr Foto sieht man häufig in Illustrierten. Dass sie stets von mehreren Leibwächtern begleitet wird, hat zu den wildesten Spekulationen geführt. Ihr gutes Aussehen macht sie, hauptsächlich für die Klatschpresse, noch interessanter. Besonders dort fragt man sich, wofür die Leibgarde gut sein soll. Meinen Informationen nach ist sie nicht mehr gefährdet, als andere Abgeordnete auch. Bilder von ihr gab es bereits auf den Titelseiten zweier Illustrierten. Eine italienische Boulevardzeitung hat sie zur „Miss EU" gekrönt."

„Deine Kollegen in Frankfurt scheinen die letzte Nacht damit verbracht zu haben, Zeitungen zu lesen," grinste Marc.

„So sieht es jedenfalls aus. Aus der Presse haben sie erfahren, dass Laura Pavese eher selten im Parlament anzutreffen ist. Die Arbeit dort scheint sie nicht besonders zu interessieren. Hinter vorgehaltener Hand sagt man, dass sie die Geliebte des ehemaligen Lobbyisten und jetzigen sächsischen Staatsekretärs Phillip Kreuter ist. Wirklich bestätigen kann das aber niemand. Bei ihrem Wahlkampf soll er sie nicht nur finanziell unterstützt haben."

Aufgeregt sprang Inessa auf. „Phillip Kreuter hieß auch der Mann, wegen dem Mutter und ich damals von Moskau wegziehen mussten. Er hat versucht, Mutter töten zu lassen. Vielleicht will er sich immer noch an ihr rächen und wollte deshalb Natascha entführen."

Der Kommissar sah sie fragend an: „Was ist das jetzt wieder für eine Geschichte?"

Mit wenigen Worten erzählte Marc, was er von Isis Mutter wusste.

Sein Freund stöhnte vernehmlich: „Das Ganze wird ja immer komplizierter. Da ist diese verschwundene Speicherkarte und dazu kommt die Entführung eurer Schwester. Dazu wird ein ehemaliger Mädchenhändler ermordet. Und das alles scheint irgendwie zusammenzuhängen."

„Weißt du mehr über diesen Phillip Kreuter?"

„Ein bisschen mehr, als das, was in den Zeitungen steht. Er gehörte zu den einflussreichsten Vertretern der Pharmaindustrie in Brüssel, ist unheimlich gerissen und bekannt für seine rüden Methoden. Etliche Gesetze, die von der Kommission dem Parlament vorgelegt wurden, sollen seine Handschrift tragen. Er stammt aus eher ärmlichen Verhältnissen."

„Und was weißt du sonst noch?"

„Hier ist das, was uns bekannt ist. Phillip Kreuter kam vor mehr als sechzig Jahren in einem winzigen Dorf in der Eifel zur Welt. Er ist das Zweite von fünf Kindern. Vater und Mutter, waren einfache Landwirte, die es sich nicht leisten konnten, ihre Nachkommen auf eine höhere Schule zu schicken. Da der Hof, wie üblich, an den ältesten Sohn übergeben wurde, haben die Eltern Kreuter gegen seinen Willen, zu einem Schmied in die Lehre geschickt. Dagegen aufzubegehren war sinnlos. Nach drei Monaten beschloss er, heimlich aus diesem Leben auszubrechen."

„Und wie ging es mit ihm weiter?"

„Sein Weg führte ihn über Paris nach Marseille. Dort hielt er sich in den folgenden Jahren mit Gelegenheitsjobs über Wasser. Nebenbei schaffte er es, an einer Abendschule das Baccalauréat, das französische Abitur, nachzuholen. Er bestand es als Jahrgangsbester. Auf das damit verbundene Stipendium an der Universität in Lyon verzichtete er. In Deutschland sah er die besseren Chancen für seine Zukunft. In Düsseldorf studierte er Betriebswirtschaftslehre. Nebenbei besuchte er, sooft es ihm möglich war, Gastvorlesungen im Studienfach Pharmazie."

„Wie ist er dann in die Politik gekommen?"

„Sein erster Job nach dem Studium führte ihn ins nordrhein-westfälische Gesundheitsministerium. Zum Erstaunen und Ärger vieler älterer

Kollegen beförderte man ihn sehr rasch zum Referatsleiter. Niemand trauerte ihm nach, als er kurz darauf zu einem Pharmakonzern wechselte. Sein Vorgesetzter soll ihm den Wechsel schmackhaft gemacht haben. Angeblich soll Kreuter ihn dabei erwischt haben, wie er einer Praktikantin unter den Rock griff. In den darauffolgenden Jahren wurde er Geschäftsführer im Verband der Arzneimittelhersteller und so zu einem ihrer mächtigsten Lobbyisten. Dass er als Staatssekretärin nach Sachsen gegangen ist, muss einen bestimmten Grund haben. Noch reicher wird er dadurch nicht."

Isi ergänzte: „Das Vermögen stammt sehr wahrscheinlich aus seinen damaligen Geschäften in Russland."

Marc schaute seinen Freund fragend an: „Wieso bist so gut über den Mann informiert. Gibt es dafür einen Grund?"

„Vor ungefähr zwei Jahren kam sein Chauffeur auf rätselhafte Weise ums Leben. Er wurde erschlagen in einer Baustelle gefunden. Wir konnten nie herausfinden, wie es dazu gekommen ist. Einiges deutete darauf hin, dass Phillip Kreuter dabei seine Hände im Spiel hatte. Im Laufe der Ermittlungen haben wir uns deshalb mit ihm beschäftigt und mit ihm gesprochen. Beweise gegen ihn gab es nicht."

Christian Waiger wirkte nachdenklich, als er weitersprach. „Kannst du mir den Brief deines Vaters zeigen? Ich möchte mir gerne ein eigenes Bild machen. Bis jetzt weiß ich über den Inhalt nur das, was du mir erzählt hast."

Marc hatte geahnt, dass sein Freund ihn lesen wollte und deshalb eine Kopie eingesteckt.

Der Kommissar überflog ihn kurz. Schließlich nickte er: „Nachdem, was wir bisher wissen, könnte es sich bei dem Mann, den dein Vater in dem Brief erwähnt, um Phillip Kreuter handeln. Aus den Nachrichten weiß ich, dass die Bundesregierung ihn zum EU-Kommissar vorgeschlagen hat. Jemand aus seinem Stab könnte auf die Idee gekommen sein, bei deinem Vater nach der Speicherkarte zu suchen. Dadurch hat er eine regelrechte Lawine losgetreten. Die darauffolgenden Überfälle auf dich würden dazu passen. "

Marc schüttelte zweifelnd den Kopf. „Warum sollten sie das machen? Im Brief meines Vaters steht, dass der Verfassungsschutz eine Kopie der Speicherkarte bekommen hat. Darin geht auch hervor, dass eine weitere Kopie an einen Freund gegangen ist. Ich vermute, dass es sich dabei um diesen Schweizer Journalisten handelt. Der kann sie inzwischen zigfach kopiert und verteilt haben. Warum sollten Kreuters Leute dann noch das Original haben wollen? "

Waiger grinste. „Das gilt auch für den Verfassungsschutz. Aus welchem Grund suchen sie danach?"

„Darüber habe ich auch schon nachgedacht," mischte sich Isi in das Gespräch ein. „Kann es nicht sein, dass Marcs Adoptivvater beim Kopieren einen Fehler gemacht hat und die Dateien darauf unvollständig oder nicht lesbar sind."

Marc fügte hinzu: „Sollte jemals an die Öffentlichkeit kommen, das Kreuter in kriminelle Geschäfte verwickelt war, wird es einen Riesenskandal geben. Der wird noch größer Dimensionen erreichen, falls er da bereits zur EU-Kommission gehört. Außerdem hat der russische Inlandsgeheimdienst Kenntnis davon. Damit könnten sie den zukünftigen Kommissar jederzeit unter Druck setzen.

Nachdenklich griff er zu seiner Kaffeetasse; hielt dann mitten in der Bewegung inne: „Jetzt ist mir wieder eingefallen, woher ich die blonde Frau kenne!"

Sein Freund schaute ihn verständnislos an. „Du bist dieser Laura Pavese tatsächlich schon begegnet?"

„Die ganze Zeit habe ich versucht, mich zu erinnern. Jetzt, nachdem du ihren Namen genannt hast, ist es mir wieder eingefallen. Vor einigen Jahren haben wir uns in einem Restaurant in Leverkusen zu einer geschäftlichen Besprechung getroffen. Ihre Haare waren damals etwas kürzer und sie ist ohne ihre Bodyguards gekommen. Ich kann mich noch erinnern, dass sie eine Sonnenbrille trug, die sie auch bei unserem Gespräch aufbehalten hat."

Die beiden schauten ihn gespannt an: „Um was für Geschäfte ging es?"

Marc versuchte, sich an die Einzelheiten zu erinnern. „Ich hatte mich soeben selbstständig gemacht und war, mit Unterstützung meines Adoptivvaters, auf der Suche nach Aufträgen. Eines Tages rief mich die Geschäftsführerin einer französischen Zulieferfirma für die Pharmaindustrie an. Angeblich sind sie dort durch eine Empfehlung auf mich gekommen. Es ging um verschiedene Projektarbeiten, die extern vergeben werden sollten. Zuerst einmal klang das für mich recht interessant. Um Details zu besprechen, verabredete sich die Anruferin mit mir im Restaurant eines Leverkusener Hotels."

„Warum in Leverkusen und nicht in Köln", fragte Isi.

„Ich nahm an, dass die Dame dort abgestiegen war. Zudem ist Leverkusen nur einen Katzensprung von Köln entfernt. Als ich hinkam, wurde ich bereits von einer jungen Frau sowie einem Mann, etwa in meinem Alter, erwartet. Die Frau habe ich auf Anfang zwanzig geschätzt. Ich bin davon ausgegangen, dass es sich bei ihr um die Sekretärin beziehungsweise Assistentin des Mannes handelte. Da habe ich mich getäuscht. Sie hatte sich mir als Laura Pavese vorgestellt. In der Folge stellte sie mir eine Frage nach der anderen. Der Mann sagte in der ganzen Zeit kein einziges Wort."

„Was ist daraus geworden?"

„Nichts. Die Unterhaltung mit der Dame kam mir bald etwas seltsam vor. Ich hatte gehofft, mehr über die zu vergebenen Arbeiten zu erfahren. Sobald ich darauf zu sprechen kam, wechselte meine Gesprächspartnerin das Thema. Dagegen wollte sie viel über mein Umfeld und persönlichen Verhältnisse wissen. Nach etwa einer halben Stunde hatte ich genug. Ich musste davon ausgehen, dass sie an einer Zusammenarbeit nicht wirklich interessiert war. Ich habe mich verabschiedet und bin gegangen."

„Das ist tatsächlich eine komische Geschichte."

„Bei der Unterhaltung ist mir noch etwas seltsam vorgekommen. Am Nebentisch, in unmittelbarer Nähe, saß ein älterer Mann. Die ganze Zeit über hatte ich das Gefühl, das er uns beobachtete."

„Kannst du ihn beschreiben?"

„Er dürfte etwas über fünfzig Jahre alt gewesen sein und war kräftig gebaut. Zwischendurch ist er einmal aufgestanden. Da habe ich gesehen, dass er sich auf einen Spazierstock stützte."

„Dabei dürfte es sich um Phillip Kreuter, den Geliebten oder Protegé von Laura Pavese, gehandelt haben", vermutete sein Freund. „Für die Behinderung könnte Isis Mutter gesorgt haben."

Marc stöhnte ziemlich vernehmlich: „Was sollte dieser Mann für ein Interesse an mir gehabt haben? Damals habe ich noch nicht einmal gewusst, dass Vater oft in Russland gewesen ist und Isis Mutter kennengelernt hat."

„Als Erklärung dazu fallen mir sofort zwei Sachen ein," bekam er zur Antwort. „Er könnte Laura Pavese vorgeschickt haben, um den Aufenthaltsort von Irina Petrowna herauszufinden. Oder sie sollte herausbekommen, ob dein Adoptivvater dir etwas über Kreuters kriminelle Geschäfte erzählt hat."

Marc schüttelte den Kopf. „Das glaube ich nicht. Die Frau hat mir viele Fragen gestellt, aber über Russland haben wir sicher nicht gesprochen."

Er stand auf, um sich in dem kleinen Büro die Füße zu vertreten. „Es ist zum Verrückt werden. Doch sämtliche Mutmaßungen bringen uns nicht wirklich weiter. Im Grunde genommen ist mir die Vergangenheit von Phillip Kreuter egal. Darum sollen sich die Typen vom Verfassungsschutz Müller kümmern. Dass er etwas mit Nataschas Entführung zu tun hatte, halte ich für ziemlich weit hergeholt. Viel eher ist dieser Ethan de Perrut darin verwickelt. Warum sollte „Goldzahn" mir sonst diesen Namen nennen? Bernard Remo in Nabereschnyje Tschelny könnte inzwischen für ihn arbeiten."

Der Kommissar schüttelte abwägend den Kopf. „Ich teile eher die Meinung von Isi, dass Phillip Kreuter etwas mit der Entführung eurer Schwester zu tun hat. Bleibt die Frage, wie er auf Nabereschnye Tschelny gekommen ist. "

Marc nickte: Egal wer dahinter steckt, er muss sich Zutritt zu meiner Wohnung verschafft haben und den Brief gelesen haben. Vielleicht waren die Einbrecher auf der Suche nach der Speicherkarte. Dabei könnten sie ihn gefunden haben Selbst Konitz wusste, dass Natascha meine Halbschwester ist."

„Wieso kommst du eigentlich darauf, dass dieser Schweizer Journalist eine Kopie der Speicherkarte bekommen hat? Wie soll er daran gekommen sein?"

„Vater behauptet, Denis Waterk auf einer Kreuzfahrt kennengelernt zu haben. Von Isis Mutter weiß ich aber, dass die beiden sich bereits in Moskau kannten. Sie konnte sich daran erinnern, dass Waterk einen Bruder hat, der als Offizier auf einem Kreuzfahrtschiff arbeitete. Und meine Besucher vom Verfassungsschutz haben gefragt, ob Vater jemanden in Südfrankreich kennt, dem er das Original der Speicherkarte gegeben haben könnte. Kurz vor dem Überfall auf seine Kanzlei muss er dort gewesen sein. Es ist möglich, dass er sich da mit Waterks Bruder getroffen hat."

„Ein ziemlicher Umweg, um etwas an einen Journalisten in der Schweiz weiterzugeben. Dorthin hätte er selber auch fahren können."

Marc nickte: „Das habe ich mir auch gedacht. Vielleicht gab es dafür einen bestimmten Grund."

„Du solltest unbedingt noch einmal, mit dem Schweizer Journalisten sprechen. Dann hast du Klarheit."

„Das habe ich bereits mehrmals versucht. Denis Waterk ist wie vom Erdboden verschwunden."

Christian Waiger schwieg einen Moment, bevor er zur vorläufig letzten Frage kam: „Wie willst du in Marseille vorgehen? Du kannst nicht so naiv sein und glauben, dass Ethan de Perrut zugibt, die Entführung eurer Schwester veranlasst zu haben. Ein Zusammentreffen kann allein deshalb gefährlich werden."

„Sollte Phillip Kreuter hinter der Entführung stecken, dürfte der Franzose auch über dessen Suche nach der Speicherkarte informiert sein. Vielleicht kann ich sie als Köder benutzen."

„Wann wollt ihr beiden nach Marseille fliegen?"

„Möglichst bald. Vor unserer Abreise werde ich dir Bescheid geben."

Der Kommissar begleitete sie bis zum Ausgang des Polizeipräsidiums. „Sobald ich etwas über diesen Ethan de Perrut herausgefunden habe, melde ich mich bei euch."

Er lächelte seine beiden Besucher zum Abschied an: „Jetzt erst einmal viel Glück. Wenn ihr aus Marseille zurück seit, sollten wir deine Freundin mit dem Nachtleben in unserer Stadt bekannt machen."

12.

Christian Waiger meldete sich am gleichen Abend telefonisch bei ihnen. Inzwischen hatte er mit seinem Kollegen, Commissaire de Police Gilberg Bantue, in Marseille gesprochen. In groben Zügen unterrichtete er Marc über das Gespräch.

„Mit Ethan de Perrut habt ihr euch einen üblen Burschen ausgesucht. Dessen Familie gehört zwar zum französischen Adel, doch er selber hat die Finger in allerlei schmutzigen Geschäften. Dazu gehören Bordelle sowie der Frauenhandel. Zudem ist er an einigen Bars und Diskotheken in Marseille beteiligt. Sein Vater, Philippe de Perrut, ist Mitglied der Partei „Liberté pour la France". Dadurch hat er gute Verbindungen bis in die oberen Etagen der Stadtverwaltung. Mein Kollege ist der Meinung, dass es da gleich mehrere einflussreiche Beamte gibt, die von Ethan de Perrut Geld annehmen. Der Franzose Bernard Remo ist der Polizei in Marseille ebenfalls bekannt. Gegen ihn liegt ein internationaler Haftbefehl vor. Allerdings konnte mein Kollege nicht sagen, ob er mit Ethan de

Perrut zusammenarbeitet. In Frankreich haben sie noch nicht einmal gewusst, dass sich Remo im tiefsten Russland aufhält."

„Hast du irgendeine Idee, wo wir Ethan de Perrut in Marseille erreichen können?"

„Mein französischer Kollege hat mir eine Telefonnummer gegeben, unter der man Nachrichten hinterlassen kann. Außerdem kann ich dir die Anschriften mehrerer Nachtklubs geben, wo er öfter anzutreffen ist. Ich schicke dir alles zusammen auf dein Handy."

„Danke Christian. Voraussichtlich werden wir morgen nach Marseille fliegen und dort versuchen, mit Ethan de Perrut zu sprechen. Sobald ich etwas in Erfahrung gebracht habe, melde ich mich bei dir."

Die rauchige Stimme des Anrufers, der unmittelbar danach anrief, erkannte Marc sofort wieder.

„Sie haben auf meiner Mail-Box die Nachricht hinterlassen, dass ich mich bei ihnen melden soll," kam Denis Waterk sofort zur Sache.

„Das stimmt. Ich möchte wissen, ob sie von meinem Adoptivvater einen Datenträger mit Informationen über einen Politiker bekommen haben?"

Der Journalist zögerte einen Moment, bevor er die Frage bejahte. „Ja, Georg Dobrin hatte sie meinem Bruder gegeben. Sein Schiff lag für einen Tag in Marseille und ist von da aus nach Singapur weitergefahren. Dort haben wir uns getroffen. Es tut mir leid, was mit Georg passiert ist."

„Warum über Südostasien in die Schweiz? Das ist ein ziemlicher Umweg."

Waterk lachte verhalten: „Nicht wirklich. Zur Zeit arbeite ich in Melbourne und habe mich in Singapur mit meinem Bruder getroffen. In der kommenden Woche kehre ich in die Schweiz zurück."

Eine logische Erklärung, fand Marc und stellte sofort die Frage, die ihn wirklich interessierte: „Ist der Inhalt tatsächlich so brisant? Inzwischen sind verschiedene Interessengruppen auf der Suche nach dem Ding."

„Was wissen sie bisher?"

„Nur dass es dabei um die Vergangenheit eines Phillip Kreuter geht, der in Zukunft eine maßgebliche Rolle in der EU spielen soll."

„Das stimmt. Leider ist meine Kopie unvollständig. Wichtige Teil fehlen. Um damit etwas anfangen zu können, benötige ich eine vollständige Kopie oder das Original."

„Da sind sie nicht der Einzige. Der deutsche Verfassungsschutz sucht ebenfalls händeringend danach. Allerdings habe ich nicht die geringste Ahnung, wo es sich befindet.

Waterk klang enttäuscht: „Das ist wirklich schade. Warum wollten sie mit mir sprechen?"

Daraufhin erzählte Marc dem Journalisten von Nataschas Entführung, der Befreiung und schließlich von dem Anschlag in Frankfurt.

„Ich hatte gehofft, durch den Inhalt des Datenträgers Klarheit zu bekommen, ob Phillip Kreuter hinter der Entführung steckt", beendete er seinen Bericht.

Waterks Stimme hörte sich diesmal interessiert an: „Das ist durchaus möglich, auch wenn ich die genauen Gründe nicht kenne. Sobald ich wieder in Europa bin, möchte ich mich gerne ausführlicher darüber mit ihnen unterhalten. Ich melde mich."

Isi war dem Gespräch aufmerksam gefolgt. Über das Ergebnis war sie ebenso enttäuscht wie Marc. Noch immer konnten sie nicht sagen, ob Phillip Kreuter etwas mit Nataschas Entführung zu tun hatte.

Eine kleinere Enttäuschung folgte kurz darauf. Sie stellten fest, dass es von Köln aus keine Direktflüge nach Marseille gab. Daraufhin entschlossen sie sich, mit dem Zug zu fahren.

Für Isi hatte alleine der Name Paris einen geradezu magischen Klang. Die Stadt der Mode wie der Liebe. Fotos der berühmten „Fashion Week" gab es auch in den russischen Illustrierten. Ebenso kannte sie den Eiffelturm, Notre-Dame und die Basilika Sacré-Coeur auf dem Montmartre aus Berichten im Fernsehen sowie den Zeitungen. Oft genug hatte sie in Russland davon geträumt, die Stadt zu erkunden und all die Bauwerke mit eigenen Augen zu sehen.

Das Einzige, was sie bei ihrem ersten Besuch von Paris zu Gesicht bekam, war ein schmutziger Bahnhof. Dort mussten sie fast eine Stunde auf den Anschlusszug nach Marseille warten.

Marc nutzte die Gelegenheit, um für Ethan de Perrut eine Nachricht unter der Telefonnummer, die er von seinem Freund Christian Waiger bekommen hatte, zu hinterlassen.

Bewusst erwähnte er dabei die Speicherkarte, Bernard Remo in Nabereschnye Tschelny und den Namen „Goldzahn". Marc hoffte, dass einer dieser drei Begriffe ausreichen würde, um die Neugierde des Franzosen zu wecken. Andernfalls mussten sie nach einem anderen Weg suchen, um mit ihm zu sprechen.

Der erhoffte Rückruf von Ethan de Perrut erreichte sie etwa auf halber Strecke zwischen Paris und Marseille. Die Stimme des Zuhälters klang freundlich und zuvorkommend; keineswegs überrascht oder verwundert. Der Franzose kam sofort auf die Speicherkarte zu sprechen.

„Monsieur Dobrin, ich freue mich, dass sie mit mir Kontakt aufgenommen haben. Es käme mir sehr gelegen, wenn wir Einzelheiten über das erwähnte Objekt in einem persönlichen Gespräch klären. Ich bin überzeugt, dass wir ins Geschäft kommen. Sie haben mir geschrieben, dass sie sich auf dem Weg nach Marseille befinden. Wo und wann können wir uns treffen?"

„Sobald wie möglich. Ich werde heute gegen zwanzig Uhr in der Stadt eintreffen.

„Das ist eine gute Zeit. Wenn sie möchten, können wir das Gespräch sofort nach ihrer Ankunft führen. Kennen sie die AIX-Marseille-Universität? Sie befindet sich unweit vom Jardin du Pharo."

„Ich weiß, wo sie ist. Ich habe lange genug in Marseille gelebt."

„Das macht es einfacher. Etwa einhundert Meter vom alten Haupteingang der Universität entfernt, auf der Seite, die zum Park führt, steht eine Skulptur. Auch wenn ich keine Ahnung habe, was sie bedeutet, kann man sie nicht verfehlen. Seien sie um zweiundzwanzig Uhr da. Bringen sie ihre Begleiterin mit. Dann können wir das Geschäftliche besprechen und kommen sicherlich zu einem annehmbaren Ergebnis."

Der Franzose unterbrach das Gespräch, ohne eine Antwort Marcs abzuwarten.

Nachdenklich starrte Marc aus dem Fenster auf die vorbeihuschende Landschaft. Woher hatte Ethan de Perrut erfahren, dass er sich in Begleitung befand? Davon wusste lediglich Christian Waiger. Von ihm hatte der Franzose diese Information bestimmt nicht bekommen.

Konnte es sein, dass sie die ganze Zeit beobachtet wurden. Marc fand das ziemlich beängstigend. Der Forderung des Franzosen, Isi zu dem Gespräch mitzubringen, würde er keineswegs nachkommen. Er sagte es ihr.

„Ich halte es für sicherer, wenn du bei dem Treffen nicht dabei bist. Um diese Zeit dürfte es in dem Park ziemlich dunkel sein. Es ist möglich, dass Ethan de Perrut irgendeine Schweinerei vorhat. Sollte er tatsächlich hinter Nataschas Entführung stecken, könnte ihm die Idee gekommen sein, dich oder uns beide als Ersatz in seine Gewalt zu bringen. Wenn er etwas Derartiges plant, bin ich ohne dich besser dran."

Entschlossen schüttelte sie den Kopf. „Der Grund, dass er mich dabei haben will, kann auch ganz harmlos sein. Vielleicht gibt es etwas, das er nur mir sagen will. Zumindest möchte ich an einem geeigneten Platz warten, von dem aus ich dich sehen kann. Wenn Ethan de Perrut nur in meiner Anwesenheit sprechen möchte und wenn die Situation es zulässt, kannst du mir ein Zeichen geben. Dann komme ich."

Marc überdachte kurz den Vorschlag Isis und stimmte schließlich zu: „Dann müssen wir einen Platz finden, von dem du alles überblicken kannst, ohne dass er dich sieht. Ich möchte nicht, dass meine hübsche Freundin eventuell in eine körperliche Auseinandersetzung verwickelt wird."

„Natürlich, mein Gebieter," lächelte sie ihn an. Gleichzeitig versuchte sie, das aufkommende, unangenehme Gefühl in ihrem Inneren zu unterdrücken.

Mit dreißig Minuten Verspätung erreichte ihr Zug den Bahnhof Marseille-Saint-Charles. Wie schon in Köln regnete es auch in Frankreich. Dazu wehte ein böiger Wind, der sie frösteln ließ.

Wieder einmal verstauten sie ihr Gepäck in einem Schließfach. Bis zum Treffen mit Ethan de Perrut blieb nicht genügend Zeit, um sich vorher ein Hotel zu suchen. Abermals eine Stadt, in der sie bei Dunkelheit ankamen und wo es regnete. Zumindest zu dieser Jahreszeit sollte es in Südfrankreich angenehm warm sein, dachte sich Isi.

Mit einem Taxi fuhren sie zum verabredeten Treffpunkt am Jardin du Pharo. Durch die nassen Autofenster konnte sie nicht viel erkennen. Viele der Häuserfassaden und auch die Straßen sahen schmutzig und ungepflegt aus.

Marc schien ihre Gedanken zu erahnen. Zärtlich streichelte er ihr über Hand. „Es ist schade, dass dich die Stadt mit diesem schlechtem Wetter begrüßt."

„Genau wie in Frankfurt und Köln. Es scheint sich gegen mich verschworen zu haben. Und vorhin, als wir vom Bahnhof zum Taxi gelaufen sind, gab es als Zugabe diesen ungemütlichen Wind."

„Warte mal ab, bis du den Mistral kennenlernst. Den fürchten hier alle. Dann regnet es zwar nicht, aber der Wind ist noch um einiges unangenehmer. Wenn er bläst, fühlt man richtiggehend, wie er die Feuchtigkeit aus der Luft saugt."

Der Taxifahrer musste sie für verrückt halten, als sie am Eingang des Parks das Fahrzeug verließen. Nur Idioten konnten bei solchem Wetter und um diese Uhrzeit auf die Idee kommen, einen Spaziergang zu machen, schien er sich zu denken.

Auf dem halbwegs beleuchteten Weg mussten sie immer wieder großen Pfützen ausweichen. Nur ganz selten kam ihnen jemand entgegen.

Isi bedauerte, dass sie nur einen leichten Sommermantel angezogen hatte. Für dieses Wetter war er denkbar ungeeignet.

An einer dunklen Stelle unter einem der großen Bäume blieb Marc stehen. „Der Platz ist optimal. Hier kannst du warten und bist einigermaßen vor dem Regen geschützt. Ethan de Perrut hätte sich bei dem Wetter einen anderen, trockenen Ort für unser Meeting aussuchen können".

Er deutete auf eine etwas seltsame Skulptur, die sie im Licht einer Laterne erkennen konnte: „Dort ist unser Treffpunkt. Das große Gebäude weiter links gehört bereits zur AIX-Marseille-Universität. Sollte irgendetwas Außergewöhnliches passieren, rufst du Christian in Köln an. Er wird dir sagen, was du zu tun hast. Die Telefonnummer ist auf meinem Smartphone gespeichert."

Er drückte ihr sein Handy sowie die Brieftasche in die Hand.

Das unangenehme Gefühl in ihr, dass sie die ganze Zeit hatte, wurde plötzlich ganz stark. Jetzt bekam sie richtiggehend Angst.

„Warum gibst du mir deine Brieftasche?"

Mit einem Finger streichelte er ihr sanft über die Wange: „Ich möchte mich mit dem Franzosen lediglich unterhalten. Trotzdem bin ich lieber vorsichtig. In der Brieftasche findest du meine Kreditkarten sowie ein paar Hundert Euro an Bargeld."

Ohne auf eine Antwort zu warten, winkte er ihr kurz zu und eilte in Richtung der Skulptur. Unweit davon blieb er unter einer Laterne stehen.

Angespannt schaute Isi ihm hinterher. Sie hoffte, dass die Unterhaltung zwischen den Männern nicht allzu lange dauern würde. Ihr war kalt. Ein Regentropfen, der seinen Weg durch die Blätter des Baumes in den Kragen ihres Mantels fand, ließ sie erschauern.

Konnte Ethan de Perrut etwas zu Nataschas Entführung sagen? Oder hatte er der Zusammenkunft einzig wegen der Speicherkarte zugestimmt?

Es vergingen fast zehn Minuten, bis sich endlich etwas tat. Ein unscheinbarer Kastenwagen hielt vor der Universität, aus dem drei Männer in dunklen Regenjacken stiegen. Die Kapuzen hatten sie sich über den Kopf gezogen.

Zwei von ihnen liefen auf Marc zu, während der Dritte zurückblieb. Bedingt durch Dunkelheit und Regen konnte sie ihre Gesichter nicht erkennen.

Sie waren etwa zehn Meter von Marc entfernt, als eine Frau, mit leichtem Mantel sowie Kopftuch bekleidet, aus der Universität kam, ihnen nachlief und etwas zurief. Unwillig hielten die Männer schließlich an. Isi konnte sehen und hören, wie sie heftig gestikulierend auf sie einredete.

Offenbar blieb das ohne den gewünschten Erfolg. Nachdem einer der Beiden sie barsch anredete, drehte sie sich wütend um und ging davon. In nur wenigen Metern Entfernung lief sie an Isi vorbei.

Die zwei Männer warfen ihr lediglich einen kurzen Blick hinterher. Eilig setzten sie ihren Weg in Richtung Skulptur fort.

Von ihrer Unterredung mit Marc drangen immer wieder einzelne Wortfetzen bis zu ihr. Den erregten Bewegungen der Franzosen nach zu urteilen, musste das Gespräch ziemlich hitzig verlaufen. Plötzlich und für sie völlig unerwartet sprangen die beiden Männer auf Marc zu. Dabei versuchten sie, seine Arme festzuhalten.

Vor Aufregung und Kälte zitternd sah sie, wie mühelos sich Marc gegen die Zwei durchsetzte. Er musste sich recht hart verteidigt haben. Ihren überraschten Flüchen folgten deutlich vernehmbare Schmerzensschreie. Innerhalb kürzester Zeit wälzten sich die beiden Angreifer am Boden.

Er wollte sich gerade von ihnen entfernen, als plötzlich laute Schüsse ertönten. Fassungslos sah Isi, wie Marcs Körper von der Wucht der Einschläge regelrecht herumgerissen wurde. Schließlich wankte er, fiel auf die Knie und letztendlich seitwärts zu Boden, wo er bewegungslos liegen blieb.

Das war purer Wahnsinn. Eine plötzlich aufkommende Übelkeit ließ Isi gegen den Baum hinter sich taumeln. Dankbar klammerte sie sich an die nasse Rinde. Sie wollte zu ihm laufen, doch ihre Beine widersetzten sich den Befehlen.

Nachträglich war sie froh darüber. Mit ihrer bloßen Anwesenheit hätte sie ihm nicht helfen können. Sie war Zeugin dieses feigen Anschlages. Da konnten die Männer sie nicht einfach laufen lassen.

Nur verschwommen bekam sie mit, wie der vor der Universität wartende Wagen sich in Bewegung setzte und neben den Männern stehen blieb. Entsetzt sah sie, wie der Fahrer Marcs leblosen Körper rücksichtslos vom Boden auf die Ladefläche zerrte. Danach half er den beiden Verletzten ins Fahrzeug. Kurz darauf war das Auto in der Nacht von Marseille verschwunden.

Später konnte sich Isi nicht daran erinnern, wie viel Zeit sie unter dem Baum verbracht hatte. Waren es Minuten oder eher Stunden? In ihrem Inneren hatte sich ein seltsames Gefühl der Hoffnungslosigkeit breitgemacht. Sie merkte nicht, wie der zunehmende Regen über ihr Gesicht lief und sich dabei mit ihren Tränen und der Schminke vermischte.

Irgendwann fielen ihr die Instruktionen ein, die Marc ihr gegeben hatte.

Es dauerte eine Weile, bis ihre zitternden Hände auf seinem Smartphone das Adressverzeichnis fanden. Schließlich erreichte sie Christian Waiger über dessen private Telefonnummer. Sie konnte ihn kaum verstehen. Laute Stimmen und Musik drangen an ihr Ohr.

„Einen ganz kurzen Moment, Isi. Ich muss zuerst in einen anderen Raum gehen. Hier in der Bar verstehe ich dich sehr schlecht."

Es kam ihr wie eine Ewigkeit vor, bis er sich wieder meldete. Ihre Stimme überschlug sich gleich mehrmals, als sie ihn von den Vorkommnissen in Marseille berichtete. Marcs Freund versuchte zwischendurch immer wieder, sie zu beruhigen. Es dauerte eine Zeitlang, bis er sich ein ungefähres Bild von den Geschehnissen machen konnte.

„Hast du genügend Geld, um nach Köln zurückzukehren?", wollte er sofort wissen.

„Ja, Marc hat seine Brieftasche bei mir zurückgelassen. Das Geld darin dürfte ausreichen. Doch ich kann unmöglich nach Köln zurückfahren und so tun, als wenn nichts geschehen wäre. Die Polizei muss nach Marc suchen. Vielleicht haben ihn die Männer verletzt an einer dunklen Stelle abgelegt. Ganz bestimmt braucht er ärztliche Hilfe."

„Isi, du darfst auf keinen Fall in der Stadt bleiben. Ethan de Perrut hat Freunde bei der Polizei. Zudem weiß er, dass Marc in deiner Begleitung nach Marseille gekommen ist. Ihm könnte die Idee kommen, dass du gesehen hast, wie auf Marc geschossen wurde. Dann wird er nach dir suchen lassen. Abgesehen davon kennst du dich in der Stadt nicht aus. Wie willst du Marc da finden? Du sprichst kein Französisch. Ich möchte dich möglichst schnell aus der Stadt heraus haben. Lass dich von einem Taxi zum Bahnhof bringen und verschwinde von dort mit dem nächsten Zug in Richtung Köln. Ich werde mich sofort mit einen vertrauenswürdigen Kollegen dort in Verbindung setzen. Ich bin fest davon überzeugt, dass sie Marc sehr schnell ausfindig machen," versuchte er, sie zu beruhigen.

Isi wusste, dass Christian die Wahrheit sagte. Ohne französische Sprachkenntnisse würde es so gut wie unmöglich sein, Marc in dieser großen, fremden Stadt zu finden.

Schweren Herzens gab sie sich geschlagen: „Wahrscheinlich hast du recht. Ich werde Marseille schnellstmöglich verlassen und nach Köln zurückkehren."

Die Tränen, die ihr bei diesen Worten über ihre Wangen liefen, bemerkte sie nicht.

Christian Waiger war erleichtert: „Das ist das einzig Vernünftige, was du derzeit machen kannst. Auf meinem Smartphone habe ich gesehen, dass kurz nach Mitternacht ein Zug von Marseille nach Brüssel fährt. Von dort aus hast du Anschluss nach Köln. Ich werde dich vom Bahnhof abholen. Vielleicht weiß ich dann bereits mehr."

13.

Je weiter sich der Zug von Marseille entfernte, desto elender fühlte sich Isi. Sie befand sich alleine im Abteil. Vergeblich versuchte sie, wenigstens für kurze Zeit zu schlafen. Doch sobald sie die Augen schloss, sah sie Marc vor sich. Sah, wie er unter den Einschlägen der Kugeln taumelte und schließlich zusammenbrach. Der Schmerz saß tief und fraß an ihr. Sie wollte schreien und durfte es nicht.

Unweigerlich stellte sie sich immer wieder die Frage, ob es nicht doch besser gewesen wäre, in Marseille zu bleiben. Sie hätte sich in einem Hotel außerhalb der Stadt ein Zimmer nehmen können. Dann wäre sie in der Nähe, wenn man Marc fand.

Um den Druck in ihrem Inneren ein bisschen zu lindern, versuchte sie, an die glücklichen Momente mit Marc zu denken. Ihr Zusammentreffen auf dem Moskauer Flughafen gehörte zweifellos bereits dazu. Etwas aufgeregt hatte sie inmitten der vielen anderen Menschen auf seine Ankunft gewartet. Lag das wirklich erst so kurze Zeit zurück?

Eigentlich hatte es von Anfang an zwischen ihnen geknistert. Da gab es diese seltsame Vertrautheit. Die wurde ihr zum ersten Mal bei ihrem Bummel durch Moskau bewusst. Etwas Ähnliches hatte sie vorher noch nie erlebt. Konnte das der Grund sein, warum ihre früheren Beziehungen meistens ziemlich schnell zu Ende gegangen waren?

In den vergangenen Jahren hatte sie sich öfters gefragt, ob es für sie jemals einen Mann geben würde, den sie für immer festhalten wollte.

Und ganz unverhofft hatte er vor ihr gestanden. Auf den Gedanken, dass ausgerechnet ein Deutscher solche Gefühlswallungen in ihr auslösen konnte, war sie nie gekommen.

Marcs Hypothese, dass alles im Leben vorherbestimmt war, passte irgendwie zu ihrem Zusammentreffen. Dass ihre gemeinsame Zeit nur kurz sein würde, konnte ebenso vom Schicksal bestimmt sein.

Entschieden schob sie den letzten Gedanken von sich. Das durfte nicht sein. Tief in ihrem Inneren glaubte sie zu spüren, dass er lebte und in dieser Minute an sie dachte.

Für einen kurzen Moment musste sie lächeln, als sie an ihre gemeinsame Zugfahrt von Moskau nach Nabereschnyje Tschelny zurückdachte. Sie hatte ihn von sich aus geküsst und eigentlich bereits da gewusst, dass sie sich auf ein gefährliches Spiel einließ.

Marc Dobrin, der so unwahrscheinlich zärtlich und auch wieder sehr hart sein konnte. Vor dem Café in Nabereschnyje Tschelny hatte sie zuerst erschrocken und schließlich fasziniert zugesehen, mit welcher Leichtigkeit er die beiden Männer überwältigte. Seine geschmeidigen Bewegungen kamen ihr dabei vor, wie die eines Tieres in freier Wildbahn. So etwas hatte sie vorher noch nie gesehen.

Der fürchterliche Schmerz in ihrer Brust verstärkte sich, sobald sie an die gemeinsamen Nächte zurückdachte. Würde sie noch einmal seine Hände auf ihrer Haut spüren?

Rechtzeitig, bevor der Zug in den Bahnhof Brüssel-Süd fuhr, erinnerte sie der höfliche französische Zugbegleiter daran, dass sie umsteigen müsse. Fürsorglich erklärte er ihr, wie sie auf kürzestem Weg den Anschlusszug nach Köln erreichen konnte.

Während der gesamten Fahrt hatte er auffällig oft vor ihrem Abteil gestanden. Er hatte sich fest vorgenommen, sie in ein Gespräch zu verwickeln. Doch als er den Ausdruck unendlicher Traurigkeit in ihren wunderschönen, grünen Augen bemerkte, hatte er es bleiben lassen.

Weiterhin wie betäubt wechselte sie in Brüssel den Zug. Diesmal saß ein älterer Herr bei ihr im Abteil, der ihr lediglich kurz zunickte und danach sofort seine Augen schloss.

Je näher sie Köln kam, umso mehr stellte sich ihr die Frage, was sie ohne Marc in dieser fremden Stadt machen sollte. In Russland gab es ihr Mutter und Schwester, mit denen sie über Marc sprechen konnte. Vor ihnen musste sie ihre Gefühle nicht verstecken. Anderseits wäre sie dann noch weiter von Marc entfernt. Bei der Polizei in Köln gab es wenigstens seinen Freund, der sie über die Suche nach ihm, auf dem Laufenden halten würde.

Ohne viel Worte nahm Christian Waiger sie am Bahnhof in Köln in die Arme und drückte sie an sich. Die Ereignisse in Marseille hatten ihn selber zutiefst erschüttert.

Der Russin war anzumerken, dass sie sich kaum noch auf den Beinen halten konnte. Widerstandslos ließ sie sich zu seinem Auto bringen.

„Wenn du möchtest, kannst du in Marcs Wohnung bleiben. Den Zugangscode sowie den Schlüssel für den Notausgang bekommst du von mir. Vielleicht gelingt es dir, dich etwas auszuruhen. In Marseille lässt der zuständige Kommissar, Gilberg Bantue, inzwischen die gesamte Stadt nach Marc durchsuchen. Sollte es Neuigkeiten geben, rufe ich dich an oder komme vorbei."

Ihm fiel der Anruf von Jens Fredmann ein. Er verzog das Gesicht. „Bevor du dich ausruhen darfst, will ein Beamter von Europol mit dir sprechen. Er will von dir sämtliche Einzelheiten über die Geschehnisse in Russland und Marseille erfahren. Wenn du möchtest, können wir zusammen auf ihn warten."

Isi versuchte ein zaghaftes Lächeln. Sie wusste selber, dass es unnatürlich und aufgesetzt wirkte.

„Dann bin ich mit dem fremden Polizisten wenigstens nicht allein. Und schlafen kann ich jetzt sehr wahrscheinlich sowieso nicht."

Marcs Freund versuchte ihr Mut zu machen: „Versuche positiv zu denken. Noch ist nichts verloren. Marc ist jemand, der sehr gut auf sich selber aufpassen kann."

Trotz der Anwesenheit Christians empfing sie die Wohnung mit einer schrecklichen Stille. Wie sollte sie das aushalten?

Entschlossen, ihre Gedanken in eine andere Richtung zu lenken, schaltete sie den Fernseher ein. Stimmen erfüllten den Raum und lenkten sie etwas ab. In Marcs ureigenem Reich fühlte sie sich ihm besonders nah.

Der Kommissar konnte sich denken, was in ihr vor sich ging. Stillschweigend hantierte er an der Kaffeemaschine und schob schließlich eine Tasse vor sie hin. „Extra stark. Das Gebräu hält mich munter, wenn ich nachts arbeiten muss."

Während sie auf den Mann von Europol warteten, stellte ihr Marcs Freund immer wieder allgemeine Fragen über das Leben in Russland. Kein einziges Mal kam dabei die Sprache auf die Entführung und Befreiung ihrer Schwester. Für die Ablenkung war sie ihm dankbar.

Als Jens Fredmann endlich kam, ging es bereits auf Mittag zu. Der große, schlanke Mann mit den leicht angegrauten Haare machte einen sympathischen Eindruck auf sie. Christian Waiger bot ihm Kaffee an, den er dankend annahm.

Schweigend ließ Inessa seine intensive Musterung über sich ergehen. Erst dann begann er, ihr Fragen zu stellen.

Ganz genau wollte er von ihr wissen, woher Marc und sie sich kannten. Offensichtlich hatte er nicht gewusst, dass es in Russland eine leibliche Tochter von Marcs Adoptivvater gab. Auf diese Möglichkeit schien bei Europol niemand gekommen zu sein.

Ausgiebig und in allen Einzelheiten musste sie ihm von Nataschas Entführung sowie der geglückten Befreiung berichten. Fredmann verzog missmutig das Gesicht, als sie dabei den Mann vom Verfassungsschutz erwähnte. Dessen Verwicklung gefiel ihm offensichtlich nicht. Dass es sich bei Zweien der überwältigten Entführer um Moslem einer in Russland verbotenen Organisation gehandelt hatte, schien ihm ebenso wenig zu gefallen.

An der Art der Fragen, die der Mann von Europol ihr stellte, merkte sie ziemlich schnell, dass sein Interesse mehr der Speicherkarte und weniger Marcs Verschwinden galt. Daraufhin fand sie ihn nicht mehr sympathisch.

„Befindet sich der Brief von Georg Dobrin an seinen Sohn hier in der Wohnung. Falls ja, können sie ihn mir zeigen?"

Isi gab ihm die Kopie aus Marcs Brieftasche und beobachtete sein Gesicht, als er ihn las. Sein ärgerliches Kopfschütteln sowie das Runzeln der Stirn sollten wohl andeuten, dass ihm der Inhalt nicht gefiel.

Auf die Frage, ob er die Kopie behalten dürfe, nickte sie: „Ich denke nicht, dass Marc etwas dagegen einzuwenden hätte."

Erst ganz zum Schluss kam der Mann von Europol nochmals auf die Geschehnisse am Jardin du Pharo zu sprechen. An der Stelle wo Marc von den Schüssen getroffen zu Boden sackte, konnte sie die Tränen nicht länger zurückhalten. Vom Fenster aus schaute sie den Schiffen auf dem Rhein nach. Die Polizeibeamten warteten geduldig, bis sie sich soweit beruhigt hatte, um weitere Fragen zu beantworten.

Irgendwann schien der Mann von Europol der Meinung zu sein, alles Wesentliche von ihr erfahren zu haben.

Bevor er zusammen mit Waiger die Wohnung verließ, reichte er ihr die Hand: „Ich verspreche ihnen, dass die französischen Kollegen und auch meine Behörde alles Menschenmögliche unternehmen, um Marc Dobrin zu finden. Sobald es Neuigkeiten gibt, wird Kommissar Waiger sich bei ihnen melden."

Sie blieb alleine mit ihren Gedanken und der Einsamkeit. Später konnte sie nicht mehr sagen, wie sie es geschafft hatte, die darauffolgenden

Tage hinter sich zu bringen. In Erinnerung blieb, dass sie oftmals stundenlang von der Terrasse aus den Schiffen auf dem Rhein nachgeschaut hatte.

Wurde es ihr zu kalt, zog sie einen viel zu großen Anorak an, den sie in einem Kleiderschrank entdeckt hatte. Sie bildete sich ein, dass er nach Marc roch. Wenn die Müdigkeit zu groß wurde, legte sie sich in Marcs Bett und versuchte, wenigstens etwas Schlaf zu finden. Hier hatten sie sich geliebt und waren glücklich gewesen.

An den folgenden Tagen verließ sie nur zweimal das Haus, um Lebensmittel einzukaufen. Christian Waiger meldete sich mehrmals täglich. Neuigkeiten über den Verbleib Marcs hatte er nie.

Immer wieder dachte sie darüber nach, in ihre Wohnung zurückzukehren. Oft telefonierte sie mit ihrer Mutter und Natascha. Es tat ihr gut, die vertrauten Stimmen zu hören. Beide rieten ihr dringend davon ab, zum jetzigen Zeitpunkt nach Nabereschnye Tschelny zurückzukehren.

Sie hatte erst kürzlich selber mit dem zuständigen Polizeioffizier telefoniert und sich erkundigt, ob sie endlich nach Hause zurückkehren könne. Zur Zeit besser nicht, hatte man ihr gesagt.

Der Vater des getöteten Zuhälters hatte durch Beziehungen in Erfahrung gebracht, wie es zum Tod seines Sohnes gekommen war. Bei der Polizei in Nabereschnye Tschelny konnte Irina niemand sagen, inwieweit er über Isis Beteiligung informiert war. Zudem hatten sie den Franzosen, der für Nataschas Entführung verantwortlich war, noch nicht gefunden.

Abgesehen davon hatte Mutter mehrmals mit ihrer Nachbarin telefoniert und dabei erfahren, dass ein unbekannter Mann nach ihr und den Töchtern gefragt hatte. Für sie selber ein weiterer Grund, vorerst an ihrem Zufluchtsort zu bleiben.

„Warum kommst du nicht zu uns nach Sotschi", schlug ihre Mutter vor.

Isi versprach, über diesen Vorschlag nachzudenken.

Ein weiterer Tag war fast vorbei. Von der Terrasse aus konnte sie sehen, wie die Sonne hinter den Häusern verschwand. Mit Unbehagen dachte sie an die vor ihr liegende, lange Nacht.

Das Telefon riss sie aus ihren Gedanken. Wie jedes Mal war sie aufgeregt, weil sie immer noch hoffte, Neugikeiten über Marc zu erfahren. Die Anrufe am Abend kamen aber meist von Christian, der ihr eine gute Nacht wünschen und gleichzeitig Mut machen wollte.

Gelegentlich war es jemand aus Marcs Freundeskreis, der von ihr Neuigkeiten über Marc erfahren wollte. Inzwischen waren die meisten über sein Verschwinden im Bilde. Keinen dieser Leute kannte sie persönlich, doch alle hatten ihr in den letzten Tagen Hilfe angeboten.

Als sie sich diesmal meldete und „seine" Stimme hörte, glaubte sie zuerst an einen üblen Scherz. Stimmenimitatoren kannte sie aus dem russischen Fernsehen. Schließlich wurde ihr vor Aufregung schlecht. Sie musste sich setzen. Gleichzeitig hätte sie am liebsten vor Erleichterung laut geschrien. Er war es tatsächlich.

Die Worte „Hallo meine tatarische Freundin, wie geht es dir?. Ich liebe dich," konnten nur von Marc stammen.

14.

Nur widerwillig öffnete der Patient die Augen. Und das auch nur, weil die Stimme in seinem Ohr ihn immer eindringlicher dazu aufforderte. Zuerst verschwommen und dann klarer werdend sah er über sich das Gesicht eines Mannes mit weißen Haaren. Etwas seitlich dahinter konnte er eine junge Frau erkennen.

Helles Sonnenlicht, das durch ein Fenster drang, verursachte in seinem Kopf ein schmerzhaftes Stechen und brachten ihn dazu, die Augen wieder zu schließen.

„Zieh die Gardinen vor das Fenster", hörte er die befehlende Stimme des Mannes sagen. Unmittelbar darauf wurde er von dieser penetranten Person erneut aufgefordert, seine Augen zu öffnen.

Diesmal waren die wässrig blauen Augen des weißhaarigen Mannes nur wenige Zentimeter von ihm entfernt. Alkoholdunst drang in seine Nase. Irritiert betrachtete er das Gesicht. Es war ihm fremd. Ebenso die Frau hinter ihm. Sie sagte kein Wort, sondern starrte ihn nur neugierig an.

„Wo bin ich und was ist passiert?" Seine eigene Stimme klang seltsam fremdartig, fand er.

„Sie befinden sich in der Nähe von Fos-sur-Mer. Fischer haben sie vor drei Tagen mit diversen Schussverletzungen aus dem Meer gezogen und zu mir gebracht. Ich bin ziemlich erleichtert darüber, dass sie es überlebt haben. Eine der Kugeln hat sie seitlich am Kopf getroffen. Wäre der Schuss ein wenig weiter nach links gegangen, könnten sie nicht mehr mit mir sprechen."

Der Weißhaarige machte eine kurze Pause, schaute auf seinen Patienten und überlegte, ob er weitersprechen sollte. Schließlich entschied er sich dafür.

„Ich bin Arzt oder genauer gesagt bin ich es in meinem alten Leben einmal gewesen. Jedenfalls habe ich sie zusammengeflickt. Offensichtlich ist es mir ganz gut gelungen. Mein Name ist Heiko Balder. Ich habe sie in einem verlassenen Bauernhaus unweit meiner eigenen Behausung untergebracht. Bis ihre Wunden endgültig verheilt sind, wird noch etwas Zeit vergehen. Sie haben ziemlich viel Blut verloren. Ihr Körper braucht Zeit, um sich davon zu erholen."

„Drei Tage. So lange liege ich schon hier? Wer hat auf mich geschossen und wie bin ich ins Meer gekommen?"

Der Arzt schüttelte den Kopf: „Diese Fragen müssen sie sich selber beantworten. Ich habe noch nicht einmal eine Vermutung, mit wem sie sich angelegt haben könnten. Als die Fischer sie anschleppten, habe ich sie zum ersten Mal gesehen. An was können sie sich erinnern?"

Diese Frage brachte den geretteten Mann an den Rand der Verzweiflung. Da gab es nur Leere. So sehr er sich auch bemühte, eine Antwort zu finden.

„Oh Gott. Ich weiß nicht, was passiert ist", flüsterte er. „Ich kann mich noch nicht einmal an meinen Namen erinnern."

Der Weißhaarige nickte verständnisvoll. „Nur keine Panik. Bei solchen Kopfverletzungen kann das durchaus vorkommen. Vielleicht fällt ihnen bei dem Namen Marc Dobrin etwas ein?"

Der Verletzte schüttelte nach einer intensiven Denkpause den Kopf. „Wer soll das sein?"

„Auf der Suche nach ihrer Identität habe ich in ihrer Gesäßtasche eine kleine Plastikhülle mit einem deutschen Organspendeausweis gefunden. Ansonsten waren die Taschen leer. Der Ausweis ist auf einen Marc Dobrin ausgestellt. Ich vermute, dass der ihnen gehört."

„Ich bin also Deutscher?"

„Bis vor wenigen Minuten habe ich das zumindest geglaubt. Doch inzwischen bin ich mir da gar nicht mehr sicher. Sie sprechen sehr perfekt den Marseiller Dialekt. An was können sie sich erinnern? Versuchen sie nachzudenken, aber überanstrengen sie sich dabei nicht. "

„Fos-sur-Mer liegt in der Provence und ist nicht allzu weit von Marseille entfernt. Das ist doch richtig?"

„Gut, das wissen sie also. Von hier bis Marseille sind es etwa fünfzig Kilometer. Gibt es sonst noch etwas, das ihnen einfällt?" Die letzten Worte sprach der Weißhaarige auf Deutsch. Ganz automatisch antwortete der Verletzte in dieser Sprache. „In meinem Kopf ist alles leer. Es ist ein schreckliches Gefühl. Der Name Marc kommt mir inzwischen bekannt vor, aber vielleicht bilde ich mir das nur ein."

„Wir werden sehen. Vorläufig bleiben wir dabei Irgendwie müssen wir sie ja anreden. Übrigens sprechen sie ebenso gut Deutsch wie Französisch. Wenn mich nicht alles täuscht, haben sie einen leichten, rheinischen Dialekt. Falls sie aus Deutschland kommen, könnten sie aus Köln oder der Umgebung stammen."

„Warum haben die Fischer mich nicht in ein Krankenhaus gebracht?"

„Ich vermute, dass sie allzu neugierige Fragen vermeiden wollten. Die Männer, die sie aus dem Meer gezogen haben, sind tatsächlich im Hauptberuf Fischer. Nur waren sie diesmal vermutlich mit Schmuggelgut unterwegs. Die meisten von ihnen verdienen sich damit etwas dazu."

„Aber sie haben die Polizei eingeschaltet?"

Der Arzt verneinte: „Eigentlich habe ich das vorgehabt. Bis dann im Radio eine Suchmeldung kam. Sie und die Beschreibung haben verdammt viel Ähnlichkeit. Deshalb habe ich sie in ein leer stehendes Bauernhaus verlegt. Zu mir kommen immer wieder Besucher und die könnten neugierige Fragen stellen."

„Warum sollte die Polizei mich suchen?"

„Laut der Suchmeldung sind sie ein gemeingefährlicher, nicht ganz zurechnungsfähiger Raufbold, der ohne Grund zwei wehrlose Passanten zusammengeschlagen hat. Einer von ihnen soll bei der Schlägerei ein angebrochenes Handgelenk und einige Platzwunden davongetragen haben. Der andere wurde mit Gehirnerschütterung sowie einer Nierenverletzung ins Krankenhaus gebracht. Zudem hatte er einen Tritt in den Unterleib abbekommen, durch den seine Hoden geschwollen sind."

„Und deswegen hat man eine öffentliche Suchmeldung herausgegeben? So etwas passiert in Marseille mehrmals am Tag."

„Interessant, dass sie darüber so genau Bescheid wissen. Doch sie haben natürlich recht. Die Suchmeldung kann ich mir nur dadurch erklären, dass es sich bei den Opfern um Angehörige prominenter, einflussreicher Mitbürger handelt. Sie könnten mit einem kleinen Trinkgeld ihren Einfluss geltend gemacht haben."

Der Arzt bemerkte, dass dem Verletzten bei seinen letzten Worten immer wieder die Augen zufielen. Zufrieden nickte er. „Das reicht für den Moment. Ich will sie nicht überanstrengen und darum sollten sie sich jetzt ausruhen. Sobald sie wieder wach sind, können wir unsere Unterhaltung fortsetzen."

Er deutete auf die junge Frau hinter ihm. „Sorin passt auf sie auf. Sollte es unerwartet zu Komplikationen kommen, kann sie mich holen. Sie ist Rumänin, spricht aber recht gut französisch."

Der Arzt wusste nicht, ob die letzten Worte überhaupt bei seinem Patienten angekommen waren. Befriedigt sah er, wie sich dessen Brust regelmäßig hob und senkte. Er war eingeschlafen.

Als der Verletzte seine Augen erneut öffnete, war es um ihn herum fast dunkel. Lediglich das flackernde Licht einer Kerze erhellte notdürftig den Raum. Vom Bett aus sah er die Frau in einem alten Sessel sitzen und schlafen. Er verspürte schrecklichen Durst. „Kann ich etwas zum Trinken bekommen, Sorin?"

Sofort sprang die Rumänin auf und richtete ihn behutsam auf. Der kalte Tee, den sie ihn aus einer großen, weißen Tasse einflößte, schmeckte köstlich.

Beim Trinken konnte er sie zum ersten Mal genauer betrachten. Im schwachen Kerzenlicht sah er eine kräftige Figur. Dunkle oder sogar schwarze Haare fielen ihr bis auf die Schultern. Bekleidet war sie mit einem einfachen, gemusterten Kleid, das bis über die Knie reichte. Soweit er es bei der Beleuchtung erkennen konnte, besaß sie ein recht hübsches Gesicht. Lediglich der harte Ausdruck in ihren Augen störte den vorteilhaften Gesamteindruck. Bevor er abermals einschlief, bemerkte er, dass ihre Fingernägel dunkelgrün lackiert waren.

Als er erneut erwachte, wurde es draußen gerade hell. Fahles Licht drang durch das Fenster. Als er sich vorsichtig bewegte, spürte er, dass neben ihm noch jemand lag. Nach dem Drehen des Kopfes sah er in das Gesicht der schlafenden Rumänin. Der Sessel musste ihr zu unbequem geworden sein.

Beim Versuch, sich aufzurichten, wurde sie wach. Ohne die geringste Verlegenheit sprang sie aus dem Bett. Ihre Stimme klang rau.

„Müssen sie auf die Toilette?"

Marc nickte und versuchte aufzustehen.

Sehr bestimmt drückte sie ihn zurück: „Sie dürfen nicht aufstehen, hat der Doktor gesagt. Ich werde ihnen helfen."

Sie zeigte ihm eine Urinflasche: „Reicht das?"

Peinlich berührt zuckte Marc zusammen, als sie unter der leichten Decke nach seinem Glied griff und es gekonnt in die Flasche lenkte.

Ihre dunklen Augen schauten ihn dabei unbeteiligt an: „Das muss ihnen nicht peinlich sein. Ihr Schwanz ist nicht der Erste, den ich in der Hand halte."

„Sind sie Krankenschwester", wollte der Verletzte wissen.

Sorin lachte laut auf: „Unter anderen Umständen wäre ich das vielleicht gerne geworden. Stattdessen hat man mich aus der Heimat entführt und zur Hure gemacht. Darauf bezog sich meine Bemerkung mit den Schwänzen."

Irritiert und gleichzeitig nachdenklich blickte der Patient sie an.

Ihre Augen funkelten spöttisch: „Stört es sie, dass eine ehemalige Nutte ihren Schwanz hält und neben ihnen im Bett geschlafen hat?"

Der Patient lächelte: „Nein, ich habe nur versucht, mich an meine Vergangenheit zu erinnern und überlegt, ob ihre Worte mir helfen können. Leider war dem nicht so."

„Das kommt schon noch", beruhigte sie ihn. „In Rumänien hat ein Kerl aus der Nachbarschaft meinem großen Bruder mal mit einem dicken Knüppel kräftig auf den Kopf geschlagen. Danach war seine Vergangenheit vollkommen ausgelöscht. Es hat ein paar Tage gedauert, bis ihm so nach und nach alles wieder eingefallen ist."

Sie lachte ihr raues Lachen: „Selbst wenn er sich nie mehr an etwas hätte erinnern können, wäre das kein großer Schaden gewesen.

Später wusch sie ihm das Gesicht mit lauwarmen Wasser. „Leider gibt es in dem alten Haus hier keine Möglichkeit, es zu erwärmen."

Danach fütterte sie ihm mit kaltem Brei und gab ihm erneut Tee zu trinken.

Gegen Mittag tauchte der weißhaarige Arzt auf, um nach dem Patienten zu schauen. Zum ersten Mal nahm Marc seine Erscheinung bewusst wahr.

Balder war sehr schlank, schon eher mager. Er trug ausgewaschene Jeans sowie einfache Pantoffeln. Durch die weißen Haare und den zahlreichen Falten im Gesicht konnte er dessen Alter nur schwer einzuschätzen.

„Marc, wie geht es ihnen", wollte der Doktor von ihm wissen.

„Ich fühle mich noch ein bisschen schlapp, aber sonst scheine ich in Ordnung zu sein", antwortete der Patient.

„Dann sollten sie langsam damit beginnen, etwas festere Nahrung zu sich zu nehmen. Je eher umso besser. In dem Topf, den ich mitgebracht habe, ist Hühnerbrühe mit einigen, mageren Fleischstückchen. Dazu gibt es frisches Weißbrot. Doch sie müssen langsam essen. Ihr Magen muss sich erst wieder daran gewöhnen, dass er Arbeit bekommt."

Wie selbstverständlich nahm die Rumänin den Topf mit der Brühe aus der mitgebrachten Tasche und stellte ihn, zusammen mit dem Brot sowie einer halb vollen Flasche Whisky auf einen kleinen Tisch neben dem Bett.

Skeptisch betrachtete der Patient die Flasche: „Ist da Arznei drin oder tatsächlich Whisky? "

„Für sie und Sorin habe ich die Suppe sowie das Brot mitgebracht. Der Alkohol ist nicht für sie gedacht. Den brauche ich, um in die Gänge zu kommen," kam seine Antwort ohne Zögern.

Marc sah den Weißhaarigen interessiert an: „Ist Alkohol der Grund, warum sie sich in Südfrankreich verkrochen haben?"

„Dafür, dass sie bis vor ein paar Stunden fast tot waren, sind sie ziemlich neugierig. Doch mit ihrer Vermutung liegen sie richtig. Durch den Alkohol bin ich nach Frankreich gekommen. Jetzt hilft er mir dabei, meine innere Unruhe zu besänftigen. Der Whisky und Sorin bewirken, dass ich wieder schlafen kann."

Energisch schob die Rumänin den Arzt zur Seite, setzte sich auf die Bettkante und begann, den Verletzten zu füttern.

Bei einer kleinen Essenspause kam Marc auf das Thema zurück: „Warum verkriechen sie sich hier? Außer dem Alkohol muss es doch einen wirklichen Grund dafür geben?"

Der Arzt dachte einen Moment darüber nach, ob er auf die Frage eingehen sollte. Etwas unschlüssig betrachtete er seinen Patienten. Schließlich nickte er.

„Das, was mich hergebracht hat, ist nichts Weltbewegendes. In meiner Vergangenheit gab es mal eine hübsche Frau, zwei wohlerzogene Kinder sowie ein Haus in Berlin-Lichterfelde. Bis vor wenigen Jahren habe ich als Chirurg an der Charité gearbeitet. Ganz so, wie es sich für einen Sohn aus gutem Hause gehört. Irgendwann hat mich der dauernde Stress aufgefressen. Zum Wachbleiben brauchte ich Aufputschmittel und um schließlich schlafen zu können, andere Tabletten zusammen mit Alkohol. Ein ewiger Kreislauf, an dem sich mein Körper sehr schnell gewöhnt hat."

„Als Arzt muss ihnen doch klar gewesen sein, was sie sich antun."

„Natürlich habe ich das gewusst. Doch mit dem Aufhören klappte es einfach nicht. Irgendwann kam der Zeitpunkt, wo meine Frau es mit mir nicht mehr ausgehalten hat. Sie hat die Koffer gepackt und ist mit den Kindern ausgezogen. In der Folgezeit brauchte ich bereits vor Dienstbeginn, statt eines anständigen Frühstücks, meinen ersten Whisky. Nach mehreren verpatzten Operationen hat man mir nahegelegt, das Krankenhaus zu verlassen. Erst hier, im Süden von Frankreich, habe ich mein Gleichgewicht einigermaßen wiedergefunden."

Balder zog eine Grimasse: „Jetzt wissen sie wenigstens, was für eine gescheiterte Existenz sie zusammengeflickt hat."

„Mit einer halben Flasche Whisky zum Frühstück finden sie ihr Gleichgewicht wieder?"

„So ist es. Der Alkohol hilft mir, mich wie ein Mensch zu fühlen, und dank Sorins Hilfe habe ich es immerhin geschafft, von den Tabletten loszukommen."

Der Patient, so langsam gewöhnte er sich an den Namen Marc, fand die Unterhaltung äußerst interessant. Konnte es bei ihm einen ähnlichen Hintergrund geben?

„Wie ist das Mädchen zu ihnen gekommen? Sie hat mir erzählt, dass sie früher als Prostituierte gearbeitet hat."

„Wenn Sorin das behauptet hat, wird es wohl stimmen. Ich habe sie abends, es war bereits dunkel, in Marseille in einem der nördlichen Stadtviertel gefunden. Genauer gesagt im XV. Arrondissement."

„Sehr mutig von ihnen, sich da ohne Personenschutz hin zutrauen. Selbst die Polizei taucht dort nur in Mannschaftsstärke auf."

„Sie kennen sich tatsächlich in der Stadt aus."

Der Arzt musterte Marc neugierig: „Ich denke, dass sie sich bald an noch mehr erinnern werden. Auf ihre Erzählung über die Geschehnisse in der jüngsten Vergangenheit bin ich schon jetzt ziemlich gespannt."

„Ich hoffe, dass mir dazu bald etwas einfällt. Die Leere in meinem Kopf macht mir zu schaffen. Aber erzählen sie weiter. Vielleicht kommen dadurch die Erinnerungen schneller zurück."

Der Arzt nickte: „Die Geschichte habe ich bis jetzt noch niemanden erzählt. Wenn sie sich das tatsächlich anhören wollen, soll es mir recht sein. Weil mir die Tabletten ausgegangen sind, war ich noch spät abends unterwegs. Im XV. Arrondissement kannte ich einen Dealer, bei dem ich sie bekommen konnte. Auf der Suche nach ihm bin ich langsam durch die Straßen gefahren. Im Licht meiner Autoscheinwerfer sah ich, wie ein Mann auf eine Frau einschlug und nach ihr trat. Wenn ich damals in Marseille meinen Tablettenvorrat auffrischen wollte, hatte ich sicherheitshalber immer eine kurze Eisenstange dabei. Diesmal konnte ich sie gut gebrauchen. Nachdem ich mit dem Mann fertig war, lag er mit einigen gebrochenen Knochen neben seinem Opfer. Bei der Frau handelte es sich um Sorin. Ich habe ihr angeboten, sie von dort wegzubringen. Erst später hat sie mir erzählt, dass es sich bei dem Mann um ihren Zuhälter gehandelt hat. Seitdem wohnt sie bei mir."

Die Anmerkung der Rumänin klang gutmütig: „Jetzt bin ich deine private Hure, Haushälterin sowie Putzfrau, wolltest du noch sagen."

„Da hat sie nicht ganz unrecht", gab Dr. Balder zu. „Gleichzeitig ist sie viel mehr für mich. Seitdem sie bei mir ist, kann ich wieder ohne Tabletten schlafen. Sie ist jung, aber trotzdem hoffe ich, dass sie es noch einige Zeit mit mir aushält."

„Warum und wohin sollte ich gehen", fragte die Rumänin spöttisch. „Mir ist es noch nie besser gegangen. Die Leute im Ort denken sogar, dass der Doktor und ich verheiratet sind. Von der Hure zur Frau eines Arztes. Wenn das kein Aufstieg ist."

Sie überlegte kurz und fügte schließlich provokant hinzu: „Vielleicht schaffe ich es auch noch, Heikos Alkoholkonsum zu reduzieren."

Der Arzt wandte sich seinem Patienten zu. „Sprechen wir wieder über sie. Ist ihnen inzwischen mehr zu ihrer Vergangenheit eingefallen?"

„Nicht viel", bedauerte Marc. „Sorin hat mir erzählt, wie sie von Rumänien weggebracht wurde und danach in einem Bordell landete. Da meinte ich ganz kurz, mich an etwas erinnern zu können. Das Gefühl verschwand sofort wieder. Leider."

„Ich bin zwar kein Neurologe, aber die Schüsse dürften bei ihnen eine retrograde, also rückwirkende Amnesie ausgelöst haben. Wenn meine Vermutung stimmt, wird ihr Gedächtnis in nächster Zeit langsam zurückkommen. Um die Diagnose von einem Facharzt bestätigt zu bekommen, müssten sie sich allerdings in eine entsprechende Klinik begeben."

Dobrin nickte. „Falls es nicht besser wird, komme ich daran nicht vorbei. Doch solange die Polizei nach mir sucht, ist das, jedenfalls vorläufig, keine Möglichkeit."

„Da haben sie recht. Unsere Ordnungshüter werden ihnen den Gedächtnisverlust nicht ohne Weiteres abnehmen. Zumindest für die ersten Tage wird man sie in einer Gefängniszelle unterbringen. Da sind sie bei uns besser aufgehoben. Morgen beginnen wir, sie aus dem Bett zu holen. Damit sich ihre Muskeln nicht noch mehr zurückbilden, sollten sie die ersten Gehversuche machen. Anfangs kann Sorin sie dabei unterstützen. Falls keine Probleme auftauchen, können sie bald kurze Spaziergänge unternehmen."

Der Patient schaute den Arzt erwartungsvoll an: „Sie denken, das klappt? Im Moment fühle ich mich ziemlich schlapp."

„Ich sehe da keine Schwierigkeiten. Sie haben einen durchtrainierten Körper. Er ist an Belastungen gewöhnt. Sie könnten Sportler oder auch Soldat in einer dieser Spezialeinheiten sein. Dass sie kein Handwerker sind, sieht man an ihren Händen."

Schläfrig betrachte der Patient den Arzt: „So durchtrainiert kann ich nicht sein. Mir fallen schon wieder die Augen zu."

„Das ist die Folge des Blutverlustes. Körperlich werden sie bald der Alte sein. Das verspreche ich ihnen."

15.

Der Arzt nickte zufrieden, während sich sein Patient, nach den ersten unsicheren Gehversuchen am Arm von Sorin, müde auf die Bank vor dem Haus fallen ließ.

Marc war ebenfalls happy: „Das hat mir richtig gutgetan. Es ist besser gegangen, als gedacht."

Das Haus, vor dem sie saßen, war eines der vielen verlassenen Bauernhäuser in Südfrankreich. In der Regel wurden sie von reichen Franzosen gekauft, die sie nach gründlichen Renovierungsarbeiten als Ferienhaus zu nutzen.

„Wieso steht das Haus leer, wenn es nicht gerade als Krankenstation benötigt wird", frage Marc. „Der Besitzer kann es zu einem guten Preis verkaufen. Die besser situierten Leute reißen sich inzwischen um diese alten Hütten".

Während der Patient auf eine Antwort wartete, atmete er die würzige Luft der Provence ein. Das Meer konnte nicht weit entfernt sein, auch wenn es nicht zu sehen war. Vom Landesinneren her wehte ein leichter, warmer Wind und über ihnen spannte sich ein wolkenloser Himmel.

„Gelegentlich habe ich darüber nachgedacht", entgegnete der Arzt. „Letztendlich habe ich den Gedanken daran wieder verworfen. Ich liebe die Abgeschiedenheit."

„Ihnen gehört das hier? Wie kommt ein Arzt aus Berlin zu diesem wunderbaren Stück Land?"

„Meine Exfrau und ich haben Südfrankreich geliebt. Kurz nach unserer Heirat konnten wir das Stück Land hier günstig kaufen. Wir wollten die zwei Häuser, die bereits auf dem Grundstück standen, renovieren lassen und sooft wie möglich mit Freunden oder der Familie herkommen. Der Flugplatz ist nicht allzu weit entfernt. Von Berlin aus ist man schnell hier."

Nachdenklich und gleichzeitig etwas niedergeschlagen schüttelte er seinen Kopf: „Nach dem Kauf waren wir nur noch zwei Mal hier. Dabei haben wir mit diversen Handwerkern bereits über die anstehenden Renovierungen gesprochen. Dann kamen schnell hintereinander unsere Kinder. Bei beiden Schwangerschaften litt meine Frau die gesamte Zeit über unter Übelkeit. Mit ihr herzufliegen, war unmöglich. Mich hielt die Arbeit im Krankenhaus davon ab. Irgendwann ist der Traum in Vergessenheit geraden. Jedenfalls ist das bei mir so gewesen. Meine Frau hat im Laufe der Zeit die Lust daran verloren, mich immer wieder an dieses schöne Stück Land zu erinnern. Später sind dann die Tabletten und der Alkohol dazu gekommen."

Die wässrigen Augen des Arztes schauten dorthin, wo sich das Meer befinden musste. Prüfend hob er einen Finger in die Luft.

„Der Wind weht aus nordwestlicher Richtung. Das könnte bedeuten, dass der Mistral zurückkehrt und es bald kälter wird."

Prüfend betrachtete er den Himmel: „Aber noch ist es dafür nicht klar genug."

Der Arzt trank einen kräftigen Schluck Whisky aus der mitgebrachten Flasche und wandte sich schließlich seinem Patienten zu: „Was machen ihre verloren gegangenen Erinnerungen? Gibt es irgendwelche Fortschritte?"

„Leider nein." Der Verletzte schlug mit der Faust auf das Holz neben sich. „So sehr ich mich auch quäle, aber da ist nichts. Jedenfalls nichts Konkretes."

„Und was sind ihre unkonkreten Gedanken?"

„Da ist ein Schatten, vielleicht nur ein Hirngespinst."

„Mann oder Frau?"

„Eindeutig eine Frau. Das Seltsame ist, dass ich ihnen ziemlich genau sagen kann, wie sie aussieht, obwohl ich sie nur undeutlich vor mir sehe. In der letzten Nacht ist sie in einem Traum aufgetaucht. Da hat sie geschrien. Vielleicht hat sie auf mich geschossen."

„Das wäre eine Möglichkeit. Können sie die Frau beschreiben?"

„Sie ist groß, schlank, noch jung und hat dunkelbraune, schulterlange Haare. Ihr Gesicht ist sehr ebenmäßig mit hohen Wangenknochen. Der Mund ist etwas zu groß geraten."

„Das ist immerhin ein bisschen. Gibt es noch mehr?"

„In meinem Traum hatte sie meergrüne Augen. Ähnliche Farben findet man gelegentlich an den Küsten des Mittelmeeres. An den Mundwinkeln gab es kleine Grübchen."

Balder nickte: „Ich vermute, dass diese Frau tatsächlich existiert und in ihrem Unterbewusstsein gespeichert ist. Wir sollten jemanden finden, der sie nach ihren Angaben zeichnen kann. Ist die Frau bekleidet oder nackt gewesen?"

„In meinem Traum trug sie eine Hose und dazu ein schwarzes Hemd oder Bluse. Warum fragen sie danach?"

„Ich wollte ausschließen, dass es sich dabei um sexuelle Fantasien handelt."

„Nein, ich denke nicht. Ihr Schreien klang ängstlich."

„Dafür kann es viele Erklärungen geben. Als Sorin erzählt hat, wie sie aus Rumänien fortgebracht wurde, löste das in ihnen etwas aus. Könnte es sich dabei um ein ähnliches Vorkommnis handeln?"

Der Patient verzog das Gesicht: „Wenn ich das nur wüsste. Für jede Kleinigkeit, die mich meinem früheren Leben näher bringt, bin ich dankbar. Doch sobald ich intensiver darüber nachgrübele, bekomme ich Kopfschmerzen."

Balder lächelte beruhigend: „Sie werden schon bald wissen, wer sie selber sind. Dann können sie auch sagen, was diese Person mit ihnen zu schaffen hat. Auf alle Fälle muss es in ihrem Leben eine Frau geben, die sehr wichtig für sie ist. Im Schlaf haben sie gelegentlich von einer Isi gesprochen. Es hatte den Anschein, als würden sie sich große Sorgen um sie machen, berichtete mir Sorin."

„Einzelheiten habe ich nicht erzählt?" Erwartungsvoll schaute der Patient die Rumänin an.

Die schüttelte den Kopf. „Sie haben von und mit einer Isi gesprochen. Meistens auf Deutsch, das ich nicht verstehe. Mehr gab es da nicht."

Der Arzt nickte nachdenklich. „Meine Diagnose scheint sich zu bewahrheiten. Ihre Erinnerungen werden nach und nach zurückkommen. Doch im Moment sollten sie sich nicht zu viel quälen. Die dabei aufkommenden Kopfschmerzen könnten ein Schutzmechanismus sein. Ihr Gedächtnis weigert sich noch, bestimmte Erlebnisse, die im Unterbewusstsein gespeichert sind, zu verarbeiten."

Die Wettervorhersage des Arztes traf glücklicherweise nicht zu. Der Mistral kehrte nicht zurück und das Wetter blieb angenehm. Der Körper des Patienten machte rasche Fortschritte.

Nach zwei weiteren Tagen schaffte es Marc bereits, über eine Stunde ohne Pause spazieren zu gehen. Dass ihn dabei der Schweiß über das Gesicht rann und in den Augen brannte, störte ihn nicht. Die Bewegung tat ihm gut und die Schmerzen ließen sich ertragen. Nur die Erinnerungen wollten nicht zurückkehren.

Sorin blieb in dieser Zeit fast durchgehend an seiner Seite. Zwischen ihnen entwickelte sich so etwas wie Freundschaft.

„Erzählen sie mir von ihrem früheren Leben", bat er sie bei einem der Spaziergänge. Sofort fügte er hinzu: „Wenn sie darüber nicht sprechen möchten, ist das auch in Ordnung.

Sie dachte über den Wunsch nach. Dabei wurde ihr Augenausdruck noch härter als gewöhnlich: „Über diese Zeit habe ich bis jetzt nur mit dem Doktor gesprochen. Doch inzwischen liegt das alles weit hinter mir. Ich denke schon, dass ich darüber auch mit Fremden reden kann. Das habe ich wohl auch dem Doktor zu verdanken. Durch ihn bin ich selbstbewusster geworden."

Sie lächelte: „Und wenn wir schon Tag und Nacht zusammen verbringen, brauchen wir ja irgendein Thema, über das wir uns unterhalten können. Macht es ihnen etwas aus, wenn wir uns duzen. Dann fällt mir das Erzählen leichter."

„Du hast recht. Das sollten wir schon lange machen. Aus welchen Teil Rumäniens kommst du?"

„Ich wurde in einem der Roma-Viertel in Bukarest geboren und bin dort auch aufgewachsen. In diese Stadtteile verirren sich nur selten Touristen. Ich habe noch acht Geschwister und bin die Zweitälteste. Wenige Wochen nach meinem 14. Geburtstag kam eine mir fremde Roma-Frau mit ihrem dicken Mercedes zu Besuch. Mutter erzählte mir, dass sie eine entfernte Verwandte väterlicherseits ist. Immer wieder sprach sie die ärmlichen Verhältnisse an, unter denen wir lebten. Fast wie nebenbei kam sie danach auf Italien zu sprechen. Die Frau erzählte meinen Eltern, dass einige italienische Familien sie gebeten haben, in Rumänien nach anständigen Mädchen Ausschau zu halten. Sie könnten dort als

Kindermädchen oder Hausangestellte arbeiten. Die Frau hat sehr ausführlich beschrieben, welch herrliches Leben ein Kindermädchen dort erwartet. Sie erzählte meinen Eltern, dass die Mädchen von ihrem Verdienst jeden Monat mindestens eintausend Euro nach Hause schicken könnten. Das war für uns unheimlich viel Geld. Du musst wissen, dass die Roma in Rumänien kaum Arbeit finden. Und wenn, handelt es sich meist um schlecht bezahlte Jobs."

„Deine Eltern haben dich einfach gehen lassen?"

„Sie haben der Frau völlig vertraut und all ihre Lügen geglaubt. Es handelte sich schließlich um eine Verwandte meines Vaters. Die Aussicht auf das viele Geld hat sie zusätzlich blind gemacht. Sie hat ihnen, als Vorschuss auf meinen zukünftigen Verdienst, einhundert Euro gegeben."

„Dich hat man nicht gefragt?"

„Ich wollte nicht weg und habe mich bis kurz vor der Abreise dagegen gewehrt. Mein Vater hat mir dafür ein paar kräftige Ohrfeigen gegeben. Später hat er mich eigenhändig in den Mercedes der Frau geschoben. Dort saß bereits ein etwa gleichaltriges, weiteres Mädchen. Diese Tante hat uns nach Belgrad in Serbien gebracht."

„Hat man euch an der Grenze nicht aufgehalten?"

„Den Uniformierten hat die Frau gekannt und ihm ein paar Geldscheine gegeben. In Belgrad hat man uns in ein abseits gelegenes, halb verfallenen Haus gebracht. Dort warteten viele weitere Mädchen aus verschiedenen Ländern. Hauptsächlich kamen sie aus Bulgarien, Rumänien, Lettland sowie Litauen. Drei Männer, manchmal waren es auch vier, haben auf uns aufgepasst. Von den anderen Mädchen habe ich recht bald erfahren, dass wir keineswegs als Kindermädchen oder Hausangestellte arbeiten sollten."

Sorin schwieg nachdenklich, als sie an diese Zeit zurückdachte.

„Du musst mir den Rest nicht erzählen. Ich kann mir denken, was dann passiert ist."

Ohne auf seine Worte zu achten, fuhr sie mit ihrer Geschichte fort: „Es war schlimm. Ich habe von einem der Männer verlangt, dass er mich sofort nach Hause bringt. Daraufhin hat er dreckig gegrinst und mir ein paar kräftige Ohrfeigen gegeben. Egal, was man über uns Roma erzählt, ich selber bin sexuell sehr behütet aufgewachsen. Nie in meinem Leben werde ich vergessen, wie die Männer mich in der ersten Nacht an den Haaren in ein Nebenzimmer zerrten. Dort wurde ich mehrmals abwechselnd von ihnen vergewaltigt. „Zureiten" haben sie das genannt. Wenn ich daran zurückdenke, wird mir immer noch übel. Die Schmerzen waren, auch danach, fürchterlich. So gut es ging, habe ich mich an den folgenden Tagen unsichtbar gemacht. Nur nicht auffallen war mein einziger Gedanke. Fast täglich kamen Männer oder auch Frauen zur sogenannten „Fleischbeschau". Dazu mussten wir uns nackt ausziehen. Es ging zu wie auf einem Viehmarkt bei uns in Rumänien. Die weniger Hübschen wurden meist nach Albanien verkauft. Erst später habe ich erfahren, dass die Mädchen dort unter besonders schlimmen Bedingungen arbeiten müssen."

Sorin machte eine kurze Pause, um etwas zu trinken. Danach fuhr sie gleichmütig fort: „Als man mich zum ersten Mal verkaufte, habe ich noch Glück gehabt. Ich kam in ein Bordell bei Triest. Abgesehen von den Männern, die mit mir in eines der Zimmer gingen, war das Leben dort nicht wirklich schlecht. Wir wurden anständig behandelt. Gelegentlich konnte ich sogar etwas Geld an meine Eltern in Bukarest schicken. Doch die Freier lieben Abwechslung. Im Laufe der Zeit war ich für die Stammkunden nicht mehr interessant genug. Darum hat man mich an ein Bordell in Marseille weitergereicht. Richtig schlimm ist es geworden, als man mich danach an einen wirklich üblen Zuhälter verkaufte. Von da an musste ich auf dem Straßenstrich anschaffen gehen. Obwohl mir das Schwein jeden Cent meiner Einnahmen abgenommen hat, war ihm das nicht genug. Immer wieder hat er mich verprügelt. Bis schließlich Heiko aufgetaucht ist."

„Wirst du bei Balder bleiben?"

„Ja, jedenfalls solange wie er mich erträgt. Vielleicht geht er ja eines Tages zu seiner Frau und den Kindern zurück. Wer kann schon in die

Zukunft schauen. Bis dahin habe ich bei ihm ein angenehmes Leben. Alles, was ich hier mache, geschieht freiwillig. Es gibt keinen Zuhälter, der mich verprügelt, wenn ich nicht genügend Geld abliefere. Das Gegenteil ist der Fall. Etwa einmal im Monat, wenn Heiko nüchtern genug ist, fährt er mit mir nach Fos-sur-Mer oder sogar Marseille. Dann darf ich mir Kleidung kaufen. Die Verkäuferinnen nehmen dann wohl an, dass ich seine Tochter oder Geliebte bin."

„Wie alt bis du?"

„Nächsten Monat werde ich neunzehn Jahre alt. Es gibt Momente, an denen ich es selber nicht glauben kann. Manchmal kommt es mir vor, als wäre ich bereits eine alte Frau. Irgendwie habe ich trotzdem noch Glück gehabt. Viele der Mädchen auf dem Strich sind heroinsüchtig. Dafür sorgen die Zuhälter. Dann sind sie leichter unter Kontrolle zu halten. Ohne Heiko hätte mir das letztendlich auch passieren können."

Nachdem es seinem Patienten mit jedem Tag besser ging, verschwand der Arzt für 24 Stunden. Auch Sorin wusste nicht, wohin er gefahren war. Marc sah ihr an, dass sie sich um ihn sorgte.

Der Doktor kam erst am frühen Vormittag des nächsten Tages zurück. Zu ihrer Verwunderung war er völlig nüchtern. Darüber freute sich Sorin so sehr, dass sie ihm zur Begrüßung um den Hals fiel.

Der Doktor grinste verlegen. „Es ist lange her, dass sich eine junge Frau so über mein Kommen gefreut hat. Dabei war ich lediglich in Marseille, um ein paar Erkundigungen einzuziehen."

Sorin und Dobrin schauten den Arzt fragend an. „Und das hat solange gedauert?"

„Ich musste etwas Wichtiges erledigen. Zudem wollte ich herausfinden, ob immer noch so nachdrücklich nach ihnen gesucht wird."

„Was ist dabei herausgekommen?"

„Jetzt weiß ich immerhin, mit wem sie sich angelegt haben. Bei den von ihnen verletzten Männern handelt es sich einmal um Ethan de Perrut, den Sohn von Chevalier Philippe de Perrut sowie seinem Freund, dem Comte Andrée Le Briand."

„Die Namen sagen mir nichts."

„Beide Familien haben viel Einfluss, nicht nur in Marseille. Er reicht angeblich bis Brüssel. Das erklärt, warum die Polizei sich so bereitwillig an der Suche nach ihnen beteiligt. Die Familien de Perrut und Le Briand haben auf ihre Ergreifung eine Belohnung von zweitausend Euro ausgesetzt. Sie müssen diesen Adeligen ziemlich kräftig auf die Füße gestiegen sein. Die Verletzungen, die sie ihnen zugefügt haben, dürften nicht der hauptsächliche Grund sein. Da muss mehr dahinter stecken. Die beiden haben das Krankenhaus bereits wieder verlassen. Besonders Ethan de Perrut werden Verbindungen zur Marseiller Unterwelt nachgesagt. Andrée Le Briand ist angeblich seine rechte Hand. Das jedenfalls wird behauptet. Ich kann nicht mit Gewissheit sagen, ob es stimmt."

„Haben sie sonst noch etwas über die Männer herausgefunden?"

„Nicht viel. Sie standen mehrmals wegen Körperverletzung vor Gericht. Jedes Mal kamen sie mit bemerkenswert milden Strafen davon."

„Die beiden haben nicht nur Verbindungen zur Marseiller Unterwelt, sondern sie gehören dazu", mischte sich Sorin in das Gespräch ein.

„Während meiner Zeit dort wurde oft über sie gesprochen. Ethan de Perrut sollen mehrere Bordelle gehören. Zumindest ist er an ihnen beteiligt. Das Hurenhaus in Marseille, in dem ich arbeiten musste, gehörte ihm. Bei Andrée Le Briand handelt es sich tatsächlich um seinen Vertrauten. Er ist es gewesen, der mich an den Zuhälter verkauft hat. Persönlich gesehen habe ich die beiden Männer allerdings nie. Wenn über sie gesprochen wurde, geschah das mit einer gewissen Furcht. Wer sich in der Marseiller Unterwelt etwas auskennt, weiß, dass man dort nur vor wenigen Menschen Respekt hat."

„Mit was bringt man die Männer sonst noch in Verbindung?"

Sie schaute ihn lange an: „Ethan de Perrut soll im internationalen Frauenhandel mitmischen. In seinem Auftrag werden Mädchen wie ich mit

Versprechungen von den Familien weggelockt und anschließend verkauft. Sobald das Gespräch auf „Frischfleisch" aus Osteuropa oder Afrika kam, wurde sein Name genannt. Bei der Bezeichnung „Frischfleisch" kannst du dir wohl denken, was damit gemeint ist. Auch das Haus in Belgrad, in das ich zuerst gebracht wurde, soll ihm gehören. Außerdem gab es Gerüchte, dass sich wohlhabende Klienten aus einer Art Katalog besonders hübsche Mädchen, junge Frauen oder Knaben aussuchen können. Seine Leute liefern sie ihnen, natürlich gegen Bezahlung, frei Haus."

„Das muss ja ein besonders netter Mann sein. Weißt du noch mehr über ihn?"

„Außerdem soll er mit etlichen Schleppern in Nordafrika zusammenarbeiten, die für ihn Flüchtlingstransporte nach Italien und Spanien organisieren. Dazu lässt er überall am Mittelmeer alte, schrottreife Boote aufkaufen und nach Libyen überführen. Von dort aus kommt der Großteil der Flüchtlinge nach Europa. Für vermögende Personen bietet Ethan de Perruts Organisation einen Extraservice an. Sie müssen nicht in die überfüllten Flüchtlingsboote steigen. Für sehr viel Geld lässt er sie auf angenehmere Weise in das Land ihrer Wünsche bringen."

Marc schaute Sorin neugierig an: „Wieso weißt du das alles?"

„Die Männer, die in die Freudenhäuser kommen, wollen nicht nur schnellen Sex. Sie gehen mit den Mädchen auf ein Zimmer, bestellen Champagner und möchten sich oft genug auch unterhalten. Du glaubst gar nicht, was die Freier dort alles erzählen."

„Was zum Beispiel?"

In dem Bordell in Marseille habe ich eine hübsche Syrerin kennengelernt, die mit ihren Eltern zusammen auf so einen Kahn nach Europa kommen wollte. Sie war erst 15 Jahre und musste mit ansehen, wie beide Elternteile auf der Überfahrt nach Sizilien ertranken. Nach ihrer Ankunft in Italien kam sie zuerst in ein Flüchtlingslager. Über Mittelleute hat Ethan de Perrut sie nach Marseille verschleppen lassen. Ein

Kunde in unserem Bordell hat viel Geld an ihn bezahlt, um als Erster mit ihr zu schlafen. Unmittelbar danach hat sie sich das Leben genommen."

Marc schüttelte verärgert den Kopf. „Was habe ich mit solchen Leuten zu schaffen?" „Bin ich vielleicht einer seiner Konkurrenten? Ich wollte, es käme endlich Klarheit in meinen Kopf. Und wer ist diese Frau, die mir nicht aus dem Kopf geht? Gehört sie zu denen, die für ihn anschaffen müssen?"

„Das werden sie sehr bald wissen," beruhigte ihn der Arzt. „Doch ich bringe noch schlechtere Nachrichten mit. Mir hat man gesagt, dass sich die Suche nach ihnen inzwischen auf unsere Gegend konzentriert. In Marseille hat man gehört, dass hier ein bewusstloser und verletzter Mann aus dem Meer gefischt wurde. Solange sie hier sind, müssen wir sehr vorsichtig sein. In Fos-sur-Mer wird viel getratscht. Ich kann nicht ausschließen, dass sich ein Bewohner die ausgesetzte Belohnung verdienen will. Die Fischer, die sie aus dem Meer geholt haben, könnten darüber mit Freunden oder Bekannten gesprochen haben."

Marc nickte nachdenklich. „Schade, ihrer Zustimmung vorausgesetzt, wäre ich gerne noch ein paar weitere Tage geblieben. Wenigstens solange, bis sich mein Körper vollständig erholt hat. Das ist jetzt unmöglich geworden. Meine Anwesenheit könnte sie und Sorin in Gefahr bringen."

Der Arzt nickte erleichtert. „Ich habe gehofft, dass sie so reagieren. Wenn die Leute von Ethan de Perrut sie vor der Polizei hier finden, könnte es tatsächlich für uns alle gefährlich werden. Vom ärztlichen Standpunkt aus wäre es mir allerdings auch lieber gewesen, sie noch einige Tage hierzubehalten."

Dobrin zuckte mit den Achseln. „Körperlich bin ich wieder einigermaßen fit und sollte selber für mich sorgen können. Angst bereitet mir lediglich mein Kopf."

Der Arzt schaute seinen Patienten fragend an. „Was werden sie als Nächstes unternehmen?"

„Ich muss unbedingt herausbekommen, warum man auf mich geschossen hat. Dank ihrer Hilfe habe ich jetzt wenigstens die Namen von zwei Personen, die ich fragen kann. Ich muss eine Möglichkeit finden, mich mit Ethan de Perrut oder Andrée Le Briand zu unterhalten. Ihre Bordelle dürften dafür nicht der geeignete Ort sein. Bei ihrem Ausflug nach Marseille haben sie nicht zufällig herausgefunden, wo die Männer wohnen?"

„Ich hatte befürchtet, dass sie diese Frage stellen. Die Antwort ist ja. Es war nicht schwer, ihre privaten Anschriften ausfindig zu machen. Wie bereits erwähnt, sind ihre Familien in Marseille ziemlich bekannt. Ethan de Perrut wohnt im Haus seiner Eltern. Das Anwesen des Chevalier Philippe de Perrut und dessen Frau Catherine befindet sich in einer der vornehmeren Gegenden der Stadt, am Boulevard Bonne Brise. "

Etwas sorgenvoll schaute der Arzt den Patienten an: „Ich habe sehr viel meiner medizinischen Kunst in sie gesteckt. Hoffentlich machen sie nicht alles wieder zunichte. Dass sie diesem Ethan de Perrut sprechen wollen, kann ich verstehen. Doch gefallen will es mir gar nicht."

Der Mann, den sie jetzt Marc nannten, nickte: „Ich werde sehr vorsichtig sein und. Auseinandersetzungen, bei denen geschossen wird, aus dem Weg zu gehen. Sollte es doch dazu kommen, weiß ich ja, wohin ich mich wenden kann."

„Wenn du auf diese Männer triffst, kann es für dich wirklich gefährlich werden", wandte Sorin ein. „Wie willst du wissen, dass du mit so einer Situation fertig wirst? Hast du keine Angst? Hätte man auf mich geschossen, würde ich allen Menschen, die vielleicht daran beteiligt waren, aus dem Weg gehen."

Wie schon so oft vorher konnte der Patient nur mit den Achseln zucken. „Ich muss es tun. Vorerst sehe ich keine andere Möglichkeit. Ich hoffe einfach, dass mein verloren gegangenes Gedächtnis schneller zurückkehrt, wenn ich die Aussprache mit den Männern suche. Zumindest möchte ich erfahren, warum auf mich geschossen wurde."

Der Patient schaute den Arzt an: „Wie komme ich von hier weg? Können Sie mich zum Bus oder Bahnhof bringen?"

„Fos-sur-Mer mit dem Zug zu verlassen, ist keine gute Idee. Mit ziemlicher Sicherheit wird der Bahnhof von der Polizei im Auge behalten. Die Möglichkeit, sie mit dem Auto wegzubringen, scheidet ebenfalls aus. Auf der Fahrt nach Marseille hat man mich gleich zwei Mal kontrolliert. Selbst meinen Kofferraum musste ich öffnen. Zudem ist mir aufgefallen, dass auffallend viele Flics auf Motorrädern unterwegs sind. Das dürfte an der ausgesetzten Belohnung liegen. Sie ungesehen von hier fortzubringen wird nicht einfach sein."

Marc gab sich zuversichtlich. „Ich finde mit Sicherheit einen Weg, um nach Marseille zu gelangen."

Der weißhaarige Arzt nickte. „Gemeinsam sollten wir das hinbekommen. Auf der Herfahrt habe ich über dieses Problem nachgedacht. Dabei ist mir eine Möglichkeit eingefallen."

16.

Früh am Morgen des übernächsten Tages brachte ihn der Arzt in seinem klapprigen Renault zu einem Rastplatz an der Stadtgrenze von Fos-sur-Mer. Neben einem grünen Kastenwagen, auf dessen beiden Seiten riesige Fische aufgemalt waren, hielt er an.

„Das ist ihr Transportmittel. Steigen sie hinten in den Laderaum. In einem Kühltransporter, der mit Meerestieren beladen ist, wird sie niemand vermuten. Die Tür ist unverschlossen. Mit dem Fahrer habe ich gesprochen. Er schuldete mir noch einen Gefallen. Er ist darüber informiert, dass sich im Laderaum jemand versteckt hält. Wen er transportiert, wollte er nicht wissen."

Er gab dem Patienten eine alte Decke, die er vom Rücksitz seines Wagens holte: „Da drin ist es kalt und wenn sie aussteigen, werden sie nach Fisch stinken. Das kann ich ihnen leider nicht ersparen. Ihr Chauffeur stärkt sich gerade mit einem zweiten Frühstück. Danach fährt er auf direkten Weg nach Avignon. Von dort aus gibt es eine Zugverbindung nach Marseille. In der Nähe des Bahnhofs muss der Fahrer ein Fischrestaurant beliefern. Ich habe ihm versprochen, dass sie verschwunden sind, wenn er mit dem Ausladen beginnt. Zwar nehme ich nicht an, dass man in Avignon ebenfalls nach ihnen sucht, aber sie sollten sich trotzdem möglichst unauffällig verhalten. Machen sie um alle Uniformierten einen großen Bogen. In spätestens zwei Tagen muss ein Arzt ihre Wunden kontrollieren sowie die Verbände wechseln."

Verstohlen drückte ihm Heiko Balder ein paar Geldscheine in die Hand. „Hier nehmen sie das Geld. Für den Anfang werden die zweihundert Euro reichen müssen. Passen sie auf sich auf. Wenn sie mich irgendwann besuchen kommen, sollte es nicht unbedingt als Patient sein."

„Danke, nicht nur für das Geld. Ich werde es ihnen zurückzahlen, sobald es mir möglich ist."

Der Arzt nickte kurz, bevor er die Tür zum Laderaum des Kastenwagens hinter ihm schloss.

Um Marc herum wurde es dunkel. Es dauerte einige Zeit, bis sich seine Augen daran gewöhnt hatten und er wenigstens die neue Umgebung einigermaßen wahrnehmen konnte.

Zwischen den Plastikkisten mit frischem Fisch ertastete er eine Lücke und ließ sich darin nieder. Sollte jemand den Laderaum inspizieren, würde man ihn nicht sofort sehen.

Es dauerte eine gefühlte Ewigkeit, bis er hörte, wie der Fahrer zurückkam und unverzüglich losfuhr.

Jetzt war Marc dankbar für die alte Decke. Sie schützte wenigstens etwas vor der Kälte, die so nach und nach von seinem Körper Besitz ergriff.

Ansonsten verlief die Fahrt weniger unbequem, als befürchtet. Der Fahrer musste zwischendurch zweimal kurz anhalten. Es schien sich um Po-

lizeisperren zu handeln. Marc konnte hören, wie er sich mit den Polizeibeamten unterhielt. Glücklicherweise verzichteten sie darauf, den Laderaum zu inspizieren.

Der Patient war erleichtert, als sie nach gut einer Stunde Fahrzeit das
Stadtgebiet von Avignon erreichten. Inzwischen konnte ihn auch die Decke nicht mehr vor der Kälte schützen. Um die Orientierung nicht zu
verlieren, hatte er während der Fahrt mehrmals die hintere Tür einen
kleinen Spalt weit geöffnet und geschaut, wo sie sich befanden.

Dass sie am Ziel angekommen waren, merkte er, als der Fahrer rück-
wärts in eine Parklücke rangierte. Unbeobachtet konnte er den Lieferwagen verlassen. Die Decke ließ er zurück.

Im Bahnhof traf er zweimal auf uniformierte Polizisten, die ihn nicht
weiter beachteten. Erleichtert stieg er nach einer knappen Stunde Wartezeit in den Zug nach Marseille. Gegenüber einer älteren Dame, die in
einem Klatschjournal las, fand er einen freien Platz.

Auf der Fahrt rümpfte sie mehrfach, irritiert über den Fischgeruch in
seiner Kleidung, die Nase. Ansonsten übersah sie ihn.

Nach einer guten halben Stunde erreichten sie den Bahnhof Marseille-
St.-Charles. Bereits unmittelbar nach dem Aussteigen war er sicher, den
Ort zu kennen. Hier musste er schon mehrfach gewesen sein.

Nicht nur die Bahnhofshalle, die er in Richtung Ausgang durchquerte,
kam ihm bekannt vor. Auch der wunderbare Ausblick über die Stadt, die
sich unterhalb des Bahnhofes ausbreitete, war ihm vertraut.

Unwillkürlich stellte er sich immer wieder die gleichen Fragen: Konnte
es sein, dass er in der Stadt lebte? Im Moment erschien ihm das naheliegend. Möglicherweise wartete hier in einem gemütlichen Zuhause
diese hübsche Frau auf ihn, von der er in Fos-sur-Mer geträumt hatte?
Doch wieso hatte man auf ihn geschossen?

Sein Kopf protestierte mit einem stechenden Schmerz gegen das ständige Grübeln. Sofort zwang er sich dazu, die Gedanken in eine andere
Richtung zu lenken.

In einem Drugstore erstand er ein preiswertes Herrenparfüm, das er verschämt, in einer stillen Ecke, reichlich über seiner Kleidung verteilte. Damit konnte er wenigstens für kurze Zeit den Fischgeruch eindämmen.

Von einem Taxi ließ er sich über die Corniche zum Boulevard Bonne Brise bringen. Nach Angaben des Arztes wohnte dort nicht nur der Chevalier de Perrut, sondern auch dessen Sohn Ethan. Auch jetzt noch sah er in der Konfrontation mit ihm die schnellste Möglichkeit, seine Erinnerungen zurückzubekommen.

Auf der Fahrt durch Marseille erkannte er die Basilika Notre-Dame-de-la-Garde oben auf dem Berg. Majestätisch blickte sie über die Stadt. Auch dieses Bild kam ihm bekannt vor. Wieso konnte er sich an den Namen der Basilika erinnern, während ihm sein eigener nicht einfallen wollte?

Vornehme Villen sowie edle Häuser auf großen Grundstücken säumten sein Fahrziel. Gelegentlich tat sich zwischen den Anwesen eine Lücke auf und er konnte das Meer sehen. Diesen Teil von Marseille kannte er nicht.

Unwillkürlich musste er grinsen. Zum Geldadel der Stadt schien er nicht zugehören.

Das hatte sich wohl auch der Taxifahrer gedacht, der ihn während der gesamten Fahrt über den Rückspiegel im Auge behielt. Der nach einer Mischung aus Fisch und Parfüm stinkende, etwas verwahrlost wirkende Mann, passte nicht in diese vornehme Gegend.

Um das Misstrauen des Taxifahrers zu besänftigen, ließ sich Marc an einer Baustelle, gut dreihundert Meter vom Anwesen des Chevalier entfernt, absetzen. In der Einfahrt zum Grundstück stand ein Lastwagen. Mehrere Männer, mit und ohne Arbeitskleidung, waren am Haus mit Renovierungsarbeiten beschäftigt.

Sofort sah er die Zufriedenheit in den Augen des Taxifahrers. Einen nach Fisch stinkenden Bauarbeiter schien er ihm abzunehmen.

Beim Bezahlen des Fahrers wurde ihm klar, dass die zweihundert Euro des Arztes nicht lange reichen würden. Um an Geld zu gelangen, musste ihm bald etwas einfallen. Er brauchte einen Ort, wo er übernachten konnte und letztendlich etwas zum Essen und Trinken.

Da die Polizei nach ihm suchte, konnte er nicht einfach unter einer Brücke oder auf einer Parkbank schlafen.

Nachdem das Taxi außer Sichtweite war, musste er überlegen, wie er weiter vorgehen sollte. Ursprünglich hatte er geplant, sich unauffällig, als Spaziergänger getarnt, mit der Umgebung des Anwesens von Philippe de Perrut vertraut zu machen. Jetzt musste er einsehen, dass es so nicht ging. Die Straße war menschenleer und nur gelegentlich fuhr ein Auto vorbei.

Obwohl die meisten Häuser hinter dichten Hecken sowie hohen Zäunen verborgen waren, konnte es trotzdem auffallen, wenn ein etwas heruntergekommener Fremder mehrmals die Straße auf und ab ging. Unter Umständen hielten ihn die Bewohner oder das Dienstpersonal für einen Einbrecher und riefen die Polizei.

Zwar hatte sich Sorin bemüht, seine zerrissene und blutbefleckte Kleidung herzurichten, aber Eindruck ließ sich damit nicht machen. Wie bereits der Taxifahrer würde auch sonst niemand in der Gegend annehmen, dass er zu einem dieser schicken Häuser gehörte. Dort waren sehr wahrscheinlich sogar die Hausangestellten besser gekleidet als er.

Gerade zur rechten Zeit kam ihm eine etwas ausgefallene Idee. Ein dezentes Schild hatte ihn auf ein kleines Delikatessengeschäft aufmerksam gemacht. Fast verborgen lag es in einer Nebenstraße. Inmitten der vornehmen Villen wirkte es wie ein Fremdkörper. Er vermutete, dass die Kundschaft aus Anwohnern der unmittelbaren Umgebung stammte.

Kurz entschlossen betrat er es. Glücklicherweise war er der einzige Kunde. Ein älterer Mann mit weißem Kittel musterte ihn abschätzend.

„Monsieur?"

„Sind sie der Inhaber des Geschäftes", fragte Marc den Mann.

„Oui, mein Name ist Monsieur Fabre. Wie kann ich ihnen helfen?"

Lässig deutete Dobrin in die ungefähre Richtung des Anwesens, welches gerade renoviert wurde.

„Ich werde zukünftig dort in dem Haus kochen. Heute bin ich lediglich gekommen, um mich über Fortschritte der Renovierungsarbeiten in meiner Küche zu informieren. Dabei bin ich etwas schmutzig geworden. Entschuldigen sie bitte mein ramponiertes Aussehen."

Mit einer Geste zeigte der Feinkosthändler an, dass er dafür Verständnis hatte. Den Fischgestank schien er nicht zu bemerken.

Davon ermutigt fuhr Marc fort: „Beim Vorbeifahren ist mir das Hinweisschild zu ihrem Geschäft aufgefallen. Da wollte ich die Gelegenheit nutzen, mich ein wenig zu informieren. Vielleicht können wir in Zukunft das Eine oder Andere von ihnen beziehen. Natürlich nur, wenn die Qualität ihrer Waren den Ansprüchen meiner Herrschaften genügt."

Ein berechnendes Lächeln überzog das Gesicht des Ladenbesitzers: „Sie gehören zum Personal des neuen Besitzers? Es freut mich außerordentlich, sie kennenzulernen. Der alte Sabin war ebenfalls Kunde bei mir und natürlich möchte ich auch mit den neuen Eigentümern ins Geschäft zu kommen. Die meisten Anwohner in dieser Gegend lassen bei mir einkaufen und sind mit meinem Service sehr zufrieden. Selbst etwas ausgefallenere Wünsche kann ich innerhalb kürzester Zeit realisieren."

Marc setzte ein vertraulich, fragendes Lächeln auf: „Was für Menschen wohnen in dieser Gegend. Ich meine damit, sind sie eher älter oder handelt es sich um jüngere Leute?"

„Gemischt würde ich sagen. Vielleicht in mittleren Jahren", korrigierte sich der Feinkosthändler.

Nacheinander zählte er die Bewohner der einzelnen Häuser auf. Er kannte alle mit Namen.

„Und wer sind die neuen Eigentümer der Sabin-Villa? Dürfen sie darüber sprechen," wollte er von seinem Besucher wissen.

Marc beugte sich weit vor und flüsterte: „Eigentlich ist das nicht für die Öffentlichkeit bestimmt. Doch sie werden es sowieso bald erfahren. Die neue Besitzerin ist eine sehr bekannte italienische Sängerin."

Monsieur Fabre flüsterte nun ebenfalls: „Und wie sie heißt, werden sie mir auch sagen?" Der Mann ohne Gedächtnis lächelte. „Ihre Musik wird sie vielleicht nicht interessieren. Die ist eher etwas für die jüngeren Leute. Doch der Name „Signora Babu" ist ihnen bestimmt geläufig?"

Der Inhaber des Delikatessengeschäfts zeigte sich beeindruckt. „Natürlich ist mir der Name ein Begriff. Sobald meine Töchter zuhause sind, hört man ihre Musik im ganzen Haus. Die Mädchen werden begeistert sein, wenn ich ihnen erzähle, dass die Sängerin „Signora Babu" in die Nähe meines Geschäftes zieht."

„Und wem gehört das Anwesen da hinten", lenkte Marc von der Sängerin ab und zeigte in Richtung des Hauses, das ihn interessierte.

„Sie meinen sicherlich den Besitz von Chevalier Philippe de Perrut und dessen Familie." Monsieur Fabre dämpfte abermals die Stimme, so als wolle er nicht, dass jemand hörte, was er zu sagen hatte.

„Der Name des Chevaliers hat nicht nur in unserer Stadt sehr viel Gewicht. Doch die Leute hier in der Umgebung meiden den Kontakt mit ihm. Über ihn sowie seinen Sohn Ethan sind eine Menge Gerüchte im Umlauf. Natürlich kann ich nicht sagen, welche davon der Wahrheit entsprechen. Hinzu kommt, dass der Chevalier ausgesprochen geizig ist. Er gehört zu den wenigen in diesem Viertel, der nicht bei mir einkauft. Die üblichen Einladungen und Empfänge für Geschäftspartner oder Freunde finden bei ihm nicht statt. Er hat noch nicht einmal einen Hausmeister oder Gärtner. Sämtliche Arbeiten in Haus und Garten werden von einem preiswerten Hausmeisterservice durchgeführt."

Die letzten Sätze betonte er besonders; so als wäre es eine Sünde, kein eigenes Personal zu haben.

„Für dieses große Anwesen gibt es keine Dienstboten," ging Marc willig darauf ein. „Das ist doch fast unmöglich."

„Na ja," berichtigte sich Monsieur Fabre. „Manchmal kommt eine Haushälterin. Allerdings nur für wenige Stunden in der Woche. Vor einigen Jahren gab es das Gerücht, dass der Chevalier sein gesamtes Vermögen verspekuliert hat. Doch kurz darauf muss er eine Glückssträhne erwischt haben. Man sagt, dass seine Geldsorgen der Vergangenheit angehören. Etwa seit dieser Zeit ist Madame de Perrut zudem Inhaberin einiger nobler Herrenboutiquen, nicht nur in Marseille. Der Chevalier möchte nach der nächsten Wahl als Abgeordneter der „Liberté pour la France" ins EU-Parlament nach Straßburg gehen."

Der Feinkosthändler beugte sich noch weiter vor: „Außerdem reden die Leute darüber, dass die Ehe der beiden etwas schwierig sein soll."

„Ja, auch die Reichen haben ihre Probleme," gab sich Dobrin verständnisvoll. „Kommt man vom Boulevard Bonne Brise aus direkt zum Meer oder befindet sich der gesamte Strand in Privatbesitz?"

„Das Ufer ist öffentlich. Selbstverständlich gibt es für die Anwohner, die nicht das Glück haben, ein Anwesen direkt am Meer zu besitzen, diverse Zugänge dorthin. Die schmalen Wege finden sie etwa alle fünfhundert Meter zwischen den einzelnen Grundstücken. Doch sie werden wenig genutzt. Die meisten der Herrschaften hier haben einen Swimmingpool und unternehmen nur gelegentlich einen Strandspaziergang."

Die Informtionen reichten Marc. Höflich trat er den Rückzug an.

Der Feinkosthändler begleitete ihn bis vor die Tür. Er ließ es sich nicht nehmen, den seltsamen Besucher mit einem Handschlag zu verabschieden. Dobrin bedankte sich freundlich und lief zurück zum Boulevard Bonne Brise. Er spürte förmlich die Augen von Monsieur Fabre, die ihm folgten.

Direkt neben dem Anwesen der Chevalier de Perrut fand er einen der beschriebenen Zugänge zum Meer. Leider konnte er von dieser Seite aus nicht auf das Grundstück sehen. Hohe, verstaubte Hecken, verstärkt durch Maschendrahtzaun, verwehrten ihm den direkten Einblick.

Er befand sich auf dem Weg in Richtung Strand, als hinter der Hecke, für seine Augen nicht sichtbar, zwei Autos angelassen wurden. Wenig später konnte er das laute Quietschen eines Eisentores hören.

Eilig lief er zur Straße zurück. Er sah gerade noch, wie zwei Fahrzeuge, zuerst ein Rolls-Royce und kurz darauf ein Maserati, aus der Ausfahrt kamen. Das Tor schloss sich automatisch.

Ärgerlich schüttelte Dobrin den Kopf. Die Fahrer hatte er nicht erkennen können. Sollte einer von ihnen Ethan de Perrut gewesen sein, würde er sich, bis zu dessen Rückkehr, einen Unterschlupf suchen müssen.

Wenig begeistert dachte er darüber nach, wie er herausfinden konnte, ob es sich bei einem der Insassen um Ethan de Perrut gehandelt hatte.

In diesem Moment bog ein älteres VW-Cabrio in den Boulevard ein. Der Wagen blieb am Anfang der Seitenstraße, die zu dem Feinkostladen führte, stehen. Ein junger, kräftiger Mann stieg aus und eilte zielstrebig auf die Einfahrt des Chevaliers zu.

Ganz offensichtlich wurde der junge Mann bereits erwartet. Wie von Zauberhand, öffnete sich das Eisentor erneut.

Diesmal war Marc schnell genug. Kurz bevor sich das Tor wieder schloss, schlüpfte er hindurch und verbarg sich hinter einem niedrig wachsenden Orangenbaum. Sollte er Ethan de Perrut nicht antreffen, wollte er sich wenigstens einen Überblick über das Anwesen verschaffen. Falls er nochmals herkommen musste, konnte das von Vorteil sein.

Aus der Deckung heraus suchte Marc nach aktiven Sicherheitseinrichtungen. Er entdeckte zwei Kameras, die im Moment auf einen anderen Teil des Gartens gerichtet waren und keinerlei Versuche unternahmen, den Eingang zu überwachen.

Der Ankömmling war inzwischen vor dem Haus angekommen. Marc sah, wie eine attraktive, blonde Frau vor Freude strahlend aus dem Haus kam und ihm um den Hals fiel.

Sie mochte vierzig bis fünfzig Jahre alt sein. Die Seide ihrer rosafarbenen Bluse spannte sich provozierend über den großen Brüsten. Unter dem eng anliegenden hellen Rock zeichneten sich deutlich ihre Schenkel ab.

Marc sah zu, wie sie den Ankömmling zärtlich auf den Mund küsste und dabei ihren Körper unverhohlen an ihn presste. Der Feinkosthändler hatte von Schwierigkeiten in der Ehe des Chevaliers gesprochen. Der junge Mann schien eine davon zu sein.

Nachdem die beiden eng umschlungen im Haus verschwunden waren, begann Marc die riesige, üppig bewachsenen Gartenanlage zu erkunden. Immer wieder warf er dabei einen Blick auf die Außenkameras. Die Objektive machten keine anstalten, ihre Überwachungstätigkeit aufzunehmen. Vermutlich hatte man sie ausgeschaltet.

Das Grundstück machte einen ungepflegten Eindruck. Auch die zahlreichen Liegestühle, die verteilt unter alten Olivenbäumen standen, hatten schon bessere Zeiten gesehen.

Ein schmaler Weg führte zwischen Blumenrabatten am Haus vorbei zu einer überdachten Terrasse und dahinterliegendem Swimmingpool. Von hier aus hatte man eine herrliche Aussicht auf das blau schimmernde Meer. Ein riesiges Kreuzfahrtschiff, vielleicht auf der Fahrt von Marseille nach Nizza oder Monaco, fuhr nur wenige Hundert Meter entfernt die Küste entlang.

Vorsichtig überquerte Dobrin die Terrasse. Dabei achtete er besonders darauf, keine Geräusche zu verursachen. Eine der gläsernen Schiebetüren am Haus war geöffnet und forderte ihn geradezu auf, einzutreten.

Zuerst fiel sein Blick auf einen großen, offenen Kamin, der den Raum beherrschte. Mehrere, bequem aussehende Ledersessel waren um ihn herum gruppiert. Weitere Sitzmöglichkeiten, zusammen mit kleinen Tischen, hatte man zwanglos im Raum verteilt. Der Besucher war nicht weit gekommen. Bevor Dobrin ihn und die Frau sah, hörte er an den Geräuschen, wo sie sich befanden. Vorsichtig schlich er näher.

Mit Konversation hatten sie sich nicht aufgehalten, stellte Marc amüsiert fest. Die beiden lagen hinter einer zweisitzigen Couch neben einer

Glasvitrine auf einem weichen Teppich und waren intensiv mit sich selber beschäftigt.

Die Kleidung der Frau samt Unterwäsche lag verstreut auf dem Boden. Ebenso die Hose sowie Schuhe des Mannes. Zum Ausziehen der weißen Strümpfe, die fast bis zu den Knien reichten, war er nicht mehr gekommen.

Marc musste sich dreimal laut räuspern, bevor die Frau endlich aufblickte: „Oh Gott, wer sind sie. Wie kommen sie ins Haus?"

Sie wälzte sich unter dem Körper des Mannes hervor, stand auf und starrte ihn mehr wütend als ängstlich an. Ohne ihre Kleidung wirkte sie viel weniger attraktiv. Die schweren Brüste hingen tief herunter und berührten dabei den schlaffen Bauch.

Erst jetzt dachte die Frau daran, dass sie nackt war. Wahllos hob sie eines der herumliegenden Kleidungsstücke auf und bedeckte damit ihren Körper.

Mehr aus einem Instinkt heraus bemerkte Marc die Bewegung seitlich von ihm. Als der Mann auf ihn zusprang, hielt er ein kleines Messer in der Hand. Er musste in einem seiner Strümpfe gesteckt haben.

„Du hast dir das falsche Haus ausgesucht", schrie er. „Einbrecher haben hier keine Chance."

Marc fand das Geschrei des nackten Mannes einfach lächerlich. Die hohe Stimme passte nicht zu der durchtrainierten Figur.

Er war sich durchaus bewusst, dass er einem Instinkt folgte, als sein rechter Arm die Luft teilte und sämtliche gläsernen Kostbarkeiten auf einer Vitrine, die ihm dabei im Weg standen, zur Seite räumte. Noch während er sich auf dem Absatz herumdrehte, schoss sein linker Fuß in die Höhe und bohrte sich dem nackten Mann mit aller Wucht in den Unterleib. Der Schwung reichte aus, damit er benommen zu Boden fiel und dort liegen blieb. Fast verächtlich kickte Marc das Messer aus seiner Reichweite.

„Was wollen sie?", flüsterte die Frau.

Scheinbar hatte sie sich in ihr Schicksal ergeben, doch davon ließ sich Marc nicht täuschen. Der harte Ausdruck in ihrem Gesicht zeigte Wut sowie Entschlossenheit. Trotz ihrer Nacktheit machte sie auf ihn den gefährlicheren Eindruck.

Ihre graublauen Augen ließen eine undeutliche Erinnerung in seinem Kopf wach werden. Ihm blieb keine Zeit, über das „woher" nachzudenken.

Ihr Tritt sollte ihm wohl, wenigstens für kurze Zeit, kampfunfähig machen. Er erfolgte ganz plötzlich und ohne Ansatz. Dabei lies sie das Kleidungsstück fallen. Ihre Finger griffen wie Klauen nach seinem Gesicht.

Abermals kam die Reaktion von ihm automatisch. Mit einem Bein blockte Marc den heimtückischen Tritt ab. Er bekam ihre Hände zu fassen, zog sie mit einem kräftigen Ruck zu sich heran und verpasste ihr gleich mehrere Ohrfeigen.

Sie verlor dabei die Balance, stolperte über ein paar der herumliegenden Kleidungsstücke und fiel letztendlich auf den Liebhaber.

„Sollten sie oder ihr Gockel noch einmal versuchen, mich anzugreifen, breche ich ihnen ohne weitere Warnung die Arme", drohte Marc.

Was waren das für Worte? Wieso konnte er sich völlig unbewaffnet gegen zwei Personen zur Wehr setzen? Woher kamen diese Fähigkeiten?

Ohne die Zwei aus den Augen zu lassen, nahm er die Bluse der Frau und riss sie in Streifen.

„Beide auf den Rücken legen und die Arme nach oben halten:"

Anstandslos folgten sie seinem Befehl. Wenig später waren sie an Händen und Füßen gefesselt.

„Wer ist vorhin fortgefahren", wollte er von der Frau erfahren.

Sie schwieg.

„Das waren mein Mann und unser Sohn", antwortete sie zögernd, nachdem Marc mit drohender Miene ganz dicht an sie herangetreten war.

„Doch sie werden jeden Moment zurückkommen", fügte sie hinzu.

Er grinste sie fröhlich an: „Dann sollten Mann samt Sohn bei der Rückkehr wohl dabei zusehen, wie sie sich mit diesem Typen auf dem Teppich vergnügen."

Drohend trat er abermals an sie heran: „Wohin sind sie wirklich gefahren? Mein Angebot, ihnen die Arme zu brechen, gilt auch, wenn sie nicht oder falsch antworten."

Wütend schaute sie ihn an. „Sie haben mir beim Mittagessen Gesellschaft geleistet. Jetzt sind sie in die Firma zurückgefahren."

Dobrin nahm das Bild eines jungen Mannes von der Wand und betrachtete es genauer. Die gleichen graublauen Augen wie bei der Frau schauten ihm entgegen. Einzelne Bruchstücke seiner Erinnerungen kehrten unvermittelt zurück. Die Augen sah er heute nicht zum ersten Mal. Plötzlich erinnerte er sich an Schüsse sowie heftige Schmerzen. Mit diesem Mann hatte er sich kurz vorher getroffen. Doch warum?

„Ist das ihr Sohn Ethan de Perrut?" wollte er von der Frau bestätigt bekommen.

Sie nickte: „Sobald er erfährt, dass sie mir Gewalt angetan haben, wird er sie suchen und töten."

Marc stellte dabei verwundert fest, dass ihn diese Drohung nicht sonderlich beeindruckte. „Wer bist du gewesen,", schrie es in ihm.

Er musste unbedingt mit dem Sohn der Frau sprechen. Er hätte nur ein paar Minuten früher hier sein müssen. Durch ihn würde er seine Vergangenheit zurückbekommen. Zumindest konnte dieser Mann ihm dabei helfen, dass sich weitere Puzzlestücke letztendlich zu einem Ganzen zusammenfügten.

Bevor er sich daran machte, das Haus zu durchsuchen, überprüfte er vorsichtshalber die Fesseln der Gefangenen. Bei der Rückkehr wollte er keine Überraschung erleben.

Im ersten Stock fand er neben etlichen Schlafzimmern am Ende eines Ganges schließlich so etwas wie ein Arbeitszimmer. Es musste dem Senior gehören, stellte er anhand mehrerer Visitenkarten mit dem Wappen des Chevaliers und dem Namen Philippe de Perrut fest. Sorgsam waren sie neben der Schreibtischunterlage aufeinandergestapelt. Darauf fand er auch die Firmenanschrift. Der Name Boulevard de la Corderie sagte ihm etwas. Er befand sich unweit des alten Hafens, wie er wusste.

Hinter einem Bild versteckt, fand er einen altertümlichen Tresor mit altmodischem Schloss. Bedauerlicherweise konnte er, trotz intensiver Suche, nirgendwo den Schlüssel dazu entdecken.

Mit einem Brieföffner in Form eines Degens, den er in einem eisernen Ständer fand, brach er zwei verschlossene Schubladen des Schreibtisches auf. In einem neutralen Umschlag fand er ein ganzes Bündel mit Euro-Scheinen. Seiner Schätzung nach waren es zwei- bis dreitausend Euro. Ohne größere Gewissensbisse steckte er das Geldbündel ein. Damit waren seine Geldprobleme vorerst gelöst.

Ansonsten fand er in den Schubladen noch diverse Schriftstücke sowie etliche Verträge. Er nahm sie ebenfalls mit. Wenn der Chevalier sie extra einschloss, mussten sie ihm etwas bedeuten. Vielleicht konnten sie ihm zu einem späteren Zeitpunkt nützlich sein.

Anschließend machte er sich an die flüchtige Durchsuchung der diversen Schlafzimmer. Der Chevalier und seine Frau schliefen in getrennten Zimmern, stellte er fest. Zwei miteinander verbundene Räume schienen von Ethan de Perrut bewohnt zu werden. Seltsam, dass ein Mann in diesem Alter noch im Haus der Eltern wohnte, wunderte er sich.

Obwohl er dort sehr intensiv alles durchsuchte, dass etwas mit seiner eigenen Vergangenheit zu tun haben konnte, fand er nicht den geringsten Hinweis.

Ganz zum Schluss ging er noch einmal das Schlafgemach von Catherine de Perrut. Vorher hatte er dort in einer Kommode eine sehr kleine Pistole gesehen.

Nachdenklich betrachtete er sie. Die Waffe war weniger als zwanzig Zentimeter lang. Er wusste, dass es sich dabei um eine achtschüssige IZH-75 aus russischer Produktion handelte. Sie ähnelte der sehr viel bekannteren Makarow; war nur bedeutend kleiner. Er steckte sie in seinen Gürtel. Das darüberfallende Hemd würde sie hoffentlich verbergen.

„Woher weißt du das alles", schrie es zum wiederholten Male in ihm.

Als er zu den Gefangenen zurückkehrte, lagen sie unverändert auf dem Boden. Er wollte schon gehen, als ihm ein Smartphone auffiel, dass etwas verdeckt unter der Jacke des Mannes lag. Nachdenklich und schließlich belustigt hob er es auf.

Die übelsten Schimpfworte kamen über die Lippen der Frau, während er sie sowie ihren Liebhaber damit fotografierte.

Es waren keine ansprechenden Aufnahmen. Auf dem Display sah man deutlich die seitlich herunterhängenden, schweren Brüste und die Orangenhaut an den Oberschenkeln der Frau.

„Richten sie ihrem Mann und Sohn aus, dass diese Bilder im Internet veröffentlicht werden, wenn sie mich weiterhin durch die Polizei suchen lassen."

Die Frau starrte ihn entsetzt an. „Sie sind Marc Dobrin? Mein Sohn hat gesagt, dass sie tot sind."

Etwas wie Erleichterung kam in ihm auf. Wenigstens wusste er jetzt, dass er tatsächlich Marc Dobrin hieß.

„Wie sie selber sehen können, bin ich sehr lebendig. Warum lässt ihr Sohn nach mir suchen, wenn er mich für tot hält? Und wieso bespricht er solche Dinge mit seiner Mutter. Das sollten sie mir genauer erklären."

Dass sie zugegeben hatte, vom Tod Marc Dobrins Kenntnis zu haben, war ein Fehler. Catherine de Perrut bemerkte ihn zu spät. Wütend kniff sie die Lippen zusammen. Marc sah an ihrem Minenspiel, wie sie nach einer plausiblen Erklärung suchte.

„Mein Sohn hat sie schwer verletzt in einem Park gefunden," beantwortete sie schließlich seine Frage. „Ein Freund von ihm wollte sie in ein Krankenhaus schaffen. Auf dem Weg dorthin sind sie unerwartet aus dem Auto gesprungen. Von dem Freund hat mein Sohn schließlich erfahren, dass sie geradewegs ins Meer gelaufen sind."

„Das erklärt immer noch nicht, warum er darüber mit ihnen gesprochen hat."

Catherine de Perrut tat empört: „Es ist es doch normal, dass ein Sohn über solch schreckliche Ereignisse mit seiner Mutter spricht."

Sie musste erneut überlegen, bevor sie weitersprach: „Er hat mir von einem Gerücht erzählt. Angeblich haben Fischer einen Mann mit schlimmen Verletzungen aus dem Meer gezogen. Mein Sohn wollte herausbekommen, ob es sich dabei um den Mann handelt, den er gefunden hatte. Aus diesem Grund hat er die Polizei eingeschaltet."

„Sie lügen sehr schlecht. Ihr Sohn hat auf mich schießen lassen."

Marc hoffte, die Frau weiter aus der Reserve locken zu können. Doch Madame de Perrut schwieg. Ihrem Gesichtsausdruck nach zu urteilen, würde auch die erneute Androhung von körperlicher Gewalt nichts daran ändern. Es war an der Zeit, ihren Sohn zu befragen.

Bei der Durchsuchung der am Boden liegenden Kleidungsstücke fand er in der Hose des Mannes den Schlüssel für das Cabrio. Zufrieden nahm er außerdem dessen Brieftasche mit den Wagenpapieren sowie Kreditkarten mit.

Ganz zum Schluss holte er noch das Messer unter dem Sessel hervor und schob es in seine Hosentasche. Ein letztes Mal überprüfte er die Fesseln der Gefangenen. Catherine de Perrut sollte möglichst keine Gelegenheit bekommen, ihren Sohn über sein überraschendes Auftauchen in Kenntnis zu setzen. Ansonsten konnte er nur hoffen, dass man die beiden nicht so bald fand.

17.

Marc stellte das ausgeliehene Cabrio in einer Seitenstraße unweit des alten Hafens ab. Von da aus waren es bis zum Boulevard de la Corderie, wo sich das Büro der Perruts befinden sollte, nur wenige Meter.

Auf dem Weg dorthin kam er an einer kleinen Herrenboutique vorbei. Er beschloss, einen Teil des entwendeten Geldes für neue Kleidung auszugeben. Er musste den ekelhaften Fischgeruch loswerden.

Er war der einzige Kunde. Die beiden freundlichen Verkäuferinnen bemühten sich gleichzeitig um ihn. Über die erfundene Geschichte, dass er auf dem Fischmarkt ausgerutscht sei und dabei in einer Kiste mit Abfällen gelandet war, konnten sie herzhaft lachen. Sie erklärten sich sofort bereit, seine alte, stinkende Kleidung zu entsorgen.

Zu gerne hätte er auch geduscht, doch das musste er wohl oder übel auf einen späteren Zeitpunkt verschieben.

Die Sonne schien hell und spiegelte sich in den eleganten Geschäften am Boulevard de la Corderie. Um sich einen Überblick zu verschaffen, blieb er öfter vor einem der Schaufenster stehen. Vieles in der Straße kam ihm bekannt vor. Ganz bestimmt war er in einem früheren Leben bereits hier gewesen. Vergeblich versuchte er, sich daran zu erinnern. Vielleicht wohnte er sogar in der unmittelbaren Umgebung. Der Gedanke an diese Möglichkeit erzeugte einen stechenden Schmerz in seinem Kopf.

Die Firma der de Perruts befand sich in einem fast neuen, mit weißem Marmor verkleideten, vierstöckigen Gebäude. Rechts und links davon standen zwei bedeutend ältere Häuser. Wie er sich zu erinnern glaubte, gab es den Mischmasch aus alt und neu in Marseille ziemlich oft.

Auf der Firmentafel aus Kupfer prangte in dunkelgrüner Schrift einzig der Name „de Perrut. Einen Hinweis auf die Art ihres Geschäftes gab es nicht.

Offensichtlich erstreckte sich das Unternehmen auf das gesamte Gebäude. Das erschwerte die Suche nach Ethan de Perrut. Wo sollte er anfangen?

Zudem gab es einen Pförtner, der von seinem Glaskasten aus jeden Besucher, der das Gebäude durch den Haupteingang betrat, kommen sah. Um ungesehen hineinzugelangen, musste er eine andere Möglichkeit finden oder darauf hoffen, dass der Portier den Arbeitsplatz wenigstens für kurze Zeit verließ.

Gleich mehrmals spazierte Marc an dem Gebäude vorbei. Um nicht aufzufallen, passte er sich den geschäftigen Schritten der übrigen Passanten an. Dabei fiel ihm auf, dass weder Rolls-Royce noch Maserati in unmittelbarer Nähe des Hauses parkten. Entweder waren Vater und Sohn doch nicht in die Firma gefahren oder es gab in der Nähe eine Garage, in der sie ihre Fahrzeuge unterstellen konnten.

Vielleicht gehörte zum Haus eine eigene Tiefgarage? Im Innenstadtbereich von Marseille kam das nicht allzu oft vor. Anderseits handelte es sich um ein recht neues Gebäude. Bei dem chronischen Parkplatzmangel, besonders in diesem Stadtteil, konnte der Architekt durchaus auf so eine Idee gekommen sein.

Er machte sich auf die Suche. Tatsächlich hatte das Haus eine eigene Tiefgarage. Die Zufahrt befand sich in einer weniger befahrenen Seitenstraße auf der Rückseite des Gebäudes. Sie war mit einem metallenen Rolltor sowie Gegensprechanlage gesichert. Eine Überwachungskamera konnte er nirgendwo entdecken.

Um auf diesem Weg ungesehen hineinzugelangen, musste er wohl oder übel darauf warten, bis jemand in die Garage wollte oder herauskam.

Die Warterei stellte seine Geduld auf eine harte Probe. Unterdessen hoffte er inständig, dass es Catherine de Perrut oder ihrem Liebhaber nicht gelungen war, sich von den Fesseln zu befreien. In dem Fall würde ihr Sohn ihn mit großer Wahrscheinlichkeit bereits erwarten.

Es verging fast eine halbe Stunde, bis sich das Tor ratternd öffnete. Ein Renault kam über die steile Auffahrt heraufgefahren und reihte sich in den Verkehr ein. Mit einem kurzen Spurt gelangte Marc in die Tiefgarage, bevor sich das Tor automatisch hinter ihm schloss. Sie war nicht groß. Es gab Platz für etwa fünfzehn Fahrzeuge. Maserati und Rolls-

Royce parkten einträchtig nebeneinander auf gekennzeichneten Feldern. Etwas entfernt davon stand ein kleiner Citroën. Die restlichen Parkplätze waren unbenutzt.

Auch hier konnte er nirgendwo eine Überwachungskamera entdecken.

Durch eine unverschlossene Eisentür gelangte er ungesehen ins Treppenhaus. Neben dem Lift führte eine Treppe zu den oberen Stockwerken. Wo sollte er anfangen, das Büro Ethan de Perruts zu suchen?

Nach kurzem Abwägen entschloss sich Marc, mit dem Lift in die oberste Etage zu fahren. Meistens befanden sich die Büros der Vorgesetzten über den Köpfen der Angestellten.

Jederzeit damit rechnend, jemanden in die Arme zu laufen, fand er sich schließlich in einem kurzen Gang mit mehreren Türen wieder.

Aufmerksam schaute er sich um. Unmittelbar neben dem Aufzug stand eine Sitzgruppe mit ein paar unbequem wirkenden Sesseln. Ergänzt wurde die Wartezone durch eine kleine Anrichte mit Kaffeeautomaten sowie zahlreichen Plastikbechern. An den Wänden hingen großformatige Fotos von Paris. Auf einem davon konnte er Ethan de Perrut, zusammen mit einem älteren Herrn, erkennen. Marc vermutete, dass es sich dabei um seinen Vater handelte.

Bedauerlicherweise fand er nirgendwo ein Namensschild, das ihm verriet, ob sich hinter einer der Türen das Büro von Ethan de Perrut verbarg. Ein Wegweiser mit der Überschrift „SORTIE DE SECOURS" am Ende des Ganges führte zum Treppenhaus. Er merkte ihn sich. Vielleicht war dieser Weg später für ihn die einzige Möglichkeit, das Gebäude schnell zu verlassen.

Dass sich hinter den Türen Personen aufhalten mussten, hörte er, als ein Stuhl umfiel. Unmittelbar darauf vernahm er die Stimmen zweier Männer.

„Wir können die Ware nicht länger in dem Container lassen", sagte einer von ihnen. „Sie verhungern und verdursten uns dort. Das bringt nur Scherereien mit sich."

„Reg dich nicht auf", antwortete ein anderer Mann. „Sollten es einige nicht überleben, ist das nicht weiter schlimm. Einzeln sind sie sowieso nicht viel wert. Die Leute in Alexandria wissen, wie und wo sie entsorgt werden können. Wir berechnen ihnen entsprechend weniger."

Ging es bei der Unterhaltung um Vieh? Nachdem was Marc über Ethan de Perrut gehört hatte, nahm er an, dass die Männer über eine andere Art Handelsgut sprachen. Bei einem ihrer Spaziergänge hatte Sorin mal erzählt, dass viele der Prostituierten am Ende ihrer Laufbahn nach Nordafrika geschafft wurden. Dort mussten sie bis an ihr Lebensende in heruntergekommen Bordellen ihren Körper verkaufen.

Die Antwort des anderen Mannes bestand aus ärgerlichem Gemurmel, dessen Sinn ihm verborgen blieb.

Um möglichst viel von dem Gespräch mitzubekommen, hatte er den Kopf dicht an die Tür gepresst. Das Geräusch des ankommenden Fahrstuhls war sehr leise. Er hörte ihn erst, nachdem er mit einem gedämpften Laut angehalten hatte. Es war zu spät, um den Notausgang zu erreichen.

Als sich die Lifttür öffnete, sah er sich zwei Männer gegenüber, die ihn überrascht anschauten. Sie reagierten unerwartet schnell.

Einer der beiden versuchte sofort, eine schwere Automatikpistole unter der Jacke hervorzuziehen. Marc drehte sich blitzschnell um die eigene Achse, ging gleichzeitig in die Hocke, hob dabei einen Fuß und trat zu. Sein Absatz traf mit voller Wucht die Hand mit der Pistole. Bevor sie zu Boden fiel, löste sich ein Schuss, der die Kabinendecke des Aufzugs durchschlug.

Abrupt beendete Marc die Kreiselbewegung und trieb dem zweiten Mann beim Hochspringen die Schulter in den Leib. Dessen lauter Fluch endete in einem Stöhnen, als er zuerst brutal gegen die Wand gequetscht wurde und sofort darauf zwei Fingerkuppen punktgenau seinen Solarplexus trafen. Bewusstlos fiel er zu Boden.

Den Schuss sowie die Kampfgeräusche waren bis zu den diskutierenden Männern hinter der Tür gedrungen. Ruckartig wurde sie aufgerissen und Marc konnte erneut in zwei überraschte Gesichter sehen.

Einer der Männer trug einen weißen Verband um den Kopf. Trotzdem war die Ähnlichkeit mit seiner Mutter nicht zu übersehen. Ethan de Perrut besaß die gleiche helle Haut sowie ihre graublauen, harten Augen.

Am Arm des Mannes neben ihm konnte er eine Gipsmanschette sehen. Marc vermutete, dass es sich bei ihm um Andrée Le Briand handelte. Das feingliedrige Gesicht mit den vollen Lippen, seine schlanke Figur sowie die schulterlangen, schwarzen Haare hätten auch einer Frau gestanden.

Andrée Le Briand wusste sofort, wer ihm gegenüberstand. Marc erkannte es an dem bösartigen Funkeln in seinen kleinen, eng zusammenstehenden Augen.

In diesem völlig falschen Moment kehrte ein Teil der Erinnerungen zurück. Plötzlich konnte er sich an das Treffen im Jardin du Pharo erinnern. Zwischen ihm und den beiden Männern war es zu Handgreiflichkeiten gekommen. Als Nächstes fielen ihm die darauffolgenden, unsagbaren Schmerzen ein. Danach war die barmherzige Dunkelheit über ihn hereingebrochen.

Nur mühsam konnte Marc die aufkommenden Erinnerungen verdrängen. Die augenblickliche Situation eignete sich ganz eindeutig nicht dazu, seine Gedanken zu ordnen. Diesmal hatte er es mit vier Gegnern zu tun. Das sowie die noch nicht völlig verheilten Wunden zwangen ihn dazu, den Rückzug anzutreten. Keinesfalls wollte er das Risiko einer erneuten schweren Verletzung eingehen. Er musste einen anderen Weg finden müssen, um sich mit Ethan de Perrut oder Andrée Le Briand zu unterhalten.

Hinter sich bemerkte er eine leichte Bewegung. Gerade noch rechtzeitig drehte er sich zur Seite. Die Knöchel seiner linken Hand trafen den Mann, dessen Schusswaffe er weggeschlagen hatte, mit voller Wucht in

Höhe des zwölften Brustwirbel ebenfalls auf dem Solarplexus. Wie eine Strohpuppe sackte er zusammen. Zumindest für die nächsten Minuten ging von ihm keine Gefahr aus.

Mit einem Finger drückte er auf den Abwärtsknopf des Lifts, während er mit der anderen die kleine Pistole von Madame de Perrut aus seinem Gürtel zog, entsicherte und sofort abdrückte.

Absichtlich hatte er dabei knapp über die Köpfe der Männer gezielt. Bevor sich die Aufzugtür schloss, sah er, wie sie hastig in dem Raum hinter sich stolperten.

Beim Verlassen des Aufzuges stieß Marc mit einer auffallend hübschen, jungen Frau zusammen. Ihre weit aufgerissenen blauen Augen wechselten erschrocken zwischen ihm sowie dem bewusstlosen Mann auf dem Liftboden hin und her.

Bevor sie schreien konnte, schob Marc ihr brutal den Lauf der Pistole zwischen die Lippen. Gleichzeitig griff er in die langen, blonden Haare und zog sie zu sich heran. Zufrieden stellte er fest, dass sie vom Portier in dem Glaskasten nicht gesehen werden konnten.

Die junge Frau mochte Anfang zwanzig sein. Sie besaß viel Ähnlichkeit mit einer dieser Barbiepuppen und erinnerte ihn an jemanden. Durch das helle einfache T-Shirt mit der Aufschrift von Armani war deutlich ein rosafarbener BH zu erkennen. Dazu trug sie einen leichten, bunten und ziemlich kurzen Rock.

„Wenn sie schreien, schieße ich," zischte er sie an. „Haben sie mich verstanden?"

Ihre Kopfbewegung fiel durch die Pistole in ihrem Mund etwas mühsam aus.

„Haken sie sich bei mir ein. Wir verlassen jetzt gemeinsam das Gebäude. Wenn wir beim Portier vorbeikommen, müssen sie lächeln. Er soll annehmen, dass ich ihr Freund oder ein guter Bekannter bin. Falls sie irgendwelche Schwierigkeiten machen, schieße ich. Ist das klar?"

Auf ihr mehrmaliges Nicken hin schob Marc die IZH-75 zurück in den Gürtel.

„Ich werde alles machen, was sie von mir verlangen", flüsterte sie verängstigt.

Marc konnte sich denken, dass ihm nicht viel Zeit blieb. Ethan de Perrut und die anderen Männer würden ihm bald auf den Fersen sein.

„Wie sind sie hergekommen", fragte er.

Er hatte ihr den Arm um die Taille gelegt und führte sie, am Portier vorbei, aus dem Haus. Dessen verwunderte Miene ignorierte er.

„Mit meinem Auto. Es steht vor dem Haus gleich nebenan," antwortete sie mit piepsiger Kleinmädchenstimme.

„Dann bringen sie mich hin."

Wenig später saßen sie in einem auffälligen, goldfarbenen BMW Cabrio. Gehorsam befolgte die Frau Marcs Anweisungen. Trotz ihrer offensichtlichen Nervosität fädelte sie sich geschickt in den dichten Verkehr ein.

„Wohin fahren wir?"

Der Ansatz eines Lächelns in ihren großen, blauen Augen sollten ihn wohl beeindrucken. Doch er sah die Angst dahinter.

Marc antwortete mit einer Gegenfrage: „Wo wohnen sie?"

Die Blonde schüttelte den Kopf. „Ich habe ein Apartment östlich der La Canbière. Dorthin werde ich sie auf keinen Fall bringen."

„Warum nicht?"

„Der Portier wird Andrée sicherlich sagen, dass sie mir beim Verlassen des Hauses, den Arm um die Taille gelegte haben. Er wird vor Wut in die Luft gehen und überall nach mir suchen. Zuallererst natürlich in meiner Wohnung. Zudem wartet dort meine Mam. Ich habe bereits einmal gesehen, wie sie Andrée und Ethan gleichzeitig zusammengeschlagen haben. Ich möchte nicht, dass Mutter bei so einer Auseinandersetzung zuschaut. Sie hat ein schwaches Herz und jede Aufregung ist schädlich für sie. Was haben sie mit dem Mann gemacht, der im Lift auf dem Boden lag? Ist er tot?"

Ihre Stimme klang immer noch wie die eines Kindes.

„Nein, lediglich bewusstlos. Wie stehen sie zu Andrée Le Briand und Ethan de Perrut?"

„Andrée ist mein Freund. Durch ihn habe ich Ethan kennengelernt."

Ein weiterer Teil seiner Erinnerungen kehrte mit aller Macht zurück. „Sie waren die Frau am Jardin du Pharo, mit der sich die beiden vor dem Treffen mit mir gestritten haben? Anschließend sind sie weggelaufen. Wie wollen sie da etwas gesehen haben?"

„Nein, ich bin nicht sofort gegangen. Ich wollte wissen, was Andrée und Ethan um diese Zeit dort vorhatten. Trotz des Regens habe ich deshalb aus sicherer Entfernung dabei zugesehen, wie sie sich mit den beiden unterhalten haben. Zuerst sah es nach etwas Geschäftlichen aus. Da habe ich mich noch gewundert, dass sie sich bei diesem Wetter ausgerechnet dort treffen. Darum habe ich auch gesehen, wie sie ganz plötzlich auf sie eingeschlagen haben. "

„Dann müssen sie mitbekommen haben, wer auf mich geschossen hat. Kennen sie den Grund?"

„Nein, wer die Schüsse abgegeben hat, kann ich nicht sagen. Vermutlich war es der Fahrer von Ethan. Ich habe mich nicht getraut, mit Andrée darüber zu sprechen. Dass ich dabei zugesehen habe, wie er und Ethan von einem einzigen Mann niedergeschlagen wurden, hätte ihn tief gekränkt. Außerdem wusste ich nicht, was Ethan sagt, wenn er es erfährt."

Er lächelte sie beruhigend an: „Ihre Argumente haben mich überzeugt. Es wäre wirklich nicht klug, wenn wir zu ihrer Wohnung fahren. Wie heißen sie?"

„Lilou Belet. Und sie sind Marc Dobrin."

„Wieso kennen sie meinen Namen?"

„Andrée hat ihn genannt, als ich ihn im Krankenhaus besucht habe. Da wollte er mir weismachen, dass sie ihn und Ethan, mit der Hilfe etlicher Begleiter zusammengeschlagen haben. "

Die blonde Frau warf ihm ein scheues Lächeln zu, während sie sich gleichzeitig auf den dichten Verkehr konzentrierte: „Nach den Geschehnissen heute werde ich ihren Namen wohl für den Rest meines Lebens nicht mehr vergessen. "

Für einen kurzen Moment ließ sich Marc von ihrer zutraulichen Art einlullen. Verzweifelt versuchte er, den Rest seiner Erinnerungen zurückzubekommen. Viele Gebäude, an denen sie vorbeifuhren, kamen ihm bekannt vor. Andere, neuere sah er dagegen zum ersten Mal. Wieso? Falls er in dieser Stadt lebte, sollte es eine Wohnung geben, zu der sie fahren konnten.

Die blonde Frau musste bemerkt haben, dass seine Aufmerksamkeit nachgelassen hatte. An einer roten Ampel versuchte sie, die Gelegenheit zu nutzen. Noch während das Fahrzeug ausrollte, riss sie die Tür auf, stieß sich vom Sitz ab und schwang die Beine nach außen.

Marcs Hand war wie eine Klaue, als er sie an den Haaren packte und auf den Sitz zurück zerrte. Ungeachtet der anderen Verkehrsteilnehmer bog er ihren Kopf nach hinten, sodass ihr Hals aufs Äußerste gespannt war. Es sollte wehtun, als er ihr die Pistole in die Seite drückte.

Keiner der anderen Autofahrer oder Passanten machte Anstalten, einzugreifen. In Marseille tat man gut daran, sich nicht in fremde Angelegenheiten einzumischen.

„Ich versuche es nie wieder. Ich schwöre es, " schrie sie aus einer Mischung von Schmerz und Angst.

„Dann fahren sie jetzt ganz ruhig weiter. "

Tränen der Enttäuschung liefen über ihre Wangen, als sie seinem Befehl nachkam.

Von nun an ließ Dobrin sie nicht mehr aus den Augen. Mit ihrem Lächeln würde sie ihn nicht mehr täuschen.

Bis zu dem unerwarteten Fluchtversuch war er davon ausgegangen, dass sie zu diesen selbstsicheren, verwöhnten Töchtern aus gutem Haus gehörte, die meinten, alleine durch ihr Aussehen und Auftreten alles zu erreichen. Ihre piepsige Kinderstimme passte dazu. Dass sie auch eine gehörige Portion Mut besaß, hatte ihn überrascht.

Wie kam Lilou Belet in die Kreise dieser Zuhälter und Mädchenhändler? Hatte sie sich aus Langeweile mit Andrée Le Briand einzulassen? Wie viel wusste sie über die Tätigkeit ihres Freundes? Er nahm sich vor, sie später danach zu fragen.

Zuerst einmal musste er einen geeigneten Ort finden, um sich mit Ethan de Perrut oder Andrée Le Briand zu unterhalten.

Beim Nachdenken heftete sich sein Blick mehr zufällig auf den kurzen Rock und die gebräunten Beine der Fahrerin.

Sie hatte es bemerkt: „Wollen sie mit mir schlafen? Wir können an einen Ort fahren, wo uns niemand stört. Danach lassen sie mich laufen und verschwinden aus meinem Leben."

Um die Bedeutung ihrer Worte zu unterstreichen, reckte sie ihren beachtlichen Busen und zog den Rock soweit hoch, dass er ihren rosafarbenen Slip sehen konnte.

Freudlos grinste Marc sie an. „Sie müssen sich nicht anstrengen. An ihren Spielsachen bin ich nicht interessiert."

„Was wollen sie dann von mir?"

„Ich will Ethan de Perrut oder ihren Freund Andrée ein paar Fragen stellen. Dabei werden sie mir behilflich sein. Mehr nicht. Danach dürfen sie völlig unbeschadet in ihr eigenes Leben zurückkehren."

Fast verlegen zupfte die junge Frau ihren Rock zurecht. „Was wollen sie von den beiden hören?"

„Darüber sprechen wir später."

„Andrée an einen Ort zu locken, wo sie sich ungestört mit ihm unterhalten können, sollte nicht schwierig sein. Der Portier hat ihm inzwischen längst verraten, wie vertraut sie mich beim Verlassen des Gebäudes festgehalten haben. Darüber dürfte mein Freund ungeheuer wütend sein. Andrée hat eine rege Fantasie und kann sehr eifersüchtig sein. Er meint, dass ich ihm gehöre. Inzwischen malt er sich wahrscheinlich aus, was sie mit mir anstellen. Also wohin soll ich sie fahren?"

Zweifelnd schaute Marc die Frau an. Spielte sie die Naive oder glaubte sie tatsächlich, dass der Handlanger eines Zuhälters Eifersucht verspürte, nur weil ein anderer Mann ihr den Arm um die Taille gelegt hatte?

Ihre Frage nach dem „wohin" war inzwischen das größte Problem für ihn. Ganz dringend musste er einen Ort finden, an dem er mit einem der beiden Männer sprechen konnte.

Vergeblich versuchte er, sich an Orte in Marseille zu erinnern, die dafür infrage kamen. Ein leer stehendes Büro oder Lager wäre ideal. Es sollte ein Ort sein, an dem es nicht auffiel, wenn es bei der Unterhaltung etwas lauter zuging.

Dieses verdammte Gedächtnis. Er hoffte inständig, dass die Diagnose des Arztes aus Fos-sur-Mer stimmte und die Erinnerungen vollständig zurückkehrten.

Die Hotels sowie Pensionen, an denen sie vorbeifuhren, schieden aus. Lilou Belet würde sich nicht widerstandslos, an einem Portier vorbei, in ein Zimmer bringen lassen.

Die Werbung eines Automatenhotels auf einer schmutzigen Hauswand brachte ihn schließlich auf eine Idee. In solchen Absteigen gab es in der Regel keine misstrauischen Empfangschefs. Er konnte sich mit dem entwendeten Ausweis des Liebhabers von Madame de Perrut anmelden und mit dessen Kreditkarte bezahlen.

„Fahren sie Richtung Nord-Osten zum 12. Arrondissement", befahl Marc der Fahrerin. „In der Rue Charles Kadouz gibt es ein Haus, in dem wir vorerst bleiben werden."

Dank der blinkenden Leuchtschrift, die selbst am Tag nicht zu übersehen war, fanden sie das Hotel „Azur" ohne große Mühe. Das Gebäude gehörte zu den wenigen Neubauten in der Straße und machte einen unerwartet seriösen Eindruck.

Kurz darauf parkte seine Fahrerin den BMW in einer fast leeren Tiefgarage. Ohne Widerstand zu leisten, ließ Lilou Belet es zu, dass er auf dem Weg zum Empfangsterminal ihre Hand hielt.

In vielerlei Hinsicht war dieser Unterschlupf genau der Ort, nach dem er gesucht hatte. Es gehörte zu der etwas anrüchigen Sorte von Automatenhotels, in denen man nur selten eine Menschenseele zu Gesicht bekam. Das Personal hielt sich diskret im Hintergrund und erschien erst, wenn man es telefonisch oder über einen Notruf anforderte. Besonders Liebespaare nutzten diese Art von Hotels.

Die anonyme Computerstimme aus einem Automaten begrüßte sie gleich in mehreren Sprachen. Marc folgte der Aufforderung, seinen Pass in ein besonders gekennzeichnetes Fach zu legen sowie die Kreditkarte in einen schmalen Schlitz direkt daneben zu schieben. Beides verschwand wie von Geisterhand.

Der Computer benötigte für die Überprüfung nur kurze Zeit. Wenig später hielt Dobrin seine Kreditkarte, ein Plastikkärtchen mit der Zimmernummer 224 sowie eine Meldebescheinigung in den Händen.

Er nahm an, dass die Daten aus dem Ausweis automatisch an die zuständige Meldebehörde weitergeleitet wurden. Das störte ihn nicht. Er hatte nicht vor, sich länger als nötig in dem Hotel aufzuhalten.

Gänzlich unerwartet, die Computerstimme wünschte ihnen soeben einen angenehmen Aufenthalt, riskierte Lilou Belet einen weiteren Fluchtversuch. Sie hatte es geschafft, sich aus seinem Griff zu befreien und hastete zur Tür mit der Aufschrift „Entree".

Die hohen Absätze ihrer Schuhe behinderten sie beim Laufen. Marc hatte sie schnell eingeholt. Mit Händen und Füßen kämpfte sie gegen ihn an. Mehrmals ließ sie sich dabei auf den Boden fallen.

„Stehen sie auf Lilou!", forderte Marc.

„Nein, das werde ich nicht", schrie sie mit ihrer piepsigen Stimme. Diesmal klang sie tatsächlich wie die eines unartigen, kleinen Mädchens.

Ihm blieb keine andere Wahl. Er zog sie hoch und schlug ihr mit dem Handrücken mehrmals ins Gesicht.

„Sie werden es noch eine gewisse Zeit mit mir aushalten müssen. Doch Ihnen wird nichts geschehen," unternahm er den Versuch, sie zu beruhigen.

Die Schläge verfehlten ihre Wirkung. Mit aller Kraft versuchte sie weiterhin, sich aus seinem Griff zu lösen.

Marc dauerte die Auseinandersetzung bereits viel zu lange. Jederzeit konnten Hotelgäste oder jemand vom Personal auf sie aufmerksam werden.

Er packte ihr Handgelenk und bog es nach hinten. Die Schmerzen brachten sie schließlich zur Besinnung. Die Lippen ihres kleinen Mundes zitterten. Die Tränen in den blauen Augen ließen sie hilflos erscheinen.

Völlig unerwartet legte sie ihre Arme um Marcs Hals und drückte sich an ihm. Auf dem Hemd spürte er die Feuchtigkeit ihrer Tränen.

„Bitte tun sie mir nicht mehr weh. Von jetzt an mache ich alles genauso, wie sie es sagen," flüsterte sie ihm ins Ohr und griff dabei nach seiner Hand.

Wie ein kleiner, wohlerzogener Hund folgte sie ihm gehorsam zum Lift und anschließend über einen langen Gang zum Hotelzimmer. Dem Ausdruck ihres Gesichtes nach zu urteilen, schien sie sich diesmal in das Unvermeidliche zu fügen. Doch davon hatte er sich bereits zweimal täuschen lassen.

18.

Die Einrichtung des Zimmers war recht einfach gehalten. Lediglich der Spiegel über dem breiten Bett und eine Plastikschale mit verschiedenfarbigen Kondomen zeigten, welche Gäste das Hotel in der Regel nutzten.

Die junge Französin begab sich, nach einem fragenden Blick auf Marc, zuerst ins Badezimmer. Um ihre guten Absichten zu zeigen, ließ sie die Tür einen Spaltbreit offen stehen.

Als sie zurückkehrte, waren die Tränenspuren beseitigt und auch das Make-up aus ihrem Gesicht verschwunden. Ungeschminkt sah sie wesentlich jünger aus. Jetzt ähnelte sie eher einem Teenager, der sie im Grunde genommen auch noch war. Fast demütig setzte sie sich auf das Bett und faltete die Hände in ihrem Schoß zusammen.

Nachdenklich stand Dobrin am Fenster des Zimmers. Von seinem Platz aus konnte er den Eingang des Hotels sowie die Zufahrt zur Tiefgarage überblicken. Jetzt war die Zeit gekommen, sich mit Ethan de Perrut oder Andrée Le Briand zu unterhalten. Einen von beiden musste er dazu bringen, ins Hotel zu kommen.

Seine Gefangene beschäftigten ähnliche Gedanken: „Wie wollen sie es anstellen, dass Ethan oder Andrée mit ihnen sprechen?"

Etwas ängstlich und zugleich neugierig schaute sie zu Marc auf, der sich ihr zuwandte, aber die Frage nicht beantwortete.

„Über was wollen sie denn mit den beiden sprechen," hakte sie nach. „Vielleicht kann ich ihnen die richtigen Antworten geben."

„Um was ging es in meinem Gespräch mit Ethan de Perrut und warum hat man auf mich geschossen?"

Bedauernd zuckte sie mit den Schultern: „Ich weiß nicht, um was es bei dem Treffen ging."

„Was wollten sie um diese Zeit am Jardin du Pharo?"

„Ich war bei einem Vortrag in der Universität. Bereits vorher hatte mir Andrée gesagt, dass er dort etwas Geschäftliches zu erledigen hat. Danach wollte er mich von der Uni abholen. Ich sollte am Eingang auf ihn warten."

„Gab es dafür einen besonderen Anlass?"

„Nein. Unweit der Uni hat ein neues Restaurant eröffnet. Wir wollten es ausprobieren."

„Was ist dann passiert?"

„Der Vortrag ist etwas früher zu Ende gewesen. Als ich aus der Uni kam, standen Andrée, Ethan und einer seiner Männer trotz des Regens neben ihrem Auto. Sie diskutierten und haben mich zuerst gar nicht bemerkt. Ich bin überrascht gewesen, dass Ethan dabei war. Eigentlich hatte Andrée versprochen, den Abend mit mir allein zu verbringen."

„Ja und?"

„Ich bin zu ihnen hingelaufen. Ethan hat mich zuerst gesehen und ist sofort ausfallend geworden. Er hat mich grob beschimpft und mir zugeschrien, dass ich verschwinden soll."

Sie überlegte kurz, bevor sie fortfuhr. „Andrée hat kein einziges Wort dazu gesagt. Eigentlich ist das nicht seine Art. Deswegen war ich ziemlich verärgert. In meiner Wut bin ich einfach weggelaufen. Aber nicht allzu weit. In einiger Entfernung bin ich unter einem der Bäume stehen geblieben. Ich wollte unbedingt herausbekommen, warum Ethan so ausgerastet ist.

„Was ist dann passiert?"

„Andrée und Ethan sind zu der Statue im Park gegangen. Für mich sah es so aus, als hätten sie auf die beiden gewartet. Anfangs verlief die Unterhaltung ganz normal. Ich kann nicht sagen, warum es dann ganz plötzlich zu einem Streit gekommen ist. Die Diskussion wurde recht laut und schließlich sind Andrée und Ethan über sie hergefallen. Das habe ich ihnen aber bereits erzählt."

Lilou Belet lächelte, als sie an die nachfolgende Szene dachte: „Das die beiden sie angegriffen haben, war keine gute Idee. Innerhalb weniger Sekunden lagen sie laut jammernd auf dem regennassen Boden. In dem Moment hatte ich kein bisschen Mitleid mit ihnen."

„Da wusste ich noch nicht, wie schwer sie verletzt waren", fügte sie hinzu.

„Wie ist es weitergegangen?"

„Es folgte der schrecklichste Moment in meinem Leben. Sie haben sich umgedreht und wollten gehen. Da hat Ethan seinen Arm gehoben und gleichzeitig jemanden etwas zugerufen. Die Worte konnte ich nicht verstehen. Kurz darauf sind Schüsse gefallen."

„Also war es Ethan de Perrut, der das Zeichen für den Schützen gegeben hat?"

„Ich denke schon."

„Und dann?"

„Zum ersten Mal in meinem Leben habe ich dabei zugesehen, wie auf jemanden geschossen wurde. Es hat ein paar Sekunden gedauert, bis sie zu Boden fielen. Natürlich dachte ich, dass man sie getötet hat. Der Schock war dermaßen groß, dass ich einfach weggelaufen bin. Ich habe zwar schon lange gewusst, dass Ethan oft in unschöne Angelegenheiten verwickelt ist, doch in so etwas wollte ich nicht hineingezogen werden."

„Warum haben sie nicht die Polizei oder wenigstens einen Krankenwagen gerufen?"

Die blonde Französin zuckte mit den Schultern. „Das weiß ich selber nicht genau. Vielleicht weil mein Freund dabei gewesen ist. Dazu kam der Schock. In diesem Moment wollte ich nur noch weg."

„Haben sich die anderen Besucher des Jardin du Pharo nicht über die Schüsse gewundert? Eigentlich sind dort ständig Spaziergänger anzutreffen."

„Nicht wenn es regnet."

„Um welche Uhrzeit ist das passiert?"

„Es muss wenige Minuten nach 22 Uhr gewesen sein. Mein Vortrag ist kurz vorher zu Ende gegangen."

„Gehen sie öfter zu Vorträgen in der Universität?"

„Nur wenn es unbedingt nötig ist. Diesmal war es ein Vortrag von Henri Thibaud. Mein Professor ist der Meinung gewesen, dass er mir beim Studium nützlich sein kann."

„Sie studieren?"

Die junge Frau nickte. „Ja, Kunst und Literatur. Aber nur, weil meine Eltern darauf bestehen. Ansonsten müsste ich in der Firma meines Vaters arbeiten. Dazu habe ich noch weniger Lust."

„Haben sie noch Geschwister?"

Ihre Antwort klang betont teilnahmslos. „Nein, nicht mehr. Mein Bruder ist vor sechs Monaten bei einer Schießerei getötet worden."

Während Marc der jungen Frau zuhörte, wunderte er sich immer mehr über sie. Lilou Belet kam offensichtlich aus einer wohlhabenden Familie; sie war intelligent und ausgesprochen hübsch. Wie konnte sie an einen Zuhälter wie Andrée Le Briand geraten?

Er wischte die Überlegungen zur Seite. In dem Alter musste man selber wissen, was man tat.

„Können sie wirklich nicht sagen, um was es bei dem Streit ging?"

Die Frau ließ sich zurück auf das Bett fallen. Ihre langen, gebräunten Beine rückten damit wieder in sein Blickfeld.

„Sie könnten sich zu mir auf das Bett legen und dabei ihre Fragen stellen," bot sie ihm an. „So lässt sich bequemer reden."

Spöttisch lächelte er sie an: „Sie geben wohl niemals auf? Lassen sie es sein, es führt zu nichts," lehnte Marc das Angebot ab.

Neugierig sah sie ihn an: „Nein, ich weiß wirklich nicht, um was es bei dem Streit ging. Das habe ich doch bereits gesagt. Vielleicht haben sie sich mit Ethan wegen der Frau gestritten."

„Was für eine Frau meinen sie?"

Lilou Belet schaute ihn verwundert an: „Die ganz Zeit über stellen sie mir Fragen, deren Antworten sie eigentlich kennen müssten. Jemand wie sie ist mir noch nie begegnet."

Nun gänzlich ohne Angst musterte sie ihn sehr direkt: „Unter einem der anderen Bäume stand eine weitere Frau und hat dem Geschehen an der Statue interessiert zugeschaut. Nach den Schüssen, als sie zu Boden fielen, hat sie erschrocken aufgeschrien. Zuerst sah es so aus, als wolle sie ebenfalls weglaufen. Dann hat sie es sich anders überlegt und das Geschehen an der Statue weiter verfolgt. Was sie später gemacht hat, kann ich nicht sagen."

„Wie hat die Frau ausgesehen?"

„In der Dunkelheit und bei dem Regen habe ich nicht wirklich viel gesehen. Sie hatte dunkelbraune, lange Haare, war groß und schlank."

„Isi", flüsterte Marc erstaunt. Wie bei einem Film im Schnelldurchlauf liefen Bilder durch seinem Kopf.

Er glaubte zu hören, wie ein Schalter umgelegt wurde. Der Arzt von Fos-sur-Mer hatte recht behalten. So viele Geschehnisse der letzten Zeit tauchten wie aus einer Nebelwand kommend, in seinem Gedächtnis auf. Manches davon bestand aus Einzelstücken, die wie bei einem Puzzle noch zusammengefügt werden mussten.

Kein Wunder, dass Marseille ihm bekannt vorkam. Nach der Scheidung hatte seine Mutter ihn mit in ihre Heimatstadt Marseille genommen. Etliche Jahre war er hier zur Schule gegangen. In der Stadt lebten unzählige Verwandte und Freunde von ihm.

Inmitten der Erleichterung über die Rückkehr der Erinnerungen traf ihn wie ein Schlag die Angst. Er merkte nicht, dass er laut sprach.

„Isi, mein Leben. Was ist mit dir geschehen? Wo bist du?"

Nabereschnyje Tschelny, Frankfurt und Köln. Daran konnte er sich wieder erinnern. Er und Isi waren nach Frankreich gefahren, um etwas über die Hintergründe von Nataschas Entführung herauszufinden.

In den vergangenen Tagen hatte er sich oft an ihr Gesicht erinnert und doch nicht gewusst, wem es gehörte. Wie mochte es ihr in der Zwischenzeit ergangen sein? Lebte sie noch?

Er konnte sich wieder an den Regen sowie den Baum erinnern, unter dem sie zurückgeblieben war.

Er wusste, dass noch einzelne Stücke in seinen Erinnerungen fehlten. Jetzt war er zuversichtlich, dass der Rest bald zurückkehren würde.

Lilou Belet schaute ihn voller Neugier an: „Kann es sein, dass ihre fehlenden Erinnerungen etwas mit den Schüssen auf sie zu tun haben?"

Ihre eigene Entführung schien sie in diesem Moment vergessen zu haben.

„Ja, bis vorhin habe ich noch nicht einmal mehr gewusst, wer und was ich bin. Haben sie ihrem Freund oder Ethan de Perrut etwas von dieser Frau erzählt?"

Lilou Belet schüttelte entschieden den Kopf. „Nein. Dann wäre ihnen auch klar gewesen, dass ich die Schüsse auf sie mitbekommen habe. Doch die Frau hat so laut aufgeschrien, dass Andrée und Ethan selber auf sie aufmerksam wurden. Beim Weglaufen habe ich gesehen, wie Andrée in ihre Richtung zeigte."

„Wie war es Isi in der Zwischenzeit ergangen", schrie es in ihm. Hielt sie sich noch in Marseille auf? Er konnte sich daran erinnern, ihr seine Brieftasche mit Geld sowie den Ausweispapieren gegeben zu haben. Hatte sie die Stadt verlassen können oder war auf sie ebenfalls geschossen worden? Jetzt war es noch wichtiger für ihn, sich mit Ethan de Perrut oder dem Freund seiner Geisel zu unterhalten.

„Was können sie mir noch sagen?"

„Nicht viel. Tags darauf habe ich Andrée im Krankenhaus besucht. Er und Ethan lagen in einem Zimmer. Vor der Tür habe ich mitbekommen, wie sie sich über den Vorfall am Jardin du Pharo unterhalten haben".

„Was genau haben sie gehört?"

„Nicht allzu viel. Soviel ich verstanden habe, hatte der Schütze die Aufgabe, sie an der Flucht zu hindern. Keinesfalls sollten sie schwerer verletzt oder sogar getötet werden. Und dann konnten sie ihm auf dem Weg nach Fos-sur-Mer auch noch entkommen. Das hat Ethan ganz besonders geärgert."

Marc wusste inzwischen gar nicht mehr, was er von der Französin halten sollte. Bei seiner nächsten Frage beobachtete er sie deshalb ganz genau und war gespannt auf ihre Reaktion.

„Wie viel wissen sie über die Geschäfte der Familie de Perrut und welche Rolle spielt dabei ihr Freund?"

Stirnrunzelnd schaute sie ihn an: „Was ist daran so wichtig. Beide arbeiten in der Firma von Ethans Vater. Soviel mir bekannt ist, will der sich nach der kommenden Wahl zur Nationalversammlung aus der Geschäftsführung zurückziehen. Er will als Abgeordneter unsere Stadt in Paris vertreten. Dann soll Ethan, zusammen mit seiner Mutter, die Leitung übernehmen. Die Firma ist im Ex- und Import tätig. Ich glaube nicht, dass es eine Verbindung zwischen dem Überfall und dem Unternehmen gibt."

Marcs Stimme wurde hart: „Oh doch. Die Schüsse auf mich haben durchaus etwas mit der Firma zu tun. Jedenfalls zum Teil. Ethan de Perrut und ihr Freund beschäftigen sich unter anderem mit dem Import junger Frauen aus Osteuropa, Asien sowie Afrika. Sie werden mit falschen Versprechungen nach Westeuropa gelockt. Hier landen sie schließlich als sogenanntes „Frischfleisch" in diversen Eroscentern."

Lilou Belet zeigte sich ehrlich empört über diese Anschuldigung: „So etwas ist in Frankreich unmöglich. Anders als in Deutschland sind solche Häuser in unserem Land verboten."

Wie zur Bestätigung nickte sie heftig, bevor sie weitersprach: „Mir ist bereits seit geraumer Zeit klar, dass Ethan in dunkle Geschäfte verwickelt ist und Andrée mit hineinziehen will. Doch das, was sie ihnen vorwerfen, ist moderner Sklavenhandel."

„Wollen sie wirklich behaupten, dass sie davon keine Ahnung hatten?"

Immer noch empört schüttelte sie ihren Kopf: „Ich bin mit Andrée seit drei Monaten zusammen. Da sollte ich so etwas eigentlich bemerkt haben. Er kann sich unmöglich die ganze Zeit verstellt haben. Manchmal ist Andrée ziemlich jähzornig, doch er kann auch sehr zärtlich sein. Das, was sie ihm vorwerfen, passt nicht zu ihm."

Ihre Augen funkelten beim Weitersprechen: „Außerdem gehört Sklavenhandel nicht gerade zu den bevorzugten Tätigkeiten von Adligen. Vielleicht wollen sie jetzt noch behaupten, dass er sich als Zuhälter betätigt."

„Das will ich. Ethan de Perrut gehören einige illegale Bordelle in Frankreich und ihr Freund unterstützt ihn bei seiner Arbeit. Was den Sklavenhandel betrifft, scheinen sich die beiden an ihre Vorfahren erinnert zu haben. Da war es auch bei Adligen durchaus üblich, sich die Kassen durch Menschenhandel zu füllen. Eine ganze Menge dieser sogenannten Blaublütigen sind nur dadurch reich geworden."

„Ich glaube ihnen trotzdem nicht", antwortete sie sehr entschieden. Es sah aus, als wolle sie noch etwas sagen, ließ es aber dann sein.

Nachdenklich betrachtete Marc die junge Frau. Falls sie sich verstellte, musste sie eine verdammt gute Schauspielerin sein. Immer weniger konnte er sie sich als Freundin eines Mannes wie Andrée Le Briand vorstellen.

„Wo haben sie ihren Freund kennengelernt," wollte er von ihr erfahren.

„In einer Bar in der Nähe des alten Hafens. Nachdem die Polizei den Mörder meines Bruders nicht gefunden hatte, wollte ich wenigstens herausfinden, wo er die meisten der Nächte verbracht hat. Insgeheim habe ich gehofft, etwas über die Umstände seines Todes herauszufinden. Dabei habe ich Andrée kennengelernt. Von Anfang an hat er mir gefallen. Er ist so ganz anders wie die Männer, die ich vor ihm gekannt habe. Im Laufe des Abends hat er mich gefragt, warum ich in die Bar gekommen bin. Zu diesem Publikum würde ich nicht passen, hat er gemeint. Ich habe ihm erzählt, was mit meinem Bruder passiert ist. Daraufhin hat er mir versprochen, sich umzuhören. So sind wir uns näher gekommen. Warum fragen sie danach?"

Marc zuckte mit der Schulter. „Ihr Freund hat recht gehabt. Sie passen nicht in diese Gesellschaft. Früher oder später wären sie wahrscheinlich ebenfalls in einem Bordell gelandet."

Bevor sie wortreich protestieren konnte, wechselte Marc das Thema: „Ist ihr Freund tatsächlich so argwöhnisch, wie sie vorhin behauptet haben, oder tut er nur so? "

Die Empörung in ihren unschuldig wirkenden Babyaugen loderte erneut auf: „Ich bin ganz sicher, dass Andrée mich liebt. Was sie da über ihn sagen, ist einfach nicht wahr. Er würde niemals zulassen, dass ich in einem Bordell arbeite. Wenn er herausfindet, dass sie mit mir in ein Stundenhotel gefahren sind, wird er explodieren. Er ist sehr hitzköpfig. Das Temperament muss er von den Vorfahren geerbt haben. Irgendwann in der Vergangenheit sind die von Korsika nach Marseille gekommen."

Die ganze Zeit über hatte Marc überlegt, wie er ihren Freund oder Ethan de Perrut dazu bringen konnte, zu ihrem Hotel zu kommen. Die angebliche Eifersucht und der Jähzorn von Andrée Le Briand hatten ihn auf eine Idee gebracht. Er musste darauf hoffen, dass seine Freundin ihn richtig eingeschätzt hatte. Er brauchte einen Vorwand, um ihn herzulocken. Nachdem er eng mit Ethan de Perrut zusammenarbeitete, dürfte er über die Entführung von Isis Schwester informiert sein.

Herausfordernd lächelte er Lilou Belet an: „Um die Eifersucht ihres Freundes anzuheizen, schicken wir ihm eine persönliche Einladung. Bei unserer Unterhaltung sollten sie unbedingt zuhören. Dann können sie sich selber ein genaues Bild über ihn machen."

Verständnislos schaute Lilou Belet ihn an: „Soll ich ihm vielleicht per SMS mitteilen, dass wir im Zimmer eines Stundenhotels auf ihn warten?"

„Warum nicht? Das werde ich übernehmen. Geben sie mir seine Handynummer."

Die Geisel schüttelte den Kopf, griff nach ihrer Handtasche und drückte sie an die Brust. „Erst wenn sie mir sagen, was sie genau vorhaben."

Betont traurig schaute Marc sie an: „Vor nicht allzu langer Zeit haben sie versprochen, mir zu gehorchen. Haben sie das vergessen?"

Zögernd holte die junge Frau das Handy aus der Handtasche und zeigte Marc die gespeicherte Telefonnummer ihres Freundes.

„Sie haben mir noch nicht gesagt, was sie ihm schreiben wollen."

„Er bekommt von uns beiden eine besondere Einladung", antworte Marc mit einem unpersönlichen Lächeln. „Dann werden wir sehen, ob er tatsächlich so eifersüchtig ist, wie sie annehmen. Ziehen sie sich aus. Sofort!"

„Irritiert, aber auch leicht provozierend schaute sie ihn an: „Jetzt doch? Wollen sie mit mir schlafen und Andrée davon erzählen? Er wird es nicht glauben."

„Wir werden sehen. Ziehen sie sich erst einmal aus."

„Vorhin haben sie abgelehnt. Jetzt ist es zu spät. Mein Angebot gilt nicht mehr."

Fast ein wenig traurig schüttelte Marc den Kopf. Sie ging tatsächlich davon aus, dass er mit ihr schlafen wollte.

„Jetzt machen sie schon oder soll ich ihnen beim Ausziehen helfen? Besonders feinfühlig werde ich dabei nicht vorgehen. "

Marc hatte inzwischen das Smartphone des Gigolos vom Boulevard Bonne Brise aus seiner Tasche geholt. Er hielt es so, dass sie es nicht bemerkte.

Mit einem ergebenen Augenaufschlag zog die Französin das T-Shirt über den Kopf, bevor sie aus dem kurzen Rock schlüpfte. Nur mit einem winzigen, rosafarbenen Slip sowie gleichfarbigen, durchsichtigen BH bekleidet, legte sie sich auf das Bett.

„Den Rest ebenfalls", forderte er sie auf.

Achselzuckend kam sie der Aufforderung nach. Dabei versuchte sie noch nicht einmal, die blonden, gestutzten Härchen zwischen ihren Beinen zu verdecken. Bei ihren großen Brüsten wäre das sowieso nicht möglich gewesen.

„Und was jetzt", wollte sie wissen, nachdem sie völlig nackt vor ihm lag.

Zu spät bemerkte sie das Smartphone in seiner Hand.

„Merde!", schrie sie wütend. Hastig versuchte sie, wenigsten ihren Schoß mit einem Kopfkissen zu bedecken.

Marc hatte, was er wollte. Zufrieden lächelte er sie an. „Ich hoffe, dass der kleine Film ausreicht, um ihren Freund am genauen Nachdenken zu hindern."

„Wenn Andrée diese Aufnahme zu Gesicht bekommt, rastet er aus. Der Fotograf eines bekannten Journals wollte von mir Fotos machen, auf denen ich nur leicht bekleidet bin. Dummerweise habe ich meinem Freund davon erzählt. Er ist sofort zu ihm gefahren, hat ihn zusammengeschlagen und sein Studio verwüstet."

Die Verärgerung Lilou Belets dauerte nur kurz an. Lediglich mit einem Kissen auf ihrem Schoß saß sie abwartend auf dem Bett und schaute ihrem Entführer interessiert dabei zu, wie er das kleine Filmchen kontrollierte.

Marc übertrug die Telefonnummer von Andrée Le Briand auf sein Smartphone, und fügte eine kurze Nachricht sowie den Film hinzu, bevor auf den Button „Senden" drückte.

Seine Gedanken beschäftigten sich unablässig mit Isi. Nachdem er sich wieder an die Geschehnisse im Jardin du Pharo erinnern konnte, trieb ihm die Ungewissheit über ihren Verbleib fast zum Wahnsinn. Seitdem war unendlich viel Zeit vergangen.

Er wusste wieder, dass er die Speicherkarte als Lockmittel benutzt hatte. Im nachhinein gesehen, war das ein Fehler gewesen. Nur deswegen hatte sich Ethan de Perrut mit ihm getroffen. Den Fragen zu Nataschas Entführung war er mit einem überheblichen Grinsen ausgewichen.

„Glauben sie tatsächlich, dass sie darüber von mir etwas erfahren? Dass ich ihnen vielleicht sogar verrate, wer der Auftraggeber ist? Das können sie vergessen. Sie sagen mir, wo ich die Speicherkarte finde und danach dürfen sie von mir aus verschwinden."

Marc hatte er die Absicht zur Gewalt in Ethan de Perruts Augen gesehen und gewusst, was folgen würde. Während der gesamten Unterhaltung hatte Andrée Le Briand lediglich dabei gestanden, jedoch kein Wort gesagt.

Die beiden mochten geübte Straßenkämpfer sein, aber er hatte ihnen von Anfang an nicht den Hauch einer Chance gelassen. Absichtlich hatte er dabei härter zugeschlagen. Immer in der Hoffnung, danach doch noch etwas über Nataschas Entführung herauszubekommen.

Die Kugeln, die ihn unmittelbar darauf trafen, waren aus einem Gewehr abgeschossen worden. Das jedenfalls war die Vermutung des Arztes in Fos-sur-Mer gewesen. Hatte der Schütze auch auf Isi geschossen?

Lilou Belet unterbrach seine Gedanken: „Sie wollen diesen Film tatsächlich an Andrée schicken? Das sollten sie sich nochmals überlegen. Dafür wird er sie umbringen."

Trotz der Sorgen um Isi brachte Marc es fertig, die Französin anzulächeln: „Daran hat ihr Freund, zusammen mit Ethan de Perrut, doch bereits gearbeitet. Wie sie sehen, mit wenig Erfolg. Durch das hübsche Filmchen, mit ihnen als Hauptdarstellerin, bekommt er einen Grund, es erneut zu versuchen. Der Film dürfte bei ihm längst angekommen sein."

Ihr zaghaftes Lächeln drückte eine leichte Unruhe aus, als sie ihn fragte: „Was haben sie mit ihm vor?"

„Falls er vernünftig ist, werden wir uns lediglich ein wenig unterhalten."

„Darauf sollten sie nicht hoffen. Ich habe doch bereits gesagt, dass Andrée schnell sehr jähzornig wird. Dann kann er nicht mehr klar denken. Dass sie mich nackt gefilmt haben, wird ihn wahnsinnig machen."

Teilnahmslos schaute Marc sie an. „Dann könnte es etwas schmerzhaft für ihn werden und sie dürfen ihn später erneut im Krankenhaus besuchen. Falls sie das nach unserer Unterhaltung überhaupt noch möchten."

19.

Warten und Hoffen. Marc war gespannt, ob Lilou Belet recht behielt und Andrée Le Briand, von Eifersucht getrieben, tatsächlich kommen würde. Er selber hatte da immer noch seine Zweifel.

Vom Fenster ihres Hotelzimmers aus konnte er den Eingangsbereich sowie die Zufahrt zur Tiefgarage überblicken. Falls Andrée Le Briand kam, musste er ihn sehen.

In der Zwischenzeit versuchte er immer wieder, seinen Freund in Köln zu erreichen. Sollte Isi die Flucht vom Jardin du Pharo gelungen sein, würde sie sich hoffentlich bei ihm gemeldet haben. Darüber hatte er mit ihr zuletzt gesprochen.

Auf der Dienststelle war Christian Waiger nicht zu erreichen und auf dem Handy meldete sich immer wieder die Mailbox. Vermutlich war er in einer Besprechung oder Vernehmung.

Lilou Belet lag in dieser Zeit sehr ruhig auf dem Bett und starrte zur Decke. Sie schien sehr intensiv über das, was Marc über ihren Freund gesagt hatte, nachzudenken.

Dass Andrée Le Briand tatsächlich sehr wütend sein musste, sah Marc bereits am Fahrstil.

Rücksichtslos fuhr er mit seinem BMW über die Bürgersteigkante bis unmittelbar vor den Hoteleingang. Nur wenige Zentimeter vor der Glastür hielt er an und rannte im Laufschritt ins Hotel.

So wie es aussah, war er ohne Begleitung gekommen. Ein weiteres Zeichen dafür, wie aufgebracht er sein musste.

Bereits vorher hatte Marc eines der Betttücher in Streifen gerissen. Jetzt band er ihr damit die Arme auf den Rücken.

Das angespannte Lächeln in Marcs Augen hielt sie davon ab, sich mit mehr als Worten gegen die Fesseln zu wehren. „Das ist nicht nötig. Sie haben doch gesehen, dass ich mich an ihre Anweisungen halte."

Marc gab ihr darauf keine Antwort. Stattdessen stellte er sich so in die geöffnete Badezimmertür, dass er nicht sofort gesehen wurde.

Wie ein wilder Stier kam Andrée Le Briand herangestürmt; stieß die unverschlossene Zimmertür auf und blieb verdutzt vor seiner gefesselten Freundin stehen.

Noch bevor der sich auf diesen verwirrenden Umstand einstellen konnte, traf ihn ein hart geführter Tritt an der linken Seite.

„Salaud!" Trotz der Schmerzen, angetrieben von unbändiger Wut, versuchte er, sich auf den Angreifer zu werfen. Den eingegipsten Arm setzte er dabei geschickt als Waffe ein.

Dobrin bekam den anderen zu fassen und riss ihn ruckartig nach oben. Mit einem erneuten Fußtritt warf er ihn zu Boden. Andrée Le Briand landete mit dem Gesicht auf den Bodenfliesen. Marcs Schuhabsatz hielt ihn dort fest.

Der Zorn des Zuhälters war immer noch groß genug, um sich dagegen zu wehren. Marc verstärkte den Druck auf dessen Wirbelsäule.

Erst nachdem er den Schmerz nicht mehr aushalten konnte, gab Andrée Le Briand auf.

Dobrin deutete die weit ausgestreckten Arme als Zeichen des Ergebens. Jederzeit bereit, erneut gegen ihn vorzugehen, nahm Marc den Fuß von seinem Rückgrat.

„Setzen sie sich mit den Rücken an die Wand und verschränken sie die Arme soweit wie möglich hinter dem Kopf. In dieser Stellung bleiben sie, bis ich etwas anderes sage."

Die eng zusammenstehenden Augen funkelten bösartig. Nur zögernd folgte er dem Befehl Marcs.

„Was willst du von mir?"

„Zuerst sagst du mir, wo sich dein Freund Ethan zur Zeit aufhält. Letztendlich will ich von dir nur erfahren, warum ihr am Jardin du Pharo auf mich geschossen habt."

Verächtlich spukte der Comte auf den Boden. Dabei grinste er Marc höhnisch an: „Fick dich. Von mir erfährst du nichts."

Er hatte kaum ausgesprochen, als Marc ihn an den langen Haaren packte und gegen die Wand knallte. Mit einem zusätzlichen Tritt in die Rippen des Mannes untermauerte Marc seine Frage.

Die zusammengepressten Lippen sollten wohl sagen, dass er weiterhin nicht bereit war, zu antworten.

Erneut griff Marc in die langen Haare und zog ihn daran ins Badezimmer. Er brauchte beide Hände sowie viel Kraft, um den Oberkörper des sich heftig wehrenden Comte über den Rand der Badewanne zu ziehen. Sofort drückte er dessen Kopf tief nach unten, verschloss den Abfluss und drehte den Wasserhahn voll auf.

„Falls du immer noch nicht antworten möchtest, wirst du ersaufen. Das kommt hoffentlich in deinem Kopf an. Viel Zeit zum Überlegen bleibt dir nicht."

Von panischer Angst getrieben wehrte sich der Comte mit aller Kraft. Fortwährend versuchte er, den Kopf zu drehen, um wenigstens etwas Luft zu bekommen.

Marc musste fest zupacken, um den Kopf unterhalb des schnell steigenden Wasserspiegels zu halten. Erst als die Gegenwehr des Comte nachließ, gab er ihm Gelegenheit, kurz einzuatmen.

Bereits nach wenigen Sekunden drückte Marc dessen Kopf erneut ins Wasser. Diesmal gab es kaum Gegenwehr. Er zog den fast Bewusstlosen aus der Wanne und warf ihn mit dem Rücken auf den Boden. Die Wut in seinen Augen war erloschen. Stattdessen sah Marc lediglich panische Angst.

„Also noch einmal. Wo ist dein Freund Ethan de Perrut und warum wurde auf mich geschossen?"

Der Comte musste mehrmals Luft holen, um danach umso hastiger die Fragen zu beantworteten.

„Wo Ethan derzeit ist, kann ich nicht sagen. Kurz nach deinem Verschwinden ist er ebenfalls weggefahren. Seine Stimmung war da absolut auf dem Tiefpunkt. Dass du Lilou mitgenommen hast, hat ihn nicht im interessiert. Mich hat er lediglich angewiesen, im Büro auf ihn zu warten."

„Dann weiß er also nicht, dass du zu diesem Hotel gefahren bist?"

Die Antwort des Comte kam hastig: „Doch. Damit Ethan sich nach der Rückkehr nicht noch mehr aufregt, habe ich eine Nachricht auf sein Handy geschickt."

„Mit Namen und Anschrift dieses Hotels?"

„Nein, das nicht."

Marc wusste nicht, ob er Letzteres glauben konnte. Im Grunde genommen war es nicht wichtig. Mit Sicherheit gab es für Ethan de Perrut die Möglichkeit, jedes Handy zu orten. Doch würde er darauf kommen, dass man seinem Freund eine Falle gestellt hatte? Das Risiko bestand.

Vorsichtshalber suchte Marc in den Taschen des Comte nach dem Smartphone und schaltete es aus. Trotzdem sollte er sich beeilen.

„Warum habt ihr am Jardin du Pharo versucht, mich umzubringen?"

„Das lag nicht unserer Absicht. Den Mann mit dem Gewehr hatte Ethan nur als Vorsichtsmaßnahme mitgebracht. Er sollte dich sowie deine Freundin gegebenenfalls mit gezielten Schüssen an der Flucht hindern."

„Warum?"

„Ethan wollte von dir irgendeine Speicherkarte. Für die Wiederbeschaffung soll es eine hohe Belohnung geben. Mehr hat er mir nicht gesagt."

„Ich habe ihm eine Zusammenarbeit vorgeschlagen, wenn er mir sagt, warum es zu der Entführung in Russland gekommen ist."

„Ethan hat geglaubt, auch so mit dir ins Geschäft zu kommen. Ursprünglich war geplant, dich an einem ruhigen Ort zur Herausgabe zu überreden. Deine Freundin sollte dabei als Druckmittel dienen."

„Sprich weiter. Ich will alles wissen."

„Ethans Plan ist nicht aufgegangen. Zuerst bist du ohne die Frau gekommen und schließlich hast du uns fürchterlich zusammengeschlagen. Mit so viel Gegenwehr haben wir nicht gerechnet."

„Was ist mit meiner Begleiterin passiert?"

„Keine Ahnung. Wir haben gesehen, wie sie weggelaufen ist. Wegen unserer Verletzungen konnten wir sie nicht verfolgen. Später haben Ethans Leute tagelang vergeblich nach ihr gesucht. Wir wollten unbedingt vermeiden, dass sie der Polizei von den Schüssen erzählt."

„Warum habt ihr dieses Mädchen in Russland entführt und anschließend versucht, sie nach Frankreich zu bringen? Hängt das auch mit der Speicherkarte zusammen?"

„Ich denke nicht, dass es da einen Zusammenhang gibt. Jedenfalls hat Ethan so etwas nie erwähnt."

„Was weißt du?"

„Ethan hatte den Auftrag bekommen, genau dieses Mädchen nach Frankreich bringen zu lassen. Er kennt dort Leute, die so etwas organisieren können."

„Damit meinst du Bernard Remo?"

Der Comte nickte. „Er ist einer von mehreren, der gelegentlich für Ethan arbeitet."

„Von wem kam der Auftrag?"

„Ich weiß es nicht. Jedenfalls war Ethan sehr wütend, als er von ihrer Befreiung erfahren hat."

„Dein Freund hat mit dir nie über den Auftraggeber gesprochen. Das glaube ich nicht."

Bedeutungsvoll ließ Marc seinen Blick zu der Badewanne schweifen.

Das Entsetzen in der Stimme des Mannes war echt, als er antwortete: „Ich weiß es wirklich nicht."

„Was habt ihr mit dem Überfall auf den Rechtsanwalt in Köln zu tun gehabt? Ging es dabei ebenfalls um die Speicherkarte."

„Darüber haben wir nie gesprochen. Köln gehört nicht zu unserem Gebiet."

„Russland ist auch nicht euer Bereich."

„In gewisser Weise doch. Die Zusammenarbeit zwischen Ethan und Bernard Remo läuft schon seit einiger Zeit."

„Was macht er dort?"

„Von dort kommen gelegentlich Tänzerinnen, die in unseren Nachtclubs arbeiten. Ich denke aber, dass Remo dort noch andere Aufgaben zu erledigen hat. Ich habe mal gehört, wie Remo und Ethan am Telefon über irgendwelche Moslems gesprochen haben. Viel habe ich nicht mitbekommen und es hat mich auch nicht sonderlich interessiert."

Die Angst des Franzosen war so groß, dass Marc bereit war, ihm zu glauben. Trotzdem bohrte er nochmals nach.

„Für mich ist es schwer vorstellbar, dass Ethan kein Wort über seinen Auftraggeber verloren hat. Schließlich seit ihr dauernd zusammen. Da bekommt man doch einiges mit."

„Ich habe ihn einmal auf die Entführung in Russland angesprochen. Er lediglich gesagt, dass ich meine Nase da raus halten soll. Das ist alles gewesen."

Marc war etwas enttäuscht. Viel hatte ihm Lilous Freund nicht sagen können. Ihm würde nichts anderes übrig bleiben, als sich auch noch mit Ethan de Perrut zu unterhalten. Immerhin wusste er jetzt, dass es Isi gelungen war, zu entkommen. Doch wo versteckte sie sich? Im Moment konnte er nur hoffen, dass sie sich bei Christian in Köln gemeldet hatte. Wenn er ihn nur endlich erreichen würde.

„Wir haben uns am Jardin du Pharo in Marseille getroffen. Warum wolltet ihr mich nach Fos-sur-Mer bringen," stellte er eine weitere Frage an seinen Gefangenen.

Teilnahmslos, mit zu Boden gerichteten Gesicht antwortete der Comte: „Wie bereits gesagt, wollten wir von dir die Speicherkarte. Um ungestört reden zu können, hatten wir vor, dich und deine Freundin dort in einer leerstehenden Lagerhalle unterbringen."

„Was sollte danach mit uns geschehen?"

Andrée Le Briand zuckte mit den Schultern. Die Antwort fiel ihm sichtlich schwer. Trotzdem traute er sich nicht, sie unbeantwortet zu lassen.

„Ethan wollte euch danach mit dem „Altfleisch", nach Alexandria verfrachten. Dort haben sie genügend Möglichkeiten, unliebsame Personen spurlos verschwinden zu lassen."

„Wie habt ihr es geschafft, mich in euer Auto zu laden? Ihr seid verletzt gewesen."

„Das hat der Mann gemacht, der auf dich geschossen hat."

„Was hat der Begriff „Altfleisch" zu bedeuten?"

Abermals zögerte Andrée Le Briand für einen kurzen Moment und schaute in Richtung seiner Freundin. Marc nahm an, dass ihm die Antwort wegen ihr nicht leicht über die Lippen kam. Nur Angst vor dem Wasser ließ ihn weitersprechen.

„Gelegentlich müssen die unverkäuflichen Nutten entsorgt werden. Das gehört zu unseren Dienstleistungen. Viele Bordellbesitzer in Italien, Frankreich oder auch Spanien sind froh, dass wir diese Arbeit für sie übernehmen. Sie zahlen entsprechend. Nach einiger Zeit brauchen etliche der Frauen mehr Geld für ihren Stoff, als sie verdienen. Dann verfrachten wir sie nach Alexandria. Von dort aus werden sie auf verschiedene nordafrikanische Länder verteilt. Dort können sie noch für eine gewisse Zeit genug Geld verdienen, um ihre Sucht zu finanzieren. Besonders die Blonden mit einer etwas kräftigeren Figur werden gerne genommen. Viele Männer dort sind ganz scharf darauf, ihren Schwanz in weißes Fleisch zu stecken."

Der Comte Andrée Le Briand sprach über die Frauen inzwischen so gleichgültig, als würde es sich um alte Elektrogeräte oder Ähnliches handeln. Marc musste sich beherrschen, um seinen Kopf nicht abermals unter Wasser zu drücken.

„Diese Transporte macht ihr regelmäßig?"

„Immer dann, wenn wir einen Container voll haben. Morgen ist es wieder soweit."

Vom Bett her konnte Marc das Schluchzen von Lilou Belet hören. Für sie musste die Aussage ihres Freundes ein Schock sein.

Marc hatte weitere Fragen.

„Was ist mit mir in Fos-sur-Mer passiert?"

„Da waren weder Ethan noch ich dabei. Die Geschichte kenne ich nur vom Hörensagen. Der Fahrer hat gesagt, dass es dir trotz der Verwundungen gelungen ist, zu entkommen. Er hat deine Flucht erst bemerkt, als du bereits das Meer erreicht hattest. Uns gegenüber hat er steif und fest behauptet, dass du ertrunken bist. Das ist für uns glaubhaft gewesen. Schließlich haben dich die Schüsse ziemlich schwer verletzt. Erst Tage später kam das Gerücht auf, das Fischer dort vor der Küste einen Schwerverletzten aus dem Wasser gezogen haben. Daraufhin hat Ethan seine Beziehungen zur Staatsanwaltschaft genutzt und die Polizei nach dir suchen lassen. Plötzlich hatte er wieder Hoffnung, doch noch an die Speicherkarte zu kommen."

„Wie hat er das bei der Staatsanwaltschaft begründet?"

„Das musste er nicht. In Marseille gibt es viele Menschen, die ihm einen Gefallen schulden."

„Wo befindet sich euer sogenanntes „Altfleisch" jetzt?"

„Wahrscheinlich sind sie noch im Keller der alten Fischfabrik, ganz in der Nähe von Fos-sur-Mer. In der Regel werden sie erst kurz vor Abfahrt des Schiffes in einem Container zum Frachthafen Marseille Europort geschafft. Da der Kahn nach Alexandria morgen Vormittag ausläuft, wird das bald geschehen."

„Kennen sie die Nummer des Containers?"

„Nein. Darum kümmert sich eine kleine Spedition."

„Ich brauche den Namen der Firma."

„Damit hatte ich nie etwas zu tun. Die Transporte organisiert Ethans Mutter, Madame de Perrut."

„Was hat sie mit den Geschäften zu tun?"

Zum ersten Mal hob Andrée Le Briand den Kopf und schaute Marc an. Sein Blick war leer. Der Schock, dem Tod so nahe gewesen zu sein, hatte ihn zutiefst getroffen.

„Sämtliche wichtigen Anweisungen kommen von ihr. Danach muss sich auch Ethan richten."

Catherine de Perrut. Auf sie wäre Marc nie gekommen. Dann war der Auftrag für Nataschas Entführung von ihr erteilt worden. Sie und nicht ihren Sohn musste er danach fragen. In ihrem Haus hätte er dazu die Möglichkeit gehabt. Es würde nicht leicht werden, nochmals an sie heranzukommen.

Doch darüber konnte er sich später Gedanken machen. Die Suche nach Isi hatte Vorrang. Zudem musste die französische Polizei über den bevorstehenden Transport der Frauen nach Alexandria informiert werden. Vielleicht konnte er ihre Verschiffung nach Ägypten noch verhindern.

Wenn er persönlich die Polizei unterrichtete, musste er damit rechnen, verhaftet zu werden. Anderseits konnte es leicht sein, dass sie einer anonymen Anzeige nicht nachgingen. Am sichersten war es, wenn sich Christian von Köln aus mit den Kollegen hier in Verbindung setzte.

Vorerst hatte er keine weiteren Fragen an Andrée Le Briand. Gefesselt ließ er ihn im Badezimmer zurück.

Immer wieder versuchte er, Christian Waiger in Köln zu erreichen. Bisher vergebens. Fast verzweifelt hinterließ er gleich bei mehreren seiner Kollegen eine Nachricht.

Als Nächstes befreite er Lilou Belet von ihren Fesseln. Fast teilnahmslos ließ sie es geschehen. Die Tränen waren versiegt. Doch sie wirkte sehr nachdenklich.

„Ich habe gehört, was Andrée zu ihnen gesagt hat. Auch das mit dem „Altfleisch" habe ich mitbekommen. Ich hätte nie gedacht, dass er zu so was fähig ist. Wieso habe ich nie etwas bemerkt?"

Sie machte eine kurze Pause, bevor sie weitersprach: „Andrée hat vorhin gesagt, dass Ethan die Anweisungen von seiner Mutter bekommt. Ich habe auch gehört, wie er von einem gewissen Bernard Remo gesprochen hat. Da ist mir eine Begebenheit eingefallen, die damit zu tun haben könnte."

„Was meinen sie?"

„Vor wenigen Wochen habe ich, zusammen mit Andrée, Ethan im Haus seiner Eltern besucht. Die beiden haben die ganze Zeit über nur über Fußball gesprochen. Das war ziemlich langweilig und deshalb bin ich in den Garten gegangen. Dort habe ich gesehen, wie sich Madame de Perrut mit einer blonden Frau unterhalten hat. Ich habe noch gehört, wie sie über einen gewissen Bernard Remo gesprochen haben. Er sollte für die blonde Frau in Russland etwas erledigen. Dann haben sie mich bemerkt und das Gespräch sofort abgebrochen."

Zweifelnd schaute Marc sie an. „Wieso haben sie sich diesen Namen gemerkt?"

Lilou Belet lächelte fast wehmütig. „Mein erster Freund hieß ebenfalls Bernard Remo. Wir sind auf dieselbe Schule gegangen. Ich war gerade fünfzehn geworden, als wir uns ineinander verliebt haben."

„Könnte es sich um denselben Mann handeln?"

„Nein, das ist unmöglich. Mein Bernard Remo studiert in New York. Gelegentlich telefonieren wir miteinander.

„Sonst haben sie von der Unterhaltung nichts mitbekommen?"

„Nein. Ich habe gemerkt, dass ich störe und bin darum zurück ins Haus zurückgegangen. Allerdings ist mir aufgefallen, dass die Besucherin von oben herab mit Madame de Perrut gesprochen hat. So als wäre sie ihre Untergebene."

„Können sie die Frau beschreiben?"

„Vielleicht, aber ich habe sie nur kurz gesehen. Es war eine besonders hübsche Frau. Sie ist etwa dreißig Jahre alt gewesen, hatte blonde, schulterlange Haare und befand sich in Begleitung von mehreren Männern. Mir kam es vor, als wären es ihre Leibwächter."

„Warum haben sie das gedacht?"

„Es war einfach so ein Gefühl. Sie standen etwa fünf Meter von den beiden Frauen entfernt. An dem Gespräch haben sie sich nicht beteiligt. Später habe ich Ethan nach der blonden Frau gefragt. Er ist ärgerlich geworden und hat mir befohlen, mit niemanden darüber zu sprechen."

Dobrin nickte nachdenklich. Lilous Beschreibung passte ziemlich genau auf Laura Pavese. Erst Frankfurt und jetzt auch noch Marseille. Sein Interesse an dieser Frau steigerte sich. Welche Rolle spielte sie in der Geschichte? Hatte sie für Phillip Kreuter die Entführung Nataschas in Auftrag gegeben?

„Sonst fällt ihnen zu der Frau nichts mehr ein?"

„Nein, wie bereits gesagt, war die Begegnung nur kurz und bin mir ziemlich sicher, sie vorher noch nie gesehen zu haben. Glauben sie, dass Andrée die Wahrheit über die Frauentransporte nach Ägypten gesagt hat?"

Marc nickte. „Ja, ich denke schon. Sie müssen damit rechnen, dass die Marseiller Polizei mit ihnen darüber sprechen möchte. Die werden viele Fragen stellen."

„Sie haben gehört, was Andrée gesagt hat. Ethan kennt eine Vielzahl einflussreicher Menschen in Marseille. Die werden alles unternehmen, um ihn zu schützen. Wie so oft in unserer Stadt wird man die Ermittlungen gegen ihn und sein ganzes Umfeld sicherlich bald einstellen."

„Diesmal kommen er und sein Freund nicht ungeschoren davon. Gegebenenfalls werde ich die Medien einschalten. Nicht jeder in Frankreich ist käuflich."

„Hoffentlich", antwortete sie bedrückt.

Marc lächelte sie an: „Wenn sie jetzt weggehen, halte ich sie nicht auf. Ich hoffe, dass sie mir irgendwann die Entführung verzeihen können. Setzen sie sich in ihr Auto und fahren sie nach Hause."

Etwas unschlüssig blieb Lilou Belet auf dem Bett sitzen. Fast schien es, als müsse sie sich an die veränderte Situation erst gewöhnen. Der Comte Andrée Le Briand, ihr Boyfriend, entpuppte sich als brutaler Zuhälter. Der Schock saß tief. Warum hatte sie sich so in ihm getäuscht? Sie hörte ihn leise vor sich hinjammern. Ihr war es egal.

In der Zwischenzeit versuchte Marc verzweifelt und immer wieder, seinen Freund in Köln zu erreichen. Er war fast ein wenig überrascht, als der sich nach rund einen Dutzend Versuchen tatsächlich meldete.

Ebenso überraschend war es für Christian Waiger, nach Tagen des Abwartens diese Stimme zu hören.

Marc ließ ihm keine Möglichkeit, Fragen zu stellen. Zuerst musste er sein dringlichstes Anliegen loswerden: „Hast du von Isi gehört?"

Die Antwort klang etwas verwundert. „Ja, natürlich. Nach der Rückkehr aus Marseille habe ich sie in deiner Wohnung untergebracht. Gestern haben wir zuletzt miteinander telefoniert."

In diesem Moment fiel Marc eine ungeheure Last von den Schultern. „Ist sie verletzt", wollte er gleich danach wissen.

„Nein. Nach den Schüssen auf dich hat sie mich angerufen. Ich habe ihr geraten, sofort nach Köln zurückzukommen. Ursprünglich hatte sie die Idee, auf eigene Faust nach dir zu suchen. Das konnte ich ihr glücklicherweise ausreden. Was genau ist geschehen und wo bist du jetzt?"

In Kurzform informierte ihn Marc über die Geschehnisse der vergangenen Tage. Bewusst vermied er es vorerst, allzu viel über die erlittenen Verletzungen sowie den Arzt in Fos-sur-Mer zu erzählen. Schussverletzungen waren auch in Frankreich meldepflichtig. Er wollte vermeiden, dass Heiko Balder deswegen Schwierigkeiten bekam.

Jetzt war nur wichtig, dass der Container mit dem „Altfleisch", der am nächsten Tag den Hafen von Port-de-Fos in Richtung Alexandria verlassen sollte, aufgehalten wurde.

„Das Schiff mit den Frauen darf auf keinen Fall nach Ägypten auslaufen. Ich benötige einen guten Kontakt zur Polizei in Marseille, ohne gleich verhaftet zu werden. Kennst du da jemanden, dem man vertrauen kann."

„Mein Kollege Gilbert Bantue ist dafür der richtige Ansprechpartner. Er ist über das Geschehen im Jardin du Pharo informiert. Ich werde sofort selber mit ihm telefonieren. Er kann auch klären, wieso du von der Polizei gesucht wirst. Gib mir die Anschrift deines Hotels. Er kann jemanden schicken, der dich abholt. Er dürfte eine Menge Fragen an dich haben."

Marc gab ihm Hotelanschrift. Christian Waiger hatte Verständnis dafür, dass sein Freund keinen Wert auf ein längeres Gespräch legte.

Aufgeregt wählte Marc die Nummer seiner Kölner Wohnung. Er wollte endlich Isis Stimme hören und sich selber davon überzeugen, dass sie unbeschadet aus Marseille entkommen war.

Sie meldete sich mit einem vorsichtigen „Ja". Mehr nicht.

Die Worte „Hallo meine tatarische Freundin. Ich liebe dich. Wie geht es dir," konnten nur von ihm stammen.

„Maaaarc?" Vor lauter Überraschung zog sie seinen Namen unendlich in die Länge. Er konnte ihr glückliches Lachen und gleichzeitiges Schluchzen hören.

„Wo bist du? Die ganze Zeit habe ich darum gebetet, dass du noch lebst. Ich habe gesehen, wie auf dich geschossen wurde und du daraufhin zusammengebrochen bist. Ich wollte einfach nicht glauben, dass du nicht mehr am Leben bist. Christian hat mir schließlich geraten, nach Köln zu kommen und in deiner Wohnung zu bleiben."

Wie ein Wasserfall kam Satz um Satz über ihre Lippen. Marc war unendlich erleichtert darüber, mit ihr sprechen zu können. Darum machte er keinen Versuch, sie zu unterbrechen.

Wie ist es dir in den letzten Tagen ergangen und vor allem: Wann kommst du nach Köln?"

Er hörte am Klang ihrer Stimme, wie gespannt sie auf seine Antwort war.

„Jetzt, wo ich mit dir sprechen kann, geht es mir sehr gut. Meine Verletzungen sind inzwischen verheilt. Im Moment bin ich in einem Hotelzimmer in Marseille und erwarte jemanden von der Polizei. Christian organisiert das soeben. Sobald wir uns sehen, erzähle ich dir den Rest. Das wird eine längere Geschichte."

„Ich hatte so viel Angst um dich. Jetzt bin ich nur noch erleichtert. Hast du herausgefunden, warum man auf dich geschossen hat?"

„Andrée Le Briand, ein Freund von Ethan de Perrut, hat es mir vorhin nicht ganz freiwillig erzählt. Er liegt übrigens gefesselt im Badezimmer.

Denen ging es lediglich um die Speicherkarte. Sie hatten nie die Absicht, mir etwas über die Hintergründe von Nataschas Entführung zu sagen. Aber der Auftrag dafür ist aus Marseille gekommen. So wie es aussieht, stecken Laura Pavese beziehungsweise Phillip Kreuter dahinter. Beweise habe ich leider nicht."

Während des Gespräches mit Isi hatte er sich ans Fenster gestellt. Sollte Ethan de Perrut auftauchen, musste er darauf vorbereitet sein. Lilou Belet saß immer noch auf dem Bett und starrte vor sich hin.

„Wann kommst du nach Köln", wollte Isi nochmals von ihm wissen. „Ich möchte dich fühlen, damit ich endlich wieder ruhig schlafen kann."

„Sobald ich hier alles geregelt habe. Christian unterrichtet soeben einen Commissaire de Police in Marseille über meine Wiederauferstehung. Nach dem Gespräch mit dem Polizisten rufe ich dich sofort an. Ich denke, dass der Abreise nach Köln dann nichts mehr im Wege steht."

Vor Freude darüber, dass Isi wohlbehalten aus Marseille entkommen war, hätte er fast das Geräusch vor dem Hotelzimmer überhört. Es klang seltsam dumpf geklungen und er konnte sich keinen Reim darauf machen.

Die Französin hatte es ebenfalls gehört. Fragend schaute sie ihn an: „Ist das bereits die Polizei? Sie haben am Telefon davon gesprochen."

Marc schüttelte zweifelnd seinen Kopf. Er stand immer noch am Fenster und hätte ihr Kommen bemerken müssen.

Er hörte nicht wirklich zu, als Isi ihm von ihrer Rückfahrt nach Köln erzählte. Das seltsame Geräusch im Gang vor dem Hotelzimmer ließ ihn keine Ruhe. Im Moment war es still.

Isi hatte eine Frage gestellt und er wollte eben darauf antworten, als er abermals ein leichtes, kaum vernehmbares Geräusch hörte. Es klang, als wenn so etwas wie Stoff über die Tür strich.

Jetzt war er endgültig davon überzeugt, dass sich jemand an der Tür zu schaffen machte. Er ließ das Telefon auf dem Bett liegen und stellte sich mit der kleinen Pistole von Madame de Perrut hinter die Zimmertür.

Fast wäre es dafür zu spät gewesen. Mit einem lauten Krachen sprang die Tür auf. Marc schaffte es soeben, sich mit seinem ganzen Gewicht dagegen zuwerfen. Von draußen könnte er einen leisen Fluch hören. Damit hatte der Eindringling offensichtlich nicht gerechnet.

Abermals wurde der Versuch unternommen, die Tür mit noch mehr Kraft aufzustoßen.

Diesmal stemmte Marc sich nicht dagegen. Stattdessen sprang er zur Seite.

Der Schwung ließ die Tür gegen die Wand knallen. Dabei verlor der Eindringling die Balance und stolperte unkontrolliert ins Zimmer.

Das genügte Marc. Mit der rechten Fußspitze traf er Ethan de Perrut am Hals. Benommen sowie stark röchelnd sackte er zusammen. Die Pistole mit dem aufgeschraubten Schalldämpfer, die er in der Hand gehalten hatte, fiel dabei zu Boden. Marc kickte sie mit dem Fuß aus dessen Reichweite.

In diesem Moment tauchte eine weitere bewaffnete Person in der Zimmertür auf. Ethan de Perrut war nicht alleine gekommen.

Marc wusste, dass ihm keine Zeit für eine vernünftige Reaktion blieb. Mit einem verzweifelten Satz versuchte er, hinter das Bett zu gelangen.

Das Geräusch des Schusses klang nicht viel lauter als ein kräftiges Husten. Fast im selben Moment verspürte er einen brennenden Schmerz an der linken Seite. Graue Schleier wollten sich über seine Augen legen. Eisern kämpfte er gegen die drohende Bewusstlosigkeit an. Isis verzweifelte Schreie, die er durch das Telefon hören konnte, halfen ihm dabei. Gleichzeitig versuchte er, sich so klein wie möglich zu machen.

Verschwommen sah er unter dem Bett hindurch, wie zwei Beine in blauen Jeans sowie hellen Turnschuhen langsam auf ihn zukamen.

Um die Nebelschleier zu vertreiben und in der Hoffnung, die Schmerzen in der linken Körperhälfte etwas zu lindern, kniff er für einen kurzen Moment fest die Augen zu. Viel half es nicht. Der Schmerz breitete sich immer stärker in seinem Körper aus.

Verzweifelt kämpfte er gegen die Bewusstlosigkeit an. „Halte durch. Wenn du jetzt aufgibst, wirst du Isi niemals wiedersehen," rief ihm eine Stimme aus dem Inneren zu.

Mit viel Mühe schaffte er es, die kleine Pistole auf die Beine des Gegners zu richten. Dabei merkte er selber, wie stark seine Hand zitterte. Erst nach mehreren vergeblichen Versuchen gelang es ihm, den Arm mit der anderen Hand zu abzustützen.

Der Schuss aus der kleinen Waffe klang, im Gegensatz zur schallgedämpften Pistole des Angreifers, unwahrscheinlich laut. Etwas wie Zuversicht kam in ihm auf, als er den Schmerzensschrei des Anderen hörte und der, mit dem Gesicht zu ihm gewandt, ebenfalls zu Boden fiel.

Unter dem Bett hindurch konnten sie sich in die Augen sehen. Der Angreifers fletschte die Zähne, während er langsam die Pistole unter sich hervorzog und auf ihn richtete.

Noch einmal schaffte es Marc, abzudrücken. Er sah, wie die Kugel über dem linken Auge in die Stirn des Mannes eindrang.

Unmittelbar darauf hörte Marc das leise „Plopp" zwei weiterer Schüsse. Eindeutig kamen sie diesmal aus einer schallgedämpften Waffe. Danach konnte er Schritte hören, die sich eilig entfernten.

Nur mit großer Anstrengung gelang es Marc, sich vorsichtig mit einer Hand am Bett hochzuziehen. Mit der Zweiten hielt weiterhin die Pistole. Immer wieder musste er dabei innehalten, um gegen die Nebelschwaden in seinem Kopf ankämpfen. Die Stimme von Isi, die immerfort über das Telefon nach ihm rief, half ihm.

Lilou Belet lag wie zuvor auf dem Bett. Erst nachdem er es geschafft hatte, sich noch ein Stück hochzuziehen, sah er entsetzt in das Antlitz des Mädchens. Blut lief durch ihr glänzendes, blondes Haar auf das Bett. Die weitgeöffneten Augen starrten blicklos zur Decke.

Daraufhin verweigerte sein Körper endgültig die Befehle, die sein Gehirn aussandte. Die dunklen Schleier vor den Augen verdichteten sich zu einer undurchdringlichen Masse und er fiel in ein unendlich tiefes

Loch. Sein letzter Blick fiel auf die weißen Turnschuhe des Mannes, den er getötet hatte.

Die schwarz gekleideten Gestalten, die wenig später in das Zimmer eindrangen, nahm er nicht mehr wahr.

20.

Als Marc zu sich kam und die Augen öffnete, bewegte er zuerst vorsichtig den Kopf. Nichts hinderte ihn daran. Ganz eindeutig lag er in einem Bett. Seitlich über sich sah er eine Flasche, die mittels Schlauch und Venenkatheter mit seinem Arm verbunden war. Die karge Einrichtung des Raumes bestand aus wenigen, weißen Möbeln. Lediglich die Wände hatte man in einem hellgrünen, freundlichen Ton gestrichen.

Er schien sich in einem Krankenzimmer zu befinden. Dazu passte auch die Apparatur neben dem Bett.

Beruhigt stellte er fest, dass ihm sein Gedächtnis diesmal keinen Streich spielte. Er wusste ziemlich genau, wieso er in dem Krankenhaus gelandet war.

Nach und nach fielen ihm sämtliche Einzelheiten ein. Die anfängliche Erleichterung verschwand, als er an die junge Französin dachte. Deutlich erinnerte er sich an das Blut in den blonden Haaren und sah ihre leblosen Augen vor sich.

Schmerz machte sich in seiner Brust breit. Ihr Tod war sinnlos und er trug, wenigstens zum Teil, die Schuld daran. Er hatte sie dazu gezwungen, mit ihm zusammen in dem Hotelzimmer auf ihren Verlobten zu warten. Seine eigene Schussverletzung wurde dadurch zur Nebensache. Im Moment verspürte er an der linken Seite lediglich ein etwas taubes Gefühl.

Wie mochte es Isi ergehen? Sie telefonierten, als Ethan de Perrut in das Hotelzimmer stürmte. Er erinnerte sich daran, wie sie immer wieder nach ihm gerufen hatte.

Erst jetzt bemerkte er den dunklen Schatten am Kopfende des Bettes. Um das dazugehörende Gesicht zu erkennen, musste er seinen Kopf weit verrenken.

Schließlich sah er einen kleinen schlanken Mann mit schütterem Haar, der ihn interessiert durch die dicken Gläser einer schwarzen Hornbrille ansah und ihm freundlich zunickte.

„Wo bin ich", wollte Marc wissen. Seine eigene Stimme kam ihm seltsam fremd vor.

Neben sich auf einem Schränkchen sah er eine weiße Tasse und griff danach. Der Mann half ihn, das Trinkgefäß an die Lippen zu setzen. Dankbar schluckte er den lauwarmen Tee.

„Ich bin Commissaire Gilberg Bantue von der Marseiller Polizei," stellte er sich vor. „Ich habe sie in eine Privatklinik in Cassis bringen lassen."

Nachdem der Patient darauf keine Antwort gab, sprach er höflich weiter: „Ihr Freund in Köln, Kommissar Waiger, hat mich darüber unterrichtet, dass sie sich mit der Marseiller Unterwelt angelegt haben. Dazu haben sie sich ausgerechnet Ethan de Perrut sowie seinem Stellvertreter Andrée Le Briand ausgesucht. Die beiden gehören zu den übelsten Typen in unserer Stadt. Meine Kollegen haben sie bewusstlos im Hotel Azur neben einem erschossenen Mädchen aufgefunden. In ihrer unmittelbaren Nähe lag ein weiterer Toter. Zudem haben sie im Badezimmer die Leiche von Andrée Le Briand entdeckt. So viele Tote, noch dazu in einem Hotel, sind selbst für Marseille ungewöhnlich. "

„Die junge Frau hieß Lilou Belet. Bei ihr handelte es sich um die Freundin von Andrée Le Briand."

Der Mann neben dem Krankenbett nickte zustimmend: „Das haben wir inzwischen auch herausgefunden. Sind sie in der Lage, mir weitere Fragen zu beantworten?"

„Versuchen sie es."

„Was genau ist in dem Hotelzimmer passiert?"

„Ich habe, zusammen mit der jungen Frau, auf Andrée Le Briand gewartet."

„Gab es dafür einen bestimmten Grund?"

Marc nahm an, dass der Kommissar inzwischen längst wusste, warum er sich mit Lilou Belets Freund getroffen hatte. Trotzdem bemühte er sich, die Fragen zu beantworten, ohne ungeduldig zu erscheinen.

„Ich wollte von ihm den Grund erfahren, warum vor einigen Tagen im Jardin du Pharo auf mich geschossen wurde."

„Über diesen Teil ihrer Geschichte sprechen wir später. Mein Kölner Kollege hat mir von der Suche nach dem Original einer Speicherkarte erzählt. Auch über ihren zurückliegenden Gedächtnisverlust hat er mich informiert. Zuallererst interessieren mich die Vorkommnisse im Hotel Azur. Warum sollte Lilou Belet mit ihnen zusammen auf ihren Freund warten?"

„Eigentlich habe ich vorgehabt, mich mit Ethan de Perrut zu unterhalten. Deshalb bin ich zur Firma seines Vaters gefahren. Doch der hat ein Gespräch mit mir abgelehnt. Beim Verlassen des Gebäudes traf ich zufällig auf Lilou Belet."

„Das erklärt immer noch nicht, warum sie mit ihnen dieses Hotel aufgesucht hat."

Marc versuchte, mit seinen Antworten möglichst dicht an der Wahrheit zu bleiben. Keinesfalls durfte er zugeben, die junge Französin gegen ihren Willen in das Hotel gebracht zu haben.

„Sie hat gesehen, wie im Jardin du Pharo auf mich geschossen wurde und mich wiedererkannt. Bis zu unserer zufälligen Begegnung ist sie davon ausgegangen, dass ich tot bin. So kamen wir ins Gespräch. Letztendlich wollte sie selber herausfinden, inwieweit ihr Freund etwas mit den Schüssen auf mich zu tun hatte. Gemeinsam haben wir überlegt, wo ich mich ungestört mit ihm unterhalten kann. Dabei ist ihr das Hotel Azur eingefallen."

Bantue nickte. „Wie das Gespräch mit Andrée Le Briand abgelaufen ist, kann ich mir ungefähr vorstellen. Die Einzelheiten sind später nur für das Protokoll wichtig. Was geschah nach der Unterhaltung?"

„Ich habe mich mit Kommissar Waiger in Verbindung gesetzt und danach meine Freundin angerufen. Während des Gespräches hörte ich plötzlich Geräusche vom Hotelflur. Wenig später haben Ethan de Perrut sowie ein weiterer Mann gewaltsam die Zimmertür geöffnet. Ersteren habe für kurze Zeit kampfunfähig machen können. Bei seinem Begleiter ist mir das nicht sofort gelungen. Ich wollte hinter dem Bett in Deckung gehen, war aber zu langsam. Darum bin ich im Krankenhaus gelandet."

„Was passierte danach?"

„Der zweite Mann hat versucht, unter dem Bett hindurch auf mich zu schießen. Diesmal war ich schneller. Wenig später konnte ich zwei Schüsse hören und jemand ist davongelaufen. Vermutlich ist das Ethan de Perrut gewesen."

Wie sind sie an diese winzige Pistole gekommen?"

„Lilou Belet hatte sie dabei", log Marc.

Bantue nickte. Die Erklärung klang plausibel.

„Wie lange bin ich bereits im Krankenhaus,", wollte Marc wissen.

„Seit gestern Abend. Jetzt ist es kurz nach zehn Uhr morgens," bekam er zur Antwort.

Marc war halbwegs erleichtert: „Dann ist es vielleicht noch nicht zu spät. Sie müssen sofort Kollegen nach Port-de-Fos schicken. Dort werden in einem Container Frauen festgehalten. Man will sie heute nach Alexandria in Ägypten bringen, hat mir Andrée Le Briand gesagt."

„Darüber wurde ich ebenfalls von Kommissar Waiger informiert. Wir konnten achtzehn Frauen aus ihrer misslichen Lage in den Containern befreien. Laut den Frachtpapieren sollten da eigentlich gebrauchte Computer drin sein."

Die Stimme des Kommissars klang bitter. „Einige der Frauen waren in so schlechtem gesundheitlichen Zustand, dass sie die Überfahrt nach Alexandria wohl nicht überlebt hätten."

„Andrée Le Briand hat mir erzählt, dass es sich dabei um Prostituierte handelt. Er und sein Freund holen zuerst junge Frauen nach Westeuropa. Sobald sie hier nicht mehr gebraucht werden, bringt man sie nach Nordafrika. Er hat von „Altfleisch" gesprochen. Von ihm habe ich erfahren, dass Madame de Perrut die eigentliche Chefin ist."

Bantue nickte grimmig. Seine Stimme klang bitter: „Wir glauben bereits seit einiger Zeit, dass sie im südeuropäischen Menschenhandel eine nicht unwichtige Rolle spielt. Doch bis jetzt haben wir keine wirklichen Beweise gegen sie in der Hand. Außerdem verfügt ihr Mann über Verbindungen bis in die höchsten Kreise der Politik."

Marc hatte genug gehört. Besonders in Marseille war die Korruption seit ewigen Zeiten weit verbreitet. Er wechselte das Thema.

„Aus welchem Grund bin ich in einer Privatklinik und wie lange muss ich hierbleiben? Außerdem müsste ich dringend telefonieren. Meine Freundin in Köln hat am Telefon die Schießerei mitbekommen und macht sich sehr wahrscheinlich große Sorgen."

Der Kommissar zeigte so etwas wie ein Lächeln und schaute dabei auf die Uhr an seinem Handgelenk: „Das Telefonat mit Deutschland können sie sich sparen. Frau Petrowna ist vor etwa einer Stunde in Marseille gelandet. Einer meiner Kollegen hat sie am Flughafen abgeholt und bringt sie her. Sie dürfte bald hier sein."

Unmittelbar darauf wurde er wieder ernst. „Über ihre Entlassung aus dem Krankenhaus müssen sie mit dem zuständigen Arzt sprechen. Dazu kann ich ihnen nichts sagen. Ich habe sie in einer Privatklinik untergebracht, weil ich sicher sein wollte, dass ihnen nicht gleich wieder etwas passiert. Jedenfalls nicht, bevor sie das Protokoll unterschrieben haben. Für die Polizei sind sie ein wichtiger Zeuge. Wie bereits angedeutet, hat die Familie de Perrut in unserer Stadt überall ihre Ohren. Wahrscheinlich hätten sie sehr schnell herausgefunden, in welchen Marseiller Krankenhaus sie untergebracht wurden. Mit ihrer Aussage gelingt es uns vielleicht, Ethan de Perrut aus dem Verkehr zu ziehen. Das wollen wir uns nicht entgehen lassen. Bis jetzt haben die Beweise gegen ihn nie ausgereicht. Sobald sie wieder auf den Beinen sind und ich ihre schriftliche Zeugenaussage habe, können sie das Krankenhaus von mir aus verlassen. Ich wäre nicht böse, wenn sie unmittelbar darauf nach Deutschland zurückkehrten."

Marc legte sich entspannt zurück. Isis baldiges Kommen löste ein angenehmes Gefühl in seinem Inneren aus. Über den Ratschlag des Kommissars, möglichst bald nach Köln zurückzukehren, würde er später nachdenken.

Vielleicht bekam er doch noch eine Chance, mit Catherine de Perrut über die Entführung Nataschas zu sprechen. Allerdings dürfte das ziemlich schwierig werden. Er musste zudem damit rechnen, dass sie alles unternehmen würden, um seine Zeugenausage gegen ihren Sohn zu verhindern.

Noch schwieriger dürfte es für ihn werden, an Laura Pavese beziehungsweise Phillip Kreuter heranzukommen. Also doch Catherine de Perrut. Vielleicht konnte er von Bantue mehr über sie herausbekommen.

„Was wissen sie über den Chevalier de Perrut?"

„Vor einigen Jahren gab es Gerüchte, dass er durch Warentermingeschäfte den Großteil seines Vermögens verloren hat. Sollte das zutreffen, hat er sich von den Verlusten recht schnell erholt. Vielleicht haben ihm Frau und Sohn dabei geholfen. Ansonsten denke ich nicht, dass er in deren anrüchige Geschäfte direkt verwickelt ist. Er ist politisch sehr aktiv. Der Chevalier gehört der rechten Partei „Liberté pour la France" an. Laut diversen Meinungsumfragen soll er gute Chance haben, die Wahl zur Nationalversammlung hier bei uns zu gewinnen."

Marc schüttelte zweifelnd den Kopf. „Was ist nur mit den Menschen in Frankreich los? Die „Liberté pour la France" ist ja noch bedeutend radikaler als der „Front National". „Bedauerlicherweise zeigen die Parolen

„Frankreich den Franzosen" oder „Ausländer raus" ihre Wirkung. Die Bevölkerung in Marseille hat genug von der ständig wachsenden Kriminalität und der Bestechlichkeit ihrer führenden Köpfe. Viele Einwohner unserer Stadt verlangen nach einem starken Politiker, der endlich durchgreift. Die rechten Parteien haben so viel Zulauf, weil eine Vielzahl der Straftäter einen Migrationshintergrund hat. Ein weiterer Punkt, die „Liberté pour la France" oder den „Front National" zu wählen, ist das ewige unverständliche Gezerre in Brüssel. Da nennen sie so etwas Diplomatie. Alle rechten Parteien haben gleichermaßen die Absicht geäußert, nach einem Wahlsieg aus der EU auszutreten."

„Wie sind sie beziehungsweise ihre Kollegen überhaupt darauf gekommen, dass Madame de Perrut in den Frauenhandel verwickelt sein könnte?"

„Menschenhandel ist inzwischen einträglicher als das Geschäft mit Rauschgift. Doch, um in diesem Business zu bestehen, braucht es eine gewisse Intelligenz, die das Wort „Skrupel" nicht kennt. Das passt nicht zu Ethan de Perrut. Dazu hat er nicht das Format. Folgerichtig sind wir auf Madame de Perrut gekommen. Es gibt zahlreiche Hinweise, die uns in dieser Meinung bestätigten. Allerdings fehlen klare Beweise."

„Es ist bedauerlich, dass Andrée Le Briand seine Aussage, die er mir gegenüber gemacht hat, nicht wiederholen kann."

„So ist es. Obwohl ich generell bezweifle, dass man jemals gegen eine Frau wie Madame de Perrut bei uns vorgeht. Wie bereits gesagt, reichen die Verbindungen des Chevaliers bis in die höchsten Kreise der Justiz. Hier wird sich kein Staatsanwalt finden lassen, der gegen seine Frau Anklage erhebt. Sollte es denoch einmal dazu kommen, wird man Zeugen unter Druck setzen sowie wichtige Unterlagen verschwinden lassen. Dabei kann er sich auch auf die Unterstützung seiner Partei verlassen. Übrigens gehörte der von ihnen im Hotelzimmer Getötete zu den Schlägertrupps des „Liberté pour la France".

Lilou Belet wurde mit einer schallgedämpften Waffe umgebracht. Für unsere Leute sah es nach einer Hinrichtung aus."

„Das muss Ethan de Perrut gewesen sein. Als er in das Hotelzimmer gestürmt kam, konnte ich ihm die Waffe noch aus der Hand schlagen. Im Normalfall hätte ich sie an mich genommen. Das Auftauchen des zweiten Mannes hat das verhindert."

Bantue nickte. „Mit derselben Pistole ist auch Andrée Le Briand getötet worden. Ethan de Perrut wollte durch ihren Tod wohl eventuelle Zeugen beseitigen. Dass sie überlebt haben, war von ihm nicht geplant. Jetzt ist er erst einmal untergetaucht. Die Fahndung nach ihm läuft. Trotzdem wird er weiterhin versuchen, sie nachträglich aus dem Weg zu räumen. Beweise lassen sich manipulieren. Doch solange sie gegen ihn aussagen können, kann er keinesfalls in sein altes Leben zurückkehren. Da helfen ihm sämtliche Verbindungen nichts."

Diesmal war es Marc, der zustimmend nickte. „Da haben sie wohl recht. Woher kommen die Frauen, die in dem Container nach Alexandria geschickt werden sollten," wechselte er die Richtung des Gespräches.

„Genau ist das noch nicht geklärt. Ausweisdokumente haben wir keine gefunden. Ein Großteil von ihnen dürfte aus Rumänien, Bulgarien sowie weiteren Ostblockländern stammen. Man lockt sie mit fadenscheinigen Versprechen über Serbien nach Westeuropa. Hier werden sie mit Rauschgift, Vergewaltigung und Erpressung gefügig gemacht. Dann bringt man sie in Bordellen unter oder schickt sie auf den Straßenstrich."

Marc musste an Sorin denken, die jetzt bei dem Arzt in Fos-sur-Mer lebte. Sie hatte ihm Ähnliches erzählt. Trotzdem bohrte er nach.

„In Frankreich ist Prostitution verboten. Warum unternimmt man nicht schon frühzeitig etwas gegen die Bordelle?"

„Das ist nicht so einfach, wie es sich anhört. Natürlich werden Razzien durchgeführt, sobald wir von solchen Etablissement erfahren. Doch in etlichen dieser Häuser gehören Politiker, Polizeibeamte und sogar Richter zu den Stammkunden. Sie genießen dort eine besondere Behandlung. Alles zu Sonderpreisen; oft genug völlig kostenlos. Als Gegenleistung halten sie ihre Hände schützend über diese Einrichtungen. Sobald wir eine Razzia vorbereiten, erhalten deren Geschäftsführer einen diskreten Hinweis aus dem Polizeipräsidium. Gelegentlich sogar von der Staatsanwaltschaft selber. Wenn wir eintreffen, hat man die Prostituierten längst woanders untergebracht. Oft genug sind es auch nur normale Wohnungen, in denen zwei oder drei Frauen ihrer Arbeit nachgehen müssen."

„In Frankfurt hat mir ein gewisser Manfred Konitz erzählt, dass man vorher ausgewählte Mädchen oder Frauen auf Bestellung aus den Ostblockländern holt. Ethan de Perrut könnte diese Möglichkeit bei der Entführung meiner Halbschwester in Russland genutzt haben. Man hat uns gesagt, dass sie nach Frankreich gebracht werden sollte. Ist so etwas überhaupt durchführbar?"

„Ja natürlich. Ich kenne gleich mehrere solcher Fälle. Bei den Opfern handelt es sich meist um besonders ansprechende junge Menschen aus den Ostblockländern, Afrika oder Asien."

„Wie läuft so eine Bestellung ab?"

„Nehmen wir mal an, dass sie über genügend Geldmittel verfügen und an einer etwas längeren Beziehung zu einem besonders hübschen, sehr jungen Mädchen Interesse haben. Sie sollte blond, schlank und natürlich noch unberührt sein."

„Wie komme ich an die Mittelsmänner? In Zeitungen können sie für ihre Dienstleisten schließlich nicht werben."

„Vielleicht haben sie beim Besuch ihrer Stammbar oder unter Freunden, beziehungsweise Kollegen darüber einmal laut nachgedacht. Oder sie haben zufällig von dieser Möglichkeit gehört und dabei fiel der Name eines Nachtclubs, deren Geschäftsführer solche Geschäfte vermittelt. Jedenfalls erfährt Ethan de Perrut davon. Bevor er zu ihnen Verbindung aufnimmt, lässt er sie intensiv überprüfen. Schließlich will man vorher wissen, ob ihnen für so einen Handel auch die entsprechenden finanziellen Mittel zur Verfügung stehen. Zudem muss man ausschließen, dass sie mit der Polizei oder Staatsanwaltschaft zusammenarbeiten. Wenn es keine Bedenken gibt, wird jemand Kontakt zu ihnen aufnehmen. Dabei können sie ihre genauen Wünsche äußern. Gegebenenfalls werden ihnen da bereits entsprechende Fotos vorgelegt. Sie dürfen davon ausgehen, dass es sich bei der Auswahl um wirklich außergewöhnlich hübsche Mädchen oder auch Jungen handelt."

„So wie sie das erzählen, könnte man glauben, dass es dabei um eine durchaus seriöse Transaktion geht."

„Ja, für gewisse Leute ist es das auch. Sobald sie sich für ein bestimmtes Mädchen entschieden haben, wird man sie um eine Anzahlung bitten und einen ungefähren Liefertermin nennen. Irgendwann in den folgenden Wochen wird ihnen genau dieses Objekt geliefert. Sie bezahlen den Restbetrag und können von da an mit dem Mädchen machen, was sie wollen."

„Sklavenhandel in der heutigen Zeit und das mitten in Europa. Wie viel kostet mich so etwas?"

„Das kommt ganz auf das Objekt ihrer Begierde an. Mädchen, junge Frauen oder Knaben aus Rumänien sowie Bulgarien sind preiswerter, da der Arbeitsaufwand geringer ist. Sie benötigen kein Visum. Für Personen aus Russland, Südamerika, Asien oder Afrika müssen zuerst gefälschte Papiere beschafft werden. Dementsprechend erhöht sich der Preis. Mit fünfzig bis einhunderttausend Euro sind sie dabei. Es ist ein sehr lukratives Geschäft."

Marc nickte nachdenklich. „Man sollte nicht glauben, dass es Männer gibt, die bereit sind, soviel zu bezahlen. "

„Davon gibt es mehr, als sie für möglich halten. Bei den Abnehmern handelt es sich nicht nur um Männer. Es gibt durchaus auch vermögende Damen aus der Gesellschaft, die diese Dienste nutzen."

„Irgendwann werden die Käufer von ihrem Spielzeug genug haben?"

„Ja, oftmals geht das sehr rasch. Bei der Rücknahme ist ihnen der Lieferant ebenfalls behilflich. Natürlich gegen entsprechende Bezahlung.

Diese Mädchen und Jungen finden dann meist Verwendung in hochpreisigen Bordellen."

„Und das alles geschieht direkt vor unseren Augen?"

„Ja und das wird wohl immer so bleiben. Gelegentlich entsteht zwischen einem gekauften Mädchen und deren „Besitzer" eine Beziehung, die weit über das Sexuelle hinausgeht. Psychologen könnten ihnen das genauer erklären. Vor einigen Jahren bin ich so einer Frau bei Ermittlungen begegnet. Als ich sie kennenlernte, war sie Mitte zwanzig und Inhaberin einer Boutique in der Nähe des alten Hafens. Das Geschäft hat sie von ihrem ehemaligen „Besitzer" zum Abschied geschenkt bekommen. Mit fünfzehn Jahren hat man sie gegen ihren Willen aus der Ukraine nach Frankreich entführt. Bei der Vernehmung hat sie sich strikt geweigert, etwas nachteiliges über den Käufer zu sagen. Ich habe gehört, dass sie sich gelegentlich mit ihm zum Essen in einem Restaurant trifft."

Marc schüttelte angeekelt den Kopf. „Ich glaube nicht, dass mir ihr Job auf Dauer gefallen könnte. Da wird man mit soviel Elend konfrontiert und weiß genau, dass es nie ein Ende haben wird."

Bantue lächelte gezwungen: „Würden wir nicht dagegen ankämpfen, wäre das Übel sehr wahrscheinlich noch schlimmer. Darum muss es Frauen und Männer geben, die diese Arbeit machen. Sie waren früher selber bei der Polizei und sollten das wissen. Aber im Grunde genommen haben sie recht. Ich stand mehrmals kurz davor, mich aus dem Polizeidienst zu verabschieden. Manche Fälle gehen einem besonders nah. Bis vor einiger Zeit habe ich mich im Auftrag von Europol um Bootsflüchtlinge auf Lampedusa sowie Sizilien gekümmert. In dieser Zeit lernte ich zwei syrische Mädchen von elf und zwölf Jahren kennen. Ihre Eltern sind bei der Flucht über das Mittelmeer ertrunken. Wir haben sie den italienischen Jugendbehörden übergeben. Vor knapp einem halben Jahr habe ich sie bei einer Razzia wiedergetroffen. Man hatte sie noch auf Sizilien aus dem Flüchtlingslager geholt und an ein Bordell unweit von Marseille verkauft. In Zusammenarbeit mit den italienischen Kollegen fanden wir heraus, dass Ethan de Perrut die Anweisung dazu gegeben hatte. Leider fehlten uns auch diesmal handfeste Beweise gegen ihn. Wenn es stimmt, was Andrée Le Briand zu ihnen gesagt hat, könnte das im Auftrag von Madame de Perrut geschehen sein. Uns ist auch bekannt, dass Ethan de Perrut mit Schleppern zusammenarbeitet, die Flüchtlinge nach Europa zu bringen. Viele der schrottreifen Kähne, die vollgestopft mit Menschen bei uns ankommen, wurden extra zu diesem Zweck über Scheinfirmen von ihm gekauft und nach Nordafrika gebracht. Auch damit lässt sich viel Geld verdienen. Die Preise für eine Überfahrt lagen zwischenzeitlich bei bis zu achttausend Euro pro Person. Bereits vorher hat er, zusammen mit türkischen Geschäftspartnern, Flüchtlinge über Griechenland nach Europa gebracht."

Für einen Moment blieb es still zwischen ihnen. „Ich möchte nochmals auf Catherine de Perrut zurückzukommen", fuhr Kommissar Bantue schließlich fort und unterdrückte dabei ein Lächeln. „In ihrem Hotelzimmer fanden wir ein Smartphone mit einigen sehr pikanten Fotos von Madame de Perrut. Ich gehe davon aus, dass sie diese Bilder gemacht haben?"

„Gehört das zur offiziellen Befragung?"

Bantue schüttelte den Kopf. „Die Fotos wurden nur von mir gesehen und werden im Protokoll nicht erwähnt."

„Diese nicht besonders künstlerischen Aufnahmen stammen tatsächlich von mir. Sie entstanden, als ich nach Ethan de Perrut suchte. Das Handy gehört übrigens ihrem Liebhaber. Das ist der unbekleidete Mann neben ihr."

Bantue nickte ernst: „So in etwa habe ich mir das gedacht. Ihnen muss aber klar sein, dass sie sich durch die Aufnahmen zusätzlich in Lebensgefahr gebracht haben? Die Familie de Perrut wird alles unternehmen, um diese Bilder aus der Welt zu schaffen. Pornografische Schnappschüsse der Frau eines zukünftigen Abgeordneten, dazu noch von der „Liberté pour la France" wären für große Teile der Presse ein gefundenes Fressen."

Bantue deutete auf den Kleiderschrank: „Das Smartphone liegt dort zwischen ihren übrigen Sachen. Vielleicht fällt ihnen ein besserer Aufbewahrungsort auf. Die Aktaufnahmen der toten Lilou Belet wurden von mir gelöscht."

Marc nickte nachdenklich. „Das ist in Ordnung. Die Bilder des Mädchens haben mir dabei geholfen, Andrée Le Briand ins Hotel zu locken. Ihr Tod tut mir unwahrscheinlich leid. Sie hatte mir versichert, von den Geschäften ihres Freundes nichts gewusst zu haben. Ich habe ihr geglaubt. Die pikanten Fotos von Madame de Perrut können mir später noch von Nutzen sein."

„Letzteres habe ich nicht gehört. Aber ihrer Antwort entnehme ich, dass sie Marseille nicht verlassen wollen?"

„Darüber bin ich mir noch nicht im Klaren. Bei entsprechender Gelegenheit würde ich meine Unterhaltung mit Madame de Perrut oder ihrem Sohn gerne fortsetzen. Ich will wissen, ob Phillip Kreuter oder diese Laura Pavese hinter der Entführung in Russland stecken. Die Frage sollten sie mir beantworten können. Bis jetzt weiß ich lediglich, dass sich Madame de Perrut und Laura Pavese kennen. Lilou Belet hat zufällig gesehen, wie sie sich unterhalten haben. Außerdem fehlt mir noch das eindeutige Motiv für die Entführung in Russland. Die Speicherkarte mag dabei vielleicht eine Rolle gespielt haben, ganz bestimmt ist das nicht der Hauptgrund."

„Dass sich Madame de Perrut und Laura Pavese kennen, haben sie bisher nicht erwähnt."

„Das ist mir soeben wieder eingefallen."

Bantue lächelte: „Es wäre trotzdem besser, wenn sie nach Deutschland zurückkehrten."

Marc nickte höflich dazu und stellte fast gleichzeitig eine weitere Frage: „Andrée Le Briand hat mir doch erzählt, dass Madame de Perrut für den Mädchenhandel im Mittelmeerraum zuständig sein soll. Wenn das stimmt, muss es eine unverdächtige Anlaufstelle geben. Ich kann mir nicht vorstellen, dass sie diese Geschäfte von ihrem Haus im Boulevard Bonne Brise aus organisiert."

„Sehr wahrscheinlich nicht. Darüber habe ich mir selber schon meine Gedanken gemacht. Allerdings ist es durchaus möglich, dass ihr Sohn die ganze Arbeit aus einen seiner Nachtclubs erledigt und sie lediglich aus dem Hintergrund die Fäden zieht. Anderseits gehören ihr mehrere edle Herrenboutiquen, nicht nur in Frankreich. In Marseille finden sie eines ihrer Geschäfte in der Rue de la Jolette. Vielleicht agiert sie von dort aus. Sie können sicher sein, dass wir in Zukunft sehr genau darauf achten, was da passiert."

Bantue verzog sein Gesicht: „Eigentlich bin ich gekommen, um mir von ihnen Fragen beantworten zu lassen. Bis jetzt haben sie mir dazu nur wenig Gelegenheit gegeben."

„Das tut mir leid. Ich dachte, alles gesagt zu haben. Was möchten sie noch von mir wissen?"

„Im Gegensatz zu ihnen glaube ich immer noch, dass die Speicherkarte der Grund für die Entführung ihrer Halbschwester gewesen ist. An der Suche nach dem Original des Datenträgers ist neben dem deutschen Verfassungsschutz auch Europol beteiligt. An die andere Geschichte kann ich nicht recht glauben. Für mich ist es unvorstellbar, dass ein Phillip Kreuter nach so vielen Jahren noch an Rache denkt. Und Ethan de Perrut hat sich auch nur deshalb mit ihnen getroffen. Wenn wir wüssten, was sich darauf befindet, kämen wir vielleicht bei unseren Ermittlungen weiter."

„Ich bezweifle inzwischen, dass dieser Datenträger jemals auftaucht. Anfangs habe ich gehofft, dass mein Vater ihn dem Schweizer Journalisten Denis Waterk gegeben hat. Leider ist das nicht so. Er hat selber nur eine unvollständige Kopie erhalten."

„Das ist schade. Übrigens wurde die Fahndung nach ihnen eingestellt. Jedenfalls von behördlicher Seite aus. Sie können sich wieder frei bewegen. Das Ganze ist ein Mysterium. Bis jetzt konnten wir nicht nachvollziehen, wie es dazu gekommen ist. Offiziell ausgelöst wurde die Suche nach ihnen durch einen ehemaligen Kollegen."

„Dann fragen sie ihn doch einfach. Vielleicht hat er gedacht, einem Freund behilflich sein zu müssen."

„Auf die Idee bin ich natürlich selber gekommen." Bantues Stimme klang vorwurfsvoll. „Leider gibt es da ein Problem. Der Kollege ist vor zwei Jahren im Alter von 89 Jahren gestorben. Allerdings ist er laut seiner Personalakte noch im aktiven Dienst. Niemand ist das bisher aufgefallen, Selbst das Gehalt hat er weiterhin erhalten. "

In diesem Augenblick wurde temperamentvoll die Tür des Krankenzimmers aufgestoßen. Die schlanke Frau in Jeans und heller Bluse blieb für einen kurzen Moment abrupt stehen. So als müsse sie sich erst davon überzeugen, dass es sich bei dem Mann im Bett tatsächlich um Marc Dobrin handelte. Alles an ihr drückte Freude wie auch unendliche Zärtlichkeit aus, als sie schließlich zu ihm lief.

Marc schaffte es gerade noch, ihr den Arm, in dem keine Kanüle steckte, entgegen zu strecken. Wie eine Ertrinkende hielt sie sich daran fest.

„Das ist jetzt wie ein Traum für mich. Die vergangenen Tage bis zu deinem Anruf gestern waren die Hölle. Die ganze Zeit habe ich gewartet und auf ein Wunder gehofft. Dann höre ich tatsächlich deine Stimme am Telefon und gleich darauf die Schüsse. Immer wieder habe ich nach dir gerufen, aber keine Antwort bekommen. Nebenbei habe ich über das Handy Christian angerufen."

Der Kommissar unterbrach den Redeschwall, indem er aufstand und die Russin begrüßte. Darüber, dass sie ihn bisher gar nicht beachtet hatte, schien er nicht böse zu sein.

Er wandte sich an Marc: „Wir sehen uns bald wieder. Seien sie vorsichtig. Denken sie daran, dass Ethan de Perrut oder seine Mutter sehr wahrscheinlich nach ihnen suchen."

Er drückte Marc einen weißen Briefumschlag in die Hand. „Da drin ist ein Chip für ihr Handy. Wenn sie telefonieren wollen, sollten sie sicherheitshalber den gebrauchen. Diese Nummer kenne nur ich."

Er deutete auf Isi. „Ihrer Freundin wurde bereits darüber unterrichtet, dass sie ihr eigenes Mobiltelefon für die nächste Zeit ausgeschaltet lassen soll. Wir wissen nicht, ob Ethan de Perrut diese Nummer bekannt ist."

Marc nickte. Er wusste, wie leicht man ein Handy orten konnte.

Bantue verabschiedete sich wenig später mit einem freundlichen Winken. Kurz vor der Zimmertür drehte er sich nochmals um: „Falls sie meinen Rat befolgen und Marseille in der allernächsten Zeit verlassen wollen, geben sie mir vorher Bescheid. Wie bereits gesagt, benötige ich ihre schriftliche Aussage."

Nachdem sie endlich allein waren, gab Isi ihre Zurückhaltung auf. Sie gab Marc einen langen Kuss. Danach schmiegte sich, so weit es das Bett und die Apparaturen daneben zuließen, an ihn. Sofort wollte sie die ganze Geschichte, seit den Schüssen auf ihn, hören.

Er berichtete ihr von seinem Erwachen bei dem Arzt in Fos-sur-Mer, dem Verlust des Gedächtnisses bis hin zur Schießerei im Zimmer des Hotels Azur.

Ungläubig schüttelte sie den Kopf: „Da muss mehr als ein Schutzengel auf dich aufgepasst haben. Vielleicht sollten wir die Suche nach dem Grund für Nataschas Entführung einstellen. Es ist zu gefährlich. Du hast selber gesagt, dass dieser Philip Kreuter sehr viel Macht und Einfluss hat."

„Das geht nicht. Deine Mutter und Natascha können nicht ewig in Sotschi bleiben. Falls sich eine Gelegenheit ergibt, will ich nochmals mit Catherine de Perrut sprechen. Damit die Staatsanwaltschaft gegen Phillip Kreuter vorgehen kann, braucht sie handfeste Beweise."

„Warum sprichst du nicht zuerst mit Laura Pavese?"

„Unter Umständen kann das noch gefährlicher sein. Vor allem dann, wenn sie oder Philip Kreuter tatsächlich hinter Nataschas Entführung stecken. Hast du vergessen, was in Frankfurt passiert ist?"

„An diesen Tag werde ich mein Leben lang denken. Doch ein Treffen mit Catherine de Perrut dürfte nicht weniger gefährlich sein. Wie willst du es überhaupt schaffen, an sie heranzukommen?"

„Das weiß ich noch nicht. Doch versuchen muss ich es."

„Nachdem du dafür gesorgt hast, dass sich ihr Sohn vor der Polizei verstecken muss, wird sie begeistert sein, dich zu sehen. Vielleicht lädt sie dich sogar zu Kaffee und Kuchen ein."

„Ich liege fast gelähmt im Bett und du machst dich über mich lustig."

„So schwer verletzt und bewegungsunfähig kannst du nicht sein. Deine Finger sind jedenfalls ziemlich munter. Im Moment fühle ich sie unter meiner Bluse an einer Stelle, wo sie nicht hingehören."

Entschlossen setzte sie sich auf.

Marc nahm ihre Hände in die seinen und schaute sie an: „Isi, ich muss dich etwas fragen."

Marcs Blick irritierte sie. Fast ängstlich versuchte sie zu erraten, was er sagen wollte. „Um was geht es?"

„Seitdem mein Erinnerungsvermögen zurückgekommen ist, musste ich immer an dich denken. Dabei ist mir einiges klargeworden."

„Und das wäre?"

„Ich liebe dich. Könntest du dir vorstellen, für immer mit mir zusammen zu bleiben; mich zu heiraten?"

Regungslos schaute die Russin ihn an. Sie suchte nach einer Antwort und schüttelte schließlich nur den Kopf.

Fast verzweifelt griff Marc nach ihrer Hand. „Du darfst nicht Nein sagen."

Ihre grünen Augen glitzerten wie das Meer in der Abendsonne; ihr Gesicht verzog sich vor Erstaunen zu einem erleichterten Lächeln.

„Ja."

So gut es ihm möglich war, zog er sie an sich; atmete den Geruch ihrer Haut ein und küsste sie sehr lange. Bereitwillig öffnete sich ihr Mund.

Viel später fragte er sie: „Warum hast du zuerst Nein gesagt?"

„Ich habe nicht Nein gesagt."

„Doch, du hast den Kopf geschüttelt."

„Das geschah aus Verwunderung. Deine Frage kam völlig unerwartet. In dem Moment dachte ich, du meinst damit eine andere Person und nicht mich."

Mit einem Finger streichelte sie über sein Gesicht. „Warum mich? Wie ich gesehen habe, gibt es in Deutschland genügend hübsche Frauen."

„Es geht mir doch nicht um irgendeine Frau." Gespielt empört schaute er sie an. „Ich möchte dich immer bei mir haben, weil deine grünen Augen mich vom ersten Tag an verhext haben. Ich habe dir doch gesagt, dass alles vorbestimmt ist. Dass Vater mich nach Russland geschickt hat, könnte auch deshalb geschehen sein."

Lange sah er sie an: „Was wird deine Mutter dazu sagen?"

Ihre Antwort klang fast übermütig: „Ich denke, dass sie mit meiner Wahl einverstanden sein wird. Schon allein deshalb, weil damit das Gerede im Verwandten- und Bekanntenkreis zum Schweigen gebracht wird."

Sie überlegte einen Moment nach und fügte hinzu: „Das Leben geht seltsame Wege. Da verliebe ich mich ausgerechnet in den Sohn des Mannes, mit dem meine Mutter eine Tochter hat."

„Adoptivsohn," verbesserte er sie. „Zum ersten Mal im Leben bin ich tatsächlich froh darüber, dass ich von Georg nur adoptiert wurde. Sonst wäre nie etwas aus uns geworden."

Isi musste lachen: „Hör auf, über solche Möglichkeiten nachzudenken „Für Außenstehende sind unsere Verwandtschaftsverhältnisse sowieso ziemlich kompliziert."

Nur ungern ließ sie Marc am Abend in der Klinik zurück. Sie hatte in einem nahe gelegenen Gästehaus ein Zimmer reserviert, dass ihr die Krankenhausverwaltung empfohlen hatte.

21.

Isi kam am nächsten Morgen bereits kurz nach dem Frühstück. Den warmen Temperaturen entsprechend trug sie ein leichtes, geblümtes Sommerkleid und roch angenehm nach Lavendel. Für Marc fühlte es sich wunderbar an, ihre weichen Lippen auf den seinen zu fühlen.

„Über deine Idee, dich nochmals mit Madame de Perrut zu unterhalten, habe ich gestern im Bett noch lange nachgedacht. Allein der Gedanke daran macht mir Angst. Aber ich sehe auch keinen anderen Weg. Entweder finden wir heraus, was es mit Nataschas Entführung auf sich hat oder Mutter und sie kehren nach Nabereschnyje Tschelny zurück, ohne den Grund zu kennen. Dann müssten sie dauernd mit der Angst leben, dass etwas passieren könnte. Oder ist dir inzwischen eine andere Möglichkeit eingefallen?"

Ihre grünen Augen funkelten besonders hell, als sie weitersprach: „Nachdem ich endlich einen Mann gefunden habe, der mich heiraten möchte, will ich unsere Hochzeit auch noch erleben. Es sei denn, du hasst es dir anders überlegt."

Sie ließ es zu, dass er ihre Hand in die Seine nahm und küsste. „Sehe ich so verrückt aus? Falls sich eine Möglichkeit ergibt, mit Catherine de Perrut zu sprechen, werde ich besonders vorsichtig vorgehen."

Schweigend nahm die Russin seinen Kopf zwischen ihre Hände und küsste ihn.

Bei der Visite musste Isi den Raum verlassen. Vom behandelten Arzt bekam Marc eine Nachricht, die ihm gar nicht gefiel. Er sollte für mindestens fünf weitere Tage im Krankenhaus bleiben. Ihn früher zu entlassen, hielt er für zu gefährlich.

Laut dem Arzt brauchte sein Körper diese Zeit, um sich von den Verletzungen vollständig zu erholen. Dabei deutete er auch auf die kaum verheilte Wunde am Kopf. Er unterließ es, ihn genauer danach zu fragen.

Für einen kurzen Moment dachte Marc laut darüber nach, sich selber aus dem Krankenhaus zu entlassen. Isi war absolut dagegen. Schließlich gab er nach. Er sah ein, dass sein Körper dringend eine Phase der Erholung benötigte.

Nach zwei weiteren Tagen im Bett hielt Marc es trotzdem nicht länger in dem Krankenzimmer aus. Nachdem die letzte Kanüle entfernt worden war, konnte er sich endlich wieder frei bewegen. Die Wunde an der Seite schmerzte nur wenig. Weder die Einwände der Stationsschwester noch des Arztes hielten ihn davon ab, mit Isi einen Spaziergang durch Cassis zu unternehmen.

Das kleine Städtchen, eingerahmt von Frankreichs höchster Steilküste im Osten sowie den traumhaften Felsbuchten im Westen, lag nur etwa zwanzig Kilometer von Marseille entfernt.

Hand in Hand bummelten sie durch die Gassen des kleinen Fischerdorfes. Dabei wurden zahlreiche Erinnerungen in Marc wach. An den Wochenenden war er mit seiner Mutter oft hier gewesen. Oft trafen sie am Strand auf Verwandte, Freunde oder Bekannte. Abends hatten sie diese Tage, meist alle zusammen, in eines der gemütlichen Restaurants ausklingen lassen.

Im Hafen gab es noch immer die kleinen Ausflugsboote, mit denen Touristen in regelmäßigen Abständen zu den Felsbuchten der Calanques gebracht und abends abgeholt wurden.

Bei der Rückkehr ins Krankenhaus wartete Kommissar Bantue auf sie. Er wollte sich selber davon überzeugen, dass es Marc gut ging. Noch wichtiger war für ihn die Unterschrift auf dessen Aussage.

Bantue zeigte sich erfreut über Marcs gesundheitliche Fortschritte. „Wissen sie inzwischen, wann sie nach Deutschland zurückkehren?"

Er fügte hinzu: „Ich bin überzeugt davon, dass Ethan de Perrut, beziehungsweise seine Mutter nach ihnen suchen lässt. Auch wenn sie dabei nicht mehr von der Polizei unterstützt werden, kann der weitere Aufenthalt für sie und ihre Begleiterin sehr gefährlich sein. Die Familie de Perrut wird nichts unversucht lassen, um ihre Zeugenaussage vor Gericht zu verhindern. Zwar habe ich jetzt die von ihnen unterschriebene Aussage, doch niemand kann sagen, ob sie sich bei der Verhandlung gegen Ethan de Perrut noch in den Akten befindet."

Marc ging auf die Warnung nicht ein. „Über seinen augenblicklichen Aufenthaltsort haben sie nichts in Erfahrung bringen können?"

„Nein. Unsere Kontaktleute in der Szene haben gehört, dass er zu einem längeren Urlaub in die Maghrebstaaten aufgebrochen ist. Besonders nach Algerien soll er gute Verbindungen haben. Andere wiederum behaupten, dass er sich zurzeit bei seinen Geschäftsfreunden in Ägypten aufhält. Für Interpol ist es nicht leicht, dort jemanden ausfindig zu machen."

Die ganze Zeit über schaute Bantue immer wieder zu der Russin. Er hoffte wohl auf ihre Unterstützung. Schließlich sprach er sie direkt an: „Sind sie ebenfalls der Meinung, dass ihr weiterer Aufenthalt in Marseille noch von Nöten ist?"

„Wir sind uns selbst nicht im Klaren darüber", lächelte sie ihn achselzuckend an.

Der Kommissar nickte resignierend. „Ich sehe schon, sie wollen meinen Rat nicht befolgen. Wenn sie weiter in Marseille bleiben, sollten sie sich in jedem Fall öfter bei mir melden. Dann weiß ich wenigstens, dass sie noch am Leben sind und kann etwas ruhiger schlafen. Meistens bin ich telefonisch zu erreichen. Wenn nicht, können sie eine Nachricht hinterlassen.

Isi ging sofort auf seinen Vorschlag ein. „Sollen wir für längere Zeit in Südfrankreich bleiben, melden wir uns in jedem Fall bei ihnen."

Am Tag vor der Entlassung aus dem Krankenhaus wanderten sie über einen Schotterweg bis zur Jugendherberge La Fontasse im Naturschutzgebiet der Calanques. Hauptsächlich ging es bergauf, doch es war kein langer Marsch. Erleichtert darüber, den Spaziergang völlig schmerzfrei überstanden zu haben, zeigte Marc auf das alte Gebäude: „Hier habe ich mit Freunden meinen ersten Kurzurlaub ohne Eltern verbracht. Eigentlich war es nur ein verlängertes Wochenende. Bis heute gibt es in dem Haus kein fließendes Wasser. Das Trinkwasser holt man sich aus einer Zisterne. Für uns Jugendliche war das Abenteuer pur. Hier übernachten viele Kletterer."

Am folgenden Tag, nach der Visite, stiegen sie in den Bus nach Marseille. Um das Risiko zu vermindern, von Ethan de Perrut oder seinen Leuten gefunden zu werden, hatte Marc über das Internet, vorerst für einen Monat, von einem privaten Hauswirt ein Appartement gemietet.

Sicherheitshalber wollte er auch keinen Kontakt zu früheren Freunden oder Verwandten aufnehmen. Das Risiko, zufällig einem von ihnen über den Weg zu laufen, hielt er für gering.

Die kleine, modern eingerichtete ganz bezaubernde Altbauwohnung lag verkehrsgünstig gelegen unweit des alten Hafens. Zum Bahnhof Saint-Charles konnten sie gegebenenfalls bequem zu Fuß gehen.

Ihr erster gemeinsamer Spaziergang in Marseille führte sie zur Dienststelle Bantues in der Avenue Robert Schumann. Isi hatte sich an ihr Versprechen ihm gegenüber erinnert und darauf bestanden. Beide waren sie ihm zu Dank verpflichtet. Außerdem war es durchaus möglich, dass sie seine Hilfe nochmals benötigten.

Auf dem Weg dorthin, wählte Marc absichtlich einen Weg, auf dem sie an der Boutique von Madame de Perrut in der Rue de la Jolette vorüberkamen. Das Geschäft befand sich in einem alten Haus, das man vor nicht allzu langer Zeit aufwendig renoviert hatte. Auffällig waren die goldenen Messingverzierungen an den Fenster- und Türrahmen. Unmittelbar neben dem Eingang standen zwei Palmen in übergroßen Töpfen. Rechts und links davon gab es kleinere Schaufenster, die mit etlichen, wahrscheinlich sehr teuren, Herren-Accessoires dekoriert waren. Etwas Auffälliges war nicht zu sehen.

Nach einigem Suchen fanden sie das Büro von Kommissar Bantue in einem gesichtslosen Neubau in der zweiten Etage. Schon von Weitem konnten sie laute Musik zu hören.

„Das ist „Apprends-moi" von Silvy Vartan. Hier scheint es einen Fan zu geben," lachte Marc.

Ein Polizist, der an ihnen vorbeiging, musste seine deutschen Worte verstanden haben. Er schmunzelte: „Kommissar Bantue denkt nach. Inzwischen haben wir uns daran gewöhnt, dass er dazu die lautstarke Unterstützung von Silvy Vartan oder Johnny Hallyday benötigt."

Da ihr mehrmaliges Klopfen unbeantwortet blieb, gingen sie einfach rein. Kommissar Bantue nahm erschrocken die Füße vom Schreibtisch, nachdem er sie bemerkt hatte.

„Bei dieser Musik kann ich am besten nachdenken", entschuldigte er sich und stellte das Abspielgerät leiser. „Sie haben also meinen Rat nicht befolgt und sind tatsächlich in Marseille geblieben."

Marc nickte: „Vielleicht kann ich mich doch noch einmal mit Catherine de Perrut unterhalten. Ihr Sohn hat, zumindest zeitweise, mit Bernard Remo, dem Entführer unserer Schwester zusammengearbeitet. Zudem kennt sie Laura Pavese. Meiner Meinung nach kann das kein Zufall sein. Gibt es inzwischen bei ihnen Neuigkeiten?"

„Nicht besonders viele," bekamen sie zur Antwort.

Mit einer Geste zeigte der Kommissar auf zwei unbequeme Stühle. „Andere Sitzmöglichkeiten kann ich ihnen leider nicht anbieten."

Über die altmodische Gegensprechanlage auf dem Schreibtisch bestellte er für alle Kaffee.

„Von Ethan de Perrut gibt es weiterhin keine Spur. Nachdem sein Vater erfahren hatte, dass wir mit einem Haftbefehl nach ihm suchen, hat er uns gleich zwei Anwälte auf den Hals gehetzt. Die haben indirekt zugegeben, dass sich ihr Klient außerhalb Frankreichs aufhält. Wo genau, haben sie mir natürlich nicht verraten. Meine Vermutung, dass er sich in Algerien, Marokko oder auch Ägypten versteckt, könnte durchaus zutreffen."

Nachdenklich rührte er mit einem Kugelschreiber in seinem Kaffee: „Madame de Perrut habe ich schriftlich vorgeladen, um sie mit der Aussage von Andrée Le Briand zu konfrontieren. Daraufhin sind gleich mehrere Anrufe aus den oberen Etagen der Stadtverwaltung bei mir eingegangen. Selbst der Bürgermeister hat sich bei meinem Chef nach dem Sinn dieser Vorladung erkundigt."

„Für wann haben sie Madame de Perrut vorgeladen?"

„Es gibt noch keinen festen Termin. Eine ihrer Mitarbeiterinnen hat uns mitgeteilt, dass sich Madame für einige Tage in Oslo aufhält. Angeblich möchte sie dort eine weitere Boutique eröffnen. Nach ihrer Rückkehr will sie sich mit mir in Verbindung setzen."

Ein verzücktes Grinsen überzog sein Gesicht. „Mir ist zu Ohren gekommen, dass Madame de Perrut und ihr Mann sich im Haus am Boulevard Bonne Brise nicht mehr sicher fühlen. Sie lassen ihr Haus Tag und Nacht durch einen privaten Sicherheitsdienst bewachen."

Sein Grinsen wurde womöglich noch breiter: „Falls sie also nochmals die Absicht haben, sich dort mit Madame de Perrut zu unterhalten, möchte ich dringend davon abraten. Womit ich nicht sagen will, dass sie überhaupt mit ihr sprechen sollten."

Marc nickte, ohne weiter darauf einzugehen. Er wusste die Zurückhaltung des Kommissars durchaus zu schätzen. Bantue hätte sie auch klipp und klar auffordern können, sich aus seinen Ermittlungen herauszuhalten.

„Und sonst?

„Meine Leute und ich haben versucht, zusätzliche Informationen über Laura Pavese zu erhalten. Dabei sind lediglich die Gerüchte bestätigt worden, die uns bereits bekannt waren."

„Welche?"

„Zum Beispiel, dass sie ihre Wahl nur mit Unterstützung des zukünftigen EU-Kommissars Phillip Kreuter gewonnen hat. Viele ihrer Parteifreunde würden sie lieber heute als morgen loswerden. Außerdem sagt man, dass die beiden ein Verhältnis haben. Jedenfalls stehen sie sich sehr nahe. Für die nicht unerheblichen Kosten ihrer Leibwächter kommt er ebenfalls auf. Was natürlich die Frage aufwirft, wie neutral sie ihrer Arbeit im EU-Parlament noch nachkommen kann. Auch in seiner Position als sächsischer Staatsekretär soll Kreuter noch enge Verbindungen zur Pharmaindustrie unterhalten."

Marc nickte. „Das ist in etwa das, was mir bereits mein Freund in Köln gesagt hat."

Der Kommissar drehte seinen Bildschirm so, dass Marc und Isi das Bild darauf betrachten konnten. „Ist das die Frau, die sie in Frankfurt gesehen haben?"

„Das ist Laura Pavese," bestätigte Marc."

Bantue schaute auf seine Uhr, lächelte entschuldigend und erhob sich. „Es tut mir leid, dass ich unsere Unterhaltung jetzt abbrechen muss. Mein Vorgesetzter möchte mit mir sprechen. Wahrscheinlich will er mir nochmals Vorhaltungen wegen der Vorladung von Madame de Perrut machen. Er kann ziemlich ungehalten werden, wenn man ihn warten lässt."

Bereits an der Tür fügte er hinzu: „Sollte es Neuigkeiten geben, rufe ich sie an. Ihre neue Handynummer habe ich ja. Außerdem hat sich ein Jens Fredmann von Europol bei mir gemeldet. Er hat einige Fragen an sie. Allerdings konnte er noch nicht sagen, wann er nach Marseille kommt."

Auf dem Rückweg spazierten sie bis zum 6. Arrondissement. Unweit der Kirche Notre-Dame-du-Mont hatte Marc einen Teil seiner Jugendzeit verbracht. Seit dem Tod der Adoptivmutter war nicht mehr hier gewesen.

Viel hatte sich in den vergangenen Jahren nicht geändert. Etliche der älteren Häuser hatte man abgerissen. Sie waren durch hässliche Neubauten ersetzt worden.

Trotz der möglichen Gefahr durch Ethan de Perruts Leute hatten sie beschlossen, zumindest noch für kurze Zeit in der Stadt zu bleiben. Irgendwann in den nächsten Tagen, so hofften sie, würde Catherine de Perrut nach Marseille zurückkehren.

Die Luft war angenehm warm; während der Mittagszeit wurde es sogar ziemlich heiß. Sie nutzen die Zeit für ausgiebige Spaziergänge.

Damit er nicht sofort erkannt wurde, tarnte sich Marc mit einer weißen Schirmmütze, deren Blende er tief ins Gesicht zog.

Sie besichtigten die unweit ihrer Wohnung gelegene Kathedrale de la Major sowie die Basilika Notre-Dame-de-la-Garde mit ihrer wunderbaren Aussicht über die Stadt.

Immer wieder kamen Marc dabei Erinnerungen an seine Jugend. Dazu gehörte auch der ganz eigene Geruch von Marseille.

Mehrmals täglich liefen sie durch die Rue de la Jolette. Irgendwelche Anzeichen für die Anwesenheit von Madame de Perrut fanden sich nicht. Manchmal blieben sie vor dem Schaufenster der edlen Herrenboutique stehen. Von dort aus konnte man einen Teil des Verkaufsraumes überblicken. Die weiblichen Angestellten waren ausnahmslos jung und sehr attraktiv.

Wenn die Nacht kam, kehrten sie in ihr Appartement zurück. Gemeinsam machten sie das Abendessen. Später setzten sie sich mit einem Glas Rotwein auf den kleinen Balkon, unterhielten sich und genossen das milde Klima.

Ihre anfänglichen Befürchtungen, dass jemand aus Ethan de Perruts Umfeld Marc erkennen würde, verschwand allmählich. Um ein zusätzliches Risiko zu vermeiden, mieden sie die Gegenden, in denen sich seine Nachtclubs befanden.

Einmal fuhren sie mit dem Taxi an der Villa am Boulevard Bonne Brise vorbei. Auch da deutete nichts darauf hin, dass sie inzwischen aus Oslo zurückgekommen war.

Lachend zeigte er Isi das Feinkostgeschäft, in dem er sich, nach Fisch stinkend, als Koch ausgegeben hatte. Der Inhaber des Geschäftes samt seinen Töchtern hoffte wahrscheinlich immer noch, einmal die berühmte italienische Sängerin „Signora Babu" persönlich kennenzulernen.

Fast täglich telefonierte Isi mit ihrer Mutter und Schwester. Besonders Natascha schien es in Sotschi recht gut zu gefallen.

Einmal unternahmen sie eine Bootsfahrt zur Ile d´If mit seinem Château. Alexandre Dumas hatte es mit dem Buch „Der Graf von Monte Christo" unsterblich gemacht.

Um Isi mit der traditionellen Marseiller Küche bekannt zu machen, führte Marc sie in ein kleines, versteckt liegendes Restaurant in einer Seitenstraße des sogenannten „Emigrantenviertels".

Viele Marseiller machten um diesen Teil der Stadt einen Bogen, weil sie ihn immer noch mit Prostitution, Kriminalität sowie Drogen in Verbindung brachten.

Die Russin dagegen war von der Umgebung wie verzaubert. Auch Marc hatte das Viertel schon immer gemocht. In den Straßen wimmelte es von bunt gekleideten Afrikanern. Es gab zahlreiche, winzige Gemüseläden, Imbissstuben, Billigläden nebst unzähligen Straßenhändlern. Gelegentlich mussten sie Müll ausweichen, der auf den Gehwegen entsorgt worden war. Sie spazierten durch schmale Gassen, in denen Wäsche zum Trocknen hing und über ihnen im Wind flatterte.

„Das Viertel ist zwar an einigen Stellen etwas heruntergekommen, aber vielleicht strahlt es gerade deswegen seinen unvergleichlichen Reiz aus. Natürlich liegt das auch an dem pulsierenden Leben hier. Hier wird deutlich, dass 40% der Einwohner in dieser Stadt Emigranten oder deren Nachkommen sind," erklärte er ihr.

Den Tipp für das kleine Restaurant hatten sie von ihrer freundlichen Wohnungsnachbarin bekommen. Sie hatte ihnen dringend davon abgeraten, in eine der Touristenfallen rund um den Vieux Port mit dem eher schlechten Essen zu gehen.

Von der Bouillabaisse, der Marseiller Fischsuppe, zeigte sich Isi begeistert.

„Wir Russen lieben Fisch. Diese Suppe ist einfach köstlich. Schade, dass Mutter und Natascha nicht dabei sind. Ihnen würde es hier ebenso schmecken."

An einem der folgenden Tage wollten sie gleich nach dem Frühstück mit dem Bus über die Corniche zum Strand von Prado fahren. Sie gedachten, für ein paar Stunden im Meer zu schwimmen und faul in der Sonne zu liegen.

Weder Kommissar Bantue noch Jens Fredmann hatten in den vergangenen Tagen etwas von sich hören lassen. Besonders auf das Gespräch mit dem Europolbeamten legte Marc keinen gesteigerten Wert. Von Isi wusste er, dass es dem Mitarbeiter von Europol hauptsächlich um die Speicherkarte ging.

Am Abend zuvor hatten sie darüber gesprochen, den Mietvertrag für das Appartement frühzeitig zu kündigen und nach Deutschland zurückzukehren. Sie konnten nicht für alle Zeit in Marseille darauf warten, dass Catherine de Perrut zurückkehrte. Und selbst dann war es fraglich, ob sich eine Gelegenheit ergab, mit ihr zu sprechen. Freiwillig würde sie es mit Sicherheit nicht tun.

Eine Alternative, etwas über den Grund für Nataschas Entführung herauszufinden, hatten sie allerdings auch nicht gefunden.

Mehr noch als Marc zog es Isi nach Köln. Sie wollte die Stadt, in der sie zukünftig leben würde, endlich kennenlernen. Sie war von Anfang an nicht begeistert gewesen, ihren Aufenthalt in Marseille zu verlängern und sich nochmals mit Ethan oder Catherine de Perrut zu treffen. Dazu kamen die Erinnerungen an die Schießerei im Jardin du Pharo.

Auf dem Weg zur Bushaltestelle machten sie, wie immer, einen kleinen Umweg, sodass sie an der Herrenboutique vorbeikamen.

Beim Einbiegen in die Rue de la Jolette, blieben sie fast erschrocken stehen. Vor dem Eingang des Geschäftes, ungefähr 50 Schritte vor ihnen, parkte ein Citroën und daneben stand der Chauffeur, den Marc in Frankfurt gesehen hatte. Ausgerechnet in diesem Moment schaute er zufällig in ihre Richtung.

Reaktionsschnell, aber unauffällig, zog Marc die Russin hinter einen kleinen Lieferwagen. Der Chauffeur von Laura Pavese schien sie nicht bemerkt zu haben. Eher gelangweilt betrachtete er die Umgebung.

Gebannt, fast geschockt, starrte Isi aus ihrer Deckung heraus in seine Richtung.

„Vielleicht sollte ich einfach hingehen, um zu sehen was dann passiert", überlegte Marc grinsend. Er hatte Isis Reaktion bemerkt und wollte die Anspannung von ihr nehmen. Es wirkte.

„Das ist mal wieder eine deiner verrückten Ideen," protestierte Isi „Falls Laura Pavese in dem Geschäft ist, und davon müssen wir ausgehen, dürften auch ihre zwei anderen Leibwächter nicht weit weg sein."

Er legte beruhigend den Arm um ihre Schultern. „Das war doch nicht ernst gemeint. Ich habe nicht die Absicht, meinem Schutzengel zu viel Arbeit aufzubürden. Warten wir mal ab, was noch passiert. Sobald der Citroën mitsamt seinen Insassen verschwunden ist, können wir mal nachsehen, ob sich Madame de Perrut in ihrem Geschäft aufhält."

„Du willst doch hoffentlich nicht einfach in die Boutique spazieren und ihr Fragen wegen Nataschas Entführung stellen. Nach deinem Auftreten in ihrer Villa wird sie auf eine weitere Begegnung mit dir keinen Wert legen. Außerdem dürfte es in dem Geschäft Angestellte und vielleicht sogar Kunden geben, " meldete Isi erneut ihre Zweifel an.

„Das wäre sehr gut. Madame de Perrut wird alles dafür tun, um unnötiges Aufsehen zu vermeiden. Das dürfte auch für ihren Sohn gelten, falls er sich dort versteckt. Du kannst von hier aus das Geschäft im Auge behalten. Sollte etwas Außergewöhnliches passieren, rufst du Kommissar Bantue an."

Isis Antwort klang sehr bestimmt: „Ich werde keinesfalls hier warten. Als wir das beim letzten Mal ausgemacht haben, musste ich zusehen, wie auf dich geschossen wurde. Und danach warst du für etliche Tage wie vom Erdboden verschwunden. Da hat dir auch deine Nahkampfausbildung nichts genützt. Diesmal werde ich dich begleiten."

Marc gab nach kurzem Nachdenken nickend seine Zustimmung. Er schätzte die Gefahr, dass ihnen in dem Geschäft mit Angestellten und eventuellen Kunden etwas passieren konnte, als gering ein.

Es vergingen fast dreißig Minuten, bis Laura Pavese in Begleitung ihrer restlichen Leibwächter die Boutique verlies und alle zusammen in den wartenden Citroën stiegen. Rücksichtslos fädelte sich der Fahrer in den dichten Verkehr ein und kurz darauf waren sie nicht mehr zu sehen.

Hand in Hand betraten sie das Geschäft durch die Glastür mit ihren Messingverzierungen. Ein weicher Teppichboden dämpfte ihre Schritte. LED-Strahler an der dunklen Decke tauchten Inventar und Personen in ein warmes, schmeichelhaftes Licht. Aus versteckten Lautsprechern kam dezente Musik.

In mehreren, mit dunkelblauen Samt ausgeschlagenen, beleuchteten Vitrinen lagen teure Herrenarmbanduhren, goldene Geldklammern sowie Siegelringe und Manschettenknöpfe.

Ein älterer Herr, der sich im Hintergrund der Boutique aufhielt, schien derzeit der einzige Kunde zu sein. Er wurde gleich von zwei elegant gekleideten junge Frauen in tief dekolletierten Kleidern bedient.

Unweit der Vitrinen, etwas versteckt in einer Nische, stand Catherine de Perrut mit dem Rücken zu ihnen. Marc erkannte sie sofort wieder. Sie trug ein helles Kostüm und redete heftig auf einen älteren Mann ein. Das mit Gold umrandete Namensschild an seinem Revers deutete darauf hin, dass es sich um einen Angestellten handelte.

Marc ließ Isis Hand los und stellte sich so vor die Nische, dass Madame de Perrut unmöglich an ihm vorbei kommen konnte. Ansonsten gab es lediglich eine kleine, in die Vertäfelung eingelassene Tür. Sollte sie dadurch flüchten wollen, würde er das zu verhindern wissen.

Von Catherine de Perrut wurden sie erst bemerkt, als ihr Gesprächspartner stirnrunzelnd über ihre Schulter zu ihnen schaute und sie sich umdrehte. Ihr rot geschminkter Mund verzog sich zu einer Grimasse aus Angst und Wut, als sie ihn wiedererkannte.

„Sie können gehen", befahl Marc dem Mann. „Wir haben mit Madame de Perrut etwas zu besprechen."

Unsicher schaute der Angestellte zu seiner Chefin und erst, als diese nachdrücklich nickte, drückte er sich eilig an ihnen vorbei und verschwand im Hintergrund des Geschäftes.

Den harten Ausdruck in ihren graublauen Augen kannte er bereits. Marc ließ sich davon nicht beeindrucken.

„Was wollen sie von mir," fauchte sie die Besucher an. „Falls sie immer noch nach meinem Sohn suchen, muss ich sie enttäuschen. Hier werden sie ihn nicht finden."

Marc verzog die Lippen zu einem herablassenden Lächeln: „Diesmal bin ich gekommen, um mich mit ihnen zu unterhalten. Ich habe doch versprochen, dass wir uns wiedersehen."

Um seinen Worten Nachdruck zu geben, packte er sie am Oberarm und drückte zu.

Ihre Versuche, sich von ihm zu befreien, blieben vergeblich.

„Sie tun mir weh."

„Es wird noch viel mehr wehtun, wenn sie meine Fragen nicht beantworten oder den Versuch unternehmen, mich zu belügen."

„Was ist, wenn ich mich weigere und stattdessen die Angestellten zu Hilfe rufe?"

„Dann werde ich lautstark verkünden, mit welchen Geschäften sie sich außerdem noch beschäftigen. Andrée Le Briand hat mir einiges über sie erzählt."

Die Frau musterte ihn verächtlich: „Was sollte der Freund Ethans schon gesagt haben."

„Immerhin wusste er, dass ihr Sohn den Frauenhandel im Mittelmeerraum organisiert. Schließlich war er sein engster Vertrauter. Ebenso wusste er, dass sie der eigentliche Chef sind und aus dem Hintergrund die Fäden ziehen. Außerdem hat er mir etliches über die Flüchtlingstransporte aus den nordafrikanischen Ländern erzählt. Von ihnen möchte ich erfahren, für wem sie die Entführung einer gewissen Natascha Petrowna in Russland durchgeführt haben. Mir ist bekannt, dass es sich bei Bernard Remo um einen Helfer ihres Sohnes handelt. Haben sie diesen Auftrag zum Kidnapping von Laura Pavese erhalten? Oder ist sie sogar ihre Teilhaberin?"

Seine Worte trafen die Frau wie ein unerwarteter Schlag in den Magen. Sie bemühte sich nicht einmal, ihr Erschrecken zu verbergen.

„Wie kommen sie auf den Namen?", flüsterte sie. „Andrée kann ihn unmöglich genannt haben. Er ist ihr niemals begegnet."

„Er vielleicht nicht, aber dafür seine Freundin. Wurde Lilou Belet deshalb von ihrem Sohn ermordet?"

Eine der jungen Angestellten näherte sich. Isi tippte Marc auf die Schulter, um ihn darauf aufmerksam zu machen.

Die Frau runzelte die Stirn, als sie bemerkte, dass der Besucher den Oberarm ihrer Chefin festhielt. „Kann ich ihnen behilflich sein, Madame?"

„Es ist alles in Ordnung," beruhigte die Inhaberin der Boutique die Angestellte. „Das sind Freunde von mir und meinem Mann. Wir haben etwas zu klären."

Die junge Frau nickte zweifelnd und verschwand nach kurzem Überlegen.

Mit seine nächsten Worten setzte er Madame de Perrut weiter unter Druck: „Laura Pavese hat ihnen vor wenigen Minuten einen Besuch abgestattet. Über was haben sie gesprochen?"

„Geben sie endlich Ruhe. Sie wissen nicht, zu was diese Frau fähig ist," flüsterte Catherine de Perrut.

Sie überlegte, bevor sie fortfuhr: „Ihre Vermutung stimmt, aber nur zum Teil. Der Auftrag für die Entführung kam tatsächlich von Laura Pavese. Ihr war bekannt, dass wir die dazu nötigen Verbindung haben. Das Mädchen sollte nach Frankreich gebracht werden. An unseren sonstigen Geschäften ist sie nicht beteiligt. Vorhin ist sie gekommen, um mir Vorhaltungen zu machen. Das russische Mädchen konnte noch in Russland entkommen. Sie hat verlangt, dass wir es erneut versuchen."

„Was haben sie geantwortet?"

„Dass es zurzeit unmöglich ist. Das Mädchen sowie ihre Mutter halten sich an einem uns unbekannten Ort auf. Selbst wenn sie zurückkehren sollten, haben wir dort niemanden, der so etwas organisieren kann. Bernard Remo musste Russland schnellstmöglich verlassen. Die Polizei dort sucht nach ihm. Nachdem ich ihr das gesagt habe, ist sie sehr ausfällig geworden."

„Wieso wusste sie überhaupt von ihren Verbindungen nach Russland?"

„Laura Pavese verfolgt in Tatarstan eigene Interessen. Es hat irgendetwas mit den Muslimen dort zu tun. Was genau kann ich nicht sagen. Irgendwie hat sie erfahren, dass wir dort jemanden kennen, der einzelne Personen, auch ohne gültige Papiere, nach Westeuropa bringen kann. Daraufhin hat sie sich mit uns in Verbindung gesetzt."

Fast flüsternd fügte sie hinzu: „Sollte Laura Pavese jemals herausfinden, dass ich darüber mit ihnen gesprochen habe, wird sie uns töten lassen."

In diesem Moment schrie die Russin erschrocken auf. Ihre Fingernägel drückten sich tief in Marcs Arm. Dabei starrte sie gebannt durch das Schaufenster hinaus auf die Straße. Als Marc ihren Blicken folgte, war es für ihn wie ein Déjà-vu.

Der schwarz gekleidete Mann mit dem ebenfalls schwarzen Integralhelm, der auf die Boutique zukam, sah genauso aus wie der Killer, der in Frankfurt Konitz getötet hatte. Auch er war schlank mit zierlicher Figur. In der rechten Hand hielt er einen länglichen, mit schwarzem Tuch verdeckten Gegenstand. Keineswegs eilig kam er auf das Geschäft zu.

„Falls es da einen Ausgang gibt, sollten sie ihn sehr schnell öffnen", rief Marc der Geschäftsinhaberin zu. Dabei deutete er auf die in der Vertäfelung eingelassene Tür hinter ihr.

Mit einem kräftigen Ruck zwang er sie dazu, ihre Augen auf den Mann zu richten, der sich nur noch wenige Meter vor dem Eingang des Geschäftes befand.

Catherine de Perrut benötigte keine weitere Erklärung. Die Tür hinter ihr war lediglich mit einem Schnappschloss gesichert. Sie ließ sich leicht öffnen. Marc drängte sie und Isi durch die Öffnung und schloss sie wieder.

Sie standen in einer dunklen, stickigen Kammer, die wohl als Abstellraum genutzt wurde. Mäßiges Licht kam von einer Notbeleuchtung, die sich automatisch eingeschaltet hatte.

Madame de Perrut eilte ihnen voraus und führte sie in einen angrenzenden Raum mit karger Einrichtung. Den schmutzigen Kaffeetassen nach zu urteilen, handelte es sich um den Aufenthaltsraum des Personals.

Sie folgten ihr weiter durch einen dunklen Gang in einem Lagerraum. Durch einen unverschlossenen Ausgang kamen sie in einen schmutzigen Hinterhof mit übel riechenden Mülltonnen. Von hier aus führten gleich mehrere Türen in angrenzende Gebäude.

Aus der Boutique waren Schüsse sowie Schreie zu hören. Dadurch abgelenkt reagierte Marc zu spät. Catherine de Perrut verschwand in einem der anderen Häuser und verriegelte die Tür hinter sich.

„Merde", fluchte Marc enttäuscht. „Das Weib ist mit allen Wassern gewaschen. Wir sollten ebenfalls auf schnellstem Weg von hier verschwinden. Falls der Killer es auf uns abgesehen hat und uns in diesem Hinterhof findet, sind wir geliefert."

Catherine de Perrut musste gewusst haben, welcher Hauseingang unverschlossen war. Nacheinander versuchten sie ihr Glück an den anderen Zugängen. Sie waren allesamt von innen verriegelt.

Kurz entschlossen trat Marc mit voller Wucht gegen die nächstgelegene Tür. Lautstark gab das alte Holz nach und wenig später standen sie im Treppenhaus eines angrenzenden Hauses. Es roch nach Fäkalien und verbranntem Essen.

Von da aus kamen sie in eine schmale Gasse, die von der Rue de la Jolette wegführte. Unbemerkt konnten sie zwischen den zahlreichen Passanten untertauchen.

Vom Eingang eines anderen Haus aus rief Marc Kommissar Bantue an und unterrichtete ihn über die Vorkommnisse.

„Über den Vorgang in der Boutique hat man mich bereits informiert. Inzwischen dürften Kollegen vor Ort sein. Sie beide kommen am besten sofort zu mir in die Dienststelle. Jens Fredmann von Europol ist vor wenigen Minuten eingetroffen. Ich habe ihnen ja bereits angekündigt, dass er ein paar Fragen beantwortet haben möchte."

22.

Diesmal gab es zu ihrer Begrüßung keine musikalische Unterhaltung. Gilberg Bantue begrüßte sie lediglich mit einem zufriedenen Kopfnicken sowie einem Händedruck.

Wie angekündigt war er nicht alleine. Der hochgewachsene Besucher, der seitlich neben ihm saß, musterte Marc gründlich. Erst dann stand er auf und reichte ihnen ebenfalls die Hand.

Isi konnte sich noch gut an seinen Besuch in Marcs Wohnung und dem Interesse an der Speicherkarte erinnern.

„Ich bin froh darüber, dass sie ihren Freund wiedergefunden haben," lächelte Jens Fredmann sie an.

Mit ernstem Gesicht wandte er sich danach an Marc: „Soweit ich das richtig verstanden habe, hatte Kommissar Bantue ihnen geraten, schnellstmöglich aus Südfrankreich zu verschwinden. Auf die Empfehlung eines ihrer ehemaligen Kollegen scheinen sie nicht viel Wert zu legen."

Belustigt schaute Marc den Europol-Beamten an. „Soweit ich weiß, befinden wir uns in einer Demokratie und keinem Polizeistaat. Darum nehme ich mir jetzt sowie in Zukunft die Freiheit, meinen Aufenthaltsort selber zu bestimmen. Sollte Kommissar Bantue die Absicht haben, uns aus Frankreich auszuweisen, möchte ich das schriftlich haben. Abgesehen davon hatten Frau Petrowna und ich bereits überlegt, in nächster Zeit nach Köln zurückzukehren. Das war allerdings, bevor wir herausgefunden haben, dass Catherine de Perrut wieder in Marseille ist."

Fredmann schnitt eine verärgerte Grimasse, während Bantue die Antwort kommentarlos zur Kenntnis nahm. Marc glaubte, ein belustigtes Funkeln in seinen Augen zu sehen.

Um etwas gegen die aufkommende Spannung zu unternehmen, bestellte der Kommissar über die Sprechanlage für alle Kaffee.

Der Europol-Beamte hatte sich bereits wieder gefangen und grinste entschuldigend: „Tut mir leid, wenn meine Worte wie eine Belehrung geklungen haben. So habe ich das nicht gemeint. Natürlich wird sie niemand gegen ihren Willen aus Frankreich verbannen. Wo sie sich aufhalten, ist alleine ihre Sache. Ich habe mir lediglich um sie sowie Frau Petrowna Sorgen gemacht. Immerhin wurde in letzter Zeit bereits zweimal auf sie geschossen und der heutige Anschlag könnte ebenfalls ihnen gegolten haben. Was genau ist da passiert?"

Isi überließ es Marc, die Einzelheiten über den Besuch in der Boutique und den darauffolgenden Anschlag zu erzählen. Nur gelegentlich nickte sie bestätigend.

Fredmann gab sich ahnungslos. „Was wollten sie bei Catherine de Perrut?"

„Immer noch dasselbe. Sie sollte mir sagen, wer ihr den Auftrag für die Entführung unserer Halbschwester gegeben hat. Außerdem hätten wir gerne eine Antwort auf die Frage nach dem „Warum". Bis jetzt haben wir dazu lediglich Vermutungen. Immerhin hat uns Madame de Perrut inzwischen bestätigt, dass der Auftrag von Laura Pavese gekommen ist. Dahinter könnte ihr Liebhaber Phillip Kreuter stecken."

Fredmann nickte. „Das sind verdammt harte Verdächtigungen gegen eine Abgeordnete des EU-Parlaments sowie einen Mann, der bald eine bedeutende Stelle in der EU-Kommission einnehmen soll. Christian Waiger hat mir von ihren Mutmaßungen erzählt. Persönlich glaube ich nicht, dass ein Mann wie Phillip Kreuter nach so vielen Jahren immer noch Rachegefühle gegen Frau Petrowna hegt. Immerhin würde er damit seine gesamte berufliche Zukunft aufs Spiel setzen. Doch jetzt sollten sie zuerst an ihren eigenen Schutz denken."

„Nach dem heutigen Anschlag wird Madame de Perrut vermutlich ihrem Sohn ins Ausland gefolgt sein."

„Wie bereits gesagt, könnte der Angriff ihnen gegolten haben.

„Das glaube ich nicht. Niemand wusste davon, dass wir sie in ihrer Boutique aufsuchen. Meiner Meinung nach galt der Anschlag ihr. Wir haben gesehen, wie kurz zuvor Laura Pavese mit ihren Begleitern das Geschäft verlassen hat. Das war eine ähnliche Situation wie in Frankfurt. Sie ist weggefahren und kurz darauf tauchte der schwarz gekleidete Killer auf."

„Falls sie ebenfalls der Meinung ist, dass der Anschlag ihr gegolten hat, dürfte sie tatsächlich versuchen, Frankreich schnellstmöglich zu verlassen. Jedenfalls solange, bis sich hier alles wieder beruhigt hat. "

Marc nickte. „Schon deswegen, um die Wahl ihres Mannes nicht zu gefährden. Schlagzeilen, in denen seine Familie mit kriminellen Machenschaften in Verbindung gebracht wird, dürften da nicht gerade hilfreich sein."

Jens Fredmann zögerte einen Moment, bevor er die nächste Frage stellte: „Wie sie sich vorstellen können, bin ich nicht nur wegen der Entführung ihrer Halbschwester nach Marseille gekommen. Wann werden sie den Journalisten Denis Waterk treffen?"

„Wir haben nichts Genaueres ausgemacht. Sobald er zurück in Europa ist, will er sich bei mir melden. So wie sie wollte er von mir wissen, wo das Original der Speicherkarte ist. Ich kann nur immer wieder sagen, dass ich es nicht weiß. Der Inhalt interessiert mich ebenso wenig. Es sei denn, er steht im direkten Zusammenhang mit der Entführung unserer Halbschwester. Sollte sich Phillip Kreuter vor vielen Jahren tatsächlich an unsauberen Geschäften beteiligt haben, ist das die Angelegenheit der zuständigen Behörden. Sollen sich Polizei und Staatsanwaltschaft darum kümmern."

Ungeduldig schlug Fredmann mit der flachen Hand auf den Tisch. „Das genau ist der Punkt. Zwischen der Entführung ihrer Schwester wie auch der Suche nach der Speicherkarte muss es einen Zusammenhang geben. Der Überfall auf sie am Jardin du Pharo lässt keine anderen Schlüsse zu. Martin Müller vom deutschen Staatsschutz hat ihnen zumindest andeutungsweise gesagt, welche Informationen sich noch darauf befinden können."

„Hat er. Angeblich werden von Russland aus Islamisten mit russischen Papieren, als Touristen getarnt, nach Europa geschickt. Er vermutete, dass sie bei uns Terroranschläge verüben sollen. Seiner Meinung nach werden sie von Mitgliedern des EU-Parlaments finanziert. Martin Müller hat angedeutet, dass sich auf der Speicherkarte eventuell Hinweise befinden. Da habe ich mich natürlich gefragt, wie mein Vater an solche Informationen gekommen sein sollte? Und vor allem ist mir immer noch nicht klar, was Natascha damit zu tun hat. Warum wollte man sie nach Frankreich bringen?"

„Dafür habe ich keine Erklärung." Fredmann deutete auf Isi. „Vielleicht weiß ihre Mutter doch mehr darüber, als sie ihnen gesagt hat. Immerhin hatten die Islamisten in der Nähe ihres Wohnortes eine Anlaufstelle. Von dort aus hat man sie mit gefälschten Reisedokumenten nach Westeuropa geschickt. Vielleicht gab es doch Kontakte zwischen der Mutter und ihrem Vater. Sie könnte ihn mit entsprechenden Informationen versorgt haben. Falls man ihr dahinter gekommen ist, könnte das ein Grund für die Entführung ihrer Tochter gewesen sein."

Energisch schüttelte Isi den Kopf. „Ich bin ganz sicher, dass sie seit der Geburt meiner Schwester keinen Kontakt zu Marcs Adoptivvater hatte. Wahrscheinlich kennen sie den Inhalt seines letzten Briefes. Jahrelang hat er vergeblich nach ihr und Natascha gesucht."

„Und er hat sie letztendlich gefunden. Das steht auch in dem Schreiben."

Marc hatte keine Lust, weiter über das Thema zu diskutieren. „Das Gespräch führt zu nichts."

Er grinste den Europol-Beamten an: „Sollte mir die Speicherkarte zufällig in die Hände fallen, verspreche ich, ihnen ein unbeschädigtes Duplikat zukommen zu lassen."

Fredmanns Antwort klang ärgerlich: „Keine Kopie, ich will das Original."

„Mein Vater hat offensichtlich befürchtet, dass einige Leute auf die Idee kommen könnten, den Inhalt unter den Tisch zu kehren. Sollte mir die Speicherkarte tatsächlich in die Hände fallen, werde ich mir sehr genau überlegen, was ich damit mache."

Weiterhin ärgerlich beendete Fredmann die Unterhaltung. „Ab wann kann ich sie wieder in Köln antreffen", wollte er stattdessen wissen.

Unschlüssig zuckte Marc die Achseln und schaute dabei zu Isi. „Einen festen Zeitpunkt für unsere Rückkehr nach Köln gibt es nicht. Länger als ein paar Tage werden wir sicherlich nicht mehr in Marseille sein. Unter Umständen legen wir auf der Rückfahrt einen Zwischenstopp in Paris ein. Falls sie noch weitere Fragen haben, können sie mich über das Handy erreichen."

Fredmann nickte und stand auf. „Ich wäre ihnen trotzdem dankbar, wenn sie mich über die Ankunft von Denis Waterk unterrichteten. Vielleicht ist er im Besitz von Informationen, die wir noch nicht kennen."

Mit einem kurzen Nicken verabschiedete er sich.

Als sie es ihm nachmachen wollten, hielt Gilberg Bantue sie mit einer knappen Handbewegung zurück. Nachdenklich schaute er seine Besucher an. Fast so, als wisse er selber nicht genau, ob er jetzt das Richtige tat.

„Es gäbe da noch etwas, über das ich mit ihnen sprechen möchte."

Neugierig schaute Marc den Kommissar an. „Was haben sie auf dem Herzen?"

„Durch einen Kontaktmann in der Szene haben wir erfahren, wo Ethan de Perrut unmittelbar nach seiner Flucht hingefahren ist. Vermutlich hat er dort abgewartet, bis sich eine günstige Gelegenheit ergab, Frankreich zu verlassen. Unter Umständen ist er immer noch dort. Schon die ganze Zeit frage ich mich, ob sich Catherine de Perrut dort ebenfalls versteckt hält."

„Ich verstehe nicht ganz, was uns das angeht. Zumindest Ethan de Perrut wird mit Haftbefehl gesucht und seine Mutter ist eine wichtige Zeugin. Wenn ein begründeter Verdacht vorliegt, könnten sie das Haus durchsuchen lassen."

„Leider ist das nicht ganz einfach. Meine Kollegen haben versucht, mit dem Hausherrn zu sprechen. Das Haus gehört einem türkischen Diplomaten namens Hüseyin Güler. Er lehnt jede Zusammenarbeit mit uns ab. Das jedenfalls hat er durch einen Sekretär ausrichten lassen. Mit einem entsprechenden Hinweis auf seine Immunität. Natürlich können wir das Auswärtiges Amt in Paris eingeschalten. Doch bis man dort reagiert, könnte es zu spät sein."

„Selbst wenn sich Ethan de Perrut dort aufgehalten hat, wird er jetzt vorgewarnt sein und sich ein anderes Versteck gesucht haben."

Zweifelnd schüttelte Bantue den Kopf. „Genau das glaube ich nicht. Einen besseren Unterschlupf findet er nirgendwo. Ihm dürfte bekannt sein, dass die Polizei nicht so ohne Weiteres auf dem Anwesen eines Diplomaten nach ihm suchen kann. Wenn wir Glück haben, wartet er dort immer noch auf eine Chance, gefahrlos aus Frankreich zu verschwinden. "

Marc ahnte in etwa, worauf der Kommissar hinaus wollte. Trotzdem schaute er ihn, genau wie Isi, nur fragend an.

Sich weiterhin unschlüssig geben, sprach Bantue schließlich weiter: „Vielleicht haben sie das Bedürfnis, sich selber ein Bild von der Lage zu machen."

Er lächelte verlegen: „Es würde ausreichen, wenn sie ein- oder zweimal an dem bewussten Anwesen vorbei spazieren und sich dabei etwas auffällig benehmen. Unter Umständen ergibt sich eine Gelegenheit, mit den Nachbarn zu sprechen. Sollte sich Ethan de Perrut dort versteckt halten, dürfte Hüseyin Güler bei ihrem Auftauchen ziemlich nervös werden. Vor allem, wenn er von Ethan de Perrut oder dessen Mutter erfährt, wer sie sind. Ich kann mir vorstellen, dass er seinen Gast daraufhin schnellstmöglich loswerden möchte. Dadurch bekommen wir unter Umständen die Gelegenheit, Ethan de Perrut festzunehmen und seine Mutter zwecks Vernehmung nach Marseille bringen zu lassen."

Marcs Stimme bekam einen leicht sarkastischen Klang: „Wie haben sie sich das vorgestellt. Soll ich in der Nachbarschaft klingeln und versuchen, den Anwohnern einen Staubsauger zu verkaufen?"

„Ich habe dabei wirklich nur an einen völlig ungefährlichen Spaziergang gedacht. Sollte sich die Gelegenheit ergeben, mit einen der Nachbarn zu sprechen, fällt ihnen bestimmt eine glaubhafte Ausrede ein. Zum Beispiel könnten sie sagen, dass ihnen das Anwesen gefällt und nach dem Eigentümer fragen. Auf keinen Fall sollen sie sich einer Gefahr aussetzen."

Er machte eine kurze Pause, bevor er weitersprach. Diesmal lächelte er sogar. „Außerdem wäre es eine wunderbare Gelegenheit, Frau Petrowna Grasse zu zeigen. Die kleine Stadt ist durchaus sehenswert und zudem die Welthauptstadt des Parfüms. Bisher hat ihre bezaubernde Freundin von der Côte ' Azur noch nicht allzu viel gesehen."

Marc war klar, warum der Kommissar sie um diesen Gefallen bat. Er suchte nach einer Gelegenheit, den türkischen Diplomaten, der einen gesuchten Verbrecher zumindest beherbergt hatte, nervös zu machen. Ihm und seinen Kollegen waren durch den Diplomatenstatus des Mannes die Hände gebunden. Gleichzeitig vermutete er, dass es für Bantue einen weiteren Grund geben musste, sie nach Grasse zu schicken.

„Was hat ein türkischer Diplomat mit einem Gangster wie Ethan de Perrut zu schaffen", wollte er wissen.

„Sie erinnern sich an unser Gespräch über junge Mädchen, die auf Bestellung geliefert werden? Aus verlässlicher Quelle haben wir erfahren, dass Hüseyin Güler bereits mehrmals die Dienste von Ethan de Perrut in Anspruch genommen hat. Jedes Mal handelte es dabei um minderjährige Mädchen. Unser Außenministerium hat bisher verhindert, dass wir intensiver gegen ihn ermitteln."

Das also war der Grund, warum Bantue sie hinschickte. Er hatte die Absicht, den Diplomaten aufzuscheuchen. Selbst wenn Güler die Polizei holte und sie kontrollieren ließ, würde alles völlig unverdächtig aussehen. In dem Fall waren sie einfach Touristen, denen sein Haus gefiel und wissen wollten, wem es gehörte.

Nachdenklich schaute Marc zu Isi. Ihrem Gesicht konnte er ansehen, dass Bantues Vorschlag sie nicht gerade begeisterte.

Anderseits hatte der Kommissar nie hinterfragt, wie er in das Haus von Madame de Perrut gekommen war oder was Lilou Belet dazu veranlasst hatte, mit ihm in das Hotel zu gehen. Bestimmt vermutete er, dass da nicht alles mit rechten Dingen zugegangen war. Schon deshalb wollte Marc die Bitte nicht einfach zurückweisen. Außerdem konnte es durchaus sein, dass sie in Grasse zumindest Madame de Perrut antrafen.

„Wieso sind sie plötzlich auf die Idee gekommen, uns in ihre Arbeit mit einzubeziehen? Bis vor Kurzem haben sie uns noch gut zugeredet, möglichst rasch aus Frankreich zu verschwinden."

„Sie darauf anzusprechen, ist mir nicht leicht gefallen. Sollten meine Vorgesetzten jemals davon erfahren, werden sie mich kreuzigen. Aber Typen wie dieser Güler gehen mir gegen den Strich. Sie tun und lassen was sie wollen. Sie brauchen nur mit ihrem Diplomatenpass wedeln und schon sind uns die Hände gebunden," bestätigte er Marcs Verdacht.

„Was können sie uns über die persönlichen Verhältnisse von Hüseyin Güler sagen", wollte Marc wissen, während Isi schwieg. Sie hatte sich bereits darauf eingestellt, mindestens einen weiteren Tag in Südfrankreich zu bleiben.

„Nicht viel", antwortete der Kommissar. „Uns ist bekannt, dass er ohne Familie, aber in Begleitung eines langjährigen Sekretärs nach Frankreich gekommen ist. Seine Haushälterin kommt ebenfalls aus der Türkei. Gröbere Arbeiten im Haus und Garten werden von einem Hausmeisterservice erledigt."

„Wo in Grasse finden wir das Haus dieses Diplomaten?"

Bantue schob einen Stadtplan über den Schreibtisch und deutete gleichzeitig auf eine bereits gekennzeichnete Straße. „Das Anwesen befindet sich am Boulevard Pasteur 88 b."

Vorsorglich fügte er hinzu: „Auf keinem Fall dürfen sie das Grundstück des Diplomaten ohne dessen Einwilligung betreten. Es gibt gleich mehrere Überwachungskameras. Sollte es wider Erwarten zu Problemen kommen, wenden sie sich in der Préfecture in Grasse an meinen Kollegen Pierre Dissard. Wir sind seit Langem befreundet.

Marc stand auf und lächelte Bantue an: „Ich denke, dass ich Frau Petrowna dazu überreden kann, einem kleinen Abstecher nach Grasse zu unternehmen. In jeden Fall melden wir uns bei ihnen, bevor wir nach Köln zurückkehren."

Durchaus zufrieden begleitete Bantue sie bis zur Tür.

23.

Nach Verlassen des Kommissariats hatten sie eigentlich vor, Kommissar Bantues Wunsch noch am selben Tag nachzukommen.

Nachdem sie für diesen sowie für den darauf folgenden Tag, keinen Leihwagen auftreiben konnten, beschlossen sie, am nächsten Morgen mit der Eisenbahn nach Grasse zu fahren.

Sie nutzen den freien Nachmittag, um in Cassis Marcs Verletzungen untersuchen und die Verbände wechseln zu lassen. Die Wunde an der Seite schmerzte. Zudem blutete sie leicht.

Es wurde bereits dunkel, als sie erleichtert den Rückweg nach Marseille antreten konnten. Der Arzt war mit dem Heilungsverlauf zufrieden. Er hatte die Verletzung lediglich desinfiziert sowie noch einmal geklammert.

Zum Abendessen besuchten sie das kleine Restaurant „Le Bobolino". Die Empfehlung war von Kommissar Bantue gekommen.

Der Weg dorthin führte am alten Hafen vorbei. Um diese Zeit herrschte dort eine besonders romantische Stimmung. Die Restaurants hatten sich mit hübschen Windleuchten geschmückt und auf vielen Jachten sah man Menschen beim Candlelight-Dinner.

Bei strahlendem Sonnenschein machten sie sich am frühen Morgen des nächsten Tages auf den Weg nach Grasse. Für den Ausflug hatte sich Marc, eine knielange Jeans gekauft. Isi trug ein hellgrünes Top mit schmalen Trägern zu einem kurzen, bunten Rock.

Verschmitzt lächelte sie ihn an: „Erinnerst du dich?"

„Natürlich." Marc küsste sie zärtlich. „Den Rock hast du getragen, als du mich am Flughafen in Moskau abgeholt hast. Deine hübschen Beine sind mir sofort aufgefallen."

Sie deutete auf ihre Handtasche, die mittels Riemen über ihrer Schulter hing: „Falls es nötig werden sollte, kann ich unterwegs den Rock gegen eine Hose tauschen."

Dass sie keineswegs gerne nach Grasse fuhr, ließ sie sich nicht anmerken. Marc hatte sich intensiv mit dem Plan der Stadt beschäftigt. Sie befürchtete, dass er es nicht bei einer einfachen Befragung der Nachbarschaft belassen würde.

Ebenso wie Marc zweifelte sie daran, dort tatsächlich noch auf Catherine de Perrut zu treffen. Dass ihnen ausgerechnet dort ihr Sohn über den Weg lief, hielten sie für noch unwahrscheinlicher. Beide dürften inzwischen außerhalb Frankreichs Zuflucht gefunden haben.

Für die Zugfahrt benötigten sie etwa drei Stunden. Trotz der Enge in dem völlig überfüllten Zug verlief die Fahrt recht angenehm. Zwischendurch konnten sie immer wieder das herrlich blaue Meer sehen. Farben sowie Licht empfand sie an diesem Tag besonders überwältigend. Allmählich verstand sie, warum der Küstenstreifen Côte d'Azur genannt wurde.

In Cannes mussten sie umsteigen. Genügend Zeit, um einen Blick auf die Croisette, die berühmte Promenade der Stadt zu werfen, blieb ihnen nicht. Bis jetzt hatte sie davon lediglich Bilder in russischen Illustrierten sowie im Fernsehen gesehen. Vergeblich versuchte sie, vom Bahnhof aus etwas zu erkennen.

Marc hatte ihren sehnsüchtigen Blick bemerkt. „Sobald diese Geschichte hinter uns liegt, machen wir an der Côte d'Azur einen ausgedehnten Urlaub," versprach er.

„Wir können für ein paar Tage in Fos-sur-Mer bleiben und von dort aus nach Cannes, Nizza sowie Saint-Tropez fahren. Nach Italien ist es ebenfalls nicht weit. Dort nennt man diesen Teil der Küste übrigens „Riviera dei Fiori", also Blumenriviera. Da wo es uns gefällt, machen wir halt."

Unvermittelt kam Isi auf den Grund des Ausfluges zu sprechen: „Warum hast du die Aufforderung von Kommissar Bantue, nach Grasse zu fahren, nicht abgelehnt?"

„Ich denke, dass ich ihm etwas schulde. Er hat nie gefragt, wie ich Lilou Belet dazu gebracht habe, mit mir zusammen das Hotel Azur aufzusuchen. Außerdem hat er die Aktfotos von Madame de Perrut gesehen. Er weiß natürlich, dass ich nicht legal daran gekommen sein kann. Zudem hat er mich, auf eigene Verantwortung, in die Privatklinik nach Cassis bringen lassen."

Sie lächelte: „Das sind wirklich gute Gründe, um die Weltstadt des Parfüms kennenzulernen."

Die Sonne meinte es an diesem Tag besonders gut mit ihnen. Bei ihrer Ankunft in Grasse war es bereits sehr heiß. Der Bahnhof befand sich unterhalb der Stadt. Zusammen mit zahlreichen weiteren Touristen spazierten sie hoch zur Altstadt und bummelten durch die engen Gassen mit ihren teilweise mittelalterlichen Bauten.

Am Place aux Aires verließen sie den Strom der Besucher. Marc hatte keineswegs die Absicht, sich dem Grundstück des Türken von der Vorderseite aus zu nähern. Falls nötig, konnten sie das später immer noch machen. Er hatte sich einen anderen Plan ausgedacht und erklärte ihn der Russin.

„Je nach den Gegebenheiten möchte ich mir im Haus des Türken einen Überblick verschaffen. Auf der Luftbildaufnahme im Internet habe ich einen kleinen Wald gesehen, der bis zur Rückseite von Hüseyin Gülers Anwesen am Boulevard Pasteur reicht. Vielleicht können wir von da aus ungesehen auf dessen Grundstück gelangen."

Isi schüttelte daraufhin nur resignierend den Kopf. Sie hatte bereits vorher befürchtet, dass ihr Besuch in Grasse erneut mit einem Wagnis verbunden sein würde.

Ihr Weg führte sie über ruhige Nebenstraßen zum Jard d`Arcadie. Der Wald, eher ein Park mit zahlreichen Bäumen, lag hinter einem hohen Lattenzaun und gehörte zur unmittelbar daneben liegenden, neu erbauten Senioren-Residenz. Durch die Zaunlücken konnten sie sorgsam gepflegte Wege mit Bänken zum Ausruhen sehen.

Kurz entschlossen ging Marc, mit Isi an der Hand, zum Haupteingang der Senioren-Residenz. Bis auf zwei alte Damen, eine davon mit Rollator, waren nirgendwo Menschen zu sehen.

Das Innere des Gebäudes ähnelte mit seinen hellen, freundlichen Farben eher einem Hotel als einer Seniorenresidenz.

Isi schaute Marc neugierig an. „Was hast du jetzt schon wieder vor?"

Verschmitzt grinsend drückte der ihre Hand: „Wir werden uns hier nach einer geeigneten Unterkunft für deine „alte" Mutter umsehen. Ich kann mir vorstellen, dass es ihr hier gut gefallen wird?"

Entrüstet stieß sie ihn an. „Du spinnst. Wenn sie dich jetzt hören würde, wäre sie schrecklich beleidigt. Für ein Altersheim ist sie ja wohl eindeutig zu jung. Abgesehen davon könnte sie den Aufenthalt hier niemals bezahlen."

Bevor Marc ihr antworten konnte, kam aus einem der Räume eine Frau mit silbern gefärbten Haaren. Geschäftsmäßig freundlich begrüßte sie die Besucher.

„Mein Name ist Blanchard. Ich bin die Leiterin der Residenz. Wie kann ich ihnen helfen?"

Während Marc die Frau mit Fragen überhäufte, interessierte sich Isi mehr für die pastellfarbenen Gemälde an den Wänden. Von der Unterhaltung verstand sie sowieso kein Wort.

Sie sah, wie die Frau Marc zunickte, in ihrem Büro verschwand und wenig später mit einigen bunten Prospekten zurückkehrte.

Geduldig hörte sich Marc ihre ausdauernden Erläuterungen an. Schließlich zeigte sie zum rückwärtigen Ausgang und verschwand mit einem freundlichen Abschiedsgruß in ihrem Büro.

„Über was habt ihr so lange gesprochen", wollte Inessa von ihm wissen.

„Ich habe ihr von deiner vermögenden Mutter erzählt, die an der Côte d'Azur nach einem Altersruhesitz sucht. Sie hat mir darauf von zwei Russinnen berichtet, die seit Eröffnung der Residenz hier wohnen. Heute machen sie einem Ausflug nach Nizza. Zum Zentrum von Grasse kommen die Bewohner mit einem Shuttlebus, der mehrmals täglich fährt. Um glaubhaft zu wirken, habe ich Irina um zwanzig Jahre älter gemacht. Die Heimleiterin hat mich zudem ausführlich über die Personalsituation, spätere Betreuung sowie die Kosten aufgeklärt. Für eventuelle Notfälle steht Tag und Nacht ein Arzt zur Verfügung. Ihrer Aussage nach wird den Bewohnern jeder Wunsch von den Augen abgelesen. Sie können sich ihr Apartment ganz nach ihrem Geschmack einrichten. Wenn deine Mutter will, kann sie also ein paar ihrer Möbel aus Russland mitbringen."

Isi musste laut lachen. „Du bist unmöglich. Von dem Besuch hier erzähle ich ihr lieber nichts. Was ist mit dem Wald?"

„Madame Blanchard hat uns erlaubt, die öffentlich zugänglichen Räume sowie den zum Haus gehörenden, kleinen Park zu besichtigen. Wir haben echt Glück. Sie erwartet einen wichtigen Anruf und kann uns deshalb nicht begleiten."

Hinter dem Haus gab es mehrere gemütliche Sitzecken sowie bequeme Liegestühle. Riesige Landhausschirme sorgten für den nötigen Schatten.

Wahrscheinlich wegen der Hitze war der Garten fast menschenleer. Lediglich vier Frauen, die an einem der Tische Karten spielten, ließen sich davon nicht beeindrucken.

Auf dem Weg zum Wald blieben sie gelegentlich stehen und betrachteten in aller Ruhe die Umgebung. Falls die Heimleiterin ihnen vom Fenster aus nachschaute, sollte ihr Verhalten völlig unverdächtig wirken.

Ohne einem Menschen zu begegnen, erreichten sie den kleinen Wald. Von der Residenz aus konnten sie nicht mehr gesehen werden.

Marcs Schätzung nach war er etwa so groß wie ein halbes Fußballfeld. Durch die zahlreichen Bäume hindurch sah man an dessen Ende einen kaum zwei Meter hohen Maschendrahtzaun. Dahinter musste das Anwesen des Diplomaten liegen. Dort konnten sie zwei Häuser erkennen. Das Größere vor ihnen besaß eine großzügige Terrasse mit anschließendem Swimmingpool.

Das kleinere Gebäude stand weit abseits am anderen Ende des Grundstücks. Sollte es sich dabei um das Gästehaus handeln, mussten sie unter Umständen damit rechnen, dort auf Madame de Perrut und ihren Sohn zu treffen.

Auf der weitläufigen Rasenfläche standen zahlreiche Liegestühle und bequeme Sessel. Momentan wurden sie von niemanden benutzt.

Etwas Nachteiliges fiel Marc sofort auf: Nirgendwo zwischen Zaun und den Häusern gab es eine Möglichkeit, sich zu verbergen.

Isi war es ebenfalls aufgefallen. Ihre Stimme klang angespannt, als sie Marc darauf ansprach. „Im Moment kann ich niemanden entdecken. Noch nicht einmal einen Hund. Doch sobald wir das Grundstück betreten, kann uns jeder sehen, der zufällig aus dem Fenster in den Garten schaut. Zumindest ein paar Büsche hätten sie anpflanzen können."

Marc nickte und zuckte dabei mit den Schultern. „Das Risiko, frühzeitig entdeckt zu werden, müssen wir eingehen. In dem Fall sollten wir uns schnellstmöglich auf den Rückweg machen."

Isis Aufregung stieg. „Dann ist es jetzt wohl Zeit, mein Kleid gegen die Hose zu tauschen."

Marc nickte. „Du musst dich nicht beeilen. Bevor wir über den Zaun klettern, möchte ich das Grundstück sowie die Häuser eine Zeitlang beobachten."

Nachdenklich schaute er ihr dabei zu, wie sie den Rock gegen die Hose tauschte. „Ich kann mich auch alleine auf dem Anwesen umsehen. Du könntest hier auf mich warten."

Zaghaft lächelnd, aber ablehnend schüttelte Isi den Kopf. „Du spinnst wohl. Wir machen das natürlich zusammen. Wenn ich alt und grau bin, möchte ich unseren Kindern und Enkelkindern von den Abenteuern in Südfrankreich berichten können. Dass ich dir lediglich aus der Entfernung zugeschaut und mir dabei vor Angst fast in die Hose gemacht habe, kommt sicher nicht gut an."

Marc beantwortete den Kommentar mit einen leichtem Klaps auf ihr Hinterteil. Mit so einer Antwort hatte er gerechnet.

Zentimeterweise glitten seine Augen über das vor ihm liegende Anwesen. Laut Bantue sollte es auf der Straßenseite des Hauses gleich mehrere Kameras geben. Auf dieser Seite konnte er keine entdecken. Darauf hatte er gehofft.

Isi hatte sich den Trageriemen ihrer Tasche über den Kopf gezogen. Abwartend stand sie hinter ihm.

„Versuchen wir unser Glück," gab Marc schließlich das Kommando und küsste sie leicht auf die Wange.

Genau in diesem Moment, als hätten sie darauf gewartet, traten ein Mann und eine Frau aus dem Haus auf die Terrasse.

Der Mann war klein, schmächtig und mit einem hellen Anzug bekleidet. Er trug eine Brille mit weißem Gestell sowie grün getönten Gläsern. Hüseyin Güler konnte es nicht sein. Auf dem Bild, das sie bei Bantue gesehen hatten, war er korpulenter und besaß mehr Haare. Vielleicht sein Sekretär.

Die Frau dagegen war groß und hager. Sie trug ein dunkles Kleid mit weißer Schürze. Auf ihrem Kopf saß ein ebenfalls weißes Häubchen. Dem Aussehen nach konnte es sich bei ihr um die von Bantue erwähnte Haushälterin handeln.

Zufrieden sah Marc, wie sie die Tür lediglich hinter sich zuzogen und quer über den Rasen zu dem kleineren Gebäude gingen und darin verschwanden.

Marc kletterte zuerst über den Zaun und lief sofort auf das größere der Häuser zu. Isi machte es ihm nach.

Ohne gesehen oder durch einen Warnruf aufgehalten zu werden, umrundeten sie den Swimmingpool und erreichten die Terrassentür. Vorsichtig schauten sie ins Innere. Sie konnten niemanden sehen.

Wie erhofft, ließ sie sich die Tür fast geräuschlos aufdrücken. Kurz darauf befanden sie sich in einem großen Raum, dessen Wände mit zahlreichen antiken Handfeuerwaffen, Schwertern und Dolchen dekoriert waren. Sorgfältig ausgerichtete, vermutlich sehr wertvolle Teppiche, bedeckten den Fußboden.

Das einzige Mobiliar in dem Zimmer bestand aus einem runden Tisch mit sechs einfachen Korbsesseln.

Unbehelligt gelangten sie durch einen Rundbogen ins Treppenhaus, von dem mehrere Türen abgingen. Eine breite Wendeltreppe führte jeweils zur oberen Etage sowie ins Untergeschoss.

Alles blieb still. Nichts deutete darauf hin, dass sich in dem Haus Personen aufhielten.

Isi hatte das bessere Gehör. Sie stieß ihn an und zeigte nach unten.

„Ich meine, aus dem Keller etwas gehört zu haben. Es klang wie gedämpftes Schreien," raunte sie ihm zu.

Marc hatte nichts dergleichen vernommen. Er nickte ihr trotzdem zu und zeigte auf den Teil der Wendeltreppe, die ins Untergeschoss führte.

Unten angekommen hielten beide erschrocken den Atem an, als sich die Notbeleuchtung mit einem leichten Klicken einschaltete. Ansonsten war nichts zu hören.

Vor ihnen lag ein schmaler Gang, von dem mehrere offenstehende Türen in anliegende Räume führten. Es gab ein Schwimmbad mit danebenliegendem Fitnesscenter. Alles menschenleer. In einem weiteren Zimmer stand ein einfaches Metallbett. Die zerknüllte Decke deutete darauf hin, dass dort zumindest gelegentlich jemand schlief.

Plötzlich und sehr deutlich hörten sie ein leichtes Wimmern. Dem folgte die drohende Stimme eines Mannes. Die Geräusche kamen eindeutig aus dem geschlossenen Raum am Ende des Ganges.

Gespannt horchten sie an der massiven, dunklen Holztür. Das Wimmern war in ein leichtes Schluchzen übergegangen. Mehr konnten sie nicht hören.

Behutsam und nur millimeterweise drückte Marc die Klinge soweit herunter, dass sich die Tür einen Spalt weit öffnen ließ.

Vor sich sah er den Rücken eines kleinen, schwergewichtigen, fast nackten Mannes. Verblüfft, fast erheitert betrachtete er die außergewöhnliche Bekleidung.

Sie bestand aus einem schwarzen Korsett sowie langen weißen Strümpfen, die von Strapsen gehalten wurden. Sichtbar blieben das fette, blasse Hinterteil und der erigierte Penis.

In der rechten Hand hielt er eine geflochtene, schwarze Peitsche, mit der er soeben zuschlug. Ein Mauervorsprung verdeckte ihnen die Sicht auf das Opfer. Jedoch konnten sie erneut das gequälte Wimmern einer weiblichen Person hören.

Der Mann musste den Luftzug der geöffneten Tür auf seiner Haut gespürt haben. Fast übergangslos schlug er mit der Peitsche in Marcs Richtung; traf dabei allerdings nur die daneben liegende Wand.

Reaktionsschnell packte Marc den Lederriemen und wickelte ihn um seine Hand. Mit einem kräftigen Ruck zog er den Mann zu sich heran. Dunkle Augen starrten ihn verwundert, doch keineswegs angstvoll an.

Zuerst mussten sie nach dem Opfer sehen und deshalb blieb ihm keine andere Wahl. Mit einem gezielten Handkantenschlag zwischen Kinn und Unterlippe setzte er den Mann außer Gefecht, bevor er über ihn hinweg stieg.

Fassungslos sah er auf das Opfer. Das Mädchen mit den blonden, langen Haaren konnte, der Figur nach zu urteilen, nicht älter als 14 oder 15 Jahre sein. Ein zerfetztes, dünnes Unterhemdchen bedeckte nur ungenügend den mageren Körper. Ihr Peiniger hatte sie mit gespreizten Armen und Beinen mittels Klebeband auf einem Holzgestell fixiert, das sich durch eine einfache Arretierung senkrecht, wie auch waagerecht stellen ließ. Sie hatte den Kopf auf die Brust gesenkt und schluchzte leise vor sich hin.

Unmittelbar hinter ihm drängte sich Isi, über den Bewusstlosen hinweg, in den Raum. Beim Anblick des geschundenen Kindes schrie sie entsetzt auf. Sie schob Marc zur Seite und begann sofort damit, die Fesseln zu lösen.

Gerade noch rechtzeitig dachte Marc daran, von dem Mädchen Fotos zu machen. Unter Umständen würde er sie später als Beweis benötigen.

Weitere Aufnahmen machte er von dem bewusstlosen Mann. Um alle Details wie Korsett und Strapse gut erkennbar auf das Bild zu bekommen, musste er ihn mehrmals von einer Seite auf die andere drehen. Marc sah keinen Grund, rücksichtsvoll mit dem Mann umzugehen.

In der Zwischenzeit versuchte Isi, das weinende Mädchen durch Zureden zu beruhigen. Aus einem Instinkt heraus hatte sie dabei russisch gesprochen und bekam daraufhin eine eher geflüsterte Antwort.

„Versteht sie dich", wollte Marc wissen.

Um keine Überraschung durch das plötzliche Auftauchen anderer Personen zu erleben, hatte er sich in die Nähe der Tür gestellt. Sollte tatsächlich jemand kommen, würde er ihn rechtzeitig bemerken. Gleichzeitig konnte er den Bewusstlosen im Auge zu behalten.

„Ja, das Mädchen hat mir auf Russisch geantwortet. Es ist viel wirres Zeug, was sie von sich gibt. Meist sind es einzelne Wörter oder unzusammenhängende Sätze. Zweimal habe ich den Namen Wolgograd gehört. Vielleicht kommt sie von dort. Sie scheint betrunken zu sein oder das Schwein da hat ihr eine Droge gegeben."

Nachdem die Fesseln des Mädchens gelöst waren, richtete Isi sie behutsam auf und setzte sie auf einen in der Nähe stehenden Hocker.

Fragend schaute sie zu Marc: „Was machen wir mit ihr? Hier darf sie jedenfalls nicht bleiben. Wer weiß, was dieses fette Schwein sonst noch alles mit ihr anstellt. Sie müsste möglichst bald von einem Arzt untersucht werden. Vielleicht sollten wir sie in die Seniorenresidenz bringen."

„Auf keinen Fall lassen wir sie hier zurück. Allerdings ist das Altersheim auch keine gute Alternative. Dort wird man mit Sicherheit die Polizei einschalten und niemand weiß, wie sie reagiert. Immerhin haben wir das Mädchen im Haus eines Mannes gefunden, der diplomatische Immunität genießt."

„Wie sollen wir sie sonst von hier wegbringen?"

„Dazu fällt mir mit Sicherheit eine Lösung ein," beruhigte Marc sie. „Zuerst möchte ich von dem fetten Schwein erfahren, wo Ethan de Perrut sowie dessen Mutter sich momentan aufhalten."

„Ich glaube nicht, dass sie noch hier sind. Der Typ hier hätte es bestimmt nicht riskiert, von ihnen bei seinen Spielchen beobachtet zu werden. Um den Abtransport des Mädchens könnte sich Kommissar Bantue kümmern."

Marc lächelte bitter. „Ich glaube nicht, dass wir von ihm Hilfe erwarten können. Zumindest wird er sich vorher Rückendeckung von seinen Vorgesetzten holen wollen. Wie soll er denen unsere Anwesenheit im Haus des Diplomaten erklären? Bis das geklärt ist, kann hier alles Mögliche passieren. Irgendwie werde ich uns einen fahrbaren Untersatz beschaffen und dann können wir sie selber fortbringen. Bantue kann ich später unterrichten."

Isi nickte zustimmend.

Marcs Blick wurde hart: „Zunächst werde ich mich mit dem Dicken unterhalten. In dieser Zeit müsstest du den Kellergang im Auge behalten. Der Mann oder die Frau, die wir vorhin gesehen haben, könnten zurückkommen. Es würde mich nicht wundern, wenn sie über die sexuellen Neigungen ihres Chefs informiert sind. Die Kleine samt dem Hocker nimmst du am Besten mit. Dann kannst du dich weiter um sie kümmern."

Das Weinen des Mädchens hatte inzwischen nachgelassen. Die sanften russischen Worte ihrer Landsmännin zeigten Wirkung. Folgsam ließ sie sich von Isi zum Eingang des Raumes führen und ließ sich dort auf den Hocker nieder.

Zwischendurch schaute Isi immer wieder zu Marc. Sie sah ihm dabei zu, wie er den Bewusstlosen an den Haaren auf das Holzgestell zerrte. Keine einfache Arbeit. Der Mann war zwar klein, aber dick und schwer.

So wie sie es vorher bei dem Mädchen gesehen hatten, spreizte Marc dessen Arme sowie Beine, bevor er ihn mittels Klebeband auf dem Gestell fixierte. Es war ein obszöner Anblick, ihn fast nackt, nur mit Korsett und Strümpfen bekleidet, wehrlos liegen zu sehen.

Anschließend fotografierte Marc den Mann mehrmals und nahm danach abwägend die Lederpeitsche in die Hand. Isi kannte ihn inzwischen gut genug. Bei dem, was er nun vorhatte, wollte sie nicht zusehen. Eilig kehrte sie auf ihren Beobachtungsposten zurück.

Sie konnte das satte Schnalzen der Peitsche hören, als die Lederriemen auf den Körper des Mannes trafen.

Der zweite Schlag holte ihn aus der Bewusstlosigkeit zurück. Ein erschrecktes, seltsam hohes Wimmern kam aus seinem Mund. Durch kräftiges Zerren an den Fesseln versuchte er, dem schneidenden Schmerz zu entkommen. Vergebens.

Weitere zweimal trafen die Lederriemen auf den Körper. Jeder Schlag hinterließ hässliche, rote Striemen auf der Haut. Dann erst begann Marc mit der Befragung.

„Nennen sie mir ihren Namen?"

„Ich bin Hüseyin Güler und genieße diplomatische Immunität nach der Wiener Konvention", winselte er.

Neben der Angst zeigte sich Verschlagenheit in seinen Augen: „Wer sind sie überhaupt und was wollen sie von mir? Für das, was sie mir angetan haben, werden sie büßen. Dafür sorge ich persönlich."

Marcs Reaktion bestand aus einem weiteren Schlag mit der Peitsche. „Die Fragen stelle ich. Jede unrichtige oder ungenaue Antwort werde ich bestrafen. Davor wird sie auch ihre diplomatische Immunität nicht schützen."

Die Erwiderung bestand lediglich aus einem hasserfüllten Blick.

„Woher haben sie dieses Mädchen", wollte Marc von dem Türken wissen. Dabei schlug er den Griff der Peitsche fest auf die Brust des Mannes.

Entsetzt stöhnte der Gefesselte auf. Der verschlagene Ausdruck in seinen Augen war nacktem Entsetzen gewichen. Er hatte begriffen, dass die Immunität ihn diesmal nicht schützen konnte.

„Ethan de Perrut hat sie mir gebracht," kam die verängstigte Antwort.

„Halten sich er und seine Mutter, Catherine de Perrut, hier bei ihnen versteckt?"

Das darauffolgende Schweigen dauerte Marc zu lange. Die Riemen der Peitsche hinterließen erneut blutige Striemen, diesmal im Gesicht des Diplomaten.

„Um zusätzliche Schläge zu vermeiden, sollten sie schneller antworten."

„Ethan de Perrut ist bis vor einigen Tagen bei mir gewesen. Dass die Polizei nach ihm sucht, hat ihn ziemlich nervös gemacht. Wenige Stunden nach seiner Ankunft wurde er bereits wieder abgeholt. Er hat gesagt, dass er für eine gewisse Zeit bei Freunden in Ägypten bleiben wird."

„Was ist mit seiner Mutter?"

„Catherine de Perrut hat sich gestern telefonisch gemeldet. Ich selber war nicht anwesend. Deshalb hat mein Sekretär das Gespräch angenommen. Den Grund für den Anruf hat sie ihm nicht genannt."

Der Türke hatte das letzte Wort kaum ausgesprochen, als Marc abermals mit dem Griff der Peitsche zuschlug. Diesmal auf eines der Schultergelenke. Er kannte die schmerzhafte Wirkung. Entsprechend laut schrie der Gefangene auf. Tränen liefen ihm über die Wangen.

„Wo ist Catherine de Perrut jetzt?"

„Das weiß ich nicht. Nach diesem Anruf hat sie sich nicht mehr gemeldet," schluchzte der Gefesselte.

„Marc, wir bekommen Besuch", meldete sich Isi von ihrem Platz an der Tür. Ihre Stimme klang gefasst. „Es ist der Mann mit der weißen Brille, den wir vorhin im Garten gesehen haben."

„Es ist möglich, dass er eine Waffe hat. Die Hand hält er in der Jackentasche und die sieht ziemlich ausgebeult aus," ergänzte Inessa ihre Beobachtung. „Womöglich ist er ins Haus zurückgekommen und hat die Schreie seines Chefs gehört."

Marc nickte ihr beruhigend zu und half mit, das weiterhin schluchzende Mädchen samt Hocker hinter den Mauervorsprung zu ziehen. Mit einer Handbewegung bedeutete er Isi, bei ihr zu bleiben.

Die Peitsche lag locker in Marcs Hand, als er sich danach neben der Tür postierte. In jedem Fall wollte er verhindern, dass der Ankömmling eine Pistole einsetzte.

Der Vorteil lag klar auf seiner Seite. Allenfalls hatte der Mann Isi gesehen; vielleicht auch gehört, dass sie mit jemanden Rücksprache hielt. Keinesfalls konnte er wissen, wie viel weitere Personen sich in dem Raum aufhielten.

Die zögernden, etwas schlürfenden Schritte sowie dessen lautes Atmen verrieten seine Unsicherheit.

„Ich bin bewaffnet und werde sofort schießen, falls sie sich nicht ergeben", rief er schließlich, noch ein ganzes Stück von der Tür entfernt, in ihre Richtung.

Als darauf niemand reagierte, kam er vorsichtig näher. Es dauerte eine halbe Ewigkeit, bis zuerst der Pistolenlauf und dann das Handgelenk des Mannes in der Türöffnung auftauchte.

Es schnalzte leicht, als sich der Lederriemen wie eine Schlange um seinen Unterarm legte. Mit einem kräftigen Ruck an der Peitsche zog Marc ihn nach oben. Dabei passte er sehr genau darauf, dass dessen Pistole nicht in seine Richtung zeigte. Ein weiteres diesmal leichtes Ziehen genügte, damit sie zu Boden fiel.

Mit einem erneuten, kräftigen Ruck zog er den überraschten Mann ganz zu sich heran. Ein hart geführter Schlag mit der flachen Hand auf dessen Nase ließ seinen Kopf gegen den Türrahmen krachen. Die weiße Brille fiel dabei direkt vor Marcs Füße. Sie zersplitterte, als er absichtlich darauf trat.

Ohne jeglichen Widerstand ließ sich der Mann zu dem Holzgestell ziehen. Nach einem Tritt in die Kniekehle sank er zu Boden.

Bei Isi führte der erhöhte Adrenalinspiegel dazu, dass sie ihm fast fröhlich das Klebeband reichte: „Es ist absolut erfreulich, dich in Aktion zu sehen. Gelegentlich solltest du mir auch einige dieser Handgriffe beibringen."

Trotz der angespannten Situation huschte ein anzügliches Lächeln über Marcs Gesicht. „Sobald es die Umstände zulassen, sollten wir tatsächlich unsere Übungen im Nahkampf fortsetzen."

Sie half dabei mit, den Neuankömmling neben seinem Chef festzubinden. Danach schob sie das Mädchen samt Hocker wieder zur Tür. Es schien ihr ratsam, den Kellergang weiterhin im Auge zu behalten.

Marc konzentrierte sich erneut auf die Vernehmung des Diplomaten: „Wer ist sonst noch im Haus?"

„Niemand. Meine Haushälterin dürfte sich in ihrem Zimmer im Nebengebäude aufhalten. Ich benötige sie erst wieder gegen Abend."

Zufrieden mit dieser Antwort stellte Marc mehr instinktiv seine nächste Frage. „Sie scheinen ein besonders enges Verhältnis zur Familie de Perrut zu unterhalten. Haben sie bei denen schon ein weiteres Opfer bestellt?"

Die Angst vor der Peitsche in der Hand seines Besuchers brachte den Diplomaten dazu, gleich mehrmals zustimmend zu nicken.

„Ja, Madame de Perrut hat mich vor wenigen Tagen telefonisch gebeten, für kurze Zeit eine junge Dame aus Russland zu beherbergen. Sie ist aber nicht für mich bestimmt gewesen."

„Sie hat ihnen dafür sicherlich eine Erklärung gegeben?"

„Sie hat nur gesagt, dass sie für einen Kunden bestimmt ist und von niemanden gesehen werden darf."

„Kennen sie den Namen dieses Auftraggebers?"

Der Gefesselte verneinte heftig, doch Marc vermutete, dass Catherine de Perrut ihm zumindest ein bisschen mehr gesagt hatte.

So langsam konnte er mit der Peitsche umgehen. Tief bissen sich die Lederriemen in die Haut des Gefangenen. Diesmal in einen Teil des Oberschenkels, der nicht von den Strümpfen geschützt wurde. Die Wunde fing sofort an zu bluten.

Ein erneutes Aufheulen mit anschließendem Gewinsel war die Folge. „Den Namen kenne ich wirklich nicht. Madame de Perrut hat lediglich davon gesprochen, dass dieses Mädchen für einen hochrangigen Politiker bestimmt sei. Auf seinen besonderen Wunsch hin, soll sie von Russland nach Frankreich gebracht werden. Mehr hat sie wirklich nicht gesagt."

Abermals riss der Lederriemen die Haut des Mannes auf. Diesmal traf er eine Stelle am Innenschenkel, unmittelbar neben dessen Geschlechtsteil. Das Gewinsel des Türken ging in panisches Kreischen über.

Marc verspürte kein bisschen Mitleid mit ihm. Das Bild des Mädchens, festgebunden auf dem Holzgestell, hatte er ständig vor Augen.

„Ich bin überzeugt davon, dass Catherine de Perrut ihnen den Namen des Auftraggebers genannt hat. Sie nennen ihn mir. Ansonsten werde ich als Nächstes mit der Peitsche ihren fetten Arsch bearbeiten."

Hüseyin Gülers Kopf sackte zur Seite und Tränen liefen ihm über die Wangen. Sein Widerstand war endgültig gebrochen.

„Madame de Perrut bekam den Auftrag von einer gewissen Laura Pavese. Sie ist EU-Abgeordnete. Dahinter steckt sehr wahrscheinlich Phillip Kreuter. Er wurde vor nicht allzu langer Zeit von der deutschen Regierung als EU-Kommissar nominiert. Soviel mir bekannt ist, wird das Europäische Parlament seiner Ernennung zustimmen."

„Da hat Madame de Perrut doch ganz schön viel ausgeplaudert?"

„Nein, sie hat mir lediglich den Namen Laura Pavese genannt. Die restlichen Informationen stammen von unserem Nachrichtendienst."

„Haben ihre Landsleute auch herausgefunden, warum Phillip Kreuter dieses Mädchen entführen und nach Frankreich bringen will?"

Die Worte des Diplomaten waren fast unverständlich, als er weitersprach: „Falls jemals herauskommen sollte, dass sie diese Information von mir erhalten haben, werde ich den Rest meines Lebens im Gefängnis verbringen."

Marc sah mitleidlos zu, wie er sich auf die Lippe biss und nachdachte. Der Gedanke an die Schmerzen durch die Peitsche gaben schließlich den Ausschlag, weiterzusprechen.

„Unser Nachrichtendienst hat nach einer Erklärung für die Entführung gesucht. Dass der Auftrag von einer EU-Abgeordneten gekommen ist, wollte meine Regierung anfangs nicht glauben. Bei Nachforschungen ist man auf ihr außerordentlich enges Verhältnis zu dem zukünftigen EU-Kommissar gestoßen. Über ihn hatte die türkische Regierung bereits Informationen. Allerdings nicht allzu viele. Erst jetzt hat unser Nachrichtendienst herausgefunden, dass es in seiner Vergangenheit etliche dunkle Punkte gibt. Unter anderen hat er sich vor fast zwanzig Jahren an zweifelhaften Geschäften in Russland beteiligt."

„Nach so vielen Jahren interessiert das niemanden mehr. Solche Sachen sind inzwischen verjährt. Und das russische Mädchen ist darin bestimmt nicht verwickelt gewesen. Zu dieser Zeit hat sie noch nicht gelebt."

„Rechtlich gesehen mag das zutreffen. Doch wenn Kreuter vom EU-Parlament zum EU-Kommissar ernannt wird, bekommt seine Vergangenheit eine ganz andere Wertung. Sollten zu einem späteren Zeitpunkt entsprechende Beweise auftauchen, wäre das für die deutsche Regierung, politisch gesehen, ein Desaster. Um das zu verhindern, wird Phillip Kreuter alle Maßnahmen ergreifen, die in seiner Macht stehen."

„Das ist möglich. Doch was hat das mit der Entführung der jungen Russin zu tun?"

„Beweise für Kreuters geschäftliche Aktivitäten in Russland könnten von der Mutter des Mädchens kommen. Sie weiß davon."

Das klang logisch. Mit Natascha hätte der zukünftige EU-Kommissar ein Faustpfand in der Hand, mit dem er Irina zum Schweigen bringen konnte. Allerdings würde das nicht ausreichen. Die Speicherkarte seines Vaters war ebenso wichtig.

Jetzt wurde Marc auch klar, warum dieser Müller vom Verfassungsschutz mit Isis Mutter sprechen wollte. Auch da befürchtete man wohl, dass sie Aufzeichnungen über Kreuters russische Geschäfte besaß. Immerhin war sie damals mit seinem Adoptivvater eng befreundet gewesen. Wollten Politiker in Berlin verhindern, dass davon etwas an die Öffentlichkeit kam? Sein Adoptivvater hatte ähnliches angedeutet.

Ein anderer schrecklicher Gedanke traf Marc mit voller Wucht. Falls das stimmte, konnte Isi ebenfalls in Gefahr sein. Für Kreuter dürfte es unwichtig sein, welche ihrer Töchter er dafür benutzte.

Die Antwort auf die nächste Frage hätte er sich auch selber geben können. Doch er wollte sie von dem Türken bestätigt bekommen. „Wieso sollte die Mutter der Entführten etwas über Kreuters Geschäfte wissen?"

„Phillip Kreuter und die Mutter des Mädchens, eine gewisse Irina Petrowna, kennen sich aus seiner Zeit in Russland. Ihr hat er das steife Bein zu verdanken. Wie es dazu gekommen ist, kann ich allerdings nicht sagen."

„Warum sollte sie Geschichten aus der Vergangenheit zur Sprache bringen. Wenn, dann hätte Kreuter bereits vor langer Zeit etwas gegen sie unternehmen können."

„Unsere Nachrichtenleute haben herausgefunden, dass diese Frau, zusammen mir ihren zwei Töchtern, an einem bisher unbekannten Ort gelebt hat. Der russische Geheimdienst „Federalnaja Sluschba Ochrany Rossijskoi Federazii", abgekürzt FSO genannt, hat sie dabei unterstützt. Jedenfalls sagt das unser eigener Nachrichtendienst. Kreuter hat ihren Aufenthaltsort erst vor kurzer Zeit herausgefunden."

Innerlich fluchte Marc. Warum hatte er den Brief seines Vaters nicht an einem sicheren Ort untergebracht. Durch seine Nachlässigkeit hatte Kreuter sie nach all den Jahren aufgespürt. Ohne ihn könnten Irina und ihre Töchter noch immer ungefährdet in Russland leben.

Eine andere Frage bewegt ihn. Warum hatte der russische Geheimdienst Isis Mutter dabei geholfen, sich vor Kreuter zu verstecken? Eigentlich konnte es dafür nur eine, für ihn sehr unwahrscheinliche Erklärung geben.

„Hat diese Irina Petrowna zu jener Zeit für den Geheimdienst gearbeitet?"

„Das ist anzunehmen. Immerhin hat sie nach ihrem Verschwinden aus Moskau, durch den FSO einen Job im tatarischen Ölkonzern „PETRO-ORG" bekommen. Er gehört mehrheitlich der russischen Regierung."

„Dann verstehe ich aber nicht, was Phillip Kreuter mit der Entführung ihrer Tochter erreichen will. Ihr Wissen dürfte sie längst an den Nachrichtendienst weitergegeben haben."

„Vielleicht, weil der zukünftige EU-Kommissar darüber nichts weiß?"

Marc überlegte. Vieles, was der Türke sagte, klang logisch. Auch wenn er sich Isi Mutter auch weiterhin nicht als Mitarbeiterin eines Nachrichtendienstes vorstellen konnte.

„Welche Erkenntnisse hat ihr Geheimdienst noch gewonnen?"

Damit Hüseyin Güler weiter sprach, reichte es, wenn Marc die Peitsche von einer Hand in die andere nahm. Der Türke verstand die Drohung.

„Ich habe ihnen doch bereits gesagt, dass unsere Leute sich erst seit wenigen Tagen mit Laura Pavese sowie Phillip Kreuter intensiver befassen. Allzu viel konnten sie in dieser kurzen Zeit nicht herausfinden. Bis jetzt hat man in Brüssel vermutet, dass die beiden eine Liebesbeziehung unterhalten. Das stimmt nicht. Sie ist seine leibliche Tochter. Ihre Mutter war eine italienische Adelige, die es in frühen Jahren nach Frankreich verschlagen hat. Verwunderlich ist, das Laura Pavese trotz ihrer politischen Einstellung enge Verbindungen zur islamistischen Szene in Tatarstan unterhält. Es gibt ernst zu nehmende Hinweise, dass mehrere sogenannte Gotteskrieger durch ihre finanzielle Unterstützung mit gefälschten Papieren von dort aus nach Westeuropa gelangen konnten."

Marc erinnerte sich an die Worte Müllers vom Verfassungsschutz: „Wir vermuten, dass Islamisten aus den südlichen Ländern der ehemaligen Sowjetunion in Russland mit gefälschten Papieren ausgestattet werden und mittels eines Touristenvisums nach Westeuropa gelangen", hatte er gesagt.

Seine Behauptung, dass diese Aktion von Angehörigen des EU-Parlaments finanziert wurde, konnte zutreffen.

Phillip Kreuter und Laura Pavese. Vater und Tochter. Das erklärte einiges. Mit ihm als Kommissar hätte die gesamte rechtsradikale Parteienszene einen mächtigen Verbündeten in Brüssel. Darum ihr starkes Interesse an dem Original der Speicherkarte. Sie musste unbedingt vermeiden, dass etwas über die Vergangenheit ihres Vaters publik wurde.

Indem sein Vater die Aufzeichnungen nicht nur an den Verfassungsschutz, sondern auch an den Journalisten weitergab, hatte er zu verhindern versucht, dass sie der Öffentlichkeit vorenthalten wurden. Wie viel hatte er über die Verbindung zwischen Kreuter und seiner Tochter gewusst?

Der Türke schwieg. Immer wieder schaute er ängstlich zu der Peitsche. Marc glaubte nicht, dass er ihm noch recht viel mehr erzählen konnte. In jedem Fall hatte sich der Besuch in Grasse für sie gelohnt. Jetzt war er froh darüber, der Bitte Bantues nachgekommen zu sein.

„Kommen wir auf ihr ekelhaftes Hobby zu sprechen," wandte er sich erneut an Hüseyin Güler. „Das russische Mädchen, das wir heute hier gefunden haben, ist sicherlich nicht die Einzige, die Ethan de Perrut ihnen geliefert hat. Wie viele waren es insgesamt und wo sind sie jetzt?"

Dank der Peitsche kam die Antwort schnell: „Es gab nur noch drei andere. Wo sie sich momentan befinden, kann ich nicht sagen. Ethan de Perrut hat sie abholen lassen. "

Bei diesen Worten fielen Marc die „Altfleischtransporte" ein und ihm wurde fast übel. Vielleicht gelang es Kommissar Bantue, die Mädchen noch in irgendeinem Bordell ausfindig zu machen, bevor man sie in Nordafrika „entsorgte".

In dem Peitschenhieb, der einen Teil des Ohres regelrecht zerfetzte, steckte sein gesamter Ekel.

Um das Gewinsel des Diplomaten zu übertönen, musste er laut schreien: „Schreiben sie mir ihre Namen und die Nationalität auf."

In der Jacke des Sekretärs hatte er vorher, bei der Durchsuchung seiner Taschen, einen Notizblock mit Kugelschreiber gesehen. Marc holte sich die Sachen. Der Schmächtige unternahm gar nicht erst den Versuch, sich dagegen zu wehren. Er hatte die Augen fest zusammen gekniffen, so als wolle er alles, was um ihn herum geschah, von sich fernhalten.

Nachdem Marc den rechten Arm des Diplomaten von der Fesslung befreit hatte, dauerte es einige Zeit, bis er in der Lage war, der Aufforderung nachzukommen. Hastig schrieb er die Namen der Opfer auf den Zettel. Er kannte lediglich ihre Vornamen. Bei den Nationalitäten musste ihm sein Sekretär helfen. Offensichtlich hatte der genau gewusst, was sein Chef in dem Keller trieb.

Abermals schlug Marc mit der Peitsche in Richtung des Türken, ohne ihn diesmal ernsthaft zu treffen.

„Wie konnte Ethan de Perrut nach Ägypten entkommen? Haben sie ihm dabei geholfen, über die Grenze zu kommen?"

„Nur indirekt. Bereits vor mehreren Monaten musste ich ihm einen Diplomatenpass beschaffen."

„Auf seinen richtigen Namen?"

„Nein, er lautet auf Karim Kirik."

Im Moment fielen Marc keine weiteren Fragen ein. Jetzt wollte er schnellstmöglich weg von hier. Bei den Gedanken an die Mädchen, die in diesem Keller gefoltert worden waren, überkam ihm immer wieder ein Gefühl des Ekels.

„Passen sie sehr genau auf, was ich ihnen jetzt sage. Irgendwann wird man sie hier finden und befreien. Mir ist durchaus klar, dass sie durch ihre Immunität vor Strafverfolgung geschützt sind und die Polizei gegen sie nicht viel unternehmen kann. Trotzdem ist es in ihrem Interesse, schnellstmöglich aus Frankreich zu verschwinden."

Er zeigte auf sein Handy und versuchte dabei, gleichgültig zu wirken: „Ich habe sie in ihrer hübschen Freizeitkleidung fotografiert. Alle Aufnahmen werden innerhalb der nächsten zwei Stunden, für alle zugänglich, auf bestimmten Seiten im Internet veröffentlicht. Die Bilder schicke ich zudem an sämtliche diplomatischen Vertretungen der Türkei sowie ihr Außenministerium in Ankara. Einige der besonders gelungenen Fotos werde ich außerdem der Boulevardpresse zur Verfügung stellen."

Zur Angst des Diplomaten gesellte sich jetzt pure Verzweiflung. „Dann bin ich ruiniert", hörte er ihn flüstern.

„Das ist meine Absicht," bekam er mitleidslos zu hören. „Die Mädchen, die sie für ihre perversen Spiele benutzt haben, werden ihr Leben lang an sie denken. Falls sie dazu überhaupt noch in der Lage sind. Sie haben immerhin noch die Chance, sich in einem entlegenen Teil Anatoliens zu verstecken."

Mit fast normaler Stimme wandte er an Isi: „Lass uns von hier verschwinden."

Niedergeschlagen nickte sie. „Gerne. Hätte ich das hier nicht mit eigenen Augen gesehen, würde ich es nicht glauben. Später muss ich unbedingt mit Mutter telefonieren. Ich halte es weiterhin für unwahrscheinlich, dass sie für den russischen Geheimdienst gearbeitet haben soll. Anderseits würde das vieles erklären."

Nachdenklich nickte Marc ihr zu. „Auf ihre Antwort auf diese Frage bin ich ebenfalls gespannt."

Er wandte sich an den Diplomaten. „Wo finden wir für das Mädchen etwas zum Anziehen?"

„Man hat sie in diesem Unterhemd zu mir gebracht. Mehr Kleidung gibt es nicht."

„Aber ein Auto werden sie doch wenigstens hier haben?"

„Zwei. Mein Mercedes sowie der Renault für das Personal steht in der Garage."

„Die Autoschlüssel?"

„Hängen an einem Brett unmittelbar neben der Ausfahrt."

Marc nickte Isi zu: „Damit haben wir unser Beförderungsmittel. Bevor wir von hier verschwinden, brauchen wir etwas, um das Mädchen zu bedecken. Die Decke, die wir vorhin in dem Raum mit dem Bett gesehen haben, muss vorerst ausreichen."

Sie nickte. „Ich hole sie. Was machen wir mit ihr?"

Leise, damit die Gefangenen ihn nicht hörten konnte, antwortete er: „Wir bringen sie zu dem Arzt in Fos-sur-Mer. Ich hoffe, dass sie dortbleiben kann, bis ihre Verwandten sie abholen."

23.

Für die Fahrt nach Fos-sur-Mer hatte Marc den kleineren Renault gewählt. Der Mercedes des Diplomaten wäre bequemer, aber durch das Diplomatenkennzeichen auch auffälliger gewesen.

Zwar rechnete er nicht damit, das Hüseyin Güler die Polizei einschaltete, wollte aber trotzdem vorsichtig sein.

Marc vermutete, dass der Türke, sobald er sich der Fesseln entledigt hatte, schnellstmöglich aus Frankreich verschwinden würde. Er musste damit rechnen, dass sein Besucher die skandalösen Fotos tatsächlich veröffentlichte. Noch schlimmer konnte es für ihn werden, sobald seine Vorgesetzten davon erfuhren und die Boulevardzeitungen darüber berichteten. Zudem musste er mit einer beschämenden Befragung durch die Polizei oder dem französischen Außenministerium rechnen.

Für die Fahrt nach Fos-sur-Mer hatte sich Isi auf den Rücksitz neben das Mädchen gesetzt; hielt sie im Arm und versuchte, mehr über ihre Identität zu erfahren. Sie merkte, dass die Wirkung des Mittels, das man ihr gegeben hatte, langsam nachließ. Auf Isis Fragen antwortete sie mit leiser, manchmal etwas stockender Stimme.

„Sie heißt Olga Kuglova und sie wohnt eigentlich in Wolgograd," übersetzte Isi für Marc. „Sie wurde während eines Besuches bei ihrer Tante in Saarbrücken entführt. Zuletzt ist sie in einer Eisdiele gewesen. Von da an bis zum Erwachen in dem Haus des Türken fehlt ihr jegliches Erinnerungsvermögen."

„Sie könnte dort betäubt und von da aus verschleppt worden sein", mutmaßte Marc. „Die Grenze nach Frankreich ist nicht allzuweit entfernt."

„Sie ist erst 14 Jahre alt. Die Erlebnisse bei dem türkischen Schwein werden sie ihr Leben lang verfolgen."

Marc hörte die Wut in Isis Stimme und im Rückspiegel sah er Tränen in ihren Augen.

Während einer kurzen Rast unterrichtete er Kommissar Bantue telefonisch über die Geschehnisse in Grasse: „Ethan de Perrut ist mit einem türkischen Diplomatenpass auf den Namen Karim Kirik unterwegs. Angeblich will er Freunde in Ägypten besuchen. Das jedenfalls hat er zu Hüseyin Güler gesagt."

„Auch wenn die türkische Regierung uns deswegen sehr wahrscheinlich die Verletzung der Imunität eines ihrer Diplomaten vorwerfen wird, bin ich persönlich sehr froh darüber, dass sie eingegriffen haben. Sobald ich die Zustimmung unseres Außenministeriums habe, werde ich Beamte nach Grasse schicken, um ihn und seine Angestellten zu befragen. Wie es mit Hüseyin Güler weitergeht, muss Paris gemeinsam mit dem türkischen Außenministerium entscheiden."

„Mit einer ähnlichen Antwort habe ich gerechnet," bekam Bantue zu hören. Bis dahin ist Güler aus Frankreich verschwunden. Allerdings kann mich niemand daran hindern, Fotos des Türken im Korsett, mit der Peitsche sowie dem fast unbekleideten Mädchen der Öffentlichkeit zugänglich zu machen. Sein fetter Arsch schaut darauf besonders einladend aus. Diverse Boulevardzeitungen werden ihre Freude daran haben. Zudem bekommen sämtliche türkischen Auslandsvertretungen sowie sein Außenministerium die Fotos. Ungeschoren kommt mir der Kerl nicht davon."

Bantue hüstelte. „Es ist ihnen hoffentlich recht, wenn ich von diesen Aktivitäten keine Kenntnis habe. Irgendein Politiker könnte mich sonst fragen, warum ich das nicht verhindert habe."

„Was haben sie jetzt mit dem Mädchen vor?", wollte er danach wissen.

„Ich bringe sie vorerst bei dem Arzt in Fos-sur-Mer unter. Dort kann man sich um sie kümmern. Ich hoffe, dass Ethan de Perruts Leute sie dort nicht finden."

Bantue dachte kurz nach und gab dann seine Zustimmung. „Bevor das Mädchen Frankreich verlässt, muss ich unbedingt mit ihr sprechen. Ich werde sofort mit den deutschen Behörden Kontakt aufnehmen. Die Kollegen in Saarbrücken können die Tante darüber unterrichten, dass wir ihre Nichte gefunden haben. Außerdem sollen sie sich den Inhaber dieser Eisdiele vornehmen."

In einem kleinen Ort, kurz vor Fos-sur-Mer, sah Marc das Schild eines Internet-Cafés. Die Gelegenheit wollte er nutzen. Die junge Russin war inzwischen an Isis Schulter eingenickt und sie selber döste vor sich hin.

Fünfzehn Minuten später hatte er seine Drohung in die Tat umgesetzt. Die Bilder mit Hüseyin Güler in Korsett und mit Peitsche waren verschickt. Das Gesicht des Mädchens hatte er vorher unkenntlich gemacht.

Marc wollte soeben losfahren, als sich sein Handy meldete. Zu seiner Verwunderung war die Nummer des Anrufers unterdrückt. Außer Kommissar Bantue kannten sie nur ganz wenige. Er hatte sie nur an Jens Fredmann von Europol, Christian in Köln sowie an den Journalisten Denis Waterk weitergegeben. Er meldete sich mit einem vorsichtigen „Oui".

Eine Frauenstimme fragte: „Spreche ich mit Marc Dobrin?"

„Wer will das wissen?"

„Dann sind sie also Marc Dobrin", stellte die Anruferin fest. „Mein Name ist Laura Pavese. Wir sind uns in der Vergangenheit einige Male über den Weg gelaufen. Ich möchte mich mit ihnen unterhalten."

„Das tun sie bereits."

„Ich habe da eher an ein persönliches Gespräch gedacht. Bei einem Telefonat kann man nie sagen, wer alles mithört."

Damit, dass Laura Pavese die Initiative ergriff und sich bei ihm meldete, hatte Marc nicht gerechnet. Fieberhaft suchte er nach einer Antwort. Natürlich wollte er mit ihr sprechen, aber keineswegs sollte sie glauben, ihm damit einen Gefallen zu erweisen. Doch wie war sie an seine Telefonnummer gekommen? Darüber musste er mit Bantue sprechen. Irgendwo in seiner Umgebung gab es eine undichte Stelle.

„Einen gewichtigen Grund dazu müssen sie mir schon sagen."

„Ich interessiere mich für etwas Bestimmtes und sie könnten mir dabei behilflich sein, es zu finden. Natürlich bin ich zu einer entsprechenden Gegenleistung bereit."

„Sie sprechen von dieser verdammten Speicherkarte?"

„Die Frage beantworte ich nur in einem persönlichen Gespräch."

Marc zögerte absichtlich mit der Antwort. „Wo sollte ihrer Meinung nach unser Treffen stattfinden? In letzter Zeit sind sie mir zweimal über den Weg gelaufen und unmittelbar darauf tauchte jemand auf, der um sich geschossen hat. Ich habe nicht die geringste Lust, das nächste Opfer zu sein."

Die Stimme der Anruferin klang kalt. „Von den Anschlägen in Frankfurt sowie Marseille habe ich gehört. Ich kann ihnen versichern, dass ich nichts damit zu schaffen hatte. Den Ort unseres Treffens dürfen sie selber auswählen. Nach Möglichkeit sollte es in Marseille stattfinden. Wenn sie wollen, können sie Kommissar Bantue darüber unterrichten. Nur sprechen werden wir ohne Zuhörer. Ihre Begleiterin will ich ebenfalls nicht dabei haben."

„Einverstanden," gab Marc schließlich zögernd seine Zustimmung. „Ich kann morgen in Marseille sein. Als Treffpunkt schlage ich das „Chez Diego" am Boulevard Louis Salvator vor. Der Zeitpunkt ist mir egal."

Auf dem Weg zu Kommissar Bantue waren er sowie Isi mehrmals an dem Café vorbeigekommen. Seine Dienststelle lag unmittelbar daneben. Ein Treffen dort würde das Risiko für ihn minimieren. Isi konnte in dieser Zeit im Kommissariat auf ihn warten.

Laura Paveses Antwort kam ohne Zögern: „Einverstanden, ich kenne das „Chez Diego" und lasse einen Tisch reservieren. Morgen um 15 Uhr erwarte ich sie dort."

Durch das Klingeln des Handys war Isi wach geworden; hatte aber nur einen Teil des Gespräches mitbekommen.

„Wenn ich das richtig verstanden habe, will sich Laura Pavese mit dir treffen. Was möchte sie von dir?"

Marc nickte bestätigend. „Bei der Anruferin handelte es sich tatsächlich um Laura Pavese. Vermutlich will sie in Erfahrung bringen, wo sich das Original der Speicherkarte befindet."

„Warum hast du eingewilligt? Es könnte sich um eine Falle handeln. Hast du den schwarz gekleideten Mann mit der Maschinenpistole vergessen?"

„Ich glaube nicht, dass es für mich gefährlich wird. Wir treffen uns im Café „Chez Diego", direkt neben dem Kommissariat. Du kannst in der Zwischenzeit bei Kommissar Bantue auf mich warten."

„Du willst dich ohne mich mit ihr treffen?"

„Das hat sie ausdrücklich verlangt."

„Warum?"

„Falls sie etwas zu Nataschas Entführung sagen kann, wird sie das sicherlich nicht vor Zeugen machen."

Isi nickte. Das klang logisch. Trotzdem hatte sie ein ungutes Gefühl. Nur mit viel Mühe konnte sie es verdrängen.

Der wunderbare Ausblick auf die Natur um sie herum half ihr dabei. Von Fos-sur-Mer aus führte ein schmaler Weg, vorbei an knorrigen Olivenbäumen und durch blauviolett blühende Lavendelfelder, zum Haus des Arztes. Bewundernd betrachtete sie die Landschaft.

Schließlich zeigte Marc auf ein altes Haus. Wie verlassen lag es in der Abendsonne.

„Wir haben unser Ziel erreicht."

Neugierig schaute sich Isi um. So bezaubernd schön hatte sie sich die Umgebung nicht vorgestellt. Hier also war Marc verletzt und ohne Erinnerungen aufgewacht.

Sorin hatte das Motorengeräusch gehört. Sie kam aus dem Haus, um die Besucher zu begrüßen.

Freudig erstaunt lächelte sie Marc an: „Ich hätte nicht gedacht, dich so schnell wiederzusehen."

Unvermittelt wurde die Rumänin ernst, als sie auf dem Rücksitz in Isis Armen das verängstigte Mädchen sah.

Nur widerwillig gab sie die Geborgenheit des Fahrzeuges auf. Behutsam führten die zwei Frauen sie im Haus in einen kleinen Nebenraum und legten sie dort seitlich auf ein schmales Bett. Dabei verrutschte mehrmals die Decke und Sorin konnte die Wunden der Peitschenhiebe sehen.

Bedauernd zuckte die Rumänin die Schultern. „Heiko ist leider unterwegs und hat nicht gesagt, wann er zurückkommt. Doch lange wird er nicht wegbleiben. Wenn es euch recht ist, fange ich schon mal damit an, die Wunden zu versorgen. Ihr wartet am besten nebenan in der Küche. Auf dem Tisch steht Rotwein sowie Wasser. Bedient euch. Die Tür lass ich geöffnet. Dann könnt ihr mir erzählen, wo ihr das Kind gefunden habt und wer sie so zugerichtet hat."

Sorin versorgte noch die Verletzungen des Mädchens, als Heiko Balder auftauchte. Sofort erfüllte eine Alkoholfahne den Raum. Er wirkte recht munter. Die Freude, Marc wiederzusehen, schien echt zu sein.

Nach einer schnellen Begrüßung sprach er kurz mit Sorin, bevor er behutsam die Patientin untersuchte. Schließlich nickte er zufrieden.

„Ich hätte es nicht besser machen können. Aus Sorin ist inzwischen eine verdammt gute Krankenschwester geworden. Sobald die Wunden versorgt sind, kann sie dem Mädchen ein leichtes Schlafmittel geben. Das wird ihr helfen, ruhig zu schlafen."

Jetzt erst setzte er sich zu den Besuchern und lächelte Isi mit seinen wässrigen, blauen Augen an: „Sie müssen die Frau sein, an deren Namen und Aussehen sich Marc erinnern konnte. Sonst hatte er alles vergessen. Ihr habt es hoffentlich nicht eilig. Marc muss unbedingt erzählen, wie es ihm seit seinem Weggang von hier ergangen ist."

Später, die junge Russin war eingeschlafen, setzte sich die Rumänin ebenfalls zu ihnen. Gelegentlich kam ein leichtes Jammern aus dem Nebenraum.

Der Arzt beruhigte sie: „Das kommt nicht von den Schmerzen. Vermutlich durchlebt sie im Unterbewusstsein nochmals die vergangenen Stunden oder sogar Tage."

Sorin hatte Weißbrot, Käse sowie Schinken auf den Tisch gestellt. Für Balder gab es zusätzlich einen Teller Eintopf. Erst nachdem er den gegessen hatte, stellte sie eine angebrochene Flasche Whisky neben ihn.

Insgeheim musste Marc lächeln. Sorin schien immer mehr das Kommando im Haus zu übernehmen, und Balder sah nicht so aus, als würde ihn das stören.

Nach dem Essen setzten sie sich auf die Bank vor das Haus und Marc musste ausführlich berichten, wie es ihm nach seiner Abreise aus Fos-sur-Mer ergangen war.

Resigniert schüttelte Balder den Kopf: „Auf sie ist schon wieder geschossen worden? Darf ich mir die Wunde anschauen? Ich will mich nur davon überzeugen, dass sie richtig behandelt wurden."

Mit dem Verlauf der Heilung zeigte er sich zufrieden. „Sie haben wieder einmal verdammtes Glück gehabt. In Zukunft sollten sie unbedingt vorsichtiger sein. Ihr Schutzengel könnte mal eine Pause einlegen und dann kann ihnen kein Arzt der Welt mehr helfen."

Isi gab ihm recht: „Südfrankreich ist für Marc tatsächlich zu einem gefährlichen Pflaster geworden. Anderseits wollen wir natürlich herausfinden, wer hinter der Entführung unserer Halbschwester steckt."

„Das scheint euch ja geglückt zu sein. Jetzt stellt sich die Frage, was ihr mit dem Wissen anfangen könnt," antwortete Sorin nachdenklich. „Es dürfte schwierig werden, gegen solche Politiker vorzugehen.

„Wie soll es mit dem Mädchen weitergehen", wollte der Arzt schließlich wissen. „Die Wunden der Peitschenhiebe dürften bald verheilt sein. Doch ich kann unmöglich sagen, wie es in ihrem Inneren aussieht; wie sie mit den hinter ihr liegenden Erlebnissen fertig wird. Sie ist so verdammt jung."

„Ich hatte gehofft, dass sie wenigsten für einige Tage in Fos-sur-Mer bleiben kann", antwortete ihm Marc. „Sollte das aus irgend einem Grund nicht möglich sein, müssen wir uns eine andere Lösung einfallen lassen. Zumindest für die kommenden Tage. Ich vermute, dass sie bald abgeholt wird. Kommissar Bantue will sich mit ihrer Tante in Saarbrücken sowie der dortigen Polizei in Verbindung setzen."

„Hat euch auf der Herfahrt jemand mit dem Mädchen gesehen?"

„Ich denke nicht. Sie saß mit Isi auf dem Rücksitz und die hinteren Scheiben des Autos sind getönt.

Trotzdem besteht die Möglichkeit, dass Leute aus dem Umfeld von Ethan de Perrut oder des türkischen Diplomaten nach ihr suchen."

„Dann war er es, der das Mädchen zu dem Türken gebracht hat", wollte die Rumänin wissen.

„Das jedenfalls hat Hüseyin Güler behauptet. Ich denke nicht, dass er da gelogen hat. Vorher hat er seine eigene Peitsche zu spüren bekommen. Er hatte zu viel Angst, um zu lügen."

Der Arzt überlegte kurz, bevor er nachdrücklich nickte. „Das Mädchen kann hierbleiben. Trotzdem werden wir vorsichtig sein. Sie kann in dem alten Bauernhaus schlafen. Damit sie nicht alleine ist, wird ihr Sorin Gesellschaft leisten."

Er schaute Marc mit gerunzelter Stirn an: "Sie haben tatsächlich die Absicht, sich mit dieser Laura Pavese treffen? Wenn eure Vermutungen zutreffen, könnte das nicht ganz ungefährlich sein."

„Oh ja, aber es muss sein. Wenn Hüseyin Güler die Wahrheit gesagt hat, und davon bin ich eigentlich überzeugt, geht es um mehr als diese blöde Speicherkarte. Sie und ihr Vater wollen vermutlich verhindern, dass etwas über seine geschäftliche Vergangenheit an die Öffentlichkeit gelangt. Mit Natascha wollten sie ganz offensichtlich ein Druckmittel gegen ihre Mutter in die Hand bekommen. Wenn das zutrifft, ist Isi ebenso gefährdet. Ein weiterer Grund könnten die Islamisten sein, die angeblich von ihr oder Phillip Kreuter finanziert werden. Unter Umständen weiß Isis Mutter auch darüber Bescheid. Durch ein Gespräch mit Laura Pavese kann ich vielleicht mehr zu erfahren."

„Sie denken doch hoffentlich nicht, dass sie zugibt, hinter der Entführung zu stecken?"

Marc schüttelte abwägend den Kopf: „Das könnte durchaus möglich sein. Immerhin hat sie zur Bedingung gemacht, sich mit mir alleine zu unterhalten."

Zu später Stunde ließen sie sich von dem Arzt dazu überreden, die Nacht in Fos-sur-Mer zu verbringen.

„Schlafen könnt ihr in meinem alten Bauernhaus. Die beiden Mädchen können sich das kleine Zimmer nebenan teilen. Sollte unsere Patientin Albträume bekommen, sind wir in der Nähe."

25.

Am nächsten Morgen wurden sie von hellem Sonnenschein und der einzigartigen, würzigen Luft der Provence geweckt. Nicht der leiseste Windhauch war zu spüren.

Auf dem Weg zum Haus ihres Gastgebers, konnten sie am Himmel lediglich ein paar kleinere weiße Wolken sehen. Der Tag würde heiß werden.

Schon zu dieser Tageszeit verströmte der Lavendel seinen betörend zarten Duft und lockte unzählige Insekten an.

Sorin und Balder hatten mit dem Frühstück auf sie gewartet. Marc sah das zufriedene Lächeln der Rumänin, als auch der Arzt kräftig zulangte. Wie selbstverständlich stellte sie anschließend eine volle Flasche Whisky auf den Tisch.

Das Mädchen aus Wolgograd saß schweigend neben ihnen. Meist blickte sie verschämt auf den vor ihr stehenden Teller und stocherte mit der Gabel lustlos in dem Rührei herum. Nur wenn Isi oder Sorin sie sanft aber bestimmt dazu aufforderten, schob sie sich einen Bissen in den Mund.

Beim Verabschieden klammerte sich das Mädchen wie ein kleines Kind an Isi. Es bedurfte vieler Worte sowie einiger Streicheleinheiten, bis sie sich beruhigte.

Sie blieb im Haus zurück, als Heiko Balder und Sorin sie zu ihrem Auto begleiteten.

„Ich kann mir vorstellen, was in ihr vorgeht", entschuldigte die Rumänin das Verhalten des Mädchens. „Ihr habt gesehen, was der Türke mit ihr angestellt hat und obwohl sie daran keine Schuld trägt, schämt sie sich. Ich befürchte, dass viel Zeit vergeht, bis sie diese schrecklichen Erlebnisse verarbeitet hat. Ihre Eltern sollten sich dazu fachmännische Unterstützung suchen. Die Zeit in Frankreich wird sie ihr gesamtes Leben begleiten. Solange sie bei uns ist, kann ich versuchen, ihr Selbstwertgefühl ein wenig aufzubauen. Vielleicht erzähle ich ihr auch ein paar Episoden aus meiner Zeit in Marseille. Auch wenn das aus sprachlichen Gründen etwas schwierig wird."

Balder nickte dankend, als Marc ihm fast eintausend Euro sowie seine Visitenkarte in die Hand drückte. „Das ist für die ärztliche Behandlung inklusive Pflege und Vollpension. Falls es zu wenig ist, sagen sie es. Sollten sie irgendwann Hilfe benötigen, rufen sie mich ruhig an. Ich stehe tief in ihrer Schuld."

„Gäbe es hier nicht solche Menschen wie Ethan de Perrut oder seine Mutter, könnte ich es hier noch eine Weile aushalten", sagte Isi fast schwärmerisch zu Balder, als er sie zum Abschied umarmte.

Ein wenig wehmütig betrachtete sie die Umgebung. „Die Landschaft ist einfach wunderschön und dazu kommt dieser besondere Duft."

„Es würde mir gefallen, wenn ihr möglichst bald wieder herkommt. Gerne auch für einen längeren Aufenthalt. Das alte Bauernhaus steht zu eurer Verfügung," lächelte der Arzt sie an.

Er zeigte auf das Auto, mit dem sie gekommen waren: „In Marseille solltet ihr den ausgeliehen Wagen an einer unauffälligen Stelle abstellen", riet er ihnen. „Nur für den Fall, dass euer Türke auf die Idee kommt, danach suchen zu lassen."

Noch bevor sie Marseille erreichten, war es, wie vorausgesehen, sehr heiß geworden. Den Renault ließen sie in einer Seitenstraße unweit des Kommissariats stehen.

Bantue erwartete sie bereits. Ihn interessierte jede Einzelheit ihres Besuches in Grasse. Immer wieder unterbrach er den Bericht mit Fragen. Beim Anblick der Fotos, die den Türken zusammen mit dem Mädchen zeigten, verdrehte er angewidert die Augen.

„Haben sie diese Bilder tatsächlich über das Internet verbreitet?"

„Ja, allerdings habe ich vorher das Gesicht seines Opfers so verändert, dass man sie nicht identifizieren kann. Die Empfänger werden trotzdem erkennen, dass es sich bei ihr um ein halbes Kind handelt."

Schließlich schaute Marc auf seine Uhr und stand auf: „Laura Pavese wartet auf mich. Ich bin gespannt darauf, was sie mir zu sagen hat."

Der Kommissar nickte: „Für alle Fälle habe ich auf dem Haus gegenüber des Cafés einen unserer Männer postiert. Er ist Scharfschütze und entsprechend bewaffnet. Wenn es zu Problemen kommt, sollten sie zusehen, dass sie sein Sichtfeld nicht versperren."

Pünktlich um 15.00 Uhr betrat Marc das „Chez Diego". Ein Kellner eilte ihm entgegen.

„Monsieur Dobrin?"

Nur mäßig überrascht bejahte Marc, worauf er zu einem Tisch in der Ecke des Cafés geführt wurde. In dem Mann am Nebentisch erkannte er einen der Bodyguard wieder. Mit gleichgültiger Miene nickte der ihm zu und sprach kurz in sein Telefon.

Durch ein Fenster des Cafés sah er Laura Pavese vorfahren. Einer der Leibwächter hielt ihr die Autotür auf und begleitete sie bis zu ihm an den Tisch. Anschließend setzte er sich zu seinem Kollegen.

Zum ersten Mal, seit dem geschäftlichen Treffen in Leverkusen, sah er sie aus der Nähe. Seit damals hatte sie sich kaum verändert. Zweifellos war sie eine schöne Frau. Die blonden, halblange Haare umspielten ihr regelmäßig geschnittenes Gesicht mit den vollen Lippen. Das einfarbige, dunkelblaue Kostüm mit dem Rock, der kurz über den Knien endete, betonte ihre schlanke Figur.

Zur Begrüßung lächelte sie kurz. Wie damals blieb der Blick ihrer blauen Augen dabei kalt und unbeteiligt.

Marc ließ sich dadurch nicht beeindrucken. Unaufgeregt nickte er ihr kurz zu.

Nachdem der Kellner ihr Wasser sowie für Marc einen Kaffee gebracht hatte, schaute sie, ohne etwas zu sagen, angestrengt in die kleine Getränkekarte. Offensichtlich wollte sie ihn dazu bringen, dass Gespräch zu beginnen.

Eher belustigt schaute Marc sie an. Er hatte nicht vor, auf diese Art von Spielchen einzugehen. Schließlich hatte sie ihn um das Treffen gebeten.

Etwas irritiert kniff sie die Augen zusammen: „Wir brauchen uns nicht mit höflichen Floskeln aufhalten. Sie wissen, was ich suche?"

Ihre Stimme klang nicht mehr so hell, wie er sie in Erinnerung hatte. Dafür um einiges schärfer.

Marc nickte. „Ich denke schon. Vermutlich sind sie auf der Suche nach dem Original einer gewissen Speicherkarte. Da sind sie nicht die Einzige. Viele Leute haben mich seit dem Tod meines Adoptivvaters danach gefragt. Allen habe ich die gleiche Antwort gegeben. Ich habe sie nie gesehen und kann beim besten Willen nicht sagen, wo sie sein könnte. Sollten sie nur deshalb die Entführung meiner Halbschwester inszeniert haben, war das sinnlos."

Auf den Vorwurf der Entführung reagierte sie nicht. „Ihr Adoptivvater muss ihnen doch einen Hinweis hinterlassen haben."

„Bedauerlicherweise nicht. Ansonsten hätte ich das Ding schon lange dem deutschen Verfassungsschutz übergeben. Zumindest eine vollständige Kopie. Allein deshalb, um endlich meine Ruhe zu haben."

„Wäre es möglich, dass Georg Dobrin das Original an den Journalisten Denis Waterk weitergegeben hat?"

Damit hatte sie immerhin zugegeben, dass sie den Brief seines Vaters kannte. Wie sollte sie sonst von dem Journalisten Kenntnis haben?

„Ihnen ist doch bereits bekannt, das er, wie der Verfassungsschutz, lediglich eine Kopie erhalten hat. Wie sie ist er auf der Suche nach dem Original. Ihm konnte ich genauso wenig helfen. Ich kann noch nicht einmal genau sagen, was für Daten sich darauf befinden. Vielleicht können sie mich aufklären?"

Statt ihm zu antworten, stellte sie eine erneute Frage: „Sie haben mit Waterk gesprochen? Was genau hat er gesagt?"

Marc überlegte kurz, bevor er halbwegs darauf einging. „Er fand den Inhalt interessant genug, um Teile davon zu veröffentlichen. Allerdings fehlen ihm dazu wichtige Einzelheiten, die ebenfalls auf der Speicherkarte sein sollten. Nachdem der Verfassungsschutz ein ähnliches Problem hat, vermute ich, dass meinem Adoptivvater beim Kopieren ein Fehler unterlaufen ist. Einzelne Dateien scheinen unvollständig zu sein."

„Wie kommen sie überhaupt darauf, dass ich Interesse an dieser ominösen Speicherkarte habe?"

Marc hatte keine Lust auf das Herumgerede der Frau. Scheinheilig schaute er ihr direkt in die Augen. Er wollte sehen, ob seine Antwort irgendeine Reaktion in ihr auslöste. Auch deshalb wählte er einen härteren Ton.

„Den genauen Inhalt kenne ich nicht. Bis jetzt konnte ich lediglich herausfinden, dass die Daten ihren Vater Phillip Kreuter betreffen. Er soll vor etlichen Jahren an dubiosen Geschäften in Russland beteiligt gewesen sein. Ich vermute, dass sich die Ernennung zum EU-Kommissar erledigt hat, wenn Einzelheiten davon an die Öffentlichkeit gelangen. Ich kann mir vorstellen, dass ihre „Liberté pour la France" und viele der anderen rechtsradikalen Parteien in Europa schon fest damit gerechnet haben."

Sie hatte sich unter Kontrolle. Lediglich bei der Behauptung, dass es sich bei Phillip Kreuter um ihren Vater handelte, konnte er ein leichtes Kräuseln ihrer Stirn sehen.

Schlagartig änderte sie ihre Taktik. Fast entschuldigend schaute sie Marc an: „Warum haben sie eingewilligt, sich mit mir zu treffen?"

„Ich hatte gehofft, dass durch ein Gespräch mit ihnen, wieder Ruhe in mein Leben sowie einiger anderer einkehrt. Durch die Vorkommnisse der letzten Zeit ist mir klargeworden, dass sie hinter dem Überfall auf meinen Vater stecken und damit für seinen Tod verantwortlich sind. Gäbe es dafür eindeutige Beweise, hätte ich auf dieses Gespräch verzichtet. Dann wären der Verfassungsschutz, Europol oder auch der Journalist Denis Waterk die besseren Gesprächspartner.

Diesmal konnte er eine deutlichere Reaktion sehen. Fast wütend schaute sie ihn an. „Wer hat so einen Blödsinn behauptet. Dass Georg

Dobrin beim Besuch meiner Leute gestürzt ist, war ein unglücklicher Zufall. Sie wollten lediglich in Erfahrung bringen, wo das Original der Speicherkarte ist. Würde er noch leben, könnte er uns selber eine Antwort darauf geben. Dann müsste ich mich nicht mit ihnen abgeben. Ganz abgesehen davon handelte es sich bei Georg Dobrin lediglich um ihren Adoptivvater. "

„Unglücklicher Zufall?" Angeekelt schaute Marc die Frau an. Er spürte, dass es ihm, jedenfalls für einen kurzen Moment, gelungen war, die Maske der Frau zu durchbrechen. Vielleicht schaffte er es, sie noch weiter aus ihrer Deckung zu holen.

„Und warum haben sie den Auftrag zur Entführung meiner Schwester Natascha Petrowna gegeben? Hatten sie Angst, dass Irina Petrowna sich nach so vielen Jahren noch an Einzelheiten der Geschäfte ihres Vaters erinnert. Befürchteten sie, dass es da weitere Aufzeichnungen gibt? Mir ist allerdings unklar, warum sie nach Frankreich gebracht werden sollte."

„Mit dieser Angelegenheit habe ich nichts zu schaffen."

„Sie lügen. Der Auftrag dazu kam von ihnen. Haben sie da für ihrem Vater gehandelt? Vielleicht ging es ihm nicht nur um das Wissen über seine illegalen Geschäfte. Einfache, primitive Rache könnte dabei ebenfalls eine Rolle gespielt haben. Irina Petrowna hat ihn damals zum Krüppel gemacht."

„Darauf kann ich keine Antwort geben. Falls sie sich trauen, sollten sie ihn selber danach fragen."

„Wenn er mir über den Weg läuft, werde ich das tatsächlich machen. Mich interessiert noch etwas anderes. Es soll Beweise dafür geben, dass einige Abgeordnete des EU-Parlaments Islamisten über Russland nach Westeuropa schmuggeln? Diese Leute haben auch vereinzelte Terroranschläge finanziert. Jedenfalls sagt man das," reizte Marc sie.

Nachdem Laura Pavese darauf keine Antwort gab, sprach er weiter: „Man hat mir gesagt, dass sie eine dieser Abgeordneten sind. Das ist naheliegend. Die Schleusung der Terroristen sowie die Entführung Natascha Petrowna werden von Ethan de Perrut beziehungsweise seiner Mutter organisiert."

„Ich kenne weder einen Ethan de Perrut noch seine Mutter."

„Oh doch. Ich habe selber mitbekommen, als sie aus dem Geschäft von Madame de Perrut kamen. Eine weitere Zeugin hat gesehen, dass sie sich bei einer anderen Gelegenheit intensiv mit ihr unterhalten haben. Und warum hat man am Jardin du Pharo auf mich geschossen? Geschah das ebenfalls in ihrem Auftrag?"

Marcs Gesprächspartnerin kniff wütend die Augen zusammen. Ihre Leibwächter am Nebentisch schauten auf, als sie ihn mit lauter Stimme anherrschte: „Wer hat mich mit irgendwelchen Terroristen in Verbindung gebracht?"

Marc versuchte weiter, Druck auszuüben. Insgeheim hoffte er darauf, dass sie endgültig ihre Beherrschung verlor. „Vielleicht Manfred Konitz. Haben sie ihn deshalb umbringen lassen? Dann kam der Auftrag für den Anschlag auf Madame de Perrut sehr wahrscheinlich ebenfalls von ihnen? Wusste sie zu viel?"

Plötzlich sehr ruhig lehnte sich die Frau in ihren Stuhl zurück. Da war es wieder, dieses kalte Lächeln. Diesmal vermischt mit etwas Spott. Gerade noch rechtzeitig hatte sie bemerkt, was Dobrin mit seinen Anschuldigungen bezweckte.

„Ähnliches, unverantwortliches Geschwätz über angeblichen Schmuggel von Islamisten aus Russland nach Westeuropa ist mir mehrfach zugetragen worden. Nur deshalb habe ich Konitz in Frankfurt besucht. Wir kannten uns aus seiner politisch aktiven Zeit. Mir war bekannt, dass er immer noch gute Verbindungen zu den ehemaligen Mitgliedern der „Heimattreuen" hatte. Ich habe gehofft, durch ihn mehr darüber zu erfahren. Ganz sicher beteilige ich mich nicht an Entführungen, Terroranschlägen oder lasse Leute erschießen. Dass ich mich für diese Speicherkarte interessiere, ist kein Geheimnis. Soweit mir bekannt ist, sollen sich darauf Anschuldigungen gegen Phillip Kreuter befinden. Nachdem ich dem EU-Parlament angehöre, hat mich das selbstverständlich interessiert. Immerhin wird er demnächst durch uns Abgeordnete zum Kommissar ernannt."

Bisher kein Wort dazu, dass es sich bei Phillip Kreuter um ihren leiblichen Vater handelte.

„Sollte es seitens der EU Unterstützung für Terroristen gegeben haben, wird das durch einen Ausschuss geklärt werden", fügte sie sehr bestimmt hinzu.

An Marcs Gesichtsausdruck konnte sie sehen, dass er ihr nicht glaubte. Nachdenklich betrachtete sie ihre Hände, die ruhig auf dem Tisch lagen.

Ihre nächsten Worte klangen freundlicher, fast einschmeichelnd. In ihren Augen sah er trotzdem nur Kälte und Gefühllosigkeit.

„Ich würde gerne mit ihnen über eine sehr vertrauliche Angelegenheit sprechen. Dazu müssten sie erlauben, dass einer meiner Leute sie kurz und unauffällig abtastet. Ich muss sicher sein, dass dieses Gespräch nicht aufgezeichnet wird."

„Was passiert, wenn ich ablehne?"

„Dann ist unsere Unterhaltung zu Ende. Ich befürchte, dass die vor ihnen liegende Zeit für sie sowie ihre Begleiterin, die im Moment bei Kommissar Bantue wartet, recht unangenehm werden könnte."

„Soll das eine Drohung sein?"

„Es tut mir leid, wenn sie das als Drohung verstanden haben," versuchte sie seinen Ärger zu dämpfen. „Ich wollte ihnen damit nur klarmachen, wie wichtig die Daten auf der Speicherkarte für manche Leute sind. Nicht für mich. Soweit mir bekannt ist, geht es dabei nicht um meine Person. Doch ich befürchte, dass sie ihren normalen Lebenswandel erst dann weiterführen können, wenn das Original gefunden wurde."

„Wie bereits mehrfach gesagt: Ich weiß wirklich nicht, wo sich der Datenträger befindet. Auch in den Unterlagen meines Adoptivvaters gab es keinen Hinweis. Sollte er doch irgendwann auftauchen, werde ich ihn schnellstmöglich an die Behörden weiterleiten. Wenn sie möchten, kann ich auch der zuständigen Kommissarin für Sicherheitspolitik in Brüssel eine Kopie überlassen. Dort kann ich mich sicherlich auf sie berufen?"

Lara Pavese nickte. Immer noch hielt sie ihre ausdruckslosen, blauen Augen auf ihn gerichtet. „Das wäre eine von mehreren Möglichkeiten. Doch das birgt ein gewisses Risiko in sich. Ich befürchte, dass sie höchstens bis zum Vorzimmer der Kommissarin gelangen. Das könnte zum Problem werden. Wie wollen sie wissen, dass sie diesen Personen dort trauen können? Sollten tatsächlich Terroranschläge durch Mitglieder des Parlaments finanziert werden, müssen wir damit rechnen, dass sie Verbindungen zu allen Ebenen haben. Der bessere Weg für sie wäre es, sich direkt an mich zu wenden."

Marc hätte am liebsten laut aufgelacht. Dachte diese Frau, ihn mit solch fadenscheinigen Argumenten beeindrucken zu können?

„Also gut, sollen ihre Leute mich durchsuchen," kam er auf ihre Frage zurück. „Ich habe nichts dabei, womit ich unser Gespräch aufzeichnen könnte."

Er legte sein Handy auf den Tisch. „Sehen sie selber, es ist ausgeschaltet und mehr werden sie bei mir nicht finden."

Die blonde Frau gab einem der Männer am Nebentisch ein Zeichen. Sie flüsterte ihm etwas ins Ohr, worauf er Marc routiniert mit einem Scanner abtastete. Dazu musste er ihn noch nicht einmal berühren.

Marc fand das Ganze übertrieben und sagte es auch. „Unter der Tischplatte könnte sich ein Mikrofon befinden. Haben sie daran gedacht?"

Sie schien seinen ironischen Hinweis ernst zu nehmen: „Nein, da ist nichts. Der Tisch sowie die unmittelbare Umgebung wurde überprüft, bevor sie kamen."

„Also gut. Dann erzählen sie mir etwas über diese vertrauliche Angelegenheit."

Übergangslos legte sie eine ihrer gepflegten Hände auf die seine. Es war eine überraschende Geste, die so gar nicht zu ihr passte.

„Marc haben sie nie darüber nachgedacht, wer ihr leiblicher Vater ist?"

Irritiert runzelte er die Stirn: „Warum sollte ich. Ich hatte wunderbare Adoptiveltern, die mir ihre ganze Liebe gegeben haben. Das Interesse, etwas über meine physischen Eltern zu erfahren, hielt sich daher in Grenzen."

„Adoptiveltern sind keine Blutsverwandten. Das sollten sie wissen. Die genetischen Hintergründe passen nicht. Wir beide zusammen könnten gemeinsam viel erreichen. Das habe ich bereits damals bei unserem ersten Treffen in Leverkusen gespürt."

Irritiert betrachtete er die Frau. „Worauf wollen sie hinaus? Zwischen uns gibt es keine genetischen Gemeinsamkeiten."

Sie lächelte leicht und plötzlich fiel ihm ein, woran ihre Augen ihn erinnerten. Ihnen fehlte das Glänzen. Ähnliches hatte er erst einmal bei einem blinden Mann gesehen.

„Wir beide haben dasselbe Blut in uns. Haben sie – hast du das nicht gespürt?"

„Das ist ja wohl mehr als lächerlich", widersprach er.

„Nein, es ist die Wahrheit. Du und ich sind Geschwister. Halbgeschwister," verbesserte sie sich sofort. „Vorhin hattest du recht. Phillip Kreuter ist mein Vater und auch der deine."

Marc war nicht bereit, ihr zum vertraulichen „Du" zu folgen. „Wie kommen sie auf diese abenteuerliche Idee?"

„Unser Vater hat es mir kürzlich gesagt. Vorher hatte ich mich schon darüber gewundert, warum er so viel Interesse an dir hatte. Das Treffen, damals in Leverkusen, fand statt, weil er mich darum gebeten hatte. Er selber wollte nicht persönlich in Erscheinung treten. Er hat es damit begründet, dass du unter Umständen für ein bestimmtes Projekt infrage kommst."

„Wer soll meine Mutter sein? Hat er darüber auch gesprochen?"

„Nur am Rande. Er hat angedeutet, dass du aus einer unbedeutenden Liaison zwischen ihm und einem dänischen Kindermädchen stammst. Sie ist bei deiner Geburt gestorben. Da sie vor ihrem Tod nichts über den Kindsvater gesagt hatte, kamst du in ein Kinderheim. Später hat unser gemeinsamer Vater dafür gesorgt, dass du von seinem damaligen Freund Georg Dobrin und dessen Frau adoptiert werden konntest."

„Das kommt für mich ziemlich überraschend, aber ich denke nicht, dass sich deswegen etwas ändert. Wer ist dann ihre Mutter? Ebenfalls ein Kindermädchen?"

„Nein, natürlich nicht. Meine Mutter war Contessa Pavese. Ihre Familie stammt ursprünglich aus Italien. Bevor sie Vater heiraten konnte, wurde sie krank. Einige Zeit nach meiner Geburt ist sie gleichfalls verstorben. "

„Die Frauen, mit denen sich ihr Erzeuger vergnügt, sollten besser nicht von ihm schwanger werden. Es scheint ihnen nicht sonderlich gut zu bekommen."

Seine nächste Frage überlegte Marc sich genau. „Also gut. Nehmen wir mal für einen Moment an, es stimmt, was sie sagen. Warum sollten wir plötzlich zusammenarbeiten? Auf welchem Gebiet? Sie sind als Abgeordnete der „Liberté pour la France" im EU-Parlament. Deren Mitglieder sowie Wähler sind für mich rechtsradikale, rückwärtsgewandte Spinner. Die „Heimattreuen" in Deutschland, waren ähnlich. Glücklicherweise hat man sie bereits vor ihrer Parteigründung verboten."

"Du hast nicht die geringste Ahnung."

Bei den Worten konnte er in ihrer Stimme zum ersten Mal so etwas wie Emotionen erkennen. Mehr nicht. Vergeblich wartete Marc darauf, dieses Gefühl auch in ihren Augen zu sehen.

"Parteien wie die meine sind es, die sich für die überlieferten Identitäten unserer Staaten einsetzen. Wir kämpfen gegen die Verfremdung unserer Völker. Seit vielen Jahren versucht der Islam, Europa einzunehmen. Ganze Stadtviertel werden von diesen fremden Kulturen besetzt. Über die Silvesternacht in Köln spricht man noch heute. In Berlin, Mailand, Rom sowie zahlreichen anderen Städten gehören solche Vorkommnisse zum Alltag. Jeder vernünftige Mensch muss doch erkennen, dass dieses Ausländerpack nicht zu uns passt."

Marc unterbrach die Frau, die seine Schwester sein wollte. "Unsere genetischen Fingerabdrücke passen dann wohl doch nicht zusammen. Ihr seid wie die Nazis. Eure Hassparolen vergiften die Atmosphäre und allein die Erwähnung sogenannter genetischer Gemeinsamkeiten erinnert mich an die Zeit ihrer Herrschaft. Glücklicherweise liegt die seit vielen Jahren hinter uns und kommt hoffentlich niemals zurück."

Laura Pavese stand auf und ihre Begleiter am Nebentisch machten es ihr nach. "Schade, ich hatte gehofft, dich überzeugen zu können. Du wirst bald merken, dass es ein Fehler ist, sich gegen mich zu stellen. Ansonsten hättest du auch der Mutter deiner Schlampe klarmachen können, was gut für sie ist. Solltest du es dir noch anders überlegen, kannst du mich über das Büro der „Liberté pour la France" in Brüssel erreichen. Viel Zeit bleibt dir allerdings nicht."

Marc hatte die Drohung verstanden. Er stand ebenfalls auf und schaute die blonde Frau verächtlich an: "Ich bin viel zu höflich, um zu sagen, für was ich sie halte. Schlampe wäre da noch ein Kompliment. Sollte mir die von ihnen gesuchte Speicherkarte jemals in die Hände fallen, werde ich wissen, was damit zu geschehen hat."

Ohne darauf zu antworten ging sie zur Tür. Unmittelbar am Ausgang des Cafés blieb sie stehen und schaute ihn an: "Da ist noch etwas. Unser Vater möchte persönlich mit dir sprechen. Obwohl ich sicher bin, dass er an der Unterhaltung wenig Freude haben wird. In deinen Adern ist offensichtlich mehr Blut dieses dänischen Kindermädchens, als von unserem Vater. Ich soll dir ausrichten, dass er sich bei dir melden wird."

Für einen Moment blieb Marc nachdenklich neben dem Tisch stehen. Seine Verwandtschaft vergrößerte sich ziemlich rasant. Wäre die ganze Angelegenheit nicht zu ernst, hätte er darüber lachen können. Doch selbst wenn die Behauptung Laura Paveses stimmen sollte, würde Georg Dobrin immer sein wirklicher Vater bleiben.

Durch das Fenster des Cafés konnte er sehen, wie sie mit ihren Begleitern in den Renault stieg und davonfuhr.

Unweigerlich kam ein ungutes Gefühl in ihm auf. Würde auch diesmal ein schwarzgekleideter, bewaffneter Motorradfahrer auftauchen? Trotz des Scharfschützen auf dem Dach gegenüber verließ er etwas überhastet das Café.

In Bantues Büro lächelte Isi ihn erleichtert zu. Der Kommissar zeigte seine Neugier offen. "Wie ist die Begegnung gelaufen?"

"Leider nicht so, wie ich es mir gewünscht habe. Sie will mit der Entführung Nataschas nichts zu tun haben. Indirekt hat sie aber zugegeben, für den Überfall auf meinen Adoptivvater verantwortlich zu sein. Dass er dabei unglücklich stürzte und an den Folgen verstarb, war unbeabsichtigt," behauptet sie.

"Was die Geschehnisse in Russland betrifft, sind wir ebenfalls zu keinem Ergebnis gekommen. Mit der Entführung Nataschas hatte sie angeblich nichts zu tun. Ebenso wenig wie mit dem Anschlag auf Konitz und Catherine de Perrut."

„Warum wollte sie sich überhaupt mit dir treffen?"

„Wie vermutet, ging es ihr hauptsächlich um die Speicherkarte. Sie hat mir sogar eine Zusammenarbeit angeboten und sich dabei auf unsere genetischen Gemeinsamkeiten berufen. Allerdings hat sie schnell eingesehen, dass es daraus nichts wird.

„Was hat sie damit gemeint?"

"Sie behauptet, dass wir Geschwister, beziehungsweise Halbgeschwister sind. Phillip Kreuter soll nicht nur ihr leiblicher Vater sein, sondern auch meiner."

Sein Grinsen wirkte fast unbeholfen, als er hinzufügte: „Mein familiärer Hintergrund wird immer komplizierter."

"Wäre das möglich", fragten Isi und Bantue gleichzeitig.

Marcs Grinsen verstärkte sich: "Wie soll ich das wissen? Bei der Produktion bin ich nicht dabei gewesen. Da könnte wohl nur ein Gen-Test die nötige Klarheit bringen. Im Moment bin ich mir nicht sicher, ob ich das überhaupt wissen will."

„Wie seid ihr verblieben?"

Bekümmert blickte er die Russin an. „Wegen der zukünftigen Zusammenarbeit hat sie mir eine kurze Bedenkzeit eingeräumt. Andernfalls werden wir nicht mehr ruhig schlafen können. So ähnlich hat sie sich jedenfalls ausgedrückt und ich denke, dass wir diese Drohung sehr ernst nehmen sollten. Inzwischen bin ich überzeugt davon, dass sie für den Mord an Konitz und auch den Überfall auf die Boutique verantwortlich ist. Meiner Meinung nach steckt sie auch hinter Nataschas Entführung sowie dem Anschlag auf die russische Polizeiwache."

"Damit willst du mir doch etwas sagen?"

Marc strich ihr liebevoll über die Wange: „Für dich wäre es sicherer, wenn du zu deiner Mutter und Natascha nach Sotschi fliegst. Jedenfalls solange, bis ich zu einer zufriedenstellenden Abmachung mit ihr und Phillip Kreuter gekommen bin."

Ihm war klar, dass es danach kein Wiedersehen gab. Laura Pavese, die seine Schwester sein wollte, würde ihn umbringen lassen. Die Drohung war deutlich gewesen und er hatte ihr angesehen, wie ernst sie es meinte. Entweder folgte er ihrem Vorschlag oder würde sterben. Ihr gemeinsamer „genetischer Fingerabdruck" änderte nichts daran. Einen Ausweg sah er nicht. Doch wenigstens konnte er Isis Leben retten.

In diesem Moment gab es so viel, was er aussprechen wollte, aber nicht durfte: „Wir können uns berühren. Oh Gott, wie sehr ich dich liebe. Doch du musst gehen. Ich kann nicht zulassen, dass du mit mir stirbst. Lebe wohl, meine große Liebe. Nur wenn Gott es will, wird es eine Zukunft für uns geben."

Isi bemerkte seine Traurigkeit. Sie fühlte fast körperlich, woran er in diesem Moment dachte. Das konnte, wollte und durfte sie nicht zulassen.

Ihre grünen Augen blitzen ihn ärgerlich an. „Wie lange sollen wir uns deiner Meinung nach verstecken? Hast du dir unsere Zukunft so vorgestellt."

Sie nahm seine Hände; hielt sie fest in den ihren: „Du kannst mich nicht dazu zwingen, nach Russland zurückzukehren. Es sei denn, wir fliegen gemeinsam. Egal was kommt, wir werden es zusammen durchstehen. Auch eine Laura Pavese kann nicht ewig ungestraft ihren Willen durchsetzen."

„Jedenfalls sollten sie beide baldmöglichst aus Frankreich abreisen," riss Bantue die Besucher aus ihrer merkwürdigen Stimmung. Er spürte, dass zwischen ihnen etwas vor sich ging, von dem er ausgeschlossen blieb.

„Sie wissen jetzt immerhin ziemlich genau, wer für die Entführung ihrer Schwester und für den Überfall auf ihren Adoptivvater verantwortlich ist. Das beantwortet zumindest einen Teil ihrer Fragen. Weitere Lösungen für ihre Probleme werden sie hier in Marseille kaum finden."

Marc hatte sich gefangen. Isis Reaktion erleichterte ihn. Doch die Angst blieb.

Trotzdem schaffte er es, Bantue spöttelnd zu antworten: „Nachdem wir nicht nur Ethan de Perrut und seine Mutter aus ihrer Stadt, sowie auch diesen widerlichen Hüseyin Güler wahrscheinlich für immer aus Frankreich vertrieben haben, sollten wir also endgültig aus Marseille verschwinden."

Der Kommissar protestierte nur halbherzig: „Meine Anregung, den türkischen Diplomaten in Grasse aufzusuchen, galt hauptsächlich ihrem Interesse. Zumindest Madame de Perrut hätten sie dort antreffen können. Immerhin sind sie an ein paar, für sie wichtige Informationen gekommen. Dass sie dabei eine Drecksau aus meinem schönen Land vertrieben haben, bedaure ich keinesfalls."

Marc nickte zustimmend. Trotzdem glaubte er Bantue kein Wort. Wahrscheinlich hatte der Kommissar genau gewusst, was sich in dem Haus des Diplomaten abspielte. Irgendwie wohl auch darauf gehofft, dass sie es nicht bei einem scheinheiligen Vorbeischauen belassen würden. Seine Rechnung war aufgegangen.

„Es gibt einen weiteren Grund, warum sie Marseille verlassen sollten," versuchte Bantue sie zu überreden. „Ich fliege morgen gegen Abend zu einer Tagung nach Amsterdam. Falls sie abermals in die Bredouille geraten, kann ich ihnen keine Rückendeckung geben. In Köln haben sie ihren Freund Christian Waiger."

„Haben sie noch mehr solcher Ratschläge?"

„Nur noch einen. Mein Bericht über die Verbindung und das Zusammentreffen von Laura Pavese sowie Madame de Perrut gebe ich an Europol weiter. Falls Jens Fredmann sie deshalb um zusätzliche Auskünfte bittet, sollten sie mit ihm unbedingt zusammen arbeiten. Vielleicht findet man in seiner Behörde einen Weg, etwas gegen sie und auch ihren Vater zu unternehmen."

„Wenn es ihm nicht nur darum geht, die Speicherkarte zu finden, bin ich durchaus bereit, ihm behilflich zu sein."

Marc wechselte das Thema: „Wann wollen sie Olga Kuglova in Fos-sur-Mer befragen? Falls sie damit bis nach ihrer Rückkehr aus Amsterdam warten, wird man sie bereits abgeholt haben."

„Das wird noch vor meiner Abreise erledigt. Ich habe vorhin mit Heiko Balder telefoniert und werde ihn und das Mädchen heute Abend besuchen."

„Wie geht es ihr. Hat er dazu etwas gesagt," wollte Isi wissen.

Bantue zuckte mit den Achseln. „Sie hat wohl gelegentlich Heulattacken und manchmal auch Bauchschmerzen. Das sei normal, sagt der Doktor. Körper und Seele können die erlittene Gewalt nicht so schnell verarbeiten. Gegen meinen Besuch hatte er nichts einzuwenden."

26.

Mehr aus Gewohnheit wählten sie nach Verlassen des Kommissariats den Weg, der sie an der Boutique von Catherine de Perrut vorbeiführte. Auf Grund von Renovierungsarbeiten blieb das Geschäft auf unbestimmte Zeit geschlossen, stand auf einem handgeschriebenen Zettel im Schaufenster neben dem Eingang.

„Schade, dass wir nicht nachschauen können, ob sich Madame de Perrut dort versteckt hält", neckte Marc die Russin.

„Oh ja," baute sie den Scherz aus. „Vielleicht ist auch der schwarz gekleidete Motorradfahrer dort. Wir könnten ihn nach seinem Auftraggeber fragen."

Die Luft am alten Hafen roch wie immer nach einer Mischung aus Fisch, Maschinenöl, Diesel sowie den Abgasen der zahlreichen Autos. Daran änderte auch die leichte Meeresbrise nichts. Hinter den vielen Jachten spiegelte sich die tief stehende Sonne im Wasser. Wie jedes Mal in den vergangenen Tagen irritierte Marc der Anblick des Museums an der äußersten Spitze des Hafens. Es war erst 2013 eröffnet worden und sah aus, wie ein an den Strand geworfener Riesenwürfel.

Auf den Stufen der Kirche Saint-Ferreol aßen sie, inmitten zahlreicher Touristen, ihre unterwegs gekauften, belegten Baguette. Schweigend beobachteten dabei das lebhafte Treiben.

Durch solche Nebensächlichkeiten gelang es ihnen manchmal, die schrecklichen Geschehnisse der letzten Zeit zu verdrängen. Jetzt gab es zusätzlich die unverhohlene Drohung Laura Paveses.

Sie hatten beschlossen, Marseille am nächsten Tag kurz vor Mittag mit dem Zug zu verlassen. Am späten Nachmittag würden sie Köln erreichen.

Besonders Isi hoffte, dass nicht abermals etwas dazwischen kam. Sie hoffte, dann möglichst viele der schrecklichen Erlebnisse, die sie mit der Stadt verband, aus ihren Gedanken zu verbannen.

Ähnliches dachte auch Marc. Er wollte endlich in sein normales Leben zurückkehren. Mit Inessa an der Seite. Gleichzeitig war ihm klar, dass ihnen auch Deutschland keine wirkliche Sicherheit bot. Zuerst mussten Laura Pavese sowie Phillip Kreuter gestoppt werden.

Gegenüber dem Haus mit ihrem Apartment stand in zweiter Reihe ein dunkelblauer Mercedes-Maybach. Dadurch wurde der Verkehr in der engen Straße zusätzlich behindert. Den uniformierten Chauffeur störte das nicht. Er lehnte am Heck des Fahrzeuges und blätterte gelangweilt in einer Zeitung. Er schaute ihnen nach, als sie das Haus betraten.

Marc konnte keinen Grund nennen, doch der Anblick löste in ihm ein undefinierbares, unangenehmes Gefühl aus.

Nachdenklich betrachte er die Tür zu ihrem Appartement. Nichts deutete darauf hin, dass sich jemand daran zu schaffen gemacht hatte. Doch das ungute Gefühl blieb und verstärkte sich noch.

„Isi, irgendetwas stimmt hier nicht."

Er wollte sie zurück in Richtung Treppe schieben, als die Tür weit aufgerissen wurde. Den Mann mit der roten Knollennase hatten sie nie zuvor gesehen. Dafür wussten sie, was die Pistole in seiner Hand ausrichten konnte.

Freiwillig hob Marc die Arme und sah, wie Isi es ihm nachmachte. Durch Winken mit der Waffe wurde ihnen bedeutet, hereinzukommen. Mit einem leichten Tritt schloss der Mann die Wohnungstür.

In ihrem Wohnzimmer erwartete sie ein älterer Mann mit blauen Augen sowie grauen, fast weißen Haaren. Um mit ausgestreckten Beinen sitzen zu können, hatte er den einzigen Sessel vom Tisch weggerückt. Mit der rechten Hand hielt er den silbernen Knauf eines Spazierstockes. Mit ausdrucksloser Miene schaute er ihnen entgegen.

Phillip Kreuter war gekommen, um seinen Sohn persönlich kennenzulernen.

Er deutete auf das kleine Canapé vor dem Fenster. „Setzt euch", befahl er. Die tiefe Stimme hatte einem leicht grollenden Ton.

Die auf sie gerichtete Pistole ließ ihnen keine andere Wahl, als sich dem Befehl zu fügen.

Schweigend, doch sehr intensiv wurde Marc gemustert. Die Russin beachtete Kreuter gar nicht.

Ungerührt erwiderte Marc seinen Blick. „Was haben sie in unserer Wohnung zu suchen? Ich kann mich nicht erinnern, sie eingeladen zu haben."

„Nachdem Laura dir bereits erzählt hat, dass ich dein leiblicher Vater bin, darfst du mich ruhig duzen", forderte Kreuter ihn auf. Dabei zeigte er das gleiche ausdruckslose Lächeln wie sie.

„Wenn das tatsächlich so sein sollte, ist das für mich ohne Bedeutung," konterte Marc mit bewusst gleichgültiger Stimme. Sie entsprach dem, was er empfand. Der Mann ihm gegenüber war ein Fremder, bestenfalls sein Erzeuger.

„Mein Vater war Georg Dobrin und wird es für alle Zeit bleiben. Ich sehe absolut keinen Grund, mich mit ihnen zu duzen."

Das Lächeln in Kreuters Gesicht verstärkte sich. „Vielleicht hätte ich ebenso reagiert, wie du jetzt. Trotzdem solltest du dir anhören, was ich zu sagen habe."

Marc deutete auf den Mann mit der Pistole. „Uns bleibt keine andere Wahl."

Mit einem kurzem Nicken des Kopfes schickte Kreuter den Bewaffneten aus dem Raum. Sie hörten, wie er die Zimmertür hinter sich schloss. An der Lage hatte sich trotzdem nichts geändert. Ein Befehl Kreuters würde genügen, um ihn zurückzuholen.

„Also gut, was wollen sie von uns? Falls es ihnen ebenfalls um die Speicherkarte meines Vaters geht, haben sie sich umsonst herbemüht. Sollte sie jemals auftauchen und dadurch bewiesen werden, dass sie oder ihre Tochter Islamisten aus Tatarstan nach Westeuropa einschleusen, wird man sie hoffentlich vor Gericht stellen. Das aufzuklären, gehört zur Arbeit des Verfassungsschutzes und interessiert mich nur am

Rande. Ihre kriminellen Geschäfte aus der Vergangenheit, dürften inzwischen, jedenfalls in Deutschland, verjährt sein."

Das Lächeln Kreuters verschwand schlagartig, als Marc auf die Finanzierung der Islamisten zu sprechen kam. „Wer bringt mich oder Laura mit Zahlungen an mögliche Terroristen in Verbindung?"

„Zum Beispiel der deutsche Verfassungsschutz. Überdies habe ich mich vor einigen Tagen mit einem türkischen Diplomaten unterhalten. Der Geheimdienst seines Landes ist ebenfalls dieser Meinung."

Abwehrend schüttelte Kreuter den Kopf. „Dabei handelt es sich um böswillige Verleumdungen. Das entspricht in keiner Weise den Tatsachen."

„Das müssen sie nicht mir, sondern den ermittelnden Behörden erklären. Ich vermute, dass solche Fragen auch durch das Europaparlament an sie gestellt werden, bevor man ihrer Ernennung zum Kommissar zustimmt."

Ebenso wie seine Tochter beherrschte es Kreuter hervorragend, das Thema zu wechseln. Die Anspannung verschwand und wurde erneut durch ein leichtes Lächeln abgelöst. Zum ersten Mal schaute er Marc dabei direkt in die Augen.

„Hast du in den vergangenen Jahren nie den Wunsch verspürt, mehr über deine leiblichen Eltern zu erfahren? Dich muss doch interessiert haben, wer dich in die Welt gesetzt hat und warum du den ersten Teil des Lebens in einem Waisenhaus verbringen musstest."

Marc schüttelte den Kopf: „Das erschien mir nie besonders wichtig. Ich hatte wunderbare Eltern. Ich hatte nie das Gefühl, nicht ihr leiblicher Sohn zu sein. Durch ihre Tochter habe ich erfahren, dass meine Mutter aus Dänemark stammte?"

Kreuter nickte. „Das stimmt. Sie hieß Maja Graham und hat als Au-pair-Mädchen bei Bekannten gearbeitet. Wir hatten eine kurze Affäre. Dummerweise wurde sie schwanger und ich habe ihr zur Abtreibung geraten. Doch dafür war es wohl zu spät. Genau kann ich das nicht sagen. Zu jener Zeit haben wir uns nur noch selten gesehen. Erst nach deiner

Geburt hat mich eine ihrer Freundinnen darüber unterrichtet, dass sie das Kind doch bekommen hat und wenig später verstorben ist. Im Krankenhaus hat sie den Vater nicht angegeben und deshalb kamst du in ein Waisenhaus."

„War es Zufall, dass ich ausgerechnet von ihrem damaligen Freund Georg und seiner Frau adoptiert wurde? Mir hat man erzählt, dass sie sich erst Jahre später in Moskau kennengelernt haben."

„Nein, ganz sicher nicht. Georg und ich sind uns bereits früher begegnet. Damals arbeitete ich im Gesundheitsministerium in Düsseldorf, hatte aber oft Besprechungen in Köln. Wir haben uns angefreundet und gelegentlich auf ein Bier getroffen. Irgendwann hat er mir von den Schwierigkeiten erzählt, in Deutschland ein Kind zu adoptieren. Seine Frau und er konnten keine eigenen Kinder bekommen. Dank meiner Verbindungen konnte ich den beiden helfen und so wurdest du von ihnen adoptiert. Danach haben wir uns aus den Augen verloren. Jahre später haben wir uns zufällig in Moskau getroffen und dort unsere Freundschaft erneuert."

Kreuters lächeln verschwand. „Ihm hat sie wohl nur wenig bedeutet."

Abermals wechselte er das Thema. „Wie denkst du über deine Schwester? Auf meinen Wunsch hin seit ihr euch damals in Leverkusen begegnet. Ich wollte sehen, ob es Gemeinsamkeiten zwischen euch gibt."

„Ganz bestimmt nicht." Marcs Stimme klang hart.

„Was wirfst du ihr vor?"

„Sie trägt die Schuld am Tod meines Adoptivvaters. Außerdem bin ich ziemlich sicher, dass sie für den Tod eines Restaurantbesitzers in Frankfurt verantwortlich ist. Der Überfall auf Madame de Perrut dürfte auch auf ihr Konto gehen. Und letztendlich wollte sie mich hier in Marseille ebenfalls umbringen lassen."

Verärgert schlug Kreuter mehrmals mit seinem Stock auf den Boden. „Das alles sind Anschuldigungen, für die es ebenso wenig Beweise gibt, wie ihre und meine Verbindungen zu irgendwelchen Terroristen. Deine

Behauptungen sind lächerlich. Und ganz sicher hätte sie niemals zugestimmt, dass jemand dich umbringt."

Er zeigte auf Isi. Es war das erste Mal, das er sie überhaupt wahrnahm und ins Gespräch mit einbezog. „Als mein Sohn solltest du dich nicht mit solchen Menschen wie der da einlassen. Tataren waren schon immer eine minderwertige Menschenrasse. Daran wird sich niemals etwas ändern. Die russischen Truppen, die unmittelbar nach dem Krieg in Berlin einmarschierten, bestanden hauptsächlich aus solch menschlichem Abschaum. Sie töteten grundlos alte, wehrlose Menschen und vergewaltigten sämtliche Frauen, die ihnen in die Hände fielen."

Verächtlich betrachtete Marc den Mann, der sein Vater sein wollte. „Die deutsche Wehrmacht war, als sie in Russland einmarschierte, um nichts besser. Dass Laura Pavese ihre Tochter ist, glaube ich sofort. Doch eines weiß ich ebenfalls. Ihr Sohn bin ich gewiss nicht und werde es niemals sein."

Phillip Kreuter schien die Worte Marcs überhört zu haben. Unbeirrt sprach er weiter. „Die Mutter dieser Tatarin und Georg Dobrin tragen die Schuld am Tod einer unschuldigen Frau. Sie stand mir während meiner Zeit in Moskau sehr nahe. Später habe ich Irina Petrowna deswegen zur Rede gestellt. Dabei hat sie heimtückisch mit einer Eisenstange auf mich eingeschlagen und zum Krüppel gemacht. Bereits damals habe ich mir geschworen, sie dafür büßen zu lassen. Leider war mir das bis jetzt nicht möglich. Nach meiner Entlassung aus dem Moskauer Krankenhaus war sie samt ihrer Tochter aus der Stadt verschwunden. Dein Adoptivvater hätte mir ihren Aufenthaltsort nennen können, hat sich aber geweigert. Es war Schicksal, dass ich durch seinen Brief an dich erfahren habe, wo sie jetzt lebt."

„Ihre Tochter hat die Entführung von Natascha Petrowna für sie in Auftrag gegeben?"

Phillip Kreuter schaute seinen Sohn spöttisch an: „Für wie dumm hältst du mich eigentlich? Glaubst du wirklich, dass du auf die Frage eine Antwort bekommst? Ganz bestimmt nicht."

Mit dem Stock zeigte er auf Isi. „Wenn ich wollte, könnte ich die da sofort töten lassen. Doch das wäre zu einfach. Jetzt, nachdem ich Irina Petrowna gefunden habe, wird Gott für ihre gerechte Strafe sorgen. Sie wird leiden. Sie darf miterleben, wie ihre Töchter gejagt und zugrunde gerichtet werden. Damit beende ich unser Zusammentreffen. Weitere wird es wohl nicht geben."

Marc verkniff sich eine Antwort. Stattdessen schaute er den Besucher lediglich verächtlich an.

Wie auf Kommando erschien Kreuters Leibwächter. Diesmal hatte er keine Pistole in der Hand. Ohne Marc und Isi zu beachten, half er seinen Chef beim Aufstehen. Dann folgte er ihm zur Tür.

Von dort aus richtete der Besucher nochmals drohend den Stock auf Marc: „Und du, der nicht mein Sohn sein will, sollst sehen, was mit Leuten passiert, die sich gegen mich stellen. Laura hat recht gehabt. Du hast das Blut deiner Mutter in dir."

Schweigend sahen sie vom Fenster ihres Apartment aus, wie Phillip Kreuter in den Mercedes stieg und davon fuhr.

Erschrocken zuckten sie zurück, als genau in diesem Moment ein großer länglicher Gegenstand, verschnürt in schwarzer Plastikfolie, an ihnen vorbei sauste und auf dem Gehweg aufschlug. Das überraschte Fluchen der Passanten verwandelte sich kurz darauf in lautes hysterisches Schreien.

Den Grund dafür erkannten sie erst, als sie auf den Balkon traten, um nach unten zu schauen. Durch den Aufprall war die Folie an einigen Stellen aufgeplatzt. Anhand der Kleidung konnten sie erkennen, dass darin eine Frau eingewickelt war.

Einer der Passanten riss die Kunststofffolie auf und suchte nach eventuellen Lebenszeichen. Erst nachdem er sich mit einem Schulterzucken aufrichtete und zur Seite trat, konnten sie das Gesicht sehen.

Entsetzt klammerte sich Isi an Marc. Die weit geöffneten Augen von Catherine de Perrut schauten direkt zu ihnen auf den Balkon.

27.

An ihrem Plan, Frankreich endgültig zu verlassen, hatte der Tod von Catherine de Perrut nichts geändert. Samt Reisegepäck ließen sie sich am folgenden Morgen mit einem Taxi zum Kommissariat bringen. Den Schlüssel für ihr Apartment durften sie, nach Rücksprache mit dem Vermieter, bei der Concierge lassen.

Unmittelbar nach Kreuters Besuch hatte Marc mit Kommissar Bantue telefoniert. Er befand sich auf der Rückfahrt von Fos-sur-Mer nach Marseille.

Bantue hatte darauf bestanden, dass sie ihn vor ihrer Abreise nochmals im Kommissariat aufsuchten. Er wollte ihre Aussagen zu den Geschehnissen, angefangen vom Besuch Phillip Kreuters bis hin zum Sturz Catherine de Perruts, unbedingt aufnehmen. Mit Marc teilte er die Meinung, dass es einen Zusammenhang gab. Die Abfahrt des Zuges vom Bahnhof Saint-Charles würden sie keinesfalls verpassen, hatte der Kommissar versprochen.

Nach dem Telefonat versuchten sie mehrmals vergeblich, Isis Mutter oder Natascha in Sotschi zu erreichen. Sie brauchten unbedingt mehr Informationen über die Geschehnisse aus Irinas damaligen Leben. Besonders Isi wollte nicht glauben, dass ihre Mutter für den russischen Geheimdienst gearbeitet hatte. Doch immer wieder bekamen sie noch während des Wählens das nervtötende Besetztzeichen zu hören.

Kommissar Bantue war in keiner guten Stimmung, als sie sein Büro betraten. Vor ihm auf dem Schreibtisch lagen gleich mehrere Tageszeitungen, die auf der Titelseite vom Tode Catherine de Perruts berichteten.

Wütend zeigte er auf die Oberste: „Dieses rechtsradikale Hetzblatt will ihren Lesern doch tatsächlich weismachen, dass sie von Linksradikalen getötet wurde. Angeblich weil ihr Mann mit seiner Partei „Liberté pour la France" Stimmung gegen die Asylanten macht."

Er beruhigte sich etwas, als die Besucher ihm von dem Gespräch mit Phillip Kreuter berichteten. Und wie schließlich die in Folie gewickelte Catherine de Perrut unter ihrem Fenster auf dem Gehweg aufschlug.

Bantue schaute sie eindringlich an. „Ihnen ist hoffentlich bewusst, dass es sich dabei um eine an sie gerichtete Warnung gehandelt hat?"

Marc nickte nachdenklich. „Ich möchte zu gerne wissen, ob die Kampfansage von Laura Pavese kommt oder ihr Vater uns zeigen will, zu was er fähig ist."

„Möglicherweise haben die Beiden sich abgesprochen. Falls wir den oder die Täter nicht ausfindig machen, wird das wohl niemals geklärt werden. Die Ermittlungen meiner Kollegen haben bisher lediglich ergeben, dass zwei Männer ein längliches Paket aus einem blauen Lieferwagen geladen und in Haus gebracht haben. Das Fahrzeug ist danach sofort weitergefahren. Natürlich hat sich niemand das Kennzeichen gemerkt. In jedem Fall haben sie gewusst, das Phillip Kreuters sie besucht. Sie haben auf dem Dach oberhalb ihres Apartments gewartet, bis er wegfährt. Das war für sie das Zeichen, das Paket hinunter zu werfen. Diejenigen, die dafür den Auftrag erteilt haben, rechneten wohl damit, dass sie Kreuter beim Wegfahren nachschauen. Unser Leichenbeschauer hat übrigens festgestellt, dass Catherine de Perrut bereits gestern am frühen Nachmittag getötet wurde. Die Spuren an ihren Hand- sowie Fußgelenken deuten darauf hin, dass sie zuvor längere Zeit gefesselt gewesen ist."

Erst nachdem sie Bantue die genaue Beschreibung von Kreuters Leibwächter und des Chauffeurs gegeben hatten, konnte ihn Isi nach dem Zustand des russischen Mädchens in Fos-sur-Mer fragen.

Der Kommissar schüttelte mitleidig den Kopf: „Körperlich ist sie nicht so schwer verletzt. Doch ich weiß nicht, ob sie über die schrecklichen Erlebnisse jemals hinwegkommt. Sie ist so jung."

Bedeutend besser gestimmt als bei ihrem Kommen bestellte er schließlich ein Taxi für sie. Vermutlich war er froh darüber, dass sie endgültig abreisten.

Vor dem Gebäude mussten sie nicht lange warten. Bereits nach wenigen Minuten kam aus einer Seitenstraße ein weißer Peugeot mit dem obligatorischen Schild „Taxi Marseille". Nachdem der Fahrer sie gesehen hatte, erhöhte er das Tempo und raste geradewegs auf sie zu.

Gerade noch rechtzeitig ließ Marc das Gepäck fallen. Er schaffte es, Isi zwischen zwei parkende Fahrzeuge zu stoßen und sich selber mit einem verzweifelten Satz hinter ein anderes zu werfen. Die Stoßstange des Taxis verfehlte nur knapp sein Knie.

Mit hektischen Lenkbewegungen versuchte der Fahrer, den Wagen doch noch in Richtung der Russin zu lenken. Dabei streifte er mit dem Kotflügel die Hauswand des Kommissariats und kam mit einem lauten, hässlichen Geräusch an einem Mauervorsprung zum Stehen.

Marc sah, wie ein untersetzter Mann das Unfallfahrzeug verließ und zu Isi schaute. Erst jetzt bemerkte er die Pistole in der Hand des Fahrers. Mit breitem, fast entzückten Grinsen richtete er sie auf die Russin.

Mit einem lauten Schrei versuchte Marc, Isi zu warnen. Gleichzeitig hoffte er, dadurch den Mann zu irritieren. Dabei duckte er sich und sprang nach rechts zwischen zwei parkende Autos. Mit den Handflächen bremste er den Fall. Seine Beine und Arme arbeiteten unglaublich schnell, als er zum Heck des Fahrzeuges kroch.

Jetzt hatte er den Mann wieder im Blick. Er stand wenige Meter entfernt mit dem Rücken zu ihm. Das laute Schreien Marcs hatte ihn irritiert. Isi hatte den Moment genutzt, um aus seinem Blickfeld zu verschwinden.

Unsicher geworden zog sich der Angreifer zurück. Man hatte ihn ausgetrickst. Dass er die beiden nicht mehr sah, bereitete ihm Unbehagen. Dazu kam, dass er nicht ewig, mit der Waffe in der Hand, unmittelbar vor dem Kommissariat, nach ihnen Ausschau halten konnte. Für ihn wurde es höchste Zeit, sich aus dem Staub zu machen.

Marc war bereits los gerannt, bevor der Angreifer das zerbeulte Taxi erreichte. Er packte den völlig Überraschten von hinten an den Schultern und riss ihn zu Boden. Mit dem Unterarm drückte er ihm die Luft ab. Gleichzeitig presste er einen Finger der anderen Hand in dessen Augenhöhle.

Erst nachdem ihm uniformierte Beamte aus dem Kommissariat zu Hilfe eilten und den Mann festhielten, gab er ihn frei. Auf seinen ausdrücklichen Wunsch hin benachrichtigten sie Kommissar Bantue.

Schockiert und doch leicht lächelnd kam Isi aus ihrer Deckung hervor. Nachdem sie den Staub aus der Kleidung geklopft hatte, lehnte sie sich erleichtert an ihn.

„Vielleicht sollte ich mir in Zukunft einen dieser praktischen Militäroveralls anziehen."

Wenig später kam Bantue aus dem Gebäude gelaufen. Mit wenigen Worten schilderten sie den versuchten Anschlag. Zwei der Uniformierten bekamen daraufhin Anweisung, den Festgenommenen in einen Vernehmungsraum zu bringen. Kopfschüttelnd schaute sich der Kommissar das beschädigte Taxi genauer an.

Erst danach wandte er sich an Marc und Isi: „Sie können bei mir warten, bis ich mit der Vernehmung des Mannes fertig bin. Allzu viel wird dabei sowieso nicht herauskommen und ihre Abreise verzögert sich dadurch erneut. Alternativ kann ich sie jetzt mit einem Polizeifahrzeug zum Bahnhof bringen lassen. Ihr Freund bei der Kölner Polizei kann das Protokoll aufnehmen und mir unterschrieben zurückschicken."

Isi zeigte sich erleichtert, als Marc zustimmend nickte: „Wahrscheinlich haben sie recht. Weder Laura Pavese noch Phillip Kreuter werden den Mann persönlich mit dem Anschlag auf uns beauftragt haben. Genauso gut könnten Leute von Ethan de Perrut dahinter stecken. Ihren Vorschlag, uns zum Bahnhof bringen zu lassen, nehmen wir gerne an. Dann sind sie uns endgültig los."

Der Kommissar wirkte erleichtert: „Sollte ich bei dem Verhör etwas wichtiges erfahren, informiere ich sie per Telefon oder schicke ihnen eine SMS."

Kurz darauf saßen sie auf der Rückbank eines Polizeiwagens. Bantue musste dem Fahrer gesagt haben, dass seine Passagiere ihren Zug auf keinen Fall verpassen durften. Mit eingeschalteter Sirene und Blaulicht raste er zum Bahnhof.

Die Zugfahrt verlief sehr angenehm. Marc hatte bewusst Tickets für die 1. Klasse gekauft. Den größten Teil der Fahrt befanden sie sich alleine im Abteil.

Mehrmals versuchten sie, vom Zug aus sowie beim Umsteigen in Brüssel, Isis Mutter zu erreichen. Einmal klappte es, aber die Verbindung war schlecht und bereits nach kurzer Zeit wieder unterbrochen.

Unterwegs musste Isi mehrmals an ihre letzte Fahrt von Marseille nach Köln denken. Da hatte sie noch nicht einmal gewusst, ob Marc noch lebte und wo er sich befand. Jetzt war sie unendlich dankbar dafür, dass sie zusammen nach Deutschland fahren konnten. Diesmal würde sie in der großen Wohnung nicht allein sein.

Ein mulmiges Gefühl kam bei ihr auf, wenn sie an die Drohungen von Laura Pavese sowie Phillip Kreuter dachte. In ihrer Heimat wusste jeder, dass russische Politiker oftmals in kriminelle Machenschaften verwickelt waren. Auf die Idee, dass es solche Menschen auch im westlichen Ausland gab, wäre sie nie gekommen. Ebenso wie in Russland schreckten sie auch hier nicht vor Gewaltverbrechen zurück.

Bei ihrer Ankunft in Köln war es bereits dunkel. Kurz zuvor hatte sie eine Nachricht von Kommissar Bantue erreicht. Das Taxi, mit dem der Anschlag auf sie ausgeführt wurde, hatte man am Vortag gestohlen. Das jedenfalls hatte der Eigentümer bei der Polizei ausgesagt. Der festgenommene Fahrer verweigerte bisher jede Aussage.

An diesen Abend waren im Kölner Hauptbahnhof zahlreiche Menschen unterwegs. Darunter viele Fußballfans in den weißen Trikots des 1. FC Köln. Etliche unter ihnen waren betrunken. Laut grölend torkelten sie durch den Bahnhof.

Mittendrin, wie ein Fels in der Brandung, pries ein Verkäufer lautstark die neuste Ausgabe der Kölner Abendzeitung an.

Isis Bild auf der Titelseite stach Marc ins Auge. Darunter die Schlagzeile: „Killerin der Russen-Mafia in Südfrankreich unterwegs" und weiter „Frau eines bekannten französischen Politikers ermordet."

Isi hatte ihr Bild sowie die Schlagzeile fast gleichzeitig mit ihm gesehen. Geschockt blieb sie stehen.

„Das bin ja ich. Wieso kommt eine Zeitung dazu, solche Unwahrheiten über mich zu verbreiten? Das ist entsetzlich. Diese Schmierfinken bräuchten doch nur bei Kommissar Bantue in Marseille anrufen. Er hätte ihnen sagen können, was tatsächlich mit Catherine de Perrut passiert ist. Ganz plötzlich habe ich das Gefühl, das mich alle Leute anstarren."

„Keine Sorge. Ich sehe niemanden, der dich mit dem Bild in Verbindung bringt. Die falsche Nachricht kommt vermutlich von Phillip Kreuter oder Laura Pavese. Damit wollen sie zeigen, dass sie uns auch in Köln erreichen können."

„Kann man etwas dagegen unternehmen?"

„Natürlich, heute dürfte es dafür allerdings zu spät sein. Von zuhause aus werde ich sofort mit Christian telefonieren. Möglicherweise kennt der jemanden bei der Zeitung. Jedenfalls muss sie eine Gegendarstellung bringen. Es wird Zeit, dass wir uns zur Wehr setzen. Auch Politiker haben sich an die Gesetze zu halten. Vielleicht kann Jens Fredmann über Europol herausbekommen, wie es zu dieser Zeitungsmeldung gekommen ist."

Mit einer der Zeitungen saßen sie wenig später in einem Taxi. Auf der Fahrt zur Wohnung überflogen sie den kurzen Artikel.

Er bestand aus einem Gemisch von verdrehten Fakten, Vermutungen sowie Spekulationen. Angeblich gehörte Isi zur russischen Mafia. Für den Mord an der Frau des bekannten französischen Politikers Philippe de Perrut habe man sie extra nach Frankreich geschickt. Dort wurde von der Polizei die Mordwaffe mit ihren Fingerabdrücken gefunden. Zudem sei die Mafiakillerin von einer Angestellten der Ermordeten detailliert beschrieben worden. Aus Marseille will man erfahren haben, dass die

Mörderin von da aus in Richtung Köln gereist sei. Inzwischen suchen die Sicherheitsbehörden in ganz Europa nach ihr, hieß es weiter. Ein Mordmotiv wurde nicht genannt. Da gab es noch nicht einmal eine Vermutung.

„Was bedeutet dieser Zeitungsartikel für mich? Fahndet jetzt die Polizei nach mir? So wie sie dich in Frankreich gesucht haben," wollte die Russin aufgebracht von ihm wissen, nachdem sie in der Wohnung waren.

In ihrem Gesicht standen Schmerz, vermischt mit Hoffnung geschrieben. Tränen überströmten ihre Wangen. Er nahm sie in die Arme und zog sie zu sich heran.

„Warum Marc? Wieso lässt man uns nicht endlich in Ruhe?

„Ganz bestimmt wird die Polizei, hier in Köln, nicht nach dir suchen," beruhigte er sie.

Um sie ein bisschen aufzuheitern fügte er hinzu: „Damit du von niemanden erkannt wirst, sollten wir dir eine Perücke kaufen. Vielleicht eine mit streng nach hinten gekämmten Haaren, die du mit Haarnadeln zu einem Knoten zusammen stecken kannst. Dazu machen wir die Augenbrauen etwas dicker und zuletzt bekommst du eine besonders hässliche Hornbrille."

Ihre Tränen versiegten. Sie konnte wieder ein wenig lächeln: „Das ist ein hervorragender Plan. Ich bin mir aber nicht sicher, ob du dich dann noch mit mir auf die Straße traust."

„Mit dir immer." Marc ließ er sich auf die Couch fallen und zog sie auf den Schoß.

Selbst in dieser angespannten Situation fand er es unwahrscheinlich wohltuend, die Wärme ihrer Haut unter den Fingern zu spüren.

Schließlich ließ er sie los und griff entschlossen zum Telefon, um seinen Freund anzurufen. Vielleicht fiel ihm etwas ein, um wenigstens den noch laufenden Druck zu stoppen.

Christian Waiger wusste bereits Bescheid. Er hatte Isis Gesicht auf der Titelseite der Abendzeitung wieder erkannt.

„Wenn ihr nichts dagegen habt, komme ich auf einen Sprung bei euch vorbei. Ich denke, es ist besser, wenn wir möglichst wenig am Telefon besprechen. Handys lassen sich viel zu leicht abhören."

Marcs Freund war erstaunlich gut gelaunt, als er nach einer knappen halben Stunde bei ihnen erschien.

„Ihr habt euch ganz schön mächtige Feinde gemacht. Soeben habe ich mit einer Bekannten bei der Kölner Abendzeitung telefoniert. Dort herrscht helle Aufregung. Bereits vor meinem Anruf ist ihnen aufgefallen, dass ein Teil ihrer Titelseite anders ausfällt, als von der Schlussredaktion genehmigt. Den weiteren Druck haben sie gestoppt. Allerdings sind, wie ihr selbst bemerkt habt, vorher einige tausend Exemplare im Handel gelandet."

Er ließ sich von Marc ein Bier geben. Danach unterrichteten sie ihn abwechselnd über die Vorfälle in Frankreich.

Das Phillip Kreuter behauptete, Marcs Vater zu sein, fand er höchst amüsant. Ansonsten konnte er über die Geschehnisse nur ungläubig den Kopf schütteln.

„Das Bantue froh darüber war, als ihr Marseille verlassen habt, kann ich nachvollziehen. Überall da, wo ihr auftaucht, gibt es für die Polizei Arbeit. Ich sollte meine Kollegen hier im Präsidium schon mal darauf vorbereiten. Was wollt ihr jetzt machen?"

„Zu allererst aufpassen, dass uns nichts passiert. Der Aufmacher in der Abendzeitung heute ist eine zusätzliche Warnung. Wenn nur endlich das Original dieser verdammten Speicherkarte auftauchen würde. Dann bräuchte Kreuter nicht mehr danach zu suchen und dann stellt Laura Pavese ihre Angriffe gegen uns hoffentlich ein."

„Mehr habt ihr nicht?"

„Leider nicht. Vielleicht fällt Isis Mutter etwas ein, um Kreuter auf Abstand zu halten. Wir müssen mehr über seine Vergangenheit in Erfahrung bringen und sie könnte uns unter Umständen dabei helfen. Wir haben mehrfach versucht, sie zu erreichen. Eine anständige Telefonverbindung ist nicht zustande gekommen. Wir werden es nachher nochmal versuchen. Vielleicht haben wir diesmal mehr Glück. Ich hoffe, dass die Telefonleitungen nach Südrussland dann nicht so überlastet sind."

Ihre Unterhaltung wurde durch das Läuten an der Tür unterbrochen. Über den Monitor an der Gegensprechanlage sah Marc den Rücken eines Mannes. Erst nachdem er ihn ansprach, drehte er das Gesicht zur Kamera. Bei seinem Anblick hielt sich Marcs Begeisterung in Grenzen. Zuletzt hatte er ihn in einem russischen Krankenwagen gesehen. Nur ungern bestätigte er den Türöffner.

„Es ist Martin Müller. Ich habe nicht die geringste Ahnung, wieso der weiß, dass wir wieder in Köln sind. Ich befürchte fast, dass er immer noch auf der Suche nach der Speicherkarte ist."

Wenig später stand der Mann vom deutschen Verfassungsschutz in der Wohnung. Er humpelte leicht. Marc vermutete, dass es sich um die Folgen der Schussverletzung in Russland handelte.

Zuerst erstaunt und schließlich achselzuckend nahm Müller die Anwesenheit des Kölner Kriminalkommissars zur Kenntnis. Die beiden Männer kannten sich seit den Ermittlungen zum Tod von Marcs Adoptivvater.

Leicht stöhnend ließ sich Müller in einen der Sessel fallen. „Diese verdammte Verletzung will einfach nicht schnell genug heilen."

Er ließ sich ein Glas Wasser bringen und trank es in einem Zug leer. Dann erst wandte er sich an Isi: „Könnten sie ihre Mutter dazu überreden, für einige Zeit nach Deutschland zu kommen? Wir, damit meine ich den Verfassungsschutz sowie Europol, haben ein paar Fragen zu Phillip Kreuter, die sie uns hoffentlich beantworten kann."

„Sie waren doch in Russland. Warum haben sie sich nicht dort mit ihr unterhalten? Ihre Freunde beim russischen Geheimdienst wissen garantiert, wo sie ist."

Müller nickte: „Ich habe mir bereits gedacht, dass sie hinter die Zusammenhänge gekommen sind. Jens Fredmann von Europol hat mich über ihre Abenteuer in Frankreich unterrichtet. Jedenfalls soweit er selber darüber Bescheid wusste. Die Fotos von Hüseyin Güler haben inzwischen die Runde gemacht und für einige Aufregung gesorgt. Doch zurück zu ihrer Frage. Die russische Regierung möchte in allem, was Phillip Kreuter betrifft, neutral bleiben. Wahrscheinlich will man es sich mit ihm nicht verderben, falls er zum EU-Kommissar ernannt wird. In Russland hat man mir ausdrücklich untersagt, dort mit Frau Petrowna Kontakt aufzunehmen. Offiziell wollte man mir noch nicht einmal sagen, wo sie sich derzeit aufhält."

Er lächelte müde: „Gleichzeitig hat man angedeutet, dass sie keine Einwände haben, wenn wir uns mit ihr in Deutschland unterhalten wollen. Da soll einer die Russen verstehen."

Müller überlegte kurz, bevor er weitersprach. Damit kam er der Frage Marcs zuvor.

„Unsere Regierung in Berlin hat, nach aufreibenden Verhandlungen mit den anderen europäischen Staaten, Kreuter als zukünftigen EU-Kommissar durchgesetzt. Erst danach haben wir die leider unvollständigen Aufzeichnungen ihres Adoptivvaters erhalten. Sollte seine kriminelle Vergangenheit tatsächlich der Wahrheit entsprechen und später Einzelheiten davon an die Öffentlichkeit gelangen, wird es einen Skandal geben. Selbst dann, wenn diese Vorkommnisse lange zurückliegen und juristisch nicht mehr verfolgt werden können."

Isi schaute den Besucher irritiert an: „Wäre es da nicht einfacher, wenn die Regierung in Berlin ihren Vorschlag zurückzieht und eine andere Person benennt?"

Müller schüttelte den Kopf. „Die Blöße will sich niemand geben. Um Phillip Kreuter auf diesen Posten zu bekommen, haben viele aus der Regierung hart gekämpft. Einfacher wäre es, wenn er selber darauf verzichtet. Das hat er bisher abgelehnt. Nur mit handfesten Beweisen könnten wir ihn womöglich dazu zwingen. Vermutlich haben dann auch die dauernden Angriffe auf sie ein Ende."

Hoffnungsvoll schaute Müller zu Dobrin. „Sollten sie das Original der Speicherkarte inzwischen gefunden haben, muss Irina Petrowna natürlich nicht extra nach Deutschland kommen."

„Zu meinem eigenen Bedauern ist mir immer noch keine Möglichkeit eingefallen, wo sie sein könnte. Um auf den zukünftigen EU-Kommissar zurückzukommen: Hat man sie informiert, dass es sich bei Laura Pavese nicht um die Geliebte, sondern seine Tochter handelt?"

"Ja, Jens Fredmann hat mich darüber unterrichtet. Ein weiterer Punkt, der gegen Kreuter spricht. Ihre rechtsradikale Gesinnung dürfte bei einigen Leuten in Berlin für zusätzliche Magenverstimmungen sorgen."

Müller schaute erneut zu Isi und kam auf seine ursprüngliche Frage zurück: "Könnten sie unter diesen Umständen ihre Mutter zu einer Reise nach Deutschland überreden? Was denken sie?"

Isi bemühte sich, nicht zu zeigen, wie sehr sie der Vorschlag begeisterte. Allerdings war auch klar, dass sie Natascha niemals alleine in Russland zurücklassen würde. Dazu kam die Überlegung, ob die beiden in Sotschi nicht sicherer waren als in Köln.

Nachdenklich ging sie auf die Terrasse und schaute von dort aus den Schiffen auf dem Rhein nach. In der Zeit, als sie auf ein Zeichen Marcs wartete, hatte ihr Christian die Bedeutung der farbigen Positionsleuchten erklärt. Seitdem wusste sie zumindest, wo sich Steuerbord und Backbord befanden.

Sobald sie an die Tage ohne Marc zurückdachte, stellten sich bei ihr unwillkürlich die Härchen auf ihren Armen auf. Dann kam dieser Glücksmoment, als sie nach der endlosen Warterei plötzlich seine Stimme am Telefon hörte.

Sie vernahm, wie jemand hinter ihr auf die Terrasse trat. Am humpelnden Gang erkannte sie den Mann vom Verfassungsschutz.

„Was denken sie? Könnten sie ihre Mutter dazu bringen, wenigstens für ein paar Tage nach Deutschland zu kommen," fragte er zum wiederholten Mal.

„Ich kann natürlich versuchen, sie zu überreden. Allerdings habe ich Bedenken in Bezug auf ihre Sicherheit. Sollten Phillip Kreuter und Laura Pavese davon erfahren, werden sie nichts unversucht lassen, sie am Reden zu hindern. Ich habe selber miterlebt, zu was die beiden fähig sind."

„Ich kann dafür sorgen, dass sie sofort nach ihrer Ankunft in Deutschland Polizeischutz bekommt. Den hat sie in Sotschi ganz sicher nicht. Zudem ist ihr Freund ausgebildeter Personenschützer. Seit seinem Ausscheiden aus dem Staatsdienst dürfte er nicht alles verlernt haben."

Die Russin nickte nachdenklich. „Selbst wenn Mutter dazu bereit wäre, könnte sie meine Schwester nicht in Russland lassen. Sie würde darauf bestehen, dass sie mitkommt."

"Das ließe sich arrangieren," kam auch diesmal die prompte Antwort Müllers.

"Dazu kommt, dass Natascha noch keinen Reisepass hat. Zudem benötigen beide ein Visum für die Einreise nach Deutschland."

Müller lächelte erleichtert: „Das sind Probleme, die sich kurzfristig lösen lassen. Mir ist bekannt, dass ihre Schwester in Nabereschnyje Tschelny bereits einen Reisepass beantragt hat. Sobald ich die Zusage ihrer Mutter habe, werden meine russischen Kollegen dafür sorgen, dass er sofort ausgestellt und zum deutschen Konsulat in Sotschi gebracht wird. Spätestens übermorgen dürfte er dort sein. Zusammen mit dem Visum bekämen sie dort auch ihre Flugtickets."

Isi schaute Müller befremdet an. „Woher wissen sie, dass sich meine Mutter in Sotschi aufhält? Vorhin haben sie noch behauptet, dass man ihnen ihren Aufenthaltsort nicht sagen wollte."

Müller zeigte sich kein bisschen verlegen, als er auf die Frage antwortete: „Natürlich haben meine russischen Kollegen ihre Mutter und Schwester bis zur Abreise aus Nabereschnyje Tschelny beobachtet. Das diente lediglich zu ihrem Schutz. Man hat mir im Krankenhaus davon erzählt. Dabei wurde auch Sotschi erwähnt."

Bedeutungsvoll schaute er auf das Telefon: „Könnten sie sofort versuchen, sie zu erreichen. Mir ist durchaus bekannt, dass es dort noch eine Stunde später ist. Doch ihre baldige Antwort wäre wichtig."

Sie nickte. Entschlossen lief sie über die Terrasse zur Wohnung. Die Bewegung rettete ihr womöglich das Leben. Etwas knallte in die Hauswand neben ihr und kleine, scharfkantige Teile des Putzes trafen sie im Gesicht. Irritiert blieb sie stehen.

Müller hatte gesehen, wo das Geschoss einschlug. Trotz seiner Verletzung packte er die Russin am Arm und riss sie in die Deckung der niedrigen Mauer unterhalb des Terrassengeländers.

Als Isi, zusammen mit Müller zu Boden ging, konnte Marc sich denken, warum das geschah. Sie waren sich darüber im Klaren gewesen, dass Kreuter und seine Tochter den Druck auf sie weiter erhöhen würden. Mit einem Angriff, so kurz nach dem Zeitungsbericht, hatten sie nicht gerechnet.

Sofort schaltete er die gesamte Beleuchtung aus. Während Christian seine Kollegen über den Anschlag unterrichtete, lief er geduckt zu Isi auf die Terrasse. Erleichtert stellte er fest, dass sie unverletzt war.

Müller deutete in Richtung eines der Wohnhäuser seitlich von ihnen: „Möglicherweise ist der Schuss dort aus einem der Fenster oder vom Dach gekommen ist. Vielleicht finden die Experten der Polizei den genauen Standort des Schützen."

28.

Die Kriminaltechniker der Kölner Polizei waren mit ihrer Arbeit auf der Terrasse schnell fertig. Wie zuvor Müller kamen sie zu dem Ergebnis, dass der Schuss von einem der seitlich stehenden Wohnhäuser gekommen sein musste. Andere Beamte hatten sich bereits auf den Weg gemacht, um den genauen Standort des Schützen finden.

In der Zwischenzeit versuchte Isi immer wieder, ihre Mutter in Sotschi zu erreichen. Nach mehreren Versuchen kam endlich eine Verbindung zustande.

Trotz der späten Uhrzeit meldete sich Irina bereits nach dem ersten Freizeichen. Sie klang aufgeregt und redete sehr laut. Irgendetwas musste dort passiert sein. Nachdem die Frauen sich auf russisch unterhielten, blieb Marc nichts anderes übrig, als auf das Ende des Telefonats zu warten.

Sichtlich erregt legte Isi schließlich das Telefon zur Seite. „Phillip Kreuter muss herausgefunden haben, wo sich Mutter und Natascha aufhalten."

„Was ist passiert?"

„Vor wenigen Stunden ist die Wohnung der Babuschka, bei der sie sich eingemietet hatten, in die Luft geflogen. So wie es aussieht, wollte der Attentäter beide töten."

„Wurden sie verletzt?"

„Zum Glück ist ihnen nichts geschehen. Sie befanden sich auf einem Spaziergang, als jemand für sie eine kleine, blaue Reisetasche bei der Vermieterin abgegeben hat. Das jedenfalls haben Nachbarn beobachtet. Die Polizei vermutet, dass die alte Frau aus Neugier hinein geschaut hat. Beim Öffnen ist es zu einer Explosion gekommen. Sie ist sofort tot gewesen. Die Detonation war so enorm, dass einige Passanten auf der Straße durch herabfallende Steine verletzt wurden. Das Haus wurde dadurch so stark beschädigt, dass es vermutlich abgerissen werden muss. Das jedenfalls hat die Polizei gesagt. In den Gebäuden der unmittelbaren Nachbarschaft sind die meisten Fensterscheiben zu Bruch gegangen."

Müller schaute sie fragend an: „Umso schneller sollten ihre Familienangehörigen von dort verschwinden. Wie hat ihre Mutter auf die Einladung reagiert, nach Deutschland zu kommen?"

Tief atmend und ohne sofort zu antworten, lehnte die Russin den Kopf an Marcs Schulter. Er spürte das aufgeregte Klopfen ihres Herzens.

Es dauerte eine Zeitlang, bis sie sich soweit beruhigt hatte, um Müllers Frage zu beantworten.

„Jetzt, nach diesem Anschlag, ist Mutter sofort bereit gewesen, mit Natascha nach Deutschland zu kommen. Sie will keinen Moment länger als nötig in Sotschi bleiben. Sehen sie zu, dass Nataschas Pass recht bald dort ankommt und sie ihr Visum erhalten. Bis dahin können wir sie im Hotel „Gorki Panorama" erreichen."

Müller nickte zufrieden: „Innerhalb kürzester Zeit ist das erledigt. Zudem werde ich meine russischen Kollegen bitten, bis zu ihrer Abreise besonders gut auf sie aufzupassen."

Er wandte sich an den Kölner Kommissar: „Für die beiden hier sollten sie auch so etwas wie Personenschutz organisieren. Falls Phillip Kreuter hinter dem Anschlag hier steckt, und davon gehe ich aus, könnte er es noch einmal versuchen. Offensichtlich glaubt er inzwischen, den zukünftigen Job bei der EU nur noch durch solche Gewaltakte retten zu können. Natürlich kann dazu auch seine Tochter den Auftrag gegeben haben."

Christian war ähnlicher Meinung: „Ich werde Jens Fredmann von Europol über die Anschläge hier und in Sotschi unterrichten. Er dürfte meine Vorgesetzten am ehesten davon überzeugen können, dass in dem Fall Personenschutz unbedingt erforderlich ist. Vielleicht gelingt es ihm auch, eine dauernde Observierung von Kreuter sowie seiner Tochter durchzusetzen. Leider haben wir keine gesetzlichen Möglichkeiten, ihre Telefon- und Internetverbindungen zu überwachen. Da müsste zuerst ihre Immunität aufgehoben werden."

Müller nickte zustimmend ohne sich zu äußern. Marc glaubte, in seinen Augen so etwas wie ein spöttisches Lächeln zu sehen. Es sah fast so aus, als denke der Mann vom Verfassungsschutz über effizientere Möglichkeiten nach.

An den darauffolgenden Tagen blieben sie meist zuhause. Gerne hätte Marc der Russin einen Teil seiner Heimat gezeigt. Das herrliche Wetter war wie geschaffen dafür, eine Schifffahrt auf dem Rhein oder einen Ausflug in die nahegelegene Eifel zu unternehmen. Sie wussten beide, dass sie dieses Risiko nicht eingehen durften.

Um wenigsten unbeobachtet die Terrasse zu nutzen, hatte Marc, zusammen mit Christian, als Sichtschutz die Seitenteile eines alten Zeltes aufgestellt. Zumindest konnten sie so die Sonnenstrahlen und durch die etwas zerkratzten Kunststofffenster die Aussicht auf den Rhein genießen.

Isi entdeckte schon bald einen weiteren Vorteil des Sichtschutzes. Wenn sie alleine waren, verzichtete sie auf die Bekleidung.

Lediglich zum Einkaufen verließen sie die Wohnung. Dann wurden sie von zwei Beamten in Zivil bekleidet. Zudem hatte die Polizei vor ihrem Hauseingang besonders auffällig einen Streifenwagen postiert.

Nachdem sie nur wenig unternehmen konnten, fand Marc endlich Zeit, sich um die liegengebliebene Post zu kümmern.

Isi saß dabei auf der Kante des Schreibtisches und half ihm beim Öffnen der Briefe.

„Mein erster Job als Sekretärin", erklärte sie vergnügt. Den Anschlag auf der Terrasse hatte sie bemerkenswert gut weggesteckt. Die Aussicht, bereits bald Mutter und Schwester wiederzusehen, spielte dabei sicherlich auch eine Rolle.

„Deine Arbeitskleidung entspricht in jedem Fall meinen Vorstellungen," bekam sie zur Antwort.

Erst zum Schluss nahm Marc den Brief der Hausverwaltung in die Hand. „Wahrscheinlich irgendeine Abrechnung oder die Einladung zu einer Eigentümerversammlung", mutmaßte er.

Etwas irritiert und kopfschüttelnd las er gleich mehrmals die kurze Nachricht. „Sie schreiben mir, dass in ihrem Büro ein Brief liegt, der an meinen Vater gerichtet ist. Sie wollen wissen, ob ich ihn abholen möchte oder wie sie sonst damit verfahren sollen."

„Denkst du, dass er wichtig ist?"

„Ich habe keine Ahnung. Ich frage mich nur, warum sie ihn nicht gleich in unseren Briefkasten geworfen haben. Stattdessen schicken sie extra diese Nachricht. Wenn wir morgen zum Einkaufen gehen, können wir bei der Hausverwaltung vorbeischauen. Das Büro ist ganz in der Nähe."

Am Abend brachte Christian ihnen die neuste Ausgabe der Kölner Abendzeitung. Auf der Titelseite entschuldigte man sich für den Artikel über die Mörderin der russischen Mafia. Laut Chefredakteur hatte ein Hackerangriff zu der Fehlermeldung geführt.

Mit absichtlich enttäuschter Miene grinste Marcs Freund sie an: „Damit bist du wieder ganz offiziell eine normale Besucherin Kölns und keine Mörderin."

Am folgenden Morgen, unmittelbar nach dem Frühstück, gingen sie einkaufen. Isi liebte es, durch die deutschen Supermärkte zu streifen. Das lag nicht an dem reichhaltigen Angebot. In Nabereschnyje Tschelny und besonders in Moskau gab es Geschäfte mit einer ähnlichen oder noch größeren Auswahl.

Ihr Interesse galt den vielen Artikeln, die ihr auf den ersten Blick völlig unbekannt vorkamen. Um herauszufinden was sie in den Händen hielt, musste sie entweder den Verpackungstext lesen oder Marc danach fragen.

Ein weiterer Unterschied zu ihrer Heimat war das Personal. Die Verkäuferinnen hier waren meist viel freundlicher zu den Kunden als in Russland.

Wenn sie durch die Gänge in den Supermärkten streiften, blieben die Aufpasser stets in ihrer Nähe. Sie fand es abwechselnd lustig und dann wieder nervig. Dass Marc an so einem Job schnell die Lust verloren hatte, konnte sie nachvollziehen.

Das Büro der Hausverwaltung befand sich im Erdgeschoss eines anderen Wohngebäudes. Mit vollen Einkaufstaschen sowie den Bodyguards, wartete sie neben dem Eingang, bis Marc wieder herauskam.

„Hast du den Brief deines Adoptivvaters bekommen? Was steht drin?"

Marc nahm ihr die Einkaufstaschen ab, bevor er ihre Frage beantwortete. „Der Umschlag steckt in meiner Tasche. Ich will nicht, dass unsere Bewacher ihn sehen und daraus ihre Schlüsse ziehen."

„Warum machst du es so spannend?"

„Nachdem man mir den Brief ausgehändigt hatte, konnte ich von außen einen kleinen, flachen Gegenstand ertasten."

„Du glaubst, dass es sich dabei um den Datenträger handelt, nach dem alle Welt sucht?"

Er grinste. „Das wäre ein Ding. Sobald wir zuhause sind, werden wir uns den Inhalt genau ansehen."

29.

Trotz der zahlreichen Nachrichten über das schlechte politische Verhältnis zu Russland mussten die Verbindungen des deutschen Verfassungsschutzes zu den dortigen Geheimdiensten immer noch hervorragend sein.

Nach knapp drei Tagen des Wartens konnten Nataschas und ihre Mutter ihre Reise über Moskau nach Deutschland antreten.

Laut Anzeigentafel war die Aeroflot Maschine pünktlich in Düsseldorf gelandet. Gespannt sahen sie im Ankunftsbereich des Flughafens immer wieder durch die Glasscheibe, hinter der die beiden bald auftauchen mussten.

Nicht weniger interessiert betrachtete Marc die Menschen in ihrer unmittelbaren Umgebung. Fredmann wollte jedes Risiko vermeiden. Deshalb hatte er mehrere Beamte in Zivil zu ihrem Schutz herbeordert. Doch selbst ihm gelang es nicht, sie unter den vielen Wartenden ausfindig zu machen.

Die Gefahr, dass es am Flughafen zu einem erneuten Anschlag kommen könnte, hielt Marc für gering. Die Sicherheitskontrollen, zumindest auf den europäischen Airports, waren enorm. Jeder Abschnitt wurde von mehreren Kameras überwacht.

Doch Fredmann war sicher, und Müller hatte ihm zugestimmt, dass sie jederzeit mit einem weiteren Anschlag rechnen mussten. Insbesondere galt das für Isis Mutter. Sie gingen davon aus, dass Kreuter über ihre Reise nach Deutschland Bescheid wusste.

Selbst das Sicherungspersonal an den Überwachungsmonitoren hatte man deshalb verstärkt. Sie hofften darauf, Personen zu entdecken, die mit dem zukünftigen EU-Kommissar oder seiner Tochter in Verbindung gebracht werden konnten.

Erst am Vorabend, als Müller und Fredmann sie über die Sicherheitsmaßnahmen am Flughafen informieren wollten, hatte Marc ihnen vom Fund der Originalspeicherkarte erzählt.

Um diese Nachricht zu verdauen, brauchten die beiden Männer eine Zeitlang. Danach wollten sie sofort einen ersten Blick auf den Inhalt werfen. Marc erlaubte ihnen, dazu einen seiner Rechner zu benutzen.

Er selber hatte sich bereits vorher, zusammen mit Isi, ein Bild gemacht. Auf dem unverschlüsselten Teil des Datenträgers befanden sich hauptsächlich Notizen seines Adoptivvaters sowie etliche Kopien von Verträgen, die Kreuter seinerzeit in Russland abgeschlossen hatte. Darin war ein Großteil der Namen geschwärzt.

In einer weiteren Datei fanden sich alle möglichen Ereignisse, auch Gerüchte, die sich mit Phillip Kreuter befassten. Darunter auch sein fast kompletter Lebenslauf.

Er war auf einen kleinen Bauernhof in der Eifel aufgewachsen. Nach einer abgebrochenen Lehre zum Schmied zog er gegen den Willen des Vaters nach Hamburg, wo er auf dem 2. Bildungsweg das Abitur nachholte. Nach dem Studium arbeitete er im nordrhein-westfälischen Gesundheitsministerium, wo er rasch zum Abteilungsleiter befördert wurde. Bald darauf wechselte in den Verband der Pharmaindustrie. In dieser Zeit musste er oft nach Russland reisen. Schließlich gelang ihm der Aufstieg zum Staatssekretär in Sachsen und er wurde gleichzeitig so etwas wie die rechte Hand der Ministerpräsidentin. In seiner zukünftigen Position als EU-Kommissar würde der Schwerpunkt der Tätigkeit im Bereich Forschung und Innovation liegen.

Über das private Umfeld Kreuters war da kaum etwas zu finden. Lediglich, dass er der Mutter nach dem Tod des Vaters ein Haus in Sankt Goar gekauft hatte. Die alte Dame bewohnte es mit einer Haushälterin. Gelegentlich besuchte er sie dort.

Das Interessante auf dem Datenträger befand sich in einer kleinen versteckte Datei. Marc nahm an, dass jemand seinem Adoptivvater beim Erstellen geholfen haben musste. Detailliert wurde darin angegeben, welche der russischen Partner Kreuter damals betrogen hatte. Genau aufgelistet waren die Beträge und auf welche Arte er es geschafft hatte, sie auf sein Konto umzuleiten.

Die letzte Datei bestand aus einer Gesprächsnotiz über eine Unterhaltung zwischen seinem Adoptivvater und Kreuter. Letzterer hatte bei dieser Gelegenheit ziemlich betrunken und voller Selbstmitleid gebeichtet, Frau und Tochter eines seiner Geschäftspartner getötet zu haben.Die Mutter des Mädchens war zufällig dazugekommen, als er die bewusstlose 14-jährige entkleidete und sich an ihr vergehen wollte.

Über dieses Gewaltverbrechen berichteten zu jener Zeit sämtliche russischen Zeitungen. Vor allem deswegen, weil es sich um Frau sowie Tochter eines der bekanntesten Männer in Russland handelte. Trotz intensiver Ermittlungsarbeit der Polizei war Kreuter nie in Verdacht geraten.

Ungläubig hatten Fredmann und Müller auf den Namen des Vaters und Ehemannes der Getöteten gestarrt. Wladimir Arturowitsch Brjullow gehörte seit Jahren zu den reichsten und mächtigsten Oligarchen in Russland. Er besaß hervorragende Verbindungen bis hin zum Präsidenten. Wenn jemals herauskam, dass ein zukünftiger EU-Kommissar seine Familienangehörigen ermordet hatte, würde das zu einem weltweiten Skandal führen.

Drohend hatte sich Müller an Marc und Isi gewandt: „Ihnen ist hoffentlich klar, dass sie mit niemanden über den Inhalt dieser Speicherkarte sprechen dürfen. Die Presse wird sich überschlagen, wenn sie erfährt, dass ein Mann wie Phillip Kreuter nicht nur ein Betrüger, sondern auch Vergewaltiger und Mörder ist. Das muss in jedem Fall vermieden werden. Der Schaden für Deutschland wäre enorm."

Auf eine ähnliche Reaktion hatte Marc gewartet. „Sie wollen diese Verbrechen also tatsächlich ungestraft lassen? Allen Dreck unter den Tisch kehren, damit sich die Regierenden nicht blamieren. Und sollten sich für gewisse Leute Vorteile ergeben, werden sie noch nicht einmal Kreuters Ernennung zum EU-Kommissar rückgängig machen. Vermutlich hat mein Adoptivvater genau aus dem Grund eine Kopie der Speicherkarte an Denis Waterk geschickt."

„Das war ein großer Fehler. Zum Glück für uns hat das ja nicht so richtig geklappt."

Angeekelt hatte Marc den Kopf geschüttelt: „Ihre Freude darüber ist verfrüht gewesen. Ich habe mir erlaubt, die Speicherkarte gleich mehrmals und diesmal vollständig zu vervielfältigen. Den Inhalt habe ich verschlüsselt auf verschiedenen Cloud-Speichern hinterlegt. Eine komplette Kopie der Daten habe ich längst per Mail an Denis Waterk geschickt. Der Journalist hat mir den Erhalt inzwischen dankend bestätigt. Mein Adoptivvater hätte das so gewollt. Ihre Reaktion zeigt mir, dass seine Befürchtungen durchaus berechtigt waren."

Jens Fredmann war ruhig sitzen geblieben, als Martin Müller daraufhin wütend auf Marc zustürmte. „Dazu hat ihnen niemand das Recht gegeben. Sie sollten sich darüber im Klaren sein, dass sie sich mit der Weitergabe strafbar gemacht haben."

„Das ist absurd. Ich bin der rechtmäßige Erbe und damit gehört die Speicherkarte mir. Solange sie mir keinen Gerichtsbeschluss vorlegen, kann ich mit ihr machen, was ich möchte. Jetzt bedaure ich sogar, ihnen davon erzählt zu haben. Kreuter ist ein Krimineller und gehört vor Gericht gestellt. Ich kann nur hoffen, dass sich auch Beweise gegen seine Tochter finden lassen."

„Bei Phillip Kreuter handelt es sich immerhin um ihren leiblichen Vater. Vor der Weitergabe hätten sie zumindest mit ihm sprechen sollen."

„Er ist lediglich mein Erzeuger. Und ob das überhaupt stimmt, muss noch geklärt werden. Mein Vater ist er auf keinen Fall. Alles Weitere sollten sie schnellstens mit ihren Vorgesetzten besprechen. Sonst kommt ihnen Denis Waterk mit seinen Veröffentlichungen noch zuvor."

Der Mann von Europol hatte den weiterhin wütenden Müller schließlich dazu gebracht, ihm auf die Terrasse zu folgen. Durch das Fenster konnten sie sehen, wie er eindringlich auf ihn einredete.

Fredmann kam allein zurück, während Müller weiterhin den Schiffen auf dem Rhein nachschaute. „Außer der Speicherkarte befand sich nichts in dem Brief ihres Adoptivvaters?"

Schweigend hatte Marc ihm die beigefügte, kurze Nachricht zum Lesen gegeben.

„Mein Sohn,

auf der Speicherkarte findest du alles, was mir über Phillip Kreuter bekannt ist. Kopien davon habe ich dem Verfassungsschutz sowie Denis Waterk zur Verfügung gestellt. Um Irina und unsere gemeinsame Tochter zu schützen, habe ich schweren Herzens jahrelang über seine Verbrechen geschwiegen. Als Gegenleistung hat er mir versprochen, sie unbehelligt zu lassen und nicht nach ihnen zu suchen. Soviel mir bekannt ist, hat er sich daran gehalten.

In letzter Zeit wird er oft mit einer gewissen Laura Pavese in Verbindung gebracht. Sie gehört zur rechtsradikalen Partei „Liberté pour la France". Angeblich ist sie Kreuters Geliebte. Ich habe die Befürchtung, dass sie über seine Vergangenheit informiert ist und Irina für alle Zeit zum Schweigen bringen will.

Bitte beschütze sie und unsere Tochter Natascha.

Dein Vater"

Als die beiden Männer später die Wohnung verließen, hatte sich Müller zumindest etwas beruhigt.

Marc wurde jäh aus seinen Gedanken gerissen, als er in unmittelbaren Nähe einen Schuss hörte. Sofort fingen mehrere Personen an zu schreien und liefen in Panik wild durcheinander. Wer geschossen hatte, konnte er von seinem Standort aus nicht feststellen.

Isi blieb ziemlich gelassen. Aufmerksam musterte sie die Umgebung. Inzwischen hatte sie genügend Gefahrenmomente miterlebt. Angst oder Nervosität war ihr nicht anzumerken.

Unmittelbar darauf kam Jens Fredmann angelaufen. „Auf den Monitoren haben unsere Leute einen der Leibwächter von Laura Pavese erkannt. Er war in Begleitung eines bewaffneten weiteren Mannes. Bei der Überprüfung der Personalien kam es zu einer heftigen Rangelei, wobei sich ein Schuss löste. Die Polizei hat die Lage unter Kontrolle. Die Menschen im Terminal beruhigen sich hoffentlich bald wieder. Durch die Terroranschläge der vergangenen Monate geraten die Leute schnell in Panik. Die beiden Festgenommenen sind bereits auf dem Weg zum Polizeipräsidium. Mal sehen, was sie uns für Geschichten auftischen."

Marc nickte Fredmann dankbar zu. Er ließ sich von Isi zu der Glasscheibe ziehen, hinter der die Ankommenden an den Rollbändern auf ihr Gepäck warten mussten. Es dauerte geraume Zeit, bis sie die beiden unter den vielen Fluggästen auszumachen vermochten.

Irina machte einen erschöpften Eindruck, als sie endlich ihre ältere Tochter und danach auch Marc umarmen konnte.

Natascha schien die Reise sowie die Aufregungen der letzten Tage weniger ausgemacht zu haben. Ihre blauen Augen strahlten, als sie Marc zur Begrüßung herzhaft auf den Mund küsste.

„Nachdem du mein Bruder bist, darf ich das", erklärte sie lachend und zeigte ihrer Schwester die Zunge.

Sie gab ihm abermals einen Kuss, diesmal auf die Wange. „Der ist für meinen zukünftigen Schwager."

30.

Jens Fredmann und vor allem Martin Müller wollten Isis Mutter möglichst bald zu Phillip Kreuter befragen. Wäre es nach ihnen gegangen, hätte das durchaus sofort in Marcs Wohnung geschehen können.

Es dauerte eine Weile, bis er die beiden davon überzeugen konnte, dass Irina nach der langen Reise wenigstens etwas Zeit zum Ausruhen benötigte. Außerdem hatte Marc nicht die geringste Lust, aus seiner Wohnung eine Zweigstelle des Verfassungsschutzes oder von Europol zu machen.

Schließlich einigten sie sich auf ein Treffen am späten Nachmittag im Polizeipräsidium. So hatte Irina wenigstens ein paar Stunden Zeit, um sich zu erholen. Fredmann versprach, sie durch ein ziviles Polizeifahrzeug abholen zu lassen.

Isi war froh darüber, dass sie und Natascha nicht mit ins Polizeipräsidium mussten. Sie hatte ihre Schwester zuletzt vor deren Abfahrt nach

Sotschi gesehen. Inzwischen hatte sich so vieles ereignet, über das sie mit ihr sprechen wollte.

In Marcs Wohnung ließ sich Irina zuerst das Badezimmer zeigen. Nach einer ausgiebigen Dusche und bei einer Tasse Tee wich ihre Anspannung etwas. Zufrieden schaute sie immer wieder zu ihrer älteren Tochter. Niemandem konnte verborgen bleiben, wie sehr sie und Marc sich mochten. Bedingt durch die Erlebnisse der letzten Wochen waren die Beiden zu einem echten Team zusammengewachsen.

Erst nach einer zweiten Tasse Tee ließ sie sich von Isi die Wohnung zeigen. Irritiert, fast belustigt, betrachtete sie die Seitenwände des alten Zeltes auf der Terrasse.

Irina wurde ernst, als Isi ihr den Grund dafür nannte.

„Es ist an der Zeit, dass dieser Mann endlich aus dem Verkehr gezogen wird", meinte sie nachdenklich. „Ich hoffe, dass ich dabei mithelfen kann." Für sie stand fest, dass der Schütze in Phillip Kreuters Auftrag gehandelt hatte.

Von Isi auf die Vergangenheit angesprochen, wiegelte sie schnell ab. „Heben wir uns das für später auf. Zuerst kommt die Besprechung mit Müller und Fredmann. Danach werde ich dir erklären, was damals geschehen ist."

Zur vereinbarten Zeit nahm sie Christian am Eingang des Polizeipräsidiums in Empfang. Er brachte sie in einen Besprechungsraum in der ersten Etage, wo sie bereits erwartet wurden. Er selber verschwand danach.

Fredmann ahnte wohl, wie innerlich angespannt Irina dem Gespräch entgegensah. Darum war er bemüht, eine lockere Atmosphäre zu schaffen.

„Die wenigen Stunden Entspannung scheinen ihnen gutgetan zu haben. Sie sehen bedeutend frischer aus, als nach ihrer Ankunft auf dem Flughafen. Jetzt sind wir gespannt darauf, was sie uns über Phillip Kreuter erzählen können. Auch die Vorkommnisse, die ihnen vielleicht unwichtig erscheinen, interessieren uns. Sind sie bereit?"

Irina nickte und schenkte sich ein Glas Orangensaft aus eine der Flaschen auf dem Tisch ein.

Während der folgenden Stunde wollten sowohl Fredmann, als auch Müller genau wissen, wie sie Marcs Vater und schließlich Phillip Kreuter kennengelernt hatte. Erst danach kamen sie auf dessen Geschäfte zu sprechen.

Bereitwillig berichtete die Russin, wie Georg Dobrin durch Zufall herausgefunden hatte, dass Kreuter seine russischen Geschäftspartner um große Geldsummen betrog. Tage danach hatte er ihn, bei einem Treffen in einem Restaurant, darauf angesprochen und ihn auch vor möglichen Folgen gewarnt.

„Sind sie dabei gewesen?"

„Nein, Georg hat mir am Abend davon erzählt. Auch von Kreuters Entgegnung."

„Was hat er dazu gesagt?"

„Er hat gelacht und sämtliche Russen als einfältiges Pack bezeichnet, die den Kapitalismus ohnedies nie begreifen würden. Später haben Georg und ich überlegt, wie wir mit der Angelegenheit umgehen sollten. Falls Kreuters Betrug bekannt wurde, konnte das den Geschäftsbeziehungen zwischen Russland und Deutschland einen herben Dämpfer versetzen. Nachdem Georg Dobrins Auftraggeber davon nicht direkt betroffen waren, haben wir beschlossen, es vorerst für uns zu behalten."

„Aber schließlich sind die Russen doch dahinter gekommen?"

„Genauso ist es gewesen. Monate später, Georg Dobrin war für längere Zeit in Deutschland, haben mich Mitarbeiter des FSO abgeholt, zu einem schäbigen Gebäude unweit des Kremls gebracht und dazu befragt."

„FSO ist die Abkürzung für „Federalnaja Sluschba Ochrany Rossijskoi Federazii" und ist einer der russischen Inlandsgeheimdienste," fügte sie erklärend hinzu.

Müller nickte lediglich. „Was ist da passiert?"

„Das ist zu der Zeit gewesen, als ich mit meiner jüngeren Tochter schwanger war. Kurz zuvor ist mir schmerzhaft klargeworden, dass es mit Georg Dobrin und uns niemals eine gemeinsame Zukunft geben konnte."

„Warum?"

„Mein Ex-Mann verweigerte mir die Zustimmung, mit Isi nach Deutschland zu ziehen. Was sollte ich machen? Schließlich konnte ich sie doch nicht in Russland zurücklassen."

Fredmann nickte und wartete darauf, dass sie weitersprach.

„Die Männer vom FSO haben das bereits gewusst. Über Kreuters Betrügereien waren sie ebenfalls, jedenfalls im Großen und Ganzen, informiert. Und sie machten mir klar, dass meine Zeit als Dolmetscherin in Moskau zu Ende ging. Damals sah man es nicht gerne, wenn jemand aus dem Umfeld des Kremls von einem Ausländer ein Kind bekam. So etwas wurde, kurz nach dem Ende der Sowjetunion, noch nicht akzeptiert."

„Was haben die Leute des FSO genau gewollt?"

„Ich sollte ihnen alles sagen, was mir im Zusammenhang mit Kreuter bekannt war. Als Gegenleistung bot man mir in meiner Heimatstadt Nabereschnyje Tschelny Arbeit und eine Wohnung an."

„Sie sind darauf eingegangen?"

„Natürlich, für mich gab es keinen anderen Ausweg. Eine alleinerziehende Mutter mit zwei Kindern hat es in Russland nicht leicht. Schon gar nicht, wenn sie ohne Arbeit und Wohnung ist."

„Georg Dobrin hätte sie höchstwahrscheinlich finanziell unterstützt?"

„Ja, aber das wollte ich nicht. Nachdem es für uns keine gemeinsame Zukunft geben konnte, habe ich mich zu einem Neuanfang entschlossen."

„Warum haben sie Moskau heimlich verlassen?"

„Wie bereits gesagt, hatte ich mich mit dem FSO über eine Zusammenarbeit geeinigt. In den folgenden Stunden erzählte ich alles, was mir über die kriminellen Geschäfte Kreuters bekannt war. Ich habe nie verstanden, warum man ihn deswegen nicht vor Gericht gestellt hat. Möglicherweise hat es dafür politische Gründe gegeben. Das weiß ich nicht. Jedenfalls fand Kreuter nur wenig später heraus, dass ich mit dem FSO über seine Geschäfte gesprochen habe. Er ist stinksauer gewesen und wollte von mir hören, was ich gesagt habe."

„Sie haben abgelehnt?"

„Ja. Daraufhin wurde ich wenig später mitten in Moskau von zwei Männern in ein Auto gezerrt. Sie haben mich zu einer Datscha am Stadtrand gebracht, in der Kreuter auf mich gewartet hat."

„Was ist da geschehen?"

„Kreuter hat sich nicht lange mit Vorreden aufgehalten. Er hat mich angeschrien und gesagt, dass ich die Aussage beim FSO zu seinen Gunsten korrigieren müsse. Ansonsten würde ich Zeit meines Lebens nicht mehr froh werden. Dabei hat er gegrinst und von gewissen Häusern gesprochen, in denen ein hübsches Mädchen wie Isi sicherlich Verwendung finden würde."

„Sie haben das geglaubt? Ihre Tochter war damals ein Kind. "

„Oh ja, seine Drohung habe ich sehr ernst genommen. Ich hatte bereits vorher gehört, dass er selber gelegentlich in sogenannten „Kinderbordellen" verkehrt."

Ihre Stimme wurde leiser: „Ich wollte nur weg aus dieser Datscha. Deshalb habe ich ihm versprochen, meine Aussage beim FSO zu korrigieren. Plötzlich ist ihm das nicht mehr genug gewesen. Er hat die Hose heruntergelassen und mir befohlen, sein Glied in den Mund zu nehmen. Er wollte davon Fotos machen, um es an Georg zu schicken. Als ich mich weigerte, hat er brutal auf mich eingeschlagen und mir dabei die Kleidung zerrissen. Ich konnte sehen, wie sehr die Situation ihn erregte. Während des Kampfes gelang es mir, nach einem eisernen Kerzenständer zu greifen. Mit der Spitze, auf der ansonsten die Kerze befestigt wird, habe ich immer wieder auf ihn eingeschlagen und dabei mehrmals sein Knie getroffen."

Fredmann und Müller stellten die Fragen abwechselnd. Sie hatten das so abgesprochen, nahm Marc an.

„Wie sind sie anschließend von der Datscha fortgekommen?"

„Kreuter hat vor Schmerzen immer lauter geschrien und konnte mich schließlich nicht mehr festhalten. In seiner Jacke, die über einem Stuhl hing, habe ich den Schlüssel für den Mercedes gefunden, der vor der Tür stand. Irgendwo in der Stadt habe ich ihn abgestellt und bin von dort aus mit einem Taxi zu meiner Wohnung gefahren."

„Das erklärt aber nicht, warum sie heimlich aus Moskau verschwunden sind."

„Irgendjemand muss Kreuter in der Datscha gefunden und in ein Krankenhaus gebracht haben. Wenige Tage später bekam ich von ihm einen Anruf. Er hat gesagt, dass ich aus dem Fenster schauen soll. Auf der Straßenseite gegenüber stand ein Lada. Daneben drei Männer, die mir frech zu grinsten. Er hat abermals verlangt, dass ich meine Aussage beim FSO ändere. Ansonsten würde meine hübsche Tochter nicht mehr lange bei mir sein. Wortwörtlich sagte er: Dann will ich deine Tränen sehen."

„Da haben sie den Entschluss gefasst, Moskau heimlich zu verlassen?"

„Genauso ist es gewesen. Doch auch in Nabereschnyje Tschelny habe ich dauernd mit der Angst gelebt, dass er mich finden und seine Drohung wahrmachen würde. Erst jetzt habe ich durch Marc erfahren, dass Georg dafür gesorgt hat, dass Kreuter nicht weiter nach uns sucht."

„Als man ihre Tochter Natascha entführt hat, haben sie sofort Phillip Kreuter im Verdacht gehabt?"

„Der Gedanke war naheliegend."

„Warum haben sie sich nicht an die Polizei gewandt?"

Irina lächelte gequält: „Natürlich habe ich darüber nachgedacht. Marc hat mich schließlich davon überzeugt, damit noch für kurze Zeit zu warten. Zuerst wollte er selber nach Natascha suchen. Letztendlich hat das ja auch geklappt."

„Warum haben sie sich nicht an ihre Vorgesetzten beim FSO gewandt? Immerhin arbeiten sie für den Geheimdienst."

„Das ist nicht ganz richtig. Ich bin Büroleiterin im tatarischer Ölkonzern PETROORG. Mir ist bekannt, dass er irgendwie zum FSO gehört. Doch seit meiner Aussage in Moskau habe ich mit dem FSO nichts mehr zu tun gehabt. Nach Nataschas Entführung habe ich natürlich versucht, mit einem der Verantwortlichen zu sprechen und gesagt, dass vermutlich Kreuter dahinter steckt. Sie haben keinerlei Interesse gezeigt und mir geraten, mich an die Polizei zu wenden."

„Seit Moskau ist also niemand mehr vom Geheimdienst an sie herangetreten?"

„Die ganzen Jahre über habe ich mit keinem vom FSO gesprochen. Jedenfalls nicht bewusst. Erst kurz vor unserem Abflug nach Deutschland wurde ich am Flughafen von einem Sicherheitsbeamten aufgehalten und in ein Büro gebracht. Die Frau, die mich dort erwartet hat, könnte dem FSO angehören."

„Was wollte sie von ihnen?"

„Genau weiß ich das selber nicht. Sie stellte mir in freundlichem Ton einige wenige Fragen zu Phillip Kreuter. Im Laufe unseres Gespräches hat sie diskret angedeutet, dass ich und meine Töchter wohl erst in Ruhe leben können, wenn er für immer verschwindet. Nebenbei hat sie betont, dass es etliche Leute gibt, die sich gerne mit ihm unterhalten würden und es für alle die einfachste Lösung wäre, wenn er ohne den

Schutz seiner Immunität nach Russland kommen würde. Dabei hat sie gelacht."

Irina schaute Martin Müller direkt an. „Die Frau kannte sie. Jedenfalls hat sie ihren Namen genannt und gesagt, dass ich ihnen ruhig von diesem kurzen Gespräch erzählen kann."

Jens Fredmann begriff sofort, welches Angebot die Russen Müller gemacht hatten. Die Lösung des Problems lag griffbereit vor ihnen. Trotzdem schüttelte er entschieden den Kopf.

Solche ungesetzlichen Methoden werden wir keinesfalls anwenden. Phillip Kreuter ist deutscher Staatsbürger und wird sich, wenn genügend Beweise vorliegen, vor einem Gericht in Deutschland verantworten müssen. Zudem dürfte ein Großteil der Straftaten inzwischen verjährt sein."

Müller schwieg, doch Marc meinte, in dessen Gesicht ein zufriedenes Lächeln gesehen zu haben. Es schien so, als hätte der Mann vom Verfassungsschutz mit einem ähnlichen Vorschlag gerechnet. War es möglich, dass die Russen Irina dazu benutzten, genau diese Nachricht zu übermitteln? Gegebenenfalls konnte man immer noch sagen, dass es sich dabei lediglich um einen Scherz gehandelt hatte.

Die Befragung wurde durch das Eintreten eines Beamten unterbrochen, der Fredmann etwas ins Ohr flüsterte und danach sofort wieder verschwand.

Er wandte sich an Marc. „Wir haben das Fahrzeug der Männer vom Flughafen entdeckt. Darin befanden sich ihre Papiere und im Kofferraum lag ein Urban Sniper Repetiergewehr. Ihnen ist bekannt, wofür man diese Waffe benutzt?"

Marc nickte. „Es ist ein hervorragendes Gewehr für Scharfschützen. Hergestellt wird es von einer italienischen Firma. Ich habe es selber ein- oder zweimal in der Hand gehabt, allerdings nie damit geschossen."

Fredmann nickte. „Die Fingerabdrücke des Mannes, den wir in Begleitung der Leibwächter von Laura Pavese aufgegriffen haben, wurden identifiziert. Laut seinen Papieren handelt es sich bei ihm um einen Russen, der sich als Tourist in Deutschland aufhält."

Er grinste Müller an: „Bei ihm könnte es sich um einen der Männer handeln, die in Tatarstan mit falschen Papieren ausgestattet nach Westeuropa geschickt wurden. Sie können ihn später selber befragen. Bis auf weiteres behalten wir ihn in Gewahrsam."

„Das wird heute nicht mehr möglich sein," wehrte Müller ab. „Das hat Zeit bis morgen. Am Abend habe ich eine unaufschiebbare Verabredung. Doch zuerst bringen wir das hier zu Ende."

„Was wissen sie über den Mord an Frau und Tochter des Oligarchen Wladimir Arturowitsch Brjullow," stellte er seine nächste Frage.

Verständnislos schaute Irina ihn an. „Nur das, was damals in den Zeitungen stand und im Fernsehen berichtet wurde. Den Großteil davon dürfte ich inzwischen wieder vergessen haben."

Fredmann schaute sie scharf an. „Georg Dobrin hat niemals mit ihnen darüber geredet?"

Irinas Gesichtsausdruck zeigte, wie sehr sie diese Frage irritierte. „Es ist durchaus möglich, dass wir darüber gesprochen haben. Für eine gewisse Zeit war es Tagesgespräch. Alle möglichen Leute haben Mutmaßungen angestellt, was Brjullow mit dem Mörder anstellt, wenn er jemals herausfindet, wer das getan hat. Brjullow hatte bereits zu jener Zeit viel Macht. In den Zeitungen waren immer wieder Bilder, die ihn mit unserem damaligen Präsidenten Boris Jelzin zeigten. Soviel ich weiß, ist er auch bei Putin ein gern gesehener Gast."

Enttäuscht schaute Fredmann die Russin an: „Sie sind ganz sicher, dass Georg Dobrin diesen Brjullow niemals im Zusammenhang mit Phillip Kreuter erwähnt hat?"

„Da bin ich mir ziemlich sicher. Aber was hat Phillip Kreuter mit Wladimir Arturowitsch Brjullow zu schaffen?"

Fredmann zuckte lediglich mit den Achseln und auch Müller schien nichts dagegen zu haben, dass Marc die Frage beantwortete.

„Laut den Aufzeichnungen auf der Speicherkarte war es Phillip Kreuter, der beide umgebracht hat. In der Folgezeit muss er, in betrunkenem Zustand, darüber mit meinem Adoptivvater gesprochen haben. Brjullows Frau ist in dem Moment dazugekommen, als er sich an dem Mädchen vergreifen wollte. Er hat gesagt, dass ihm keine andere Wahl blieb, als beide umzubringen."

„Leider wird die Gesprächsnotiz Georg Dobrins von keinem Richter anerkannt werden", fügte Fredmann hinzu. „Immerhin sollte das ausreichen, um seine Immunität durch den sächsischen Landtag aufheben zu lassen."

„Was heißt das", wollte Irina wissen.

„Sobald das geschehen ist, können wir Phillip Kreuter offiziell vorladen und dazu befragen. Mehr leider nicht."

„Ich bin froh, dass ich Denis Waterk eine Kopie der Speicherkarte geschickt habe. Sonst wäre es sehr wahrscheinlich noch nicht einmal dazu gekommen."

Weder Müller noch Fredmann äußerten sich dazu.

Auf der Rückfahrt zu Marcs Wohnung schaute Irina ihren zukünftigen Schwiegersohn neugierig an: „Wegen dem Gespräch hat man mich und Natascha extra nach Deutschland kommen lassen? Oder kommt da noch mehr?"

„Es sieht danach aus, als wäre das alles gewesen. Natürlich ist es möglich, dass denen noch weitere Fragen einfallen." Er musste grinsen. „Allerdings ist kurz vor eurer Ankunft die Originalspeicherkarte von Georg aufgetaucht. Die Daten darauf sind sehr ergiebig. Hätte Müller früher davon gewusst, wäre eure Reise nach Deutschland, dazu auf Staatskosten, wohl nicht zustande gekommen. Seitdem ist erst bekannt, dass Kreuter die Morde an Frau und Tochter von Wladimir Arturowitsch Brjullow begangen hat. Ich vermute, dass mein Adoptivvater euch hauptsächlich mit Letzterem vor Kreuter schützen konnte."

31.

Am selben Tag, wenige Minuten vor Mitternacht, erreichte Martin Müller das Zentrum von Straßburg. Seinen Wagen stellte er in die Parkgarage am Place Gutenberg, unweit des malerischen Viertels "Petite France" ab. Er war froh darüber, die Strecke von Köln in nur knapp vier Stunden geschafft zu haben. Lediglich einmal war er auf der Autobahn bei Karlsruhe in einen längeren Stau geraten.

Die aufkommende Müdigkeit sowie die stärker werdenden Schmerzen seiner immer noch nicht ganz verheilten Schusswunde, hatte er mit zwei der hellgrünen Tabletten bekämpft, die er stets bei sich trug.

Laura Paveses Straßburger Appartement befand sich im Obergeschoss eines renovierten Altbaus, nicht weit entfernt in der Rue des Serruriers. In der kleinen, ehemaligen Hausmeisterwohnung, unmittelbar neben dem Eingang, waren ihre ständigen Begleiter untergebracht.

Der Chauffeur öffnete auf sein Klingeln hin die videoüberwachte Haustür und brachte ihn bis zur Tür des Appartements.

Bei seinem Eintreten stand sie unter der Dusche. Die Tür zum Badezimmer war offen. Dadurch konnte er trotz des Dampfes schemenhaft ihre makellose Figur erkennen. Schnell zog er sich aus und drängte sich an sie.

Mit einem Glas Champagner in der Hand lagen sie später auf dem breiten Bett in ihrem Schlafzimmer.

Er musste sie nicht ansehen, um zu wissen, dass sie mit ihren ausdruckslosen Augen zur Decke starrte. Noch vor wenigen Minuten hatte sie ihre Erregtheit laut herausgeschrien und dabei die langen Fingernägel tief in seinen Rücken gegraben. Diese sichtbaren Erinnerungen würde er noch Tage mit sich herumtragen.

Eine seltsame Frau mit eigenartigen Stimmungen, dachte er zum wiederholten Mal. Gelegentlich machte sie ihm Angst.

Laura Pavese und er hatten sich vor zwei Jahren bei einem Empfang im italienischen Generalkonsulat in München „zufällig" kennengelernt.

Seine Vorgesetzten wollten wissen, welche Art Verbindung es zwischen ihr, einer französischen Rechtsradikalen, sowie dem Staatssekretär Phillip Kreuter gab. Er sollte herausfinden, ob es stimmte, dass er sie heimlich bei ihren politischen Plänen finanziell unterstützte. Für jemanden in Kreuters Position konnte das unangenehme Folgen haben.

Sie dagegen hatte aus „sicherer" Quelle erfahren, dass Martin Müller als Abteilungsleiter für den Verfassungsschutz arbeitete und seine Liebschaften dort immer wieder für Gesprächsstoff sorgten. Nur seinetwegen hatte sie an dem Empfang teilgenommen.

Laura Pavese wusste um ihre Wirkung auf Männer. Wenn es sein musste, konnte sie ungeheuer charmant sein. Um die fehlende Wärme ihrer Augen zu kaschieren, trug sie gelegentlich eine leicht verspiegelte, getönte Brille. Trotzdem wurde sie in der Klatschpresse längst als „die Schöne mit den eiskalten Augen" bezeichnet.

Es störte sie nicht. Genauso wenig wie die oftmals geäußerten Vermutungen, dass der einflussreiche Staatssekretär Phillip Kreuter ihr Liebhaber sei. Keiner der Journalisten war bisher auf die Idee gekommen, dass sie sich viel näher standen.

Während des Empfangs gelang es ihr, Martin Müller mehrmals über den Weg zu laufen. Sollten die Geschichten über ihn stimmen, wollte sie das nach Möglichkeit ausnutzen. Abgesehen davon fand sie den sportlichen, großen Mann mit den wenigen blonden Haaren nicht unattraktiv.

Die Zusammenarbeit zwischen ihnen verlief hervorragend. Das jedenfalls hatte sie bis vor Kurzem noch gedacht. Inzwischen war sie davon nicht mehr so überzeugt.

Von Müller hatte sie erfahren, dass ein gewisser Georg Dobrin belastendes Material über ihren Vater besaß. Allerdings hatte er vergessen zu erwähnen, dass es sich bei dessen Stiefsohn ausgerechnet um ihren eigenen Halbbruder handelte. Bis dahin hatte sie von dessen Existenz gar nichts geahnt.

Seitdem hatte sich Marc Dobrin immer wieder gegen sie und seinen leiblichen Vater gestellt. In Russland ebenso wie in Marseille und Köln.

Vielleicht wäre alles anders verlaufen, wenn ihr Vater ihn frühzeitig über ihre teilweise gemeinsame Abstammung unterrichtet hätte.

Inzwischen war es fraglich, ob sich ihre Ziele jetzt noch durchsetzen ließen. Konnte es sein, dass Martin Müller daran, wenigstens zum Teil, die Schuld trug? Sie wusste, was zu geschehen hatte. Er musste dauerhaft verschwinden. Ebenso Marc Dobrin. Allerdings durfte kein Verdacht auf sie oder ihren Vater fallen.

Sie starrte noch immer zur Decke und wie meistens klang ihre Stimme unbeteiligt, als sie ihn fragte: „Welche Möglichkeiten bleiben meinem Vater? Hat er noch eine Chance?"

Müllers Antwort war unerbittlich. „Deinem Vater wird nichts anderes übrig bleiben, als freiwillig auf den Posten als Kommissar zu verzichten. Für ihn wäre es ratsam, mit einer anderen Identität unterzutauchen. Allerdings wird das bei seinem Bekanntheitsgrad nicht leicht sein. Nachdem das Original der Speicherkarte aufgetaucht ist, sehe ich keine Möglichkeit, ihn irgendwie zu unterstützen. Es ist dumm von ihm gewesen, ausgerechnet mit Georg Dobrin über die Ermordung von Frau und Tochter Brjullowa zu sprechen. Dass er dabei betrunken war, ist keine Entschuldigung."

Ihre Antwort klang gleichgültig: „Ich habe ständig befürchtet, dass es dazu kommen wird. Dass die versteckte Datei auf der Kopie nicht zu öffnen war, hat uns nur etwas Zeit geschenkt. Doch die Aufzeichnungen von Georg Dobrin sind keine Beweise. Er ist tot und wird keinem Richter von dem Gespräch mit meinem Vater erzählen können."

„Das ist richtig. Doch sobald die Zeitungen darüber schreiben, wird das EU-Parlament seiner Ernennung zum Kommissar nicht mehr zustimmen. Schon um der Regierung in Berlin eins auszuwischen. Schließlich wurde von dort aus viel Druck ausgeübt, um ihn durchzusetzen. Doch es gibt einen weiteren, unter Umständen sogar noch wichtigeren Grund, warum dein Vater von der Bildfläche verschwinden sollte."

„Der wäre?"

„Wladimir Arturowitsch Brjullow wird bald erfahren, wer für den Tod seiner Frau sowie Tochter verantwortlich ist. Er wird Himmel und Hölle in Bewegung setzen, um deinen Vater in die Hände zu bekommen. Dann möchte ich nicht in seiner Haut stecken. Du weißt ebenso gut wie ich, dass Brjullow zu den Oligarchen gehört, die zu jeder Zeit auf die Unterstützung des Kremls zählen können. Er könnte versuchen, deinen Vater auf irgendeine Weise nach Russland zu schaffen."

„Kann die Angelegenheit mir schaden?"

„Falls euer Verwandschaftsverhältnis öffentlich wird, dürfte deine Zeit als EU-Abgeordnete beendet sein. Dein Vater kann dich nicht mehr unterstützen.

Laura Pavese antwortete nicht. Stattdessen hielt sie ihm ihr Glas hin, damit er nachschenkte.

Im Grunde genommen fand Martin Müller es schade, dass ihre fruchtbare Zusammenarbeit ein Ende haben musste. Doch sobald herauskam, dass es sich bei Phillip Kreuter um ihren Vater handelte und er nach einer Vergewaltigung zwei Menschen ermordet hatte, würden sich die Medien darauf stürzen. Mit allen Mitteln musste vermieden werden, dass herauskam, welche Rolle der Verfassungsschutz dabei gespielt hatte. Von seinen Vorgesetzten war er unmissverständlich aufgefordert worden, die Zusammenarbeit mit Laura Pavese zu beenden. Ihm war klar, was sie damit meinten. Doch wenigsten konnte sie ohne Schmerzen sterben. Viele ihrer Opfer hatten mehr gelitten. In etwa drei Stunden würde das Medikament, das er in ihr Glas getan hatte, wirken.

„Ich denke, dass es besser ist, wenn du jetzt gehst", forderte sie ihn auf. „Ich werde packen und sofort zu meinem Vater fahren. Wir müssen gemeinsam überlegen, was in dieser Situation zu tun ist."

32.

„Ich muss mir dir sprechen!"

Auch ohne dass der Anrufer seinen Namen nannte, wusste Marc, um wen es sich handelte. Die tiefe Stimme Kreuters mit dem leicht grollenden Unterton war ihm in Erinnerung geblieben.

„Ich wüsste nicht, worüber wir uns noch unterhalten sollten."

„Oh doch. Es gibt etwas, bei dem du mir helfen musst. Ich betrachte es als eine geschäftliche Angelegenheit zwischen Vater und Sohn."

„Dafür sehe ich keinen Grund. Offenbar verwechseln sie mich mit Ihrer Tochter."

„Dabei kann sie mir nicht mehr helfen."

Marc glaubte, so etwas wie Niedergeschlagenheit in Kreuters Stimme zu hören.

„Meine Tochter ist letzte Nacht getötet worden. Das habe ich vor knapp einer Stunde in den Nachrichten gehört. Die Polizei hat es mir bestätigt."

Marc verkniff sich eine Antwort. Er schwieg. Doch traurig war er über diese Mitteilung nicht. Insgeheim überlegte er, wie es dazu gekommen war.

Kreuter sprach einfach weiter. „Für mich ist es wichtig, zu wissen, was sich genau auf der Speicherkarte in der versteckten Datei befand. Über den ungefähren Inhalt bin ich informiert. Um mich gegen Anschuldigungen wehren zu können, benötige ich eine vollständige Kopie davon. Das ist alles. Ich bin bereit, dafür einen angemessenen und für dich sehr wertvollen Preis zu bezahlen."

Isi hatte sich mit ihrer Mutter und Natascha unterhalten, als der Telefonanruf kam. Anfangs hatte sie gar nicht zugehört. Immer wieder riefen Kunden, Freunde oder Bekannte an. An Marcs Stimme merkte sie, dass es diesmal um etwas anderes gehen musste. Zudem bemerkte sie an ihm eine leichte Anspannung.

Nach wenigen Minuten beendete er das Gespräch. Nachdenklich setzte er sich zu ihnen.

„Das war Phillip Kreuter. Jemand hat ihm gesagt, dass wir die Original-speicherkarte gefunden haben. Von wem er diese Information bekommen hat, wollte er nicht sagen. Verständlicherweise will er wissen, welche Daten sie enthält. Er ist bereit, dafür zu bezahlen. Dazu möchte er sich mit mir treffen. Außerdem hat er behauptet, dass seine Tochter Laura Pavese getötet wurde. Das soll in den Nachrichten zu hören sein."

Isis Antwort kam spontan: „Über Letzteres bin ich nicht sonderlich traurig. Auch wenn sie deine Halbschwester war. Du hast hoffentlich nicht vor, auf Kreuters Vorschlag einzugehen?"

„Ich denke noch darüber nach. Mich würde interessieren, wie seine Entlohnung aussieht. Wortwörtlich hat er gesagt, dass er dafür einen für mich wertvollen Preis bezahlen will. Mehr wollte er nicht sagen. Vermutlich aus Angst, dass unser Gespräch aufgezeichnet wird."

„Das Risiko darfst du auf keinen Fall eingehen. Hast du vergessen, was in Marseille passiert ist? Nach seinem Besuch wurde Catherine de Perrut vom Dach unseres Hauses geworfen. Möglicherweise versteht er so etwas als wertvolle Bezahlung."

„Falls er bereit ist, auf die Rachepläne an deiner Mutter zu verzichten, könnte er die Speicherkarte gerne haben", überlegte Marc weiter. „Bis jetzt habe ich ihm lediglich gesagt, dass ich darüber nachdenken werde. Er will sich in einer Stunde erneut bei mir melden."

Isi nickte. Natürlich wollte sie ebenfalls, dass die Verfolgung ihrer Familie aufhörte. Und ihr war klar, dass sie ihn nicht umstimmen konnte, falls er sich für das Treffen mit ihm entschied. Doch die Angst um Marc war riesig.

Sie hatte den Fernseher eingeschaltet und suchte mit der Fernbedienung nach einem Nachrichtenkanal. Schließlich fand sie eine knappe Meldung über den Tod von Kreuters Tochter im Videotext.

„Heute in den frühen Morgenstunden ist die 29 jährige französische EU-Abgeordnete der rechtsradikalen Partei „Liberté pour la France", Laura Pavese, auf der A39 in Frankreich ums Leben gekommen. Vermutlich starb sie an Herzversagen. Die genaue Todesursache muss durch eine

Obduktion geklärt werden. Sie befand sich in Begleitung ihres Chauffeurs und eines Leibwächters."

Isi ließ sich ihre Erleichterung anmerken. "Kreuter hat also die Wahrheit gesagt. Laura Pavese ist tot."

Marc nickte nachdenklich: "Das sie getötet wurde, kam in der Nachricht nicht vor. Dabei handelt es sich also lediglich um eine Vermutung Kreuters. Doch er könnte durchaus recht haben. Selbst in ihrer eigenen Partei war seine Tochter nicht sonderlich beliebt. Es hieß immer wieder, dass sie es nur mit unsauberen Mitteln geschafft hat, bei der Wahl des EU-Parlaments auf einen der vorderen Listenplätze zu gelangen."

"Was wirst du Phillip Kreuter antworten, wenn er nochmals anruft?"

Marc küsste Isi auf die Nasenspitze, bevor er auf ihre Frage einging.

"Ich sollte mich mit ihm treffen. Vielleicht gibt es doch eine Chance, dass er auf die Rache an deiner Mutter verzichtet."

"Fredmann und Müller werden etwas dagegen haben," versuchte sie ihn, doch noch davon abzuhalten.

Marc winkte ab. "Das ist egal. Sie können es später mit mir ausdiskutieren. Kreuter wird es nicht viel nützen, wenn er den genauen Inhalt bereits jetzt kennt. Sobald Denis Waterk Einzelheiten davon veröffentlicht, werden seine Verfehlungen allgemein bekannt. Besonders die Morde dürften viel Staub aufwirbeln."

Isis Zweifel hielten an: "Ich habe trotzdem ein ungutes Gefühl."

"Ich werde das Risiko so klein wie möglich halten und ihm vorschlagen, sich mit mir auf einem der großen Firmenparkplätze im Kölner Norden zu treffen. Außerdem verlange ich, dass er allein kommt. Alternativ können sich sein Chauffeur und der Leibwächter in einiger Entfernung so hinstellen, dass ich sie im Auge behalten kann."

Ironisch fügte er hinzu: "Sollte mein Erzeuger trotzdem auf dumme Gedanken kommen, werden mir die dort parkenden Autos genügend Deckung geben."

Isi war immer noch nicht zufrieden: „Du könntest Christian um unauffällige Rückendeckung bitten."

„Das kann ich nicht machen," lehnte Marc ab. „Sollte bei dem Treffen doch etwas schief laufen, könnte das unter Umständen für Christian unangenehme berufliche Folgen haben."

Isis Mutter hatte einen anderen Vorschlag: „Ich sollte mitfahren."

Zweifelnd schaute Marc sie an. „Was bezweckst du damit? Es reicht doch, wenn deine Tochter Angst um mich hat."

Irinas Antwort kam unbeirrt: „Eventuell kann ich Phillip Kreuter dazu bringen, auf seine Rache an mir zu verzichten. Ich könnte ihm meine damalige Situation erklären. Es wäre schon viel gewonnen, wenn er Natascha und auch Isi zukünftig in Ruhe lässt. In den Gesprächen mit Fredmann und Müller haben wir immer nur über diese Speicherkarte und Kreuters kriminelle Vergangenheit gesprochen. Niemand hat bisher einen vernünftigen Vorschlag gemacht, wie es für uns weitergehen soll. Eigentlich bin ich hauptsächlich deshalb nach Deutschland gekommen. Ich möchte nicht nochmals ganz von vorne anfangen, indem ich mich in einer anderen russischen Stadt verkrieche."

Marc musste ihr recht geben. Müller und ebenso Fredmann hatten jeweils ihre eigenen Vorstellungen, was mit Kreuter geschehen sollte. In ihren Überlegungen spielten die Frauen aus Russland dabei bestenfalls eine Nebenrolle.

Nach kurzem Nachdenken stimmte er zu: „Ich nehme dich mit. Allerdings nur, wenn du mir versprichst, im Auto sitzen zu bleiben. Wenn Kreuter einverstanden ist und einem Gespräch mit dir zustimmt, kann ich dich holen."

Irina lächelte dankbar: „Ich werde mich genau an deine Anweisungen halten. Hoffentlich kann ich ihn überzeugen."

Kreuter meldete sich wenige Minuten vor Ablauf der vereinbarten Stunde. Ein Zeichen dafür, wie bedeutsam ihm die Speicherkarte war.

„Hast du es dir überlegt?"

„Unter bestimmten Bedingungen bin ich dazu bereit," gab sich Marc zugeknöpft. „Ich habe nicht vergessen, dass nach dem letzten Zusammentreffen Catherine de Perrut vom Dach unseres Hauses geworfen wurde."

Kreuters Stimme klang ärgerlich: „Damit hatte ich nichts zu. Persönlich habe ich sie noch nicht einmal gekannt. Lediglich zu ihrem Mann, Philippe de Perrut, hatte ich gelegentlich Kontakt. Wirst du mir eine vollständige Kopie der Speicherkarte geben?"

„Das kommt auf die Gegenleistung an, über die du am Telefon nicht sprechen willst. Falls sie meinen Erwartungen nicht entspricht, nehme ich die Zusage zurück."

Kreuter schien erleichtert. „Wo können wir uns treffen?"

„Auf dem Parkplatz der Firma „Escort" im Gewerbegebiet Köln-Nord," antworte ihm Marc. „Die Zeit ist mir egal, allerdings sollte es noch hell sein. Außerdem möchte ich bei dem Treffen mit ihnen alleine sein. Ihre Leute müssen mindestens einhundert Meter Abstand zu uns halten."

Mit den Bedingungen erklärte sich Kreuter sofort einverstanden. „Ich kann um 20 Uhr dort sein. Ich hoffe, die Zeit passt dir. Jedenfalls ist es da noch hell."

Obwohl Marc mit keinen Überraschungen rechnete, waren sie bereits eine halbe Stunde vorher am vereinbarten Treffpunkt. Trotz der späten Tageszeit befanden sich mehr Fahrzeuge auf dem Parkplatz, als von ihm erwartet.

Den BMW stellte er auf einen freien Platz zwischen zwei anderen Pkws. Dadurch konnte Kreuter nicht gleich sehen, dass er Irina mitgebracht hatte. Danach wartete er in einiger Entfernung neben einem der abgestellten PKWs auf das Kommen seines angeblichen Erzeugers.

Er kam pünktlich. Wenige Minuten vor 20 Uhr fuhr der Mercedes-Maybach auf den Parkplatz. Zwanzig Meter vor ihm hielt er an. Der Chauffeur sowie ein weiterer Mann, vermutlich ein Leibwächter, stiegen aus und entfernten sich.

Im Moment sah es ganz danach aus, als wolle Kreuter sich an die getroffene Vereinbarung halten. Trotzdem blieb Marc misstrauisch. Durch die getönten Scheiben des Mercedes konnte er nicht erkennen, ob und wie viel weitere Personen sich eventuell im Fahrzeuginneren verbargen.

Kreuter schien seine Gedanken erraten zu haben. Schwerfällig, auf seinen Stock gestützt, stieg er aus und öffnete die Türen, so dass Marc ins Innere schauen konnte. Es war leer. Den Spazierstock hatte er inzwischen auf dem Autodach abgelegt. Mit einer Hand stützte er sich dort ab, während die andere lässig in seiner Jackentasche steckte.

„Du kannst deinem Vater ruhig vertrauen. Ganz gegen meine sonstigen Gewohnheiten bin ich alleine im Fahrzeug," rief Kreuter ihm entgegen. „Es ist wirklich wichtig, dass wir miteinander sprechen. Nach dem Tod Lauras bist du mein einziger Nachkomme. Zwar habe ich wenig Hoffnung, aber vielleicht kann ich dich doch dazu überreden, mit mir zusammenzuarbeiten. Du könntest ihren Platz einnehmen."

Überrascht schaute Marc ihn an. Mit diesem Vorschlag hatte er nicht gerechnet.

„Sie denken doch nicht wirklich, dass ich mich ins faschistische Umfeld ihrer Tochter begebe. Menschen mit solchem Gedankengut finde ich absolut widerlich. Was haben sie mir für die Speicherkarte anzubieten?"

Der Staatssekretär nickte. Mit dieser oder einer ähnlichen Antwort hatte er gerechnet.

„Laura hat mich kurz vor ihrem Tod angerufen. Als sie starb, war sie auf dem Weg zu mir. Sie hatte erfahren, dass du die Speicherkarte von Georg Dobrin gefunden hast. Ebenso wusste sie, dass du den Verfassungsschutz und die Presse über den Inhalt informiert hast. Bedauerlicherweise sind meine beruflichen Zukunftspläne dadurch hinfällig geworden. Damit, dass mein eigenes Fleisch und Blut mich einst dem Henker übergeben würde, hätte ich nie gerechnet."

Marc winkte ab. „Nur nicht so theatralisch. Ihre Zukunftspläne sind mir völlig egal. Kommen wir auf den Grund unseres Treffens zu sprechen.

Eine vollständige Kopie der Speicherkarte habe ich bei mir. Was haben sie dafür zu bieten."

Fast verständnislos schüttelte Kreuter den Kopf: „Das mit dem plötzlich aufgetauchten Datenträger war lediglich ein Vorwand, um mit dir persönlich zu sprechen. Ich habe angenommen, dass du das begriffen hast. Nachdem so viele Leute über den Inhalt informiert sind, ist er für mich nicht mehr wichtig. Man wird in jedem Fall versuchen, ihn gegen mich einzusetzen."

„Was wollen sie dann von mir?"

„Ich habe nur noch einen Wunsch. Du hast dich auf ein Verhältnis mit einer Frau eingelassen, deren Mutter mich zum Krüppel geschlagen hat. Sie trägt die Schuld daran, dass ich ohne Schmerzmittel nicht mehr leben kann. Damals in diesem russischen Krankenhaus habe ich mir selber versprochen, sie dafür bezahlen zu lassen. Ich will sie leiden sehen. Du wirst mir dabei helfen."

„Sie sind verrückt."

Georg Dobrin hat mich lange Zeit mit dem Wissen über meine Vergangenheit erpresst. Nach seinem Tod habe ich endlich herausgefunden, wo sie lebt. Mit der Entführung ihrer Tochter war ich fast am Ziel. Doch du musstest dich unbedingt einmischen. Diesmal wirst du mir sogar dabei helfen. Mit der Erinnerung an ihre Tränen kann ich mich an einen Ort zurückziehen, wo mich niemand kennt."

„Was habe ich mit ihrer Rache zu schaffen? Sie tragen selber die Schuld an ihrem kaputten Knie. Sie haben Irina Petrowna in ihre Gewalt gebracht, wollten sie vergewaltigen und haben letztendlich dafür ihren Lohn erhalten."

Kreuters Stimme klang erregt: „Sie hat damals mein Vertrauen ausgenutzt. Sie, Georg Dobrin und ich waren befreundet. Dadurch ist es den beiden gelungen, an gewisse Informationen über meine Geschäfte zu kommen. Die Hure hatte es danach sehr eilig, ihre Kenntnisse an den russischen Geheimdienst zu verkaufen. Natürlich musste ich sie deswegen zur Rede stellen. Ihre Ausflüchte waren arrogant. Damit hat sie mich verärgert. Sie sollte fühlen, dass man auf so eine Art nicht mit mir umspringen kann."

„Sie hatte ihnen versprochen, ihre Aussage zu berichtigen."

„Ich konnte ihr ansehen, dass sie log. Außerdem handelt es sich bei ihr nur um eine Russin. Für Georg Dobrin hat sie doch auch die Beine breitgemacht."

„Und welchen Grund hatten sie, um über die Tochter eines ihrer Geschäftspartner herzufallen? Sobald Brjullow davon erfährt, wird er sie suchen."

Marcs Vorwurf überhörte er. Er hatte sich wieder unter Kontrolle, als er erneut den Grund für sein Kommen ansprach.

„Er wird mich nicht finden. Dafür habe ich gesorgt. Doch vorher soll Irina Petrowna dabei zusehen, wie ihre Tochter Natascha leidet. Dadurch wird auch Georg Dobrin für seinen Verrat bestraft. Ich bedaure nur, dass er es nicht mehr mit ansehen kann. Sorge dafür, dass Irina Petrowna mit ihrer Tochter Natascha morgen für kurze Zeit zu Fuß das Haus verlässt. Um das, was dann passiert, musst du dich nicht kümmern. Als Gegenleistung lasse ich deine Geliebte am Leben."

Fassungslos schaute Marc den Mann an, der bis vor kurzem noch einen der höchsten Posten in der EU antreten sollte.

„Sie glauben doch nicht wirklich, dass ich mich darauf einlasse? Sie sind verrückt. So wie ihre Tochter es gewesen ist. Glücklicherweise kann sie keinen Schaden mehr anrichten."

Kreuters Erregtheit kehrte zurück: „Durch den Deal rettest du das Leben deiner Geliebten. Du solltest genau überlegen, was du machst. Außerdem bist du mir zumindest diesen Gefallen schuldig. Ohne mich hätte dich Georg Dobrin nie adoptieren können. Das ist ihm nur dank meiner Verbindungen gelungen. Für die deutschen Behörden waren er und seine Frau zu alt. Ohne mein Eingreifen wärst du im Kinderheim geblieben. Dass du noch lebst, hast du ebenfalls mir zu verdanken. Laura wollte dich bereits damals, nach eurem Zusammentreffen in Frankfurt, ausschalten. Nach der Befreiungsaktion in Russland hatte sie gewusst, dass es mit dir zu Problemen kommen würde. Ich habe ihr das Versprechen abgenommen, dich zu schonen. Damals hoffte ich noch, dass wir wie Vater und Sohn zusammenarbeiten können. Meine Kinder sollten zu einem Team zusammenwachsen. Sie war von Anfang an anderer Meinung. Dir fehlt ihre Klasse und Durchsetzungskraft. Deine Mutter ist eben doch nur ein einfaches, unbedarftes Kindermädchen gewesen. Du musst jetzt die richtige Entscheidung treffen."

„Ich habe sie bereits getroffen. Sie kotzen mich an. Ich werde alles in meiner Macht stehende unternehmen, um sie zu bekämpfen."

„Solltest du mir nicht helfen, wird auch deine Geliebte nicht mehr lange leben. Daran trägst du die Schuld."

Angewidert schaute Marc den Mann an: „Es ist besser, wenn wir das Gespräch beenden. Falls es den deutschen Gerichten nicht gelingt, sie für die Morde in Russland zu verurteilen, werde ich persönlich dafür sorgen, dass Wladimir Arturowitsch Brjullow sie findet."

Während des Streitgesprächs hatte Marc immer wieder zu Kreuters Begleitern geschaut. Sie standen noch da, wo sie aus dem Auto gestiegen waren. Ihren Chef ließen sie keinen Moment unbeobachtet.

Erst Irinas lautes Schreien machte ihn auf einen anderen Mann aufmerksam. Sie war aus dem BMW gestiegen und deutete immer wieder hektisch auf eine Stelle hinter ihm. Erst da bemerkte er den Mann, der eilig auf ihn und Kreuter zulief. In der rechten Hand hielt er eine langläufige Pistole. Er musste sich bereits vor ihrer Ankunft in einem der Pkws versteckt haben.

Diese kurze Ablenkung nutzte Kreuter. Er hatte die Hand aus der Jackentasche gezogen. In ihr hielt er eine kleine Pistole, die er auf seinen Sohn richtete.

Marc kannte die kleinkalibrige, russische PSM aus der Ausbildungszeit zum Personenschützer. Ihre Wirkung war auf diese kurze Entfernung nicht zu unterschätzen.

Kreuters Augen glitzerten vergnügt, als er mit dem Kopf in Richtung der Russin deutete: „Hast du wirklich geglaubt, dass ich ohne Rückendeckung herkomme? Dass du mir Irina Petrowna gleich mitgebracht hast, finde ich ausgesprochen nett von dir. Für mich ist das ein Zeichen des Himmels und ich werde meine Pläne etwas ändern. Nachdem du nicht mein Sohn sein willst, sollst du auf diesem Parkplatz sterben."

Er deutete zu Irina: Sie darf noch für kurze Zeit weiterleben. Solange, bis sie mit eigenen Augen gesehen hat, was mit ihren Töchtern geschieht."

Der Mann mit der Pistole war inzwischen stehengeblieben. Zwar zeigte die Waffe in ihre Richtung, doch ihm musste klar geworden sein, dass er sie momentan nicht benutzen durfte. Jeder einzelne Schuss konnte Kreuter treffen.

Auf der anderen Seite hatten sich nun auch Chauffeur sowie Leibwächter in Bewegung gesetzt. Sie mussten bald bei ihnen sein.

Marc verließ sich auf seine Schnelligkeit. Er hoffte, das Kreuter durch die Behinderung nicht rasch genug reagieren konnte. Ohne Ansatz wirbelte er herum und traf mit dem rechten Fuß die Pistole in dessen Hand. Zusätzlich verlor der durch den Schwung die Balance und taumelte gegen den Mercedes.

Sofort setzte Marc nach. Ganz bewusst traf sein gestreckter Finger auf den Vitalpunkt am Handgelenk Kreuters.

Dessen Körper wurde von einer schrecklichen Schmerzwelle erfasst. Durch die gleichzeitig eintretende Lähmung des gesamten Armes konnte er die Pistole nicht länger festzuhalten. Kreuter musste zusehen, wie sie ihm aus der Hand glitt. Etwas verspätet gaben seine Beinmuskeln nach; er knickte ein und rutschte am Mercedes entlang zu Boden.

Auf so eine Chance hatte der Bewaffnete gewartet. Bevor Marc in Deckung gehen konnte, fielen mehrere Schüsse. Am linken Arm verspürte er ein schmerzhaftes Brennen.

Bereits als Marc herumwirbelte, um Kreuter die Pistole aus der Hand zu treten, hatte sich Isis Mutter in den BMW gesetzt und den Wagen gestartet. Mit Vollgas jagte sie geradewegs auf den Schützen zu.

Ihm blieb keine Zeit, um zu reagieren. Obwohl Irina ihre Fahrt im letzten Moment noch leicht korrigierte, streifte sie ihn so heftig, dass er zu Boden geschleudert wurde.

Ohne abzubremsen, jagte sie das Fahrzeug sofort auf Kreuters Chauffeur und den Leibwächter zu. Sie hatten gesehen, was dem Schützen passiert war. In letzter Sekunde brachten sie sich hinter einem der abgestellten Pkws in Sicherheit.

Sofort fuhr sie zu Marc, wo sie gerade so lange anhielt, dass er einsteigen konnte.

Im Rückspiegel sah sie, wie sich beide aus ihrer Deckung wagten und auf Kreuter zuliefen.

33.

Am folgenden Morgen wurde Marc früh wach. Vom Bett aus konnte er den wolkenverhangenen Himmel sehen. Immerhin schien es nicht zu regnen.

Sobald er die Hand ausstreckte, spürte er Isis warme Haut. Ihr Kopf lag, mit dem Gesicht zu ihm gewandt, dicht neben dem seinen.

Wie hatte er vorher ohne sie leben können? Selbst die Gefahr, die weiterhin von Kreuter ausging, konnte an diesen Glücksgefühlen nichts ändern.

Am Tag davor, bei der Rückkehr in die Wohnung, hatte Jens Fredmann auf sie gewartet. Isi hatte ihm erzählt, dass Marc sich in Begleitung ihrer Mutter, mit Kreuter treffen wollte. Sein grimmiger Gesichtsausdruck sollte wohl ausdrücken, dass er sich über die ständigen, eigenmächtigen Unternehmungen Marcs ärgerte.

Irina schob ihn einfach zur Seite und Marc nach Verbandsmaterial gefragt. Schon unterwegs war sie kurz am Straßenrand stehengeblieben, um sich seine Verletzung anzuschauen.

„Ist nur ein Kratzer," hatte sie erleichtert festgestellt.

Erst nachdem sie Marcs Wunde desinfiziert und verbunden hatte, durfte der Mann von Europol seine Fragen stellen.

„Die Begegnung mit ihrem Erzeuger scheint nicht sehr harmonisch verlaufen zu sein?"

„Wahrscheinlich hat Isi ihnen erzählt, dass Kreuter angerufen hat, um mit mir über die Speicherkarte zu sprechen. Das jedenfalls hat er am Telefon behauptet."

Nach einer kurzen Denkpause fuhr er fort: „Ich hätte sie ihm jederzeit gegeben, wenn er dafür auf seine Rache verzichtet."

In allen Einzelheiten erzählte er Fredmann, wie die Begegnung abgelaufen war.

Der nickte lediglich: „Etwas Ähnliches habe ich mir gedacht. Ihr Freund von der Kölner Polizei hat vorhin angerufen. Leute wollen dort Schüsse gehört und gesehen haben, wie ein Mercedes-Maybach eiligst vom Parkplatz gefahren ist. Daraufhin hat man einen Streifenwagen hingeschickt. Die Beamten haben niemanden mehr angetroffen und auch sonst nichts Verdächtiges festgestellt."

„Es ist verständlich, dass sie von dort rasch verschwunden sind. Ich verstehe nur nicht, wieso es der Mann bis zum Staatssekretär bringen konnte. Und schließlich sollte er auch noch in die EU-Kommission gewählt werden. Irgendjemand aus dem Umfeld hätte doch bereits vorher merken müssen, dass er nicht normal ist. In dieser Position hat er zahlreiche Mitarbeiter, mit denen er fast täglich zusammen kommt. Sein durchaus ernstgemeinter Vorschlag, Isi zu verschonen, wenn ich ihm ihre Irina und Natascha ausliefere, zeigt deutlich, wie schlimm es um ihn steht. Vielleicht hat ihm der Tod seiner Tochter einen zusätzlichen

Knacks versetzt. Solange sich Kreuter frei bewegen darf, werden die Frauen weiterhin verdammt vorsichtig sein müssen."

Fredmanns Verärgerung schien sich gelegt zu haben. Jedenfalls ließ er sich nichts mehr anmerken. „Ich finde es selber äußerst bedauerlich, dass wir ihn nicht einfach verhaften können. Doch dafür reichen unsere Beweise bei Weitem nicht aus. Wenigstens konnten wir einen kleinen Fortschritt erzielen. Dem Justizminister in Sachsen wurde inzwischen ein Antrag auf Aufhebung seiner Immunität vorgelegt. Nach den Vorkommnissen in der Vergangenheit bin ich zuversichtlich, dass die Entscheidung darüber positiv ausfällt. Dann können wir ihn wenigstens offiziell befragen. Natürlich wird er alles abstreiten. Nachdem Laura Pavese tot ist, kann er viel auf sie abwälzen und behaupten, von diesen Dingen nichts gewusst zu haben. Hat Kreuter angedeutet, was er nach dem Gespräch mit ihnen vorhat?"

Marc schüttelte den Kopf. „Wir haben lediglich über seine verrückten Rachepläne gesprochen. Meine Drohung, Brjullow darüber zu informieren, wer dessen Frau und Tochter getötet hat, schien ihn nicht sonderlich zu beunruhigen. Er hat angedeutet, dass man ihn später nicht mehr finden wird."

Isi, die bisher schweigend zugehört hatte, wandte sich direkt an den Europol-Beamten: „Falls sie herausfinden wollen, wo er sich jetzt aufhält, sollten sie mit seiner Mutter in Sankt Goar sprechen."

Mit gerunzelter Stirn hatte Fredmann sie angeschaut. „Woher haben sie erfahren, dass Kreuters Mutter dort lebt?"

„Ihre Anschrift habe ich in eine der Dateien auf der Speicherkarte gelesen und mir zufällig den Ort gemerkt."

Bevor Fredmann ging, hatte er sie nochmals gewarnt: „Die Kollegen der Kölner Polizei werden das Haus hier beobachten und aufpassen, dass ihnen nichts passiert. Das hat allerdings wenig Sinn, wenn sie erneut ohne offizielle Begleitung zu einem ihrer abenteuerlichen Unternehmungen aufbrechen."

Jetzt im Bett musste Marc sich eingestehen, dass es für ihn kaum Möglichkeiten gab, Kreuter von seinen Rachegedanken abzubringen. Alles was sie über ihn herausgefunden hatten, dürfte mit hoher Wahrscheinlichkeit seiner politischen Karriere ein Ende setzen. Mehr aber nicht. Gegebenenfalls konnte er sich hinter seiner Tochter verstecken. Selbst für die Morde an der Familie des Oligarchen Wladimir Arturowitsch Brjullow gab es bis jetzt keine Beweise.

An den Bewegungen neben sich spürte Marc, dass Isi aufgewacht war. Sie schlang einen Arm um seinen Hals, küsste ihn auf die Wange und drängte sich enger an ihn.

„Guten Morgen, mein Geliebter. Nachdem du wach bist, sollte ich wohl aufstehen, um Frühstück zu machen."

„Dafür ist später immer noch Zeit", murmelte Marc. „Wenn es nach Fredmann geht, sollten wir die Wohnung in den kommenden Tagen möglichst wenig verlassen. Bei diesem scheußlichen Wetter können wir uns wenigstens heute daran halten."

Sie schloss die Augen, als er eine Hand unter ihr T-Shirt schob und sanft die Brust streichelte.

Sie wurden durch ein kräftiges Klopfen gestört.

Isi verzog das Gesicht und zog die Bettdecke bis zum Hals. „Was gibt es?"

Es war Natascha, die daraufhin die Tür öffnete. Sie konnte sich ein anzügliches Grinsen nicht verkneifen, als sie die beiden dicht aneinandergeschmiegt liegen sah.

„Wisst ihr, wo Mutter ist? Ich habe bereits in der ganzen Wohnung nachgeschaut, kann sie aber nirgends finden."

„Vielleicht in einen von Marcs Arbeitszimmern", schlug ihre Schwester vor.

Natascha schüttelte entschieden den Kopf. Etwas unschlüssig setzte sie sich schließlich zu ihnen auf das Bett.

„Ich habe wirklich überall nachgesehen. In der Wohnung ist sie ganz bestimmt nicht."

Isi protestierte halblaut und bedachte ihre Schwester mit einem unwilligen Blick, als Marc aus dem Bett sprang. Wenig später hatte er sich selber davon überzeugt, dass sich Irina weder in der Wohnung noch auf der Terrasse aufhielt.

Plötzlich kam Isi ein Verdacht. Allein der Gedanke daran ließ sie bleich werden. Während du dich gestern mit Jens Fredmann unterhalten hast, wollte Mutter sich nochmals die Aufzeichnungen ansehen, die dein Adoptivvater über Kreuter gemacht hatte. Die Ausdrucke davon lagen auf dem Schreibtisch. Wir haben sie uns gemeinsam angeschaut."

Marc schaute sie fragend an: „Was kann sie da gesehen haben, dass sie veranlasst, frühmorgens heimlich die Wohnung zu verlassen?"

„Sie könnte die genaue Anschrift von Kreuters Mutter in Sankt Goar gesucht und gefunden haben. Ich habe doch gestern bei Fredmann erwähnt, dass ich sie dort gesehen habe."

„Von Köln bis Sankt Goar sind es über einhundert Kilometer. Das wäre eine längere Wanderung. Ich kann mir nicht vorstellen, dass sie dorthin unterwegs ist."

„Sie könnte deinen BMW genommen haben. Dass sie mit dieser hochmodernen Kutsche umgehen kann, hat sie gestern gezeigt."

Marc nickte nur. Lediglich mit einen Bademantel bekleidet fuhr er mit dem Lift in die Tiefgarage.

Als er zurückkam, griff er sofort nach dem Telefon. Die beiden Schwestern schauten ihn fragend an.

„Ihr habt recht gehabt. Eure Mutter könnte tatsächlich nach St. Goar gefahren sein. Mein Auto steht jedenfalls nicht in der Garage. Ich sage Fredmann Bescheid. Er soll die örtliche Polizei informieren. Vielleicht kann man sie vorher abfangen."

Marc fluchte leise vor sich hin, als sich bei dem Mann von Europol auch nach dem dritten Versuch nur die Mail-Box meldete.

Seinen Freund erreichte er auf der Dienstelle im Präsidium. „Ich bin in zehn Minuten bei dir. In der Zwischenzeit kannst du schon mal auf die Straße kommen. Vielleicht schaffen wir es noch nach Sankt Goar, bevor deine Schwiegermutter auf Kreuter trifft."

Christian kam mit seinem Dienstwagen. Trotz der angespannten Situation musste er grinsen, als neben Marc auch die zwei Russinnen einstiegen.

„Das wird ja der reinste Familienausflug. Hoffentlich hat jemand von euch an einen Picknickkorb gedacht."

Sofort schaltete er Blaulicht und Sirene ein. Trotzdem war es nicht einfach, durch den Berufsverkehr zu kommen.

„Wir haben Glück und können den größten Teil der Strecke über die Autobahn fahren. Bis jetzt ist kein Stau gemeldet."

Erst fünfhundert Meter vor dem Ziel schaltete er das Martinshorn aus. Sie befanden sich in einem Randbezirk von Sankt Goar oberhalb des Rheins. Den wunderbaren Ausblick auf den Fluss, der in einiger Entfernung unter ihnen vorbeizog, bemerkte niemand.

Stattdessen starrten sie gespannt auf ein freistehendes Einfamilienhaus, auf das Christian deutete. „Dort muss Kreuters Mutter wohnen."

Marc nickte, als er wenig später den schweren Mercedes-Maybach in der Garagenauffahrt sah. „Sein Auto steht jedenfalls dort. Meinen BMW kann ich nirgendwo entdecken."

Sein Freund ergänzte: „Vielleicht haben wir Glück. Deine zukünftige Schwiegermutter kennt sich hier nicht aus und könnte eine andere Strecke gewählt haben. Oder sie ist einfach nur zu ihrem Geliebten gefahren. Sie ist eine attraktive Frau," fügte er spaßeshalber hinzu.

Marc ging auf die scherzhafte Bemerkung nicht ein. Er deutete stattdessen auf das Haus. „Dort im Hauseingang raucht jemand eine Zigarette.

Der Statur nach könnte es Kreuters Gorilla sein. Hast du deine Pistole dabei?"

Gleichzeitig suchte er im Handschuhfach nach einem Gegenstand, der ihm selber als Waffe dienen konnte.

Sein Freund verneinte: „Meine Pistole liegt wohlverwahrt im Schreibtisch. In der Eile habe ich nicht daran gedacht, sie mitzunehmen."

Marc zeigte ihm einen kleinen Schraubenzieher, den er entdeckt hatte. „Dann muss ich notfalls damit auskommen. Etwas anderes konnte ich nicht finden. Während der Ausbildung habe ich mal gelernt, so ein Ding als Waffe zu benutzen. Allerdings bin ich nie in die Lage gekommen, es in der Praxis auszuprobieren."

„Ihr bleibt im Fahrzeug", wies der Marc die beiden Russinnen an, bevor er ausstieg.

Mit einer Handbewegung bedeutete er Christian, sich ebenfalls zurückzuhalten. Er wollte nach Möglichkeit vermeiden, dass sein Freund in etwas hineingezogen wurde, das ihm später beruflich schaden konnte.

Im Hauseingang stand tatsächlich Kreuters Leibwächter. Marc erkannte ihn sofort wieder. Er hatte sie in dem Apartment in Marseille in Empfang genommen und war tags zuvor mit ihm auf dem Parkplatz gewesen.
Kreuters Wachhund konnte sich ebenfalls an ihn erinnern. Sein breites Grinsen sollte wohl so etwas wie Vorfreude auf die kommenden Ereignisse zeigen.

Sie waren fast bei ihm, als aus dem Haus Geräusche kamen. Sie hörten sich an, als würde mit aller Kraft ein größeres Gestell oder Schrank umgestoßen. Daraufhin folgte ein halblauter Schrei und dann war nichts mehr zu hören.

Der Leibwächter verlor vorerst das Interesse an den Besuchern. Im Laufschritt eilte er um das Haus herum. Marc und Christian folgten ihm in einigen Abstand.

Kreuters Bodyguard befand sich bereits außerhalb ihrer Sicht hinter dem Haus, als sie deutlich zwei Schüsse hörten.

Mit einer Handbewegung bedeutete Marc seinem Freund, zurückzubleiben. Ganz eng an die Hauswand gepresst arbeitete er sich zentimeterweise zur Hausecke vor. Bei einem vorsichtigen Blick um die Ecke sah er Kreuters Bodyguard bewegungslos auf dem Boden liegen.

Etwas entfernt schleppten zwei eindeutig männliche Gestalten einen scheinbar Bewusstlosen zum rückwärtigen Gartentor. Der Figur nach konnte es sich bei der Person durchaus um Kreuter handeln.

Ein weiterer Mann mit Pistole passte auf, dass sie dabei nicht gestört wurden. Als dieser Marcs Kopf an der Hausecke auftauchen sah, schoss er ohne zu zögern.

Glücklicherweise verfehlte die Kugel das Ziel deutlich. Sie schlug fast einen Meter neben Marc in der Hauswand ein.

„Du solltest deine Kollegen zu Hilfe rufen," rief Marc seinem Freund zu. „„Für mich sieht es so aus, als hätte man Kreuter entführt. Sie waren zu dritt. Am Ende des Grundstücks gibt es einen weiteren Zugang, durch den sie verschwunden sind. Ihnen in dieser Situation zu folgen, ist mir zu gefährlich. Isis Mutter habe ich nirgendwo gesehen."

Nach einer kurzen Pause fügte er hinzu: „Hoffentlich war sie nicht bereits im Haus, als die Entführer gekommen sind. Wenn du mit deinen Kollegen telefonierst, sag ihnen, dass hier ein Krankenwagen benötigt wird. Kreuters Bodyguard liegt unmittelbar hinter der Hausecke. Ich kann nicht erkennen, ob er tot oder doch nur verletzt ist."

Aufgrund der unklaren Situation ziemlich irritiert zogen sie sich zurück.

Als sie bei Isi und Natascha ankamen, hatte Christian seinen Notruf abgesetzt. „Die Kollegen der örtlichen Polizei sind auf dem Weg hier her. Nachbarn haben die Schüsse bereits gemeldet."

Erleichtert deutete er zum Ende der Straße: „Um eure Mutter braucht ihr euch vermutlich keine Sorgen mehr zu machen. Jedenfalls kommt dort Marcs BMW angefahren. Glücklicherweise sind wir vorher da gewesen."

Marc stieß seinen Freund an und deutete auf Kreuters Haus: „Das glaube ich jetzt nicht."

Im Eingang stand Martin Müller. In aller Ruhe zündete er sich eine Zigarette an. Erst danach schaute er in ihre Richtung.

„Mehrere Männer sind, wahrscheinlich von der Rückseite kommend, hier eingedrungen. Sie haben Kreuter entführt."

Ohne weiter auf sie zu achten, lief er um das Haus herum. Marc und Christian folgten ihm.

Müller hatte sich neben den Bodyguard gehockt und fühlte seinem Puls. „Der ist tot", stellte er fest.

„Was genau ist hier passiert und wieso waren sie hier", wollte Christian von ihm wissen.

„Ich habe mich mit ihm über seine augenblickliche Lage unterhalten. Ganz plötzlich standen drei Bewaffnete im Zimmer. Sein Bodyguard hat sie wohl nicht gehört. Da ich nicht lebensmüde bin, habe ich mich ganz ruhig und mit erhobenen Armen in eine Ecke des Raumes gestellt. An Widerstand habe ich nicht einmal gedacht. Nur Kreuter hat sich, trotz der Überzahl und ihrer Pistolen, mit seinem Stock zur Wehr gesetzt. Dabei ist eine Kommode zu Bruch gegangen. Sie haben ihn kurzerhand zusammengeschlagen, gepackt und fortgebracht."

„Dafür muss es einen Grund gegeben haben?"

Müller zuckte mit den Achseln: „Sie haben weder gesagt, weswegen sie gekommen sind noch was sie mit ihm vorhaben. Vielleicht hat ihn seine Vergangenheit eingeholt."

„Wie kommen sie darauf?"

„Die drei Bewaffneten haben sich untereinander in russischer Sprache verständigt."

In Müllers Gesicht war so etwas wie zufriedene Gleichgültigkeit erkennbar. Konnte es sein, dass er bereits vorher gewusst hatte, was mit Kreuter geschehen würde?

Ihm fiel das Gespräch auf dem Polizeipräsidium ein. Irina hatte ihm ausgerichtet, dass es die einfachste Lösung wäre, wenn man ihn nach Russland brächte.

Noch während er darüber nachdachte, kamen Zweifel in ihm auf. Die Entführung eines Staatssekretärs würde viel Staub aufwirbeln. Die Kidnapper hatten kaum eine Chance, ihn außer Landes zu bringen. Christian telefonierte bereits wieder mit seinen Kollegen. Innerhalb kürzester Zeit würde es überall Polizeikontrollen geben. Die Wasserwacht hatte er ebenfalls alarmiert.

„Was ist mit Kreuters Mutter passiert? Das ist ihr Haus," wollte er von Müller wissen.

„Nichts. Er hatte mir bereits vorher erzählt, dass sie samt Haushälterin zur Kur gefahren ist. Wenn ich mich recht erinnere, hält sie sich irgendwo in Niedersachsen auf."

Ihre weitere Unterhaltung wurde vom Geräusch mehrerer ankommender Fahrzeuge unterbrochen. Halblaute Kommandos waren zu hören und wenig später stürmten vier bewaffnete, uniformierte Polizisten auf sie zu.

Marcs Freund hatte seinen Dienstausweis bereits in der Hand und streckte ihn den Beamten entgegen.

Müller und Marc hielten sich im Hintergrund, als Christian seine Kollegen über die Vorkommnisse aufklärte. Hörten aber, was gesprochen wurde.

„Vielleicht hängt der Überfall auf das Haus mit der Motorjacht zusammen, die verbotenerweise am Dampferanlegesteg festgemacht hat", mutmaßte einer der Polizisten.

„Dann sollten wir herausfinden, ob es da einen Zusammenhang gibt", rief Christian und lief, gefolgt von den Uniformierten, zu einem der Polizeiautos.

Müller rannte daraufhin zu einem unauffälligen Opel, den er vor einem der anderen Häuser abgestellt hatte. Ohne zu fragen, stieg Marc bei ihm ein.

Irritiert standen die drei Frauen neben seinem BMW. Durch das geöffnete Seitenfenster rief er ihnen zu, im Auto zu warten.

Der Polizeiwagen mit Christian war längst außer Sichtweite, doch Müller fand die Dampferanlegestelle auch so.

Sie kamen zu spät. Sie konnten sehen, wie eine Jacht mit hoher Geschwindigkeit auf die Mitte des Flusses zusteuerte. Nur knapp vermied sie dabei die Kollision mit einem der großen Lastkähne.

Als Marc sich zu Müller umdrehte, glaubte er, so etwas wie Zufriedenheit in seinem Gesicht zu sehen. Er lehnte an seinem Pkw und hörte zu, wie Uniformierten ziemlich hektisch über ihre Leitstelle mit der Wasserwacht sprachen.

In diesem Moment erfolgte eine dumpfe Explosion. Ein gewaltiger Feuerball riss die Jacht förmlich auseinander. Einzelteile verteilten sich im weiten Umkreis auf der Wasserfläche; einige davon in ihrer unmittelbaren Nähe.

Drei Wochen später

Irina war glücklich und doch auch etwas traurig. Wehmut kam bei ihr auf, wenn sie daran dachte, dass sie ihre große Tochter nicht mehr so häufig sehen konnte. Gleichzeitig freute sie sich mit ihr.

In knapp vier Stunden würde sie, zusammen mit Natascha, bereits im Flugzeug nach Russland sitzen. Im Moment waren sie dabei, ihre wenigen Sachen in Marcs BMW unterzubringen. Christian wollte direkt zum Flughafen kommen, um sich von ihnen zu verabschieden.

In den vergangenen Wochen waren sie, oft alle zusammen, zu Ausflügen im gesamten Mittelrheintal, unterwegs gewesen. Die romantischen Ortschaften entlang des Flusses hatten es ihr angetan. Jetzt kannte sie die Burg Rheinfels ebenso wie die Loreley und viele andere, entzückende Orte in dieser Gegend.

Natascha hatte, trotz des Altersunterschieds, anfangs reichlich mit Marcs Freund geflirtet. Christian hatte sich darüber wunderbar amüsieren können. Oft genug hatte er so getan, als würde er ihre Flirtversuche ernst nehmen und sie regelrecht angeschmachtet. Einmal hatte er, als besonders viele Menschen ihnen zuschauten, sie zu sich herangezogen und in voller Lautstärke verkündet, dass er für den Rest seines Lebens ihre zärtlichen Küsse niemals vergessen könne. Das fröhliche Gelächter ums sie herum war selbst für Natascha zu viel. Erbost und verlegen hatte sie sich abgewandt. Trotzdem waren sie gute Freunde geworden.

Gelegentlich musste Irina an das Gespräch zurückdenken, dass sie nach Marcs Ankunft in Tatarstan, mit Isi geführt hatte. Schon da hatte sie diese Anziehungskraft zwischen ihrer Tochter und Marc gespürt.

Besonders hier in Köln hatte sie oft an Georg denken müssen. Oftmals war sie ganz allein zu seinem Grab gegangen, um sich dort mit ihm zu unterhalten. Hatte er dort, irgendwo aus der Unendlichkeit heraus, dafür gesorgt, dass sich Isi und Marc von Anfang an dermaßen gut verstanden? Für sie war das ein beruhigender Gedanke.

Wie Marc glaubte sie an so etwas wie Vorsehung. All ihre damaligen Wünsche und Träume erfüllten sich jetzt bei Isi.

Sie selber und Natascha konnten in Russland endlich ohne Angst leben. Die Frage, ob es ihre jüngere Tochter nach dem Schulabschluss ebenfalls nach Deutschland ziehen würde, hatte noch etwas Zeit.

Der seltsame Mann des deutschen Verfassungsschutzes hatte sich nach Kreuters Entführung und seinem gewaltsamen Tod nicht mehr bei ihnen gemeldet. Er war einfach aus ihrem Leben verschwunden.

Jens Fredmann war einige Tage nach Kreuters Tod vorbeigekommen. Von ihm wussten sie, dass Taucher ihn fast unversehrt in der gesunkenen Jacht gefunden hatten. Die Explosion hatte den hinteren Teil des Schiffes völlig zerstört. Er musste sich zu dieser Zeit in einer der vorderen Kabinen befunden haben. Dort war er letztendlich ertrunken.

Seltsamerweise hatte man weder die Entführer noch die Besatzung der Jacht gefunden. Hatte sie die Strömung des Flusses mitgerissen oder waren sie zur Zeit der Explosion gar nicht an Bord gewesen?

Die Jacht hatte einem russischen Geschäftsmann, der in Düsseldorf lebte, gehört. Zur Zeit der Explosion hatte er sich in London aufgehalten. Mit weitergehenden Vermutungen hatte sich Fredmann zurückgehalten.

Sie selber war davon überzeugt, dass der Oligarch Wladimir Arturowitsch Brjullow an Kreuter seine Rache vollzogen hatte.